Mein italienisches Herz

Das Buch

Als Giovanna ihre Jugendliebe Nunzio heiratet, ist ihr Leben fast perfekt. Giovanna findet Erfüllung in ihrem Beruf als Hebamme, und gemeinsam mit ihrem Mann schmiedet sie Pläne für die Zukunft: Sie wollen fortziehen aus Scilla, sie wollen studieren. Nunzio will Ingenieur werden und Giovanna Ärztin, und natürlich wollen sie Kinder haben, viele Kinder!

Doch es kommt anders. In der kalabrischen Heimat gibt es nicht genügend Arbeit, und so muss Nunzio, wie so viele Männer seiner Generation, in der Fremde sein Heil suchen. Er geht nach New York, um dort das Geld zu verdienen, das ihm seine Zukunft mit Giovanna ermöglichen soll. Dann geschieht ein Unglück und auch Giovanna ist gezwungen, Italien zu verlassen und in Amerika ein neues Leben zu beginnen. Zunächst ist sie überwältigt von den Anforderungen, die das Schicksal an sie stellt, doch schon bald findet sie sich in ihrer neuen Welt zurecht. Aber wieder wird ihr mühsam erkämpftes kleines Glück in der Fremde bedroht, und noch einmal muss sie all ihren Mut und ihren Scharfsinn aufbringen, um sich und ihre Lieben zu retten.

Die Autorin

Laurie Fabiano liebt ihre Familie und alles Italienische. Sie lebt mit ihrem Mann Joe und ihrer Tochter Siena in Hoboken, New Jersey. *Mein italienisches Herz* ist ihr erster Roman, die Geschichte, die sie darin erzählt, ist die ihrer Familie.

Laurie Fabiano

Mein italienisches Herz

Roman

Aus dem Amerikanischen
von Marie Rahn

List Taschenbuch

Besuchen Sie uns im Internet:
www.list-taschenbuch.de

FSC
www.fsc.org
MIX
Papier aus verantwortungsvollen Quellen
FSC® C083411

Deutsche Erstausgabe im List Taschenbuch
List ist ein Verlag der Ullstein Buchverlage GmbH, Berlin.
1. Auflage April 2011

Titel der amerikanischen Originalausgabe:
Elizabeth Street (AmazonEncore, Las Vegas)
Originally published in the United States by Amazon Content Services LLC, 2010. This translation made possible under a license arrangement originating with AmazonEncore.
Konzeption: semper smile Werbeagentur GmbH, München
Umschlaggestaltung: bürosüd° GmbH, München
Titelabbildung: getty images © Paul Grand Image
Satz: LVD GmbH, Berlin
Gesetzt aus der Sabon und Gil Sans
Papier: Munkenprint von Arctic Paper Munkedals AB, Schweden
Druck und Bindearbeiten: CPI – Clausen & Bosse, Leck
Printed in Germany
ISBN 978-3-548-61036-8

Hinweis der Autorin

Alle in diesem Buch beschriebenen Ereignisse entsprechen der Wahrheit und historischen Tatsachen. Die Hauptfiguren sind nach realen Vorbildern gestaltet. Giovanna Costa Pontillo Siena war meine Urgroßmutter und Angelina Siena Arena meine Großmutter. Die Namen der noch lebenden Hauptfiguren wurden verändert, die meisten der bereits gestorbenen nicht. Einige Hauptfiguren wurden aus mehreren Vorbildern zusammengesetzt, manche Nebenfiguren und Details erfunden.

Für meine Familie
In der Vergangenheit, Gegenwart
und Zukunft

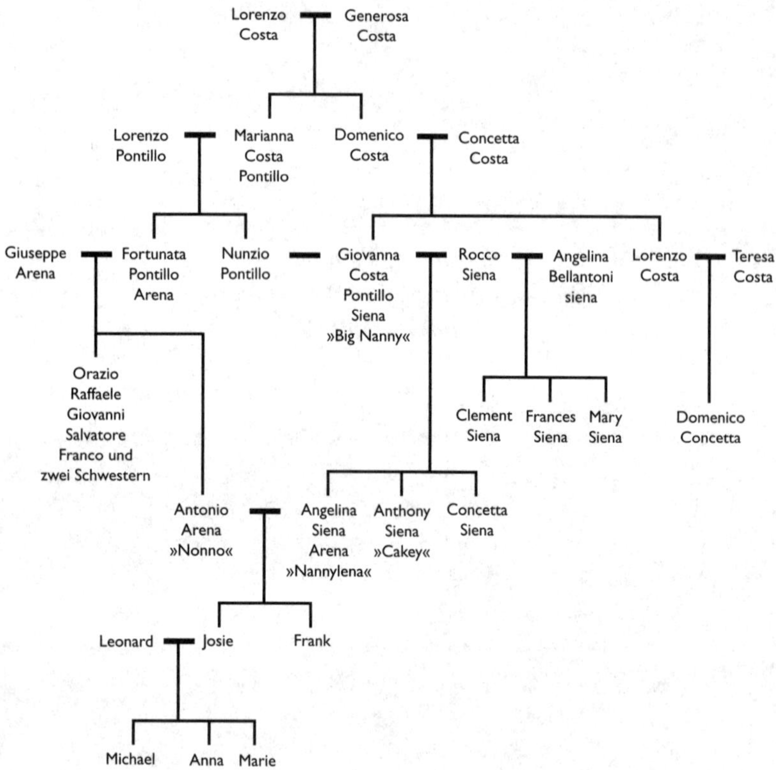

Lorenzo Costa
Generosa Costa
Lorenzo Pontillo
Marianna Costa Pontillo
Domenico Costa
Concetta Costa
Giuseppe Arena
Fortunata Pontillo Arena
Nunzio Pontillo
Giovanna Costa Pontillo Siena »Big Nanny«
Rocco Siena
Angelina Bellantoni siena
Lorenzo Costa
Teresa Costa
Orazio Raffaele Giovanni Salvatore Franco und zwei Schwestern
Clement Siena
Frances Siena
Mary Siena
Domenico Concetta
Antonio Arena »Nonno«
Angelina Siena Arena »Nannylena«
Anthony Siena »Cakey«
Concetta Siena
Leonard
Josie
Frank
Michael
Anna
Marie

Prolog

Hoboken, New Jersey, 1985

»Wir wohnten in der Elizabeth Street Nummer 202.« Meine Großmutter löste ihren Blick von der Videokamera und schaute mich an. »Wieso machst du nichts mit deinem Haar? Und warum gehst du nicht zur Kosmetikerin?«

Ich ignorierte das, denn es war keine Frage, sondern ein immer wiederkehrender Refrain. »Nanny, versuch doch mal still zu sitzen. Du gerätst mir ständig aus dem Bild.«

Ich stand zum zehnten Mal auf, um die Kamera neu zu positionieren. Meine Großmutter saß in einer roten Polyesterbluse auf dem Sofa. Sie hatte sich ihr blond gefärbtes Haar legen lassen, so dass zwei Locken ihr Gesicht einrahmten, das von einer Brille mit Goldrahmen dominiert wurde. Sie war achtzig Jahre alt und konnte sich zwar an Einzelheiten erinnern, die mehr als fünfzig Jahre zurücklagen, aber nicht an ihr Mittagessen.

»Wie viele Fragen kommen denn noch?«, jammerte Nanny gespielt.

Mit dem Alter war Nanny milder geworden. Sie grüßte auch Leute, die sie nicht gut kannte, und zeigte ihren Enkeln gegenüber mehr Zuneigung. Zwei Jahrzehnte hatte es gedauert, aber mit achtundzwanzig stand ich meiner Großmutter so nahe, wie ich es mir früher nicht hätte vorstellen können. Doch stur war sie immer noch, und es würde all meine Manipulations- und

Überredungskünste erfordern, das auf Film zu bannen, was ich von ihr wollte.

»Wir haben doch gerade erst angefangen«, erwiderte ich bemüht sanft und geduldig.

»Ich weiß sowieso nicht, was das soll«, grummelte sie.

»Das hab ich dir doch schon erklärt. Mein Gedächtnis ist nicht so gut wie deins. Du willst doch auch nicht, dass ich die Fakten durcheinanderbringe, wenn ich diese Geschichten eines Tages meinen Kindern erzähle.«

»Manche Sachen solltest du lieber nicht erzählen.«

Teil Eins

SCILLA, KALABRIEN, ITALIEN
1890–1901

Eins

Giovanna Costa klammerte sich an den Arm ihres Vaters, als er sie den Gang hinunterführte. Fast alle aus dem winzigen Fischerort hatten sich in der Kirche Santa Maria di Porto Salvo versammelt. Sie lächelten, und manche tuschelten. Giovanna fragte sich, was sie wohl zu flüstern hatten, ging aber davon aus, dass es das Übliche war. Bemerkungen wie »*Finalmente*, das wurde aber auch Zeit!« und »Warum haben sie überhaupt so lange gewartet?«.

Nunzio strahlte ihr vom Altar aus entgegen. Er war groß, größer sogar noch als Giovanna, und im Sonnenlicht, das durchs Fenster fiel, schimmerte sein dunkelrotes Haar fast golden, so dass sie unwillkürlich an eine brennende Kerze denken musste. Selbst aus dieser Entfernung spürte sie seine Wärme und sah den Ausdruck seiner Augen. Sein Blick richtete sie auf und zog sie beide in ihre ganz eigene Welt, in der sie sich ohnehin meist befanden.

Das Dorf Scilla war ihr *pezzo di cielo caduto in terra,* ihr Stück vom Himmel, das auf die Erde gefallen war. Sie wohnten in Chianalea, dem ältesten Viertel der Stadt, das den Fischern vorbehalten war. Gassen mit Kopfsteinpflaster führten zu Steinhäuschen, die sich ums Wasser drängten. Das kristallklare blaue Meer schwappte an ihre Haustüren, und ihre Boote waren direkt an der Türschwelle festgemacht. Ihre Hintertüren und Höfe führten in enge Gassen und Wege, die sich den Hügel hinaufwanden.

Scilla lag auf drei Ebenen, die gleichzeitig die drei Stadtviertel ausmachten. Der Ort ragte ins Meer. An der Spitze stand die Ruine einer Burg, die seit ihrer Erbauung 500 n. C. von zahllosen Invasoren und Kirchengesandten besetzt und bewohnt worden war. Auf der einen Seite der Ruine lag Chianalea, auf der anderen das halbmondförmige Marina Grande. Dort standen die Häuser etwas zurückgesetzt vom Meer, und auf dem Sandstrand trockneten die Netze der Fischer. Oberhalb von Chianalea lag San Giorgio, der neuere Teil der Stadt, wo das Rathaus und der Dorfplatz über die prächtige kalabrische Küste und die Äolischen Inseln Siziliens blickten. Und über San Giorgio erstreckten sich Gehöfte und Zitronenhaine bis zum Gipfel der Berge.

Dort wuchsen Giovanna und Nunzio auf, miteinander verflochten wie die Äste der indischen Feigenbäume auf dem Dorfplatz, bei denen man kaum sagen konnte, wo der eine anfing und der andere aufhörte. Ein Leben ohne Nunzio konnte Giovanna sich nicht vorstellen. Ihr Vater und seine Mutter waren Geschwister. Ihre Häuser lagen zwei Türen, ihre Geburtstage zwei Monate auseinander. Obwohl Nunzio schon in Giovannas frühesten Erinnerungen vorkam, erkannte sie erst mit sechs, dass er untrennbar zu ihrem Leben gehörte. Da hievte er gerade Körbe voller Stinte aus dem Fischerboot seines Onkels an Land. Als Nunzio sich umdrehte, um sie zu grüßen, rutschte er aus und schleuderte die Fische in die Luft. Giovanna lachte. Sie hatte schon mit sechs Jahren ein herzhaftes, leicht heiseres Lachen. Und Nunzio wurde nicht wütend, sondern wiederholte das Ganze so lange, bis Giovanna vor lauter Lachen keine Luft mehr bekam.

Wenn Giovanna und Nunzio keine Pflichten zu erledigen hatten, waren sie im Wasser. Sie schwammen zu einem der vielen Felsen an der Küste von Scilla und nutzten ihn als Ausgangspunkt zum Tauchen. Das klare Wasser bot ihnen ein buntes Kaleidoskop aus vielen verschiedenen Fischen und Korallen. Im Laufe der Jahre konnten sie immer länger die Luft anhalten und die Riffe und Wracks unter Wasser erkunden.

Am Anfang hatten sich Giovannas Vater und ihre Tante noch versichert, dass es nur eine Sandkastenliebe wäre. Schließlich gab es jetzt eine Straße nach Scilla, und man war nicht mehr gezwungen, untereinander zu heiraten. Aber mit jedem Tag wurde offensichtlicher, dass Giovanna und Nunzio durch das Schicksal und nicht nur die Umstände miteinander verbunden waren. Wenn jemand Bemerkungen machte, wiederholten Giovannas Vater und ihre Tante nur stoisch, was ihr eigener Vater über das Heiraten innerhalb der Familie gesagt hatte: »Dadurch wird das Blut dicker.«

Als Giovanna mit vierzehn in die Pubertät kam, durften sie ihre Zeit nicht mehr allein miteinander verbringen. Doch da sie Verwandte und Nachbarn waren, sahen sie sich jeden Tag mehrfach. Ihre einsamen Abenteuer allerdings hatten ein Ende.

Als Giovanna jetzt durch die Kirche schritt, erhaschte sie hier und da einen Blick von den Menschen, die ihren Gang zum Altar bezeugten. Hinter jedem verbarg sich eine Episode ihres Lebens mit Nunzio. Da war Paolo Caruso, der ihr Bein gerettet hatte. Eines Frühlings waren sie und Nunzio die steile Treppe von Chianalea nach San Giorgio hinaufgestiegen, waren über das Plateau und dann durch die Zitronenhaine gerannt, um auf den Gehöften Fisch gegen Ziegenkäse und Milch einzutauschen. Da stürzte Giovanna über eine kleine Steinmauer und riss sich ihr langes, dünnes Bein bis zum Knochen auf. Paolo hatte als Erster Nunzios Hilferufe gehört und Giovanna auf seinem Rücken nach Hause getragen. Nunzio war nebenher getrottet und hatte ihr tapfer ihre Lieblingslieder vorgesungen, während er sein Hemd gegen die Wunde drückte, um die Blutung zu stoppen.

Dann lächelte Giovanna ihrem älteren Cousin Pasquale zu. Dieser immer noch imposante Mann hatte sie viele Male beschützt. Als Kinder hatten Giovanna und Nunzio zwischen glatten Kieseln und Terrakottascherben nach alten römischen und griechischen Münzen gesucht, die das Meer, vor allem nach einem Sturm, ans Ufer spülte. Diese uralten Münzen, die noch Spuren der Heldenabbildungen trugen, verwendeten sie beim Zielschnipsen in den engen Gassen von Chianalea. Bei einem Spiel nun hatten ältere Jungen sie um ihre kostbaren Münzen gebracht. Als der stämmige Pasquale jedoch an die Tür der Missetäter klopfte, wurde der Schatz schleunigst an die rechtmäßigen Besitzer zurückgegeben.

Zia Antoinettes zerfurchtes Gesicht fing an zu strahlen, als Giovanna vorbeiging. Sie war die Erste von vielen gewesen, die Nunzio und Giovanna beim Küssen erwischt hatte. Damals hatte sie so heftig mit ihrem Besen auf Nunzio eingeschlagen, dass der später scherzte, ein Kuss von Giovanna würde ihm Schwindel und einen brennenden Hintern verursachen.

Dann ging Giovanna an der Kirchenbank vorbei, die von Nunzios hochschwangerer Schwester Fortunata und ihren sechs Kindern eingenommen wurde. Die älteren Jungen, Orazio und Raffaele, waren bereits Fischer. Sie standen hoch aufgerichtet neben ihrem schmalen, muskulösen Vater Giuseppe Arena. Fortunatas jüngster Sohn Antonio winkte Giovanna von der Bank aus zu.

Da dachte Giovanna auch an die, die nicht mehr da waren. In Gedanken setzte sie ihren in Amerika lebenden Bruder Lorenzo und Nunzios Vater, der zehn Jahre zuvor an Cholera gestorben war, ans Ende des Gangs, zu ihrer Mutter Concetta und Nunzios Mutter Tante Marianna.

Tränen liefen Concetta und Marianna übers Gesicht. Für Giovanna hatten die beiden Schwägerinnen immer wie ein Pärchen Porzellanpuppen ausgesehen: die eine mit dunkelbraunem Haar genau wie sie, die andere mit rotem wie Nunzio. Sie standen sich sehr nahe und hatten sich auch diesmal nicht auf ihre jeweilige Familienseite begeben, sondern saßen Hand in Hand zusammen.

Während Nunzio und Giovanna aufwuchsen, begleitete sie stets das Geplauder und Getratsche ihrer Mütter, die bis spät in die Nacht gemeinsam Leinen webten und stickten. Sie staunten, wie rasch ihre Mütter einen einfachen Faden in haltbare, schöne Stoffe verwandeln konnten. Als Giovanna und Nunzio zwölf waren, hörten sie, wie Concetta und Marianna planten, zwei Tischdecken zusammenzunähen, die sie einzeln angefertigt hatten, um die große Weihnachtstafel zu schmücken. Am Abend, bevor die beiden Einzelteile zusammengenäht werden sollten, nahmen Giovanna und Nunzio heimlich je einen Faden aus den Nähkästen ihrer Mütter und zogen ihn im Licht des Mondes langsam durch ihren Mund. So wurden Concetta und Marianna, die am Tag darauf mit den Fäden die beiden Hälften zusammennähten, unwissentlich zu Komplizinnen beim ersten Treuegelübde ihrer Kinder. Concetta wusste bis heute nicht, warum Giovanna noch eine Woche zuvor darauf bestanden hatte, diese fleckige und zerschlissene Tischdecke mit in ihre Aussteuer zu nehmen.

Giovanna gab ihrem Vater einen Kuss, woraufhin er sich in die Bank neben seine Frau und seine Schwester setzte. Nunzio nahm Giovannas Hand. Sie sahen sich an und versanken in ihrem Blick. Nunzio sagte immer, in Giovannas Augen sähe er das Meer. Er hatte ihr oft erzählt, er würde sich draußen beim Fischen vorstellen, in ihrem Blick zu segeln. Er behauptete, ihre Augen würden vor einem Sturm die Farbe wechseln, genau wie das Meer. Er konnte anhand der Farbe des Wassers den Fang des Tages vorhersagen und an der Farbe von Giovannas Augen ausmachen, ob sie ruhig war oder dunkle Unterströmungen hatte. Für Giovanna hingegen waren Nunzios Augen wie Fenster. Immer wenn sie sich wie eine Gefangene in ihrem Leben fühlte, konnte sie durch diese Fenster fliehen. Durch Nunzios Augen konnte sie klarer und weiter sehen.

Jetzt lösten sie den Blick voneinander und wandten sich zum Altar von Santa Maria di Porto Salvo, vor dem der Priester stand. Von außen besehen, wirkte die Steinkirche mit ihrem schlichten Stuck bescheiden. Doch im Innern wurde sie durch die Fresken auf allen Wänden zu einer Kathedrale mit geradezu dramatischer Wirkung. Denn die Geschichte von Scilla umgab die Gemeindemitglieder und wurde nur durch das eine oder andere Fenster unterbrochen. Doch wenn das Licht richtig stand, verschmolz der Ausblick nach draußen mit den Gemälden im Inneren. Die Entstehungsgeschichte der Fresken hatte Eingang in die Chronik des Dorfes gefunden. Sie war eine Geschichte, die sich auf Geschichten gründete.

Über hundert Jahre zuvor landete ein umherziehender Maler auf der Suche nach Arbeit in Scilla. Die Kirche war gerade erbaut worden, und der weiße Putz der Wände schien die Gemeindemitglieder wegen ihrer Armut zu verhöhnen. Daher luden sie den Maler zu einem Treffen in die Kirche, wo Jung und Alt Geschichten von Scilla erzählten. Während die Fischersleute erzählten, skizzierte der Maler ihre Mimik und Gestik mit Kohle auf Papier, das sie sonst zum Einwickeln der Fische benutzten.

Der Älteste im Dorf, Nunzios Ur-Ur-Großvater Giacomo, erzählte auch die älteste Geschichte. »Scilla«, begann er mit großer Geste, »war der Ort Scyllae aus der griechischen Sage.« Er gab dem Maler zwar zu verstehen, dass sie alle gute Christen seien, dies jedoch sie nicht davon abhalte, an die Legende zu glauben. Denn welche Erklärung sollte es sonst dafür geben, dass das Meer zwischen Scilla und Sizilien so tückisch war?

»Signore, ich bin nicht gebildet und kenne nur die Geschichten der Bibel«, sagte der Maler entschuldigend.

Giacomo lächelte. Er hatte gehofft, der Künstler würde die Geschichte nicht kennen. So konnte er die Gelegenheit auskosten, die hochdramatische Legende noch einmal zu erzählen und sich dabei an den Reaktionen seiner Freunde und Verwandten zu erfreuen.

Er lehnte sich in seiner Bank zurück und rückte sich eine Kerze näher ans Gesicht. Als er ausführlich die Schönheit der vom Meergott Glaucus geliebten Nymphe Scylla beschrieb, studierte er die Mienen der Männer. Giacomo wusste, sie würden den nächsten Teil überhören, wo Glaucus Circe um einen Liebestrank bat, weil sie in Gedanken immer noch Scyllas biegsamen Leib mit der seidigen Haut liebkosten. Als er schilderte, wie Circe vor Eifersucht raste, weil sie selbst Glaucus liebte, sah Giacomo die Missbilligung der Frauen. Sie bissen sich auf das Innere ihrer Wangen und schüttelten die Köpfe angesichts solcher Selbstsucht. Die Kinder hingegen rissen die Augen auf, als er beschrieb, wie Circe Scylla in ein Ungeheuer mit zwölf Füßen und sechs Köpfen verwandelte. »Scylla wurde verflucht, als einsamer Felsen die Seeleute zu vernichten, die die Straße von Messina zu durchsegeln versuchten«, verkündete Giacomo mit schauriger Stimme, woraufhin die Kinder ihre Beine anzogen und gegen die Brust drückten.

»Seitdem«, schloss Giacomo und wandte sich wieder dem Maler zu, »muss jeder Seemann, der Scyllas Zorn getrotzt hat, schon bald darauf dem tödlichen Strudel von Cariddi entkommen, der auf der sizilianischen Seite der Seestraße auf ihn wartet. Daher sagen wir hier tra una pietra ed un posto duro: zwischen Fels und gefährlicher Stelle.« Zur Unterstreichung erhob er sein Weinglas auf Scylla und Charibdis. Der Künstler hatte diese Geste perfekt festgehalten und Nunzios Ur-Ur-Großvater als heiligen Paulus unsterblich gemacht.

Eine weitere Dorfbewohnerin hatte geduldig auf eine Möglichkeit gewartet, selbst zu Wort zu kommen. Sie hatte ihrem Vater immer aufmerksam zugehört, wenn der Geschichten vom alten Scilla erzählte, und war, als er auf dem Meer starb, zur inoffiziellen Chronistin des Orts geworden. Jetzt wiegte sie ihr schlafendes Kind auf dem Schoß und verkündete voller Dramatik: »Das Blut von hundert Nationen fließt durch unsere Adern.« Sie wies in die Nacht, als könnte der Maler etwas jenseits ihrer Hand sehen. »Dort«, erklärte sie, »liegt Sizilien. Ihr könnt es fast berühren. Jeder König, jeder Heerführer glaubte, wenn er Scilla kontrolliere, würde er auch Sizilien kontrollieren. Scyllae wurde so oft erobert, dass die Dorfbewohner häufig vergaßen, wer sie eigentlich regierte – bis sie jemand mit der Spitze seines Schwerts daran erinnerte.«

Nach vielen, meist wahren Geschichten, räusperte sich der alte Fischer Agostino Bellantoni, um zu Wort zu kommen. Er scharrte mit den Füßen und senkte bescheiden den Kopf. »Signore Artista«, setzte er vorsichtig an, fuhr dann jedoch lauter fort: »Wir lieben diese alten Geschichten. Doch Scilla ist und war schon immer ein einfaches Dorf für Fischer und Ziegenhirten. Für einen Künstler mag das nichts Besonderes sein, aber für uns ist Scilla das Meer, die Klippen, die Zitronenbäume und jetzt auch unsere Kirche.«

Das schönste Bild befand sich direkt hinter dem Altar. Giovanna hatte es schon tausendmal betrachtet, doch jetzt hatte sie das Gefühl, als stünde sie selbst im Boot mit den Jüngern, die die vollen Netze an Bord zogen. Die Jünger betrachteten sie mit den vertrauten Gesichtern der einheimischen Familien Costa, Pontillo und Arena. Der heilige Petrus hielt ein Kreuz in die Höhe und lächelte ihr mit durchdringendem Blick freundlich zu. Vom Boot aus sah man Scillas legendäre Klippen und dahinter den Himmel.

Giovanna war eine gläubige Katholikin. Nunzio begleitete sie zwar gelegentlich in die Kirche, doch sie wusste, dass er dies eher der Tradition zuliebe tat. Sie war zu dem Schluss gekommen, dass sein eher wissenschaftlicher Verstand ihm den Glauben verwehrte, doch verzieh sie ihm, weil ihr gefiel, wie sein Verstand arbeitete. Sie staunte, wie er mit Hilfe von Zahlen Probleme löste und wie er ein Gebäude, ein Boot oder irgendetwas anderes Dreidimensionales betrachtete und intuitiv wusste, wie es konstruiert worden war.

Als Nunzio acht war, konnte er bereits Fischerboote reparieren. Mit zwölf fügte er die ersten Verbesserungen hinzu. Von Mai bis August fingen die Fischer von Scilla den besten *pescespada* – Schwertfisch – auf der ganzen Welt. Sie hatten ein spezielles Boot dafür gebaut und ein einzigartiges System entwickelt, die schwer zu fangenden Riesenfische zu harpunieren. In der Mitte des Boots ragte ein drei Meter hoher Mast in die Höhe. Ganz oben waren zwei schmale Holzblöcke angebracht, auf denen ein Mann balancierte und Ausschau hielt. Unter ihm ruderten vier Mann stehend das Boot, während ein sechster am Bug stand, um die angeleinte Harpune in den vorbeischießenden *pescespada* zu schleudern.

Als Vittorio Macris Boot nicht schnell genug fahren wollte, kam Nunzio darauf, dass es wegen eines falsch platzierten

Mittelmastes schlecht ausbalanciert war. Und noch als Jugendlicher erfand Nunzio zusammen mit dem Schmied eine bessere Harpunenspitze, die sich tiefer im Fisch verkeilte, wenn sie am Seil zurückgezogen wurde.

Nunzio genoss seine Sonderstellung im Dorf. Er war stolz, dass ihn die Freunde seines Vaters um Hilfe baten; dadurch liebte er Scilla nur umso mehr. Man hatte entschieden, dass Nunzio eine ganz besondere Gabe hatte und Ingenieur werden sollte. Dazu aber musste er Scilla verlassen und im Norden studieren. Felipe, der damalige Dorfschullehrer, warnte ihn: Er würde schlecht behandelt werden, man würde ihn *Bauer* nennen und über seine Kleidung und seinen Dialekt lachen. Aber weder der Statusverlust noch der Spott schreckten Nunzio so sehr wie die Aussicht, Giovanna zu verlassen. Am Ende machte ihm Giovanna selbst die Entscheidung leicht, als sie erklärte, sie werde ihn erst heiraten, wenn er zum Studieren fortginge und als Ingenieur zurückkomme.

Nunzio brauchte über fünf Jahre, um sein Studium zu beenden. Da er aus dem Mezzogiorno stammte, bekam er für seine Lehre weniger Lohn als seine Kommilitonen, und die Professoren legten bei ihm oft eine höhere Messlatte an und zwangen ihn so, Lektionen zu wiederholen. Obwohl diese Schikanen Nunzio länger als geplant von Scilla fernhielten, führte er sich immer vor Augen, welch ein Wunder es war, dass er überhaupt studieren durfte. Er würde nicht, wie bisher jeder Mann aus seiner Familie, seinen Lebensunterhalt als Fischer verdienen. Giovanna hingegen verfluchte sich wegen ihrer Entscheidung, denn ohne Nunzio war das Leben unerträglich. Doch ihre Brust schwoll vor Stolz, wenn jemand sich nach *Maestro* Nunzio erkundigte, denn dieser Titel war nur geachteten Meistern ihres Metiers vorbehalten.

Während Nunzio fort war, arbeitete Giovanna Tag und

Nacht, damit die Zeit schneller verging. Früh am Morgen putzte sie ihr schmales, dreistöckiges Elternhaus: vom dritten Stock mit dem Balkon, der Dorf und Meer überragte, zum zweiten Stock, der einen Ausgang zur Straße hinter dem Haus hatte, bis zum untersten Stock direkt am Meer, wo das Fischerboot der Familie festgemacht war. Nach dem Putzen ging sie zum Fischladen ihrer Eltern, um ihn für den Fang des Tages vorzubereiten. Nach dem Mittagessen kehrte sie in den Laden zurück, um Einwohnern von Marina Grande und San Giorgio Fisch zu verkaufen. Doch immer wenn sie am Abend zu viel Zeit hatte, begleitete sie Signora Scalici, die Hebamme des Orts.

Schon seit langer Zeit brachten die Bewohner von Chianalea kranke Tiere zu Giovanna, denn sobald sie sie auf den Arm nahm, beruhigten sie sich. Wenn sie dem Tier nicht helfen konnte, hielt sie es bis zum Ende, um ihm das Sterben zu erleichtern. Die gleiche wohltuende Wirkung hatte sie auf Pflanzen. Auf dem Balkon ihres Elternhauses hatte sie einen Kräutergarten in Töpfen angelegt. So konnte sie aus verschiedensten Kräutern Breiumschläge zur Heilung von Infektionen und Wunden machen.

Als die Leute also Giovanna mit der Hebamme sahen, verhielten sie sich so, als hätten sie schon immer gewusst, dass Giovanna eines Tages die Kinder des Orts auf die Welt holen würde. Obwohl dies ein ganz natürlicher Schritt zu sein schien, waren einige Frauen anfangs nicht glücklich darüber. Sie fanden, dass Giovanna sich aufspielte. Sie missbilligten, wie sie im Fischladen die Verantwortung übernahm und keine Scheu hatte, Männer wegen der minderen Qualität oder des hohen Preises ihrer Fische zu schelten. Und sie waren verwirrt und argwöhnisch wegen ihrer Entscheidung, Nunzio ohne vorherige Eheschließung in den Norden ziehen zu lassen.

Als die Jahre vergingen, wurde Giovannas Zeit immer mehr davon in Anspruch genommen, Signora Scalici dabei zu helfen, Scillas nächste Generation auf die Welt zu bringen. Die Frauen gaben ihr anfängliches Misstrauen auf und genossen Giovannas Hilfe. Denn Signora Scalici war zwar freundlich, aber auch sehr sachlich. Giovanna hingegen half den gebärenden Frauen, an etwas anderes zu denken, wenn der Schmerz unerträglich wurde, und sich zu konzentrieren, wenn es darauf ankam.

Ganz zu Beginn ihrer Ausbildung hatte sie ihrer Jugendfreundin Francesca Marasculo geholfen, ihr drittes Kind zu gebären. Die Geburt ging rasch über die Bühne. Die Frauen hatten Mutter und Kind gewaschen und waren dann gegangen. Doch nie würde Giovanna die Schreie von Francescas Mann vergessen, die an den Mauern von Chianaleas Häusern widerhallten, als er um Hilfe rief. Er war in einer Blutlache aufgewacht und hatte Francesca bewusstlos neben sich liegen sehen. Als die Hebammen zu ihr stürzten, war Francesca bereits verblutet. Die beiden älteren Kinder klammerten sich an ihren leblosen Körper.

Der Tod von Francesca war eine Wunde in Giovannas Seele, die nie ganz verheilte. Von nun an verbrachte Giovanna nach jeder Geburt die ganze Nacht bei der Mutter: kochte, putzte und hielt ein wachsames Auge auf sie. Auch dafür erntete sie den Respekt und das Vertrauen der Dorfbewohnerinnen.

Die Hochzeitsgäste waren nach der Kommunion auf ihre Plätze zurückgekehrt. In der Kirche wurde es ruhig. Nunzio und Giovanna knieten vor dem Altar nieder. Als der Priester nickte, drückte Nunzio Giovannas Hand, und sie erhoben sich. Giovannas Geist stand still. Das Gewicht dieses freudigen Augenblicks erdrückte sie fast.

»Willst du, Nunzio Pontillo, Giovanna Costa zur Frau nehmen?« Als Nunzio in Giovannas blaue Augen blickte, wähnte er sich im Meer und antwortete aus dessen Tiefen: »Ja.«

»Willst du, Giovanna Costa, Nunzio Pontillo zum Mann nehmen?«

»Ja«, sagte Giovanna und fühlte sich ganz und heil. Das Leben war so, wie es sein sollte und ihrer Bestimmung entsprach.

Si. Finalmente.

Zwei

Nunzio und Giovanna waren nicht lange nach der Einigung Italiens geboren worden. Als Kind kletterte Nunzio immer auf den Esel seines Onkels, schwenkte einen Stock wie ein Bajonett und tat so, als wäre er Giuseppe Garibaldi, der aufrührerische italienische General, der in die Stadt ritt, um die fremden Herrscher zu vertreiben. Giovanna winkte dann jubelnd mit einem roten Tüchlein. Als die Älteren vom *risorgimento* sprachen, hörten Giovanna und Nunzio in jeder Silbe Trotz, Hoffnung und Leidenschaft. Jetzt jedoch, Jahre später, klang es anders. Es war, als sagten ihre Eltern den Namen einer alten Liebe. Man vernahm immer noch Sehnsucht in ihrer Stimme, doch auch die Spuren des Verrats.

Eine der Veränderungen, die die Einigung mit sich gebracht hatte, war, dass Giovanna und Nunzio hin und wieder zur Schule gingen. Die Schule war das Zimmer, das ein Lehrer aus dem Norden gemietet hatte. Der *Professore* blieb nie lange, doch solange er da war, wurden Giovanna und Nunzio von ihren Eltern unerbittlich zur Schule geschickt. Der Ort sollte eigentlich mit Geld aus dem Norden eine Schule bauen, doch das geschah nie und das Geld verschwand. Allerdings lernten Giovanna und Nunzio trotz wechselnder Lehrer und nicht existenter Schulräume irgendwie Lesen und Schreiben, und dies allein unterschied sie schon von den meisten anderen Kindern. Ein Großteil ihrer Bildung jedoch speiste sich aus Sprichwörtern, Legenden und Unterhaltungen, die sie auf dem Dorfplatz – der *chiazza* – hörten.

Die *chiazza* war das Herz des Orts. Sie lag auf der dritten Ebene von Scilla und überblickte die Burg, das Viertel von Chianalea und den Strand. Das westliche Ende ragte übers Meer hinaus. Pinien säumten den Platz und blühende Geißblattbüsche, die die Luft im Juni mit süßem Duft erfüllten. Wenn – wie fast immer – gutes Wetter herrschte, verbrachten die Einwohner dort den Abend und den ganzen Sonntag. Die Kinder wurden zum Spielen weggescheucht, damit die Erwachsenen bei einem Glas Wein Neuigkeiten austauschen konnten. Giovanna und Nunzio hatten sich unter einem Bougainvilleabusch ein Versteck geschaffen, wo sie unbemerkt zuhören konnten, während sie Pistazien naschten.

Am meisten gefiel ihnen, wenn man von den Neuigkeiten im Ort zu denen in der Welt überging. Der Dorfklatsch war langweilig. Da es im Allgemeinen um Themen ging, bei denen sich die Männer einig waren, verlief das Gespräch ruhig. »Gute Ausbeute in letzter Zeit«, sagte wohl einer, worauf die anderen dann nickend etwas Zustimmendes murmelten. »*Si*, wirklich, gute Ausbeute«, war das höchste der Gefühle. Ganz anders hingegen, wenn es um die Politik Italiens ging. Da flogen Argumente und Flüche wild hin und her, Fäuste wurden mit Nachdruck in die Höhe gereckt und ungewöhnliche Bündnisse geschlossen und wieder gebrochen.

Wenn Giovanna und Nunzio hörten, dass eine Zeitung aus dem Norden es bis in den Ort geschafft hatte, sorgten sie dafür, ganz gleich wie viele Pflichten sie vorher zu erledigen hatten, dass sie abends mit einem Extravorrat an Pistazien und einer Flasche Wein in ihrem Versteck saßen. An diesen Abenden rieb Vittorio, einer der wenigen *contadini*, die lesen konnten, seine Hände und Unterarme mit Zitronensaft ein, um den Fischgeruch loszuwerden, und zog sein bestes Hemd an. Dann schritt er zur *chiazza* und setzte sich auf den Ehrenplatz, den man für ihn freigehalten hatte. Innerhalb von wenigen Minuten scharten sich Dutzende von Männern um ihn, während die Frauen sich am Rand hielten und so taten, als seien sie völlig in ihre Näharbeit vertieft.

Dann las Vittorio laut aus der Zeitung vor, die meist aus Rom kam, obwohl manchmal auch eine aus Mailand ihren Weg bis zu ihnen fand. Die Lokalzeitung war aus Reggio und in ihrem Dialekt geschrieben, verbreitete aber nicht so aufwieglerische Inhalte wie die Zeitungen aus dem Norden. Diese waren in Italienisch, das nur wenige Gemeinsamkeiten mit dem in Scilla gesprochenen Dialekt hatte. Zudem war die Zeitung immer mindestens drei Monate alt, und auf ihrem Weg waren etliche Seiten herausgerissen worden, um Nasen zu putzen oder Fisch einzuwickeln. Daher mühte sich Vittorio, das vom Verbliebenen zu lesen, was noch am meisten der eigenen Sprache ähnelte.

»Und dann sagt das Schwein« – Vittorio kommentierte das Gelesene auch gern –, *»unser Italien müsste von einer nationalen Armee geschützt werden. Unsere guten Männer aus* l'alta Italia *verrichten Militärdienst, also müssen es die faulen Hunde aus dem Süden auch, obwohl ihre Familien jammern, sie könnten ihre Höfe nicht allein lassen.«*

»Dieser blöde Hurensohn!«, schrie Luigi DiFranco, ein Ziegenhirt, und sprang so heftig auf, dass sein Stuhl auf dem Kopfsteinpflaster wackelte. »Wenn mein Sohn in ihre gottverdammte Armee geht, wer kümmert sich dann um die Ziegen und macht den Käse, um ihre Steuern zu bezahlen?«

Alle schrien wild durcheinander.

»Wer soll die Netze flicken?«

»Hundesöhne! Schweine! *Sporcaccioni!*«

»Wieso besteuern sie eigentlich Esel und nicht die Kühe ihrer reichen Freunde! Ich bin doch nicht dämlich!«

»Werden ihre Söhne mein Land pflügen?«

Sie schrien so laut, dass Vittorios Bruder einen Knallkörper zündete, um sie zum Schweigen zu bringen.

Cesare, einer der Dorfältesten, ergriff als Erster wieder das Wort. »Was soll dieses Italien überhaupt, und warum braucht es eine Armee? Ist es etwa das Römische Reich?«

Gelächter brandete kurz auf, doch Vittorio wurde langsam ungeduldig; er wollte weiterlesen. »Cesare, weißt du denn gar nichts? Italien ist das Land, in dem wir leben. Der Norden, der Süden, Sizilien, wir alle sind Italien!«

»Cesare hat recht!« Der Knallkörper hatte wenig an Luigis Stimmung geändert. »Was soll dieses Italien? Ich bin Kalabrier! Ich kann mir nicht leisten, Italiener zu sein. Erst wollten sie Steuern auf meine Ziegen, dann auf meinen Esel, und jetzt wollen sie sogar meinen Sohn! Italien? Ich pfeif auf Italien!«

»Das ist der Preis für ein geeintes Italien. Möchtest du jedes Mal, wenn der Wind sich dreht, von jemand anderem erobert werden?« Vittorio hatte das Gefühl, die Einigung verteidigen zu müssen.

»Nein, aber ich will was zu beißen haben!«, tönte Luigi.

»Ich hab gehört, die im Norden sind auch nicht grade erpicht darauf, in die Armee zu gehen«, brüllte ein anderer. »Der Kapitän eines Schiffs in Neapel hat mir erzählt, die im Norden würden scharenweise nach Südamerika auswandern.«

Der Effekt war, als wäre ein weiterer Knallkörper explodiert. Alle schrien erneut durcheinander. Hände und Arme reichten nicht mehr, um sich Ausdruck zu verschaffen. Vor lauter Aufregung hielt es die Männer kaum auf ihren Plätzen. Einer fiel von einem wackligen Stuhl. Von weitem sah es aus, als würde die ganze Gruppe ein bizarres Tanzritual abhalten.

»Sie verlassen ihre Heimat? Wann kommen sie denn zurück?«

»Wenn im Norden keiner mehr ist, können wir ja da hin!«

»Hast du jemals einen Piemonteser ein Boot rudern sehen?«

Die Männer redeten durcheinander, bis Luigis einäugiger, orientierungsloser Hahn krähend Mitternacht anzeigte. Giovanna und Nunzio blieben unter ihrem Bougainvilleabusch, bis ihre Mütter sie an den Ohren herauszogen. Giovanna wusste nicht, ob sie damals zum ersten Mal davon gehört hatte, dass Menschen in andere Länder gingen, aber von diesem Moment an war das für sie ein Dauerthema.

Undenkbar, die Heimat zu verlassen. Es war, genau wie Italien, ein unfassbares Konzept. Hatte ihr Papa nicht immer gesagt, dass Eroberer kamen und gingen, der Kalabrier aber blieb? Wenn kein Krieg, kein einziges Ereignis in Italiens Geschichte sie aus ihrer Heimat hatte vertreiben können: Wie sollte es dann die Einigung?

*

Lorenzo, Giovannas älterer Bruder, spielte mit dem spärlichen Essen auf seinem Teller. Es herrschte gedrückte Stimmung beim Abendessen. Concetta kannte ihren Sohn gut. Sie wusste, dass er etwas verkünden wollte, und bemühte sich nach Kräften, ihn davon abzuhalten. Jedes Mal, wenn er zu sprechen ansetzte oder auch nur seufzte, hob sie einen Teller oder rutschte auf ihrem Stuhl hin und her, um ihn abzulenken. Domenico spähte neugierig zu seinem Sohn hinüber, sah ihn aber nicht direkt an.

In den vergangenen drei Jahren hatte Giovanna beobachtet,

wie ihr stolzer Bruder erst zornig war, dann zunehmend frustriert wurde, bis er sich schließlich geschlagen gab. Seine einst straffen Schultern waren gebeugt, und sein schlanker Körper wirkte nun mager. Giovanna spürte, wie sehr sie und ihr Bruder gealtert waren. Es lag nicht nur daran, dass er zweiundzwanzig und sie zwanzig Jahre alt war, sondern auch daran, dass das Leben jedes Jahr härter wurde.

Als sie das letzte Opfer der Choleraepidemie, die auch Nunzios Vater das Leben gekostet hatte, zu Grabe trugen, hatten sie gedacht, das Schlimmste wäre überstanden. Doch dann erwies sich die Cholera nur als Ouvertüre einer tragischen Oper, in der alles außer Kontrolle geriet und das Publikum kaum noch mit den Heimsuchungen mithalten konnte.

Die anderen Plagen waren nicht so dramatisch und offensichtlich wie die Seuche, sondern tückischer und maskiert. Seit die Regierung eine Steuer auf Ziegen erhoben hatte, waren die Bergbauern gezwungen, ihre Herden zu verkleinern. Bald gab es nicht mehr genug Milch und Käse zum Tauschen, woraufhin die Herden noch einmal verkleinert werden mussten. Eine Weile gab es viel Ziegenfleisch zu essen. Doch jetzt gab es weder Milch noch Käse noch Ziegen. Dann wurden Esel besteuert, und die Bauern mussten sich selbst vor den Pflug spannen. Ein Jahr wurde die Ernte von Schädlingen vernichtet, im nächsten Jahr vom Wind. Als die Bauern nicht mehr genug Lebensmittel erzeugten und die Menschen gezwungen waren, so viel wie möglich im eigenen Garten anzubauen, wurden die Gärten besteuert. Nur die *padroni*, die Großgrundbesitzer, die meist aus dem Norden oder dem Ausland kamen, hatten noch Gehöfte und Tiere. Den Ziegenhirten und Bauern blieb nichts anderes übrig, als auf dem Land der *padroni* zu schuften.

Als sich die Bauern mit Stöcken erhoben, mähte die Polizei aus dem Norden sie mit Gewehren nieder. Für viele blieb nur noch ein Ausweg: Sie wurden Briganten. Zuerst verließen die Söhne und dann manchmal auch die Väter die Berge, um reiche Großgrundbesitzer und Reisende auf den wenigen Straßen der Region auszurauben. Mitten in der Nacht schlichen sie sich dann über Gebirgspfade zu ihren Familien, um ihnen Geld oder Lebensmittel zu bringen. Länger als ein paar Minuten blieben sie nie, und wenn sie nicht mehr kamen, wussten ihre Familien, dass die Polizei sie erwischt hatte.

Lorenzo plante schon lange, Vittorios Tochter Pasqualina zu heiraten, wartete aber darauf, dass die Lage sich besserte. Pasqualina jedoch war es leid zu warten. Als Luigi DiFrancos in Amerika lebender Sohn einen Brief an Pasqualinas Familie schickte, der einen Heiratsantrag und Geld für die Überfahrt enthielt, erklärte sie sich einverstanden. Nach ihrer Abreise dachte Lorenzo daran, Brigant zu werden, doch er wusste, dass er nicht dazu geeignet war. Er kam aus einer Familie von Landbesitzern; die besten Briganten jedoch waren einfache Bauern. Das *brigantaggio* war ihr Weg, in der Welt aufzusteigen, sich Respekt und ihr vom Gesetz verwehrtes Recht zu verschaffen. Und ihr Schicksal war es, dass ihnen der Kopf abgeschlagen und zur Abschreckung weiterer Gerechtigkeitssucher ausgestellt wurde.

Lorenzo wollte, dass sein Leben begann – er wollte ein Mann mit einem Haus und einem Geschäft werden wie sein Vater. Der Mezzogiorno jedoch hatte ihn zu einem *contadino* ohne Möglichkeiten, ohne Zukunft gemacht.

»Ich gehe nach Amerika.« Da. Nun war es heraus.

Concetta hielt die Luft an und begann, das Geschirr abzuwaschen, als wäre kein Wort gesprochen worden.

Lorenzo sah seinen Vater an. »Ich schicke euch Geld. Hier kann ich euch nicht von Nutzen sein.«

Sein Vater ging schweigend aus dem Haus und setzte sich

auf den Anleger. Lorenzo stand auf und umarmte seine Mutter, die aufschluchzte. Doch sie wollte nicht, dass ihr Sohn sie weinen sah, daher scheuchte sie ihn aus dem Haus. Er hörte, wie Giovanna sie tröstete, als er zu seinem Vater ging und sich neben ihn setzte. Domenico sah nicht auf, sondern starrte aufs Wasser, in dem sich sein wettergegerbtes, aber immer noch anziehendes Gesicht spiegelte. Tränen benetzten es, als er mit leiser Stimme sagte:

Dami centu lire
E mi ni vaiu a l'America
Maladitu l'America
E chi la spiminata

Gib mir hundert Lire
und ich gehe nach Amerika
verdammt sei Amerika
und der, der es entdeckt hat

Domenico prüfte, ob die Stricke straff genug gebunden waren, um den Schrankkoffer geschlossen zu halten. Lorenzo holte immer wieder die Adresse von Luigi DiFranco aus seiner Tasche. Es war verabredet worden, dass er bei ihm in New York unterkam, bevor er eine eigene Bleibe fand. Der Zettel kam ihm so gefährdet vor. Was, wenn er ihn verlor? Die Adresse hatte er bereits auswendig gelernt: Mulberry Street 141. Doch er traute seinem Gedächtnis nicht. Also schrieb er die Adresse noch einmal auf einen anderen Zettel und steckte sich diesen in den Schuh. Die Rückkehrer behaupteten, New York sei voll Ruß und schwarzem Rauch. Jetzt sah er sich ständig durch dunkle Straßen irren und auf geschwärzte Hausnummern starren, ohne jemanden um Hilfe bitten zu können.

Domenico legte Lorenzo die Hand auf die Schulter und sagte: »*Andiamo.*« Concetta und Giovanna waren im Haus. Sie hatten sich bereits verabschiedet, und Concetta wollte ihren Sohn nicht aufbrechen sehen. Sie saß in dem Schaukelstuhl, wo sie Lorenzo gestillt hatte, und ließ den Rosenkranz durch ihre knotigen Finger gleiten. Giovanna saß neben ihr und hatte ihr tröstend die Hand aufs Bein gelegt. Als Concetta hörte, wie die Hufe des Esels auf dem Kopfsteinpflaster klapperten, schaukelte sie immer schneller, bis Giovanna den Stuhl festhalten musste, damit er nicht vornüberkippte. Als er stillstand, stieß Concetta einen so lauten, inbrünstigen Klagelaut aus, dass es Giovanna vorkam, als würde er von Scillas Klippen zurückgeworfen.

Drei

Maria Perrino stöhnte. Ihre Mutter tätschelte ihr abwesend den Kopf und fuhr mit ihrer Tirade fort: »*L'America* ist schlimmer als eine billige Hure, eine *mala femmina*, die unsere Männer fortlockt.«

Giovanna und Signora Scalici ignorierten sie, während sie alles für die Geburt vorbereiteten. Giovanna hörte die Schmährede von Marias Mutter nicht zum ersten Mal. Ihr Mann war einer der Ersten gewesen, die nach Amerika gingen. Anfänglich hatte er noch jeden Monat einen Brief mit Geld geschickt, jetzt aber höchstens noch einmal im Jahr. Nach Lorenzos Weggang war Costas Fischladen einer der Anlaufpunkte für die Frauen geworden, die ihre Männer und Söhne an Amerika verloren hatten. Dort fanden sie Mitgefühl. Ihrer Meinung nach hob die Freiheitsstatue nicht ihre Fackel, sondern ihren Rock. Sie war Amerikas Scylla, eine schöne Frau, die von einem Felsen im Meer winkte und sie dann ins Verderben riss.

Da Maria keine Reaktion bekam, stellte sie Giovanna eine direkte Frage: »Hast du etwas von *Maestro* Nunzio in Rom gehört?«

Giovanna nickte. »Letzte Woche«, antwortete sie und schrubbte sich weiter die Hände, während sich Signora Scalici um die junge Frau kümmerte. Giovanna hatte mittlerweile ausgelernt. Sie holte die Erstgeborenen und Signora Scalici die Kinder der Frauen, denen sie schon früher geholfen hatte. Doch heute war ein besonderer Fall. Signora Scalici hatte sie gerufen, weil sie wusste, es würde eine schwierige Geburt werden.

»Und was ist mit Lorenzo? Hat er das Mädchen geheiratet, das er in New York kennengelernt hat?«, wollte die Mutter wissen, während Giovanna sich die Hände abtrocknete.

»Die Hochzeit ist im nächsten Monat.«

»Lorenzo Costa heiratet ein Mädchen aus Apulien.« Die Frau schnalzte missbilligend mit der Zunge. »*L'America* verwässert das Blut der Kalabrier.«

Giovanna wünschte, die Signora würde einfach den Mund halten und sich mehr um ihre Tochter kümmern, die in den Wehen lag.

»Der Kopf ist oben«, sagte Signora Scalici leise zu Giovanna. »Seit Wochen versuche ich, das Baby zu drehen. Es wird eine Steißgeburt.«

Die Mutter wuselte im Zimmer umher und befahl ihrer Tochter: »Los, mehr pressen! Sei stark!«

»Signora«, ging Signora Scalici dazwischen, »wir brauchen mehr Belladonna. Könnten Sie uns das besorgen?«

»*Si, si*, natürlich.« Marias Mutter machte sich eilends auf den Weg zur *farmacia*. Die Bitte um Belladonna war ein Zeichen für den Apotheker, die allzu fordernde Mutter abzulenken und so lange wie möglich vom Ort des Geschehens fernzuhalten.

Die junge Frau beruhigte sich, kaum war ihre Mutter gegangen. »Maria«, flüsterte Signora Scalici ihr ins Ohr, »wir drei müssen das jetzt zusammen schaffen. Lehn dich gegen Giovanna und folge ihren Anweisungen.«

Giovanna stemmte sich gegen Marias Rücken und stützte sie mit den Armen. Bei der nächsten Wehe sagte sie: »Ganz lange pressen, langsam und laaaange.« Marias Haar war zerzaust und klebte ihr am Kopf, die Adern an ihrem Hals und ihrem Gesicht sahen so aus, als würden sie jeden Moment durch die Haut platzen.

Nach einer langen Stunde Presswehen tauchte der *culo* des Babys endlich auf. Signora Scalici wickelte die Nabelschnur um ihren Finger, damit sie sich nicht verhedderte. Als Giovanna stärker gegen den Damm drückte, griff Signora Scalici durch den Muttermund und zog die Beine des Babys heraus.

»Genau wie ich dachte, Maria, du hast ein Mädchen.« Dann wandte sie sich an Giovanna und sagte: »Wir müssen schnell den Kopf herausbekommen.«

Maria war am Ende ihrer Kräfte. »Können wir sie nicht während der nächsten Wehe ausruhen lassen?«, murmelte Giovanna. Sie war noch jung und wurde manchmal noch vom Mitleid überwältigt.

»Säubere Nase und Mund, sobald du sie siehst«, befahl Signora Scalici, ohne auf ihre Frage einzugehen. »*Forza*, Maria. Gleich sehen wir den Kopf des Kindes.« Die Hebamme legte sich den Körper des Babys über ihren Unterarm, griff durch den Muttermund und steckte ihre Finger in den Mund des Babys. Mit der anderen Hand streichelte sie seinen Rücken.

»Pressen, Maria«, forderte Giovanna sanft. Maria wirkte schon nicht mehr wie ein menschliches Wesen; es war, als wäre all ihr Blut aus dem Gesicht in die Augen geflossen. Von der Anstrengung des Pressens waren ihr die Blutgefäße geplatzt.

Signora Scalici hob die untere Hälfte des Babys an. Maria presste, die Hebamme zog, und plötzlich waren Nase und Augen zu sehen. Giovanna wischte sie rasch sauber.

»Gut so, Maria, aber jetzt noch einmal ganz sachte.« Giovanna wusste, dass es grausam war. Das Baby brauchte nur noch Zentimeter, aber die Mutter musste es behutsam angehen. Doch Maria gehorchte und drückte einmal ganz langsam und vorsichtig, bis der Kopf des Mädchens vollständig auftauchte.

»*Brava*, Maria!«, lobte Signora Scalici. Maria ließ sich keuchend und ächzend in die Kissen zurückfallen.

Giovanna säuberte alle Öffnungen des Babys und legte es dann auf Marias Brust. Alle drei Frauen waren so erleichtert, dass sie unter Tränen lachten.

»Maria, es heißt, wenn ein Mädchen verkehrt herum kommt, ist die Geburt noch das Leichteste. Sie wird stark und eigensinnig sein. Sieh dir Giovanna an! Als ich sie auf die Welt holte, sah ich von ihr auch als Erstes den *culo*.«

Bald darauf kehrte Ruhe ein. Giovanna betrachtete Maria, die ihre Tochter wiegte. Das Baby war blau, Maria war blutüberströmt, und doch sahen beide hinreißend aus. Als das kleine Mädchen zum ersten Mal gestillt wurde, senkte sich Frieden über die Szenerie. Giovanna dachte an Nunzio. Da er bald zurückkommen würde, dachte sie bei jeder Geburt an ihre eigenen Kinder. Bei der Vorstellung, ein Kind von Nunzio im Arm zu halten, stieg ihre Zuversicht. Endlich würden sie unauflöslich verbunden sein und in den folgenden Generationen weiterleben.

Während Dutzender Geburten stellte Giovanna sich vor, wie sie ihre eigenen Kinder gebären würde, so dass ihre Enttäuschung überwältigend wurde, als sie ein Jahr nach ihrer Heirat mit Nunzio immer noch nicht schwanger war.

Nunzio und Giovanna saßen an der Klippe, die das Dorf überragte, und schauten aufs Meer, das im Mondlicht schimmerte. Die Nacht war so sternenklar, dass sie fast zeitlos wirkte. Auch dieser Moment war zeitlos. Sie waren ein Ehepaar Ende zwanzig, doch hatten sie schon zwanzig Jahre zuvor genau an diesem Platz gesessen, über die Zukunft gesprochen und dabei Brot und Käse gegessen, die sie gegen Fisch eingetauscht hatten. Jetzt hatten sie zwar nichts zu essen, aber sie träumten immer noch.

Während Nunzio sich in triumphalen Fantasien von Reichtum und Ansehen erging, betete Giovanna nur, dass ihre eigene Diagnose falsch war. Seit drei Monaten war ihre Periode ausgeblieben, doch glaubte sie nicht, dass sie schwanger war. Es lag am Hunger.

»Weißt du was, Giovanna, eines Tages werden wir hier sitzen und ich werde dich *Doktor* nennen«, verkündete Nunzio.

Diese schamlos übertriebene Vorstellung riss Giovanna aus ihren Gedanken. Sie musste lachen.

»Nein, im Ernst, Giovanna. Wenn sich die Lage ändert, arbeite ich ein paar Jahre im Norden und du studierst. Dann kommen wir als Doktor und Ingenieur nach Scilla zurück, mit fünf Kindern.«

Giovanna hätte fast wieder gelacht, doch dann sah sie, dass Nunzios Miene sich verhärtet hatte, was hieß, er meinte es ernst. Also schwieg sie. Sie schmiedete gern Zukunftspläne mit Nunzio, doch dieser Traum war nicht zu verwirklichen. Sie war schon glücklich, wenn ihre Pläne keine Trennungen vorsahen, sondern nur genug zu essen und Kinder.

»Giovanna, du wirst eine wunderbare Ärztin werden. Als ich studiert habe, hab ich von Frauen gelesen, die alles Mögliche gemacht haben. Ich hab sogar mal eine Ärztin getroffen. Da kam mir die Idee, meine Giovanna sollte auch ein *Dottore* werden. Warum auch nicht?«

Darauf konnte Giovanna nichts sagen, daher blickte sie zum Himmel. Unter normalen Umständen wäre es unvorstellbar gewesen, dass ein Mann seine Frau ermutigte, Ärztin zu werden. Aber jetzt war nichts mehr normal. In Zeiten des Umbruchs, wo es ums nackte Überleben ging, wurde Tradition nebensächlich.

Nach ihrer Hochzeit war Nunzio gezwungen gewesen umherzuziehen, um Arbeit zu finden. Er hatte in Reggio geholfen, Schiffe zu bauen, und musste einmal sogar in Neapel die Konstruktion eines Docks überwachen. Zuerst hatten Nunzio und Giovanna daran gedacht, in eine Stadt zu ziehen, wo es mehr Arbeit gab, doch es stellte sich rasch heraus, dass es im ganzen Süden keine einzige Stadt gab, in der Nunzio länger als ein paar Tage pro Monat Arbeit finden würde. Im Norden gab es öffentliche Bauprojekte, aber nach fünf Jahren in Rom wusste Nunzio, dass er im Norden trotz seines Abschlusses immer noch als ungebildeter Bauer angesehen werden würde.

Innerhalb weniger Monate gab es nicht mal mehr Arbeit in anderen Städten. Nunzio fischte zwar, doch gab es kaum etwas, das man dagegen eintauschen konnte, und das Geld, Fisch im Laden zu kaufen, hatte niemand. Dazu kam noch, dass das Meer immer weniger hergab, und oft kehrten sie nur mit einem Korb Fische zurück, die man verkaufen konnte. Hier und da kamen *glantuomini* – Angehörige des niederen Adels – in den Laden. Man konnte ihren Stand schon an den Filzhüten erkennen, denn die Dorfbewohner trugen verschlissene Kappen. Jedes Mal, wenn sie kamen, zuckte Giovanna zusammen. Obwohl so Geld in die Kasse kam, war es ihr doch zuwider, wie sie sich ihnen gegenüber benehmen musste. »*Vosia, sa benadica* – welch eine Ehre, erlauchte Herrschaften.« Im Gegensatz zu anderen weigerte sie sich, ihnen die Hand zu küssen. Der Landadel kontrollierte die örtliche Regierung und die Polizei. Er erließ die Gesetze, setzte sie durch und befreite sich selbst von ihnen. Giovanna hatte schon oft gehört, wie Dorfbewohner eine Geschichte mit der Bemerkung abschlossen: »*Chi ha de-*

naro ed amicizia va nel culo della giustizia – mit Geld und Beziehungen kann man sich einen Dreck um Gesetze scheren.«

Die Familien von Giovanna und Nunzio überlebten mit Fisch und den Naturalien und anderen Dingen, die Giovanna für ihre Hebammendienste erhielt. Aber nur das Geld, das Lorenzo aus *L'America* sandte, ermöglichte ihnen, die Steuern zu bezahlen und ihr Haus zu behalten.

Giovanna wusste, dass sie besser dran waren als die meisten. Ein Jahr zuvor fielen ihr immer häufiger merkwürdige Löcher in den Wänden der Häuser auf, die sie aufsuchte. Das Rätsel löste sich, als sie eines Tages nach einer Wöchnerin sah und entdeckte, dass sie Kalk von der Wand kratzte und ihn zu dem kleinen Häufchen Mehl auf dem Tisch gab.

Um die Kinder satt zu bekommen, wurden sie auch viel länger als üblich gestillt. Giovanna fiel auf, dass hungrige Menschen unbewusst auf die Brüste stillender Mütter starrten, so dass diese sie schnell mit einem Tuch bedeckten.

»Giovanna, hörst du mir überhaupt zu?« Nunzio umfasste ihr Kinn und drehte ihr Gesicht zu sich.

»*Si, si, scusa*, Nunzio, aber vor allem anderen möchte ich eigene Kinder haben.«

Niedergeschlagen wandte Nunzio sich ab. »Ich weiß«, flüsterte er. Dieser Realitätsschock druckte auf seine Stimmung. Eine ganze Zeitlang saßen sie schweigend da und nahmen wahr, wie das Wasser gegen die Boote schwappte, wie das Meer glitzerte und die Zitronen dufteten. Sie wurden von ihrem Stückchen Himmel vertrieben, das ihre Familien seit Generationen bewohnten.

»Giovanna, Scilla wird immer unsere Heimat sein, und unsere Kinder werden hier heiraten. Das verspreche ich dir. Bevor wir in den Norden gehen, damit du studieren kannst, muss ich

Geld verdienen, um unseren Lebensunterhalt zu sichern und alles zum Guten zu wenden.«

Giovanna erschauerte. Sie wusste, worauf er hinauswollte. Die Sterne verschwammen vor ihrem Blick. Das Dorf, in dem sie einst Lebensmittel eingetauscht hatten, war menschenleer. Die Abwanderung hatte in den Bergen begonnen und sich bis zum Wasser ausgebreitet. Die Fischer waren die Letzten, die es traf. Manchmal kam es Giovanna so vor, als blute Scilla aus, und dann sah sie ihre Freundin Francesca Marasculo vor sich. Das Blut war von oben nach unten ausgetreten, und nun verblieb nur noch der letzte Rest im sterbenden Ort.

»Wir haben jetzt das zwanzigste Jahrhundert erreicht, Giovanna. Die Dinge werden sich ändern. Sie ändern sich schon überall auf der Welt. Aber es dauert nur etwas länger, bis die Veränderung auch nach Scilla kommt.«

Giovanna brachte kein einziges Wort hervor.

»Außerdem braucht die Welt Ingenieure. Ich werde nach Scilla zurückkehren und uns einen Hafen bauen«, erklärte Nunzio mit einer Stimme, als spräche er vor Publikum.

Doch als er »zurückkehren« sagte, entfuhr Giovanna ein Klagelaut. Sie zog ihre Knie an die Brust und fing an, sich vor und zurück zu wiegen.

»Tut mir leid, Giovanna.« Jetzt liefen Tränen über Nunzios Gesicht. Er versuchte, sich zu fassen, und griff in seine Tasche.

»Sieh dir das an.« Er holte einen zerknitterten Zettel hervor. Es war eine Anzeige auf Englisch. »Lorenzo hat mir das geschickt.«

Aus Giovannas Augen blitzte der Zorn angesichts dieses Verrats. Sie wusste, Lorenzo meinte es gut, doch wie hatte er ihr das antun können? Nunzio hielt den Zettel vor ihr in die Höhe. Er hatte bei seiner Ausbildung etwas Englisch gelernt und las jetzt langsam vor:

»CROTON RESERVOIR TAGESLOHN
Einfacher Arbeiter, weiß $ 1.30–1.50
Einfacher Arbeiter, schwarz $ 1.25–1.40
Einfacher Arbeiter, Italiener $ 1.15–1.25«

»Das ist über ein Dollar pro Tag, Giovanna! Umgerechnet sind das viele, viele Lire. Lorenzo hat geschrieben, er würde mir helfen. Ich bin im Nu mit dem Geld zurück, das wir brauchen.«

»Lorenzo hat auch gesagt, er käme zurück.«

»Aber Lorenzos Frau ist in *L'America*. Meine ist hier.« Nunzio gab ihr einen Kuss.

Sie weinten so lange, bis ihr Schmerz sie innerlich vereinte. Als sie nicht mehr weinen konnten, umschlangen sie einander, liebten sich und fügten den Tränen Schweiß hinzu.

*

Giovanna betete nur, Nunzio würde ihr zumindest ein Kind hinterlassen. In dem Monat vor Nunzios Abreise aß sie mehr als üblich, nahm im Gegensatz zu sonst alles, was ihr angeboten wurde, nur um gesund genug für eine Empfängnis zu sein. Mit all ihrer Energie konzentrierte sie sich auf dieses Vorhaben, um sich von ihrem ständigen Schmerz und den düsteren Vorahnungen abzulenken.

Die Vorbereitungen für Nunzios Abreise waren ähnlich wie die für Lorenzos, nur dass diesmal sie den Schrankkoffer packte und nicht ihre Mutter. Giovanna erledigte diese Aufgabe rein mechanisch. Sie sammelte, sortierte und packte die Sachen ein, als wollte sie demonstrieren, wie man sich am besten für die Reise in die Neue Welt rüste. Vor allem wollte sie sicherstellen, dass Nunzio genug Nüsse und Trockenfrüchte dabeihatte. Jahrelang hatte sie schreckliche Geschichten über die Überfahrt nach *L'America* gehört. Die Immigranten betrachteten sie als Buße dafür, dass sie ihre Heimat verließen. Doch Giovanna war entschlossen, dafür zu sorgen, dass Nunzio keine wurmzerfressenen Nahrungsmittel zu sich nehmen musste.

Ihre wahren Gefühle traten nur zutage, als sie *mustasole* buk, ein hartes Gebäck, das mindestens ein Jahr haltbar war. Sie machte drei verschiedene Formen: einen Schwertfisch für Scilla, ihre verschlungenen Initialen, die an eine Bretzel erinnerten, und ein Kruzifix. Dann wickelte sie dieses besondere Gebäck in ein Stück aus ihrem Hochzeitskleid und vergrub es ganz unten im Koffer.

Bei jedem Gegenstand, den Giovanna einpackte, versicherte Nunzio, das Ganze sei nur ein kurzes Kapitel in ihrem Leben. Er würde bald mit dem nötigen Geld nach Scilla zurückkehren, damit sie für Giovannas Studium in den Norden gehen könnten. Giovanna lachte ihn nie wieder deswegen aus, sondern tat so, als glaubte sie an seinen Plan. Dabei wünschte sie sich nur, Nunzio würde zu ihr und dem Baby zurückkommen, das sie empfangen zu haben hoffte. Sie fragte sich, warum sein Traum so viel größer war als ihrer, erinnerte sich dann aber daran, dass es schon immer so gewesen war. Er war der Idealist und sie die Pragmatikerin. Doch gab es, wie überall in ihrem Leben, auch Widersprüchliches daran: Er war der Idealist, dem das Glauben schwerfiel, und sie war die Pragmatikerin, die an Wunder glaubte. Nunzio träumte und Giovanna betete.

Als es so weit war, bestand Giovanna darauf, mit Nunzio und ihrem Vater nach Neapel zu gehen. In der Nacht vor dem Aufbruch konnten beide nicht gut schlafen. Als Nunzio irgendwann aufwachte, sah er, dass Giovanna sorgfältig die Weihnachtsdecke aufribbelte und zu einem Knäuel aufwickelte. Er fragte nicht weiter nach, sondern half ihr, die Fäden zu trennen. Als der letzte Faden aufgerollt war, nahm er einfach ihre Hand und führte sie zurück zum Bett. Da sie nicht wussten, was sie zueinander sagen sollten, verbrachten sie die wenigen Stunden, die ihnen noch blieben, in enger Umarmung.

Es dauerte einen ganzen Tag, bis sie Reggio erreichten. Sie mieden Straßen, weil sie dort angehalten und um Wegezoll erpresst oder von Briganten überfallen werden konnten, die sie irrtümlich für reich hielten. Stattdessen schlugen sie sich durch die Hügel, und als sie dort auf Briganten stießen, bekamen sie von ihnen eine warme Mahlzeit und Ratschläge, wie man sicher durch die Straßen von Neapel kam. Als sie am Feuer saßen, warnte sie ein Mann mit vielen frischen und vernarbten Wunden im Gesicht: »Wenn das Schiff noch nicht abfahrbereit ist, geht zurück in die Berge. Im Hafen wimmelt es von Dieben und Hausierern.«

Von Reggio kamen sie mit dem Boot nach Neapel, doch da sie emotional und körperlich erschöpft waren, verschliefen sie einen Großteil der Überfahrt. Giovanna war noch nie in Neapel oder einer ähnlich großen Stadt gewesen und fand sie gleichzeitig beeindruckend und abstoßend. Die Gerüche und Geräusche überwältigten sie, und die Gebäude erstaunten sie. Da sie die Worte des Briganten noch im Ohr hatten, gingen sie Straßenhändlern, die mit *Americani-Kleidern* handelten, genauso aus dem Weg wie den »Zahnärzten«, die anboten, schmerzende Zähne vor der Reise zu ziehen, oder »Mönchen«, die gegen Geld für eine sichere Überfahrt beteten, oder auch Heilern, die Mittelchen gegen das Trachom anboten, die gefürchtete Augenkrankheit, die Immigranten den Zugang nach *L'America* vereitelte.

Zu Giovannas Erleichterung sollte die *Spartan Prince* bereits am nächsten Tag auslaufen. Sie wusste nicht mehr, wie sie sich noch länger stark stellen sollte. Nunzio kaufte die billigste

Passage und wurde vom Schiffsarzt untersucht. Die Reedereien wollten nicht riskieren, einen abgelehnten Immigranten auf ihre Kosten zurückbefördern zu müssen. Danach bereiteten sie ihn auf die Befragung vor. Der Schiffsagent fragte ihn in neapolitanischem Dialekt: »Hast du in Amerika eine Arbeit?«

»Ja«, antwortete Nunzio, weil er an Lorenzos Versprechen dachte, ihm einen Job zu besorgen.

»Nein, die Antwort lautet Nein«, widersprach ihm der Agent. »Wenn du Ja sagst, wirst du abgelehnt. Ja bedeutet, du hast vertraglich zugesicherte Arbeit, und das ist illegal.«

»Nein, ich habe keine Arbeit«, wiederholte Nunzio.

Sie übernachteten in einer Pension am Hafen und wachten von den Geräuschen auf, die die Abreise des Schiffs ankündigten: die Rufe der Verkäufer, das Hufeklappern der Lastesel, die das Gepäck zogen, die Stimmen der Männer, die Befehle brüllten. Als sie sich dem Schiff näherten, hörten sie auch das Heulen und Klagen der vielen Frauen, die sich von ihren Männern und Söhnen verabschiedeten. Hausierer umkreisten die Familiengruppen im letzten vergeblichen Versuch, ihre Waren an den Mann zu bringen. Sie wussten, jetzt war ihre Beute verletzlich, und eine bekümmerte Mutter konnte durchaus ihr letztes Geld für einen Segen oder etwas zu essen opfern.

Domenico überbrückte das quälende Schweigen zwischen Giovanna und Nunzio mit der ersten von vielen Ermahnungen, Lorenzos Kinder für ihn zu küssen und seinen Sohn zu bitten, öfter zu schreiben. Er schien verzweifelt darum bemüht, ihren Schmerz dadurch zu lindern, dass er ihn einfach ignorierte und so tat, als wäre alles in Ordnung.

»Soll ich Ihr Gepäck tragen? Ich bringe es direkt aufs Schiff«, bestürmte ein Junge sie.

Nunzio ignorierte ihn und kniete sich auf den Kai. Er schöpfte eine Handvoll Wasser und ließ es sich über den Nacken in sein Hemd rinnen. Das Wasser Italiens bahnte sich seinen Weg über seinen Leib und verdampfte langsam. Als Nunzio wieder aufstand, zupfte Domenico den Kragen seines Schwiegersohns zurecht, packte ihn bei den Schultern und zwang ihn, ihm in die Augen zu blicken. »Unser Blut ist dein Blut. Kein Land kann dich von deiner Familie trennen.« Und als sie an dem Steg zum Schiff angekommen waren, sagte er: »Los, los, ich erwarte von dir, dass du in Amerika ein großer Mann wirst. Vergiss nie: Du bist ein *Maestro*.«

Giovanna griff in ihre Tasche und gab Nunzio das Knäuel aus dem Garn des Tischtuchs. Dann sagte sie nur: »Ich werde hier sein.«

Nunzio umklammerte sie so fest, dass sie an der Stelle, wo seine Fingernägel sich in ihren Nacken gedrückt hatten, für immer eine Narbe behielt. Sie nannte die Narbe *Nunzios Abschied*. Domenico trennte sie. Nunzio ging den Steg hinauf und suchte sich an der Reling einen Platz direkt oberhalb von Giovanna. Dann nahm er das eine Fadenende zwischen die Finger und warf ihr das Knäuel zu.

Der Lärm um sie herum wurde ohrenbetäubend; Menschen schrien, Signale ertönten und Esel brüllten in einem tosenden Chaos. Inmitten des ganzen Durcheinanders jedoch standen Nunzio und Giovanna vollkommen still, blickten sich in die Augen und hielten ihr Fadenende. Dann tutete ein Signalhorn lauter als alle zuvor, Rauch umwölkte sie, als die Leinen gelöst wurden und der Motor des Schiffs zu dröhnen begann. Giovanna und Nunzio rührten sich nicht, als die *Spartan Prince* langsam aus dem Hafen lief. Nur das Knäuel rollte sich ab, und der Faden straffte sich zwischen ihnen, wurde länger und länger, je mehr das Schiff sich entfernte. Als das Knäuel schließlich vollständig abgewickelt war, rutschte ihnen der Faden gleichzeitig aus den Fingern und segelte ins Meer.

Cedar Grove, New Jersey, 1963

Alle erinnern sich an diesen Tag. Nur ich habe ihn ein klein wenig anders in Erinnerung. Ich war in der ersten Klasse, wo wir alphabetisch geordnet saßen und auf die Tafel starrten. Da kam der Lehrer der zweiten Klasse herein und flüsterte unserer Lehrerin etwas ins Ohr. Meine Lehrerin, die alt und sehr steif war, sank auf den Schreibtisch und schlug sich die Hand vor den Mund. Sie brauchte ein paar Minuten, bevor sie uns mit zittriger Stimme aufforderte, unsere Köpfe auf den Tisch zu senken, weil der Präsident erschossen worden war. Von unserem beschränkten Sichtfeld aus erhaschten wir hier und da einen Blick auf Mrs Robinson, die wimmernd umherwanderte. Dann ertönte die Stimme des Direktors über Lautsprecher. Sie dröhnte nicht so wie sonst. »Kinder, Präsident Kennedy wurde bei einem Attentat getötet. Für heute ist die Schule beendet, so dass ihr alle nach Hause gehen und mit euren Familien trauern könnt.« Wir verstanden es erst nicht. Mrs Robinson musste uns eigens auffordern zu gehen.

Meine beste Freundin Thea und ich rannten nach Hause, um es unseren Müttern zu erzählen. Als wir zum Wendekreis der Sackgasse kamen, stand dort ein großer schwarzer Wagen, ein Leichenwagen, vor unserer Einfahrt. Ich weiß noch, dass ich Thea fragte, ob sie meinte, man habe den toten Präsidenten zu uns gebracht. Meine Mutter saß mit einem fremden Mann zusammen. Ich ignorierte ihn und verkündete meiner Mutter, der Präsident sei tot. Sie erwiderte, meine Urgroßmutter sei gestorben. Sie sagte, meine Big Nanny sei im selben Moment gestorben wie der Präsident. Den Rest des Tages verbrachte ich mit der Frage, ob der Tod meiner Urgroßmutter und der des Präsidenten irgendwie zusammenhingen.

Meine Mutter und meine Großmutter nahmen mich mit zur Totenwache. Ich hörte sie sagen: »Das wird schon gutgehen; sie kannte sie ja kaum.« Ihnen war nicht klar, dass ich mich sehr wohl daran erinnerte, wie ich meiner Big Nanny immer die langen grauen Haare gebürstet hatte, wie ihre riesigen, seidenweichen Hände mir immer ein Gefühl der Geborgenheit gegeben hatten und wie ich mir ihr Gesicht eingeprägt hatte, als sie in einer für mich unverständlichen Sprache mit mir sprach.

Ich betrachtete meine Urgroßmutter, ihren Sarg und die roten Rosen vom Kniekissen vor dem Sarg, die das Wort Mutter bildeten. Sie sah aus wie eine Märchenprinzessin mit einem Rosenkranz in den knotigen Händen. Ihr Kleid glitzerte. Es war blau, genau wie ihre Augen, so blau wie der Himmel, der in der Kirche gemalt war. Zerstreut spielte ich mit den Pailletten ihres Kleids und dachte über den Himmel nach. Aß man im Himmel? Wenn ja, würde Big Nanny dem Präsidenten Fleischklößchen mit Sauce machen? Ich wurde aus meinen Gedanken gerissen, als meine Großmutter mir leicht auf die Schulter schlug. »Los, geh jetzt.«

Wie immer eilte mir mein Großvater zu Hilfe und zog mich auf seinen Schoß.

»Sie hätte mich doch nicht zu schlagen brauchen.«

»Sie ist aufgebracht, Anna. Wir alle haben deine Big Nanny geliebt, aber am meisten deine Nanny.«

Ich sah zu, wie Nanny etwas aus ihrer Kunstledertasche nahm. Sie wickelte einen kleinen Anhänger mit einem Heiligenporträt aus, küsste ihn und legte ihn unter das Kissen, auf dem Big Nannys Kopf ruhte. Zum ersten Mal in meinem Leben sah ich meine Großmutter weinen.

Einen Monat später saß ich wieder an meinem Schulpult. Mrs Robinson gab die Arbeitsblätter der Woche herum. Auf dem ersten war das Bild des Präsidenten, und die Überschrift lautete HELD. Ich klebte die Karte vom Bestattungsunternehmen darunter. Auf der Karte sah man die Heilige Jungfrau Maria mit ausgebreiteten Armen. Unter ihrem himmelblauen Gewand stand gedruckt: Giovanna Costa Siena 1873–1963.

Teil Zwei

NEW YORK, NEW YORK

1901–1902

Vier

Nunzio stand am Bug der Fähre, inmitten der Schar von Immigranten, die Ellis Island passiert hatten. Als die Fähre sich schaukelnd dem Kai in Battery Park näherte, sah Nunzio, dass eine große Menschenmenge auf sie wartete. Kurz zuvor hatte er gehört, wie einer der Fährschiffer zum anderen sagte: »Man sieht sofort, wenn *eye-talians* kommen, weil auf einen an Bord immer fünf an Land kommen.«

Als die Fähre gegen die Kaimauer stieß, erhob sich in beiden Gruppen lautes Geschrei. Die Suche nach Verwandten und Bekannten begann schon, bevor der Erste von Bord ging. Die Passagiere griffen sich ihr Gepäck, hielten Kinder in die Höhe und schoben sich als Familienblock durch die Sperre, wobei sie ständig nervös Personen und Koffer zählten. Innerhalb von Sekunden wurden Menschen umarmt, hochgehoben und geküsst. Schulterklopfen und hemmungsloses Lachen und Weinen allerorten. Als alle von Bord gegangen waren, bildeten sich Knäuel und Gewebe aus Menschen: Familien woben auf der Suche nach Angehörigen ebenso Fäden hindurch wie *padroni*, die nach neuen Arbeitern für ihre Minen und Farmen Ausschau hielten. Auf Ellis Island hatte Nunzio ein Flugblatt mit der Warnung vor Betrügern bekommen, die in Battery auf Immigranten warteten. Außerdem stand dort, welche Preise für

Miete oder Fahrkarten angemessen waren. Als er nun sah, wie die Werber durch die Menge schwärmten, fragte er sich, was wohl mit denen geschah, die nicht lesen konnten oder kein Flugblatt erhalten hatten.

Die Menge nahm langsam ab, doch Nunzio hielt immer noch nach Lorenzo Ausschau. Er kniff zum Schutz gegen die Sonne die Augen zusammen und musste immer wieder den Blick von den hohen Gebäuden in der Ferne abwenden. Endlich sah er, in hundert Meter Entfernung, einen Mann herbeirennen, der ein Kind auf dem Arm und eine kleine Frau an der Hand hatte. Ein weiteres Kind hielt sich am Rock der Frau fest und hatte Mühe, Schritt zu halten. Das Gesicht des Mannes konnte Nunzio zwar nicht erkennen, aber er hatte nicht vergessen, dass Lorenzo wie eine Ziege rannte.

Als Lorenzo atemlos bei ihm ankam, umarmte er ihn. »Der Weg war länger, als ich ihn in Erinnerung hatte. Tut mir leid, Bruder.« Er küsste Nunzio auf die Wangen. Nunzio hörte zum ersten Mal, dass Lorenzo ihn mit Bruder ansprach. Früher hatte er ihn immer Cousin gerufen, doch nach seiner Hochzeit mit Giovanna schrieb Lorenzo in seinen Briefen immer *mio fratello.* Als er Lorenzo jetzt sah, fehlte ihm Giovanna noch mehr. Er hatte nicht daran gedacht, dass Lorenzo ihn ständig an seine Frau erinnern würde. Er hatte zwar ebenso glatte, klare Haut wie sie und war ebenfalls groß und stattlich, doch seinem Gesicht fehlte die Entschiedenheit – er wirkte entspannter.

Lorenzo trat einen Schritt zurück. »Teresa, das ist mein Bruder, Nunzio Pontillo.«

»Nunzio, dies sind meine Frau Teresa und meine Kinder Domenico und Concetta.«

Nunzio beugte sich zu Teresa, um sie zur Begrüßung zu küssen, und hob Concetta in die Höhe, die zappelnd zu ihrer

Mutter zurückwollte. Dann nahm er Domenico die Kappe ab und zauste ihm das Haar.

»Du hast dickes Haar wie dein Vater. Bist du denn auch so stark wie dein Vater?«, fragte er.

Domenico hob die Fäuste und trommelte gegen Nunzios Beine. »Oh, du bist ja noch stärker! Wie alt bist du, mein Großer?«

»Sieben.« Das unterstrich Domenico, indem er seinen Bizeps anspannte.

Lachend sammelten sie das Gepäck zusammen und machten sich auf den Weg zur Elizabeth Street.

»So weit wie Neapel ist es nicht«, scherzte Lorenzo, der das eine Ende des Schrankkoffers trug, während Nunzio das andere übernahm. Lorenzo war dankbar, dass Nunzio keine Fragen stellte, als er sah, dass andere Neuankömmlinge mit ihren Familien in Pferdekarren stiegen. Und als er auf die Hochbahn starrte, wusste Lorenzo, es lag nicht daran, dass er einsteigen wollte, sondern daran, dass er nicht wusste, was es war. Wie gebannt blickte Nunzio nach oben, als sie darunter hindurchgingen. Dann erzitterten die Gleise, und ein dumpfes Dröhnen ertönte. Nunzio ließ den Schrankkoffer fallen, schnappte sich die Kinder und stürzte unter dem Gerüst hervor. Teresa und Lorenzo mussten hinter ihm herrennen, um ihn zu beruhigen, doch bevor sie noch ein Wort sagen konnten, donnerte die Bahn über das hohe Gleis und lieferte selbst die Erklärung. Vor lauter Staunen vergaß Nunzio, die Kinder loszulassen.

»Die Wagen fallen nicht runter! Ein Zug in der Luft! Wird in deinem Amerika alles gebaut, was man sich erträumt?«, rief Nunzio aus.

Lorenzo schleifte den Koffer zu Nunzio und reagierte auf Nunzios kindliche Begeisterung mit einer typisch väterlichen Antwort: »Ich versprech dir, Nunzio, wir fahren bald mal damit.« Dabei empfand er erneut Schuldgefühle, weil ihr Weg nach Little Italy dem *Elevated Track*, kurz *El* genannt, folgte. Er wünschte, er hätte das Geld für die Fahrkarten aufbringen können, doch sie waren erst kürzlich in eine Drei-Zimmer-Wohnung gezogen, weil sie Nunzios Ankunft erwarteten und ihr drittes Kind unterwegs war.

Nunzio wusste nicht, wohin er zuerst blicken sollte, und wenn Lorenzo nicht das andere Ende des Koffers getragen und geführt hätte, hätte ihn wohl nichts mehr gehalten und er wäre hierhin und dorthin gestürmt. Nun aber schaute er nach unten und stampfte mit den Füßen auf den Boden.

»Das ist ein Bürgersteig«, erklärte Lorenzo. »Ein paar Straßen haben welche.«

»Wohin führen die?«, fragte Nunzio.

»Wohin du willst«, antwortete Lorenzo lächelnd.

Nunzio meinte, angesichts der unzähligen neuen Eindrücke würde ihm der Kopf zerplatzen. Als Lorenzo ihn nach Giovanna fragte, merkte er, dass er zum ersten Mal seit drei Wochen nicht an sie gedacht hatte, weil er zu sehr von den Bildern, Geräuschen und Größenverhältnissen dieser fremden Stadt gefesselt war.

Ein paar Menschen, deren Sprache er nicht verstand, überholten sie.

»Spricht man denn hier in Amerika nicht Englisch, Lorenzo?«

Lorenzo lachte. »Wir sprechen zwar alle Englisch, aber unsere Akzente sind so unterschiedlich, dass wir oft nicht wissen, ob wir dieselbe Sprache sprechen. Doch die Sprache ist in diesem Land auch nicht so wichtig. Wenn man sich verständigen will, dann klappt das auch. Hier lang. Wir gehen den Broadway hinauf«, sagte Lorenzo dann.

Concetta und Domenico blickten immer wieder verstohlen

zu ihrem Onkel, doch der bemerkte das kaum, weil ihm der Kopf schwirrte. Als sie an einer Kirche mit einem hohen Turm vorbeikamen, vor dem ein Kirschbaum in voller Blüte stand, sah Nunzio genauer hin.

»Das ist keine katholische Kirche«, bemerkte Lorenzo, »sondern eine amerikanische. Sie heißt Trinity, und die Leute hier halten sie für alt.«

Ein großer, von Pferden gezogener Wagen kam auf sie zugedonnert. Die Tiere ähnelten nicht den knochigen Pferden in Kalabrien, sondern waren so mächtig, dass die Fußgänger im Vergleich zu ihnen wie Zwerge wirkten. In dem Wagen saßen mehr Menschen, als Nunzio zählen konnte – Männer und Frauen pressten sich so eng aneinander, dass Pater Clemente sicher empört gewesen wäre. Als der Wagen vorbeigefahren war, bot sich Nunzio ein noch viel erstaunlicherer Anblick: ein Gebäude, das höher war, als er sich je hätte vorstellen können.

Lorenzo warf einen Blick zurück zu Nunzio und lächelte. »Ich wusste, dir würde hier der Kopf in den Wolken schweben.«

»Was ist das? Wie nennt man das, Lorenzo?«

»Und ich wusste, du würdest mich nach diesen Gebäuden fragen, daher hab ich ihre Namen herausgefunden. Dies hier heißt Park Row. Es wurde im letzten Jahr fertiggestellt, und es heißt, es sei das größte. Aber ich habe den Eindruck, die Amerikaner veranstalten damit eine Art Wettbewerb. Wenn sie nicht aufhören, werden sie noch an die Sonne kratzen.«

Teresa lächelte ihren Mann an und sagte stolz zu ihren Kindern: »Seht ihr, wie viel euer Papa weiß?« Lorenzo hatte ihr alles über Nunzio erzählt: dass er ein *Maestro* war und im Norden studiert hatte. Vor seiner Ankunft war sie nervös gewesen, sie schämte sich, weil sie nicht lesen und schreiben konnte. Aber jetzt war ihr schon nicht mehr so unbehaglich zumute, denn Nunzio hatte ein freundliches Lächeln, und ihr gefiel es, wie er die Kinder behandelte. Teresa war bei ihrer Heirat mit Lorenzo erst fünfzehn gewesen. Sie war nie zur Schule gegangen, lebte aber bereits seit frühester Kindheit im Land, was die Machtverhältnisse in ihrer Ehe ausglich.

Nunzio blieb direkt vor dem Park Row stehen. Lorenzo zog am Koffer. »Das kannst du dir auch noch ansehen, wenn ich keine vierzig Kilo tragen muss, Bruder. *Forza*.«

Dann kamen sie in ein Viertel mit großen, weitläufigen Gebäuden, die zwar nicht so imposant waren wie die anderen, aber zu riesigen Komplexen gruppiert. Als Lorenzo mitbekam, wie Nunzios Blick an einem von ihnen hängen blieb, sagte er: »Das ist das Rathaus und das Gericht.«

Nunzio musste an das kleine Steinhaus an der *chiazza* in Scilla denken, wo die Eheschließungen und die Geburten registriert wurden. Vor seinem inneren Auge sah er Giovanna an seiner Seite, als er vor dem *sindaco* seinen Namen in das Buch schrieb, das ihre Heirat festhielt. Eine Reihe vor ihm aufragender Hochhäuser riss ihn aus seinen Erinnerungen. Er konzentrierte sich auf das größte mit der goldenen Kuppel.

»Ist das die jüdische Kirche?« Nunzio hatte gehört, dass in der Nähe der Italiener viele Juden wohnten.

»Nein, das ist das Gebäude einer Zeitung. Sie alle beherbergen Zeitungen. In diesem hier ist die *New York World*.«

Nunzio seufzte. »Hier gibt es wohl viel zu schreiben.«

Da das Gespräch über Zeitungen Teresa unsicher machte, wies sie auf einige Gebäude im Osten. »*Guarda*, Nunzio.«

Nunzio hatte schon einen Blick auf die Konstruktion erhascht, doch war sie zu weit entfernt gewesen und er hatte seinen Augen nicht trauen wollen. Doch als er jetzt näher kam, ließ er den Koffer fallen und starrte staunend auf die Streben und Aufhängungen der Brooklyn Bridge. Lorenzo war klar, dass sie hier haltmachen mussten, doch eignete sich dieser Platz so gut wie jeder andere, um sich auszuruhen. Teresa lächelte. Sie war stolz wie ein kleines Kind, dass sie ihn als Erste auf das größte aller Wunder hier hingewiesen hatte.

Nunzio stand in Ehrfurcht erstarrt da. Für Giovanna wäre Nunzios Ehrfurcht jetzt der Beweis gewesen, dass er Gott in den Werken der Menschen sah. Als sie den Schrankkoffer wieder anhoben, war es, als hätten sie ein Gebet beendet, und schweigend setzten sie ihren Weg fort. Nunzio warf noch einen Blick zurück zur Brücke und nahm erst da den Fluss, die Fähren, die Lastkähne und das geschäftige Treiben auf dem Wasser wahr.

Sie waren die ganze Park Row hinaufgegangen, doch jetzt führte Lorenzo sie nach links auf die Mott Street. Chinesische Schriftzeichen erschienen auf den Schildern. Nunzio wusste, dass Menschen aus vielen unterschiedlichen Ländern in New York wohnten, hatte aber nicht erwartet, dass sie eigene Viertel bevölkerten. Er konnte sich vorstellen, dass es in China nicht viel anders aussah als auf der Straße vor ihm: In den Schaufenstern hingen tote Schweine und Hühner, in den Restaurants aßen Menschen mit Stäbchen, und in den Wäschereien hingen Körbe mit Wäsche an der Decke. Nunzio sah auch einen Laden voller Regale, in denen kleine Fläschchen in verschiedensten Farben und Formen ordentlich aufgereiht waren. Darunter standen Fässer voller Kräuter. Er wusste, Giovanna hätte bei einem solchen Anblick gestrahlt. Er stellte sich vor, wie sie die Kräuter zwischen den Fingern zerrieb, bevor sie an ihnen schnupperte, und im Geiste Rezepte für neue Breiumschläge und Salben zusammenstellte.

Zwei Chinesen in westlicher Kleidung kamen auf sie zu, doch als sie vorbeigingen, entdeckte Nunzio, dass lange Zöpfe unter ihren Filzhüten hervorlugten. Er fragte sich, wie man dazu kam, westliche Kleidung anzulegen, sein Haar aber weiterhin in einem langen Zopf zu tragen. Was würde *L'America* an ihm verändern? Nunzio dachte an die Rückkehrer in Kalabrien. Sie wurden *Americani* genannt. Allerdings hatte er keine Zeit, eine Antwort auf diese oder andere Fragen zu finden, da er zu sehr damit beschäftigt war, sich einen Weg durch die Straßen zu bahnen. Er musste einfach alle Eindrücke in sich aufnehmen und darauf vertrauen, dass sich die Rätsel von selbst klären würden.

Neben ihnen ging ein chinesischer Straßenhändler, der einen großen Bastkorb auf einem langen Stock balancierte. Nunzio befürchtete, der Inhalt des schwankenden Korbes würde ihm auf den Kopf fallen, daher drängte er Lorenzo rasch vorbei. Sie folgten dem steinernen Pfad, den Lorenzo Bürgersteig nannte, doch waren auch viele Straßen, einschließlich der ihren, gepflastert, so dass um sie herum ohrenbetäubender Lärm herrschte: von Wagenrädern, Kisten, die gezogen wurden, Wasser, das aus Kübeln spritzte, ohne dass Lehm die Geräusche dämpfte. Der Rhythmus dieser Geräusche und Bewegungen erinnerte Nunzio an das Fest zu Ehren des heiligen Rocco in Scilla. Das Leben in diesem New York war wie eine Prozession ohne Marschordnung.

»Lorenzo, ist es hier immer so?«, rief Nunzio.

»Heute ist es noch ruhig, weil Sonntag ist.«

Zum ersten Mal spürte Nunzio seine Erschöpfung.

»Ah, jetzt sind wir endlich auf der Elizabeth Street«, verkündete Lorenzo.

Wieder wechselte die Schrift auf den Schildern: diesmal von chinesisch zu italienisch. Schon an den Schildern sah Nunzio, dass hier der sizilianische Dialekt vorherrschte. Die Straße selbst war nicht gepflastert. Staub und getrockneter Dung wirbelten bei jedem Luftzug empor. Einige Verkaufskarren säumten, ihrer Fracht ledig, die Straße.

Als Lorenzo Nunzios Blicke sah, erklärte er: »In der Woche kann man hier kaum entlanggehen, weil es so viele Straßenhändler gibt. Man kann hier gut leben. In diesem Block«, fügte Lorenzo hinzu und wies nickend umher, »wohnen die Fischhändler. Die Elizabeth Street wird hauptsächlich von Sizilianern bewohnt. Auf der Mulberry Street leben mehr Kalabrier, aber wir haben hier eine bessere Wohnung gefunden.« Seit Lorenzo ein Mädchen aus Apulien geheiratet hatte, überquerte er leichter die Grenzen.

»Wir sind da. Zu Hause. Elizabeth Street 176.«

Sie betraten ein schmales, dunkles Treppenhaus und stiegen in den dritten Stock hinauf. Die Kinder rannten schon vor. Wenn nicht aus jedem Gang vertraute Gerüche und das für ein Familienmahl typische Lachen und Palavern auf Nunzio eingedrungen wären, hätte er sich gefühlt wie in einer Höhle. Dann schloss Lorenzo eine der beiden Türen im dritten Stock auf. Sie traten in eine Wohnung, in der es kaum mehr Licht gab als im Treppenhaus.

»Wir sind erst letzte Woche hierhergezogen«, bemerkte Lorenzo nervös. An Nunzios Miene sah er, dass dieser beim ersten Anblick der Wohnungen in *L'America* ähnlich empfand wie er selbst.

Nunzio wanderte nachdenklich durch die drei kleinen Zimmer. »Wie kommt man denn hinaus? Ist der einzige Weg wirklich durch das enge Treppenhaus?« Auf der Suche nach einem Fluchtweg duckte er seinen Kopf unter dem Stoff hindurch, der vor dem Fenster hing. Er hob den Vorhang an, lehnte sich übers Fensterbrett und erschrak, als er die vielen Gesichter sah, die zu ihm herüberstarrten. Hunderte von Menschen beugten sich über und unter ihm aus den Fenstern. Das gleiche Bild bot sich ihm gegenüber und den ganzen Block hinunter. Die Bewohner der Mietskasernen starrten den Neuankömmling an. Nunzio nickte befangen zu ihnen hinüber. Ein Mann rauchte Zigarre; eine Frau rief nach ihren Kindern; doch die meisten lehnten mit den Ellbogen auf Kissen oder Unterlagen aus Sackleinen und blickten auf das Gewimmel auf der Straße unter sich. So geht man also in *L'America* nach draußen, dachte Nunzio. Er hatte schon Beschreibungen von New Yorker Wohnungen gehört, doch war es wie alles an *L'America* so unvorstellbar gewesen, dass man es erst mit eigenen Augen sehen musste. Und selbst dann war es kaum zu fassen.

Kaum waren sie angekommen, machte Teresa sich daran, in der engen Küche das Essen zuzubereiten. »Ich war zwar noch ein Kind, weiß aber bis heute, wie schrecklich das Essen auf dem Schiff war.« Einen Großteil hatte Teresa schon vorbereitet, bevor sie sich aufmachten, um Nunzio abzuholen. Das Essen am Sonntagabend war immer etwas Besonderes; es gab Fleisch und Salat, doch heute präsentierte sie, mit Lorenzos Segen, all ihre Spezialitäten. Die Kinder hoben ein Tuch, um von den *pasticcini* zu naschen, aber Teresa gab ihnen einen Klaps auf die Hände und scheuchte sie zum Spielen in den Flur. Lorenzo schenkte Nunzio ein Glas Wein ein und erklärte, er hätte ein paar Haushaltsgegenstände gegen eine weiche Matratze eingetauscht, auf der Nunzio in der Küche schlafen könne.

»Die Küche ist gar nicht so übel, Nunzio. Ich glaube sogar, dass deine Nichte und dein Neffe sich im Winter zu dir gesellen werden«, erklärte Lorenzo. »Heute Abend wollen Luigi und Pasqualina DiFranco noch kommen und dich begrüßen ...«

Lorenzo redete weiter, aber Nunzio hörte nicht mehr zu. Er starrte mit der gleichen Ehrfurcht auf Teresas Festtafel, die er bereits der Brooklyn Bridge gewidmet hatte. Er konnte sich nicht erinnern, wann er das letzte Mal so viel zu essen gesehen hatte. Plötzlich verspürte er einen Riesenhunger.

Domenico sah, wie Nunzios Blick jeder Bewegung seiner

Mutter folgte. Daher stibitzte er ein Fleischklößchen und steckte es ihm heimlich zu. Nunzio wollte schon protestieren, doch dann zwinkerte er ihm zu und nahm das Fleischklößchen.

Lorenzo hingegen redete immer weiter. Nunzio nahm an, dass er damit einer Frage ausweichen wollte. Wie richtig er damit lag, zeigte sich, als er sagte: »Lorenzo, deinen Eltern geht es gut.« Lorenzos Schultern entspannten sich, und Nunzio fuhr fort: »Und gäbe es mehr zu essen, dann ginge es allen besser. Aber deine Mutter näht immer noch wie keine Zweite im Ort, und wenn es einen Fisch zu fangen gibt, dann fängt ihn dein Vater.«

Lorenzos Miene verriet Erleichterung. »Und Giovanna? Ist immer noch kein Kind unterwegs?«

Nun verschloss sich Nunzios Miene. »Ich warte auf einen Brief. Ich warte.«

Da bat Teresa alle mit sichtlichem Stolz zu Tisch. Sie hatte ihr rabenschwarzes Haar zu einem Knoten zusammengefasst, und obwohl ihr klares Gesicht verriet, wie jung sie war, zeigte sie doch die erschöpfte, aber selbstbewusste Haltung einer älteren italienischen Frau. Sie hielt inne, als Lorenzo das Tischgebet sprach, servierte jedoch weiter, als er fertig war. Sie schlug jede Einladung, sich selbst zu setzen, aus und konzentrierte sich darauf, Nunzios Teller immer wieder nachzufüllen – was viele Jahre lang unmöglich gewesen war.

Fünf

Lorenzo arbeitete im Frühjahr, Sommer und Herbst auf verschiedenen Baustellen als Maurer und verkaufte im Winter, wenn er Glück hatte, Süßkartoffeln. Im ersten seiner mittlerweile acht Jahre in New York hatte er solche Schwierigkeiten, Arbeit zu finden, dass er sogar daran dachte, den hochtrabenden Versprechungen der *padroni* Glauben zu schenken und fortzugehen, um Gleise für eine Zuggesellschaft zu legen oder in einer Mine zu arbeiten. Er wusste zwar, dass er betrogen werden würde, doch zumindest hätte er dann Arbeit gehabt.

Am Ende bewahrte ihn Teresa vor der Lohnsklaverei, weil sie immer einen Weg fand, ihm Arbeit zu besorgen. Sie marschierte mit ihm durch Friseurläden, Cafés und Märkte, um sich nach Jobs umzuhören. Und es dauerte nicht lange, bis Lorenzo in den Kreis der Arbeiter aufgenommen und kaum noch einen Tag arbeitslos war.

Nunzio profitierte nun von den Erfahrungen seines Schwagers. Lorenzo schrieb ihm drei Adressen auf, wo er um Arbeit ersuchen konnte. Doch nachdem er bei der ersten sich erst verlaufen und dann fünf Stunden angestanden hatte, wurde ihm erklärt, er komme zu spät und alle Jobs seien vergeben. Er verfluchte sich, weil er sich verlaufen hatte, und stand am nächsten Tag um drei Uhr morgens auf, um sicherzustellen, noch vor sechs an der nächsten Baustelle zu sein.

Nachdem er dort wieder stundenlang gewartet hatte, erklärte man ihm, es würden bereits zu viele Italiener beschäftigt. Ein Junge mit pickligem Gesicht und schwieligen Händen sagte angesichts seiner Verwirrung: »Sie glauben, wenn es zu viel von einer Gruppe sind, bekommen sie Ärger mit der Gewerkschaft.« Nunzio aber hatte keine Ahnung, was der Junge damit meinte.

Am dritten Tag wanderte er lange vor Sonnenaufgang hinunter zur Brooklyn Bridge, überquerte sie und ging zu einer Stelle am Fluss, wo ein Lagerhaus gebaut wurde. Dort warteten bereits drei Männer, alles Italiener, und jeder von ihnen hatte etwas anderes zu dem Thema gehört, wie viele Arbeiter gebraucht würden. Schlangestehen war Italienern bis dahin unbekannt, aber sie hatten diesen amerikanischen Brauch rasch begriffen und reihten sich nun vor einer windschiefen Hütte aus Sperrholz auf. Sie stand einsam und verlassen auf einem Grundstück mit Schutt und den bescheidenen Anfängen eines Fundaments. Schweigend sahen sie zu, wie ein kleiner, dicker Mann mit rötlichem Gesicht sich mit Hilfe eines Bretts und zwei Kisten einen Tisch vor der Hütte baute. Dann erschienen nach und nach Arbeiter und Poliere mit Kellen, Eimern und Henkelmännern auf der Baustelle. Als der dicke Mann sie endlich zu sich rief, waren Stunden vergangen.

»Hey, der Spaghettifresser hier behauptet, er wäre Ingenieur«, brüllte er zum Bauleiter hinüber. »Und er spricht Englisch.«

Der große, dünne Bauleiter kam zu ihnen geschlendert. »Aha, du bist also Ingenieur.«

»Ja, Sir«, antwortete Nunzio stolz. »Ich habe in Rom studiert.«

»Ach was, ich wette, du hast dieses *Ko-los-sum* gebaut.« Der dicke Mann lachte dröhnend über den Witz des Bauleiters.

Nunzio ignorierte die Bemerkung. »Ich weiß, wie man Gebäude baut. Ich arbeite hart.«

»Ihr Spaghettifresser habt noch gar nichts gebaut, das nicht wieder zusammengekracht wäre. Aber hier sind wir in Amerika, und du baust gar nichts, sondern trägst Ziegelsteine.« Er wandte sich zum dicken Mann. »Stell sie ein, aber behalt sie im Auge. Ich traue Italienern nicht, und schon gar nicht, wenn sie englisch können und rote Haare haben.«

*

Nunzio hatte sein Sandwich auf einen Draht gesteckt und röstete es über dem Feuer. Sechs Arbeiter, alles *paesani*, umringten das Feuer und aßen ihr Mittagessen. Nunzio hätte niemals gedacht, dass er Männer aus Sizilien, den Abruzzen und Neapel als *paesani* zusammenfassen würde, doch in diesem Land waren sie alle nur Italiener. In seinem letzten Brief an Giovanna hatte er geschrieben, es sei Ironie des Schicksals, dass die Italiener im Ausland geeinter seien als in der Heimat.

Zwei-Zehen-Nick zog den Korken aus seiner Weinflasche. »Nunzio, was machst du nach diesem Jobba?«

Jobba, der Job, war ein mit derartiger Ehrfurcht ausgesprochenes Wort, dass Nunzio es im Geiste immer wie eine schimmernde Ikone vor sich sah.

Nunzio arbeitete seit acht Wochen auf dieser Baustelle, und der Job näherte sich seinem Ende. »Das weiß ich nicht. Aber ich möchte etwas Großes, damit ich keine Zeit verliere und bald nach Scilla zurückkann.«

»Ihr Kalabrier denkt doch immer ans Heimkehren.«

»Seid ihr Sizilianer da so anders?« Nunzio wies nickend zu

einem anderen Mann am Feuer. »San Carmine hat mir erzählt, er streicht die Tage an seiner Schlafzimmerwand ab.«

Zwei-Zehen-Nick wirkte gekränkt. »San Carmine ist kein Sizilianer, sondern Neapolitaner. Außerdem«, fügte er mit einem Lächeln hinzu, »ist er nicht ganz richtig im Kopf.«

»Jetzt erzähl ihm bloß nicht die Geschichte«, bemerkte Carmine, rührte sich jedoch nicht, sondern paffte weiter seine Zigarre.

»Hast du dich eigentlich je gefragt, Nunzio, woher er den Namen ›San Carmine‹ hat? Ganz sicher nicht, weil er in einem gewissen Haus in der Mulberry Street betet.«

Gelächter kam auf.

»Das ist nicht komisch«, protestierte Carmine, erhob sich mit übertrieben beleidigter Miene und tat so, als wolle er sich wieder an die Arbeit machen.

Zwei-Zehen-Nick aber wertete Carmines Abgang als Zustimmung fortzufahren.

»Wie ich schon sagte, ist Carmine Neapolitaner, und die Neapolitaner werden alle paar Jahre mit einem Ausbruch des Vesuv konfrontiert. Einmal floss die heiße Lava direkt auf Carmines Dorf zu. Da ging Carmine zur Kirche, riss die Statue des heiligen Gennaro vom Altar und trug sie den Hügel hinauf, wo er sie der Lava direkt in den Weg stellte.«

Zwei-Zehen-Nick stand auf, um die Szene nachzuspielen, schüttelte seine Finger und ahmte Carmines barsche Stimme nach. »Carmine sagte: ›San Gennaro, wir haben zu dir gebetet, wir haben dir zu Ehren ein großes Fest gefeiert und Geld für dich gesammelt. Jetzt erledige auch deinen Job – bewahre unser Dorf vor der Lava.‹ Dann stand Carmine da und sah zu, wie die Lava strömte. Sie kam direkt auf San Gennaro und Carmines Dorf zu. Als Carmine sieht, dass der Heilige gar nichts macht, wird er *pazzo*. Er bewirft die Statue mit Steinen und schreit:

›Du Taugenichts. Du Drecksack!‹ Noch während er um sein Leben rennt, schmeißt er weiter mit Steinen um sich.«

Die Männer schrien vor Lachen, obwohl sie die Geschichte nicht zum ersten Mal hörten. Nunzio lachte am lautesten, doch noch während er nach Luft rang, überlegte er, ob er Giovanna diese Geschichte schreiben sollte. Er wusste, sie würde ihr kehliges Lachen ausstoßen, das er so liebte, doch er konnte sich auch vorstellen, dass sie sich danach voller Schuldgefühl bekreuzigen würde, weil sie über einen Heiligen gelacht hatte.

Als Nunzio wieder ruhig atmen konnte und seine innere Debatte abgeschlossen hatte, fragte er: »Und das Dorf? *Cos'è successo?*«

»Wer weiß? Carmine rannte immer weiter, bis er ein Boot fand, das ihn hierherbrachte!«

Die Männer krümmten sich vor Lachen. Doch da kam der Polier: »Hey, ihr Spaghettifresser, genug gelacht. Schafft eure erbärmlichen Knoblauchärsche wieder zur Baustelle.«

Angefangen hatte Nunzio bei diesem Job als einfacher Arbeiter. Er hatte Mörtel angemischt und Schubkarren mit Ziegelsteinen beladen, die er zu den Maurern brachte. Seit seiner Kindheit hatte er nicht mehr solch stumpfsinnige Knochenarbeit verrichtet.

Dann, eines Tages, rief der Vorarbeiter, der ihn eingestellt hatte, ihn in die windschiefe Baracke, die ihm als Büro diente. »So, du Überflieger, eine Schubkarre kannst du schieben, aber jetzt werden wir sehen, ob du auch mauern kannst.« Er stand auf, und Nunzio hätte fast gelächelt: nicht, weil er »befördert« worden war, sondern weil der Mann seinen Spitznamen wahrhaft verdient hatte. Carmine nannte ihn *Linguine con pomodoro*, denn er war lang und dünn, und seine weiße Haut hatte überall rote Flecken. *Linguine con pomodoro* gab ihm zwei

Kellen, eine zum Mauern und eine zum Verfugen. »Die sind für heute geliehen; morgen bringst du deine eigenen mit.«

Nunzio hatte den Maurern zwei Wochen bei ihren routinierten Bewegungen zugesehen, daher brauchte er nicht lange, um ihre Kunst zu meistern. Er hielt sich außerhalb von *Linguine con pomodoros* Blickfeld, bis er den Ziegelstein wie ein alter Hase mit Mörtel versehen konnte. Er vermisste die Bewegungsfreiheit, die er als Hilfsarbeiter gehabt hatte, liebte es jedoch, aufs Gerüst zu klettern und in luftiger Höhe zu arbeiten. Das Lagerhaus hatte zwar nur sechs Stockwerke, war damit aber immer noch drei Stockwerke höher als die meisten Gebäude in Scilla.

Jetzt konnte er auch alles sehen, was unter ihm und um ihn herum vor sich ging. Er konnte den Inspekteur noch vor *Linguine con pomodoro* sehen, der immer seinen Lieblingsscotch für ihn bereithielt. Der Inspekteur und *Linguine con pomodoro* verschwanden für gewöhnlich im »Büro« und tauchten etwa eine Stunde später singend oder lachend wieder auf.

Arbeitsunfälle waren mit einkalkuliert. Das waren die kleineren Unannehmlichkeiten des Gewerbes: Haut, die vom Mörtel so verbrannt und wund war, dass der Schmerz nur gelindert wurde und die Wunden ausheilten, wenn man selbst darauf pinkelte. Oder wunde, verspannte Rücken, die mit Wärme und Kälte behandelt werden konnten. Aber das waren alltägliche Ärgernisse, nicht die Zwischenfälle, denen die Arbeiter ihre Spitznamen verdankten.

Zwei-Zehen-Nick hieß einfach nur Nick, bevor ein Stapel Ziegelsteine seinen Fuß zerquetschte. Ein-Bein-Paul, der in der Mulberry Street an einem Straßenkarren Obst verkaufte, hieß früher Paul der Nieter. *Uno occhi*, also der einäugige Nardone, der in Lorenzos Haus wohnte, hatte früher das Dynamit beim Tunnelbau gesetzt. Jetzt grub er Tunnel, weil man nicht gut sehen musste, um im Dunkeln Erde zu schaufeln. Nunzio betete nur, dass sein Spitzname ihm bleiben möge. Seine Landsleute nannten ihn *Professore*, und er hoffte, er würde nicht der *Professore* mit einem fehlenden Teil seiner Anatomie werden.

Sonntag war der einzige Tag der Woche, an dem nicht dem *jobba* gehuldigt wurde. Dann gingen die Frauen zur Kirche und kochten, und die Männer spielten und entspannten sich in den Cafés. Es war auch der einzige Tag, an dem man ein Individuum war. Der Mann in der Wohnung im ersten Stock spielte Mandoline vom Ende des Sonntagsessens bis zum Zubettgehen der ersten *bambini*. Carmine liebte das Theater, was kaum überraschte, und gehörte bei den Sonntagsvorführungen in Little Italy zu den Stimmgewaltigeren im Publikum. Lorenzo verdiente sich sonntags ein Zubrot, indem er die Eingangshallen der Mietskasernen mit idyllischen Landschaften verzierte. Denn Wohnungssuchende trafen sich mit ihren Vermietern meistens dort und sahen nur selten die eigentlichen Wohnungen. Offenbar fühlten sich die potenziellen Mieter beim Anblick der Szenen ländlichen Lebens in Italien gleich heimisch, was den smarten Vermietern ermöglichte, noch mehr für die lichtlosen Löcher zu verlangen, die eher Güterzugwaggons ähnelten als offenen Villen.

An Sonntagen also kochte Teresa, bereitete Lorenzo seinen Malkasten vor, und Nunzio bat Giovanna auf Knien um Vergebung, weil er nicht in der Kirche war. Dann schrubbte er sich selbst und die Kinder. Er machte großes Aufhebens um ihr Erscheinungsbild, vergewisserte sich, dass ihre Sonntagskleider einwandfrei gebügelt waren und ihre Hüte korrekt saßen. So brachen die drei aufgeregt zu ihrem allwöchentlichen Abenteuer auf, und Teresa, die bereits hochschwanger war, sah ihnen lächelnd und kopfschüttelnd nach.

Nunzio, seine Nichte und sein Neffe gingen zurück zur Battery und blieben auf dem Weg dorthin bei jedem Wolkenkratzer stehen, um mit dem Aufzug zu fahren und das Gebäude zu erkunden. Als Nunzio das erste Mal einen Portier in einem Gebäude der Park Row überredete, sie mit dem Aufzug bis ganz nach oben fahren zu lassen, tauchte Domenico mit seinem Mageninhalt in der Hand aus dem vergoldeten Wunderwerk auf. Doch Nunzio ließ sich dadurch nicht entmutigen und nahm sie mit zu jeder Aufzugfahrt, die er sich erschmeicheln konnte, bis Domenicos Magen sich an das Leben im zwanzigsten Jahrhundert gewöhnt hatte. Wenn die Portiers nicht aufpassten, fuhren Concetta und Nunzio mit der Hand über den Marmor der Eingangshallen, um den kühlen Stein zu fühlen. Nunzio wies sie auf Besonderheiten bei den Verzierungen hin, und wenn es Bilder gab, prägten sie sich die Szenen und Farben ein, um sie später Lorenzo zu beschreiben. Manchmal, wenn sie auf den Aufzug warteten, zeigte Nunzio ihnen, wie sie die Eingangshalle mit ihren Schritten abmessen konnten. All dies geschah schweigend. »Mund halten« lautete die Regel, aus Angst, ihren Immigrantenstatus durch ihre Sprache noch deutlicher zu zeigen als schon durch ihr Erscheinungsbild.

Auf dem Heimweg dann kaufte Nunzio den Kindern gebrannte Mandeln und Pistazien. Sie setzten sich auf eine Bank, die sie bereits als ihre eigene bezeichneten, blickten auf die Brooklyn Bridge und sprachen über die Vorzüge all der Gebäude, die sie gesehen hatten. Concetta plapperte über die Tiere, die sie in der Maserung des Marmors entdeckt hatte; Domenico prahlte, eines Tages würde er den größten Wasserspeier aus Stein hauen; und Nunzio stellte sich vor, Giovanna säße bei ihm und dies wären ihre Kinder.

Das Trio schaffte es immer gerade rechtzeitig zu Teresas Festmahl nach Hause. Die Kinder ließen sich auf ihre Stühle fallen, während Lorenzo sich noch die Finger mit Terpentin abrieb. Die Musik des Mandolinenspielers – dessen Familie eine Stunde früher zu Abend aß – füllte die Stille. Aber ihre Erschöpfung wich und ihre Lebensgeister erwachten, wenn Teresa den Tisch mit Nüssen, Obst und *pasticcini* deckte, dann fingen alle auf einmal an zu sprechen. Zum Abschluss der Mahlzeit rauchte Lorenzo, mit den Kindern auf dem Schoß, seine Pfeife, bevor er sich ins Café aufmachte. *Die Ziege* – denn Nunzio war nicht der Einzige, der bemerkt hatte, dass Lorenzo wie eine Ziege rannte – versuchte zwar, Nunzio zum Mitkommen zu überreden, doch wusste er genau, dass sein Schwager lieber seinen einsamen Spaziergang unternahm.

Jeden Sonntag nach dem Abendessen ging Nunzio die 23rd Street hinauf bis zur Kreuzung Fifth Avenue, um zu begutachten, welche Fortschritte seit dem vergangenen Sonntag beim Flatiron Building zu verzeichnen waren. Was waren diese Männer doch für Glückspilze! Sie bauten am wunderbarsten Gebäude der ganzen Welt. Es hatte die Form eines Dreiecks und war höher als alles, was Nunzio sich vor seiner Ankunft in Amerika hatte vorstellen können. Dieses Gebäude war anders als alle anderen. Es verriet Poesie. Seine Form nahm die Kreuzung von Fifth Avenue und Broadway auf und spielte mit optischen Täuschungen. Ein Meisterwerk! Und dann die Konstruktion! Es wurde nicht von Mauern, sondern von Stahl im Innern gestützt. Nunzio staunte, dass das Äußere des Gebäudes wie eine Haut war, die lediglich dazu diente, die innere Struktur abzudecken. Außerdem wurden zuerst die mittleren Stockwerke von der Fassade verdeckt. Nunzio fragte sich, ob dies einen bautechnischen Grund hatte oder ob man der Welt damit nur beweisen wollte, dass es möglich war. Er brannte darauf, an so einem Bauwerk mitzuarbeiten.

Sechs

Giovanna betet wohl für mich, dachte Nunzio an seinem letzten Tag am Lagerhaus. Carmine hatte einen Tipp bekommen, dass man Arbeiter für ein Projekt in Brooklyn suchte, das ihnen Arbeit für mindestens ein Jahr gewährleisten konnte. Nunzio hatte sich bereits ausgerechnet, wie viel er sparen konnte, und entdeckt, dass er am Ende dieses Jahres zu Giovanna zurückkehren könnte und genug Geld haben würde, um ihr ein Studium im Norden zu ermöglichen.

»Es geht um einen Tank, der Gas für die Lampen enthalten soll«, sagte Carmine, weil er wusste, das würde Nunzio gefallen. Es war zwar kein Job an einem Wolkenkratzer, hatte aber trotzdem mit Fortschritt zu tun. »Morgen werden die Leute eingestellt. Aber es liegt noch weiter im Norden; bis wir da sind, sind wir schon tot«, verkündete Carmine dramatisch.

Um drei Uhr am nächsten Morgen erschien Nunzio also bei Carmine in der Mulberry Street, um mit ihm die dreistündige Wanderung zur Wythe Avenue Ecke North Twelfth Street in Williamsburg, Brooklyn, anzutreten.

»*Brutte Americane* Gewässer«, schimpfte Carmine, als sie dem Fluss südwärts zur Brooklyn Bridge folgten. »Ohne die Strömung könnten wir in der Hälfte der Zeit dorthin schwimmen.«

Nunzio warf einen Blick auf den stämmigen, kahlen Mann aus den Bergen und dachte: *Strömung hin oder her, du würdest ohnehin sinken wie ein Stein.* Aber Carmines Bemerkung verstärkte seine Sehnsucht nach dem türkisblauen Wasser von Scilla. Sie wanderten an einer im Bau befindlichen Brücke vorbei, die ihren Weg halbieren würde, wenn sie erst einmal fertiggestellt wäre. Nunzio betrachtete die Konstruktion und sah schon, dass sie nicht so großartig werden würde wie die Brooklyn Bridge. Dennoch hätte er gern daran mitgearbeitet, und wenn das nicht möglich war, sollte sie möglichst rasch eingeweiht werden und seinen täglichen Weg zur Arbeit verkürzen. Falls er Glück hatte und die neue Arbeit bekam!

Sie waren zwar nicht tot, aber ziemlich erschöpft, als sie endlich ankamen. Es wartete schon eine Schlange, aber sie war nicht lang. Als Nunzio sich anstellte, verlagerte er das Gewicht seiner Leinentasche mit dem Hammer, den Kellen, der Wasserwaage und den Beiteln, die er für den Fall mitgenommen hatte, dass sie sofort anfangen sollten.

Carmine bedachte Nunzio mit einem missbilligenden Blick. »Ich bin der Meinung: kein Job, kein Werkzeug. Wenn ich den Job kriege, bring ich das Werkzeug mit«, verkündete er lautstark.

Nunzio vermutete, dass Carmines rebellische Ader eher seiner Faulheit als seiner Überzeugung entsprang. Nunzio hatte Carmine schon immer für etwas faul gehalten, doch natürlich kein Wort darüber verloren. Für einen Italiener wäre dies die schlimmste Beleidigung gewesen. Arm ja, aber faul? Niemals.

Taylor, Wood & Co., Baltimore stand auf einem Schild über dem Gebäude, in dem das Büro lag. Das war ein gutes Zeichen. Keine Behelfsunterkunft, das hieß, man plante, länger hierzubleiben. Nunzio sah sich das Brachland an und stellte sich den Tank vor, den sie hier bauen wollten. Carmine meinte, er habe gehört, es solle ein riesiger Zylinder werden. Die Vorstellung, Kurven und keine Ecken zu bauen, fand Nunzio faszinierend. Instinktiv richtete er sich auf, als er sich dem Büro näherte.

Die Männer traten einzeln ein. Neben einem Mann mit Anzug und beginnender Glatze stand ein Dolmetscher. Nunzio hatte noch nie einen Mann gesehen, der auf einer Baustelle einen Anzug trug. Der Dolmetscher wandte sich an Nunzio.

»*Come si chiama?*«, fragte er.

»Nunzio Pontillo. Ich spreche Englisch, Sir.«

Der Mann im Anzug sah auf. »Welche Erfahrungen haben Sie vorzuweisen?«

Nunzio rasselte eine Reihe Arbeitserfahrungen herunter, die teils erlogen waren, teils nicht. Demnach hatte er von einfachen Hilfsarbeiten bis zu qualifizierten Steinmetzarbeiten schon alles gemacht. Er hatte gelernt, dass diese Angaben nie nachgeprüft wurden, und er hatte auch gelernt, niemals zu sagen, dass er Ingenieur war.

Der Boss blickte anerkennend auf seine Werkzeugtasche. »Sie fangen morgen als Arbeiter an. Wenn Sie sich gut machen, können Sie mindestens sechs Monate bleiben, vielleicht auch länger.«

»*Grazie*. Entschuldigung, danke ...«

»Unterschreiben Sie hier«, unterbrach ihn der Dolmetscher.

Carmine musste sich in die Reserveschlange stellen – er würde eingestellt werden, wenn kein Besserer kam. Nunzio wartete im Schatten einiger Bäume und schaute zu ihm hinüber. Es war Juli, und die Sonne stand hoch am Himmel. Er sah, dass Carmine kurz davor stand, zu schimpfen, weil er in der Gluthitze warten musste, daher gab er ihm mit Blicken zu verstehen, dass er sich beherrschen sollte. Um zwei Uhr nachmittags, als die Schlange schon ausgedünnt war, wurde Carmine geholt und durfte unterschreiben.

Sie hatten bereits die Hälfte des Heimwegs hinter sich, als Carmine sich endlich ein bisschen beruhigte. »Die ganzen Idioten nehmen sie sofort, aber mich nicht? *Stronzi.* Das sind alles *stronzi.*«

Nunzio ignorierte das. »Komm, lass uns feiern, Carmine. Wenn wir in der Mulberry Street sind, essen wir Muscheln.« Normalerweise war Nunzio nicht so extravagant. Für manche Männer mochten Muscheln von einem Straßenstand etwas ganz Normales sein, für jemanden mit großen Plänen jedoch war es eine unnötige Ausgabe.

Als Nunzio am Abend im Bett lag, schrieb er Giovanna voller Triumph einen Brief. Giovanna fand in all ihren Briefen an Nunzio tausend Wege, ihm zu sagen, er solle sich keine Sorgen machen und nicht enttäuscht sein, weil es so lange dauerte, ihre Pläne zu verwirklichen. Nunzio jedoch durchaute das alles. Er wusste, dass sie versuchte, stark zu sein, auch wenn andere das nicht merkten, weil Giovanna immer so entschieden sprach und agierte. Aber Nunzio sah, was andere nicht sahen, zum Beispiel das unmerkliche Zucken unter ihrem linken Auge. Wenn sie Gefühle unterdrückte, sah Nunzio dieses Zucken auch in Giovannas Buchstaben, aber an diesem Abend stellte er sich vor, wie sich beim Lesen der guten Neuigkeiten ein Lächeln über ihr Gesicht ausbreiten würde. Vielleicht würde sie sich sogar ein breites Grinsen erlauben, bevor sie zur Kirche rannte, um sich zu bedanken.

Weil er vor lauter Glück nicht schlafen konnte, stand er auf und schrieb Giovanna noch einen Brief. Diesmal fertigte er eine Skizze davon an, wie er sich den Tank vorstellte. Dann, vielleicht weil er wie im Rausch war, vielleicht aber auch nur, weil er sich noch mal Giovannas Lachen vorstellen wollte, zeichnete er eine zweite Skizze des Tanks. Doch diesmal stand er an der Nordküste von Scilla und sah aus wie ein riesiger Spaghettitopf.

*

Zwei Tanks sollten gebaut werden, und zwar nacheinander. Nunzio begriff zwar nicht, warum sie nicht gleichzeitig gebaut wurden, doch als er so höflich wie möglich nachfragte, erteilte ihm der Polier eine bissige Abfuhr und der Bauleiter hob missbilligend die Augenbraue. Ihre erste Aufgabe bestand darin, ein kreisrundes Loch zu graben, das über drei Meter tief war und einen Umfang von über sechzig Metern hatte. Wenn das Fundament ausgehoben war, sollte der Betonboden gegossen werden, auf dem der Tank stehen würde. Der gesamte Juli verging damit, den Beton anzurühren und das Fundament in jeweils einen Quadrameter großen Abschnitten auszukleiden.

Nunzio war der Vorarbeiter in einer Mannschaft, die aus Carmine, Pretty Boy, Meatball und Nospeakada bestand. Ihm gefiel die Vorstellung, dass er diese Stellung seiner Eigenschaft als Ingenieur verdankte, doch wusste er, dass es nur an seinen Englischkenntnissen lag. Nunzio hegte zwar den Verdacht, dass Nospeakada Englisch zumindest verstand, wenn man ihn jedoch nicht auf Italienisch ansprach, antwortete er nur: »Nospeakada iiinglisch.« Pretty Boy hingegen war nicht nur hübsch, sondern vor allem jung. Er war schlank und hatte zarte Gesichtszüge und lange Wimpern, aber Nunzio konnte sich darauf verlassen, dass er am härtesten arbeitete. Meatball, ein älterer Mann, hatte wohl zu viele Fleischklößchen gegessen, was ihm seinen Spitznamen und einen riesigen Bauch eingebracht hatte. Carmine war nur zu gebrauchen, wenn er wusste, dass der Polier oder der Bauleiter ihn beobachtete. Daher blieb die meiste Arbeit an Nunzio, Pretty Boy und Nospeakada hängen.

Der Bauleiter, Mr Mulligan, trug zwar keinen Anzug mehr auf der Arbeit, war aber immer makellos sauber und telefonierte oft im Büro. Mit den Arbeitern kommunizierte er über seine Poliere, die Mr Mulligans leise Anordnungen in laut herausgebrüllte Befehle verwandelten. Nunzio hingegen informierte sich, indem er durch Mr Mulligans Bürofenster verstohlene Blicke auf die Baupläne warf, die an die Wand geheftet waren.

Noch vor Fertigstellung des Betonbodens wurden große schmiedeeiserne Platten auf die Baustelle geliefert, die zwei mal vier Meter groß und einen knappen Zentimeter dick waren. Als Nunzio die Eisenplatten sah, war er begeistert und drängte seine Männer, den Boden fertigzustellen. Jetzt sah er schon vor sich, wie der größte Gastank der Welt Form annahm.

Nach Fertigstellung des Bodens war es Zeit, den Tank zu bauen. Bauleiter Mulligan versammelte kurz seine Poliere um sich, die immer wieder aus dem Kreis traten und ihren Vorarbeitern etwas zubrüllten. Der erste Schritt bestand darin, den Boden des Tanks zu bauen. In den nächsten paar Tagen wurde ein Gerüst auf dem Betonboden errichtet. Als dies fertig war, wurden die Eisenplatten an ihren Platz gehievt und sollten später zusammengenietet werden. Nunzio spähte durchs Fenster auf die Bauskizzen, um herauszubekommen, warum große Mengen Bauholz und Stützböcke zur Baustelle geliefert worden waren. Da es ihm nicht gelang, näherte er sich in der Mittagspause einem der Poliere.

»Mister, was sollen die ganzen Stützböcke hier? Was sollen wir damit anstellen?«

»Was geht dich das an, Spaghettifresser?«

Mr Mulligan aber hatte den Wortwechsel gehört, warf seinem Polier einen strafenden Blick zu und antwortete Nunzio selbst.

»So bekommen wir ihn runter, mein Sohn.«

Das faszinierte Nunzio so, dass er vergaß, wen er vor sich hatte. »Aber wie wollen wir die Stützböcke benutzen, ohne Löcher zu bohren?«

»Wir bohren auch Löcher, aber wenn der Boden abgesenkt wurde, versiegeln wir sie wieder.« Dann entfernte sich der Bauleiter, und der Polier scheuchte Nunzio wütend fort.

»Du hast hier keine Fragen zu stellen, klar?«

Nunzio konnte den Plan des Bauleiters nicht nachvollziehen: Zuerst sollten die Eisenplatten auf Gerüsten zusammengenietet werden, damit die Nähte des Tanks dicht waren, aber dann würde das Metall wieder durchbohrt und dadurch geschwächt werden. Er kam auch nach längerem Nachdenken zu keiner Lösung, verdrängte seine Zweifel jedoch. Schließlich war er in Amerika, wo man mit Metall bauen konnte, und Nunzio kannte sich mit Metall nicht so gut aus wie mit Holz, Stein und Ziegeln. Er würde einfach zusehen und lernen.

Es knackte, als Nunzio auf seinen Schlafplatz in Lorenzos Küche kletterte, aber es waren seine Knochen, nicht das Bett. Als er sich auf die Decke legte, verfluchte er seine schmerzenden Gelenke und die müden Glieder. In der Wohnung war nichts zu hören bis auf die gedämpften Laute des Babys, das gerade gestillt wurde. Nunzio hatte gewartet, bis alle schliefen; er wollte Giovannas Brief erst dann lesen, wenn ihn keiner mehr störte. Er faltete ihn auseinander, bewunderte ihre gleichmäßige, flüssige Schrift und dachte, wenn sie keine Ärztin würde, könnte sie auch im Büro des *sindaco* arbeiten und die Geburten, Todesfälle und Eheschließungen ins Register eintragen. Dann konzentrierte er sich aufgeregt auf ihre Worte und verweilte ein Weilchen bei dem *Caro Nunzio.* Als sein Blick über die einzelnen Sätze fuhr, hörte er Giovannas Stimme in seinem Kopf. Der Brief begann wie immer mit der Versicherung, dass seine Eltern wohlauf waren, und kam dann zu den Neuigkeiten des Dorfs.

»Ah, sie hat meinen Brief bekommen«, dachte er erfreut, als er weiterlas.

»Ich bin so stolz, dass mein Nunzio Amerika mit aufbaut. Ich stelle mir Dich bei der Arbeit vor und weiß, dass alle Männer zu Dir aufblicken müssen. Ich kann mir auch vorstellen, dass es den ganzen Tag immer wieder heißt ›Frag Nunzio‹. Ich selbst habe auch eine Frage: Was genau bedeutet der Name dieser Arbeitsstelle – Brooklyn Union Gas Works?

Ach, wie ich mir wünschte, Du müsstest nicht so weit laufen, um zur Arbeit zu kommen. Nunzio, schick uns weniger Geld, dann kannst Du auf einem Wagen fahren, zumindest den Weg zurück. Mir ist der Gedanke unerträglich, dass Du den ganzen Tag so hart arbeitest und dann auch noch nach Hause laufen musst. Ich würde alles tun, um Dir wenigstens das abzunehmen.

Zumindest weiß ich jetzt, dass Lorenzo Dir zum Abendessen viel Wein einschenkt. Deine Zeichnung habe ich niemandem gezeigt, weil ich Angst hatte, es hieße dann, Amerika hätte Nunzio verrückt gemacht. Aber ich habe wirklich sehr gelacht, und dann habe ich mir natürlich versucht vorzustellen, wie viel Pasta man in einem solchen Topf kochen könnte.

Nunzio grinste, weil er mit sich zufrieden war. Normalerweise schloss Giovanna nach Bemerkungen zu Nunzios Brief mit der Versicherung, dass die Zeit schnell vorbeigehen würde, auch wenn es sich nicht so anfühlte, und dass sie bald wieder zusammen in Scilla wären. Aber dieser Brief nahm einen anderen Verlauf. Das konnte Nunzio schon allein an Giovannas Schrift sehen und richtete sich daher halb auf.

Nunzio, heute habe ich dabei geholfen, ein kleines Mädchen auf die Welt zu bringen. Es war eine schwierige Geburt, und die Lungen des Babys sind nicht, wie sie sein sollten. Ich glaube nicht, dass sie überleben wird. Ich war frustriert, weil mir schon während der Geburt klar war, wenn ich nur mehr wüsste, könnte ich dem Kind helfen. Bis jetzt habe ich mich immer auf meinen Instinkt verlassen, und das war auch gut so, aber heute wurde mir, wie schon einige Male, meine Unwissenheit bewusst. Bis heute dachte ich, wenn ich wirklich studieren sollte, dann doch nur Dir zuliebe. Aber jetzt teile ich Deinen Traum, so unwahrscheinlich es auch klingen mag. Danke, mein liebster Nunzio, weil Du schon weißt, was gut für mich ist, noch bevor es mir bewusst wird. Manchmal habe ich das Gefühl, als wohntest Du in meiner Seele.«

»*Brava*, Giovanna, *brava*«, flüsterte Nunzio und strich zärtlich über den Brief, als streichelte er Giovanna darin. Er fragte sich, wie es möglich war, dass er mit seiner Frau derart verbunden sein konnte, obwohl ein ganzer Ozean zwischen ihm und ihr lag. Carmine hatte versucht, ihn in ein Haus mit *puttane* mitzunehmen, und er hatte sogar die Schwelle übertreten. Doch als eine dunkelhaarige Frau zu ihm trat, war er Giovanna doch näher, obwohl er schon den Atem dieser Frau spüren konnte. Daher machte er kehrt und überließ Carmine seinen Freuden. Jetzt faltete er den Brief zusammen, legte ihn sich auf die Brust und schlief zufrieden ein.

In der nächsten Bauphase verließen so viele Arbeiter die Baustelle, dass Nunzio der Vorarbeiter dreier Mannschaften wurde. Der Metallboden des Tanks ruhte auf 75 Zentimeter hohen Pfählen über dem Betonboden. Die Metallplatten wurden von oben und von unten zusammengenietet. Als Nunzio das erste Mal in den dunklen Zwischenraum kroch, empfand er Mitleid mit seinen Landsleuten, die Minenarbeiter geworden waren. Doch wenige Tage darauf war er neidisch auf sie, weil sie zwar mit dem Kohlestaub zurechtkommen mussten, doch wohl zumindest im Stehen arbeiten durften und es kühl unter der Erde hatten. Nunzio und seine Mitarbeiter hingegen ließen sich jedes Mal, wenn sie unter den Tank glitten, geradewegs in die Hölle hinab. Die Augustsonne heizte das Eisen auf, und wenn die erhitzten Nieten über Kopf ins Metall gehämmert wurden, war es, als befände man sich in einer kochenden Folterkammer, in der das Trommelfell zum Platzen gebracht werden sollte.

Nunzios Aufgabe bestand darin, auf dem Bauch zu der festzunietenden Platte zu kriechen, um den Amboss für die Schläge zu positionieren und den zweihundert Tonnen schweren Boden stabil zu halten. Er kam sich vor wie ein Wurm. Er dachte kurz an seine Fantasien, das Flatiron Building zu bauen. Hätte er sich nicht so elend gefühlt, dann hätte er über die Ironie lachen müssen. Er versuchte, sich mit der Vorstellung aufzumuntern, dass dieses Projekt zum Netz gehörte, das sich durch ganz New York zog und dabei Flüsse überspannte, zum Himmel strebte, Tunnel trieb und sich in alle Richtungen erstreckte. Er strengte sich noch mehr an, sich selbst zu überzeugen, dass er ein wichtiger Teil dieses Unternehmens war und nicht nur ein billiger italienischer Arbeiter.

Meatball bekam in der ersten Woche unter dieser Scheibe einen Herzanfall, überlebte aber. Jetzt half er für die Hälfte des Geldes, die er als Hilfsarbeiter verdient hatte, Obst auf der Mulberry Street zu verkaufen. Am späten Nachmittag, wenn Carmine und Nunzio zur Mulberry Street zurückkamen, steuerten sie sofort Meatballs Straßenkarren an. In der Garage hinter dem Obststand befand sich der Eiswagen von Meatballs

Freund, und wenn sie ankamen, setzte Meatball sich mit ihnen dorthin, damit sie im Kühlen das Obst verzehren konnten, das er nicht losgeworden war.

Gegen Ende August waren alle Platten vom Boden des Tanks zusammengenietet. »Ah, wenigstens kommen wir rechtzeitig zum Winter über die Erde«, witzelte Carmine.

Sie bohrten Löcher in die Platte, um die Stützböcke einzufügen. Geplant war, das Gerüst zu entfernen und die Bodenplatte des Tanks mit Hilfe von Stützböcken und Arretierschrauben oberhalb des Betonbodens zu halten. Nunzio fiel auf, dass Mr Mulligan besorgter als sonst wirkte und noch mehr telefonierte. Irgendwann hielt er es nicht mehr aus und fragte, wie genau man denn den Tank auf den Boden senken würde. Da packte ihn einer der Poliere an den Schultern und brüllte ihm ins Gesicht: »Hör mit deinen blöden Fragen auf!«

In diesem Moment wurde Nunzio klar, dass seine Frage nicht blöd war. Er war auch nicht der Einzige, der nicht wusste, wie die Absenkung funktionieren sollte. Ein, zwei Tage lang gingen die Arbeiten nur stockend voran, und ein weiterer Mann im Anzug tauchte auf. Er und Bauleiter Mulligan verschwanden im Büro. Da die Baumaterialien neben der Bürotür gelagert wurden, tat Nunzio so, als bräuchte er einen neuen Bohrer.

»Mulligan, wir haben sechs Baustellen, um die wir uns kümmern müssen. Wenn Sie mit dieser hier nicht klarkommen, sagen Sie es gleich«, war das Erste und Letzte, was Nunzio hörte, bevor ein Polier vorbeikam und knurrte: »Was machst du da? Eigentlich sollte das doch ein Laufbursche holen.«

Doch man konnte die Absenkung des Tankbodens nicht länger aufschieben. Als die Männer am Morgen des zweiten September zur Arbeit erschienen, entdeckten sie zu ihrer Überraschung, dass die Mannschaft um weitere fünfundzwanzig

Arbeiter verstärkt worden war. Mulligan rief alle Poliere und Vorarbeiter zusammen.

»Okay, heute werden wir unser Baby zum Boden bringen. Ich will einen Mann auf alle zwei Stützböcke und einen auf jede Arretierschraube. Wir haben uns zusätzliche Helfer besorgt. Bringt es runter. So langsam wie nötig. Außerdem brauchen wir ein paar Männer unter der Platte, die die Schrauben unter der Auflagefläche ölen.«

Unter die Platte kriechen, während sie abgesenkt wurde? Da waren selbst die Poliere des Unternehmens sprachlos. Mulligan erklärte in das fassungslose Schweigen hinein: »Der verantwortliche Ingenieur behauptet, die Schrauben der Stützböcke müssten geölt werden, weil die Platte sonst nicht glatt und ohne Stocken runterkommt.« Das Schweigen dehnte sich aus, was schließlich auch Mulligan verstummen ließ.

»Okay«, sagte er schließlich. »Versuchen wir es erst mal ohne Ölen und sehen, wie es klappt.«

Erleichtert gingen die Männer, zu denen Nunzio und jetzt auch Pretty Boy gehörten, auseinander, um die Mannschaften für die Stützböcke und Arretierschrauben zusammenzustellen. Gegen zehn war die Platte nach langem, mühsamem Ringen um fünf Zentimeter abgesenkt. Die Stützböcke und die Männer ächzten unter der Last. Nunzio hörte die Poliere ausrechnen, dass es gut drei, vier Tage dauern konnte, bis der Tankboden ganz abgesenkt war. Bauleiter Mulligan umkreiste nervös die Scheibe, wann immer er nicht gerade telefonierte. Gegen Mittag versprach man den Männern, sie bekämen Überstunden bezahlt, wenn sie nur zehn Minuten und nicht eine ganze Stunde Mittagspause machten. Zwar waren alle erschöpft und schwitzten, aber so ein Angebot konnte nicht abgelehnt werden.

Um zwei Uhr war die Scheibe auf sechzig Zentimeter über dem Boden abgesenkt. Nach einem weiteren Anruf versammelte Bauleiter Mulligan erneut alle Poliere und Vorarbeiter um sich.

»Wir werden jetzt die Schrauben ölen; das Ganze geht zu langsam. Ich denke, es genügt, wenn acht Mann drunterkriechen. Bei einem Abstand von sechzig Zentimetern müssen sie auf dem Rücken liegend arbeiten. Also, je dünner, desto besser.« Damit wandte er sich ab und ließ sie einfach stehen.

Es dauerte eine ganze Weile, bis der oberste Polier Worte fand. »Wir haben acht Mannschaften, also sollten die Vorarbeiter aus jeder einen aussuchen, der die Schrauben ölt.«

Die acht Vorarbeiter starrten den Iren an. Er kannte sie gut genug, um zu wissen, dass sie sich selbst vorschlagen würden. Das war Ehrensache. Sie waren die Vorarbeiter; sie verdienten fünf Cents mehr in der Stunde. Es war ihre Verantwortung. Nunzio blickte sich fragend um. Die anderen Vorarbeiter nickten.

»Wir machen es«, verkündete er.

Sie versammelten sich erneut um den Tankboden und besprachen, wie sie vorgehen wollten. Nach einer ersten Einschätzung mussten fünf Männer unter der Platte und drei am Rand arbeiten. Der oberste Polier rief die Namen auf. »Lagato, Fiero, Constantino, Romano und Idone gehen drunter. Pontillo, Amato und Jones kümmern sich um den Rand.«

Als Pretty Boy, dessen richtiger Name Mariano Idone war, nach dem Ölkännchen griff, versuchte er, das Zittern seiner Hände zu kontrollieren. Nunzio bemerkte es und sagte: »Hör mal, Pretty Boy, ich hab doch die meisten der Stützböcke angebracht, bleib du am Rand, dann gehe ich drunter.«

Pretty Boy starrte Nunzio an. Dann erwiderte er leise: »Ist gut, *Professore*, wenn du meinst.«

Nunzio glitt auf dem Rücken unter die Eisenscheibe und strebte zur Mitte. Mit den Fersen drückte er gegen den Beton und stützte sich mit den Handflächen am Tankboden ab, um vorwärtszukommen. Das Ölkännchen hielt er mit den Zähnen fest. Es war dunkel, die wenigen Zentimeter, die sich die Platte abgesenkt hatte, hatten erheblichen Einfluss darauf, wie viel Sauerstoff und Adrenalin durch seinen Körper strömten. Um überhaupt weitermachen zu können, wandte Nunzio einen Trick an, den Giovanna immer bei Frauen in den Wehen benutzte. Sein Körper steckte zwischen glühend heißem Metall und Beton, doch er stellte sich vor, dass er mit Giovanna auf den Klippen von Scilla saß. Eine kühle Meeresbrise wehte ihnen den Duft von Zitronen heran.

Die Arbeiter über der Platte waren angewiesen worden, den Tankboden um zweieinhalb Zentimeter abzusenken, während die Männer darunter die Schrauben ölten und die Stützböcke prüften, um sicherzustellen, dass sie noch funktionierten. Der Druck der Platte auf die Stützböcke wurde verstärkt. Nunzio hatte das Gefühl, wegen des Lärms und der Hitze würde ihm der Kopf platzen. Es war fast stockdunkel unter der Platte, doch als Nunzio entdeckte, dass die Auflageflächen über den Schrauben zu viel Spiel hatten, wusste er, dass er das Problem ausgemacht hatte. Er beschloss, noch einen weiteren Stützbock zu überprüfen, bevor er es dem Polier berichtete. Also schob er sich zum nächsten. Da ertastete er die Sohle eines Stiefels und rief: »Sehen die Auflageflächen in Ordnung aus?«

»Ich sehe überhaupt nichts. Ich gehe jetzt raus aus dieser Hölle«, ertönte Lagatos Stimme.

»Ich komme direkt hinter dir.«

Oberhalb der Platte bemerkte Bauleiter Mulligan, dass sich nichts getan hatte. Er war wütend, weil der Ingenieur ihm dieses Problem aufgehalst hatte. Schließlich war es nicht sein Fehler, dass es so lange dauerte; die Ingenieure hatten da einfach Mist gebaut. Mulligan beschloss zu melden, dass er die Arbeiten unterbrechen würde, bis jemand einen besseren Plan hätte, und marschierte ins Büro.

Nunzio hatte inzwischen einen zweiten Stützbock geprüft und entdeckt, dass auch dort die Auflagefläche an der Schraube Spiel hatte. Da hilft auch kein Öl, dachte er. Sie sind überlastet.

Es würde ein langer Weg bis zum Rand der Platte werden. Seine Angst stieg und erschwerte ihm das Kriechen, daher konzentrierte er sich darauf, nur an das Blau des Meeres und des Himmels in Scilla zu denken, und an Giovannas Augen. Er starrte auf dieses Blau und hörte das Rauschen der Wellen, die den Kies durchspülten und dabei »Schsch-illa« zu säuseln schienen. Doch Sekunden später riss ihn ein seltsames Knirschen aus seinen Gedanken.

»*Forza*«, brüllte Nunzio in die Dunkelheit. Die Reaktion darauf waren Flüche und verzweifeltes Scharren. Nunzio riss sich die Ellbogen, Hände und Beine auf, als er hektisch versuchte, seinen Körper schneller über den Beton zu schieben. Die nächsten Augenblicke hingen wie die Metallplatte über ihm in der Luft. Dann spürte Nunzio, wie sich die Platte seitwärts verschob, und hörte ein lautes Ächzen. Im Bruchteil einer Sekunde erkannte er, dass er sterben würde, und katapultierte seinen Geist wieder ins Blaue, bevor die gesamten zweihundert Tonnen Stahl kippten, fielen und seinen Körper zerquetschten.

Polizei, Feuerwehr und Arbeiter konnten ein paar Bereiche ausmachen, wo die Platte sich leicht anhob, und arbeiteten in Gruppen mit schweren Vorschlaghämmern und Meißeln daran, sie dort aufzureißen. Eine Stunde, nachdem die metallenen Stützböcke und die Holzstreben wie Zahnstocher eingeknickt waren und der Tankboden auf den Beton gedonnert war, hatte ein Rettungsteam genug Metall entfernt, um einen Körper zu entdecken. Alle hielten in ihrem Tun inne. Ein Raunen ertönte, als man Lagato ans Licht beförderte. Sein Körper wurde nur noch von seinen Kleidern zusammengehalten. Nach dem ernüchternden Anblick der ersten Leiche, die nur noch eine einzige, unförmige Masse war, gingen die Arbeiten langsamer voran. Vielleicht, weil es so offensichtlich war, dass niemand überlebt haben konnte, vielleicht aber auch, weil die Vorstellung, eine weitere, derartig zugerichtete Leiche zu finden, einfach zu schrecklich war.

Carmine aber weigerte sich, aufzugeben, und trieb seine Mannschaft an. Pretty Boy, dessen Bein vom Knöchel bis zum Knie aufgeschlitzt war, wollte sich erst ins Krankenhaus bringen lassen, nachdem man Nunzio gefunden hatte. Er lag am Rand des Bodens und murmelte: »Nunzio hat *forza* gerufen.«

Das Rettungsteam nutzte den Hohlraum, der nach der Bergung von Lagatos Leiche entstanden war, und schob lange Stöcke unter die Platte, um die anderen Männer ausfindig zu machen.

Mehrere tausend Schaulustige hatten sich mittlerweile versammelt, darunter auch Reporter und ein Priester. Auf Carmine wirkte der Geistliche wie eine schwarze Krähe, die nur darauf wartete, sich auf eine Leiche zu stürzen, und er spuckte in seine Richtung, hämmerte dabei aber weiter mit dem Vorschlaghammer auf den Meißel, um das Metall aufzureißen.

Wieder hielt alles kurz inne, als Constantinos Leiche herausgeholt und, genau wie Lagatos Leiche, zur Polizeiwache gebracht wurde, um dort vom Gerichtsarzt untersucht zu werden. Als Constantino gefunden wurde, hämmerte Carmine nur noch erbitterter auf das Metall, weil er jetzt sicher war, dass Nunzio unter der leichten Erhebung unter ihm lag.

Gegen sechs Uhr entfernte Carmines Mannschaft ihr viertes Metallrechteck und entdeckte Nunzio. Nur seine Beine waren zu sehen, und obwohl alle wussten, dass Nunzio tot war, befahl Carmine seinen Männern, die letzte Metallplatte so vorsichtig wie möglich anzuheben. Er wollte den Körper seines Freundes intakt lassen. Als die blutverschmierte Platte entfernt war, konnte man Nunzio endlich sehen. Jeder einzelne Knochen seines Körpers war gebrochen, Arme und Beine lagen in unnatürlichen Winkeln da, und sein Gesicht blickte zum Himmel.

Teil Drei

VON SCILLA, ITALIEN, NACH
NEW YORK, NEW YORK
1902

Sieben

Giovanna schrak zitternd aus dem Schlaf hoch. Sie zog die Bettdecke enger um sich, merkte aber rasch, dass ihr nicht wärmer wurde. Sie kletterte aus dem Bett und lief unruhig hin und her, bevor sie schließlich das Haus verließ und zum Himmel blickte, als könnte der ihr etwas sagen. Doch weder die Sterne noch der Wind gaben ihr Antwort auf die Frage, warum sie von solch existenzieller Angst befallen wurde.

Als Concetta sechs Stunden später aufwachte, war es unheimlich still. Sie wollte zu ihrer Tochter, und als sie nicht in ihrem Bett lag, rannte sie vors Haus, wo Giovanna immer noch stand und, klamm und kalt vom Morgentau, aufs Meer blickte.

»Giovanna, ins Haus mit dir!« Concetta riss Giovanna die feuchte Bettdecke herunter und versuchte, sie hineinzuschieben, doch ihre Tochter rührte sich nicht. Concettas drängende Aufforderungen lockten Domenico aus dem Bett. Er flehte Giovanna an, ihnen zu sagen, was los war. Je länger Giovanna schwieg und ins Leere starrte, desto überzeugter waren Domenico und Concetta, dass der Tod ihr Haus heimgesucht und ihnen Nunzio genommen hatte. Schließlich versuchten sie nicht mehr, Giovanna ins Haus zu locken, sondern zwangen sie, neben der Haustür auf einem Stuhl mit Blick aufs Meer Platz zu nehmen. Concetta verabreichte Giovanna löffelweise heißen

Tee und wickelte sie dann in warme Schultertücher, während Domenico sich anzog, um zum Telegrafenamt zu gehen.

Der zuständige Beamte saß hinter einem langen Eichentisch. Ein schwarzer Metallventilator wirbelte tote Fliegen gegen die herunterlappende Tapete. Domenico starrte lange Zeit auf den Telegrafen, der genauso stumm war wie Giovanna. Der Beamte forderte ihn auf, nach Hause zu gehen, und meinte, Giovanna hätte wahrscheinlich etwas Falsches gegessen. Domenico wusste, dass das Schweigen seiner Tochter nicht daher rührte, doch war ihm klar, dass die Neuigkeiten so oder so eintreffen würden, ob er den Apparat nun anstarrte oder nicht.

Also ging er wieder nach Hause, zog sich einen Stuhl heran und setzte sich zu Giovanna. Mittlerweile war die Kunde von Giovannas Zustand zu Nunzios Mutter Marianna gedrungen, die verstört herbeigeeilt kam. Sie flehte Giovanna an, mit ihr zu sprechen. Giovanna konnte ihr nur mit einem Blick antworten, doch ihre Tante las den Verlust darin. Daraufhin führte Concetta ihre benommene Schwägerin ins Haus und gab ihr einen Rosenkranz. Sie knieten sich zusammen hin und fingen an zu beten. Sie beteten zu ihrem Schutzheiligen San Rocco, sie beteten zum heiligen Antonius, für den Fall, dass Nunzio verschwunden war, und sie beteten zur Heiligen Jungfrau Maria, weil sie eine Frau war, die sie verstand.

Nunzios Schwester Fortunata hörte von dem, was vorging, als sie gerade an Bord der Fähre nach Messina gehen wollte, wo sie als Amme arbeitete. Sie rannte vom Kai nach Hause, um ihre Familie zu holen. Dann gingen sie zusammen zu Giovanna. Als sie ihre Mutter und ihre Tante beten sah, brach sie in lautes Klagen aus. Ihre Tochter nahm ihr das Baby von der Brust, und ihre älteren Söhne rannten zur *chiazza*, um zu erfahren, ob es etwas Neues gab. Der sechsjährige Antonio jedoch blieb bei den Frauen, ließ sich zu ihren Füßen nieder und wiegte sich zum Takt ihrer Gebete und dem Schaukeln der Kreuze an ihren Rosenkränzen.

Domenico und Giovanna saßen auf ihren kippligen Stühlen auf dem unebenen Kopfsteinpflaster und hielten weiter Wache. Jedes Mal, wenn Domenico hörte, wie sich Schritte oder Hufgetrappel näherten, beugte er sich vor und spähte die schmale Gasse hinunter. Die Familie Scalici brachte etwas zu essen und legte es ihnen auf den Schoß. Sie brachten auch Teller ins Haus zu Concetta und Marianna, die die Heiligen immer noch auf Knien um Hilfe anflehten.

Am späten Nachmittag ließ die Sonne die Blätter des Olivenbaums silbrig glänzen und die Wellen im Meer golden schimmern. Doch Domenico und Giovanna merkten es nicht. Das Essen lag unberührt auf ihrem Schoß. Als leise Schritte sich näherten, beugte Domenico sich nicht vor, um nachzusehen. Telegramme wurden von Jungen überbracht, die leise, aber zielstrebig gingen. Nun bog ein Junge um die Ecke, der ein schwarz gerändertes Telegramm in den Händen hielt. Schwarz gerändert waren die Todesanzeigen. Eine Schar Kinder folgte in respektvollem Abstand und wartete darauf, nach Hause rennen und dort die Neuigkeiten verkünden zu können. Der junge Bote übergab Domenico das Telegramm, doch lesen konnte es nur Giovanna.

»Tut mir leid, Giovanna«, schluchzte Domenico und reichte ihr das Telegramm.

Diese regte sich jetzt zum ersten Mal. Sie übernahm das Stück Papier von ihrem Vater, doch anstatt es zu lesen, knüllte sie es zusammen und gab es dem Jungen zurück. Der war verstört. Wenn er die Nachricht nicht überbrachte, würde er bestraft werden.

Domenico bedeutete dem Jungen, das Telegramm vorzulesen. Der glättete es auf seinem Bein und trug dann mit schriller, stockender Stimme die traurige Nachricht vor, die bereits beweint wurde. »Nunzio durch Unfall umgekommen Stop In großer Trauer Stop Beerdigen ihn in New York Stop Der Herr erbarme sich Stop Lorenzo.«

Concetta, Marianna und Fortunata hatten aufgehört zu beten, doch knieten sie immer noch im Haus und hörten zu, wie der Junge die traurige Nachricht vorlas. Als er las »Der Herr erbarme sich«, sank Marianna unter lautem Schluchzen in Concettas und Fortunatas Arme, worauf sich der kleine Antonio erschrocken in den Röcken seiner Mutter versteckte. Domenico liefen die Tränen übers Gesicht. Nur Giovanna zeigte keinerlei Regung. Nichts.

*

Die Töpfe mit den Pflanzen auf der Terrasse der Costas waren leer. Es war Ende Oktober, und ein früher Frost hatte das letzte Gemüse, die letzten Kräuter vernichtet. Dennoch scharrte Giovanna in der Erde, auf der Suche nach einem verbleibenden Keimling, den sie wieder zum Leben zu erwecken hoffte. Sie kniete auf dem Boden, als Concetta an der Terrassentür vorbeiging und innehielt, um ihre Tochter zu betrachten. Für Concetta war der Zustand ihrer Tochter genauso herzzerreißend wie Nunzios Tod.

Knapp zwei Monate waren vergangen, doch Giovanna hatte noch kein einziges Wort gesagt. Sie starrte stundenlang aufs Meer oder erledigte ihre Pflichten in Haus und Garten, aber immer schweigend. Als Giovanna das erste Mal nach Nunzios Tod zu einer Geburt gerufen worden war, hatte sie einfach den Kopf geschüttelt und war ins Haus gegangen. Signora Scalici musste immer wieder quer durch den Ort und stöhnte unter der Last, Scillas einzige Hebamme zu sein.

Noch nie hatte Concetta etwas so Lautes erlebt wie das Schweigen ihrer Tochter. Als sie jetzt sah, wie ihre früher so stolze und starke Tochter fruchtlos in der Erde grub, verlor sie die Beherrschung. Sie stürzte zu Giovanna und zog sie auf die Füße.

»Hör auf damit! *Basta!* Da ist nichts!«

Als Giovanna sich wieder hinunterbeugte, riss Concetta sie erneut in die Höhe und schüttelte sie heftig an den Schultern.

»Meinst du vielleicht, du bist die einzige Frau, die ihren Mann verloren hat?« Giovanna versuchte, sich ihrem Griff zu entwinden, erstarrte aber, als ihre Mutter ihr heftig ins Gesicht schlug. »Sprich mit mir!«

Doch als Concetta sah, dass ihre Tochter sie nur ausdruckslos anstarrte, brach sie schluchzend zusammen. Erst da zeigte Giovannas Gesicht eine Regung. Zärtlich half sie ihrer Mutter auf und wischte ihr die Tränen ab.

*

»Da ist noch etwas unerledigt«, verkündete Antoinette. Concettas achtzigjährige Tante war die Expertin im Ort, wenn es um Angelegenheiten ging, die mit Übersinnlichem zu tun hatten. Concetta hatte Tante Antoinette, Pater Clemente und Signora Scalici zusammengerufen, um zu beraten, wie man Giovanna helfen könne. Jetzt saßen die Teilnehmer dieses fragwürdigen Gremiums auf der *chiazza*, weit außerhalb von Giovannas Sichtweite. Nie zuvor waren diese drei natürlichen Feinde zusammengekommen. An ihrer angespannten Haltung und ihren Blicken war erkennbar, wie sehr sie einander misstrauten. Pater Clemente verdammte Antoinettes heidnischen Aberglauben und Signora Scalicis Hochmut. Signora Scalici ärgerten Tante Antoinettes unerklärliche Heilungserfolge und Pater Clementes Wohlstand im Angesicht der allgegenwärtigen

Armut. *Zia* Antoinette erzürnte es, dass Signora Scalicis Messer wirkten, wo ihre Kuren versagten, und dass Pater Clemente so tat, als gehörten nur ihm die Heiligen.

Concetta hatte diese beispiellose Versammlung einberufen, weil sie dachte, wenn sich diese drei Menschen auf einen Weg einigen könnten, Giovanna zu helfen, dann müsse dies der richtige sein. Das Trio hingegen hatte sich zu diesem Treffen bereit erklärt, weil das Einzige, was sie verband, ihre Liebe zu Giovanna war. Das denkwürdige Schauspiel zog die Dorfbewohner an, doch hielten sie in einer Mischung aus Respekt und Furcht Abstand. Noch nie war die Stimmung auf der *chiazza* so explosiv gewesen.

Eine Katze spielte mit dem Rosenkranz, der an Pater Clementes Gewand baumelte, aber alle, auch der Pater, beschlossen, dies zu ignorieren. Mit jedem Tatzenschwung der Katze stieg die Erregung auf der *chiazza*. Doch plötzlich versetzte der schwarze, blank geputzte Schuh des Paters dem Tier einen Tritt, die Katze miaute laut und die allgemeine Anspannung löste sich. Concetta rief ein Kind herbei, das eine Schüssel warmes Salzwasser für Signora Scalicis sichtlich geschwollene Füße bringen sollte, und sie führten ihr Gespräch wesentlich entspannter und weit weniger förmlich fort.

Sie kamen noch ziemlich leicht überein, dass Nunzios Tod Giovannas Zustand verursacht hatte, doch dann entspann sich eine hitzige Diskussion darüber, warum ihr sein Tod die Sprache geraubt hatte.

Signora Scalici war frustriert über Tante Antoinettes und Pater Clementes komplizierte Schlussfolgerungen. »Es ist doch ganz einfach. Es hat ihr das Herz gebrochen!«

»Dass jemandem das Herz bricht, kommt in Scilla doch ständig vor! Nein, es liegt daran, dass Nunzio im Tod etwas zu ihr gesagt hat«, zischte Tante Antoinette.

»*Stre...*« Pater Clemente verbot sich selbst, Antoinette eine Hexe zu nennen, und lieferte stattdessen seine Erklärung. »Nein. Giovanna hat Angst, dass Nunzio nicht in den Himmel kommt.« Als selbst Concetta ihn da verwirrt ansah, fuhr er fort: »Nunzio hat nicht wie Giovanna geglaubt, und jetzt hat sie Angst, dass sie ihn in Gottes Reich nicht wiedersehen wird.«

»Wenn das der Grund ist, könnt Ihr dann nicht für ihn beten? Schließlich ist Gott doch Euer *padrone.*« Normalerweise war Signora Scalici nicht so pietätlos, aber ihre Füße brachten sie um.

Da Concetta Pater Clementes Empörung spürte, sprang sie in die Bresche. »Ist der Grund denn wichtig?«

»Sie sollte an seinem Grab beten«, beschied Pater Clemente und wischte sich den Staub vom Gewand.

»Giovanna muss die Stelle sehen, wo Nunzio seinen letzten Atemzug getan hat«, verkündete Tante Antoinette.

Signora Scalici nahm einen Fuß aus der Wasserschüssel und rieb ihn sich. »Sie braucht mal Tapetenwechsel.«

So wurden sie sich einig, ohne sich zu einigen, und alle hatten recht.

Maria Perrino, der Giovanna einst bei der Steißgeburt geholfen hatte, löste sich aus dem etwas weiter entfernt stehenden Kreis der Zuschauer und trat mit ihrer Tochter zu den vieren. Direkt vor Concetta legte sie eine Münze auf den Tisch. »Für die Überfahrt der Signora *levatrice.*«

Langsam folgten die anderen Dorfbewohner ihrem Beispiel, bis sich auf dem Tisch die Münzen türmten. Als der Letzte sein Scherflein beigetragen hatte, bekreuzigte sich Concetta.

Zia Antoinette stützte sich auf ihren Stock und stand auf. »Sie sollte zwischen den Jahren abreisen.«

Als kein Widerspruch kam, nickte Concetta und küsste ihre Ratgeber dankbar auf die Wangen. Langsam zerstreute sich die

Menge auf der *chiazza*, bis nur noch Concetta übrig war. Sie war nicht überrascht, als Domenico hinter einem Bougainvillea-strauch auftauchte, von wo er zugehört hatte. Zwar hatte er behauptet, er hätte nicht mit anhören wollen, wie die drei aufgeblasenen Alten über Giovannas Schicksal berieten, aber Concetta wusste, dass er nur Angst hatte, sie würden zu der Lösung kommen, die sie beide schon ahnten und fürchteten. Domenico nahm sie beim Arm und brachte sie nach Hause. Jetzt hatte es ihr die Sprache verschlagen.

Acht

Die *Lombardia* verließ am achtundzwanzigsten Dezember mit Giovanna und 1301 weiteren Passagieren die Bucht von Neapel. In New York würden sie in einer Neuen Welt und in einem neuen Jahr ankommen. Aber derart hochfliegende Vorstellungen überkamen Giovanna und ihre Mitreisenden nicht; stattdessen bemühten sie sich, den Geruch nach Erbrochenem, Urin und Exkrementen zu ertragen, der in der stickigen Luft hing, und den ohrenbetäubenden Lärm von schreienden Kindern, stöhnenden Seekranken und dröhnenden Maschinen auszuhalten. Wenn es den Immigranten gelang, auch nur eine Weile den ständigen Ansturm auf ihre Sinne auszublenden, blieb ihnen nur gnadenlose Langeweile.

Am dritten Tag der zweiwöchigen Reise war es für Giovanna, als hätte die Zeit den Charakter nicht enden wollender Wehen übernommen, in denen jede Minute eine Stunde dauerte und mit Schrecken erwartet wurde. Das gewöhnlichste Mittel, sich die Zeit zu vertreiben, stand Giovanna nicht zur Verfügung: Gespräche. Denn seit Nunzios Tod war ihr die Kehle wie zugeschnürt. Sie hörte zwar zu und versuchte sogar ein paarmal, sich zu beteiligen, brachte aber keinen Ton hervor. Niemand fragte nach, warum sie nichts sagte. Es gab zu viel anderes, um das man sich Gedanken machen musste.

In der Koje unter Giovannas lag eine junge Frau mit ihrer zweijährigen Tochter. Zwar war Giovanna die untere Koje zugewiesen worden, doch sie hatte sie der Frau überlassen, weil sie befürchtete, das Kind würde bei hohem Seegang herausfallen. Die obere Koje galt ohnehin als besser, da man dort nicht Gefahr lief, Erbrochenes mitzubekommen. Fast alle Passagiere waren seekrank; die Winterstürme warfen das Schiff wie ein Spielzeug hin und her. Giovannas Leben am Meer hatte ihr eine eiserne Konstitution verliehen, sehr zum Vorteil der Frauen unter und neben ihr. Den Küstenbewohnern erging es an Bord sehr viel besser als den Bergbauern, von denen viele noch nicht mal einen Zweig im Fluss hatten treiben sehen. Wann immer sich das Schiff gefährlich zur Seite neigte, ertönten tausend Schreie und Gebete von Immigranten, die überzeugt waren, sie würden auf dem Boden des Meeres enden.

Hin und wieder trotzten die Passagiere dem eisigen Wind an Deck, um frische Luft zu schnappen. Ein Abschnitt des unteren Decks, auf dem sich der Ruß von den Schornsteinen des Schiffs sammelte, war den Passagieren des Zwischendecks vorbehalten. Dort drängten sich die Immigranten, sogen gierig die frische salzige Luft ein und übersahen die Matrosen, die auf demselben Deck Kleinvieh schlachteten und Nachttöpfe säuberten.

Ein kleiner Teil des Oberdecks ragte über das untere Deck hervor. Von dort aus konnten die Passagiere der ersten und zweiten Klasse einen Blick auf die Immigranten wagen. Manchmal wurde von oben ein Brot oder eine Orange hinuntergeworfen, immer in Richtung eines der Kinder, die ihre Hände hochreckten. Eines Tages beobachtete Giovanna, dass ein paar Jungen von oben etwas den Kindern zuriefen, die sich in der Hoffnung auf etwas zu essen zusammendrängten. Dann ließen die Jungen aus der ersten Klasse etwas fallen, um das sich die Kinder unten sofort wild balgten. Doch als der Sieger der Schlacht seine Beute präsentierte und man sah, dass es nur eine Apfelkitsche war, schrien die Immigrantenkinder wütend »*Sporcaccioni!*« und warfen den beleidigenden Abfall über Bord. Die Jungen oben aber waren mit der Reaktion mehr als zufrieden, lachten aus vollem Hals und stoben davon.

Unter Deck waren die Familien in separaten Verschlägen untergebracht, die Schweinekoben ähnelten. Bei den Italienern gab es nur wenige Familien, da es für sie schon schwierig war, das Geld für eine einzelne Passage zusammenzukratzen. Eine über ein Seil gehängte Decke trennte die männlichen von den weiblichen Passagieren, obwohl die Abteile nicht gleich groß waren, da viel mehr Männer als Frauen reisten. Es gab zwei Gruppen von Frauen: die, die allein mit einem Kind reisten und wohl auf dem Weg zu ihrem Mann waren, der bereits in *L'America* arbeitete, und die – meist ganz jungen –, deren Gesicht Erwartung und Furcht angesichts einer arrangierten Ehe zeigte. Soweit Giovanna sehen konnte, war sie die einzige Frau, die weder blutjung war noch ein Kind hatte.

Eine ganze Reihe von Frauen war schwanger, obwohl man dazu ein geübtes Auge haben musste, da ihr Bauch unter einer dicken Schicht Kleider verborgen war. Giovanna betete, dass bei keiner die Wehen einsetzen würden. Sie selbst überlebte nur durch sture Konzentration auf die Alltagsroutine; die Geburt eines Kindes würde sie mit dem Schmerz und der Schönheit des Lebens konfrontieren – und damit, was sie nicht mehr haben konnte.

Die Passagiere wussten bereits, dass sie sich bei Schmerz und Krankheit an Giovanna wenden konnten. Schon in der ersten Nacht hatte sie sich aus ihrer Koje erhoben und war zu den Eimern mit Salzwasser gegangen, die dort zum Waschen aufgestellt waren. Sie hatte den rasselnden Husten eines Kindes und die Ermahnungen seiner Mutter, es solle endlich still sein, nicht mehr ertragen. Sie goss Wasser in eine Schüssel und lief damit zum Heizraum des Schiffs. Der Heizer war so fassungslos beim Anblick der imposanten stummen Gestalt, die ihm bedeutete, das Wasser heiß zu machen, dass er gehorchte. Während der Mann mit dem rußgeschwärzten Gesicht das Wasser erhitzte, wühlte Giovanna in ihrem Koffer nach Umschlägen und Kräutern, die sie mitgenommen hatte, und machte einen Brustwickel für das Kind. Dann holte sie das heiße Wasser, ging zur Koje der Frau und ließ sich dort nieder. Die Frau legte keinen Protest ein, sei es, weil das dampfende Salzwasser ihre Absichten klarmachte, sei es, weil Giovanna so sachlich und entschieden vorging. Sie rieb die Brust des Kindes mit Eukalyptus und Engelwurz ein, nahm das Schultertuch der Mutter und baute ein Zelt für das kranke Kind, damit es inhalieren konnte.

»*Grazie, mille grazie,* Signora«, murmelte die Mutter und küsste Giovanna die Hand, die so wortlos verschwand, wie sie gekommen war.

»Signora.« Jemand zupfte Giovanna am Ärmel. Sie stand auf und griff nach ihrem Beutel mit Kräutern. »Nein, nein, Signora, ich möchte mit Ihnen sprechen. Ich weiß, Sie können hören. Ich sehe, wie Sie zuhören. Warum sprechen Sie nicht, Signora?«

Giovanna blickte auf ein etwa elfjähriges Mädchen mit langen dunklen Locken, das unverwandt zu ihr aufblickte. Ihr erster Impuls war, das Mädchen zu verscheuchen, aber etwas an ihrer fragenden Miene und ihrer direkten Art hielt sie davon ab. Sie kam aus ihrer Koje und setzte sich zu dem Mädchen auf den Boden.

Als das Mädchen merkte, dass Giovanna weder diese noch irgendeine andere Frage beantworten würde, übernahm es selbst das Reden.

»Wir gehen nach *L'America*«, verkündete sie stolz.

Giovanna nickte und zeigte auf ihre Brust. *Ich auch.*

»Mein Vater ist gestorben, wissen Sie. Jetzt sind nur noch meine Mutter, meine kleine Schwester und ich da. Meine Großeltern meinten, sie könnten nicht für uns sorgen, und im Dorf gibt es keine Männer mehr, die meine Mutter heiraten könnte – weil alle nach *L'America* gegangen sind. Also haben meine Großeltern der Schwester meines Vaters geschrieben und sie gebeten, uns aufzunehmen. Sie arbeiten auf einer großen Farm und pflücken rote Beeren von Feldern, die unter Wasser stehen. Das mache ich dann auch.«

Giovanna bemerkte, dass sich das Mädchen ständig am Kopf kratzte. Also holte sie einen kleinen Kamm aus ihrem Beutel und bedeutete dem Mädchen, sich mit dem Rücken zu ihr zu setzen.

»Vielleicht findet Mama ja einen neuen Mann, und ich verdiene genug Geld, um Schuhe für die ganze Familie zu kaufen.«

Giovanna kämmte das Haar Stück für Stück durch, zerquetschte mit dem Fingernagel die Läuse und zog die Nissen von den Strähnen.

»Meine Tante ist mit fünfzehn nach *L'America* gefahren, um zu heiraten. Ich will nicht heiraten. Jungs sind ekelhaft. Finden Sie nicht auch?«

Sie verstummte lange genug, um sich umzudrehen und zu sehen, dass Giovanna lächelte. In den nächsten Stunden erzählte das Mädchen seine gesamte Lebensgeschichte und schmiedete großartige Pläne für *L'America*, während Giovanna es gründlich entlauste.

Irgendwann blendete sie das Geplapper des Mädchens aus und fragte sich, wie wohl Nunzios Überfahrt gewesen war. Über seine Zeit auf dem Schiff hatte er wenig geschrieben. Er hatte nur mitgeteilt, er wolle hart arbeiten, damit Giovanna, falls sie je *L'America* besuchen wolle, in der zweiten Klasse reisen könne. Sie fragte sich, ob Nunzio einen kleinen Jungen getroffen und mit ihm Boote aus Nussschalen gebaut hatte. Hatte er in der oberen oder der unteren Koje geschlafen? Hatte sein Schiff so furchtbar ekelerregend gestunken wie dieses hier? Sie stellte sich vor, dass Nunzio vor lauter Langeweile *Briscola* oder *Scopa* gespielt hatte, obwohl er Kartenspiele eigentlich nicht mochte. Das war einer ihrer wenigen Unterschiede, denn Giovanna spielte überaus gerne Karten.

Schritte, Geschiebe und das Klappern von Zinntellern signalisierten, dass es Essen gab, und rissen Giovanna und das Mädchen aus ihren Beschäftigungen. Sie standen auf, nahmen ihre Teller, die ihnen vom Schiffspersonal zur Verfügung gestellt worden waren, und stellten sich an. Das Essen unterschied sich kaum von dem des Vorabends oder auch nur des Morgens. Wenn die Passagiere das Ende der Schlange erreichten, schöpfte ihnen ein Mitglied der Mannschaft Brühe mit nicht näher zu bestimmenden Stückchen in ihre flachen Schüsseln und gab ihnen ein Stück trockenes Brot. Giovanna war dankbar für ihren geheimen Vorrat an Salami, *Mustasole*-Gebäck und Wein. Sie hatte ihn rationiert, weil ihr die Vorstellung Angst machte, nichts mehr zu haben außer der öligen Brühe.

Es war zu kalt, um das Abendessen an Deck einzunehmen, obwohl ein paar Wagemutige lieber dem Nachtwind trotzten, als in den stickigen Quartieren unter Deck zu essen. Zur Essenszeit wurden vorübergehend selbst die Reserviertesten gesprächig. Giovanna war bewusst, dass sie viel mehr gehört und bemerkt hatte, seit sie aufgehört hatte zu sprechen, und schwor sich, diese Lektion nicht zu vergessen, falls sie je wieder ihre Sprache fände. Das zentrale Thema beim Essen waren natürlich Neuigkeiten und Gerüchte über ihre Reise und das neue Leben in *L'America*.

»Ihr müsst alle vorbereitet sein, wenn wir in *L'America* anlegen«, verkündete Luigi, den man für eine Autorität in allen Amerika-Fragen hielt.

»*Falls* wir in *L'America* anlegen«, entgegnete ein Mann, dessen Kleider und Haltung ihn als Bergbewohner auswiesen. »Als mein Schwager nach Amerika kam, war alles voll. Er war gezwungen, wieder umzukehren.«

»*Stupido!* Das ist unmöglich. Man kann zwar zurückgeschickt werden, aber nur, wenn man eine Augenkrankheit hat«, konterte Luigi. »Sie ziehen einem die Augenlider hoch, und wenn sie die Krankheit sehen, dann – bums – bist du wieder auf dem Schiff.«

Ein anderer Mann hatte bereits sein kärgliches Mahl beendet und holte seine Mandoline hervor, die er leise anspielte. Dies bewegte »Bürgermeister Luigi« zu einer weiteren Ankündigung.

»Morgen ist Silvester. Wir müssen eine *festa* veranstalten.«

Genau in diesem Moment, wie als Antwort auf diesen Vorschlag, fuhr das Schiff über eine riesige Woge, worauf Menschen und Gepäck ungebremst auf eine Seite rutschten und fielen. Als die Schreie verstummten, begannen die Gebete. Jemand rief: »Gott bestraft uns, weil wir unsere Heimat verlassen haben!« Erschöpft von der Hoffnungslosigkeit, ging Giovanna in ihre Koje, um Trost in der Bibel zu suchen.

Am nächsten Tag beobachtete Giovanna an Deck die Mannschaft, die wie wild schuftete. In Rekordzeit wurden Kisten mit Obst und Gemüse gestapelt und Kandelaber poliert. Offenbar wurde ein Fest vorbereitet.

Nunzio hatte mal von einem sagenhaften Fest erzählt, das sein *Professore* an Silvester in seiner Villa in Rom gegeben hatte. Der *Professore* hatte Nunzio ein paar Extralire versprochen, wenn er ihm helfe, und Nunzio hatte voller Begeisterung die silbernen Tabletts mit den blitzenden Gläsern herumgereicht, bis ihm auffiel, dass seine Mitstudenten ebenfalls da waren, aber als Gäste. Doch trotz dieser Demütigung hatte er sich an nahezu jedes Detail erinnert und Giovanna erzählt, dass die hohen Absätze der Damen auf dem Marmor ein herrliches Geräusch erzeugt hätten und das ganze Orchester besser gekleidet gewesen sei als jeder Bräutigam im Süden.

Giovanna versuchte sich die Party an diesem Abend vorzustellen: die großen Treppen des Schiffs und die glitzernden Leuchter, die sie nie zu Gesicht bekommen würde, obwohl sie nur wenige Meter von ihrem Platz an Deck entfernt waren. Sie stellte sich vor, wie die Passagiere der ersten Klasse sich in all der Pracht bewegen würden, die Frauen in feinen Kleidern, mit Juwelen geschmückt. Giovannas Gedanken wanderten weiter, und sie vermutete, diese Gäste würden entzückt auflachen, wenn sich das Schiff plötzlich zur Seite neigte, weil sie sich in Sicherheit wussten, während die Passagiere unter Deck vor Angst zittern und schreien würden. Ihr wurde kalt, daher kletterte sie die vielen Metallstufen hinunter, die sie zurück in ihre Wirklichkeit brachten.

Kurz nach dem Abendessen begann unter Deck die Musik. Innerhalb einer Stunde herrschte eine wahre Kakophonie. Das Orchester im Oberdeck wurde von den Rhythmen sizilianischer Tänze überlagert. Kalabrische Volkslieder und neapolitanische Liebeslieder ertönten aus jedem Verschlag. Da Passagiere aus derselben Stadt oder Region meist im selben Verschlag untergebracht waren, wäre es unter anderen Umständen ein beeindruckender Querschnitt süditalienischer Musik gewesen.

Giovanna beobachtete die Festlichkeiten von ihrer Koje aus. Langsam gewöhnte sie sich an ihre Beobachterrolle. Zwar gelang es ihr, alle Gedanken an das zu verdrängen, was das neue Jahr und das neue Land ihr bringen würden, doch ging ihr eine Frage immer wieder im Kopf herum: *Was wäre gewesen, wenn?* Was wäre gewesen, wenn Nunzio am Kai auf sie gewartet hätte? Was wäre gewesen, wenn sie 1903 ihr Kind bekommen hätten? Sie drückte sich mit den Fingern gegen die Schläfen, um diese qualvollen Fragen zu vertreiben. Dann rollte sie sich auf den Bauch, blickte zu den Feiernden und versuchte, sich auf die Gegenwart zu konzentrieren.

Da kam ein Matrose mit einem Tablett in ihren Verschlag und rief in unbeholfenem Italienisch: »Das schickt der Kapitän für die Kinder. Frohes neues Jahr.« Er setzte das Tablett auf einem Schrankkoffer in der Mitte des Verschlags ab. Ein großer Kuchen war darauf. Die 3 von 1903 war herausgeschnitten, und ein Teil der Dekoration war verrutscht, aber mit seinen drei dicken Schichten und der rosafarbenen Glasur war er immer noch prächtig. Die Kinder quietschten vor Entzücken und drängten sich vor, um dieses Wunder aus nächster Nähe zu sehen.

Luigi, die *L'America*-Autorität, übernahm die Kontrolle und befahl allen, zurückzutreten. Dann holte er ein Messer hervor, schnitt den Kuchen in kleine Stücke und verteilte ihn an die Kinder, die schreiend und mit erhobenen Händen um ihn herum standen. Als alle Kinder ihren Anteil hatten, blieb ein kleines Stück übrig. Jetzt hing die Frage im Raum, wer von den Erwachsenen diese Köstlichkeit genießen dürfte. Nach einigem Hin und Her einigte man sich unausgesprochen, dass jeder einen Krümel nehmen durfte, woraufhin das gemeinsame Kuchenessen zu einer Art Kommunion wurde.

Giovanna war während der großen Kuchendebatte eingeschlafen und wachte auf, als jemand sie am Ärmel zupfte.

»Signora, Signora, das neue Jahr ist da!«

Giovanna sah blinzelnd auf ihre kleine Freundin und tätschelte ihr zur Begrüßung den Kopf.

»Signora, ich hab was gegessen, das war unheimlich köstlich. Oben und an den Seiten war etwas, das genauso rosa war wie die Rosen auf dem Friedhof, und innen drin war es weich wie Brot, aber süß wie *biscotti.* Ich hab beim Essen meine Augen geschlossen und konnte die schönsten Dinge sehen. Es war sonnig und sauber, und meine Schwester und ich hatten weiße Kleider an und rosafarbene Haarbänder. Die *torta* hat meinen Bauch gefüllt und darin gesungen. Und wissen Sie, was das Beste war, Signora? Luigis Sohn behauptet, in *L'America* gäbe es diesen Kuchen zum Frühstück und zum Abendessen. Ich werde *L'America* lieben, Signora!«

Giovanna lächelte, strich dem Mädchen übers Gesicht und rollte sich zur Seite.

»Signora«, flüsterte das Mädchen. »Signora.«

Giovanna rollte sich wieder zurück und sah sie an.

»Ich habe Ihnen etwas von der rosa Creme aufgehoben, Signora.« Das Mädchen öffnete die Hand und präsentierte einen Klacks rosa Zuckerguss. »Hier, Signora«, sagte sie, schob den Guss auf ihren Finger und hielt ihn Giovanna hin.

Giovannas erster Impuls war, den Kopf zu schütteln, doch nach einem Blick auf die Miene des Mädchens leckte sie den Finger gehorsam ab. Vom süßen Zucker und der Freundlichkeit des Mädchens brannte ihr die Kehle.

»Frohes neues Jahr, Signora«, flüsterte das Mädchen und lächelte.

Neun

Als die *Lombardia* den Hafen von New York anlief, stürzten alle die Metalltreppe hinauf und drängten an Deck, weil sie unbedingt einen ersten Blick auf die neue Heimat erhaschen wollten. Ehrfürchtiges Schweigen breitete sich aus, während sie in gespannter Erwartung zusahen, wie New York langsam am Horizont auftauchte. Dankgebete und aufgeregte Rufe stiegen zum Himmel, während sich eine Stadtansicht nach der anderen präsentierte. Jemand, der die Reise schon einmal gemacht hatte, zeigte auf eine schneebedeckte Landzunge und schrie aufgeregt: »Das iste Brooklynne!« Die Nachricht wurde sofort weitergeleitet, und man hörte, wie »Ah, Brooklynne« sich wie eine frohe Kunde in der Menge verbreitete. Giovanna konnte die Türme hoher Gebäude ausmachen und erschauerte bei dem Gedanken an Nunzios Beschreibungen der architektonischen Besonderheiten.

Je mehr sich die *Lombardia* New York näherte, desto besser konnte man eine hohe Gestalt im Wasser erkennen, die eine Fackel in der Hand hielt. »Ist da Columbus bestattet?«, rief ein Mann an Deck über das Gejubel der anderen hinweg. Nein, dachte Giovanna, weil sie sich an die Worte von Maria Perrinos Mutter erinnerte, das ist die Hure. Als die Freiheitsstatue vollständig in Sicht kam, wurde aus den ersten vereinzelten

Freudenschreien donnernder Jubel, als wäre sie die amerikanische Madonna. Obwohl die in der Heimat Verbliebenen sie eher als amerikanische Scylla sahen, die lockend auf ihrem Felsen saß.

»*Viva l'America*«, ertönte es immer wieder. Männer warfen ihre Hüte in die Luft, Frauen küssten vor Freude hüpfend ihre Kinder, Gebete wurden gemurmelt, Tränen hinuntergeschluckt.

Giovanna hielt ihren Blick starr auf die Freiheitsstatue gerichtet. Du hast meinen Nunzio willkommen geheißen, aber beschützt hast du ihn nicht. Du hast ihn ins Verderben gelockt, genau wie die Frauen gesagt haben, klagte Giovanna sie an, obwohl ihr Gesicht keinerlei Regung verriet.

Sie war gleichzeitig aufgeregt und gelähmt vor Trauer bei der Vorstellung, dort zu sein, wo Nunzio gewesen war, dort zu schlafen, wo Nunzio geschlafen hatte. Dann bog das Schiff zu einem Kai jenseits der Freiheitsstatue ein, doch bevor Giovanna sie aus den Augen verlor, fragte sie sie: Und welche Pläne hast du für mich hier in *L'America*?

Am Pier mussten die Passagiere des Zwischendecks erst einmal warten, bis die Reisenden der ersten und zweiten Klasse durch den Zoll an Bord geschleust waren und das Schiff verlassen hatten. Vom Deck aus konnten sie zusehen, wie sie von den Wartenden freudig begrüßt wurden. *L'America* lag nur wenige Meter von ihnen entfernt, und doch blieb ihnen noch ein langer, beschwerlicher Weg bis dorthin. Zunächst mussten sie in ein großes Boot, das neben der *Lombardia* festgemacht hatte. Schulter an Schulter warteten sie mit gemischten Gefühlen darauf, dass der Motor angelassen wurde und die letzte Etappe ihrer Reise zurückgelegt werden konnte. Aber nichts geschah. Quälend langsam verstrich die Zeit, während sie dastanden und in den Kielwellen vorbeifahrender Boote hin und her geschaukelt wurden. Gerüchte kamen auf, dass Ellis Island überfüllt war.

»Ich hab euch doch gesagt, dass *L'America* voll ist«, schrie der Mann aus Giovannas Verschlag zu Luigi hinüber.

»*Boccalone!* Wir kommen noch früh genug hin«, entgegnete Luigi tadelnd.

Allerdings dauerte es Stunden, bis das Boot am Kai von Ellis Island anlegte. In feierlichem Schweigen gingen die Immigranten an Land und bekamen dort vom Bootspersonal einen Zettel an die Kleidung geheftet. Giovanna blickte hinunter auf ihre 27 und fragte sich, ob man sich bei ihrem Alter vertan hatte, doch dann bemerkte sie ein Kind mit einer 102.

Sie kamen in ein großes rotes Backsteingebäude, wo sie ihr Gepäck lassen sollten. Giovanna zögerte, fügte sich aber, als sie ihre Angst, die gesamte Habe allein zu lassen, in den Gesichtern der anderen Immigranten gespiegelt sah.

Dann drängte die Menge eine Treppe hinauf in einen riesigen Saal, der durch Metallgeländer in verschiedene Gänge unterteilt war. Jetzt führten sie nicht mehr Mitglieder der Bootscrew, sondern Männer in Uniform, die einen Gang nach dem anderen füllten. Anweisungen in vielen verschiedenen Sprachen hallten im Saal wider und wurden untermalt vom nervösen Gemurmel der Immigranten. Im Versuch zu verstehen, was mit ihnen geschah, gaben sie die Weisungen der sichtlich überarbeiteten und erschöpften Einwanderungsbeamten untereinander weiter.

»Männer prüfen die Einreisenden und beschriften sie mit blauer Kreide«, lautete die erste Botschaft, die Giovanna erreichte. *Beschriften sie? Haben sie denn kein Papier?* Im Gang neben ihr brach die Kommunikation durch eine Gruppe Polen zusammen, die zwischen die Italiener geraten war.

Giovanna rückte weit genug vor, um einen Blick auf einen Inspekteur in marineblauer Uniform mit gestickten Litzen werfen zu können, der ein Stück blaue Kreide in der Hand hielt. Wenn jemand die Spitze der Schlange erreicht hatte, betrachtete der Mann ihn prüfend. Giovanna sah, wie er einer Mutter mit ihrem Sohn auf dem Arm befahl, das Kind abzusetzen und selbst laufen zu lassen. Die Mutter stellte den Jungen auf den Boden, doch der starrte nur auf die glänzend schwarzen kniehohen Stiefel vor sich und fing an zu brüllen. Seine nervöse Mutter gab ihm einen Klaps auf den Po und drängte ihn vorwärts.

Einmal beim Inspekteur angekommen, musste jeder Immigrant unter dem prüfenden Blick fünf Meter hin und her gehen. Dann klopfte der Inspekteur seine Brust ab, hob den Ärmel, um die Haut darunter zu betrachten, und kontrollierte die Fingernägel. Giovanna betrachtete ihre eigenen Fingernägel. Wurde man mit dreckigen Fingernägeln nicht nach Amerika gelassen? Aber die durchdringenden Körpergerüche in der Halle überzeugten Giovanna, dass Reinlichkeitsvorschriften nicht der Grund für die Überprüfung der Fingernägel sein konnten. Die Ausdünstungen waren so überwältigend, dass Giovanna ihr Gesicht dicht vor die Basilikumpflanze des Mannes vor ihr hielt und dann tief Luft holte. Überall im Saal wurden Töpfe mit den verschiedensten Pflanzen umklammert wie der kostbarste Besitz, und Giovanna bemühte sich, sie alle zu bestimmen.

Nachdem der Mann in der blauen Uniform den Wartenden auf die Brust geklopft hatte, lauschte er auf ihre Atmung. Ein paar von ihnen versuchten, etwas zu sagen, doch der Inspekteur ignorierte das oder bedeutete ihnen zu schweigen. Für eine Schlange, die sich so langsam bewegte, geschah das alles ziemlich schnell; Giovanna zählte nicht mehr als sechs, sieben Sekunden für jeden Neuankömmling.

Danach wurde jeder Immigrant ein paar Meter weiter zu einem anderen Mann mit glänzenden Knöpfen geführt, der die Augen prüfte. Dazu zog er die Lider der jeweiligen Person hoch und sah genau hin. Manchmal schrieb er ein E auf die Brust des Betreffenden. Von dort aus kam man, nummeriert und jetzt zuweilen zusätzlich markiert, in einen Bereich, den Giovanna von ihrem Platz aus nicht einsehen konnte.

Als Giovanna das vorgebliche Ende der Schlange erreichte, bemerkte sie, dass sich die Schlange weiterwand und sie immer noch nicht überprüft wurde. Sie befand sich in einem Labyrinth, ohne zu wissen, was hinter der nächsten Ecke lag, und steuerte auf einen ungewissen, schwer zu erreichenden Ausgang zu. Als sie ihren Kopf suchend hierhin und dorthin reckte, entdeckte sie ihre kleine Freundin vom Schiff und winkte. Sie hätte sie fast nicht erkannt, weil sie durch zahllose Schichten von Kleidern zweimal so dick war wie sonst. Ihre Mutter hatte ihr Gepäck nicht allein lassen wollen, sondern sich selbst und den Kindern alle Kleider angezogen, die sie mitgebracht hatten. Das Gesicht des Mädchens glänzte vor Schweiß, aber sie lächelte und winkte Giovanna zurück.

Eine Stimme und ein ausgestreckter Arm wiesen Giovanna weiter. Von ihrer neuen Position aus konnte sie sehen, was nach der ersten Inspektion geschah, und sie erstarrte vor Schreck. Man wurde angesprochen und musste ebenfalls sprechen. Ihre Hand fuhr zu ihrer Kehle; sie hatte schon von den Inspektionen gehört, aber niemand hatte ihr gesagt, dass man sprechen musste. Auch hier wurde man mit blauer Kreide markiert, und sie sah, wie ein Mann ein X auf sein Revers bekam.

Der Schweiß brach ihr aus, und Röte schoss ihr ins Gesicht. Sie räusperte sich und versuchte, *Buon giorno* zu sagen. Doch drang nur ein heiserer Laut aus ihrem Mund. *Und, was wäre, wenn sie nicht nach* L'America *gelassen würde? Was würde das schon ausmachen?* Obwohl sie sich diese Frage stellte, wusste sie schon die Antwort. Als ihr ihre Eltern nahelegten, nach New York zu reisen, hatte sie nach dem ersten Schock gemerkt, dass sie genau das wollte. Sie wollte an der Stelle niederknien, wo Nunzio begraben war.

Mit steigender Panik betete sie nun zu Nunzio und der Madonna, ihr ihre Sprache wiederzugeben. Sie betete zur Hure im Hafen und zum heiligen Rocco. Ihr hämmerndes Herz erinnerte sie daran, dass zuerst die körperliche Untersuchung kam und sie mit Sicherheit markiert würde, wenn sie sich nicht beruhigte. Also befahl sie sich selbst, sich zu konzentrieren, wie eine Frau bei der Geburt. Sie beschwor Nunzios Gesicht herauf, zeichnete im Geiste mit ihren Fingern sein Kinn nach, zupfte ihn am Ohrläppchen, verharrte in der Wärme hinter seinem Ohr und folgte dann seinem Haaransatz bis zum Nacken. Es funktionierte: Ihre Atmung und ihr ganzer Körper beruhigten sich. Als sie vor den ersten Inspekteur geschoben wurde, hatten ihre Finger Nunzios Kopf ganz umrundet und berührten gerade seine Wimpern.

Sie sah den Inspekteur direkt an, während sie die wenigen Meter auf ihn zuging. Kaum war sie bei ihm angelangt, hatte er ihr auf die Brust geklopft, sie abgehört und Haut und Hände geprüft. Dann hob er die Hand, und eine Frau in Uniform zog die Nadeln aus Giovannas Haaren. Ihre langen dunkelbraunen Zöpfe, die sie um den Kopf geschlungen hatte, fielen herunter. Wie der Blitz löste die Frau die Zöpfe und fuhr ihr prüfend über die Kopfhaut, bevor sie sie weiter winkte. Kaum war Giovanna ihren Fängen entkommen, flocht sie ihr Haar und steckte es wieder hoch. Sie kam sich vor, als wäre sie in der Öffentlichkeit ausgezogen worden.

Ihre Erleichterung darüber, diese Prüfung bestanden zu haben, verpuffte beim Anblick des Beamten, der das Augenlid der

Frau vor ihr mit einem winzigen Haken hochzog. Sofort zwang Giovanna sich, wieder an Nunzios Gesicht zu denken, und fuhr ihm im Geiste mit den Fingern von den Wimpern zu den Augenbrauen. Ihre Konzentration war so stark, dass sie nicht mal zusammenzuckte, als sie den kalten Haken an ihrem Augenlid spürte.

Als sie, ohne ein E auf ihren Kleidern, zur nächsten Schlange geführt wurde, nahm sie langsam wieder die Vorgänge um sich herum wahr. Ein älterer, leicht gebeugter Mann versuchte heimlich, ein mit Kreide gemaltes B von seinem Ärmel zu entfernen. Dazu wischte er mit einem Kissen darüber und klopfte sich mit der Hand auf den Arm.

Jetzt kamen die Fragen stellenden Inspekteure wieder in Sicht, woraufhin Giovanna sich erneut zu konzentrieren versuchte. Als das nicht funktionierte, verlegte sie sich aufs Beten. Sie konnte Papiere sehen, die die Inspekteure in der Hand hielten, und erkannte, dass darauf die Antworten auf die Fragen standen, die man ihnen vor ihrer Abreise in Italien gestellt hatte. Ihr Vater hatte die Fragen für sie beantwortet und ihr Schweigen als Sittsamkeit deklariert. Jetzt versuchte sie verzweifelt, sich an die Fragen zu erinnern, um die Antworten zu üben. Als ihr die Fragen wieder einfielen, sagte sie die Antworten in ihrem Kopf auf. »*Neunundzwanzig.*« *Bitte, Madonna, ich flehe dich an. Ich muss mit eigenen Handen die Erde spüren, in der Nunzio ruht.* »*Zwölf Dollar.*« *Mach, dass ich deutlich sprechen kann.* »*Witwe.*«

Eine russische Familie vor Giovanna trat vor. Der Inspekteur, der eben noch in einer anderen Sprache gesprochen hatte, wechselte ins Russische. Wie klug diese Amerikaner sind, ging es Giovanna durch den Kopf, während sie betete. *Bitte, Madonna, ich werde voller Demut und Dankbarkeit viele Kerzen anzünden.* »*Ich komme aus Scilla in Kalabrien.*« Oder lautete die korrekte Antwort: »*Scilla, Italien*«? Was die letzte Frage auf dem Blatt betraf: »Wer hat für Ihre Reise bezahlt?«, beschloss Giovanna, es ganz einfach zu halten und zu sagen: »*Meine Familie hat die achtundzwanzig Dollar bezahlt*«, und nichts vom Beitrag der Dorfbewohner zu erzählen.

Giovanna fuhr auf, als der Inspekteur ihr »*Avanti!*« zurief und sie ansah. *Italienisch auch noch*, staunte sie, als sie vortrat. *Vielleicht ist das ja nur ein Traum, dann kann ich auch sprechen.*

»*Nome?*«, fragte der Inspekteur.

Giovanna stieß Luft aus ihrem Bauch und schob ihre Lippen vor, um die erste Silbe ihres Namens zu bilden. Das geschah so langsam, dass sie deutlich fühlte, wie die Luft ihr durch die Kehle strömte und die Muskeln in ihrem Mund sich anspannten. Ihr Geist blendete alle Geräusche um sie herum aus. Sie hörte nur noch dröhnende Stille, bevor die Luft aus ihrem Mund strömte.

»Gio-vanna Pontillo.«

Das kam so kraftvoll heraus, dass sowohl der Inspekteur als auch Giovanna zurückfuhren. Es war nicht laut, sondern kam so durchdringend aus der Tiefe, als wäre es begraben gewesen und gewänne nun an Kraft.

»Name der Mutter?« Mit dieser Frage wurde Giovanna klar, dass auch der Inspekteur ihre Stimme gehört hatte. Dann blickte er auf Giovannas Brief von Lorenzo und ihre Hände. Sie fragte sich, ob zitternde Hände ein Grund waren, aus der Schlange gezogen zu werden, doch er verlangte nur, ihr Geld zu sehen. Giovanna nahm das Satinbeutelchen an ihrem Gürtel und öffnete es, um ihr kleines Vermögen von zwölf Dollar in Lire zu präsentieren.

»Sie können weiter.«

Giovanna verbarg die kostbare Geldbörse wieder zwischen

den Falten ihres Kleids. Kaum war sie außer Sichtweite des Inspekteurs, fuhr sie sich mit der Hand an die Kehle und massierte sie staunend und dankbar. Sie bekreuzigte sich und sprach rasch ein paar Dankgebete.

In ihrer stillen Freude hörte sie, wie der Nächste befragt wurde. Es war ein junger, allein reisender Mann, der die letzten Stunden ungeduldig hinter ihr gewartet und seine Unruhe mit entnervten Seufzern und unterdrückten Flüchen zum Ausdruck gebracht hatte. Sein Benehmen stand im scharfen Kontrast zur Verwirrung und Fügsamkeit der meisten anderen Immigranten.

Der Inspekteur ging die neunundzwanzig Punkte vom Fragenkatalog des Schiffs durch und stellte dem nervösen Mann dann eine weitere Frage. »Würden Sie eine Treppe von oben oder von unten putzen?«

»Ich bin nicht nach Amerika gekommen, um Treppen zu putzen«, gab der Mann empört zurück.

Der Inspekteur versuchte, sich ein Lächeln zu verkneifen. »Gehen Sie weiter.«

Stunden, nachdem Giovanna die große Halle betreten hatte, meinte sie endlich die letzte Station zu sehen: eine Reihe Schreibtische, wo weitere Inspekteure Papiere durchsahen und abstempelten. Hinter den Schreibtischen befanden sich drei abwärts führende Treppen mit unterschiedlichen Schildern. Vor den Treppen scharten sich Menschen; viele verabschiedeten sich voneinander.

Giovanna musste noch ein paar Minuten Schlange stehen, bis sie zu einem der Tische trat, wo der Inspekteur ihre Papiere entgegennahm. Er warf einen Blick darauf und rief zum nächsten Schreibtisch: »Martin, ist Scilla im Norden oder Süden?«

»Im Zweifel immer im Süden.«

»Ich weiß ohnehin nicht, warum wir diese Unterscheidung

machen müssen. Es sind doch alles *eye-talians*«, beschwerte sich der Inspekteur.

»In letzter Zeit kommen nur noch *eye-talians*«, antwortete der Mann namens Martin.

Der Wortwechsel machte Giovanna nervös. War sie so weit gekommen, um doch noch zu scheitern?

»Zumindest kann sie lesen und schreiben.«

Der Inspekteur gab Giovanna einen Stift und wies sie an, auf der Linie zu unterschreiben. Dann gab er ihr ihre Papiere zurück und wies sie zur Treppe mit dem Schild *New York, Detained.*

»Mein Gott, ist die groß. Aber sie sieht gut aus«, rief Martin, als Giovanna am Schreibtisch vorbeiging. »Ich frage mich, wie sie allein durchgekommen ist.«

»Mit einem Bruder und vielen Schwielen«, gab der erste Inspekteur zurück.

Giovanna stellte sich zur Menge, die sich vor den Treppen drängte. An jeder Treppe stand ein weiterer Mann in Uniform, der die Papiere prüfte und offenbar ebenfalls alle Sprachen konnte. Aus reiner Neugier ging Giovanna zu der Treppe mit der Aufschrift *New York, Outsides.* Der Inspekteur sah auf ihre Papiere und sagte auf Italienisch: »Nein, Signora, eine alleinstehende Frau muss abgeholt werden. Nehmen Sie die andere Treppe und warten Sie auf Ihren Bruder.«

»Wohin führt diese Treppe?«

»Zur Fähre, die Sie nach New York bringt.«

»Und diese da?« Giovanna wies auf die dritte Treppe.

»Das ist für diejenigen, die zum Zug müssen. Eine Fähre bringt sie zum Bahnhof in Hoboken.«

Jetzt verstand Giovanna die tränenreichen Abschiede: Bewohner desselben Dorfs mussten sich aufteilen, um zu Freunden oder Verwandten in verschiedenen Teilen des Landes zu fahren. Da sie selbst niemanden hatte, dem sie Lebewohl sagen konnte, ging sie einfach die Treppe hinunter.

Sie gelangte jedoch nur in einen weiteren Saal mit Bänken an den Wänden. Ein Metallgitter, das vom Boden bis zur Decke reichte, teilte den Saal ab. Giovanna konnte nicht zum Ausgang, wusste aber, dass die Wartenden auf der anderen Seite hier waren, um Freunde und Verwandte abzuholen. War Lorenzo wirklich schon so nah? Ein weiterer Uniformierter wies sie an, Platz zu nehmen, bis ihre Nummer aufgerufen wurde. Neben ihr saß ein blutjunges Mädchen mit der Fotografie eines jungen Mannes in der Hand. Normalerweise war Giovanna weder so neugierig noch so aufgeschlossen, doch sie wollte noch einmal ihre eigene Stimme hören.

»Holt dieser Mann Sie ab?«

»*Si*, Signora, das ist der Neffe meines Onkels. Wir werden heiraten.«

»Kennen Sie ihn schon?«

»Nur vom Foto. Aber er sieht doch ganz gut aus, finden Sie nicht, Signora?«

Giovanna nickte.

»Was, wenn er mich nicht mag, Signora? Was, wenn er mich aufs Schiff zurückschickt?« Das junge Mädchen wartete erst gar nicht auf eine Antwort, sondern fuhr nervös fort: »Meine Mutter hat gesagt, ich sollte mir keine Sorgen machen, er hätte all sein Geld für die Fahrkarte aufgewendet und daher keine andere Wahl, aber die Freundin meiner Schwester ist den ganzen Weg nach *L'America* gefahren und dann wollte ihr Verlobter sie nicht. Sie ist zurückgeschickt worden. Sie hat nie geheiratet. Sie ist ganz allein.« Jetzt schien die junge Frau Giovanna zum ersten Mal genauer anzusehen, denn sie bemerkte ihr schwarzes Kleid. »Oh, tut mir leid, Signora.«

Giovanna tätschelte ihr das Knie. »Er wird Sie mögen.«

Stunden später war Giovanna schon halb eingeschlafen, als sie plötzlich hörte, dass die Nummer siebenundzwanzig aufgerufen wurde. Sie schrak auf und ging zu dem Uniformierten, der ihren Koffer hatte. Sie half ihm, ihn zu öffnen, woraufhin er ihre jämmerlich dürftige Habe flüchtig inspizierte. Dann wies er sie zum Ausgang und gab ihre Papiere dem dort stehenden Wachmann. Der rief ihren Namen in die Menge. Wie sollte er in dem Lärm gehört werden? Doch dann sah sie, wie sich jemand durch die Menschenmassen drängte. Als er die ersten Reihen der Wartenden erreichte, die sich ans Gitter klammerten, erkannte sie, dass es Lorenzo war. Ohne ein Wort blickten sie sich an, während der Wachmann Lorenzos Papiere mit Giovannas verglich. Dann bemerkte er das ungewöhnliche Schweigen und fragte Giovanna: »Ist das wirklich Ihr Bruder?«

»Ja, das ist mein Bruder«, antwortete Giovanna. Und dann brauchte sie ihrem Bruder nur noch in die Arme zu sinken.

Teil Vier

NEW YORK, NEW YORK

1903–1904

Zehn

Lorenzo und Giovanna wanderten auf dem Friedhof von Queens die Reihen der Steine entlang, die die Gräber markierten.

»Irgendwo hier muss es sein«, jammerte Lorenzo.

Reihe um Reihe lagen die meist nur mit einer Nummer versehenen Steine im Rasen. Giovannas Herz zog sich zusammen. Wie hatte man Nunzio nur auf diesem riesigen, anonymen Platz begraben können? Ihr Nunzio, dessen Haarfarbe von Feuerrot zu Gold wechseln konnte, ihr Nunzio, der ein Gebäude berühren und seine Erbauungsgeschichte erzählen konnte, der sie zum Lachen und Träumen brachte. Wie konnte dieser Mann in fremdem Boden unter einer Nummer liegen?

»Ich hab's gefunden«, rief Lorenzo zwei Reihen weiter.

Giovanna blieb wie angewurzelt stehen. Ihr Bruder kam zu ihr, nahm sie beim Arm und führte sie zu dem Stein mit der Nummer 304.

»Tut mir leid, Giovanna, aber wenn wir mehr Geld verdienen, bekommt er einen anständigen Stein mit seinem Namen – einen großen. In diesem Land fügt man kein Foto in den Stein ein, aber der Steinmetz könnte ein Boot darauf meißeln, nein, noch besser ein Gebäude, vielleicht das Flatiron Building.« Lorenzo plapperte über Giovannas Schweigen hinweg, bis er merkte, dass er sich zurückziehen sollte.

Zuerst wischte Giovanna den Staub vom Stein. Dann strich sie mit dem Finger über das neu gesäte Gras. Es gab nichts zu säubern oder zu ordnen. Plötzlich begriff sie, warum es auf den italienischen Friedhöfen so viele Vasen und Kerzen gab. Sie ermöglichten einem, etwas zu tun, man konnte eine Verbindung zum Toten herstellen, sich immer noch um ihn kümmern.

Da ihr jetzt nur ihre Gebete blieben, kniete sie an Nunzios Kopf nieder, küsste ihre Finger und legte sie immer wieder auf den Boden. Aber das reichte ihr nicht, daher legte sie ihre Handflächen flach auf die Erde und flehte Nunzio an, sie zu leiten und ihr zu sagen, wie sie leben sollte.

Der kalte, anonyme Boden jedoch gab ihr keine Antworten. Sie sank auf das Grab. Lorenzo sah das aus der Distanz und fragte sich, ob er zu ihr gehen sollte, wandte sich dann aber ab, weil er nicht wusste, wie er sie trösten konnte. Giovanna lag auf Nunzios Grab und ließ endlich die Klagen aus sich strömen, die sie tief in sich eingeschlossen hatte. Lorenzo versteckte sich hinter einem Baum, weil er Angst hatte, jemand würde ihn fragen, warum er ihr nicht half. Er wusste, dies war etwas, durch das Giovanna allein hindurchfinden musste. Er nahm einen dünnen Ast, holte sein Taschenmesser hervor und fing an zu schnitzen.

Ein, zwei Stunden später bemerkte Lorenzo, dass Giovannas laute Klagen zu einem erschöpften Wimmern verebbt waren. Da ging er zu ihr und richtete sie auf, bis sie auf dem Grab zu sitzen kam. Er wischte ihr mit einem Zipfel seiner Jacke Erde und Tränen vom Gesicht, dann setzte er sich neben sie und steckte das kleine Kruzifix, an dem er geschnitzt hatte, vor den Grabstein. Das erinnerte Giovanna daran, dass auch sie etwas mitgebracht hatte.

Kaum hatte sie Lorenzos stickige, düstere Wohnung zum ersten Mal betreten, hatte sie sofort nach Spuren von Nunzio gesucht. Als sie keine fand, fragte sie Lorenzo, ob er noch etwas von Nunzios Sachen habe. Lorenzo holte eine kleine Schachtel hervor und erklärte, die Kleider und Werkzeuge seien an Bedürftige weitergegeben worden. Giovanna trug die Schachtel in den entlegensten Winkel der Wohnung und holte, mit dem Rücken zu den anderen, jeden Gegenstand einzeln heraus. Sie fing mit Nunzios Kappe an und legte sie sich auf den Arm. Dann fuhr sie mit seinem Rasiermesser über ihre Haut und benutzte es, um die Kordel durchzuschneiden, die ihre Briefe zusammenhielt. Ganz unten in der Schachtel lagen zwei der *Mustasole*-Kekse, die sie Nunzio für die Reise mitgegeben hatte. Sie waren immer noch in dem Stoffrest von ihrem Hochzeitskleid eingewickelt. Das G und das N waren zwar schon zerbröckelt, aber immer noch miteinander verschlungen, und dem Schwertfisch fehlte ein Stück seiner Flosse. Aber Giovanna wusste, dass sie noch ein drittes *mustasole* gemacht hatte, ein Kruzifix. Sie lächelte und stieß dann ihr kehliges Lachen aus, als ihr klar wurde, dass Nunzio das Kruzifix verspeist hatte. »Ach, Nunzio«, sagte sie laut lachend. »Ich werde für dich beten.«

Der Anblick der fremden Frau, die wegen der Sachen ihres toten Onkels lachte, flößte Lorenzos Kindern Angst ein. Sie wussten nicht, was sie von ihr und ihren heftigen Umarmungen halten sollten. Ihren Onkel hatten sie geliebt, und sie verstanden auch, dass dies seine Frau und die Schwester ihres Papas war, doch kam sie ihnen seltsam und traurig vor. Ihre Mutter schien sich in ihrer Gegenwart unbehaglich zu fühlen.

Jetzt auf dem Friedhof holte Giovanna die beiden *Mustasole*-Kekse aus ihrer Rocktasche hervor. Sie hatte auch zwei alte Münzen mitgebracht, mit denen sie als Kinder gespielt hatten; und außerdem eine Locke ihres Haars, die sie mit Nunzios Rasiermesser abgeschnitten hatte. Eigentlich hatte sie diese Reliquien auf den Grabstein legen wollen, nun aber befürchtete sie, der Wind würde sie wegwehen und ihren Mann wieder der Anonymität überlassen. Daher legte sie sie auf den Boden und grub vier kleine Löcher, während Lorenzo nach einem Stein suchte, um ihr beim Graben zu helfen. Sobald die Löcher tief genug waren, vergrub Giovanna jeden der vier Talismane mit einem Gebet und einem Versprechen.

Als sie den Schwertfisch mit Erde bedeckte, betete sie zum heiligen Rocco und schwor Nunzio, sich um alle zu kümmern, die er in Scilla geliebt hatte. Dann nahm sie die Münzen und legte sie in das zweite Loch. Sie erklärte Nunzio, wenn es wegen seines Todes Gerechtigkeit zu erlangen gebe, werde sie dafür kämpfen. Den heiligen Joseph bat sie dafür um Unterstützung. Als sie die in ihr Hochzeitskleid eingewickelten Initialen vergrub, liefen ihr wieder die Tränen übers Gesicht. Ihr Schwur gegenüber dem heiligen Valentin, sie würde nie wieder jemanden so lieben wie Nunzio, war Versprechen und Gebet in einem.

Zum Schluss nahm Giovanna die mit einem Bindfaden zusammengehaltene Locke und presste sie sich an die Brust. Jetzt kam das schwerste Versprechen, und sie flehte die heilige Anna, die Schutzpatronin aller gebärenden Mütter, um Hilfe an. Angesichts ihrer Stille und Konzentration lüftete Lorenzo kurz den Hut und entfernte sich. Als er außer Sichtweite war, nahm Giovanna die Haarlocke, drückte sie mit beiden Händen in die Erde und schwor Nunzio Pontillo das zu tun, was er sich gewiss am meisten gewünscht hätte: Sie würde versuchen, ohne ihn weiterzuleben.

*

Im Haushalt der Costas stellte sich bald eine neue Routine ein. Giovanna half Teresa, die im fünften Monat schwanger war und einige Probleme hatte, mit der Hausarbeit und den Kindern. Domenico und Concetta gingen zur Schule, und das Baby, das noch vor Nunzios Tod auf die Welt gekommen war, krabbelte bereits munter herum. Nach einem Monat erwähnte Giovanna gegenüber Lorenzo, sie wolle versuchen, eine Arbeit als Näherin oder Akkordarbeiterin zu suchen, aber ihr Bruder bat sie, Teresa zu helfen, bis das Baby da war.

Teresa hingegen hätte es lieber gesehen, wenn Giovanna sich Arbeit gesucht hätte, weil sie sich in ihrer Nähe nicht wohl fühlte. Es lag nicht daran, dass Giovanna ihr keine Hilfe war; im Gegenteil, für Teresas Geschmack half Giovanna zu viel. Teresa reichte ihrer Schwägerin nur bis zur Brust, daher fühlte sie sich schon klein und nutzlos, bevor Giovanna überhaupt etwas tat. Und wenn sie dann etwas in Angriff nahm, machte sie es immer besser als sie selbst, zumindest in Teresas Augen. Giovanna konnte doppelt so schwer tragen wie Teresa, doch vor allem schüchterte es sie ein, wie schnell und gründlich ihre Schwägerin alles erledigte. Zwar übernahm sie selbst immer noch das Kochen – ihre Küche würde sie ihr nie überlassen –, aber selbst wenn Giovanna eine Mahlzeit als besonders köstlich lobte oder fragte, wie etwas gekocht wurde, fühlte Teresa sich bedroht.

Doch nichts störte sie mehr als zu sehen, wie Giovanna abends mit den Kindern am Tisch saß und ihnen bei den Hausaufgaben half – oder sich von ihnen Englisch beibringen ließ. Eines Abends, als Lorenzo im Café war, forderte sie Teresa auf, sich zu ihnen zu gesellen: »Komm, Teresa, wir lernen zusammen.« Aber Teresa tat so, als habe sie zu viel zu tun, und wies sie mit einem knappen »Dafür habe ich keine Zeit« ab.

Lorenzo hingegen merkte nichts vom Unbehagen seiner

Frau. Er war froh, seine Schwester bei sich zu haben; es linderte sein Heimweh und gab ihm mehr Freiheit. Schließlich musste er sich nicht mehr so viele Sorgen um die schwierige Schwangerschaft seiner Frau machen, wenn Giovanna in der Nähe war.

Aber Giovanna merkte, dass Teresa ihre Privatsphäre vermisste, daher beschloss sie an ihrem vierten Sonntag in Amerika, sie zur Vorbereitung des Essens allein zu lassen. Als die Kinder sahen, wie Giovanna sich anzog, hofften sie auf ein weiteres Sonntagsabenteuer, auch wenn Onkel Nunzio nicht mehr da war; die kleine Concetta brachte schließlich den Mut auf, Giovanna zu fragen, wohin sie denn ginge. Als sie antwortete, sie wolle zum Friedhof, waren die Kinder nur leicht enttäuscht. Da sie wussten, der Ausflug würde zumindest eine Straßenbahnfahrt mit sich bringen, bettelten sie inbrünstig, mitgenommen zu werden, und suchten dabei abwechselnd im Blick ihrer Mutter und ihrer Tante nach Zustimmung. Giovanna wartete ab, was Teresa dazu sagte. Gerührt von dem Verlangen ihrer Kinder und dem Respekt, den ihre Schwägerin ihr erwies, erklärte sie sich, wenn auch widerstrebend, einverstanden. Die Kinder stürmten los, um sich ihre Sonntagskleider anzuziehen, so wie es sich gehörte, wenn man sein Viertel verließ. Giovanna wartete mit schwarzem Kleid und Kopftuch an der Tür, während Teresa in verlegenem Schweigen das Kleinkind stillte.

Zwar war Giovanna bislang nur zusammen mit Lorenzo zum Friedhof gegangen, doch sie war sicher, sich an den Weg dorthin zu erinnern. Ohne ihre Mutter sprachen die Kinder unbefangener mit ihrer Tante und ließen sich endlos über die Ausflüge mit Nunzio aus. Giovanna belohnte sie mit ungeteilter Aufmerksamkeit. Aus der nach Westen fahrenden Hochbahn heraus drehten und wendeten sich die Kinder auf ihren Sitzen, um ihrer Tante verschiedene Gebäude zu zeigen. Giovanna war so fasziniert, dass sie ihre Haltestelle verpasste und es erst bemerkte, als die Bahn sich wieder in Bewegung setzte. Sie drängte Domenico, andere Passagiere nach dem Weg zu fragen, und lächelte vor Stolz, als er wieder zu ihrem Sitzplatz zurückkam. Er war ein großer, schmaler und kluger Junge. Gemäß der Wegbeschreibung stiegen sie an der nächsten Haltestelle aus und warteten auf die Straßenbahn Nummer 5. Die verlassene Gegend machte Giovanna nervös. Als die Bahn auftauchte, schnappte sich Giovanna die Hände der Kinder und flüchtete sich erleichtert hinein. Kaum saßen sie auf ihren Plätzen, kam der Schaffner zu ihnen. Giovanna zückte ihre Geldbörse, die in den Falten ihres Kleids versteckt war, und sah zum ersten Mal das fremdartige amerikanische Geld, das Lorenzo hineingesteckt hatte. Als Domenico ihre Ratlosigkeit bemerkte, zeigte er auf die Münzen, die sie dem Schaffner geben musste.

Die Pferde zockelten die Straße hinauf und zogen die Bahn auf Schienen hinter sich her. Hier reihte sich eine Fabrik an die nächste, und überall waren Baustellen. Das erklärte auch, warum es an einem Sonntag menschenleer war. Vor ihnen bemerkte Giovanna einen seltsamen, noch nicht fertiggestellten Bau. Er schien rund zu werden. Sie kniff die Augen zusammen, um besser sehen zu können, und als der Bau näher kam, begann ihr Herz schneller zu schlagen. Die Form war unverkennbar. Das Bauwerk sah aus wie ein riesiger Spaghettitopf.

Um einen besseren Blick darauf werfen zu können, stürzte Giovanna zur anderen Seite der Bahn. Ein langer Abschnitt der Straße war eingezäunt, und neben dem Eingang zur Baustelle konnte sie ein Schild erkennen. Als sie versuchte, die Aufschrift laut vorzulesen, wäre sie fast zusammengebrochen. »Brooklyn Union Gas Works«. Sie musste all ihre Selbstbeherrschung aufbringen, um nicht aus der Bahn zu springen – und wären die Kinder nicht dabei gewesen, hätte sie es sicher getan.

Sie ließ sich auf ihren Platz zurückfallen und versuchte, normal zu atmen. Sie hatte Lorenzo zwar schon gebeten, sie zu den Gastanks zu bringen, doch er hatte geantwortet, er wisse nicht genau, wo das sei, weil er Nunzios Leiche vom Gerichtsarzt abgeholt habe. Die Kinder bestürmten sie so, ihr seltsames Verhalten zu erklären, dass sie schließlich – zwischen kontrollierten Atemzügen – erzählte, dies sei die Baustelle, an der ihr Onkel gestorben sei. Domenico und Concetta hatten schon gehört, wie Onkel Nunzio ums Leben gekommen war, doch als sie die Stelle jetzt vor sich sahen, stellten sie Fragen zu dem Unfall, die Giovanna nicht beantworten konnte. Fragen, die sie sich auch stellte.

»*Basta*, Giovanna! Wozu soll das gut sein? Nunzio ist jetzt im Himmel, daran wird sich nichts ändern!«, stieß Lorenzo gereizt hervor.

Giovanna bombardierte Lorenzo mit Fragen, um jede nur erdenkliche Einzelheit über Nunzios Tod zu erfahren. Wie hatte Lorenzo von dem Unfall erfahren? Was hatte er als Nächstes getan? Wer war im Amtszimmer des Gerichtsarztes gewesen?

Lorenzo versuchte, ihre Fragen abzuwehren, doch sie verstummte nur kurz, um sie gleich darauf zu wiederholen. Schließlich gab er sich geschlagen und antwortete ihr, wenn auch nur einsilbig. Als Lorenzo sah, mit welch konzentrierter und entschlossener Miene Giovanna seine Antworten aufzeichnete, begriff er. Er verfluchte sich, weil er so dumm gewesen war und nicht früher gemerkt hatte, dass Giovanna dies unbedingt tun musste. Jetzt saß sie schreibend vor ihm, aber vor seinem inneren Auge sah er, wie Giovanna die Kontrolle übernahm, Babys zur Welt brachte und in ihrer Furchtlosigkeit und Entschlossenheit ganz sie selbst war. Giovanna ertrug es einfach nicht, dass ihr Nunzio, oder sie selbst, ein Opfer war. Als Lorenzo klar wurde, dass dieser Prozess fundamental wichtig für das Überleben seiner Schwester war, wurde er gesprächiger.

Erst Stunden später fielen Giovanna keine Fragen mehr ein, doch Lorenzos Antworten hatten weitere Fragen aufgeworfen. Sie empfand das starke Bedürfnis, weiterzumachen. In ihrem Herzen wusste sie, dass sie etwas angefangen hatte, das sie in jedem Fall zu Ende bringen würde, ganz gleich, ob es richtig war oder nicht.

Elf

»*Dio mio!*« Teresas Schreie erfüllten die Wohnung. Die Wehen hatten einen Monat zu früh eingesetzt. Giovanna war sehr erleichtert, als Teresa Domenico zu dem Arzt schickte, der auch bei der Geburt der anderen Kinder dabei gewesen war. Sie fühlte sich noch nicht bereit für das Wunder der Geburt. Sie hatte vor, einfach nur dafür zu sorgen, dass die Kinder nicht im Weg standen. Lächelnd überlegte sie, ob nicht jemand sie zur Apotheke schicken könnte, um Belladonna zu holen, wie es einst Signora Scalici Maria Perrinos Mutter befohlen hatte. Aber dann kam Domenico aufgelöst und außer Atem zurückgerannt und verkündete, der Arzt sei nirgends zu finden.

Daraufhin schickte Giovanna ihn ruhig zurück und befahl ihm, vor dem Haus des Arztes zu warten. Dann schloss sie die Tür hinter ihm und wandte sich zu ihrer Schwägerin. »Teresa, dieses Baby wird nicht auf den Arzt warten. Möchtest du, dass ich dir helfe?«

Da Teresa bereits drei Kinder zur Welt gebracht hatte, wusste sie, dass Giovanna recht hatte, und schaffte es, vor der nächsten Wehe nickend ihre Zustimmung zu geben.

Zwei Stunden später erschien Domenico mit einem keuchenden amerikanischen Arzt im Schlepptau, den er durch die

Straßen gezerrt hatte. In der Wohnung war alles ruhig; Teresa stillte ihr Neugeborenes, und Giovanna wusch Bettlaken.

»Warum müsst ihr Frauen immer alle gleichzeitig gebären?«, schimpfte der Arzt. Er hob die Windel vom Baby und untersuchte es kurz.

Giovanna wusch weiter, behielt aber den Arzt im Auge. Da sie nicht verstand, was er sagte, beobachtete sie genau, was er tat.

»Sie ist zwar klein, sieht aber gesund aus. Jetzt möchte ich einen kurzen Blick auf Sie werfen.« Er scheuchte Domenico in den Flur und untersuchte Teresa. »Nichts gerissen, aber das Baby war auch klein.« Er rief zu Giovanna hinüber: »Haben Sie das Baby geholt?«

Giovanna zuckte entschuldigend mit den Schultern. *»Non parlo inglese.«*

Daraufhin öffnete der Arzt die Tür und rief Domenico herein. »Wer ist das?«, fragte er und deutete auf Giovanna.

»Meine Tante.«

»Hat sie das Baby geholt?«

»Natürlich.«

»Frag sie, ob sie Hebamme ist.«

»Ja, das ist sie.«

»Warum hast du mich dann geholt?«

»Mama hat's gesagt.« Domenico sah den Mann an, als hielte er ihn für einen Dummkopf.

»Ich werde euch nie verstehen«, murmelte dieser. Dann wandte er sich noch mal an Domenico und befahl: »Sag deiner Tante, sie soll zur Hebamme Lucrezia LaManna gehen, McDougal Street 247. Sie braucht Hilfe. Es sind nicht genug Leute da, um die vielen italienischen Babys auf die Welt zu holen.«

»Ist gut. Soll ich Mama auch was sagen?«

»Ja«, knurrte der Arzt und ließ seine Tasche zuschnappen. »Sag ihr, sie soll nicht noch mehr Babys bekommen.« Dann ging er, und mit ihm verschwand auch der schale Geruch nach Scotch.

*

Giovanna stand vor dem Zaun der Brooklyn Union Gas und wartete. Es war fast Feierabend, und sie sah, wie die Männer ihr Werkzeug und die Henkelmänner zusammenpackten. Dann ertönte ein langer, durchdringender Pfiff, und die schwitzenden Arbeiter strömten aus dem Tor. Giovanna hielt den ersten Italiener an, den sie sah.

»Signore, kennen Sie Nunzio Pontillo?«

»Nein«, antwortete er und wandte sich rasch an einen anderen Mann. »Hey, gibt es hier einen Nunzio Pontillo?«

»Nein, nein«, wehrte Giovanna ab. »Er hat hier früher gearbeitet. Er war mein Mann und starb auf dieser Baustelle, vor fast einem Jahr. Ich suche jemanden, der mit ihm zusammengearbeitet hat.«

Der Mann seufzte mitfühlend. »Tut mir leid, Signora. Die meisten von uns gehören zur neuen Mannschaft, die den Tank aufrichten soll.«

Giovanna fiel ein anderer Mann ins Auge, der stehen geblieben war, sich aber im Hintergrund hielt. Einen Augenblick lang sahen sie einander an. »Und Sie, Signore, erinnern Sie sich an meinen Mann Nunzio?«

Der Erste drehte sich um, um zu sehen, mit wem Giovanna redete, und rief dann: »Oh, Nospeakada! Der war schon hier, als der Unfall passierte. Ich glaube, er ist der Einzige, der noch übrig ist.«

»Kannten Sie Nunzio?«, fragte Giovanna noch einmal.

»Seit dem Unfall hat er nicht mehr gesprochen, Signora.«

Giovanna blickte unverwandt auf Nospeakada. »Könnten Sie mir bitte helfen?«

Jetzt bemerkte der andere Mann, dass eine Wache am Tor zu ihnen herüberstarrte. »Signora, das kann ihn seinen Job kosten. Es ist kein Zufall, dass der Einzige, der noch hier ist, nicht sprechen kann. Am besten gehen wir jetzt alle.«

»Hier ist meine Adresse.« Giovanna drückte Nospeakada einen Zettel in die Hand. »Bitte, wenn Sie wieder sprechen können, würde ich gerne mit Ihnen reden.«

Der andere Mann hatte sich bereits in Bewegung gesetzt und winkte nun Nospeakada, ihm zu folgen. Nospeakada warf einen Blick auf Giovanna und den Wachmann und ging.

Da Giovanna so viel freie Zeit für sich hatte, legte sie die ganze Strecke von Brooklyn bis zur Lower East Side zu Fuß zurück. Offenbar musste man hier in Amerika die Schönheit in anderen Dingen finden, aber es fiel ihr schwer, den allgegenwärtigen Schmutz zu übersehen. Davon hatte Nunzio nie geschrieben; offenbar war sein Kopf in den Wolken gewesen. Schmutz schien hier alles zu bedecken und sogar in der Luft zu hängen. Wenn Giovanna die Augen geschlossen hätte, um sich die Farbe von New York vorzustellen, wäre Grau dabei herausgekommen; die Stadt dämpfte selbst die strahlendsten Farben am Himmel, auf dem Gras und dem Obst an den Straßenständen.

Durch Nunzios Briefe hatte sie die Größe und Form New Yorker Bauwerke zu schätzen gelernt, und sie fand Schönheit in ihren Türmen, Ecken und den Schatten, die sie warfen. Doch was sie gleichzeitig am meisten liebte und hasste, waren die Versuche, die Pracht Italiens in den Wohnungen nachzubilden. Sie hatte Lorenzos idyllische Bilder von ländlichen Szenen in den Eingangshallen der Mietshäuser gesehen. Das Heimweh und die Hoffnung, die daraus sprachen, hatten ihr das Herz zerrissen, doch gleichzeitig hatte sie lachen müssen angesichts der Absurdität dieser kleinen Landschaften in der Dunkelheit.

Allerdings amüsierten sie die Bilder nicht so sehr wie das mit Leinöl bepinselte Sackleinen an den Wänden, das im trüben Licht wie Leinwand aussehen sollte. Doch am meisten faszinierte sie, dass man Wände mit Putz- oder Holzverkleidung so bemalt hatte, dass sie aussahen wie Marmor oder Granit. Wenn man hier, in diesem Amerika, etwas nicht hatte, dann griff man einfach zur Nachbildung. Oberflächlich gesehen, verwehrte einem Amerika nichts.

Giovanna beobachtete, dass es unter den italienischen Einwanderern zwei Gruppen gab: Die einen waren vollkommen in ihrer neuen Heimat aufgegangen, die anderen sprachen nur von ihrer Rückkehr nach Italien. Diese zwei vollkommen voneinander getrennten Lager ergaben dann einen Sinn, wenn man bedachte, dass bei Italienern die Loyalität oft die Vernunft überwog. Allerdings waren die Italiener, die sich vollkommen mit Amerika arrangiert hatten und bei jeder Gelegenheit auf ihre Heimat schimpften, doch stolz auf ihre Herkunft. Giovanna erstaunte es, dass zwei der bedeutendsten Standbilder in New York von Italienern stammten.

Domenico hatte ihr einmal Garibaldis Statue im Washington Square Park am großen Triumphbogen ins Nirgendwo gezeigt. »Als dein Onkel Nunzio noch ein kleiner Junge war, ritt er auf seinem Esel und stellte sich vor, er sei Garibaldi«, erinnerte sich Giovanna beim Anblick des Standbilds.

Domenico starrte seine Tante ungläubig an. »Er hatte seinen *eigenen* Esel?«

Ein anderes Mal zeigte Lorenzo ihr die neue Statue von Columbus in der 59th Street. An Sonntagen trafen Hunderte Italiener, die meist aus dem Norden der Stadt kamen, am Fuß der Statue zusammen. Giovanna hörte einen gut gekleideten Mann ausrufen, sie sollten außerdem Standbilder von Vespucci und Verrazano in den Kreis stellen.

Als sie jetzt von ihrer Wanderung nach Hause kam, hörte sie schon vor der Wohnungstür, wie Domenico mit seinem Vater stritt.

»Ich kann lesen und schreiben. Außerdem spreche ich Englisch, was brauche ich also noch?«

»Nein! Du bleibst in der Schule. Wenigstens noch ein paar Jahre.«

Kaum hatte Giovanna die Wohnung betreten, suchte Domenico bei ihr Unterstützung. »*Zia*, sag Papa, ich sollte wie die anderen Jungen Zeitungen verkaufen.«

»Nein, Domenico, ich bin der gleichen Meinung wie dein Vater. Du bist ein kluger Junge, der eines Tages für die Zeitung schreiben könnte, anstatt sie zu verkaufen. Aber was hältst du denn davon, Lorenzo, wenn er nachmittags vielleicht in Vitos Lebensmittelladen arbeiten würde?«

Domenico wandte sich wieder an seinen Vater. »Darf ich, Papa? Ich weiß, dass Vito mir einen Job geben würde.«

»Gut. Abgemacht. Aber nur nach der Schule und an den Wochenenden.«

Teresa stand gerade mit dem Baby auf dem Arm am Herd und kochte Sauce. Je länger die Unterhaltung dauerte, desto lauter fuhrwerkte sie herum, bis schließlich das Neugeborene von ihrem Geschepper aufwachte. Teresas Groll gegenüber Giovanna war nach der Geburt ihrer zweiten Tochter nur noch gewachsen – das Gefühl, bei ihrer tüchtigen Schwägerin in der Schuld zu stehen, quälte sie sehr.

Weil ihr nichts anderes einfiel, ignorierte Giovanna Teresa und erzählte Domenico stattdessen von ihrem Besuch auf der Baustelle.

»*Zia*, du solltest einen Detektiv anheuern! Das sind keine Polizisten. Ich hab in Comics davon gelesen. Man nennt sie hier Privatschnüffler.«

»Scha-niffeler?«

Wieder und wieder versuchte Giovanna, das Wort auszusprechen, und jeder Versuch rief bei Domenico und Concetta eine neue Lachsalve hervor. Für eine italienische Zunge war dieses Wort nicht leicht auszusprechen – Giovanna musste selbst herzhaft lachen. Es war zwar ein amüsanter Gedanke, aber mehr auch nicht. Wenn es etwas zu entdecken gab, dann würde es Giovanna, mit der Hilfe des heiligen Joseph, selbst herausfinden.

Ein paar Abende später klopfte es leise an der Tür. Freunde und Verwandte klopften normalerweise nicht an; sie kamen einfach hereinspaziert und verkündeten ihre Ankunft. Giovanna sprang auf, weil sie hoffte, es wäre Nospeakada. Doch als sie die Tür öffnete, ohne nachzufragen, stand ein Fremder mit dunklen Augen und dichten Wimpern vor ihr. Rasch drückte sie die Tür wieder zu, bis sie nur noch einen Spaltbreit geöffnet war.

Lorenzo baute sich hinter Giovanna auf und fragte: »Wer sind Sie?«

»Mein Name ist Mariano Idone. Nunzio kannte mich als Pretty Boy.«

Vorsichtig öffneten sie die Tür wieder, worauf Mariano in die Küche gehumpelt kam.

»Setzen Sie sich doch, Signore Idone«, forderte Lorenzo ihn auf und zog einen Stuhl vom Küchentisch heran.

»Nospeakada hat mich besucht und mir Ihre Adresse gegeben.«

Um kein Verlegenheitsschweigen aufkommen zu lassen, sprach Mariano rasch weiter. »Ich habe jetzt einen Obststand. Wegen meines Beins kann ich nicht mehr auf der Baustelle arbeiten.«

Giovanna sah, warum er Pretty Boy genannt worden war,

doch sein Blick wirkte erloschen, das Funkeln fehlte. Allerdings hatte sie den Eindruck, wenn man es darauf anlegte, würde das Funkeln zurückkommen.

Dann erzählte Mariano Giovanna, Lorenzo und Domenico seine Version von dem Unfall, während Concetta ihrer Mutter mit den beiden Jüngsten half. Er begann mit dem Widerstreben des Bauleiters, die Anordnungen zu befolgen und die Schrauben von unten zu ölen. Dann beschrieb er, wie alle nervös geworden waren, als sich die Platte nicht schnell genug absenkte, und der Aufseher zum Telefon gerufen worden war. Nach dem Anruf habe der Bauleiter alle Poliere und Vorarbeiter um sich versammelt und mit ihnen gesprochen, bis sich die Vorarbeiter entschieden, selbst unter die Platte zu kriechen. Als er erzählte, wie ein Polier bestimmt hatte, wer von den acht Männern unter den Tankboden kriechen sollte, begann er zu weinen. Schluchzend erklärte er, Nunzio habe ihm das Leben gerettet, indem er seinen Platz mit ihm getauscht und die anderen noch Sekunden vor dem Unfall gewarnt habe.

Da fingen alle anderen in der Wohnung auch an zu weinen.

»Verstehen Sie, Signora, ich werde für immer in Ihrer Schuld und der Ihrer Familie stehen.«

Das war weitaus mehr gewesen, als Giovanna eigentlich hatte erfahren wollen. Warum konnte das jetzt nicht Nunzio sein, der genau diese Geschichte Mariano Idones Frau erzählte? Sie hatte nicht erfahren wollen, dass ihr Mann ein Held war. Er war immer ein Held gewesen; dazu hatte er nicht erst sterben müssen. Im Gegenteil, zum ersten Mal in ihrem Leben war sie wütend auf Nunzio. Warum hatte er das getan? Er hatte doch gewusst, dass sie auf ihn wartete! Sie versuchte, ruhig zu bleiben, aber Wut und Trauer kochten in ihr hoch und ergossen sich über Mariano.

»Warum haben Sie denn zugelassen, dass er tauscht? Sie

wussten doch, dass er verheiratet ist! Warum haben Sie ihn nicht gerettet?« Ihre Stimme war so laut und hart, dass sich die Kinder erschrocken an Teresa klammerten.

»Bitte, Giovanna. Signore Idone ist doch unser Gast«, flehte Lorenzo.

Mariano schluchzte. »Ich hatte Angst, Signora. Ich hatte solche Angst.«

Seine Ehrlichkeit nahm Giovanna den Wind aus den Segeln. Unbehagliches Schweigen breitete sich aus, das nur von gedämpften Schluchzern unterbrochen wurde. Mariano nahm seinen Hut und erhob sich. Lorenzo jedoch legte ihm die Hand auf den Arm. »Bitte, gehen Sie noch nicht. Wir sind nur schockiert über Ihre Erzählung. So viel hatten wir eigentlich nicht erfahren wollen.« Mariano sah hinüber zu Giovanna, die ihren Blick abgewandt hielt, ihn aber zurück zum Stuhl winkte.

»Signore, Giovanna hat erzählt, die Leute auf der Baustelle schienen Angst zu haben, mit ihr zu reden«, fuhr Lorenzo fort.

Mariano fasste sich, dankbar, dass man nicht mehr über seine Feigheit sprach. »Als am Tag nach dem Unfall die Anwesenheit der Arbeiter geprüft wurde, erzählte man uns, dass Reporter gekommen seien und neugierige Fragen stellten, die das Projekt gefährden könnten. Dann musste jeder ein Schriftstück unterzeichnen, auf dem er sich zum Stillschweigen verpflichtete. Außerdem bekamen alle einen Bonus für ihre Bemühungen, die Männer zu retten. Ich war nicht da, weil ich im Krankenhaus lag, aber zwei der Poliere suchten mich auf.«

»Warum war es für sie so wichtig, dass niemand über den Unfall sprach?«, fragte Lorenzo verwirrt. »Auf Baustellen gibt es doch ständig Unfälle.«

»Ich weiß es nicht. Aber Nunzio fand es aberwitzig, wie sie die Tankplatte zu Boden senken wollten. Carmine Martello weiß darüber besser Bescheid. Nunzio und ich haben uns zwar in der Mittagspause unterhalten, aber kaum über die Arbeit. Ich glaube, auf dem Heimweg hat er öfter mit Carmine darüber gesprochen.«

Lorenzo erinnerte sich, dass Nunzio einen gewissen Carmine erwähnt hatte, und meinte ihn auch einmal mit Nunzio auf der Mulberry Street gesehen zu haben.

»Wurde er auch San Carmine genannt?«

»Ja. Genau«, antwortete Mariano.

Giovanna dachte an die Geschichte von Carmine und der Statue des heiligen Gennaro, die Nunzio ihr in einem Brief geschrieben hatte. Sie hatte beim Lesen lachen müssen und dann mit einem raschen Gebet um Verzeihung gebeten. Jetzt endlich fragte sie: »Und wo ist dieser Carmine zu finden?«

»Keine Ahnung. Er ist nie mehr zur Baustelle zurückgekehrt. Hat nicht mal sein Geld bekommen. Jemand hat mir erzählt, er hätte sich einem der Wandertheater angeschlossen.«

Giovanna fühlte sich elend. Sie wollte einfach nichts mehr hören. Daher erhob sie sich von ihrem Stuhl und sagte: »Ich danke Ihnen, Signore Idone.«

Lorenzo war peinlich berührt und bot Mariano rasch ein Glas Grappa an.

Mariano aber wandte sich an Giovanna. »Signora, jeden Abend, wenn ich zu Bett gehe, höre ich wieder die schrecklichen Geräusche und spüre den Schmerz am ganzen Körper. Ich habe kein Geld, daher kann ich Ihnen nur anbieten, dass ich da sein werde, wann immer Sie Hilfe brauchen.«

Als Lorenzo am nächsten Tag aufwachte, packte Teresa ihn am Arm und hinderte ihn daran aufzustehen. Mit dringlicher Stimme flüsterte sie ihm zu: »Nunzio ist tot. Was soll die ganze Fragerei bringen? Sie zieht uns noch den *malocchio* ins Haus. Giovanna sollte zur Arbeit gehen. Und sie braucht einen Ehemann, bevor sie zu alt wird und sie keiner mehr haben will. Du musst ihr helfen, Lorenzo.«

Lorenzo dachte über die Worte seiner Frau nach. Vielleicht unterstützte er Giovanna nicht genug. Wenn sie etwas zu tun hatte, würde sie vielleicht nicht mehr nach Antworten suchen, die es nicht gab oder die keine Bedeutung hatten.

Am Abend, als die Kinder zu Bett gingen, wandte er sich also an seine Schwester. »Ich finde, es wäre jetzt ein guter Zeitpunkt, sich eine Arbeit zu suchen, Giovanna. Dank deiner Hilfe hat Teresa ein gesundes Kind zur Welt gebracht.«

»Ja, das mache ich, Lorenzo.«

Lorenzo war verblüfft. Normalerweise erklärte sich Giovanna nie so schnell einverstanden, selbst wenn sie einer Sache zustimmte. Daher meinte er unbeholfen: »Tja, also, Teresa hat gehört, es gibt Arbeit in der Textilfabrik.«

Giovanna war zwar schon entschlossen, eine Arbeit anzunehmen, doch hatte sie andere Pläne. »Nein. Morgen suche ich Lucrezia LaManna auf. Die Hebamme.«

»Tja dann«, stammelte Lorenzo, »gut, dann ist das ja geklärt.«

Zwölf

Giovannas Entscheidung, in New York als Hebamme zu arbeiten, entsprang praktischen Überlegungen. Als sie, anfangs mit erheblichen Bedenken, Teresa bei der Geburt geholfen hatte, war ihr bewusst geworden, dass sie ihre Arbeit verrichten konnte, ohne dass die alten Wunden wieder aufrissen. Sie würde sich auf das reine Handwerk konzentrieren.

Als sie jetzt in der McDougal Street vor der Nummer 247 stehen blieb, bemerkte sie, dass das Gebäude schöner war als die anderen im Block. Sie fragte ein paar Kinder an der Türschwelle, wo sie Lucrezia LaManna finden könne. »Signora LaManna wohnt ganz oben.« Giovanna bedankte sich und staunte, dass man sich selbst nach einem zwanzigminütigen Spaziergang durchs Viertel immer noch ohne Englisch verständlich machen konnte.

Sie lief, immer zwei Stufen auf einmal nehmend, die Treppe hinauf. Da bemerkte sie, dass ihr vom vierten Stock eine Frau entgegenblickte und auf sie wartete.

»*Scusi*, sind Sie Signora LaManna?«

»*Si. Avanti.*«

Signora LaManna hielt ihr die Tür auf. Zögernd trat Giovanna ein. Es war die erste Wohnung in New York, die nicht mit Zusatzbetten vollgestellt war und kaum Licht hatte. Zwar

war sie klein und bescheiden, doch erhellte viel Tageslicht die frisch getünchten Wände. Signora LaManna setzte sich an ihren Tisch und bedeutete Giovanna, Platz zu nehmen.

Giovanna bemerkte, dass die Signora über ihre Größe staunte. In Scilla, wo man sie kannte, hatte man sich an ihre Größe gewöhnt, aber hier in Amerika starrten die Leute sie an, als wäre sie missgestaltet. Giovanna ihrerseits starrte die Frau ihr gegenüber an. Sie konnte nicht anders, denn ihre feinen Züge und ihre Anmut erinnerten sie an ihre Mutter Concetta. Allerdings faszinierte es sie auch, dass sie alles andere als schlicht zurechtgemacht war. Sie hatte grau meliertes Haar und trug es auf dem Kopf aufgetürmt statt zum üblichen Nackenknoten gebunden.

»Der Arzt hat mich geschickt«, begann Giovanna.

Signora LaManna setzte sich eine Brille auf und nahm einen Stift. »Hat er gesagt, im wievielten Monat Sie sind?«

Enttäuscht und verlegen antwortete Giovanna: »Nein, nein, Signora. Ich komme nicht, weil ich ein Kind bekomme. Ich bin Hebamme.«

Signora LaManna legte den Stift nieder und nahm die Brille ab. *»Una levatrice?«*

»Si.«

»Seit wann sind Sie schon in Amerika?«

»Fast sechs Monate.«

»Haben Sie in New York schon Babys auf die Welt geholt?«

»Ich habe meiner Schwägerin bei der Geburt geholfen.«

»Nun«, die Hebamme erhob sich von ihrem Tisch, ging in die Küche und nahm die Espressokanne. »Sie haben mir noch nicht Ihren Namen genannt, Signora.«

»Giovanna Costa Pontillo. Ich komme aus Scilla in Kalabrien.«

»Aha, dann stand Ihre Familie vor dem Verhungern, Ihr

Mann ist zum Arbeiten hierhergekommen und Sie sind ihm gefolgt«, sagte die Signora sachlich.

Giovanna war von ihrer Art eher eingenommen als abgeschreckt. »Nicht so ganz.«

Dann setzten sich die beiden Frauen an Signora LaMannas Küchentisch und erzählten sich ihre Lebensgeschichten. Signora LaManna war in Italien Ärztin gewesen. Sie erklärte, sie habe in Amerika ihren Beruf nicht mehr ausüben dürfen, könne aber natürlich noch als Hebamme arbeiten. Allerdings habe sie gehofft, dass sie ihre medizinischen Kenntnisse anwenden könne, wenn sie sich im italienischen Viertel niederließe. Zu Recht, denn wenn sie kranke Kinder in den Wohnungen ihrer schwangeren Mütter behandelte, brauchte sie sich nicht um das medizinische Establishment zu kümmern. Sie erzählte, ihr Mann habe sich erst nach einer Weile daran gewöhnt, im italienischen Ghetto zu wohnen, doch sie hatte sich durchgesetzt, als sie darauf hinwies, wie nahe es von dort aus zur Universität am Washington Square war, wo er als Professor arbeitete.

Stunden später, als Signora LaManna das Mittagessen zubereitete, staunte Giovanna, wie sich alles fügte. Hier saß sie, in New York, und lernte zum ersten Mal im Leben eine Frau aus dem Norden Italiens kennen. Unwillkürlich wanderten ihre Gedanken zurück zu dem Tag auf den Klippen, wo Nunzio von ihrer Zukunft als Ärztin geredet hatte.

Als Signora LaManna mit dem Essen zum Tisch zurückkam, waren sowohl ihr als auch Giovanna neue Fragen eingefallen. Giovanna erfuhr, dass die Signora eine Tochter namens Claudia hatte, die Kunstgeschichte an einem College studierte, und Signora LaManna fragte nach Einzelheiten über Giovannas Erkundigungen zu Nunzios Unfall.

Kurz darauf erschien ein junges Mädchen an der Tür und verlangte nach Signora LaManna. Die Ärztin wandte sich an

Giovanna. »Wir haben noch nicht über Geburtshilfe gesprochen, aber würden Sie vielleicht jetzt gern mitkommen?«

»Natürlich, *Dottore* … Signora.«

»Bitte, nennen Sie mich doch Lucrezia. Und ich möchte Sie Giovanna nennen.«

Ihr »Vorstellungsgespräch« bekam Giovanna während ihres eiligen Marsches zur Hester Street. »Können Sie lesen und schreiben, Giovanna?«

»Ja, recht gut.«

»Schön. Ich mache mir nämlich gerne Notizen zu meinen Patienten.«

Giovanna hatte noch nie etwas über Schwangerschaften aufgeschrieben. Ihr kam es seltsam akademisch vor, über Geburten zu schreiben.

Sie erreichten die Wohnung der Gebärenden. »Wir werden noch viel Zeit haben, um uns zu unterhalten. Diese Signora wird noch lange in den Wehen liegen und ruft mich früh«, bemerkte Lucrezia und ging die Treppe hinauf.

Drei Stunden später schickte Giovanna das junge Mädchen, das sich als die Nichte der Gebärenden entpuppt hatte, zu Lorenzo, um ihre lange Abwesenheit zu erklären.

»Giovanna, ich glaube, es wäre das Beste, wenn Sie eine Weile mit mir zusammenarbeiten würden. Wenn ich mir ein Bild von Ihren Fähigkeiten gemacht habe, kann ich Sie im Viertel einführen.«

»*Grazie*, Signora.«

»Lucrezia.«

»Lucrezia.«

»Was die Bezahlung betrifft, so werde ich mit Ihnen alles teilen, was ich bekomme, allerdings lässt sich nicht vorher sagen, wie viel es ist. Meine Patienten zahlen nur, wenn sie können. Allerdings werden Sie sich schon reich belohnt fühlen, wenn die kleinen Mädchen nach Ihnen benannt werden. Hier in Little Italy gibt es viele Lucrezias, obwohl es ein norditalienischer Name ist. Normalerweise nimmt man beim vierten, fünften Kind – wenn es ein Mädchen ist – meinen Namen, weil die Namen der Großeltern bereits vergeben sind.«

»Ich sehe, dass sich die Bezahlung einer Hebamme auch nicht ändert, wenn man den Ozean überquert«, bemerkte Giovanna dazu.

Lucrezia lachte. »Ja, manche Traditionen bleiben erhalten.«

Jetzt zeigte die Frau alle Anzeichen nahender Presswehen. Lucrezia untersuchte sie und sagte zu Giovanna: »Sie ist so weit. Warum holen Sie das Kind nicht?« Lucrezia hatte aus Vorsicht bislang nicht gesagt, dass eine Fremde das Baby holen würde, damit die Frau nicht den Mut verlor, aber jetzt dachte diese nur noch daran, das Baby herauszupressen. Daher gab sie der Frau weiterhin ihre Anweisungen, aber Giovanna konnte das Baby holen.

Lucrezia war beeindruckt, wie Giovanna vorging und gleichzeitig alle Tätigkeiten in der Wohnung lenkte. Sie scheuchte freundlich die Kinder aus dem Zimmer und schlug der Mutter der Frau vor, das Abendessen zu kochen und Wasser heiß zu machen. Lucrezia hatte zwar viel während ihrer medizinischen Ausbildung gelernt, aber Haushaltsführung während der Geburt hatte nicht dazugehört.

Sie bemerkte auch, dass sie Giovanna etwas darüber beibringen musste, wie man steril arbeitete und die Plazenta auf Hinweise zur Gesundheit des Neugeborenen untersuchte. Aber trotz ihrer kurzen Bekanntschaft spürte sie, dass Giovanna Neuem gegenüber aufgeschlossen war. Bei all ihrer Selbstsicherheit schien sie eine eifrige Schülerin zu sein.

Lucrezia wollte bei der Mutter bleiben, legte Giovanna aber

nahe, nach Hause zu gehen. »Ich bin sicher, Ihre Familie macht sich schon Sorgen. Kommen Sie morgen um acht zu mir, dann machen wir gemeinsam Hausbesuche. Im Moment ist viel zu tun; ich habe sieben Frauen im neunten Monat. Sie sind sehr tüchtig, Giovanna.«

»Ich hatte eine gute Lehrerin«, erwiderte Giovanna und dachte dankbar an Signora Scalici.

»Aber daneben haben Sie auch noch die Fähigkeit zu heilen. Das ist eine Gabe.«

Giovanna wurde rot. Sie verabschiedete sich von der Familie und wandte sich dann an Lucrezia. Sie überlegte, was sie sagen sollte, um ihrer Freude, sie kennengelernt zu haben, Ausdruck zu verleihen. Aber wie so oft fand sie keine Worte dafür. Daher küsste sie Lucrezia einfach die Hand und ging.

Einige Zeit später betrat sie im Hochgefühl ihres Triumphs die Wohnung ihres Bruders.

»Erzähl, erzähl uns alles«, rief Lorenzo aus. »Hast du schon was gegessen? Teresa, hol Giovanna ihr Abendessen. Setz dich, Giovanna. Erzähl mir alles«, bettelte Lorenzo, während er eine Birne für die Kinder schälte.

Giovanna setzte ganz sachlich zu einer Beschreibung ihres Tagesablaufs an, doch schon kurz darauf ging die Begeisterung mit ihr durch.

»Du arbeitest mit einem *Dottore*! Das ist ja wunderbar«, rief Lorenzo laut aus.

»Signora LaManna ist hier in Amerika aber keine Ärztin.«

»Das ist doch nur eine Formsache. In Italien hielt man sie für gut genug, um als Ärztin zu arbeiten. Und jetzt hat sie dich ausgesucht, mit ihr zu arbeiten.«

»Ich hab sie um Arbeit gebeten.«

»Auch nur eine Formsache.«

Giovanna musste lächeln, weil ihr Bruder so stolz war.

Aber in der Nacht meinte sie, Teresa in ihrem Bett weinen zu hören.

*

Giovanna suchte in dem Beutel, den Lucrezia ihre kleine Zaubertasche nannte, nach Honig. Seit sie die Kräuterläden in Chinatown entdeckt hatte, war die Tasche beträchtlich angeschwollen. Als sie eines Tages aus lauter Erschöpfung nach einer langen, anstrengenden Geburt in die falsche Richtung gelaufen war, stand sie plötzlich vor dem herrlichsten Laden mit Fässern voller duftender, farbenprächtiger Kräuter. Sie ging die Reihen der Fässer entlang und rieb die Kräuter, die sie nicht erkannte, zwischen den Fingern. Der Ladeninhaber sah ihr interessiert zu; es kamen nur wenige Kunden zu ihm, die keine Chinesen waren. Als er sah, dass Giovanna etwas von Kräutern verstand, versuchte er ihr die zu erklären, die sie nicht kannte – pantomimisch und mit den drei Wörtern Englisch, die beide konnten. »Gut« war eines der drei Wörter. Wenige Besuche später hatten sie ihre eigene Zeichensprache entwickelt. Giovanna gewöhnte sich so sehr daran, dass sie jedes Mal einen Kreis über ihrem Kopf zog, wenn sie Echinacea sagte, und bei Ingwer die Finger zu einer Wurzel krümmte.

Jetzt holte sie den Honig aus ihrem Beutel und rieb ihn auf die frisch abgebundene Nabelschnur. Lucrezia spottete nicht über ihre Heilkräuter. Im Gegenteil, sie interessierte sich dafür und bat um Unterweisung. Sie hatte bei der Mutter einen kleinen Schnitt machen müssen, damit der Kopf leichter hindurchgehen konnte. Giovanna bereitete einen Breiumschlag aus Beinwell für den Damm und reichte diesen Lucrezia, die ihn auf die perfekte Naht legte.

Giovanna teilte ihre Kenntnisse in Naturheilkunde mit Lucrezia, und Lucrezia brachte Giovanna mehr über Geburtshilfe und Krankheiten wie zum Beispiel Keuchhusten, Windpocken und Ruhr bei. Weil ärztliche Hilfe so dringend benötigt und Lucrezia allerorten respektiert wurde, hatte sie keine Schwierigkeiten, die benötigten Rezepte zu bekommen. Jetzt begann sie Giovanna alles beizubringen, was sie über moderne Pharmakologie wusste.

Mit ihrem neuen Wissen überdachte Giovanna noch einmal die schwierigeren Geburten in Scilla. Wären sie anders verlaufen, wenn sie da schon gewusst hätte, was sie jetzt wusste? Am häufigsten dachte sie an Francesca Marasculo. Lucrezia hatte sie gelehrt, auf Sturzgeburten zu achten, und ihr gezeigt, welche Anzeichen auf Verblutungsgefahr hindeuteten. Außerdem hatte sie ihr beigebracht, wie man die Gebärmutter massierte, damit sie sich zusammenzog und nicht mehr als Austrittswunde für das Blut im Körper der Frau fungierte.

Nach einem Monat Zusammenarbeit hatte Lucrezia darauf bestanden, dass Giovanna ihre eigenen Patientinnen bekam. Sie zeigte ihr, wie man sich Aufzeichnungen machte und sie in Ordnung hielt, was sich bei mehr als einer Gelegenheit als wichtig erwies, weil sie auf Vergangenes zurückgreifen konnte, um ein aktuelles Problem zu lösen. Obwohl jetzt beide eigene Patientinnen hatten, arbeiteten sie doch zusammen, solange keine abberufen wurde, weil sie ihre Gesellschaft so zu schätzen wussten.

Die beiden Frauen wurden Vertraute. Zwar arbeitete Giovanna hart und ernsthaft, aber sie hatte auch einen bissigen Humor, über den Lucrezia sich unendlich amüsieren konnte. Als Giovanna einmal laut ihre Sorge äußerte, ihre Beziehung sei zu einseitig, da Lucrezia all ihr Wissen mit ihr teile, rief Lucrezia aus: »Unsinn! Du erklärst mir alles über das übel riechende Zeug in deiner alten Tasche da. Außerdem bringst du mich zum Lachen.«

Lucrezias Bedürfnis zu lachen verstand Giovanna besser,

nachdem sie ihren Mann kennengelernt hatte. Signore LaManna entsprach genau den Vorurteilen, die Süditaliener gegenüber denen aus dem Norden hegten: Er war arrogant und humorlos, kalt und übertrieben strebsam. Giovanna suchte bei ihrer älteren Freundin nach Hinweisen, die das Rätsel ihrer Verbindung mit diesem Mann lösen konnten, fand jedoch keine. Zum ersten Mal empfand sie nicht mehr nur Trauer wegen Nunzio, sondern auch Dankbarkeit, weil sie das Glück gehabt hatte, mit ihm etwas so Seltenes zu teilen. Erinnerungen an gemeinsames Lachen, Rennen und Schwimmen überkamen sie. Lucrezia war vom Leben so reich beschenkt worden, aber dies war ihr verwehrt.

Mit ihr sprach Giovanna über Dinge, die sie noch keiner Frau erzählt hatte. Ihr Altersunterschied erlaubte ihr eine gewisse Freiheit, verstärkt durch die Tatsache, dass sie nicht zur Familie gehörte. So erzählte sie ihr von ihren Problemen mit Teresa. Sie wusste, dass sie ihre Schwägerin einschüchterte und ihr auch Angst machte, doch hatte sie keine Ahnung, wie sie das ändern sollte, und manchmal nahm sie es ihr auch übel, dass sie es überhaupt nötig hatte.

Gespräche über ihre Beziehung zu Teresa führten dann zu anderen Themen. Wenn eine Gebärende sich zwischen den Wehen ausruhte, diskutierten sie oft und lebhaft flüsternd über die Rolle der Frau im Norden und Süden Italiens, über italienische Männer, ihre Eindrücke in Amerika oder die Erziehung und Ausbildung von Frauen. Lucrezia glaubte, ihr eigener Zugang zur Universität und zu einem Medizinstudium sei ihr praktisch schon mit dem Namen in die Wiege gelegt worden, denn ihre Namenspatin war Elena Lucrezia, eine Venezianerin im siebzehnten Jahrhundert, die als erste Frau zur Universität gegangen war. Danach spürte Giovanna immer das Gewicht der Historie, wenn sie Lucrezias Namen aussprach.

Bei einem dieser Gespräche fragte Lucrezia, ob Giovanna nicht wieder heiraten und Kinder bekommen wolle. Normalerweise war das keine Frage, die man als Frau einfach beantwortete; darüber klatschten nur Dritte bei den Nachbarn auf der Türschwelle. Doch als Giovanna ihre anfängliche Verlegenheit überwunden hatte, erzählte sie ihr von ihren fehlgeschlagenen Versuchen, von Nunzio schwanger zu werden, und ihrer tiefen Sehnsucht nach Kindern. Es war eine Erleichterung, endlich darüber sprechen zu können. Zu einer neuen Ehe jedoch sagte sie nur: »Ich könnte einen anderen Mann nie so lieben wie Nunzio.«

Dann fragte Giovanna, wie Lucrezia ihren Mann kennengelernt und geheiratet habe. Lucrezia war nicht sehr mitteilsam, aber Giovanna bekam heraus, dass sie durch ihre Ausbildung sozusagen zur »schlechten Partie« geworden war. Sie hatte sich schon damit abgefunden, allein zu bleiben, als sie an der Universität ihren Mann kennenlernte. Zuerst war ihre Beziehung rein beruflich, aber als Signore LaManna von seiner Verlobten verlassen wurde, bat er Lucrezia, ihn zu heiraten.

Ein anderes wiederkehrendes Thema war Nunzios Unfall. Giovanna hatte Lucrezia in allen Einzelheiten von Mariano Idones Besuch erzählt. Sie informierte Giovanna über die Bedingungen der Arbeiter und der Welt außerhalb von Little Italy. Sie erzählte, sie habe in der Zeitung gelesen, dass Italiener als Lohnsklaven missbraucht würden und viele beim Bau der Tunnel für die Untergrundbahn ums Leben kämen. Lucrezia fügte hinzu, ihr Mann habe ihr erklärt, dass beim Aufbau New Yorks mehr Italiener stürben als Angehörige anderer ethnischer Gruppen, weil es so viele gebe und sie keine Macht hätten, etwas dagegen zu tun.

»Aber dein Mann ist doch eine einflussreiche Persönlichkeit! Er sollte etwas dagegen tun«, war Giovannas Reaktion darauf.

»Ich fürchte, das ist für ihn eine Frage der Rassenzugehörigkeit«, erklärte Lucrezia verlegen. Als sie merkte, dass Giovanna keine Ahnung hatte, wovon sie eigentlich sprach, fügte sie hinzu: »Hat man dich auf Ellis Island gefragt, aus welchem Teil des Landes du kommst?«

»Ja.«

»Siehst du, da fängt es an. Doch nein, das stimmt nicht. Es fing schon an, bevor du an Bord gegangen bist, aber das ist die Geschichte Italiens.«

»Bitte, Lucrezia«, sagte Giovanna in flehendem Ton und dachte, Lucrezias Hang zu Abschweifungen sei eine ihrer wenigen Schwächen.

»Die Italiener, die auf Ellis Island landen, werden in zwei Rassen unterteilt. Eine kommt aus dem Norden, die andere aus dem Süden. Die aus dem Norden werden als ›Weiße‹ betrachtet, die aus dem Süden als ›Mischlinge‹. In Italien betrachten die aus dem Norden euch einfach als Bauern oder Afrikaner. Mein Mann distanziert sich von den Verleumdungen, den Unfällen, den Ungerechtigkeiten, indem er sich bequemerweise zu einer anderen Rasse zählt.«

Plötzlich fuhr Giovanna durch den Sinn, wie Nunzio auf der Party in Rom Getränke serviert hatte. Lucrezias Aufrichtigkeit schockierte sie; gleichzeitig bestätigte sie sie in ihrem Gefühl, dass Lucrezia keinerlei Loyalität zu ihrem Mann empfand, schließlich gab sie bereitwillig derart beschämende Informationen preis. Momentan waren alle verachtenswert: die Amerikaner, die Norditaliener und auch die Süditaliener, die diese Ungerechtigkeit akzeptierten.

Da kam der Mann der Wöchnerin nach Hause, um sein viertes Kind, einen Sohn, zu begrüßen. Lucrezia und Giovanna zogen sich eine Weile in den Flur zurück, um ihnen etwas Privatsphäre zu ermöglichen. Sie lehnten sich an die Wand und setzten ihre Unterhaltung fort. »Warum hast du mit deinen Nachforschungen zu Nunzios Unfall aufgehört?«, wollte Lucrezia wissen.

»Weil dieser Carmine nicht zu finden ist und ich nicht weiß, wen oder was ich fragen soll.«

»Hast du schon in den Zeitungen nachgesehen?«

Dreizehn

»*Aspetta*, wir müssen nach rechts in die Lafayette Street!«, rief Giovanna Domenico zu, der etwas weiter vor ihr die Grand Street hinauflief. Domenico wollte nicht mehr an ihrer Hand gehen und neigte dazu, selbst Giovannas große Schritte zu übertreffen.

Sie war unglaublich nervös. Nunzio hatte erwähnt, dass er während seines Studiums in einer Bibliothek war, aber sie selbst hatte noch nie eine gesehen. Zahlreiche Fragen wirbelten ihr durch den Kopf, darunter auch die, was sie tun sollte, wenn sie erst mal da war. Sie versuchte, sich das Ganze als Abenteuer vorzustellen, bei dem ihr zehnjähriger Neffe den Anführer gab. Doch dann folgte der schwierigere Teil: Sie musste sich selbst überzeugen, dass sie Abenteuer mochte.

Jetzt blieb sie stehen und blickte abwechselnd auf ein lang gestrecktes rotes Backsteingebäude und eine Reihe weißer Bauten mit Säulen davor. Sie warf einen Blick auf die Hausnummern, und Domenico studierte die an der Front angebrachten Schilder, bevor sie schließlich durch die großen Bogentüren der Astor Library schritten.

Beim Eintreten verdrängte Giovanna ihren Impuls, auf die Knie zu gehen. So viel Marmor und Stuck hatte sie nicht mehr gesehen, seit sie nach Nunzios Abreise in der Kirche in Neapel gebetet hatte. Domenico und Giovanna blickten sich um, nahmen alles um sich herum auf und suchten nach Hinweisen, was als Nächstes zu tun war. Geschnitzte Holzbalustraden umrahmten Holzregale auf der rechten und Schreibtische auf der linken Seite. Eine streng und adrett aussehende Dame saß an einem imposanten Tisch mitten in der Eingangshalle. Sie wirkte distanziert, aber alle anderen waren beschäftigt.

Giovanna schob Domenico vor. Dies war eine der seltenen Gelegenheiten, da sie ihren unerschrockenen Neffen eingeschüchtert sah. Auf den Straßen ihres Viertels war er der König. Aber hier, zwischen Zeugnissen der Geschichte und ledergebundenen Wörterbüchern, war er ein Kind von der Straße. Wieder stupste Giovanna ihn an der Schulter, um ihn zum Sprechen zu bewegen.

»Ma'am, wir brauchen Zeitungen.«

»Ich glaube, die bekommst du auf der Straße, angepriesen von Jungen wie dir.« Doch bevor Domenico protestieren oder, noch wahrscheinlicher, kehrtmachen und gehen konnte, fügte die Dame hinzu: »Was für Zeitungen suchst du denn?«

»Vom September 1902.«

»Die wären aus dem Archiv.«

»Wenn Sie das sagen, Ma'am.«

»Welche Zeitung genau möchtest du denn?«

Domenico kratzte sich am Kopf.

»Was suchst du?«, hakte die Bibliothekarin nach.

»Mein Onkel, also ihr Mann, kam bei einem Arbeitsunfall ums Leben. Eine Dame hat uns geraten, mal in einer Zeitung aus der Bibliothek nachzuforschen.«

Zwar sah die Bibliothekarin aus, als habe sie noch einige Fragen, doch sie sagte nur: »Folgt mir.«

Sie wanderten eine ganze Ewigkeit die Bücherregale entlang, bis sie schließlich in einen Raum kamen, in dem lauter große Bände standen. Die Bibliothekarin forderte sie auf, sich an einen Tisch zu setzen, dessen Platte so poliert war, dass sie ihr Spiegelbild sehen konnten.

»Wisst ihr, an welchem Tag genau der Unfall war?«

Domenico löste den Blick von der Tischplatte. »Am zweiten September.«

»Dann sucht mal hier.«

Sie zog ein riesiges Buch aus dem Regal. Darauf stand in goldenen Lettern *The New York Times, September 1902.*

Sie schlug das Buch auf, in dem lauter Zeitungen zusammengeheftet waren, blätterte es durch und sagte: »Es müsste ganz am Anfang stehen, wahrscheinlich am dritten September. Wenn er am zweiten gestorben ist, solltet ihr am dritten beginnen.« Sie fuhr mit dem Finger das Inhaltsverzeichnis entlang, um die Nachrufe zu suchen, doch bevor sie dazu kam, sah sie die Schlagzeile auf der Titelseite: *Unfall mit Gastank fordert fünf Menschenleben.*

»Wo kam dein Onkel denn ums Leben, junger Mann?«

»In Brooklyn.«

Gleich im ersten Satz des Artikels wurde die Brooklyn Union Gas Company erwähnt. »Und wie lautete sein Name?«

»Nunzio Pontillo.«

Jetzt wandte die Frau zum ersten Mal Giovanna ihre Aufmerksamkeit zu. »Du und deine Tante, ihr könnt euch hier hinüber setzen.«

Sie folgten ihr zu einem Tisch an einem Eckfenster. Die Bibliothekarin legte das Buch darauf ab. »Kannst du gut lesen, junger Mann?«

»Das sagt zumindest mein Lehrer.«

»Gut, es scheint, als wäre der Artikel über deinen Onkel gleich hier. Möchtest du ihn abschreiben?«

»Ja.« Domenico holte einen dicken Bleistift und ein Stück Papier hervor, in dem am Vortag Maronen eingepackt waren.

»Du wirst aber mehr Papier brauchen.« Sie ging und kehrte mit ein paar weißen, unbeschriebenen Blättern zurück.

Jetzt warf Domenico einen ersten Blick auf den Artikel und riss die Augen auf.

»Ich gehe zurück zu meinem Tisch. Aber wenn du etwas brauchst, kannst du den Gentleman gleich dort drüben fragen.« Sie wies auf einen alten Mann, der einen Stapel Papiere durchsah. »Er ist der Archivar.«

Giovanna hatte angenommen, sie seien des besseren Lichts wegen an den Tisch umgezogen und nicht, weil sie etwas gefunden hatten. Zum Zeitvertreib war sie immer wieder mit den Händen über das schimmernde Holz gefahren und hatte den Geruch von Leder, Tinte und Papier in diesem Raum mit der hohen Decke eingeatmet.

»*Zia*, hier ist etwas.«

Zerstreut sah sie Domenico an.

»Unfall mit Gastank fordert fünf Menschenleben.«

Domenico las die Schlagzeile zuerst auf Englisch vor und übersetzte sie dann ins Italienische.

Mit einem Schlag war Giovannas Aufmerksamkeit geweckt. Ihr Herz raste.

Domenico las die zweite Überschrift. »*Zermalmt zwischen Stahl und Beton*«. Er fuhr fort: »Dann steht hier: *Erster Leichenfund nach drei Stunden Bergungsarbeiten – 1764 Nieten mussten gelöst werden – Bauleiter Mulligan verhaftet.*«

Aus dem Augenwinkel sah Domenico, dass seine Tante zu zittern begann.

Etwas weiter kam eine Liste mit den Namen, den Adressen und dem Alter der fünf Männer. Nunzio stand an vierter Stelle.

»Zeig her, zeig her«, sagte Giovanna und fuhr dann mit dem Finger über Nunzios Namen. Jetzt zitterte sie nicht nur, sondern schluckte wiederholt und reckte den Hals.

Mühsam übersetzte Domenico jeden Satz. Es gab viele Wörter, die er nicht kannte, und ganze Sätze, die er nicht verstand, aber Giovanna drängte ihn immer weiter und sagte: »Mach dir keine Gedanken. Schreib's einfach auf.«

Als Domenico an einem Punkt besonders große Schwierigkeiten hatte, etwas vorzulesen, wanderten Giovannas Gedanken zur *chiazza* in Scilla. Sie sah sich und Nunzio unter dem Bougainvilleabusch sitzen und Vittorio zuhören, der die Nachricht von Nunzios Tod vorlas.

Knapp eine Stunde später kam Domenico zu dem Abschnitt, in dem der Unfall beschrieben wurde:

»Alles funktionierte reibungslos, bis Bauleiter Mulligan, der die alleinige Verantwortung für die Baustelle hatte, gegen 15 Uhr in sein Büro ging, um ein telefonisches Privatgespräch zu führen. Die Tankplatte war auf sechzig Zentimeter über dem Betonboden abgesenkt worden. Acht Männer befanden sich in dem Raum zwischen Tankplatte und Betonboden und sollten die Schrauben ölen, in denen die Aufsätze der Stützböcke Spiel hatten.

Plötzlich knirschte es, und als drei der acht Männer unter dem Tankboden hervorschossen – und nur leicht verletzt entkamen …«

Mariano, dachte Giovanna.

»… verschob sich die Platte zu einer Seite, riss alle Schrauben heraus, kippte sämtliche Stützböcke in diese Richtung und fiel nur knapp einen Meter von der Stelle entfernt krachend auf den Boden, auf die sie eigentlich kontrolliert abgesenkt werden sollte.«

Jetzt ertrug Giovanna es nicht mehr, etwas vom Tod ihres

Mannes in der Fremde zu hören. Sie hatte bereits ihre Nägel in das glänzende Holz des Tisches gekrallt.

»Das reicht, Domenico. Schreib einfach nur die Sätze ab.« Sie stand auf und wanderte durch den Raum. Ihr rastloses Umherwandern machte Domenico Angst. Einmal war sein Vater mit Concetta und ihm in den Tierpark an der Columbusstatue gegangen, wo er starr vor Angst gesehen hatte, wie eine riesige gestreifte Katze in einem Käfig umhergewandert war. Als er jetzt aufsah, entdeckte er, dass seine hin- und herlaufende Tante genau den gleichen leeren Blick hatte. So schnell wie er konnte, schrieb er den restlichen Artikel ab.

Als er endlich fertig war, konnte er kaum mit seiner Tante Schritt halten, während sie durch die Regalreihen zurückgingen; sie rannte fast. Sie stürmten an der Frau an dem großen Tisch vorbei, die ihr Interesse zu verbergen suchte. Als sie draußen auf dem Bürgersteig waren, schien Giovanna noch an Tempo zuzulegen. Innerhalb von wenigen Minuten waren sie wieder in der Elizabeth Street.

»Geh du hinauf, Domenico. Ich muss zu Signora LaManna.« Noch bevor Domenico sich verabschieden konnte, war seine Tante auch schon verschwunden.

Kaum war Giovanna bei Lucrezia angekommen, entluden sich sturzbachartig ihre aufgestauten Emotionen. Erst als sie sich ausgeweint hatte, holte sie Domenicos ungelenke Abschrift hervor und machte Espresso, während sich Lucrezia an ihren Schreibtisch setzte und anfing zu lesen.

Ein paar Tassen Espresso später nahm Lucrezia ihre Brille ab und sah auf. »Ich finde, du solltest zu einem Anwalt gehen, Giovanna.«

Giovanna wartete auf eine Erklärung.

»Hat Domenico dir alles vorgelesen?«

»So gut er konnte.«

»Gut, dann lese ich es dir noch mal vor.«

Der Prozess des Lesens und Übersetzens dauerte bei Lucrezia wesentlich weniger lange, nahm aber immer noch eine ganze Weile in Anspruch. In der Geborgenheit von Lucrezias Zuhause erlaubte sich Giovanna, die ganze Zeit leise zu weinen.

»Giovanna, hier steht, dass der Bauleiter verhaftet wurde. Das ist ein zusätzlicher Hinweis zu dem Umstand, dass da irgendwas schrecklich schief gelaufen ist. Hier wird sogar ein Ingenieur zitiert, der behauptet, die Stützböcke seien kein ausreichender Schutz gewesen. Es ist die Rede von einer Untersuchung. Bist du sicher, dass es nicht noch weitere Artikel zu dem Unfall gab?«

»Ja, weil die Archivistin uns geholfen hat.«

Lucrezia überging Giovannas Lapsus und fuhr fort: »Giovanna, die Brooklyn Union Gas ist eine große und bedeutende amerikanische Firma. Ich hab meinen Mann gebeten, sich mal danach zu erkundigen, was er, wenn auch widerwillig, getan hat. Sie wird von einem gewissen James Jordan geleitet, der General im Bürgerkrieg war, und William Rockefeller sitzt im Aufsichtsrat. Auf italienische Verhältnisse übertragen, ist das ungefähr so, als würden Garibaldi und König Umberto eine Firma leiten.«

Giovanna sagte nichts. Lucrezia sprach weiter. »Hast du nach Nunzios Tod Geld bekommen?«

»Ja, ein bisschen. Lorenzo hat es für die Beerdigung verwendet.«

»Hat er irgendwas unterschrieben?«

»Nein. Aber ich verstehe immer noch nicht, warum du meinst, ich solle zu einem Anwalt gehen.«

»Weil ich glaube, dass dieses Unternehmen oder die Baufirma Fehler gemacht hat, die den Tod deines Mannes verursacht haben. Sie sind verantwortlich, aber da sie so mächtig sind, hat es keine weiteren Untersuchungen gegeben.«

»Aber was könnte ich schon ausrichten? Ich kann ja nicht mal Englisch!«

»Diese Firmen verlassen sich darauf, dass du nichts unternimmst. Ohne eine Familie, die Gerechtigkeit verlangt, kann man einen Reporter leicht manipulieren.«

»Was soll ich deiner Meinung nach denn tun?«

»Besorg dir einen Anwalt und verklag sie wegen des tödlichen Unfalls deines Mannes.«

Giovanna schwieg.

»Sie benutzen die Italiener wie Esel, um New York zu bauen. Denen ist es egal, wenn sie ein paar dabei verlieren. Schließlich können sie immer wieder neue zum Verheizen bekommen.«

Lucrezias schroffe Worte bewirkten, dass Giovanna wieder umherzuwandern begann – durch den Stress und die Enge der Stadt war ihr dies bereits zur Gewohnheit geworden. Es war schon schlimm genug, wenn Lucrezia auf persönlicher Ebene über Nunzios Tod sprach, aber dass sie es jetzt auf eine politische Ebene hob, überwältigte sie vollends. Aber was wollte sie mit all ihren Nachforschungen denn erreichen? Sie wollte Gerechtigkeit. Doch wie sah die Gerechtigkeit aus?

Sie wurde in ihren Gedankengängen unterbrochen, als eine Frau an der Tür erschien und meldete, ihre Schwester habe Wehen bekommen.

Lucrezia sammelte ihre Sachen zusammen und sagte: »Komm mit.«

Giovanna folgte ihr nur zu gern, da sie nicht allein sein wollte. Doch als sie bei der Wohnung der Gebärenden ankamen, merkte sie sofort, dass etwas nicht stimmte. Die Frau stöhnte, das Baby solle nicht geboren werden. Als ihre Schwester sah, wie Giovanna die Stirn runzelte, erklärte sie, ihr Schwager sei beim Bau der Manhattan Bridge umgekommen, als ihre Schwester im zweiten Monat schwanger war. Es war ihr sechstes Kind. Giovannas Kopf fuhr hoch. Sie warf einen Blick zu Lucrezia, die sich abwandte und vergeblich bemühte, unschuldig dreinzublicken.

Als das Baby da war, weinte die Mutter keine Freudentränen, sondern schluchzte nur: »Wie soll ich dich denn satt kriegen?« Dann sah sie zu den Hebammen auf und klagte: »Sein armer Bruder ist erst elf und muss schon arbeiten. Und wenn er abends mit zerschundenen Gliedmaßen nach Hause kommt, ist trotzdem nicht genug zu essen auf dem Tisch.«

Den Rest des Abends hatten Lucrezia und Giovanna sich nichts mehr zu sagen.

*

»Signore DeCegli, dies hier ist Giovanna Pontillo«, erklärte Lucrezia, als beide Platz nahmen. Sie hatten fünf Stockwerke in einem Gebäude auf der Mott Street hinaufsteigen müssen, um zu Signore DeCeglis Kanzlei zu gelangen. Auf dem Schreibtisch und in den Aktenschränken türmten sich Stapel von Unterlagen, die jeden Moment einzustürzen drohten. Auf dem Schreibtisch thronte ein Telefon. Giovanna hoffte, es würde klingeln; Telefone faszinierten sie, doch benutzt hatte sie noch keins.

»Signora Pontillo, ich habe die Zeitungsartikel und den Totenschein gelesen, die Signora LaManna mir gebracht hat.«

Der Anwalt sprach perfekt Italienisch. So perfekt, dass Giovanna sich aufrechter hinsetzte und sich gewaltsam von den Gedanken an das Telefon losriss. Er blickte sie direkt an, und sie bemerkte, dass er gut aussah. So etwas war ihr schon eine lange Zeit nicht mehr aufgefallen.

»Meiner Meinung nach besteht kein Zweifel daran, dass Sie das Bauunternehmen verklagen können. Obwohl ich ziemlich sicher bin, dass wir einen Fall gegen die Brooklyn Union Gas niemals gewinnen würden, wäre es doch für uns von Vorteil.«

Giovanna blickte zu Lucrezia, die sie wortlos aufforderte, ihre Frage zu stellen.

»Was meinen Sie damit, Signore?«

»Ich meine damit, Signora, dass höchstwahrscheinlich Fahrlässigkeit zum Tod Ihres Mannes geführt hat. Und das heißt, wir können das verantwortliche Unternehmen verklagen.«

»Aber ich kann Ihnen nicht viel bezahlen, Signore.«

»Bevor der Fall nicht abgeschlossen ist, müssen Sie erst mal gar nichts bezahlen. Aber ich glaube, Sie werden den Fall gewinnen und eine Entschädigung bekommen, von der Sie mich dann entlohnen können.«

Als Lucrezia Giovannas verwirrte Miene bemerkte, schaltete sie sich ein. »Signore, fangen wir doch mal ganz von vorne an.«

Über eine Stunde später hatte Signore DeCegli das amerikanische Rechtssystem und Giovannas Möglichkeiten dargelegt. Dann begann er seinerseits, Fragen zu stellen. Er wechselte den Tonfall und bat: »Erzählen Sie mir etwas über Nunzio.«

»Er war mein Mann«, murmelte Giovanna mit versagender Stimme, als würde das alles erklären.

»Gut, konnte er lesen und schreiben?«

»Ja«, antwortete Giovanna gekränkt. »Er war ein *Maestro*. Ein Ingenieur.«

»Das hilft uns. Ich schätze, wenn Ihr Mann Fragen zur Sicherheit dieses Projekts hatte, war er nicht der Einzige. Nach der Klageeinreichung werden wir den Bauleiter und andere Arbeiter vorladen.«

»Aber die werden doch aussagen, was das Unternehmen will.«

»Möglich, aber meiner Erfahrung nach nehmen die Amerikaner es im Allgemeinen vor Gericht mit der Wahrheit ziemlich genau.«

»Was geschieht jetzt als Nächstes, Signore?«

»Sie warten, während ich den Fall vorbereite. Das könnte ein paar Monate in Anspruch nehmen. Wenn ich etwas von Ihnen brauche, setze ich mich mit Ihnen in Verbindung, aber seien Sie nicht überrascht, wenn Sie erst mal eine Weile nichts von mir hören.«

Signore DeCegli brachte sie nach unten. Als sich die Haustür hinter ihnen schloss, scherzte Lucrezia: »Eine Schande, dass er frisch verheiratet ist.«

»Hör auf, Lucrezia. Ich hab dir doch gesagt, ich bin nicht interessiert.«

Lucrezia beließ es dabei, aber sie war sich sicher, in der Miene ihrer Freundin einen Anflug von Enttäuschung gesehen zu haben.

Vierzehn

»Wach auf, Tante! Es ist Sonntag. Können wir nicht zum Friedhof gehen und unterwegs Nüsse kaufen? Bitte, Tante.«

Benommen schrak Giovanna hoch. Doch bevor sie etwas sagen konnte, schaltete Teresa sich ein. »Heute gibt es keinen Ausflug. Wir bekommen Besuch.«

Die Kinder protestierten, und Giovanna fragte, noch ganz schlaftrunken: »Wen denn? Die DiFrancos?«

Teresa hatte sich schon in die Küche zurückgezogen. »Nein. Kinder, zieht euch an. Ich brauche eure Hilfe. Giovanna, du bist doch heute zum Abendessen da, oder?« Das war eher ein Befehl als eine Frage.

Giovanna fand Teresas Verhalten zwar merkwürdig, beschloss aber, darüber hinwegzugehen. »Ich werde da sein. Brauchst du meine Hilfe?«

»Nein, nein. Concetta wird mir helfen. Musst du nicht zu Signora Russo? Sie hat mir erzählt, du kämst heute vorbei.«

»Das stimmt auch.« Es erstaunte Giovanna, wie gut ihre Schwägerin über die Vorgänge im Viertel Bescheid zu wissen schien. Teresas Körper war mittlerweile auch in den seltenen Monaten, da sie nicht schwanger war, ziemlich rund. Daher war es ziemlich leicht, sie sich als Biene vorzustellen, die ständig in den Bienenstock namens Little Italy hinein- und hinaussummte.

»Dann sei bitte um drei zurück.«

Wenn Teresa schlecht gelaunt war, suchte Giovanna normalerweise Hilfe bei Lorenzo, doch der war schon aufgebrochen, um Mietshäuser mit Impressionen von Italien zu verschönern. Teresa war damit beschäftigt, den Kindern das Frühstück zu bereiten. Also verschwand Giovanna nach einem Espresso und einem Brot mit Käse rasch, um der Hektik und Anspannung zu entrinnen.

Dadurch kam sie früher als üblich zur Messe. In den Bänken knieten nur alte Frauen, alles Witwen. Giovanna fragte sich, ob sie auf den Sonnenaufgang warteten und dann zur Messe eilten, weil sie sonst nichts mehr im Leben hatten. Obwohl auch sie allein war und Schwarz trug, kam sie sich vor wie ein Eindringling und fühlte sich bedroht von den Frauen. Eingeschüchtert ging sie zum Altar, um eine Kerze anzuzünden, wusste aber zum ersten Mal nicht, was sie beten sollte.

Es war zu früh, um bei Signora Russo vorbeizuschauen, und am Wochenende mied sie Lucrezias Wohnung, weil sie Gefahr lief, ihrem Mann zu begegnen. Daher wanderte sie ziellos umher. Sie hatte sich zwar an New York gewöhnt, aber an diesem Morgen kamen ihr die Straßen besonders fremdartig und abweisend vor. Sie sehnte sich nach den engen Gassen von Chianalea und ihrer Terrasse, wo sie vor der Messe ihren Espresso trinken und dem Läuten der Kirchenglocke lauschen konnte. Als sie jetzt bis nach Chinatown gegangen war, kam sie zur Straße mit dem Kräuterladen. Da sie meinte, den Ladeninhaber darin zu sehen, trat sie näher, um einen Blick durch die geschlossene Tür zu werfen. Da schwang die Tür auf.

»Rasch, rasch«, winkte der Besitzer sie herein.

Giovanna begriff, dass er nicht dabei erwischt werden wollte, wie er etwas an einem Sonntag verkaufte. »Nein, nein, ich gehe wieder«, antwortete sie.

»Nein, nein, ich zeigen«, antwortete der Ladeninhaber und winkte sie in den hinteren Teil des Ladens.

Dort stand, halb ausgepackt, eine Holzkiste mit chinesischer Schrift.

»Gut!«, rief der Besitzer aus und nahm ein Päckchen aus Papier aus der Kiste. Vorsichtig faltete er das Papier auseinander, um etwas zu zeigen, das aussah wie ein Seeigel.

Er zog einen Seeigelstachel heraus. »Gut«, sagte er, und dann tat er, als hätte er Schmerzen.

Giovanna unterdrückte ein Lachen, als er stöhnend das Gesicht verzog. Er war sehr theatralisch. Sie verbiss sich ein Lächeln und zuckte mit den Schultern, um zu fragen: »Wie?« Halb rechnete sie schon damit, er würde sie damit stechen; sie hatte bereits erfahren, dass die Chinesen Nadeln in ihre Patienten steckten. Stattdessen ging er zur Verkaufstheke, zerstampfte den Stachel zu einem groben Pulver und fügte dann Glycerin hinzu. Mit einem kleinen Löffel zeigte er ihr die richtige Menge und wies dann auf seinen Mund. Giovanna nahm eine winzige Menge davon auf ihren Finger und leckte daran. Sie merkte sofort, dass das Pulver die Eigenschaften und die Wirksamkeit eines Opiats hatte.

»Gut? Gut?«, fragte der Ladeninhaber.

»*Si*. Ja.«

Giovanna war sich ziemlich sicher, dass sie es nicht benutzen würde, ohne mehr darüber erfahren zu haben, aber um seine Freundlichkeit zu vergelten, holte sie ihre Geldbörse hervor und schickte sich an, eines der exotischen Krustentiere zu kaufen.

»Nein, nein. Sonntag.« Lächelnd wehrte er ihr Geld ab, packte den Seeigel wieder ein und drückte ihn ihr in die Hand.

Mit ihrer Börse in ihrem Mieder und einem fremdartigen

chinesischen Seeigel in der Rocktasche wanderte Giovanna die Mott Street hinauf und kam sich jetzt nicht mehr so fremd vor.

Ihr Besuch bei Signora Russo dauerte länger als erwartet. Diese war im achten Monat, und Giovanna befürchtete, das große Baby, das falsch herum lag, würde sich vor der Geburt nicht mehr drehen. Sie beschloss, den Versuch zu wagen und es von außen zu drehen. Sie holte ihr Stethoskop heraus, ein Geschenk von Lucrezia, und befahl Signora Russo, sich auf den Rücken zu legen und die Beine anzuziehen. Für Giovanna bestand die größte Schwierigkeit bei dieser Prozedur darin, die ganze Zeit zu plaudern, damit die Mutter abgelenkt war und entspannt blieb. Mit einer Hand auf dem Kopf des Babys und der anderen auf dem *culo* versuchte Giovanna, das Kind sanft nach rechts zu drehen. Als es sich nicht rührte, versuchte sie es mit der linken Seite. Dieses Mal drehte sich das Baby ein bisschen. Immer wieder hielt Giovanna inne, plauderte und prüfte den Herzschlag des Kindes zwischen den Bewegungen, bis es quer lag. Da Signora Russo langsam nervös wurde und Schmerzen bekam, ließ Giovanna sie ausruhen und hielt dabei das Baby in der neuen Position, weil sie befürchtete, es würde wieder in die alte Lage zurückrutschen. »Selbst für Babys müssen Veränderungen ganz langsam kommen«, erklärte sie.

Kurz darauf kam die Mutter der Frau in die Wohnung und sorgte für die Ablenkung, die Giovanna brauchte, um weiterzumachen. Zwanzig Minuten später war das Baby gedreht.

»Bitte, Signora, bleiben Sie und essen Sie mit uns zu Abend«, sagte die Mutter, die schon bei der Zubereitung des Sonntagsmahls war. Doch das erinnerte Giovanna daran, dass sie nach Hause musste.

»Nein, danke, aber ich muss jetzt los. Signora, bleiben Sie die nächste Stunde auf den Beinen, machen Sie einen Spaziergang, damit das Baby sich an die neue Position gewöhnt. Wenn Ihnen irgendetwas seltsam vorkommt, dann schicken Sie nach mir.«

Teresa hörte schon von weitem, dass Giovanna die Treppe heraufkam, denn sonst nahm niemand zwei Stufen auf einmal. Sie hatte sich schon immer gefragt, wie Giovanna dies mit ihrem langen Rock bewerkstelligte. Sie fand es schon schwer genug, die steilen Stufen hinaufzusteigen, ohne auf den Rocksaum zu treten.

Kaum war Giovanna zur Tür hereingestürzt, entschuldigte sie sich. »Tut mir leid, es hat länger gedauert, als ich dachte.« Ihre Stimme erstarb jedoch, als sie sich plötzlich einer Reihe Fremder gegenübersah. Direkt vor ihr stand ein Mann, fast so steif, als wolle er salutieren, und knetete nervös den Hut in seiner Hand. Neben ihm präsentierten drei Kinder ihre beste Sonntagskleidung.

»*Buon giorno*«, brachte Giovanna mechanisch hervor, doch sie blickte fragend zu ihrem Bruder.

»Giovanna«, sagte Lorenzo mit feierlicher Stimme, »dies ist unser Freund Rocco Siena aus Scilla.«

»Ah, *piacere*«, erwiderte Giovanna und meinte, die seltsame Förmlichkeit sei wohl darauf zurückzuführen, dass der Mann erst kürzlich in Amerika eingetroffen sei. Schon entspannter fügte sie hinzu: »Willkommen in Amerika.«

Zwei der Kinder kicherten.

»Still! Nein, nein, Signora, wir sind schon sehr lange hier«, erwiderte der Fremde. »Meine Kinder sind sogar alle in New York geboren. Ich möchte sie Ihnen vorstellen.« Wie um seine Erläuterung zu unterstreichen, nannte er die Kinder bei ihren englischen Namen. »Dies hier ist Clement, er ist zwölf. Frances ist acht und die kleine Mary vier.«

Die Kinder grinsten breit bei der Nennung ihrer Namen.

»Gut, dann setzen wir uns jetzt«, schaltete Teresa sich ein. »Ihr Kinder könnt im Flur oder unten vorm Haus spielen. Aber bleibt in der Nähe, wir essen gleich.«

Giovanna hatte den Eindruck, ihr Bruder und ihre Schwägerin fühlten sich in der Gegenwart ihres Freundes unwohl.

»Signore Siena, ich kenne in Scilla gar keine Sienas«, bemerkte Giovanna, um ein Gespräch in Gang zu bringen.

»*Si*, Signora, es gibt in Scilla auch nicht viele von uns. Aber meine Frau, Gott hab sie selig, hatte eine große Familie in Scilla. Sie war eine geborene Bellantoni.«

»Ah ja, natürlich, die Bellantonis«, erwiderte Giovanna.

Lorenzo schaltete sich ein. »Seine Frau war Angelina, die Tochter von Vincenzo und Mattia.«

»Ja. Mama hat sie gekannt. Sie wohnten in San Giorgio, nicht wahr?«

»*Sı*«, antwortete dieses Mal Rocco, »genau wie die Sienas. Aber wir waren Seeleute und daher oft unterwegs.« Er schwieg verlegen, fügte dann jedoch hinzu: »Ihr Bruder hat mir erzählt, Sie seien Witwe.«

Diese Frage weckte sofort ihren schlimmsten Verdacht, daher antwortete sie widerwillig: »Ja, ich war mit Nunzio Pontillo verheiratet.«

Und sofort fing Lorenzo mit dem »Verkaufsgespräch« an. »Rocco hat einen Orden von König Victor Emmanuel bekommen, Giovanna.«

Ihre einzige Reaktion darauf war, ihn mit steinerner Miene anzustarren.

»Er hat den König vor dem Ertrinken gerettet, als sein Schiff unterging. Zeig ihr den Orden, Rocco!«, mahnte Lorenzo.

Giovanna sah sich höflich den Orden an, aber nur, weil es dem Mann sichtbar peinlich war, ihn vorzeigen zu müssen. Die bronzene Medaille füllte fast seine gesamte Handfläche, die leicht zitterte.

»Was haben Sie auf dem Schiff des Königs gemacht?«

»Ich war bei der Handelsmarine.«

Wieder schaltete Lorenzo sich eifrig ein. »Der König wollte ihn in seiner Leibgarde haben.«

»Und warum sind Sie ihm nicht nach Rom gefolgt?«, fragte Giovanna skeptisch.

»Weil ich mit meiner Familie ein neues Leben in Amerika beginnen wollte.«

Teresa sah, dass Giovanna unbeeindruckt blieb, und beschloss, die Dinge voranzutreiben. »Lorenzo, ruf die Kinder zum Essen. Alles ist fertig.«

Giovanna erhob sich, woraufhin Rocco ebenfalls aufstand. Sie konnte ohne Mühe seinem Blick ausweichen, weil sie einen Kopf größer war als er. Roccos Haare waren drahtig und wurden bereits grau, genau wie sein Schnurrbart. Er war schlank, aber seine ausgeprägten Muskeln ließen ihn gedrungen wirken. Seine Arbeiterhände wirkten riesig im Vergleich zu seinem Körper. Und jetzt nestelten diese riesigen Hände nervös an seiner Tasche, um den Orden wieder wegzustecken.

Tumult im Flur kündigte die Rückkehr der Kinder an. Im Gegensatz zu den Erwachsenen hatten sie keine Probleme, sich anzufreunden, obwohl Domenico sich als zäher Bursche gab, weil Clement schon arbeitete und mit den Schwielen an seinen Händen Status gewonnen hatte.

Die unbehagliche Atmosphäre verflüchtigte sich auch nicht durch das Geplauder der Kinder. Giovanna kochte im Stillen. Warum sagten Lorenzo und Teresa es nicht einfach, wenn sie sie aus dem Haus haben wollten?

Teresa übernahm nun das Gespräch. »Wer kümmert sich denn um die kleine Mary, Rocco?«

»Frances natürlich. Wenn Mary alt genug ist, um zur Schule zu gehen, wird Frances anfangen zu arbeiten.«

»Ich dachte, in Amerika gingen alle Kinder zur Schule«, warf Giovanna trocken ein.

»Was soll ein Mädchen so lange in der Schule, ganz gleich ob in Amerika oder anderswo?«

Giovanna hätte ihn gern für diese Antwort gehasst, doch sie schien aufrichtiger Unkenntnis entsprungen und nicht böse gemeint.

»Und Ihr Sohn?«

»Er ist schon ein großer Junge. Wir sind in Amerika, um Geld zu verdienen.«

»Rocco und seine Familie leben in diesem neuen Mietshaus auf der Elizabeth Street, Nummer 202«, pries Teresa an.

Giovanna kannte das Gebäude. Sie hatte dort bei einer Geburt geholfen. Es war eines der sogenannten *New Law Tenements*. Dort gab es mehr Licht, aber die größte Verbesserung bestand in einer eigenen Toilette pro Wohnung. Woanders musste man sich eine Gemeinschaftstoilette auf dem Flur teilen.

Unbeeindruckt wechselte Giovanna das Thema. »Wann ist Ihre Frau denn gestorben, Signore?«

»Bei der Geburt von Mary.«

Obwohl jetzt ihre Neugier geweckt war, verkniff sie sich weitere Fragen, als sie Teresas tadelnden Blick bemerkte.

Nun versuchte Lorenzo, die Unterhaltung in Gang zu halten. »Ist es nicht seltsam, Giovanna, dass wir Rocco in Scilla nicht kannten, ihn aber hier, in dieser großen Stadt in Amerika, kennengelernt haben? Luigi und Pasqualina DiFranco haben uns miteinander bekannt gemacht.«

Da wurde Giovanna klar, dass Teresa und ihre Busenfreundin Pasqualina das Ganze ausgeheckt hatten. Teresa glaubte an den Grundsatz, dass man seine Feinde immer im Auge behalten musste. Daher hatte sie sich gleich mit Pasqualina angefreundet, als sie erfuhr, dass Lorenzo einst in sie verliebt gewesen war.

»Wir gehen wieder raus«, verkündete Domenico, während die Kinder ihre Teller in die Spüle stellten.

Als die Kinder verschwunden waren und Rocco sich etwas Mut angetrunken hatte, wandte er sich zu Giovanna. »Lorenzo hat mir erzählt, Sie seien *levatrice*.«

»*Si.*«

»Sie arbeiten mit Signora LaManna zusammen?«

»*Si.*«

»Eine gute Frau.«

»*Si.*« Er gab sich solche Mühe, dass Giovanna etwas milder gestimmt wurde. »Hat sie Ihre Kinder zur Welt geholt?«

»Ja, nur Mary nicht. Da war meine Frau schon zu krank und musste ins Krankenhaus.«

»Lasst uns das Obst essen«, forderte Teresa alle auf.

»Ich kann nicht, ich muss noch nach jemandem sehen«, entgegnete Giovanna schroff.

»Aber du hast doch gesagt, du müsstest heute nur zu Signora Russo!«, widersprach Teresa.

»Nun, es kam ganz überraschend«, erwiderte Giovanna und nahm ihr Schultertuch.

»Signora, bevor Sie gehen«, sagte Rocco und trat einen Schritt vor, »dürfte ich Sie fragen, ob Sie am nächsten Sonntag einen Spaziergang mit mir machen würden?«

Giovanna sah sich nicht in der Lage, seinem erwartungsvollen Blick zu begegnen. Stattdessen starrte sie über ihn hinweg zu Lorenzo, der die Augen niedergeschlagen hatte, und zu Teresa, die rot geworden war. Sie hätte alles gesagt oder getan, nur um der Situation zu entfliehen. »*Va bene*, Signore. Aber nur, wenn ich keine Geburt habe.«

Sie floh die Treppe hinunter und betete, Signora Russo möge am nächsten Sonntag ihre Wehen bekommen. Dabei wäre sie fast über Mary gestolpert, die auf der Türschwelle saß.

»Wohin gehen Sie, Signora?«, fragte Mary und machte ihr Platz.

»Ich muss noch jemanden besuchen.«

»Kommen Sie uns auch mal besuchen, Signora?«

Überrascht beugte sich Giovanna zu dem kleinen Mädchen und tätschelte ihr den Kopf.

»Hast du dich jetzt beruhigt?«, fragte Lucrezia und schenkte Giovanna noch ein Glas Wein ein.

»Ich habe alles Recht der Welt, wütend zu sein.«

»Ja, das hast du«, bestätigte Lucrezia nickend. Sie hatte es kunstvoll verstanden, Giovannas Wut verrauchen zu lassen, indem sie ihr in allem zustimmte.

»Er hat gesagt, du hättest zwei seiner Kinder geholt.«

»Ja, das stimmt.«

»Was weißt du über die Familie?«

»Sie war eine gute Frau. Er ist ein guter Mann. Er arbeitet hart, ist schlicht, aber gut.«

»Darunter kann ich mir nicht viel vorstellen.«

»Aber mehr kann ich dir nicht sagen.« Und nach kurzem Zögern fragte sie: »Denkst du darüber nach?«

»Natürlich nicht.«

»Warum denn nicht?«

Schockiert starrte Giovanna Lucrezia an.

»Du hast doch gesagt, du wolltest Kinder. Du wolltest eigene Kinder zur Welt bringen.«

»Ja, aber doch nicht mit irgendeinem x-Beliebigen.«

»Giovanna, glaubst du, du wirst jemals jemanden so lieben wie Nunzio?«

»Ich werde nie wieder so jemanden wie Nunzio finden. Es gibt einfach keinen Zweiten wie ihn«, antwortete Giovanna empört.

»Genau das meine ich ja. Wenn du Kinder willst, musst du einen guten Mann finden. Und ich muss dich doch wohl nicht daran erinnern, dass du mit deinen einunddreißig wahrscheinlich keinen jungen Mann ohne Kinder erwischen wirst.«

»Ich glaub's einfach nicht, dass du mich ermutigst.«

»Tue ich auch nicht. Ich lege lediglich die Fakten dar und betrachte die Situation losgelöst vom Hinterhalt deiner Familie, damit du sehen kannst, was es wirklich ist: eine Möglichkeit. Du kannst dich dagegen entscheiden, aber es sollte nicht aus Zorn geschehen.«

Obwohl Giovanna die Weisheit in Lucrezias Worten erkannte, hatte sie bei ihrer Rückkehr nach Hause eine heftige Auseinandersetzung mit ihrem Bruder.

»Du bist zu jung, um als Witwe zu enden. Es ist meine Aufgabe, für dich zu sorgen!«, brüllte Lorenzo.

»Heißt, für mich zu sorgen, mich loszuwerden?«

»Ich möchte, dass du glücklich bist, aber du stellst dich stur wie ein Esel. Hätte ich dir von diesem Treffen erzählt, dann wärst du niemals einverstanden gewesen.«

»Ganz genau.«

»Ja, ganz genau. Bitte, Giovanna, du könntest für immer bei mir leben, aber was wäre das für ein Leben? Ich hab dein Versprechen an Nunzios Grab gehört.«

Giovanna sah zu Teresa hinüber, die sich im Hinterzimmer herumdrückte. Sie wusste nicht, was sie von seinen Worten halten sollte, aber langsam begann sie, ihm zu verzeihen.

Fünfzehn

Giovannas Gebet um Signora Russos Wehen wurde nicht erhört. Also kleidete sie sich am nächsten Sonntag für ihren Spaziergang mit Rocco an. Teresa versuchte sie zu überreden, kein Schwarz zu tragen, und bot ihr sogar ihren Sonntagshut mit Feder an, doch Giovanna wies ihn mit einem zornigen Blick zurück. Eine ganze Woche lang hatte Teresa weder laut mit den Töpfen geklappert noch vernehmlich geseufzt. Stattdessen schlich sie auf Zehenspitzen um sie herum. Zwar hatte Giovanna ihrem Bruder mittlerweile verziehen, nicht aber ihrer Schwägerin. In Wahrheit war Giovanna ihr dankbar, dass sie ihr einen Grund gegeben hatte, sich nicht mehr um ihre Zuneigung bemühen zu müssen.

»Wie findest du ihn, Tante?«, fragte Domenico Giovanna, als sie sich die Schuhe zuband. Und ohne auf ihre Antwort zu warten, fuhr er fort: »Ich mag seinen Sohn. Aber das kleine Mädchen ist ziemlich verwöhnt.«

Giovanna fand Domenicos komplizenhaftes Verhalten amüsant und beschloss, mitzuspielen. »Die Kinder sollten zur Schule gehen. Außerdem ist es nicht der Fehler der Kleinen, wenn sie verwöhnt ist. Da sie nie eine Mutter hatte, werden die Leute versucht haben, das auszugleichen.«

»Wirst du ihn heiraten?«

»Nein, Domenico. Ich gehe spazieren.«

Giovanna fragte Signore Siena, ob sie zur Brooklyn Bridge spazieren könnten. So geriet Nunzio nicht in Vergessenheit. Sie bemühte sich nicht wie sonst, ihre Schritte denen ihrer Begleiter anzupassen, und war beeindruckt, als der Signore mithalten konnte. Sie fragte ihn, was er aus Scilla vermisse. Doch seine Antwort lautete: »*L'America* ist mein Zuhause.« Er gehörte zur Gruppe der Amerika-Anhänger, und weil er seine Loyalität bereits vergeben hatte, erlaubte er sich keinerlei sentimentale Gedanken an die Heimat, die er zurückgelassen hatte.

Da Giovanna nur hier und da eine Frage stellte, die Signore Siena einsilbig beantwortete, hatte sie viel Zeit, seine Erscheinung zu studieren. Seine Kleider waren sauber, aus gutem Stoff und wiesen keinerlei Löcher, Risse oder Flicken auf. Er war ein dunkler Typ und wirkte trotz der ergrauenden Haare sehr männlich. Zwar ging ihm jegliche Kultiviertheit ab, doch war er respektvoll und nickte Bekannten auf der Straße höflich zu.

Als sie die Brooklyn Bridge erreichten, ruhten sie sich auf einer Bank aus. Giovanna fragte ihn, was er dachte.

»Was soll ich worüber denken?«

»Über die Brücke.«

»Es ist eine Brücke. Eine große Brücke.«

Absurderweise gefiel Giovanna seine Antwort. Es war unmöglich, diesen Mann mit Nunzio zu verwechseln.

Rocco schien etwas sagen zu wollen, denn er hatte seinen Hut abgenommen und knetete ihn zwischen den Händen, genau wie bei seinem ersten Besuch. Immer wieder biss er sich auf die Lippe, was seinen großen Schnurrbart auf und nieder wippen ließ.

»Signora, ich erwarte nicht, dass Sie mich lieben. Aber wenn Sie mich heiraten, werde ich Ihnen ein guter Mann sein.«

Beide starrten nach Brooklyn hinüber. Giovanna fiel die

Ironie des Ganzen auf. Hätte Rocco Siena seinen Antrag mit der Behauptung vorgetragen, er liebe sie und wolle, dass auch sie ihn liebe, dann hätte sie ihn auf der Stelle zurückgewiesen. Stattdessen hatte dieser einfache Mann genau das Richtige gesagt. Sie beobachtete, wie ein Schlepper einen Tanker den Fluss hinunter zog, und spürte den Wind auf ihren Wangen.

»Ich werde darüber nachdenken«, sagte sie schließlich.

Zehn Wochen später hatte Giovanna eine gewisse Zuneigung Signore Siena gegenüber entwickelt. Verliebt hingegen hatte sie sich in die Kinder, vor allem in Mary. Außerdem hatte sie sich damit abgefunden, dass sie aller Wahrscheinlichkeit nach keine eigenen Kinder bekommen würde. Schließlich war sie einunddreißig, und Nunzio und sie hatten es lange vergeblich versucht. Wenn sie also Signore Siena heiratete, würde sie zumindest eine Familie bekommen.

Da Lorenzo und Teresa kein einziges Wort zu dem Thema verloren hatten, war es ihr leichter gefallen, über die Möglichkeit nachzudenken. Lorenzo hatte ihren Eltern darüber geschrieben, und am Vortag hatte Giovanna einen Brief von ihrer Mentorin Signora Scalici bekommen. Diese schrieb im Namen ihrer Familie, dass man mit allem einverstanden sei, was Giovanna beschließe. Signora Scalici hatte sich nicht enthalten können, selbst ein paar Zeilen hinzuzufügen, die sie indirekt zur Eheschließung ermutigen sollten: »Ich habe erfahren, dass Du mit einem weiblichen *Dottore* zusammenarbeitest. Eine solche Möglichkeit gäbe es hier niemals für Dich.«

Giovanna hatte nie entscheiden müssen, ob sie Nunzio heiraten sollte. Es war einfach zwangsläufig gewesen. Aber jetzt ging es um eine praktische Entscheidung: Sollte sie allein leben oder eine Familie mit einem Mann gründen, den sie zwar nicht liebte, aber langsam schätzen lernte? Sie dachte auch an den

Anwalt, Signore DeCegli. Selbst wenn Signore DeCegli nicht frisch verheiratet gewesen wäre, hätte sie sich niemals gestattet, ihn zu lieben. Denn ein kluger, gut aussehender Mann bedrohte Nunzios Platz in ihrem Herzen.

Auf dem Spaziergang am darauffolgenden Sonntag erklärte Giovanna Rocco, sie würde ihn heiraten. Sie erinnerte ihn an sein Versprechen, dass sie ihn nicht lieben müsste. Doch als Ausgleich für seine Rücksichtnahme erklärte sie, sie würde für seine Kinder sorgen und sie behandeln wie ihre eigenen. Rocco antwortete darauf nur: »Danke.« Der einzige Hinweis darauf, dass er sich freute, war sein Vorschlag, den Spaziergang abzukürzen und direkt zu Lorenzos Wohnung zu gehen, wo sich auch seine Kinder aufhielten, um die Neuigkeit zu verkünden.

Alle, selbst die Kinder, schienen die Schwierigkeit der Entscheidung zu respektieren und machten kein großes Aufhebens. Stattdessen gratulierten sie ruhig und wünschten mit einem höflichen Kuss alles Gute. Die einzige Ausnahme bildete Mary, die sich in Giovannas Arme warf und den Kopf in ihre Halsbeuge schmiegte.

Teresa bestand darauf, dass alle zum Abendessen blieben. Giovanna ließ sich auf dem Platz gegenüber von Rocco nieder und sah ihn so durchdringend an, dass sie zum ersten Mal wirklich sein Gesicht zu erfassen schien. Als sie erkannte, dass sie sich einem Fremden versprochen hatte, stieg Panik in ihr auf. Im Stillen betete sie inständig darum, nicht die falsche Entscheidung getroffen zu haben.

Giovanna und Rocco wurden im Rathaus von Stadtrat Reichter getraut. Rocco hatte verfügt: »Wir leben in Amerika, da heiraten wir auch auf amerikanische Art.« Giovanna war sich nicht sicher, ob es so etwas wie die »amerikanische Art« gab, stimmte aber zu, weil sie dachte, eine standesamtliche Heirat würde den Unterschied zu ihrer Hochzeit mit Nunzio noch deutlicher machen.

Als sie nach der Zeremonie nach Hause gingen, blieben sie an der Bank stehen, wo Rocco zwölf Wochen zuvor um ihre Hand angehalten hatte.

»So, dann haben die Witwe und der Witwer also geheiratet.« Rocco legte besonderen Nachdruck auf das Wort »Witwe«.

Giovanna trug nicht mehr Schwarz, denn am Morgen hatte Teresa sie mit einem neuen Kleid überrascht. »Tut mir leid, aber ich werde ihn niemals vergessen.«

»Nein, es muss dir nicht leidtun. Ich weiß das. Und ich habe beschlossen, wenn wir sie nicht vergessen können, werden wir sie eben in besonderen Ehren halten«, stammelte Rocco.

Giovanna sah Rocco fragend an, doch der starrte nur auf die Brücke und sagte: »Sollten wir Kinder bekommen, werden wir das Mädchen Angelina und den Jungen Nunzio nennen.«

Rocco konnte nicht ihr Lächeln sehen, denn sie blickte nun ebenfalls starr geradeaus und fragte sich, was diese Aussicht an sich hatte, dass der ungebildete Mann neben ihr immer genau das Richtige sagte. Sie bedeckte seine große, schwielige Hand mit der ihren und berührte ihn damit zum ersten Mal.

Cedar Grove, New Jersey, 1966

Als meine Eltern in die Vorstadt zogen, legte *Nonno*, mein Großvater, einen riesigen Garten an und umgab ihn mit einem zwei Meter hohen Zaun. Dann kam er jeden Tag um die Mittagszeit von Hoboken zu uns und arbeitete mit mir im Garten. Das waren meine glücklichsten Stunden: wenn ich mit meinem Großvater innerhalb des großen Zauns werkelte. Die Nachbarn beschwerten sich, weil sie dachten, er wolle einen Hühnerstall bauen, aber er strich den Zaun grün, so dass er vor den gepflegten Sträuchern und dem sanft abfallenden Rasen praktisch unsichtbar war.

»Sie hat es schon wieder getan«, jammerte ich und warf etwas Unkraut über den Zaun.

»Schüttel es aus, bevor du es wegwirfst. Iste gute Erde.«

»Eine meiner Freundinnen ist zum Spielen gekommen, und sie hat angefangen zu schreien: ›Sie ist keine von uns. Raus mit ihr! Sag ihr, sie soll nach Hause gehen!‹ Niemand will mehr zu mir kommen. Alle haben Angst. Warum kann Nanny nicht wie du oder Theas Yia-Yia sein?«

Nonno erkannte, dass er nicht das Thema wechseln konnte. Also ging er zu zwei Pfirsichbäumen im Garten. »Sieh mal das hier«, sagte er und zeigte auf eine knorrige Stelle am Baumstamm. »Das ist noch vom frühen Frost ein paar Jahre zuvor. Dadurch ist der Baum verwachsen. Es gibt Gründe dafür, wie wir sind. Du musst mit deiner Großmutter Geduld haben. Und vergiss nicht, seit Big Nannys Tod hat sie es schwer.«

»Ich mag sie nicht, sie ist gemein.«

»Das soll man nicht sagen, Anna.«

»Du magst sie doch auch nicht. Ihr streitet die ganze Zeit.«

»Deine Großmutter ist schon etwas stachlig, aber ich liebe sie.«

»Aber ich nicht.«

Großvater stellte den kleinen weißen Resopaltisch in die Mitte des Rasens und wickelte zwei Sandwiches aus. Wir setzten uns auf den Boden. Ich versuchte immer, still zu sein, weil *Nonno* nicht viel sagte, aber es gelang mir nie. Ich plapperte in einer Tour über die Familien, die am Wendekreis unserer Sackgasse wohnten. Drei griechische, zwei italienische, eine ungarische, eine polnische und eine, die gar nichts war. Mir taten immer die Kinder leid, die gar nichts waren. Wenn die Leute sie fragten: »Was seid ihr denn?«, mussten sie sagen: »Gar nichts«, oder: »Keine Ahnung.« Meine Großmutter hatte mir beigebracht, wie man an den Nachnamen erriet, was jemand war. Für Nanny war es sehr wichtig, was jemand war.

In Großvaters Riesenhänden wirkten die Sandwiches klein, aber er hatte noch mächtigere Unterarme. Der eine trug ein Tattoo von einer Meerjungfrau, der andere von einem Anker. Der Rest von ihm war nicht so riesig, wenn auch nicht besonders klein. Außerdem hatte er braune funkelnde Augen.

»*Nonno*, erzähl mir was über die Meerjungfrauen«, bat ich.

»Schon wieder. Nur wenn du mir versprichst, keine weitere Fragen zu stellen.«

»Abgemacht.«

»Okay, im Ersten Weltkriege war ich bei den Blue Marinos – ihr sagt auf Englisch ›navy‹ dazu. Da retteten mir die Meerjungfrauen das Leben. Nach dem Torpedoeinschlag klammerte ich mich an ein Stück Treibholz. Ich glaube, es war eine *porta* von der *Submarine*. Ich hatte nichts zu essen und nichts zu trinken, also war mir nicht gut, im Kopf. Ich rutschte ständig von der *porta*, aber die Meerjungfrauen schoben mich immer wieder zurück.«

»Woher wusstest du, dass es die Meerjungfrauen waren?«

»Wer sonste sollte da draußen im Meer sein?«

»Scylla vielleicht?«

»Scylla hat die Seeleute verschlungen und nicht gerettet.«

»Aber vielleicht hat sie dich gerettet, weil du aus ihrem Ort kamst. Das würde auch erklären, warum die anderen Männer ertrunken sind. Vielleicht wollte sie, dass du nach Scilla zurückgehst.«

»Ach, dann habe ich was Schlimmes gemachte, denn da ging ich nach *L'America*, um meine Tante zu besuchen.«

»Big Nanny?«

»Ja, Big Nanny.«

»Ich verstehe immer noch nicht, wieso deine Schwiegermutter deine Tante ist!«

»Du bist doch so ein kluges Mädchen. Warum muss ich dir das schon wieder erklären! Mein Onkel Nunzio war verheiratet mit deiner Urgroßmutter.«

»Aber wieso sind du und Nanny Cousin und Cousine?«

»Weil Nunzio und deine Urgroßmutter auch *cugini* waren.«

Ganz gleich, wie sehr ich mich bemühte, diese Verwandtschaftsbeziehungen überstiegen einfach mein Begriffsvermögen. Also wechselte ich zu etwas, was ich verstand. »*Nonno*, was wollen wir da drüben pflanzen?«

»Erdbeeren. Aber wir mischen noch Sand zur Erde.«

Er wies nickend zum Gartentor. »Da drüben musse noch Kaviar hin.«

So nannte er Kuhdung: Kaviar.

Ich wickelte die getrockneten Feigen aus, die Großvater zum Nachtisch mitgebracht hatte. Im November packten wir den riesigen Feigenbaum in seinem Garten immer warm ein. Dann stand ich unten, blinzelte ins Licht und reichte ihm den Stoff und das Füllmaterial durch die verschlungenen Zweige. Er stand mit dem einen Fuß auf der Leiter und mit dem anderen auf dem Baum und wickelte gleichmäßig Stoff um jeden einzelnen Ast, um ihn vor dem kalten Winter im Nordosten zu schützen. Er hatte den großen, ehrwürdigen Baum Kate getauft, nach Kate Smith. Er behauptete, nachts könne er den Feigenbaum manchmal *God Bless America* singen hören.

Wochen später saß ich vollkommen reglos mit einem rosafarbenen Umhang auf einem schmiedeeisernen Küchenstuhl im Hof und ließ mir von Großvater die Haare schneiden. Minuten vorher hatte ich noch auf dem Stuhl gestanden, um die Tomaten vom Herd abzugießen. Die abgeschnittenen dunkelbraunen Locken fielen auf das Küchentuch in meinem Schoß.

Das Küchenfenster stand offen. Meine Mutter und meine Großmutter zankten sich so laut bei der Zubereitung des Sonntagsessens, dass ich nicht mal versuchte, mich mit Großvater zu unterhalten. Meine fünfjährige Schwester Marie saß, verloren in ihrer eigenen Welt, auf der Veranda und rauchte an ihrem Stift. Ich fragte mich, ob sie dadurch eine Bleivergiftung bekommen würde und wann endlich sie die Tomaten abgießen müsste, wurde aber aus meiner Grübelei über ihre Gesundheit und die ungerechte Aufteilung der Pflichten gerissen, als ich meine Mutter sagen hörte:

»Komm schon, Ma. Du kannst unmöglich noch Alpträume haben. Ich meine, langsam reicht es jetzt. Das war vor sechzig Jahren!«

Meine Großmutter hatte Alpträume? Ich kannte niemanden, der so hart war wie sie. Ich bemerkte, dass mein Großvater ebenfalls aufmerkte.

»Sei still. Vergiss einfach, was ich gesagt habe, und gib mir den Küchenheber«, stieß Großmutter hervor.

Nonno beendete seinen Haarschnitt, und ich stand vorsichtig auf, damit die Haare nicht vom Küchentuch fielen. Ich ging zu der Esche, die so riesig war, dass nicht mal mein großer Vater sie mit den Händen umfassen konnte, und verteilte meine Haare am Fuß des Stammes. Mein Großvater hatte mir erzählt, dass die Vögel die Haare brauchten, um ihre Nester zu bauen. Seit ich zum ersten Mal ein solches Nest gesehen hatte, vermisste ich meine abgeschnittenen Locken nicht mehr.

Beim Abendessen schafften wir es ohne Eklat durch mehrere Gänge bis zum Obst, doch die Atmosphäre war angespannt. Meine Mutter und meine Großmutter waren immer noch böse miteinander.

»Guck mal«, sagte *Nonno* und nahm ein Stück Mandarinenschale. »Willst du Parfüm?« Er hielt die Schale an meinen Hals und drückte sie so zusammen, dass Mandarinensaft hervorspritzte.

»Toll!« Das fand ich so aufregend, dass ich selbst eine Schale nahm und meine Mutter besprühte.

»Hör auf damit. Hol Milch und Zucker.«

»Das ist unfair. Ich hab schon das Obst geholt.« Ich zeigte auf meinen älteren Bruder. »Michael soll den Nachtisch holen.«

Mein Bruder gab mir eine Kopfnuss.

»Mom! Er ärgert mich!«

Als ich mich beruhigt hatte, zeigte mein Großvater auf die Zuckerschale und hielt ein Cookie in die Höhe. »*Zucchero*«

»*Zucchero*«, sprach ich stolz nach.

»*Bene*«. Großvater gab mir das Cookie.

»*Occhi.*«

»*Occhi*«, wiederholte ich und schielte, worauf meine kleine Schwester zu lachen anfing.

»Hör auf damit. Sonst bleiben deine Augen so stehen«, schimpfte Nanny. Es war eindeutig, dass Großmutter kurz vor dem Platzen stand.

»Und du!«, fuhr sie scharf meinen Großvater an. »Du brauchst Anna nicht Italienisch beizubringen. Sie muss kein Italienisch lernen, sondern ihre Schulfächer!« Dann wandte sich Nanny zu uns Kindern. »Glaubt ihr vielleicht, ihr würdet in Italien so ein Essen bekommen? Nein, mehr als Not und Elend würdet ihr nicht bekommen! Mein Vater und meine Mutter haben viel Leid auf sich genommen, damit es uns hier gutging. Aber das war es wert. Das war alles wert!«

Kaum hatte meine Großmutter uns den Rücken zugewandt, schenkte Großvater meinem Bruder und mir etwas Wein in unsere Howdy-Dowdy-Tassen.

»Los, macht eure Hausaufgaben, dann können wir später vielleicht Pokerino spielen.« Meine Mutter klang gleichzeitig müde und gereizt.

Ich aber fragte mich, ob ich meine Großmutter jemals verstehen – oder mögen – würde.

Teil Fünf

NEW YORK, NEW YORK

1905–1907

Sechzehn

Giovanna lachte so laut und heftig, dass das Baby durch Tritte seinen Protest kundtat. Daraufhin rieb sie sich über ihren anschwellenden Leib und flüsterte »*Scusi*«, lachte aber weiter. Seit sie fünf Monate zuvor entdeckt hatte, dass sie ein Kind bekam, war sie zum ersten Mal seit Nunzios Tod glücklich.

Giovanna und Rocco saßen unter den zweihundert Zuschauern, die sich auf den Bänken im Teatro Villa Giulia auf der Grand Street drängten, um sich den Komödianten Eduardo Migliaccio anzusehen. Der als *farfariello* – kleiner Schmetterling – bekannte Migliaccio hatte gerade seinen Eröffnungssong beendet, und Giovanna lachte bereits Tränen. Der kleine Schmetterling tänzelte in einem Glitzerrock über die Bühne und ließ das Fett seiner Brust und seines Hinterteils erbeben. Seit ihrer Ankunft in New York hatte Giovanna jede Möglichkeit genutzt, ins Theater zu gehen, aber die *opera buffa* war ihr am liebsten.

Rocco mochte Parodien nicht besonders, er verstand sie auch oft nicht, aber er begleitete seine Frau, weil er gern mit ihr zusammen war. In diesem ersten Jahr ihrer Ehe hatte er Giovanna liebgewonnen. Als Teresa und Pasqualina ihm Giovanna als Frau ans Herz legten, war er sofort einverstanden gewesen, weil er sie schon im Viertel gesehen hatte und sicher war, sie würde eine gute Mutter für seine Kinder abgeben. Mehr war zu seiner

Entscheidung kaum notwendig. Aber er war angenehm überrascht, als sie sich nicht nur als gute Mutter erwies, sondern auch als gute Gefährtin und gute Kartenspielerin.

Für Giovanna hingegen waren die ersten Monate außerordentlich schwierig. Sie fühlte sich nicht wohl in Roccos Nähe. Denn im Gegensatz zu Nunzio war er wortkarg, und im Gegensatz zu ihrem Vater, der auch nicht viel sagte, ließ er sich seine Gedanken nicht anmerken. Allerdings hatte er sich nicht in ihre Entscheidungen eingemischt, die ihr gemeinsames Leben und ihren Haushalt betrafen. Als sie Frances wieder zur Schule schickte, hatte er nur gebrummelt, und wenn sie Mary mit zu ihren Patientinnen nahm, sagte er nichts.

Als Giovanna jedoch schwanger wurde, änderten sich ihre Gefühle gegenüber Rocco. Jetzt war er nicht mehr nur ihr Gefährte, sondern der Vater ihres Kindes. Es verband sie noch etwas außer ihrer Heiratsurkunde. Allerdings war der Sex mit Rocco reine Pflichtübung, wenn er auch schnell vorbeiging, wofür Giovanna dankbar war. Obwohl sie die herzlichere Atmosphäre genoss, die darauf folgte, freute sie sich auf die letzten Monate ihrer Schwangerschaft, wenn sie sich nicht mehr verpflichtet fühlen würde.

Farfariello imitierte gerade italienische Patrioten und marschierte mit einem riesigen falschen Schnurrbart, einer Schärpe über der Brust und einem Säbel über der Schulter auf der Bühne hin und her. Danach wurde er zum Eismann – *aissamänna* für die Italoamerikaner – und sang zweideutige italienische Volkslieder. Die Zuschauer wussten, dass das Ende der Show nahte, und sprangen schon klatschend und jubelnd auf. *Farfariello* ließ seinen Bariton in gefährliche Höhen steigen und verließ dann mit übertriebener Verbeugung die Bühne, worauf er von der Menge Pfiffe und Protestrufe erntete.

Rocco bedeutete seiner schwangeren Frau, noch ein paar

Minuten sitzen zu bleiben, um sie vor der hinausdrängenden Menge zu schützen. Daher sahen sie den Bühnenarbeitern zu, während das Publikum hinausströmte. Noch bevor der Applaus endete, hatten die Arbeiter die Bühne betreten, um alles für die nächste Show vorzubereiten.

Ein schwerer Mann mit Kahlkopf mühte sich eine Strickleiter hoch, um einen Vorhang von einem Dachbalken zu lösen. Sein jüngerer Kollege rief: »Noch einen *cannolo* mehr und wir kriegen dich nicht mehr da hoch.«

Der Mann überhörte das, aber ein anderer Bühnenarbeiter witzelte: »Lass doch San Carmine in Ruhe. Er hat doch nichts mehr außer der Sahne in seinem *cannolo* und seinen *ammoratas* auf der Mulberry Street.«

Da stand Giovanna wortlos auf, stieg über die Sitzbänke und ging schnurstracks zur Bühne. Besorgt und verwirrt eilte Rocco hinter ihr her.

»Das ist er!«, flüsterte sie Rocco zu.

»Wer?«

»Carmine. Nunzios Freund.«

Sie stützte sich auf die Bühne und rief zum Mann auf der Strickleiter:»*Prego*, Signore, sind Sie Carmine?«

Ohne einen Blick nach unten zu werfen, fragte der Mann: »Warum wollen Sie das wissen?«

»Weil ich Nunzio Pontillos Frau bin – war.«

Carmine hielt in seinem Tun inne und schaute nach unten, rührte sich aber nicht.

»San Carmine, *cosa fa*? Was machst du denn da oben?«, brüllte einer der anderen.

Carmine kletterte die Strickleiter hinunter, stieg von der Bühne, wandte sich zu Giovanna, musterte ihr Gesicht, sah ihr direkt in die Augen und sagte: »Ja. Ja, Sie sind es wirklich.«

Sie trafen sich am nächsten Morgen vor der Matinee. Aus Respekt vor Rocco ließ sie sich von Lucrezia ins Café begleiten. Obwohl sie sich nur durch Nunzios Briefe kannten, schwelgten sie in Erinnerungen, als würden sie sich schon seit Jahren kennen. Nur ein gelegentliches Umrühren ihres Espressos unterbrach das Gespräch.

»Hat Ihnen die Zeichnung von dem Spaghettitopf gefallen? Er hat sie mir gezeigt, bevor er sie abschickte.«

»Ich musste sehr darüber lachen. In demselben Brief hat mir Nunzio auch geschrieben, dass Sie dem Polier den Spitznamen *Linguine con Pomodoro* gegeben haben.«

Lucrezia wollte unbedingt zur Sache kommen. »Signore, Signora Siena verklagt die Brooklyn Union Gas und das Bauunternehmen wegen Fahrlässigkeit.«

Carmine pfiff durch die Zähne und lehnte sich auf seinem Stuhl zurück. Doch kurz darauf hatte er sich wieder gefasst. »Gut! Gut für Sie!« Ein Prozess sprach seine anarchistischen Neigungen an, auch wenn er durch das System begrenzt wurde. »Wie kann ich helfen?«

»Ihr Anwalt muss beweisen, dass Fahrlässigkeit vorlag«, erklärte Lucrezia. »Er hat Aussagen von Augenzeugen und die Polizeiberichte, weiß aber immer noch nicht genau, was schiefgelaufen ist. Alle meinten, Nunzio habe Bedenken wegen des Jobs gehabt und darüber mit Ihnen gesprochen. Stimmt das?«

»Sie sollten selbst in Erwägung ziehen, Anwältin zu werden, Signora«, meinte Carmine und warf ihr einen anerkennenden Blick zu. Lucrezia erwiderte diesen mit ihrem »Schluss mit dem Unsinn«-Blick, worauf er weitersprach. Giovanna aber merkte, dass Lucrezia geschmeichelt war.

»Ja, es stimmt. Ich werde Ihnen alles erzählen, was ich noch weiß und was nicht in Tränen und Alkohol ertränkt wurde«, antwortete Carmine theatralisch.

Giovanna zückte einen Stift und erlaubte Lucrezia, mit ihren Fragen fortzufahren. Sie verstand kaum etwas von dem, was Carmine über Bauholz, korrodiertes Eisen und Statik erzählte, schrieb aber alles sorgfältig auf.

»Sehen Sie, Signora, Ihr Mann war schlau«, sagte Carmine und tippte sich mit dem Finger an die Schläfe. »Er wusste von Anfang an, dass wir die Sache verkehrt herum angingen und wir die Platte später nur unter großem Risiko würden absenken können.«

»Hat er das jemandem erzählt?«, fragte Giovanna.

»Natürlich! Aber der Polier hat ihn als Idiot beschimpft und gemeint, er solle sich um seinen eigenen Kram scheren.«

Giovanna zuckte zusammen bei der Vorstellung, dass ihr *Maestro* so respektlos behandelt worden war. »Warum hat er nicht die Baustelle verlassen?«

»Signora, Sie sind doch wohl schon lange genug hier, um zu wissen, dass man einen festen Job mit guter Bezahlung nicht einfach aufgibt. Außerdem dachte er zu Anfang, sie wüssten etwas, was er nicht wüsste, und er würde bald dahinterkommen. Als sich das als Irrtum herausstellte, fand er zwar, dass der Bau von Arschlöchern geleitet würde, rechnete aber nicht damit, dass ihn das das Leben kosten würde.«

Carmine kramte in seiner Tasche. »Hier, nehmen Sie diese Karten für die Show. Ich muss jetzt los. Falls Sie mich aber noch was fragen wollen, bin ich noch ein paar Tage da.«

»Carmine«, flüsterte Giovanna, als er aufstand. »*Grazie* …« Sie versuchte, noch mehr zu sagen, ihm zu danken, weil er Nunzios Leiche gefunden hatte und so loyal war, aber sie konnte es nicht. Seit sie schwanger war, konnte sie nicht mehr so wie früher ihre Gefühle unter Verschluss halten, und sie wollte auf keinen Fall in der Öffentlichkeit weinen.

»Sagen Sie nichts, Signora. War mir eine Ehre«, antwortete

Carmine und riss sich mit übertriebener Geste die Mütze vom Kopf. Dabei sah sie, dass auch er Tränen in den Augen hatte.

Als Giovanna und Lucrezia bei ihrem nächsten Anwaltstermin davon berichteten, bestand Signore DeCegli darauf, Carmine in seine Kanzlei zu zitieren, damit er seine Aussage unter Eid machen konnte. Der Anwalt hatte das Gefühl, alles aufbieten zu müssen, was er konnte, und wenn es die Aussage eines Toten war, die aus zweiter Hand vom Mitglied eines Wandertheaters übermittelt wurde. Da Bauleiter Mulligan nicht ausfindig gemacht werden konnte, weil er nicht länger bei dem Bauunternehmen arbeitete, und Signore DeCegli zweifellos keinen vollständigen Satz Blaupausen für dieses Projekt hatte, obwohl er ihn schon Monate zuvor angefordert hatte, blieb ihm nicht viel, um seinen Fall aufzubauen.

DeCegli war in Amerika geboren. Wenn er seinen Nachnamen nicht nannte – oder wenn er ihn, wie viele seiner Kollegen, geändert hätte –, wäre er sogar als Amerikaner durchgegangen. Er war in sein altes Viertel zurückgekehrt, weil seine Eltern noch hier lebten, aber auch, weil er überzeugt war, dass ein italienischer Immigrant mit einem guten Anwalt im amerikanischen Rechtssystem wie jeder Amerikaner behandelt würde. Allerdings brachte dieser Fall seine Überzeugung ins Wanken.

Seltsamerweise war sein Glaube ans amerikanische Rechtssystem bis dato nicht auf die Probe gestellt worden. Da er in der italienischen Gemeinschaft praktizierte, hatte er fast nur mit Italienern zu tun. Er war Anwalt für Zivilrecht und kümmerte sich meist um geschäftliche Streitigkeiten und hier und da auch mal um eine Scheidung. Dies war das erste Mal, dass er mit einem amerikanischen Großkonzern zu tun hatte und sich gezwungen sah, eine Art strafrechtliche Untersuchung zu führen. Er wusste zwar, dass seine mangelnde Erfahrung nicht gerade hilfreich war, aber auch, dass keine Routine der Welt ihm verschlossene Türen öffnen und Hindernisse beseitigen würde. Bei jeder neuen Wendung geriet er unweigerlich in eine weitere Sackgasse. Da er nicht den Zorn eines Riesenkonzerns auf sich ziehen wollte, hatte er beschlossen, nicht die Brooklyn Union Gas, sondern allein das Bauunternehmen Taylor, Wood & Co. anzuklagen. Aber der Riese schützte seinen Vasallen und stellte ihm all seine juristischen und bautechnischen Ressourcen zur Verfügung.

Was die Arbeiter betraf, die DeCegli hatte aufspüren und befragen können, so wusste er, dass er sie wahrscheinlich als Zeugen der Gegenpartei betrachten musste, weil sie eingeschüchtert waren. Sollte Signore DeCegli je Zweifel daran gehabt haben, dass es sich um einen Fall von Fahrlässigkeit handelte, so verflogen sie, als er sah, wie viel Angst die Zeugen hatten und wie schnell sein Kronzeuge verschwunden war. Es kam nur selten vor, dass ein Mann von Mulligans Statur so spurlos untertauchte. Selbst wenn es stimmte, dass Mulligan eines Nachmittags, Monate nach dem Unfall, verschwunden und nie wieder aufgetaucht war, wie Taylor, Wood & Co. behaupteten, so war auch eindeutig, dass das Unternehmen keinerlei Interesse hatte, ihn oder die Unterlagen zu finden, die er angeblich hatte mitgehen lassen. Nachteilig für DeCeglis Fall war außerdem, dass die Stahlplatte, die Nunzio Pontillo unter sich zerquetscht hatte, von Tausenden Kubikmetern Gas bedeckt war und erst wieder untersucht werden konnte, wenn der Tank in einigen Jahrzehnten abgebaut würde.

Die größte Schwierigkeit jedoch bestand darin, dass alle Beweise ohne das Gutachten eines angesehenen Ingenieurs nur Indizienbeweise waren. Das Honorar für ein solches Gutachten war nur ein Teil des Problems. Als Signore DeCegli versuchsweise an ein paar Ingenieure herangetreten war, hatten sie zwar mit der Begründung abgelehnt, ohne Vorauszahlung gäbe es kein Gutachten, aber der Anwalt wusste, dass sie sich in Wahrheit nicht mit einem Großkonzern anlegen wollten. Sein gesamter Fall beruhte auf Zeugenaussagen italienischer Arbeiter. Konnte er von einem System, das ihr Leben nicht schützte, erwarten, dass es ihren Worten Glauben schenkte?

Er war versucht, die ganze Sache fallen zu lassen, wusste aber, dass die Signora auf eigene Faust weitermachen würde. Das beunruhigte ihn aus zweierlei Gründen. Einerseits, weil er die Signora ins Herz geschlossen hatte und um ihre Sicherheit fürchtete, und andererseits, weil er die Demütigung nicht ertragen wollte, wenn sie mit ihrer Intelligenz und Entschlossenheit doch Erfolg hatte.

Aber als er während der zehnten Durchsicht der Unterlagen noch einmal die Aussage von Pretty Boy Mariano durchlas, kam ihm eine Idee. Da sie sich ihre eigenen Experten nicht leisten konnten, würden sie die von Taylor, Wood & Co. nutzen.

James Wood, einer der Geschäftsführer des Unternehmens, war ein ehemaliger Ingenieur, der bekannt für seinen protzigen Stil und seine Fähigkeit war, Bauten schneller als jeder andere hochzuziehen. Brooklyn Union Gas hatte Taylor, Wood & Co. den Zuschlag gegeben, weil sie unter Druck standen, die Nachfrage nach Gas in der aufblühenden Stadt zu decken. DeCegli war sich sicher, dass es am Tag des Unfalls Wood gewesen war, der Mulligan ans Telefon gerufen hatte.

*

James Wood stieg widerwillig die fünf Stockwerke bis zu Signore DeCeglis Kanzlei hinauf. Er war nicht nur wütend, weil er wegen dieses absurden Falls nach New York zitiert worden war, sondern auch, weil er seinem Anwalt, der gerade keuchend hinter ihm ins Schwitzen geriet, ein unverschämt hohes Stundenhonorar zahlen musste. DeCegli öffnete beim ersten Klopfen und winkte sie herein. Die Männer sahen sich mit offenkundigem Abscheu um und nahmen unaufgefordert Platz. Der Gerichtsschreiber wurde gar nicht erst vorgestellt und blieb wie ein Möbelstück im Hintergrund.

»Bringen wir's hinter uns«, sagte Wood ohne weitere Einleitung.

Als DeCegli Woods Widerwillen und Zorn bemerkte, wusste er, dass er die Oberhand hatte. Er beschloss, die Prozedur so weit wie möglich in die Länge zu ziehen, weil er hoffte, Wood würde vor lauter Wut etwas sagen, was er später bereute.

DeCegli hielt sich zunächst strikt an reine Formfragen, doch als er sah, dass Wood selbstzufrieden seine Referenzen präsentierte und aus seiner Wichtigkeit Stärke zog, wechselte er zu Fragen, die den Bau der Gastanks und die zeitlichen Abläufe des Projekts betrafen.

Nach einer technischen Frage, die Wood mit arroganter Detailfreudigkeit beantwortete, fragte DeCegli rasch: »Haben Sie am Morgen des Unfalls mit Bauleiter Mulligan gesprochen?«

»Ja.«

»Wie oft genau haben Sie vor dem Unfall mit ihm gesprochen?«

»Das weiß ich nicht mehr, vielleicht dreimal.«

»Und worum ging es bei diesen Anrufen?«

»Das war vor zwei Jahren.«

»Ja, selbstverständlich. Lassen Sie mich die Frage genauer stellen. Hat Bauleiter Mulligan irgendwelche Befürchtungen bezüglich des Vorgehens und der Risiken bei der Absenkung der Platte geäußert?«

»Er war der Typ, der ständig irgendwelche Bedenken geäußert hat. Er war auch nicht mehr lange bei der Firma.«

»Ja, ich weiß. Da er vorher jedoch zehn Jahre in Ihrem Unternehmen war, nehme ich an, dass seine Bedenken bis zu diesem Unfall nicht bedenklich waren.«

»Das ist keine Frage, Sir!«, schaltete sich Woods Anwalt ein.

»Verzeihung. Was genau hatte Bauleiter Mulligan gegen den Vorgang einzuwenden, mit Hilfe dessen die Platte abgesenkt werden sollte?«

»Das weiß ich nicht mehr.«

»Sir, dürfte ich Sie daran erinnern, dass Sie, auch wenn es Ihnen vielleicht nicht bewusst ist, unter Eid stehen?«

»Ich hab doch schon gesagt, dass er ständig irgendwelche Bedenken hatte.«

»Und ich wiederhole die Frage: Wie genau lauteten diese Bedenken?«

»Dass die Platte beim Absenken abrutschen würde.«

»Und mit ›abrutschen‹ meinen Sie ›herunterfallen‹?«

»Er dachte das, nicht ich.«

»Wenn er befürchtete, die Platte könnte herunterfallen, würde das auch sein Widerstreben erklären, Männer unter die zweihundert Tonnen Stahl zu schicken, nicht wahr?«

Wieder schaltete sich Woods Anwalt ein. »Mein Mandant kann nicht wissen, was sein Bauleiter dachte.«

»Da haben Sie absolut recht, Anwalt. Deshalb muss ich darauf bestehen, dass Ihr Mandant sich daran erinnert, was genau der Bauleiter gesagt hat.«

Es dauerte mehr als eine halbe Stunde, bevor der Gerichtsschreiber ins Protokoll aufnehmen konnte, dass Wood sagte: »Bauleiter Mulligan fand, die Platte wäre nicht genug gesichert, um Männer während des Absenkens darunter arbeiten zu lassen.«

DeCegli versuchte, sich seinen Triumph nicht anmerken zu

lassen, denn er war noch nicht fertig mit Mr Wood. Er stand auf und öffnete das Fenster, um die Gerüche und Geräusche von draußen hereinzulassen.

»Mr Wood, wenn Ihr Unternehmen für diesen Unfall nicht verantwortlich war, wer war es dann?«

»Ich hab Ihnen doch schon gesagt, dass solche Unfälle vorkommen. Deshalb nennt man sie ja Unfälle.«

»Sind Sie wirklich überzeugt, Taylor, Wood und Co. hätten nichts tun können, um diesen speziellen Unfall vermeiden zu können?«

»Ich merke, wir haben ein Verständigungsproblem«, antwortete Wood. Mit übertrieben deutlicher Artikulation sagte er: »Taylor, Wood und Co. hätten nichts tun können, um diesen Unfall zu vermeiden.« Dann wies er mit wegwerfender Geste zum Fenster und fügte abfällig hinzu: »Wenn die da Englisch könnten ...«

Woods Anwalt unterbrach ihn hastig. »Mr Wood glaubt, dass niemand für diesen Unfall verantwortlich ist.«

»Im Gegenteil, Ihr Mandant hat unterstellt, die Italiener ...«

»Verdrehen Sie mir nicht das Wort im Mund, junger Mann. Ich hab nur etwas zur Schwierigkeit gesagt, mit diesen – Ihren – Leuten zu arbeiten.«

»Wenn keiner die Verantwortung hatte, warum haben Sie den Arbeitern dann Geld bezahlt, damit sie nicht über den Unfall reden?«

»Das war doch keine Bezahlung! Wir haben ihnen Geld gegeben, weil sie Zeuge einer Tragödie wurden und Überstunden machten, um die Leichen zu bergen.«

DeCegli holte die Vereinbarung heraus, die Mariano unterschrieben hatte. »Hier steht aber nichts von Überstunden. Nur, dass er sich einverstanden erklärt, nicht über den Unfall zu sprechen.«

Beim Anblick des Dokuments stieg Wood die Röte ins Gesicht. »Weil sie alle dumm sind und dumm daherreden. Deshalb! Sie hätten sagen können, dass einer ihrer heiligen das bewirkt hat, oder der böse Blick oder irgendwas anderes Lächerliches, was die anderen Arbeiter abgeschreckt hätte!«

Wieder schaltete sich der Anwalt ein. »Was Mr Wood sagen möchte, ist, dass die italienischen Arbeiter gebeten wurden, nicht über den Unfall zu reden, um den Kunden und andere Arbeiter zu schützen.«

Einen Moment lang wusste DeCegli nicht weiter. Dies war genau die Art Argument, die vor einem amerikanischen Gericht Gehör finden würde. Der Aberglaube der Italiener war überall bekannt.

»Ich brauche etwas zu trinken«, sagte er und stand auf. »Darf ich den Herren auch etwas bringen?«

»Wie lange soll das denn noch dauern!«, rief Wood aus.

»Nur eine Minute«, erwiderte DeCegli und verließ den Raum. Dann blieb er im Flur stehen und bedachte seine Lage. Er hatte Wood dazu gebracht, genau das zu sagen, was er wollte, doch hatte er auch das Gefühl, wenn er ihn nur noch ein wenig weiter bedrängte, hätte er den Fall in der Tasche.

Er betrat wieder sein Büro. »Entschuldigen Sie, Gentlemen. Wir sind fast fertig. Carmine Martello war der Arbeiter, der Nunzio Pontillo am nächsten stand und auch seine Leiche fand. Ist das korrekt?«

»Wenn Sie das sagen.«

»Warum dann – wenn der Grund für diese Vereinbarung hier nur der war, Aberglauben und Gerüchten Einhalt zu gebieten –, warum haben Sie sich die Mühe gemacht, Mr Martello in Pennsylvania aufzuspüren? Denn in den Allegheny Mountains konnte er doch wohl weder Aberglauben noch Gerüchte über einen Bauauftrag in Brooklyn verbreiten, oder?«

Empört sprang Wood auf. »Ich habe genug von Ihren Anspielungen! Ihr solltet doch dankbar sein! Wir lassen euch in dieses Land und geben euch Arbeit, und ihr habt die Frechheit, uns solche Fragen zu stellen?«

Der Anwalt versuchte, ihn zu stoppen, aber Wood wetterte weiter: »Wenn es ein Problem bei diesem Projekt gab, dann bestand es darin, dass ein Haufen ungelernter Italiener angeheuert wurde und es nicht mehr von ihnen erwischt hat!«

DeCegli lächelte. »Danke, Mr Wood. Vielen Dank.«

Siebzehn

Lucrezia tupfte Giovannas Stirn mit einem feuchten Tuch ab. Giovanna lag schon seit sieben Stunden in den Wehen, und Lucrezia wusste, dass es noch längst nicht vorbei war. Sie hatte Rocco angewiesen, mit den Mädchen zu Teresa zu gehen und dort zu bleiben. Clement sollte sich im Hintergrund halten, falls Lucrezia etwas brauchte. Als Rocco ging, nickte er seiner Frau zum Abschied unbeholfen zu und befahl Clement streng, ihn sofort zu holen, falls er gebraucht werde.

Clement legte sich, wie Lucrezia ihm gesagt hatte, auf sein Lager in der Küche und ruhte sich aus. Nach normalen Maßstäben war die Wohnung geräumig. Sie hatte zwei kleine Schlafzimmer, eine Wohnküche und einen Verschlag mit einer Toilette. Giovanna lag auf dem Ehebett, über das sie Heiligenbilder und ihre Palmwedel von der Messe gehängt hatte. Einem sizilianischen Brauch folgend, hatte sie das Bett mit einer *turnialettu* versehen, einem tief angesetzten Volant aus Stoff, der die unter dem Bett gelagerten Sachen verdecken sollte.

Lucrezia ging zur Spüle, um Wasser zu holen. Auch der Spültisch war mit einem Volant versehen. Angesichts dieser romantischen Anwandlung der sonst so sachlichen Frau musste Lucrezia lächeln. Ihr fiel es schwer, sich vorzustellen, dass Giovanna Stoff drapierte oder Heiligenbildchen auf Palmwedel heftete und dann einen Schritt zurücktrat, um ihr Werk zu begutachten, doch hier war der sichtbare Beweis.

Die Wehen dauerten zwar lange, doch die Geburt war unkompliziert, und sowohl sie als auch Giovanna wussten das. Sie mussten einfach abwarten, dass Giovannas Körper tat, was getan werden musste. Giovanna war schon so weit, dass Lucrezia ihr zwischen den Wehen keine Geschichten mehr erzählte und auch keine schwachen Versuche mehr unternahm, sie mit Scherzen abzulenken, sondern sie nur noch ausruhen ließ.

Als Giovanna um vier Uhr morgens zu pressen anfing, war sie mit solcher Hingabe und Konzentration dabei, wie Lucrezia es nur selten erlebt hatte. Sie musste sie bremsen, um Dammrisse zu vermeiden, und scherzte dabei: »Jetzt klinge ich schon wie du.« Als der Kopf des Babys zu sehen war, beugte sich Giovanna nach vorn und brachte bei der nächsten Wehe den restlichen Körper zur Welt.

Kaum ertönte der erste Schrei des Kindes, sprang Clement, der so getan hatte, als verschliefe er die Geburt, auf und rief: »Ich hole Papa!«

Lucrezia verließ das Zimmer, so dass Giovanna in aller Ruhe die kleine Angelina an sich drücken, jeden Finger und jeden Zeh untersuchen und in bittersüßem Glück weinen konnte.

Achtzehn

1906

Auf der Elizabeth Street herrschte emsiges Treiben. Es war später Nachmittag, und auf der Straße drängten sich die Leute zum Kaufen und Verkaufen, zum Klatschen und Tratschen. Die Kinder spielten zwischen Fässern und Kisten. Rocco sah auf die wenigen verbliebenen Köpfe Blumenkohl auf seinem Karren; es war ein guter Tag gewesen.

Er überflog die Szenerie mit einem Blick und rief, als er einen kleinen Mann mit Bart erblickte: »Frischer Blumenkohl. Nur noch wenige da!«

Ein anderer Gemüsehändler hörte Roccos Stimme und merkte auf. »Blumenkohl. Blumenk...« Rocco sah, wie der Händler den kleinen Mann prüfend betrachtete und seinen Ruf änderte: »Frische Petersilie! Petersilie hier!«

Daraufhin fiel ein weiterer Händler mit noch lauterer Stimme ein: »Petersilie!«

Verwirrt schaute Rocco sich um. Er hatte heute keinerlei Petersilie auf den Karren gesehen. Er wandte sich an den Händler neben ihm, der Muscheln verkaufte, und fragte ihn: »Siehst du irgendwo Petersilie?«

»Ja, direkt vor dir«, antwortete der andere und zeigte auf den kleinen Mann mit Bart.

»Was soll das heißen?«

»Petrosino, der diensthabende Sergeant vom *Italian Squad.*«

Jetzt begriff Rocco, dass die Kleinkriminellen der Umgegend vor dem nicht besonders gut getarnten Ermittler gewarnt wurden. »Aber warum rufen sie ›Petersilie‹?«

»Ach, du bist ja *Calabrese. Petrosino* ist das sizilianische Wort für Petersilie.«

*

»Limonata!«, rief Giovanna und klopfte gegen die Tür von Wohnung Nummer 16, ein Stockwerk über ihrer eigenen. Ihr Mietshaus hatte pro Etage fünf Wohnungen: zwei nach vorn, zwei nach hinten und eine kleine zur Seite hinaus. Letztere wurde auf diesem Stockwerk von Limonata bewohnt.

»Prego?« Eine junge Frau öffnete die Tür. Sie hielt ein Baby im Arm, das neun Monate alt war – fast so alt wie Giovannas Tochter Angelina. »Oh, Signora«, sagte die Frau erfreut und erleichtert, als sie Giovanna sah.

»Limonata, könnten Sie bitte etwas besser aufpassen und darauf achten, dass Ihre Buntwäsche auf der Leine nicht auf meine saubere weiße Wäsche tropft.«

»Oh, *scusi*, Signora, *scusi.*«

Die arme junge Frau sah aus, als würde sie gleich anfangen zu weinen, woraufhin Giovanna auf der Stelle bedauerte, sich beschwert zu haben, denn ihre Nachbarin hatte einige Probleme. Als sie jetzt die Blutspritzer auf Limonatas Schürze bemerkte, fragte sie: »Gibt es schon wieder Schwierigkeiten?«

»*Si*, Signora.«

»Lassen Sie mal sehen.« Giovanna betrat die winzige, verdreckte Wohnung. Das einzig Sonnige im Leben dieser Frau war ihr Spitzname, den sie seit ihrer Kindheit trug, weil sie so gern Limonade trank. Ihr stumpfes braunes Haar und ihr magerer Körper ließen ihre Erscheinung noch unscheinbarer wirken.

»Haben Sie etwas von Ihrem Mann gehört?«

»Nein, Signora. Aber er wird zurückkommen.« Limonata hatte ihre Bluse aufgeknöpft, und Giovanna konnte sehen, dass ihre Brustwarzen gerissen und blutig waren.

»Ich gebe Ihnen noch etwas Aloe, womit Sie alle paar Stunden Ihre Brustwarzen einreiben müssen. Ich sehe auch, dass der Husten nicht besser geworden ist. Sind Sie zu Signora La-Manna gegangen, wie ich Ihnen empfohlen habe?«

»Nein, Signora, aber ich mache es noch diese Woche.«

Als Giovanna ging, sagte sie: »Sie müssen sie unbedingt aufsuchen. Und nennen Sie mich bitte Giovanna.«

Als sie Limonatas Husten hörte, war sie nur froh, dass sie Angelina nicht in ihrem Tragetuch mitgebracht hatte. Sie ging in ihre Wohnung zurück und wusch sich sofort die Hände, weil sie sich Lucrezias Vorträge über Reinlichkeit eingeprägt hatte.

»Frances, Mary, kommt, wir gehen aufs Dach.« Sie waren gerade bei der wöchentlichen Wäsche, aber die Hitze war mittlerweile überaus drückend geworden. Giovanna hievte Kleider, Waschbrett und Eimer hinauf. Frances nahm Angelina, und Mary trug die Seife. Sie kletterten die Dachstiege hinauf, öffneten den Riegel und traten ins Freie. Sofort wurden sie von allen Seiten begrüßt. Viele ihrer direkten Nachbarn waren bereits da, und auch auf den angrenzenden Dächern saßen etliche, die ebenfalls wuschen, Karten spielten oder einfach versuchten, etwas frische Luft zu schnappen. Eine ihrer Nachbarinnen verteilte eimerweise zerdrückte Tomaten auf ein zwischen einen Rahmen gespanntes Laken, um sie zu trocknen und Tomatenpaste daraus zu machen. Bei diesem Anblick überkam Giovanna ein Anflug von schlechtem Gewissen, weil sie ihre Tomatenpaste kaufte.

»Bitte, Tante, können wir rein?«, quengelten Frances und Mary, als sie sahen, dass im Wassertank auf dem Dach bereits zwei Kinder schwammen. Giovanna wollte eigentlich sagen, sie müssten erst ihre Pflicht erledigen, gab aber fast sofort nach. Es war heiß. Sie selbst konnte auch gut eine Pause gebrauchen. Also übernahm sie Angelina von Frances und setzte sich, während die Mädchen sich bis auf die Unterwäsche auszogen. Rocco hatte nach nur wenigen Ausflügen ans Meer all seinen Kindern das Schwimmen beigebracht, was bewies, dass er ein wahrer Einwohner Scillas war. Giovanna entspannte sich voller Dankbarkeit, dass sie hier sitzen und nicht am Tank stehen musste, aber sie behielt die Mädchen trotzdem im Auge, weil sie wusste, wie schnell Kinder in diesen Tanks ertrinken konnten. Das war bereits mehr als einmal vorgekommen.

Während sie Strähnen ihres Haars geduldig aus Angelinas pummeligen Fäustchen löste, sann sie darüber nach, wie schnell sich ein Leben ändern konnte. Sie saß, umgeben von Kindern, auf dem Teerdach eines New Yorker Mietshauses, und ihr Meer war ein rostiger Wassertank. Den glitzernden Ozean, die Sandstrände und die gefährlichen Klippen von Scilla hatte sie weit hinter sich gelassen; stattdessen blickte sie hinunter auf überfüllte Straßen, Verkaufskarren und Müll. Und doch barg all dies Verheißung.

*

»*Terror im italienischen Viertel.* Hier ist es«, las Giovanna aus der Zeitung *Il Progresso* vor. »Rocco hatte Glück, dass er bei der Explosion nicht verletzt wurde. Sein Karren stand direkt gegenüber von Paparos Laden vor der Modistin.«

»Glaubst du, sie wollten Paparos Neffen umbringen, oder er hatte einfach nur das Pech, zu früh da zu sein?«, fragte Lucrezia.

»Das ist ganz gleich. Enrico, der Obsthändler, hat Rocco erzählt, Paparo hätte Erpresserbriefe mit Geldforderungen bekommen. Aber Paparo hat nicht gezahlt, sondern die Briefe zur

Polizei gebracht.« Giovanna überflog den Artikel und las weiter: »*Ermittler aus Lieutenant Petrosinos* Italian Squad *untersuchen die Explosion, die sie auf das Konto der Black Hand verbuchen.*«

»Was weißt du über diesen Petrosino?«

Wie aufs Stichwort klopfte es an Lucrezias Tür, und Domenico stürzte herein.

»Tante, Tante, ich hab ihn gesehen!«

»Hol erst mal Luft, Junge. Ich versteh dich nicht. Wen hast du gesehen?«

»Petrosino!«

Domenico hatte aufmerksam zugehört, als Rocco, noch ganz grau von der Asche der Explosion in Paparos Laden, nach Hause kam und erzählte, was passiert war. Er stellte sich vor, er wäre Detective oder Privatschnüffler – wie damals mit der Tante. Und jetzt war der berühmteste Detective von allen Petrosino, ein Italiener!

»Wo hast du ihn gesehen?«

»Auf der Elizabeth Street, in der Nähe unserer Wohnung. Er zerrte einen Mann die Treppe hinunter und aus dem Haus.«

»Woher wusstest du, dass er es war?«

»Als die Leute sahen, wie er ins Haus ging, versammelten sie sich vor der Tür. Ich hab sie reden hören und gewartet.« Domenico hatte die Szene vorbereitet und spielte sie jetzt mit großer Verve nach.

»Er zog den Typen am Kragen runter. Man hörte, wie er auf den Stufen aufschlug. Als Petrosino mit ihm rauskommt, wirft er ihn gegen die Wand und sagt: ›Seht ihr diese Ratte hier? Das ist die Black Hand, vor der ihr so viel Angst habt. Er ist ein Nichts. Ein gewöhnlicher Dieb.‹ Die Menge teilt sich, um ihn hindurchzulassen. Er schleift den Typen die Straße runter und ruft: ›Hier ist es nicht wie in Italien. Ihr müsst mit der Polizei zusammenarbeiten. Wir können euch helfen.‹ Und dann dreht Petrosino sich um, tritt die Ratte und sagt: ›*Andiamo, schifoso.*‹«

»Bravo«, rief Lucrezia aus und applaudierte. Domenico verbeugte sich lächelnd.

»Wie sah er aus?«, wollte Giovanna wissen und blickte auf Petrosinos Bild in der Zeitung.

»Er war klein, aber stark und muskulös. Er trug eine schwarze Melone und einen Mantel. Und sein Gesicht hatte solche merkwürdigen Macken.«

»Pockennarben«, erklärte Lucrezia lächelnd. Es gab keinen Zweifel: Der Junge hatte tatsächlich Petrosino gesehen.

»Solltest du nicht in Vitos Laden sein und arbeiten?«

»*Si.* Aber ich musste es dir unbedingt erzählen. Ich habe den großartigen Petrosino gesehen!«

»Ich bin sicher, es gibt einige, die ihn nicht so großartig finden. Verlier lieber kein Wort über ihn, hörst du?«

»Aber er hat doch gesagt, wir bräuchten keine Angst zu haben.«

»Für ihn ist das leicht gesagt.«

Giovanna gab Domenico einen Kuss und scheuchte ihn sanft aus der Wohnung.

»Was meinst du, Lucrezia, hat er recht?«

»Ich glaube, die Polizei hier ist wirklich anders als in Italien. Aber auch dieser Petrosino konnte die Bombe in Paparos Laden nicht verhindern, oder? Wenn man auf der Liste der Black Hand steht, dann steckt man – wie sagst du noch immer? – zwischen Fels und gefährlicher Stelle.«

Neunzehn

1907

»Komm schon. Du arbeitest wie ein Mann, da kannst du auch trinken wie ein Mann.« Clement stand vor der Bar *Star of Italy* und wurde von seinem Arbeitskollegen angestachelt. Er konnte ihm gegenüber aber nicht zugeben, dass sein Zögern nichts damit zu tun hatte, dass er erst fünfzehn war, sondern damit, dass sein Vater ihm ausdrücklich verboten hatte, in diese spezielle Bar zu gehen.

»Ich zahl sogar für dich, damit dein Daddy nichts mitkriegt«, versuchte es der andere erneut und wischte sich ungeduldig den Schweiß von der Stirn.

Ein Bier wäre jetzt genau das Richtige gewesen; Clement brannte die Kehle, weil er zehn Stunden lang Kalk eingeatmet hatte und in der Sommerhitze schwitzte.

Obwohl sein Arbeitstag zu Ende war und er nicht mehr Zement gießen musste, war es draußen immer noch hell, so dass Clements Augen sich erst einmal an die Dunkelheit gewöhnen mussten, als er die verrauchte Bar betrat. Er versuchte, sich nur auf sein Bier und das Geplauder seines Freundes zu konzentrieren, doch schließlich siegte seine Neugier. Er sah sich um und entdeckte an einem Tisch im hinteren Teil ein paar Männer, die sich um eine Zeitung scharten. Als ein dünner, gut gekleideter Mann in die Bar kam, blickten sie ruckartig auf.

»Vachris! Was denn, heute keine Verkleidung?«, rief ein kinnloser Muskelprotz und faltete die Zeitung zusammen.

»Lupo, ich weiß doch, dass ihr für so was viel zu schlau seid.« Der Neuankömmling trat um die Bar herum und nahm jedes Detail in sich auf. Als er die Zeitung sah, bemerkte er: »Sieh an, ihr lest jetzt sogar Zeitung? Habt ihr dann auch die Geschichte über Mario Palermo gelesen?«

Schlagartig wurde es still.

»Habt ihr mir dazu etwas zu sagen?«

Die Reaktion darauf war allgemeines Achselzucken und Kopfschütteln.

»Es handelt sich hier um einen kleinen Jungen, Gentlemen. Er ist seit zehn Tagen verschwunden. Ich weiß, Brooklyn ist nicht euer Revier, aber ich meine, ihr wisst alle, wie man dahin kommt. Stimmt's nicht, Tomasso?« Vachris wandte sich direkt an einen riesigen Mann mit eckigem Kopf.

»Sagen Sie Ihrem Boss Petrosino, wir hätten nichts mit Brooklyn zu tun, und er sollte uns nicht ständig nachschnüffeln«, ertönte eine Stimme von einem verrauchten Tisch.

»Ich hoffe, wir finden den Jungen lebendig. Denn wenn nicht, werde ich Lieutenant Petrosino gar nichts mehr sagen können.«

Der Polizist warf einen Blick durch die Bar und sah Clement forschend an, bevor er ging. Dieser versuchte vergeblich, hinter seinem Bier zu verschwinden.

Kaum war Vachris gegangen, nahm der Quadratschädel eine Handvoll Sägespäne vom Boden, schleuderte sie zur Tür und spuckte aus. »Der quatscht viel, wenn der Tag lang ist, Lupo.«

»Ich muss jetzt meinem Vater helfen. Danke für das Bier«, sagte Clement und stürzte aus der Bar.

Er schob die Hände tief in die Taschen und schritt rasch einen halben Block hinunter, bevor er bemerkte, dass sein Vater von der gegenüberliegenden Straßenseite zu ihm herüberstarrte.

»Wo warst du?«, stieß Rocco hervor.

»Ein Bier trinken.«

»Ich hab dich gesehen. Ich hab dir doch gesagt, du sollst da nicht hin. Da sind lauter Black Hander.«

»Papa, nicht hier«, flüsterte Clement, wandte sich ab und ging weiter.

Da Rocco ein Mann war, der sehr auf Privatsphäre hielt, war er an einer Szene in der Öffentlichkeit nicht interessiert und folgte seinem Sohn ohne ein weiteres Wort. Doch kaum hatte sich die Wohnungstür hinter ihnen geschlossen, ging er in die Luft.

Giovanna, die nicht wollte, dass die Mädchen dies mitbekamen, verschwand mit ihnen ins Schlafzimmer.

»Tut mir leid, Papa«, flehte Clement immer wieder.

»Ich habe Angst um dich, um uns alle«, sagte Rocco, durch Clements Entschuldigungen einigermaßen besänftigt.

»Was war denn da?«, fragte er dann.

»Da war ein gedrungener Kerl ohne Kinn. Er schien der Anführer zu sein. Die anderen nannten ihn Lupo. Dann kam ein Polizist rein, ein Lieutenant. Er fragte nach einem Jungen, der in Brooklyn entführt worden ist. Und dann war da noch ein großer Kerl namens Tomasso.«

»Clement, du darfst niemandem trauen, hörst du? Die sind alle gleich schlecht – die Männer genau wie die Polizisten. Lass sie ihre kleinen Spielchen spielen und halt dich da raus, klar?«

Als Giovanna hörte, dass Rocco wieder in normalem Tonfall sprach, kam sie mit den Mädchen in die Küche zurück. »Wir essen in einer Minute«, verkündete sie und rührte die Pasta um, »und vor dem Essen sprechen wir ein Gebet für den Jungen.«

*

Meine Auberginen sind besser, dachte Giovanna selbstzufrieden. Da sie in Amerika noch nie in einem Restaurant gegessen hatte, war sie zunächst eingeschüchtert gewesen, als Signore DeCegli vorgeschlagen hatte, sie und Rocco sollten sich mit ihm im Saulino's an der Ecke Lafayette und Spring Street treffen. Jetzt bat DeCegli um mehr Brot. Er war offensichtlich Stammkunde, denn die Kellner kannten seinen Namen. Ihr Tisch stand in einer Ecke, und das Restaurant machte trotz der schlichten Einrichtung einen respektablen Eindruck.

DeCegli wies mit der Gabel verstohlen auf einen kleinen, pockennarbigen Mann, der allein aß, und flüsterte: »Das ist der berühmte Lieutenant Petrosino.« Giovannas Kopf fuhr in seine Richtung und direkt wieder zurück, als Petrosino merkte, dass sie ihn anstarrte. »Er heiratet die Tochter des Besitzers, Adelina Saulino.«

Rocco reagierte weder darauf noch auf etwas anderes. Er hatte bis dato kein Wort gesagt und nur seine Bestellung abgegeben, indem er auf das billigste Gericht zeigte. Signore DeCegli wollte ihn zwar ermutigen, etwas anderes zu bestellen, doch er hatte nur den Kopf geschüttelt und an seinem Schnurrbart gezupft. Jetzt war genug Zeit vergangen, dass DeCegli einen weiteren Vorstoß wagen konnte. »Es ist mir eine Ehre, Sie kennenzulernen, Signore Siena.« Er hatte immer wieder heimlich zu Rocco geblickt, weil er nicht glauben konnte, dass dies Giovannas Mann war. Soweit er es beurteilen konnte, passten sie in keinerlei Hinsicht zusammen. Aber er hatte schon genügend Scheidungen übernommen, um zu wissen, dass eine Vernunftehe oft besser funktionierte als eine Liebesheirat.

Rocco faltete immer wieder seine Serviette zusammen und auseinander. Er war nur mitgekommen, weil Giovanna unmöglich allein mit diesem Mann essen gehen konnte. Dies war eine unangenehme Angelegenheit, die ihn außerdem nichts anging.

DeCegli war die Angelegenheit ebenfalls unangenehm. Eigentlich hatte er Giovanna erzählen wollen, dass das Undenkbare eingetroffen war: Ein amerikanisches Unternehmen schlug ihr einen Vergleich vor. Aber er stellte immer wieder seine Entscheidung infrage, nicht vor Gericht zu gehen. Seine Position in dem Fall war aussichtsreicher, als er je für möglich gehalten hätte, aber vor Gericht würde Wood vorbereitet sein. Seine beeidete Aussage war für ihn weitaus nachteiliger als alles, was sie im Zeugenstand noch aus ihm herausholen konnten. Es war in diesem Fall günstiger zuzugreifen. In Amerikas seltsamem Rechtssystem konnten sie entweder einen Richter bekommen, der es empörend fand, dass ein Immigrant ein amerikanisches Unternehmen verklagte, oder einen, der sich mit den Schwachen solidarisch erklärte. DeCegli überlegte, ob er die Geschichte einem der neuen Reportertypen erzählen sollte, die sich berufen fühlten, die Bedingungen aufzuzeigen, unter denen Immigranten leben mussten. Wenn diese die Öffentlichkeit damit auf ihre Seite zögen, hätte das möglicherweise auch Einfluss auf den Prozess. Aber es war ein gewagtes Spiel.

Er wandte sich an Giovanna. »Signora, ich freue mich, Ihnen mitteilen zu können, dass Taylor, Wood und Company uns einen Vergleich angeboten hat. Sie wollen Ihnen 1700 Dollar sofort bezahlen, 1000 Dollar am 1. Januar 1909 und noch mal 1000 Dollar am 1. Januar 1910.«

Roccos Miene drückte auf einmal nicht mehr Unbehagen, sondern Unglauben aus.

»Das ist ein bemerkenswerter Sieg, Signora. Und ein Tribut an Ihren Mut und Ihre Hartnäckigkeit.« DeCegli lächelte herzlich, doch auf Giovannas Gesicht zeigte sich weder Erleichterung noch Freude. Und er fuhr fort: »Sie haben sich bereit erklärt, zusätzlich mein Honorar zu bezahlen, so dass Sie sich darum keine Gedanken mehr machen müssen, wenn Sie Ihre Entschädigung bekommen. Ihnen gehört die Gesamtsumme von 3700 Dollar.« Er wartete, dass Giovanna ein Anzeichen des Triumphs erkennen ließ. Stattdessen hob sie die Hand, um ihn am Weitersprechen zu hindern.

Sie aßen in unbehaglichem Schweigen. Rocco warf hier und da einen verstohlenen Blick auf seine Frau, rührte sich ansonsten jedoch nicht, sondern versuchte, seine Unruhe zu bezwingen. Schließlich brach er das Schweigen und bestellte noch eine Flasche Wein.

DeCegli wandte sich an Giovanna. »Signora, das ist ein großer Sieg, aber wenn Sie mit mir über andere Möglichkeiten sprechen möchten, bin ich gerne dazu bereit.«

Jetzt sah Giovanna ihn zum ersten Mal direkt an. »Mir ist nur nicht klar, was es bedeutet, ein solches Angebot anzunehmen, und ich glaube, Sie können mir da auch nicht weiterhelfen.«

»Giovanna«, schaltete Rocco sich barsch ein. Was dachte sich seine Frau denn? Die ganze Angelegenheit würde endlich vorbei sein, und sie konnten einen Laden eröffnen. Nie wieder Karren schieben. Sie würden etwas besitzen!

»Rocco, ich sage ja nicht Nein, aber ich muss darüber nachdenken. Natürlich werde ich bei der Entscheidung auch deine Meinung berücksichtigen.«

Rocco wusste, dass das nicht stimmte, freute sich aber doch über ihre großzügige Geste.

»Ich glaube, ich sollte noch mal Ihre verschiedenen Möglichkeiten erläutern«, schaltete Signore DeCegli sich ein, weil er hoffte, die Fakten würden den drohenden Ehezwist abwenden und es Giovanna leichter machen, das Angebot anzunehmen.

Dann legte er seine Überlegungen zu einem möglichen Prozess dar und erklärte, vor Gericht würde die Gegenpartei mit

Sicherheit besser vorbereitet sein. Allerdings verschwieg er, dass Giovanna nun, da sie wieder verheiratet war, nicht mehr auf den Mitleidsbonus zählen konnte.

Er beendete seine Erläuterungen mit der vorsichtigen Bemerkung: »Eine Bedingung für die Entschädigung ist, dass Sie mit niemandem darüber sprechen.«

»Das ist sowieso eine Familienangelegenheit. Mit wem sollten wir also darüber sprechen?«, warf Rocco empört ein.

DeCegli wandte sich wieder an Giovanna. »Ihnen ist doch klar, dass Sie den Verlust der zweiten Zahlung riskieren, wenn Sie irgendetwas erzählen. Da es noch vier weitere Opfer gibt, wollen sie damit verhindern, noch mal vor Gericht gebracht zu werden. Das ist auch der Grund, warum in drei Raten gezahlt wird. So wird die Angelegenheit über die Verjährungsfrist gezogen.«

Giovanna machte sich nicht die Mühe nachzufragen, was das bedeutete. Darum ging es ihr nicht. Es dauerte eine Weile, bis sie antwortete. Rocco trank währenddessen ein weiteres Glas Wein. »Bitte nehmen Sie es mir nicht übel, Signore DeCegli, aber ich würde einen solchen Vergleich nicht als Sieg betrachten.« Giovanna wandte den Blick ab. Ihr verursachte es Übelkeit, Nunzios Leben mit Geld vergelten zu lassen.

»Signora, ich kenne keinen anderen Fall, in dem die Familie eines Immigranten eine Entschädigung für einen Arbeitsunfall bekommen hat. Sie sollten stolz auf das sein, was Sie erreicht haben.«

Wieder folgte unbehagliches Schweigen. DeCegli wurde klar, dass Giovanna möglicherweise niemals die Bedeutung ihres Siegs anerkennen würde. Also wechselte er das Thema. »Ich nehme an, Petrosino ist wegen des armen Jungen so bedrückt. Aber eigentlich sieht er immer so finster aus.«

Giovanna wirkte verwirrt.

»Ich dachte, Sie hätten davon gehört. Man hat die Leiche von Mario Palermo gefunden.«

Rocco rutschte unruhig auf seinem Stuhl hin und her, weil er an Clement in der Bar dachte. Giovanna bekreuzigte sich. »Nein, davon hatte ich noch nicht gehört.«

Signore DeCegli entschuldigte sich. »Tut mir leid, ich wollte nicht die Stimmung verderben. Gut, jedenfalls können wir uns erst mal entspannen. Wir haben zwei Wochen für unsere Antwort Zeit.«

»Ich brauche keine zwei Wochen, Signore DeCegli.« Giovanna fühlte sich geschlagen, weil sie zum ersten Mal vor sich selbst zugeben musste, dass sie bei Nunzios Tod keine Gerechtigkeit finden würde. »Sie können ihnen sagen, wir nähmen das Angebot an.«

»Genau, natürlich nimmt sie das Angebot an«, echote Rocco erleichtert.

Als Signore DeCegli sich von seiner Überraschung erholt hatte, war er ebenfalls erleichtert, doch nachdem sie auf ihren Triumph angestoßen hatten, fühlte er sich seltsam enttäuscht.

*

»Lieutenant«, grüßte Detective Fiaschetti, als er Petrosinos Büro betrat.

»Setzen Sie sich, Detective«, sagte Petrosino und wies auf einen Stuhl.

»Ich hab nichts Neues über den Palermo-Jungen, Lieutenant«, verkündete der Detective, der Straßenkleidung trug und seiner Tarnung gemäß aussah wie ein Trunkenbold. Er war Petrosinos jüngster Untergebener und reagierte rasch auf den enttäuschten Blick seines Vorgesetzten, indem er sagte: »Aber Don Casio Ferro ist in der Stadt.«

Petrosinos Kopf fuhr hoch. »Ich hab ihn doch nach dem Fassmord verbannt!«

»Tja, aber er ist wieder da und sieht aus wie der perfekte Gentleman. Maßgeschneiderter Anzug, gepflegter Bart. Er hat im *Star of Italy* mit Lupo und seiner Gang Hof gehalten.«

»Er ist sogar in dieses Viertel gekommen?«, rief Petrosino empört aus. »Diese Typen kennen wirklich keine Angst.«

Detective Fiaschetti holte ein kleines Notizbuch aus seiner Tasche. »Er hat sich wie ein echter Professor benommen, in der Tat. Hören Sie sich das mal an: ›Warum die Flasche zerbrechen, wenn man den Rahm abschöpfen kann? Wenn das so weitergeht, bleibt euch bald nichts mehr. Macht ihnen ein Angebot, bietet ihnen Schutz und verlangt dafür eine Gebühr.‹ Und dann sagt er: ›Sie werden euch dankbar sein, und mit Petrosino habt ihr keine Probleme mehr.‹«

Petrosino war die Röte ins Gesicht gestiegen, und er ballte die Hand zur Faust. Detective Fiaschetti sprach rasch weiter, um noch den Rest vorzubringen, bevor Petrosino explodierte. »Il Lupo hat ihn wie den Allmächtigen persönlich behandelt. Tomasso der Bulle fragte, vor wem sie diese Leute denn schützen sollten, und wissen Sie, was Ferro da sagte? Er sagte: ›Vor Dieben natürlich, was meinst du denn?‹, worauf er und Il Lupo in Gelächter ausbrachen.«

Surf City, New Jersey, 1969

»Ich seh nichts«, maulte ich. Wir beide lagen flach auf den Redwood-Picknick-Bänken und starrten zum Mond. Wir befanden uns vor unserem Ferienhaus in Surf City in New Jersey. Auf der gegenüberliegenden Straßenseite schlugen die Wellen der Bucht ans Ufer.

»Ich sehe auch nixe«, bestätigte er.

Wir hörten drinnen den Fernseher und den Rest der Familie.

»Uns wurde mitgeteilt, dass in wenigen Minuten Astronaut Neil Armstrong die Raumkapsel verlassen wird. Aber so sah es aus, als sie heute um 4 Uhr 17 landeten …«

Ich merkte, dass es um etwas wirklich Wichtiges ging, weil Walter Cronkites Stimme krächzte. Man zeigte noch einmal die Landung. Es war eine undeutliche Aufnahme, die in meinen Ohren schon historisch klang.

»Houston, Tranquility Base hier. Der Adler ist gelandet.«

»Josie, leg das widerliche Buch weg und sieh dir das an«, schimpfte Nanny mit meiner Mutter.

»Sei still, Ma. Das Buch ist nicht widerlich, sondern ein Bestseller.«

»Lass uns reingehen«, bat ich meinen Großvater.

»Wieso? Damit wir besser hören, wie sie sich streiten?«

»Wir können sie sowieso hören, und ich möchte was sehen.«

Ich quetschte mich genau in dem Moment auf die Couch, als mein sechzehnjähriger Bruder räsonierte: »In diesem Moment wird irgendein Mensch in Vietnam in Stücke gerissen, aber wir müssen es nicht sehen, weil wir auf dem Mond landen.«

»Michael, wo ist dein Patriotismus geblieben?«, fragte mein Vater, kochend vor Zorn.

Ich war niedergeschlagen. Mein Großvater glaubte, die Mondlandung sei ein Hollywoodfilm; mein Bruder glaubte, es sei ein Trick, um die Leute vom Krieg abzulenken; meinen Vater kümmerte nur, dass die Haare meines Bruders zu lang waren; meine Mutter war durch irgendein Buch über die Mafia abgelenkt; und meine Großmutter war wütend auf meine Mutter, weil die ein Mafiabuch las. In der Hoffnung auf eine Verbündete sah ich zu meiner kleinen Schwester, aber die weinte gerade wegen ihres Sonnenbrands.

Walter Cronkite berührte sein Ohr. *»Ich glaube, wir hören gleich, wie der Präsident mit den Astronauten spricht.«* Kurz darauf hörte man die Stimme von Präsident Nixon. *»Neil und Buzz, ich melde mich hier aus dem Oval Office …«*

»Ja, ja, Tricky Dick«, witzelte mein Bruder.

Ich kicherte, aber mein Vater brachte mich zum Schweigen.

»Sie sprechen von der Sea of Tranquility und inspirieren uns damit, unsere Anstrengungen zu verdoppeln, der Welt Ruhe und Frieden zu bringen.«

Mein Bruder lachte spöttisch. Mein Vater regte sich darüber auf und meinte, er hätte lieber mit meiner Mutter tanzen gehen sollen. Meine Mutter aber bekam davon nichts mit, weil sie völlig in »Der Pate« vertieft war.

Am nächsten Tag kampierten wir mit Schirmen, Handtüchern, Sonnenstühlen und Kühltaschen am Strand und frönten der modernen Variante des Nomaden- und Sippenbildungstriebs. Wegen des Wochenendes waren auch die Cousins und Cousinen ersten und zweiten Grades dabei sowie etliche Onkel und Tanten, bei denen man nicht wusste, ob sie diese Bezeichnung überhaupt verdienten.

»Ich nehme zwei«, sagte ich zu meinem Großvater. Wir spielten gerade Poker unter einem Sonnenschirm mit Fransen.

»*Due*«, erwiderte er und teilte aus.

Ich blickte finster zu den Boccia spielenden Männern.

»Bist du blind? Rot ist näher!«, brüllte mein Cousin.

»Ihr seid mir vielleicht eine Bande! Ist das zu fassen, Frankie? Diese Kinder ertragen es nicht, gegen uns alte Herren zu verlieren«, rief mein Vater meinem Onkel zu.

»Warum spielen sie überhaupt, wenn sie doch nur die ganze Zeit streiten?«, fragte ich Großvater.

»Gehörte zum Spiel«, erwiderte er, ohne von seinem Blatt aufzusehen.

»Mag sein, aber ich spiele besser als jeder von ihnen.«

»Aber jetzt spielst du Poker.«

Ich hörte meinen Vater brüllen: »Michael, du siehst aus wie ein Mädchen und spielst auch wie eins.«

Meine Mutter steckte schon wieder ihre Nase in dieses Buch.

»Josie, es heißt, es gäbe eine Figur darin, die Sinatra sein müsste. Du kennst doch Sinatras Cousin, was meinst du? War er dabei?«, fragte eine meiner Tanten.

Nanny zupfte an ihrer Badekappe. »Wenn ihr über diese Leute sprechen wollt, gehe ich schwimmen.«

»Ma, wir sprechen nicht darüber.« Meine Mutter legte ihr Buch nieder.

»Ich gehe aber trotzdem«, verkündete Nanny.

Ich sah, wie meine Großmutter sich in eine Welle stürzte. Sie schwamm nicht wie die anderen alten Damen, die ins Meer staksten und ihre rotgebrannten Arme mit Wasser bespritzten. Sie schwamm mit kraftvollen Zügen durch die Brandung und dann weit hinaus.

Nonno bemerkte, dass ich sie beobachtete, und sagte: »Ich hab ihr das Schwimmen beigebracht, als sie ein kleines Mädchen war.«

»Ich dachte, du hättest sie erst in der High School kennengelernt?«

»Nein, sie ist mal mit deiner Big Nanny zu uns nach Italien gekommen. Damals war sie gerade drei Jahre und hatte diese riesigen dunklen Augen.«

»Josie, was ist denn mit den Briefen passiert?«, fragte meine Tante und unterbrach meine Mutter bei ihrer erneuten Lektüre.

»Mein Vater hat sie verbrannt, als sie eine Nacht nicht schlafen konnte.«

»Worüber sprechen sie denn da?«

»Über gar nichts. Du achtest nicht auf deine Karten, sondern auf alles andere. Gucke mal! Ich hab Fullhouse.«

Sechs Monate später starb Großvater. Der Anruf kam mitten in der Nacht, und als ich meine Mutter aufschreien hörte, wusste ich, was passiert war. Den Rest der Nacht verbrachte ich zitternd und weinend unter meinem Bett. Meine Welt war zusammengebrochen. Ich sehnte mich verzweifelt danach, mit meiner Großmutter zusammen zu trauern. Sie erlaubte mir zwar, sie zu umarmen, aber nur für einen kurzen Moment.

Teil Sechs

NEW YORK, NEW YORK
1908

Zwanzig

»Frances, hilf mir mal bitte«, rief Giovanna und versuchte, eine Kiste mit Gurken anzuheben. Sie hatten das Glück gehabt, von der ersten Entschädigungszahlung für Nunzios Unfall ein Souterrain in der Elizabeth Street 242 zu mieten, nur einen Block von ihrer Wohnung entfernt. Giovanna konnte jeden Tag mit Rocco zusammenarbeiten, und ihre Mühen zahlten sich aus.

Eine lange Schlange hatte sich vor *Sienas Obst und Gemüse* gebildet, als im Viertel bekannt wurde, dass es für einen guten Preis Brokkoli gab. Es war schon spät, und doch kam Giovanna erst jetzt dazu, ein paar der Obst- und Gemüsekisten zu stapeln. Rocco kümmerte sich um das Pferd und den Karren, die es ihm ermöglichten, ihre Waren vom Großhändler in Brooklyn zu holen.

»Frances, Mary, ihr geht schon mal mit Angelina vor und setzt das Wasser für die Pasta auf. Ich mache gleich zu.«

»*Si*, Tante«, antwortete Frances fügsam, nahm Angelina bei der Hand und packte sie zum Schutz vor der Kälte warm ein.

»*Buon giorno*«, sagte ein Mann und lüftete kurz seinen Hut, als die Mädchen auf der Treppe an ihnen vorbeigingen. Dann betrat der Mann den Laden und sah sich um. Sein Gesicht war voller schwarzer Muttermale.

»Kann ich Ihnen helfen?«, fragte Giovanna.

»Ist Ihr Mann da, Signora?«

»Nein.«

»Nun, dann komme ich noch mal wieder.« Der Mann lächelte, lüftete grüßend den Hut und verschwand.

*

Lieutenant Petrosino wartete mit der *New York Times* in der Hand vor dem Büro des Commissioners. Unruhig ging er hin und her und übte im Geiste, was er sagen wollte. Er hatte keine Probleme, über Berufliches zu sprechen, aber wenn es um etwas Persönliches ging, befürchtete er, sein Englisch könne unzureichend sein.

»Joe! Kommen Sie rein. Tut mir leid, dass Sie warten mussten«, rief der Commissioner und steckte den Kopf zur Tür heraus. Commissioner Bingham war so groß und dünn, wie der Lieutenant klein und gedrungen war. Sein grau meliertes Haar und der perfekt geschnittene Schnurrbart verliehen ihm ein distinguiertes Aussehen, das mit seiner autoritären Art in Konflikt stand.

Petrosino blieb stehen, denn er wusste genau, wenn er sich setzte, würde der Commissioner schon nach wenigen Minuten aufspringen, im Raum umherlaufen und auf das Kaminsims hauen, um seinen Worten Nachdruck zu verleihen. Zumindest würde er von seinem Fenster im zweiten Stock auf die Straße unter ihm blicken.

»Ich möchte Ihnen danken, Commissioner«, sagte Petrosino und zeigte auf einen Artikel in der Zeitung.

»Ach, Joe, seien Sie doch nicht albern, Sie müssen mir nicht danken. Diese Lackaffen wissen nicht das Geringste über Polizeiarbeit. Ich möchte mal sehen, wie sich diese zimperlichen Stadträte auch nur eine Stunde auf der Straße halten würden.«

»Tja, selbst wenn, so möchten meine Männer und ich Ihnen doch sagen, wie wichtig es für uns ist, dass ein Commissioner versteht, wenn man sein Anliegen auch mal mit Fäusten vorbringen muss.«

»Keine Sorge, Joe. Wenn es noch mal zur Sprache kommt, sage ich wieder dasselbe.« Er stieß einen Finger in die Luft und zitierte sich selbst: »Ich bin der Polizeipräsident und damit für alles verantwortlich, was meine Männer tun. Petrosino ist einer unserer besten Detectives. Natürlich muss er hier und da zu Gewalt greifen.«

Der Lieutenant bedachte ihn mit einem für ihn seltenen Lächeln. »Bravo!«

Jetzt endlich setzte sich Bingham. Das Büro hatte sich nur wenig verändert, seit Teddy Roosevelt Polizeipräsident gewesen war. »Also schießen Sie los, Joe, was haben Sie auf dem Herzen? Ich weiß doch, dass Sie nicht nur gekommen sind, um mich zu meiner Rede zu beglückwünschen.«

Petrosino nahm auf dem Stuhl vor dem massiven Mahagonitisch Platz und hielt einen Stapel Unterlagen in die Höhe. »Commissioner, ich habe das neue Einwanderungsgesetz studiert, aber damit bekäme man nicht mal eine Spinne aus ihrem Netz. Wir haben in New York City mehr italienische Exsträflinge als ganz Italien. Wir müssen die italienische Regierung um Hilfe bitten.«

»Das ist aussichtslos.« Der Commissioner zupfte einen Fussel von seiner Hose.

»Aber sie kommen einfach wieder zurück! Erinnern Sie sich noch an Don Cassio Ferro, den wir nach dem Fassmord ausgewiesen haben?«, fragte Petrosino. Bingham nickte. »Er ist wieder da! Meine Männer haben ihn entdeckt und ihn aufs nächste

Schiff verfrachtet, aber davor hat er noch seine Komplizen um sich geschart. Commissioner, können wir damit nicht zum Präsidenten gehen?«

»Joe, so sehr Teddy Sie auch schätzt, da kann er nichts machen. Darum müssen wir uns allein kümmern. Aber Sie sollen wissen, dass ich daran arbeite und Ihnen alles zu gegebener Zeit erkläre.« Bingham sah, dass Petrosino Fragen stellen wollte, und kam ihm zuvor. »Ich verspreche, dass Sie und ich zusammen diese Bande von Kriminellen und Anarchisten zerschlagen werden, die Ihr Heimatland uns auf den Hals geschickt hat.« Das sagte Bingham mit solcher Verve, dass Petrosino wusste, er hatte es geübt und wollte damit das Gespräch beenden.

»Ich wusste, dass ich auf Sie zählen kann, Commissioner. Und Sie sollen wissen, dass ich das neue Gesetz, trotz all seiner Schlupflöcher, dazu nutzen werde, so viele von diesen erpresserischen *schifosi* loszuwerden, wie wir nur können.«

Petrosino wandte sich zur Tür. Der Commissioner klopfte ihm auf die Schulter. »Gut so, Joe. Wir kriegen Ihre Skifosi, und die Welt wird es erfahren.«

*

Sienas Obst und Gemüse war ein Laden im Souterrain, was bedeutete, dass Rocco von seinen Kunden zumeist die Füße als Erstes wahrnahm. Als er jetzt den Mann die Treppe herunterstolzieren sah, wusste er gleich, dass er nicht zum Obstkaufen gekommen war. Die Tür ging mit einem Klingeln auf. Rocco stapelte weiter Zucchini, bemerkte aber aus dem Augenwinkel, dass der Mann sich im Laden umblickte.

»Sie haben hier ein wirklich schönes Geschäft, Signore Siena, und wollen bestimmt nicht, dass damit etwas passiert. Schließlich wissen Sie doch, dass das Viertel ein raues Pflaster ist«, sagte der Mann, der schwarze Muttermale im Gesicht hatte.

Rocco erwiderte nichts, sondern hantierte lauter mit den Waren. Er warf einen Sack Kartoffeln auf die Theke.

»Hab ich Sie nicht nach der Explosion in Paparos Laden gesehen? Eine Schande, und nicht mal einen Block von hier entfernt«, meinte der Mann mit den Muttermalen höhnisch.

Rocco knallte eine Kiste auf den Boden.

»Aber für nur fünfzig Dollar die Woche garantieren wir für Ihre Sicherheit.«

»*Disgraziato!* Raus hier, sonst erwürge ich Sie mit meinen eigenen Händen!«, schrie Rocco.

»Ich gehe, Signore«, sagte der Mann und lüftete seinen Hut, »aber ich komme wieder.«

Es dauerte nur eine Woche, dann war er wieder da. Diesmal ignorierte er Rocco und wandte sich an Giovanna. »Signora, vielleicht wissen Sie nicht, dass wir Ihrem Mann gegen eine kleine Gebühr Schutz angeboten haben. Es wäre eine kluge geschäftliche Investition.«

»Wie können Sie es wagen, mit meiner Frau zu sprechen! Raus!« Vor lauter Zorn hatte sich Roccos Gesicht zu einer Grimasse verzogen.

Der Mann wich aus dem Laden, doch jetzt änderte sich sein Verhalten. »Signore, vergessen Sie nicht, dass die harten Schädel der *Calabresi* auch geknackt werden können. Einen schönen Tag noch, Signora.«

»Was bedeutet das, Rocco?«

»*Niente.*«

»Sag's mir, Rocco.«

»Das war ein fauler *Mafioso*, der von uns Geld will, damit er uns ›beschützt‹. Musst du nicht nach Hause?«

»Mary kommt erst in einer halben Stunde, aber ich gehe schon«, sagte Giovanna gekränkt und nahm Angelina hoch.

»Aber ich möchte es wissen, wenn er wiederkommt. Schließlich ist das *unser* Laden, Rocco.«

Kaum hatten sie die Wohnung betreten, fing Angelina schon an, auf dem Klavier herumzuhämmern, das Giovanna sich von der ersten Entschädigungszahlung geleistet hatte. Mary und Frances bekamen beide Klavierunterricht, und obwohl sie nicht besonders gut spielten, machte es Giovanna große Freude, ihnen zuzuhören. Der Teig, den sie am Morgen vorbereitet hatte, war aufgegangen, und jetzt schlug sie ihn mit mehr Nachdruck als üblich flach, um ihn zu zwei Brotlaiben zu formen und ihn auf den Stein mit der Inschrift *Siena* zu legen.

»Angelina, möchtest du nicht nach oben gehen und nachsehen, ob Carmela da ist?«

»*Si*, Mama«, antwortete Angelina munter und war schon aus der Tür. Mit den Händen im Teig lehnte sich Giovanna aus der offenen Tür und beobachtete, wie Angelina nach oben ging und an die Tür der Nachbarin klopfte. Limonata öffnete. Sie trug eine Schürze. In den vergangenen zwei Jahren war aus dem mageren Mädchen eine vorzeitig gealterte Frau geworden, die sich die Haare blond färbte und nach amerikanischer Mode kleidete. Limonatas »Ehemann« war nie aufgetaucht. Sie überlebte mit Hilfe der Almosen, die ihr verschiedene Liebhaber und auch Giovanna zukommen ließen.

»Limonata, kann Angelina bei dir bleiben, während ich das Abendessen mache?«, rief Giovanna.

»Natürlich. Komm rein, Angelina.«

»Später gibt's frisches Brot.«

»*Grazie*, Giovanna. Du bist zu gut zu mir«, erwiderte Limonata und ging zurück in ihre Wohnung.

Ohne Angelinas Geklimper konnte Giovanna in Ruhe nachdenken. Am Abend dann legte sie Rocco nahe, das

Schutzgeld zu bezahlen. »Du hast doch Paparos Laden gesehen. Möchtest du, dass uns das auch passiert?«

»*Loro brutti puzzolenti mafiosi!*«

»Auch alle Flüche der Welt werden sie nicht vertreiben.«

»Ich kümmere mich darum.«

»Wie denn? Du kannst doch nicht immer da sein! Du musst ihnen ja vielleicht nicht fünfzig Dollar bezahlen, aber doch *irgendetwas*.«

*

Der Himmel war bedeckt. Auf dem kurzen Weg zum Laden warf Giovanna einen Blick nach oben, um zu entscheiden, wie viel Ware sie der kühlen Frühlingsluft aussetzen konnte. Angelina klammerte sich an ihre Hand. Sie war fast drei und begleitete sie überall hin, hatte aber Mühe, mit den langen Schritten ihrer Mutter mitzuhalten.

Giovanna fischte den Ladenschlüssel aus ihrer Rocktasche. Als sie die Tür öffnete, ertönte laut die Klingel.

Angelina rannte zu ihrem Lieblingsplatz hinter der Theke und hob einen gefalteten Zettel auf, der am Boden lag. »Mama, wer hat das gemalt?«

Giovanna riss ihr den Zettel aus der Hand und sah ihn sich an.

Pass auf! Rück das Geld raus, sonst wird alles zerstört. La Mano Nera.

Unter den Worten sah man eine große, mit schwarzer Tinte gedruckte Hand.

»Was steht da, Mama?«

»*Niente, niente.*« Jetzt wurden die hinteren Hufe von Roccos Pferd und der Karren am Fenster sichtbar. Giovanna geriet in Panik und steckte den Zettel in ihren Ausschnitt.

Dann sah sie Angelina direkt an und sagte: »Es ist nichts. Geh deinem Papa helfen.«

Mit klopfendem Herzen schaute sie durchs Fenster zu, wie Rocco die Obstkisten vom Karren lud, während Angelina die Früchte aufsammelte, die heruntergefallen waren. Als Rocco den Laden betrat, wirkte Giovanna immer noch zu Tode erschrocken.

»*Cos'è successo?*«, fragte Rocco verwirrt. Seine Frau stand nie still, und sie wirkte auch nie verängstigt.

Giovanna hatte nicht die Kraft, den Brief vor ihm geheim zu halten. Sie zog ihn aus ihrem Ausschnitt und gab ihn Rocco.

Die Abbildung der Hand war für Leute wie Rocco gedacht, die nicht lesen und schreiben konnten. Rocco wurde rot. Er knallte den Zettel auf die Theke und schlug mit der Faust darauf.

»Wie habt ihr euch entschieden?«, fragte Lucrezia und reichte Giovanna den Brief zurück.

»Ich möchte etwas bezahlen.«

»Und Rocco?«

»Er sagt, er übernachtet im Laden – und droht, den Mann eigenhändig umzubringen.«

»Tja, wenn du noch Hebamme wärst, würdest du nicht erpresst, weil alle wüssten, dass du kein Geld hast«, sagte Lucrezia, doch als sie sah, dass ihr Versuch zu scherzen fehlschlug, fügte sie hinzu: »Könnt ihr den Brief nicht zu Petrosino bringen?«

»Du hast doch gesehen, was mit Paparos Laden passiert ist! Der hat den Brief zu Petrosino gebracht! Petrosino mag ja Italiener sein, aber er ist auch Polizist. Das würde Rocco niemals erlauben.«

»Und was ist mit DeCegli?«

»Wozu sollte das gut sein? Soll er über die Bezahlung verhandeln?«

»Soll ich mit meinem Mann sprechen?«

»Nein! Bitte, Lucrezia, erzähl kein Wort davon. Vergiss, was ich dir gesagt habe.«

Möglicherweise war der Gauner schlauer, als Giovanna angenommen hatte, denn als er das nächste Mal im Laden vorbeikam, war nur sie da. Zwar hatte Rocco geschworen, jede Minute dort zu verbringen, doch Giovanna wusste, für einen Mann, der sein ganzes Leben im Freien verbracht hatte, war das unwahrscheinlich.

»Ist Ihr Mann da, Signora?«

»Nein.« Giovanna tastete unter der Theke mit dem Fuß nach dem Holzknüppel, den Rocco mit Nägeln gespickt hatte.

Der Mann wandte sich zum Gehen. »Richten Sie ihm aus, dass ich da war. Ich hab was Geschäftliches mit ihm zu besprechen.«

»Sie wollen Geld von ihm.«

Der Mann drehte sich wieder um. Giovanna bemerkte, dass es ihm unangenehm war, mit einer Frau zu verhandeln, aber die Aussicht auf Geld war zu verlockend.

»Wie viel wollen Sie?«

»Fünfzig Dollar Schutzgeld pro Woche.«

»Das ist zu viel. So viel haben wir nicht.«

»Aber ich sehe doch Ihren Laden, Signora. Es ist ein schöner Laden, den wollen Sie bestimmt schützen.«

»Wir können zehn Dollar bezahlen.«

»Ihnen zuliebe nehme ich zehn Dollar, Signora. Aber wenn Ihr Geschäft besser läuft, werden Sie auch mehr Schutz wollen.«

Als er sich nicht von der Stelle rührte, sondern sie nur anstarrte, wurde Giovanna klar, dass der *stronzo* das Geld sofort wollte. Sie nahm zehn Dollar aus der Geldkassette und legte sie auf die Theke.

Der Erpresser nahm das Geld und erklärte: »Heute ist Freitag. Nächsten Freitag komme ich wieder, Signora.«

Einundzwanzig

Lorenzo fiel auf, dass Rocco während des ganzen Sonntagsessens kein einziges Wort gesagt hatte. Er sprach immer recht wenig, doch normalerweise lobte er zumindest Teresas Essen. Auch Giovanna und Rocco hatten weder Worte noch Blicke gewechselt, aber das war ebenfalls nicht ungewöhnlich.

»Wie läuft der Klavierunterricht?«, fragte Lorenzo die Mädchen. Seine Stiefnichten berichteten aufgeregt, aber er hörte ihnen kaum zu, sondern beobachtete stattdessen seine Schwester.

Giovanna bemerkte es nicht, weil sie sich darauf konzentrierte, den Blickkontakt mit ihrem Mann zu meiden. Rocco hatte immer noch kein Wort mit ihr gesprochen. Als er am Freitagabend das Geld zählte, war Giovanna gezwungen gewesen, ihm von der Schutzgeldzahlung zu erzählen. Rocco hatte nicht gewusst, wohin mit seiner Wut, und hatte abwechselnd Giovanna angeschrien und auf die faulen *schifosi* geschimpft. Er hatte sogar den Nagelknüppel gegen den unsichtbaren Feind geschwungen. Giovanna hatte ihn sich austoben lassen und nicht über das Thema diskutiert. Doch da sie zum ersten Mal seit Erhalt des Drohbriefs nicht ständig über die Schulter schauen oder bei jedem Geräusch auffahren musste, wusste sie, dass sie am folgenden Freitag wieder zehn Dollar bezahlen würde.

Rocco war zwar wütend, aber vor allem war er frustriert. Frustriert darüber, dass er seine Familie nicht beschützen konnte, und darüber, dass seine Frau durch das Geld eines anderen Mannes in diese Machtposition kam.

Am nächsten Freitag nahm Giovanna die zehn Dollar aus der Geldkassette und legte sie auf die Theke, als der Black Hander auftauchte. Dieses Mal wurde er von einem kleinen, fetten Mann begleitet. Der Mann mit den Muttermalen steckte das Geld ein und sagte: »Ich kann also davon ausgehen, dass Sie keine Schwierigkeiten hatten, Signora?«

Giovanna machte eine abschätzige Handbewegung, die ihn gleichzeitig entlassen sollte.

»Einen schönen Tag noch, Signora. Und dir auch, kleine Signorina.« Der fette Mann lächelte Angelina an und präsentierte sein lückenhaftes Gebiss.

Rocco hatte sich etliche Gründe zurechtgelegt, warum er an diesem Tag nicht im Laden sein konnte. Er befürchtete, den Erpresser zu erschlagen und damit seine Familie in Gefahr zu bringen. Außerdem: Wenn seine Frau zahlen wollte, dann sollte *sie* es persönlich übernehmen.

Giovanna kurbelte die Markise herunter und hievte die Fässer zurück ins Geschäft. Dann nahm sie die restliche Ware, verschloss die Tür und eilte nach Hause. Sie war allein, weil Frances schon vorher mit Angelina nach Hause gegangen war. Als ihr einfiel, dass sie keine Milch hatte, bog sie noch kurz in die Mulberry Street ein. Plötzlich merkte sie, dass sie verfolgt wurde. Ein Schauer lief ihr über den Rücken. Sie verschwand in einem Fischladen, als wollte sie etwas einkaufen, doch als sie sich umdrehte, stieß sie gegen einen kleinen Mann mit einer Melone.

»Verzeihen Sie, wenn ich Sie erschreckt habe, Signora, aber ich wollte nicht, dass mich jemand in Ihren Laden gehen sieht.«

Giovanna sah zu ihm herunter und bemerkte die Pockennarben in seinem Gesicht.

»Ich bin Lieutenant Petrosino vom *Italian Squad*.«

»Ich kenne Sie.« Giovanna tat so, als musterte sie den Fisch.

»Wir können Ihnen helfen, Signora. Die Polizei hier ist anders als in Italien. Man kann uns trauen.«

»Ich weiß nicht, wovon Sie sprechen«, erwiderte Giovanna kühl, während sie innerlich in Panik geriet. Wer hatte der Polizei davon erzählt?

Als könne er ihre Gedanken lesen, sagte der Lieutenant: »Ich habe verdächtige Männer in Ihren Laden gehen sehen. Haben sie Ihnen Drohbriefe geschickt?«

»Sie müssen sich irren, Signore.« Als sie mitbekam, dass die anderen Kunden ihnen neugierige Blicke zuwarfen, ließ sie ihn stehen und drängte sich zwischen die Frauen an der Theke, die bedient werden wollten. *»Pescespada«*, rief sie und bemerkte kurz darauf erleichtert, dass der Lieutenant nirgendwo mehr zu sehen war. Aber als sie mit dem eingepackten Fisch unter dem Arm aus dem Geschäft trat, war er wieder da.

Petrosino musste sich beeilen, um mit ihr Schritt halten zu können. »Signora, geben Sie uns eine Chance. Sie können sich entscheiden.«

»Ich komme aus Scilla, Signore. Mein ganzes Leben war ich gefangen zwischen einem Fels und einer gefährlichen Stelle. Ich kann mich nicht entscheiden.« Sie wandte sich erneut zur Elizabeth Street, sagte dann jedoch in versöhnlicherem Ton: »Tut mir leid, aber Sie müssen mich mit jemandem verwechseln.« Da blieb Lieutenant Petrosino stehen und ließ sie ziehen.

»Tante! Schwertfisch«, quiekte Mary, als Giovanna die Wohnung betrat.

»Aber ich hab doch schon Bohnen gemacht«, rief Frances

und wischte sich die Hände an der Schürze ab. Sie wirkte älter als zwölf.

»Tja, dann gibt es heute Abend eben Bohnen und Schwertfisch.«

Rocco, der bereits zu Hause war, sah seine Frau argwöhnisch an. Dieses Mal war Giovanna froh, dass sie nicht miteinander redeten.

Ein großer, dünner Mann betrat *Sienas Obst und Gemüse.* Giovanna erkannte ihn, er war ein Nachbar und der Besitzer des Cafés in der Elizabeth Street 226. »Signore Inzerillo«, begrüßte Giovanna ihn, »was darf ich Ihnen anbieten?«

»Eigentlich bin ich gekommen, um Ihnen meine Hilfe anzubieten, Signora.«

Giovanna blickte skeptisch auf den ehrwürdig wirkenden Mann mit dem dicksten Schnurrbart, den sie je gesehen hatte.

»Ich habe gehört, gewisse Männer, die nicht zum Viertel gehören, würden von Ihnen Schutzgeld erpressen.«

Verblüfft starrte Giovanna den Mann an. Dann fragte sie: »Gibt es an meiner Tür ein Zeichen, das ich nicht sehen kann?«

Pietro Inzerillo lachte. »Signora, hier im Viertel gibt es nur weniges, was nicht bemerkt wird.«

Das war so offensichtlich, dass Giovanna nicht darüber lachen konnte. »Was genau möchten Sie mir sagen, Signore?«, hakte sie nach.

»Was ich für Sie tun könnte. Ich lebe schon eine Weile hier und finde es furchtbar, wie die Ladenbesitzer im Umfeld diesen Kreaturen zum Opfer fallen. Im Gegensatz zur Polizei kenne ich diese Leute aber und kann sie beeinflussen.«

»Und warum sollten Sie das für mich tun, Signore?«

»Weil Sie meine Nachbarin sind. Ich kann Ihnen echten Schutz anbieten. Nicht wie die Erpresser, die nur Ihr Geld wollen. Ich sorge dafür, dass niemand Hand an Ihren Laden oder Ihre Familie legt.«

»Signore, wollen Sie Geld dafür, dass Sie unseren Laden schützen?«

»Schließlich biete ich Ihnen eine Dienstleistung an.«

»Und wie viel kostet denn diese Dienstleistung?«

»Da Sie Ihren Laden noch nicht lange haben, würde ich Ihnen den niedrigsten Preis einräumen. Dreißig Dollar pro Woche. Und jeden Abend würde ein Mann Ihren Laden bewachen.«

»Und wenn die anderen wiederkommen?«

»Ich versichere Ihnen, dass Sie diese Männer nie mehr wiedersehen werden.«

Giovanna glaubte ihm. Sie vertraute ihm nicht im Geringsten, doch sie wog ihre Möglichkeiten ab: Schon bald würden der Mann mit den Muttermalen und sein kleiner, fetter Geselle fünfzig Dollar pro Woche verlangen, und sie zweifelte nicht daran, dass sie ihren Laden auch wirklich in die Luft sprengen würden. Ginge sie zur Polizei, dann gefährdete sie ihre Familie. Bezahlte sie dem Cafébesitzer dreißig Dollar pro Woche, wusste sie immer, wo sie ihn finden konnte, und er *würde* seine Dienstleistung erbringen müssen.

»Und wenn hier nicht jemand nachts wacht und diese oder andere Männer doch zurückkommen, können wir unseren Vertrag lösen?«

»Jederzeit, Signora. Sie stellen mich für einen Job ein, und wenn ich ihn nicht erledige, müssen Sie auch nicht bezahlen. Sie müssen auch heute nicht bezahlen. Erst mal werden Sie sehen, dass die Männer nicht mehr wiederkommen. Dann melde ich mich nächste Woche noch mal.«

Noch vor Ende der Woche sah sich Giovanna gezwungen, Rocco von der Vereinbarung mit Inzerillo zu erzählen.

Er explodierte. »Ich kann meinen Laden selbst schützen! Ich brauche dafür keinen sizilianischen Cafébesitzer. Dreißig Dollar die Woche? Bist du verrückt? Das ist unser ganzer Gewinn!«

Giovanna konnte Rocco nicht aufhalten, als er aus dem Laden und in Richtung Café stürmte. Da es nur acht Läden weiter war, sah sie, wie er mit großen Schritten hineinlief. Sie rechnete schon halb damit, dass er wieder hinausgeworfen würde, doch nur wenige Minuten später kam Rocco mit zufriedener Miene zurück.

»Er hat Verständnis gezeigt und gesagt, es sei meine Entscheidung. Außerdem hat er sich entschuldigt, dass er mit dir verhandelt hat. Geh nach Hause. Ich übernehme das jetzt.«

Als Giovanna seinen Befehlston hörte, wurde sie wütend, aber sie hatte es satt zu streiten.

Von diesem Zeitpunkt an ging Giovanna nicht mehr ins Geschäft. Rocco hingegen war ununterbrochen da; nur während seiner Fahrten zum Großhändler in Brooklyn war der Laden unbeaufsichtigt. Die Kinder brachten ihm seine Mahlzeiten, und er schlief auf einem Feldbett im Hinterzimmer. In jeder Ecke hatte er selbst angefertigte Waffen versteckt, und an strategischen Stellen hingen Spiegel, so dass er immer alles im Blick hatte. Er wartete. Selbst wenn er Kunden bediente oder Kisten schleppte, wartete er. Er überlegte auch, ob er Clement zum Großhändler nach Brooklyn schicken sollte, damit er im Geschäft bleiben konnte, hatte aber Angst, dass Clement überfallen würde. Stattdessen verrammelte er für die seltenen Zeiten seiner Abwesenheit alle Fenster und Türen.

Eine Woche, nachdem Rocco Pietro Inzerillo erklärt hatte, er brauche seine Dienste nicht, kamen der Mann mit den Muttermalen und sein Kumpan in den Laden. Aber Rocco war vorbereitet, und noch bevor sie die Treppe hinuntergestiegen waren, rannte er ihnen schon mit seinem nagelbespickten Knüppel entgegen, so dass sie fluchend das Weite suchten. Darauf kamen zwei weitere Drohbriefe, aber Rocco ließ sie sich nicht mal von Giovanna vorlesen.

Als er jedoch den dritten Brief bekam, ging er in die Luft. Er nahm alle drei Briefe, stürmte die Treppe zur Straße hinauf, warf sie dort auf den Boden und zündete sie mit einem Streichholz an. Dann trampelte er auf den brennenden Briefen herum und schrie: »Seht ihr das? Das halte ich von euren Drohungen! Ihr sollt alle in der Hölle verbrennen!« Mit den brennenden Briefen verrauchte auch sein Zorn. Außerdem bemerkte er, dass auf der Elizabeth Street alle in ihrem Tun innegehalten hatten, um ihn zu beobachten. Eine Frau bekreuzigte sich, und ein paar Häuser weiter sah er, dass Pietro Inzerillo zu ihm herüberblickte und nickte.

Da er sich sicher war, dass sein Widerstand nicht unbemerkt geblieben war, hoffte er, die Erpresser damit aufgestachelt zu haben. Denn er wollte sie unbedingt auf frischer Tat ertappen. Er hatte beschlossen, sie eigenhändig umzubringen.

Da Giovanna jetzt mehr freie Zeit als sonst hatte, dehnte sie ihre Einkaufsgänge aus und ging mit Angelina sogar zum Laden ihres alten Freundes in Chinatown. Bei einem dieser Besuche traf sie wieder einmal auf Lieutenant Petrosino.

»Bitte, ich hab Ihnen doch bereits gesagt, wir haben keine Schwierigkeiten.« Giovanna packte Angelinas Hand noch fester und ging einfach weiter die Straße hinauf.

»Sind Sie deshalb nicht mehr im Laden, während Ihr Mann jetzt sogar dort schläft?«

»Das geht Sie nichts an.«

»Signora, Sie wirken auf mich wie eine kluge Frau, daher möchte ich Ihnen eine Geschichte erzählen.« Und mit Blick auf Angelina sagte er leise: »Bevor es hier den *Italian Squad* gab, kam es einmal auf der Mulberry Street zu einer Schießerei. Ein Kollege und ich gingen hin, um die Sache zu untersuchen. An einer Ecke lag ein junger Mann, tot. Über ihm stand ein älterer, zu Tode erschrocken. Wir fragten ihn: ›Wer war das?‹ Er antwortete: ›Ich weiß nichts.‹ Dann fragten wir ihn: ›Wer ist dieser Mann?‹ Er erwiderte: ›Ich weiß es nicht.‹ Später fanden wir heraus, dass der ältere Mann der Vater des Toten war.« Petrosino verstummte und wartete auf eine Reaktion von Giovanna.

»Was hat das mit mir zu tun, Lieutenant?«

»Signora, diese Angst ist der Untergang für Sie und Ihre Landsleute. Ein Vater, der seinen Sohn verleugnet? Hören Sie, ich weiß, dass Sie eine starke und mutige Frau sind, sonst hätten Sie nicht dieses große amerikanische Unternehmen verklagt.«

Giovanna fuhr zu ihm herum und schaute ihn gleichzeitig zornig und angsterfüllt an.

»Natürlich weiß ich darüber Bescheid, Signora. Schließlich bin ich Detective. Bitte machen Sie sich nicht vor, niemand wüsste davon! Wahrscheinlich ist es sogar einer der Gründe, warum ausgerechnet Sie erpresst werden.«

Petrosino fühlte sich erbärmlich, als er Giovannas verstörte Miene sah. Sie wirkte, als fühlte sie sich verraten. »Tut mir leid, Signora, Sie so aufzuregen. Bitte geben Sie niemandem aus Ihrem Bekanntenkreis die Schuld. Es kann über hundert verschiedene Kanäle bekannt geworden sein. Denken Sie mal nach. Die Zahlungen sind doch über eine Bank erfolgt, oder? Vielleicht haben die Angestellten untereinander getratscht. Außerdem: Meinen Sie wirklich, es wäre unbemerkt geblieben, dass eine Immigrantin einen solchen Fall gewonnen hat?«

An Giovannas Miene konnte Petrosino ablesen, dass er lieber nicht weitersprechen sollte, dass er sie aber zum Nachdenken gebracht hatte.

Als Rocco das nächste Mal den Mann mit den Muttermalen und seinen fetten Komplizen sah, standen sie im Morgengrauen auf der gegenüberliegenden Straßenseite vor seinem Laden. Er wollte gerade mit seinem vollbeladenen Obstkarren vorfahren. Die beiden Männer wirkten nicht wie Frühaufsteher. Rocco zügelte das Pferd, sprang vom Wagen, lief aber nicht in den Laden, sondern schnappte sich eine Holzlatte und rannte über die Straße zu ihnen. Zuerst stürzte er sich auf den Großen mit den Muttermalen.

»Er ist verrückt! *Pazzo!*«, schrie der Fette.

Als der Große sich duckte und versuchte, ihm einen Faustschlag zu verpassen, sah Rocco aus dem Augenwinkel, dass der Fette auf seine Taschenuhr blickte. Da ließ er die Latte fallen und rannte zu seinem Laden. Er war noch gut fünf Meter davon entfernt, als das Fenster explodierte.

Giovanna rührte gerade Polenta an, als sie den Knall hörte. Ohne erst einen Mantel überzuziehen, rannte sie hinunter auf die Straße und wurde fast vom Löschwagen überfahren, der die Feuerwache auf der gegenüberliegenden Seite verließ. Der Rauch kam genau, wie sie befürchtet hatte, aus der Richtung ihres Ladens. Schockiert und in Panik suchten die Leute das Weite; sie musste gegen den Strom rennen. Allen Gebäuden gegenüber vom Laden fehlten die Fensterscheiben. Einen kurzen Moment lang glaubte Giovanna, diese seien das eigentliche Ziel gewesen, doch als sie weiter vorandrängte, sah sie, wie Polizisten in einer Rauchwolke vor ihrem Laden verschwanden.

Sie versuchte, sich einen Weg durch den schwarzen Rauch zu bahnen, und stolperte über Fässer, Scherben und Stofffetzen, die sie für Überreste ihrer Markise hielt. Dann stieß sie gegen einen Polizisten, der sie zurückhalten wollte, doch sie riss sich los. Sie hielt sich ihre Schürze vors Gesicht und stolperte über zwei Polizisten, die über einem Mann knieten.

»Er lebt«, rief der eine dem anderen zu. »Schaffen wir ihn aus dem Rauch.«

Giovanna folgte ihnen, und als sie die gegenüberliegende Straßenseite erreichten, sah sie, dass es Rocco war.

»Ist der Krankenwagen unterwegs?«, fragte der eine Polizist den anderen.

»Ja. Ich überprüfe mal den Rest des Gebäudes. Die Explosion war nicht so schlimm, dass es zusammenfallen wird – wahrscheinlich kein Dynamit –, aber ich vergewissere mich lieber.«

Als er aufblickte, bemerkte er Giovanna. »Sind Sie seine Frau?«

Giovanna beugte sich über Rocco und untersuchte ihn. Er war bewusstlos. Sie prüfte seinen Puls und entdeckte zu ihrer Überraschung, dass er kräftig war. Dann sah sie sich seine Schnitte an. Er war zwar blutüberströmt, aber die Verletzungen schienen nur oberflächlich.

»*Dell'acqua, per favore. Acqua*«, bat Giovanna den noch verbliebenen Polizisten.

»Lady, der Krankenwagen kommt gleich.«

»*Acqua.*«

»Könnte mir mal jemand Wasser bringen? Ich glaube, sie will Wasser.«

Ein Feuerwehrmann kam mit einem Eimer. Giovanna tauchte ihr Kleid in das Wasser und wischte das Blut von Roccos Gesicht. Dann ließ sie Wasser in seinen Mund tropfen. Rocco hustete.

»*Aiutami, aiutami*«, sagte sie und bedeutete dem Polizisten, ihr zu helfen. Gemeinsam hoben sie Rocco hoch und setzten ihn, gegen das Haus gelehnt, hin. Er öffnete die Augen und schloss sie wieder.

Ein Wagen fuhr vor. »Meine Güte, das ist Commissioner Bingham«, sagte der Polizist leise zu sich selbst. Dann wandte er sich zu Giovanna: »Lady, ich sorge dafür, dass der Krankenwagen hierherkommt. Warten Sie kurz. Okay?«

Giovanna nickte und sah, wie er loslief und sich zu den anderen Polizisten gesellte, die den schwarzen Wagen umstanden. Gleichzeitig entdeckte sie, dass Lorenzo zu ihr gelaufen kam.

»Was ist passiert? Giovanna, geht es ihm gut?« Ohne auf ihre Antwort zu warten, fuhr er fort: »Madonna! Das hatte ich mir schon gedacht. Lass mich Hilfe holen.«

Lorenzo kehrte mit einem italienisch sprechenden Detective zurück. Mittlerweile hatte Rocco das Bewusstsein wiedererlangt und versuchte sogar, sich ohne Hilfe aufzurichten. Aber Giovanna zwang ihn, sich wieder zu setzen.

»Ich hab sie gesehen. Ich hab gegen sie gekämpft«, stammelte er.

»Wen haben Sie gesehen?«, fragte der Polizist.

Als Rocco sich nach der fremden Stimme umsah und erkannte, dass es sich um einen Polizisten handelte, verstummte er. »Niemanden. Nichts hab ich gesehen.«

»Jetzt ist nicht der rechte Zeitpunkt, um mit meinem Mann zu sprechen. Ich möchte ihn zu einem Arzt bringen.«

»Natürlich, Signora.«

Auf der anderen Seite des Wohnblocks strebte Commissioner Bingham mit großen Schritten zu Lieutenant Petrosino. »Meine Güte, Joe, was ist denn passiert?«

»Sie wollten kein Schutzgeld zahlen, haben aber gleichzeitig unsere Hilfe abgelehnt. Es sind neue Ladenbesitzer.« Petrosino nickte hinüber zu Giovanna und Rocco.

»Also ist es ausgeschlossen, dass es ein Anschlag auf diese Polizeiwache war?«

»Ich denke ja, Commissioner. Meiner Meinung nach handelt es sich um ein Versehen. Sie haben einfach ein bisschen zu viel Sprengstoff benutzt.«

Bingham senkte die Stimme. »Nun, das bleibt besser unter uns. Wir werden mehr Unterstützung bekommen, wenn die Leute denken, man hätte es auf uns abgesehen. Irgendeine Idee, wer es gewesen sein könnte?«

»Lupo wohl nicht. Das ist die Handschrift eines Anfängers.«

Giovanna saß im Krankenhaus an Roccos Bett, während Clement unruhig durchs Zimmer wanderte. Rocco wollte zwar unbedingt nach Hause, nachdem seine Schnitte und Prellungen behandelt worden waren, doch da er außerdem gebrochene Rippen hatte, zwangen Lucrezia und Giovanna ihn zu bleiben. Die überarbeiteten Ärzte wirkten, als sei es ihnen egal, ob der arme Italiener blieb oder ging.

So niedergeschmettert Rocco war, so dankbar war er auch, dass Giovanna an seiner Seite blieb und sich hingebungsvoll um ihn kümmerte.

»Ist noch was unversehrt geblieben?«, fragte Rocco seinen Sohn.

»Nein, nichts. Warum hast du mir denn nichts gesagt, Papa? Ich hätte meinen Job aufgegeben und bei dir gearbeitet.«

»Was denn, damit dann *du* hier liegen würdest – wenn überhaupt?«

Sie verstummten, als sie hörten, dass jemand kam. Dann betraten zwei Männer den Raum. Obwohl sie keine Uniform trugen, waren es eindeutig Detectives. Kurz darauf folgte Lieutenant Petrosino. Giovanna wurde nervös, weil sie Rocco nichts von ihren Begegnungen erzählt hatte. Petrosino spürte ihr Unbehagen und tat so, als wäre sie gar nicht da.

»Sie können sich glücklich schätzen, Signore Siena. Das mag Ihnen vielleicht im Moment nicht so vorkommen, aber es stimmt. Ich bin Lieutenant Petrosino, und dies hier sind Sergeant Crowley und Detective Fiaschetti.«

Schweigen.

»Die Explosion hat nicht nur Ihren Laden zerstört, sondern auch die Polizeiwache erschüttert. Der Commissioner will unbedingt wissen, was passiert ist. Genauso wie die Zeitungsreporter. Was soll ich ihnen erzählen, Signore?«

Rocco zuckte mit den Schultern. Als Petrosino jedoch weiterhin auf eine Antwort wartete, murmelte Rocco: »Es ist in die Luft gegangen.«

Petrosino umfasste das Gestell des Betts, um seinen Zorn zu bezwingen, und stieß hervor: »Ich hatte gehofft, dass endlich mal jemand so wütend wird, dass er seine Angst vergisst!«

Es brauchte eine Minute, bis er sich wieder gefasst hatte. Dann sagte er, ohne seine Resignation zu verbergen: »*Va bene*. Ich weiß, Sie haben Angst, aber Sie können sich nicht in Sicherheit wiegen, wenn Sie die Polizei nicht einschalten. Signore Siena, wenn Sie in Ihren Laden gegangen wären, hätte es Sie in Stücke gerissen.«

Als Petrosino die Angst auf den Gesichtern aller Umstehenden sah, wurde seine Stimme sanfter. »Jedes Mal, wenn Sie nichts sagen, machen Sie sie stärker. Solcher Abschaum lässt uns alle schlecht dastehen. Aber mit Ihrer Hilfe können wir sie ins Gefängnis bringen, damit ehrliche und hart arbeitende Menschen wie Sie nicht mehr in Furcht und Schrecken leben müssen. Bitte erzählen Sie uns, was Sie wissen, Signore.«

Rocco drehte sein Gesicht zur Wand.

Der Lieutenant wartete einen Moment, dann sagte er:

»Okay, dann will ich Ihnen erzählen, was *ich* weiß.« Er beugte sich über das Bettgestell. »Heute Morgen gegen zwanzig nach fünf wurde im vorderen Teil Ihres Ladens, in der Nähe der Theke, eine Bombe gezündet. Mir ist aufgefallen, dass Sie Gitter vor den Fenstern haben, Signore, was mir zeigt, dass die Angelegenheit schon eine Weile im Gange ist. Allerdings sind diese Gitter jetzt wie Spaghetti verknäult. Wollen Sie wissen, wie sie reingekommen sind? Ich weiß es nicht mit Sicherheit, nehme aber an, sie hatten einen Schlüssel zu Ihrer Hintertür. Sie waren vorsichtig genug, nur Ihren Laden zu zerstören. Deshalb benutzten Sie eine Bombe und kein Dynamit. Denn eine Dynamitexplosion reißt alles nieder, während eine Bombe alles nach außen drängt. Aber diese Verbrecher kennen sich nicht immer so genau aus. Die Bombe war größer als benötigt und erschütterte den halben Wohnblock.«

Petrosino ging zur anderen Seite von Roccos Bett und sah ihm direkt ins Gesicht. »Das ist alles, was ich weiß. Aber ich kann mir noch einiges denken: Ich denke mir, dass sie Ihr Geld wollten; vielleicht haben sie es sogar als ›Schutzgeld‹ bezeichnet. Das ist ihre neue Masche. Da Sie ein anständiger Mann sind, haben Sie es ihnen wahrscheinlich verweigert. Oder«, fügte er hinzu, »Sie haben ihnen nicht genug gegeben.« Petrosino setzte wieder seinen Hut auf.

»Signore, Sie haben Ihr Geschäft verloren, das Sie sich schwer erkämpft haben. Ich behaupte nicht, dass ich alles wieder in Ordnung bringen kann, aber wenn wir zusammenarbeiten, können wir diese Verbrecher hinter Gitter bringen. Erholen Sie sich erst einmal, Signore, dann unterhalten wir uns wieder.« Er drehte sich um und lüftete kurz seinen Hut. »Einen schönen Tag noch, Signora.«

Tagelang verließ Giovanna kaum die Wohnung. Sie wollte Petrosino nicht begegnen. Weniger leicht war es allerdings, ihrem Nachbarn Pietro Inzerillo aus dem Weg zu gehen. Schon beim ersten Gang vor die Tür musste sie sich anhören, wie er sein Mitgefühl bekundete und dann erklärte: »Ich wollte, ich hätte Sie beschützen dürfen.«

Sie verkauften das Pferd und den Wagen, damit Rocco wieder als Straßenhändler anfangen konnte. Schon der Anblick des verbarrikadierten Ladens war Erinnerung genug, doch auch das mühselige Karrenschieben ließ ihn die Tragödie nicht vergessen.

Nachdem Lieutenant Petrosino ihnen zum zweiten Mal »zufällig« auf der Straße begegnet war, stritten Rocco und Giovanna laut und lang über die Angelegenheit. Giovanna vertrat den Standpunkt, sie hätten nichts mehr zu verlieren. Daher könnten sie genauso gut der Polizei helfen und hoffen, dass der Gerechtigkeit Genüge getan würde. Rocco jedoch misstraute der Polizei so sehr, dass er glaubte, wenn sie kooperierten, würde noch Schlimmeres passieren. Giovanna fing langsam an, Petrosino zu mögen und ihm zu trauen. Und trotz Roccos Misstrauen – und seiner Schwüre, die Black Hander eigenhändig umzubringen – sah sie, dass er den kleinen Lieutenant ebenfalls mochte.

Einen Monat später verkündete Giovanna: »Ich werde Petrosino helfen, Rocco. Du musst ja nicht mit ihm gesehen werden. Wenn sie überhaupt jemanden beobachten, dann nur dich.«

Nach über vier Jahren Ehe hatte sie gelernt, die Zeichen ihres Mannes zu lesen. Er erklärte sich zwar nicht einverstanden, stimmte aber auch keine Tirade an, was hieß, Giovanna konnte tun, was sie wollte, ohne dass Rocco in seinem Stolz verletzt wurde.

Zweiundzwanzig

Bereits beim ersten Treffen wurde Lieutenant Petrosino klar, dass er nicht der Einzige war, der Fragen stellen würde. Giovanna hatte ihm zu verstehen gegeben, dass sie ihm nur helfen würde, wenn sie begriff, worum es ging. Daher begann an diesem ersten Morgen Giovannas Einführung in die Geheimnisse der Black Hand.

Petrosino gestand sich ein, dass Giovanna ihn einschüchterte. Sie überragte ihn um einiges, und wenn sie Fragen stellte, blickte sie ihn mit ihren blauen Augen so durchdringend an, als würde sie sofort erkennen, wenn er Ausflüchte suchte oder nicht die Wahrheit sagte. Da war selbst der Umgang mit rücksichtslosen Verbrechern einfacher. Doch trotz seines Unbehagens begann er langsam, diese große Frau zu mögen, die jetzt am Eichentisch in seinem engen Büro auf der Wache saß.

Giovanna arbeitete sich durch die Verbrecherkartei. Auf jeder Karteikarte gab es zwei Fotos – eins von vorn und eins im Profil. Auf der Rückseite standen Wörter und Zahlen, mit denen Giovanna nichts anfangen konnte, und das nicht nur, weil sie kein Englisch sprach.

Nachdem sie über zwei Stunden lang jedes Foto genau studiert hatte, ging sie hinüber zu Petrosinos Schreibtisch. »Lieutenant, ich habe eine wichtige Gemeinsamkeit bei all diesen Black Handers entdeckt.«

Als Lieutenant Petrosino ihre ernste Miene bemerkte, sagte er in entsprechendem Tonfall: »Ja, Signora, dann sagen Sie sie mir.«

»Sie sind alle hässlich.« Giovanna verzog das Gesicht zu einer Grimasse. *»Brutti, tutti sono brutti.«*

Es war das erste Mal, dass Giovanna das Lachen des Lieutenants hörte. Ihm entfuhr es wie etwas, das sich in seinem Inneren versteckt hatte.

»Setzen Sie sich, Signora, setzen Sie sich«, sagte Petrosino, immer noch glucksend, und wies auf einen Stuhl vor seinem Schreibtisch.

»Was bedeutet das alles?«, fragte Giovanna und zeigte auf die Rückseite der Karteikarten.

»Das sind Bertillon-Maße zur Identifizierung der Kriminellen. Obwohl es jetzt schon eine neue Methode gibt. Man taucht die Finger in schwarze Tinte und macht Abdrücke davon. Jeder Fingerabdruck ist einmalig – wie eine kleine Karte.«

Giovanna erinnerte sich an den schwarzen Handabdruck auf einem der Drohbriefe und verfluchte Rocco im Stillen, weil er ihn vernichtet hatte. Dann zeigte sie auf die Überschriften auf den Karten und wollte wissen: »Und das hier, was bedeuten diese Wörter?«

»Größe, Gewicht, Kopfgröße, Oberarme, Rumpf, Unterarme ...«

»Wollen Sie sie verhaften oder ihnen neue Anzüge machen?«

Der Lieutenant gluckste erneut.

»Wer ist dieser Hässliche da?«, fragte Giovanna und zeigte auf ein Foto an Petrosinos Wand.

»Das ist *Il Lupo*, der Wolf.«

»Aber er sieht eher aus wie ein Hund mit plattgedrückter Schnauze. Wie heißen die noch?«

»Bulldoggen! Ja, Sie haben recht! Wir haben Lupo schon oft verhaftet, konnten ihn aber nie lange im Gefängnis halten.«

»Ich glaube, mein Stiefsohn hat ihn mal im *Star of Italy* gesehen.«

»Ganz bestimmt. Das ist eins seiner Stammlokale. Ich hatte zum ersten Mal 1902 mit ihm zu tun. Er hatte einen Mann ermordet, aber uns fehlten die nötigen Beweise. Ein Jahr später bekamen wir dann einen Beweis, dass er an dem Fassmord beteiligt war, von dem ich Ihnen schon erzählt habe, aber seltsamerweise wurde er freigesprochen. Im gleichen Jahr noch wurde er wegen Entführung verhaftet und wieder freigesprochen.«

»Wie denn das?«

»Einfluss und Angst. Er bezahlt einflussreiche Leute, und wenn der Fall vor Gericht kommt, schüchtert er die Jury ein. Die Jurymitglieder denken, er würde sie umbringen oder ihre ganze Familie mit dem ›bösen Blick‹ verfluchen. Er hat hart an seinem Ruf gearbeitet, ein mächtiger Mann zu sein. Seine neueste Masche ist, sich als respektabler Geschäftsmann mit einem Lebensmittelladen auf der Mott Street auszugeben. Ähnlich wie Ihr Nachbar, Pietro Inzerillo.«

»Arbeiten dieser Lupo und Inzerillo zusammen?«

»*Si.* Inzerillo wurde gemeinsam mit Lupo wegen des Fassmords verhaftet, und sie werden oft zusammen gesehen. Da Sie jetzt wissen, wie er aussieht, würde es mich nicht überraschen, wenn Sie ihn ab und zu in Inzerillos Café sehen würden.«

Giovanna musste erst mal den Gedanken verdauen, dass sie fast einen Mörder angeheuert hatte, um ihren Laden zu schützen, doch sie fragte weiter: »Also, warum glauben Sie, dass Lupo bei unserer Schutzgelderpressung nicht beteiligt war?«

»Das habe ich nicht gesagt. Wegen der Schlamperei mit der Bombe bezweifle ich, dass er etwas damit zu tun hatte. Aber selbst wenn es doch der Fall gewesen sein sollte, habe ich nichts gegen ihn in der Hand. Sie haben Inzerillo kein Geld gegeben, und er hat sein Angebot ohne Drohungen unterbreitet. Ich könnte ihm niemals Erpressung nachweisen.«

»Also bleibt Ihnen nur, diesen Mann mit den Muttermalen und seinen fetten Kumpan zu finden?«

»Ja, Signora. Viele Verbrechen lassen sich auf Lupo zurückführen. Aber noch mehr eben nicht. Es gibt Tausende krimineller Italiener in New York, so viele, dass manche Ladeninhaber gleichzeitig von drei verschiedenen Verbrechern oder Banden erpresst werden.«

»Warum sind es denn so viele?«

»Wenn in Italien Kriminelle aus dem Gefängnis kommen, setzt ihnen die Polizei so sehr zu, dass sie sich auf ein Schiff nach Amerika schmuggeln. Normalerweise kommen sie mit dem Namen eines anderen Kriminellen nach New York. Der gibt ihnen Kost und Logis dafür, dass er die Ladenbesitzer erpresst, da ihre Gesichter noch unbekannt sind. Ist ihr Auftrag erledigt und beginnen wir mit unserer Untersuchung, verschwinden sie einfach in eine andere Stadt.«

»Und die Amerikaner können nicht verhindern, dass sie ins Land kommen?«

»Wir versuchen es, Signora. Die amerikanischen Gesetze sind lax, und erst jetzt fängt die italienische Regierung an, mit uns zusammenzuarbeiten.«

Die Haltung des Lieutenants hatte sich merklich verändert. Seine Stimme war gepresst, und bei der letzten Frage wirkte er so niedergedrückt, dass Giovanna das Thema wechselte.

»Ah, endlich mal ein hübsches Gesicht«, rief sie aus und deutete auf das Foto einer Frau auf seinem Schreibtisch.

Dann hätte sie schwören mögen, dass Petrosino rot wurde. »Das ist meine Frau.« Er drehte das Bild zu Giovanna. »Meine Adelina.«

Giovanna merkte, dass er noch mehr sagen wollte. »Kinder?«

»Im November kommt unser erstes«, gestand er verlegen und stolz zugleich.

»Bravo!« Dann entdeckte sie eine goldverzierte Urkunde aus Italien an der Wand und fragte: »Was ist denn das, Lieutenant?«

»Nach dem Attentat auf König Umberto spürte ich in Paterson den Anarchisten auf, der geschossen hatte.«

»Dann sind Sie ja ein richtiger Held, Lieutenant!«, rief Giovanna höchst beeindruckt.

»Leider«, erwiderte Petrosino, dem ein wenig die Brust schwoll, »verlief der zweite Teil dieser Geschichte nicht so glücklich. Denn als ich undercover ermittelte, um diesen Attentäter zu finden, deckte ich auch ein Komplott zur Ermordung des amerikanischen Präsidenten auf. Ich ging sofort zu meinem alten Freund, Vizepräsident Roosevelt. Als ich bei der Polizei anfing, war er Polizeipräsident. Ich warnte ihn, aber meine Warnung wurde nicht ernst genommen.«

Giovanna starrte den Lieutenant ausdruckslos an, bis er bemerkte, dass sie keine Ahnung hatte, wovon er sprach.

»McKinley, der amerikanische Präsident, wurde 1901 ermordet, Signora.«

»Oh, damals war ich noch in Italien, Lieutenant.«

Petrosino bemerkte Giovannas Verlegenheit und wandte sich wieder ihrem eigentlichen Thema zu. »Also, zwischen all den hässlichen Gesichtern haben Sie keine gefunden, die aussahen wie unsere beiden Erpresser?«

»Nein, keine ganzen Gesichter. Aber wenn ich die Augen von dem einen nehmen und zu den Wangen eines anderen hinzufügen würde …«

»Sehen Sie mal, Signora, hier auf der Karte steht *Besondere Kennzeichen.* Daneben steht *Tätowierungen auf beiden Armen.* Jetzt sehen Sie sich mal das englische Wort für *Muttermale* an. Es wird so geschrieben.« Petrosino schrieb es mit Bleistift auf. »Vielleicht können Sie die Muttermale auf den Fotos nicht so gut sehen, aber sie könnten auf der Karte vermerkt sein.«

»M-o-l-e. *Va bene.* Lieutenant, Sie haben gesagt, manchmal würden die Verbrecher nach der Erledigung eines Auftrags die Stadt verlassen. Wenn ich die Namen dieser Schurken herausfinde und sie schon weg sind, können Sie sie dann trotzdem finden?«

»Das ist schwierig, Signora. In Amerika kann man straflos seinen Namen ändern, so oft man will.«

»Dann ist es doch hoffnungslos.«

»Nein, Signora, keineswegs. Schwierig, ja. Aber nicht hoffnungslos. So«, seufzte Petrosino, nahm ihr den Stapel Fotos aus der Hand und reichte ihr einen neuen. »Ich fürchte, Sie müssen sich noch mehr hässliche Gesichter ansehen.«

*

Lucrezia übersetzte und las den Text genauso effektvoll, wie er verfasst worden war. »Die Flagge der Piraten ist von den Weltmeeren verschwunden. Doch in unseren Städten wütet die Schwarze Hand, die genau wie der Totenkopf mit den gekreuzten Knochen für Gier und Grausamkeit steht, für Feigheit und Verrat. Die Schurken, die hinter dieser Terrororganisation stehen, werden immer zahlreicher und arroganter in ihrer Missachtung von Recht und Ordnung.«

»Was liest du denn da?«, fragte Giovanna Lucrezia.

»Das *Everybody's Magazine.* Ich hab es von meinem Mann

und dachte, es könnte dich interessieren. Schließlich hast du mir von deinen Treffen mit Petrosino nicht viel erzählt.«

»Da gibt es auch nicht viel zu erzählen. Lies weiter.«

Lucrezia überflog den Text. »Hier ist der Teil über den Namen, von dem ich dir schon erzählt hatte. Zu Zeiten der spanischen Inquisition gab es eine Geheimorganisation mit dem Namen *La Mano Nera*, die gegen Regierung und Kirche kämpfte. Zwar ging sie unter, doch fand sie in den Geheimorganisationen Süditaliens ihre Nachfolger. Zwanzig Jahre zuvor tauchte die Falschmeldung in Spanien auf, *La Mano Nera* sei neu entstanden. Dies veranlasste eines schönen Tages einen Reporter vom *New York Herald* dazu, das schwindende Interesse an einem ungelösten italienischen Mordfall mit der Spekulation zu steigern, ob die Schwarze Hand durch die Immigranten in Amerika zu neuer Macht erstarke. Die anderen Zeitungen griffen die Idee sofort auf und spannen sie weiter.«

»Petrosino sagt, es gäbe gar keine Organisation, sondern nur einen Haufen Verbrecher.«

»Nun, offenbar ist er sich da mit dem Verfasser dieses Artikels einig. ›Die Angst vor der Schwarzen Hand wird erheblich durch das Geheimnis um diese Organisation verstärkt. Das Geheimnis jedoch wird niemals enthüllt werden, denn in Wahrheit gibt es nichts zu enthüllen. Die Polizei kämpft nicht gegen eine mörderische, kompliziert gestaltete Organisation von Kriminellen, sondern mit einzelnen Ausgeburten krimineller Erziehung, die Süditalien bereits seit Hunderten von Jahren hervorbringt.‹«

»Lass mal sehen«, sagte Giovanna und nahm Lucrezia den Artikel aus der Hand. Auf der Seite war ein Brief mit einer schwarzen Hand abgebildet, und da er auf Italienisch war, las sie ihn vor.

»Diese Leute haben einen viel längeren Brief bekommen als

wir! Hör zu: *Dies ist unsere zweite Warnung. Bringt am Sonntagmorgen um zehn Uhr 300 Dollar zur Ecke Second Street und Third Avenue. Sonst stecken wir euch in Brand und jagen euch in die Luft. Überlegt es euch gut, denn dies ist unsere letzte Warnung. Unterzeichnet von der Schwarzen Hand.* Das ist ganz bestimmt nicht von denselben Verbrechern. Sogar die Schrift ist ganz anders.«

»Korrekt, Detective«, sagte Lucrezia grinsend.

Giovanna überhörte das. »Weißt du, dass Lieutenant Petrosino mir erzählt hat, zwei russische Juden hätten unter dem Namen *Black Hand* Geld von einem Immobilienmakler erpresst?«

Lucrezia bemerkte, wie interessiert Giovanna war, und fragte: »Sag mal, was erhoffst du dir eigentlich von alldem?«

»Ich weiß es nicht, Lucrezia. Mir dämmert langsam, dass man womöglich niemals diese *brutti* Kerle findet, die das getan haben. Aber das ist ganz gleich. Denn ich kann mich doch unmöglich mit Abwarten und Nichtstun begnügen!«

»Also kann ich wohl davon ausgehen, dass du mir in den nächsten Monaten nicht dabei helfen wirst, Kinder zur Welt zu bringen?«

»Wenn du mich brauchst, bin ich da.«

»Das heißt dann also Nein.«

Giovanna und Lucrezia drängten sich auf der Zuhörerbank des Gerichts aneinander. Der Saal war gesteckt voll mit aufgeregt wartenden Zuschauern und Reportern. Lieutenant Petrosino hatte Giovanna vom Fall des Schneiders Spinella erzählt, der seinem Priester gebeichtet hatte, dass er Drohbriefe der Schwarzen Hand bekam. Der Priester war gegen Spinellas ausdrücklichen Wunsch zur Polizei gegangen. Die hatte daraufhin Spinellas Laden überwachen lassen und bald darauf einen

Mann eintreten sehen, der offensichtlich ein Krimineller war. Als der Mann ging, befragten sie den eingeschüchterten Schneider so lange, bis er gestand, dass er erpresst wurde.

Jetzt stand der Erpresser vor Gericht, und Giovanna hatte Lucrezia überredet, sie zu begleiten, damit sie sehen konnten, wie die amerikanische Justiz funktionierte.

Der Schneider war ein schmaler Mann, dem seine Nervosität im Zeugenstand allzu deutlich anzumerken war. Der arme Kerl musste wieder und wieder vom Staatsanwalt gedrängt werden, bis er seine Geschichte erzählte. Schließlich fragte der Staatsanwalt: »Ist der Mann, der Sie bedroht hat, hier in diesem Saal?«

Der Schneider schwieg und blickte sich ängstlich um.

Der Staatsanwalt wiederholte, diesmal noch lauter, seine Frage und zeigte auf den Angeklagten: »Ist dies der Mann, der Sie bedroht hat?«

Aber der Schneider sah nicht den Angeklagten an, sondern einen Mann, der an einer Wand lehnte und sich langsam mit dem Finger über die Kehle fuhr.

»Nein, ich sehe ihn hier nicht«, stieß der Schneider hervor.

Im Saal wurde es unruhig.

»Das ist also nicht der Mann, der Sie bedroht hat?«, schrie der Staatsanwalt und ließ seine Hand schwer auf die Schulter des Angeklagten fallen.

»Nein, das ist er nicht«, murmelte der Schneider.

Der Mann, der an der Wand gelehnt hatte, verschwand rasch, während der Richter den Saal zur Ordnung rief. Vor lauter Verzweiflung befragte der frustrierte Staatsanwalt den Zeugen so lange, bis der Richter den Fall abwies.

Giovanna war wie betäubt. Sie starrte verächtlich zu dem Schneider, doch als sie sah, wie seine Frau und seine Kinder ihn weinend in Empfang nahmen, seufzte sie wissend. Sie bemerkte auch den Widerwillen in Lucrezias Miene, konnte ihn aber nicht deuten. Giovanna vermutete, dass bei solchen Gelegenheiten Lucrezias Verachtung gegenüber den armen und ungebildeten Immigranten ans Licht kam. Oder haderte sie mit einem System, das sie nicht schützen konnte? Giovanna konnte sich diese Frage nicht beantworten.

*

Petrosinos Husten war so laut, dass er nicht nur seinen Brustkorb, sondern auch die Wände erzittern zu lassen schien.

Giovanna wischte sich den Schweiß von der Stirn. Dazu benutzte sie ein Taschentuch, das sie selbst gewebt und mit den Initialen G C bestickt hatte, um nicht einen ihrer Ehenamen zu benutzen. Sonst wäre sie sich damit wie eine Betrügerin vorgekommen. Die Hitze im Raum war unerträglich.

»Sie müssen zu einem Arzt, Lieutenant«, mahnte Giovanna. »Manchmal bringt der Sommer die schlimmsten Lungenkrankheiten mit sich.«

»Das findet meine Frau auch«, antwortete Petrosino und trank einen Schluck Wasser.

Nach ihrer Erfahrung vor Gericht hatte Giovanna einiges von ihrer Entschlossenheit eingebüßt, die Erpresser zu finden, doch traf sie sich weiterhin regelmäßig mit Petrosino und erfuhr immer mehr über die sogenannte Geheimorganisation, die in Wahrheit weder geheim noch organisiert war. Sie wusste, dass sich die Rolle der sizilianischen Mafia und der neapolitanischen Camorra darauf beschränkte, den Kriminellen bei den Reisen zwischen den beiden Ländern zu helfen. Genau wie Petrosino war sie überzeugt, dass Lupos Gang nichts mit der Zerstörung ihres Ladens zu tun hatte. Alle Beweise deuteten auf eine der kleineren Erpresserbanden, die in Little Italy kamen und gingen. Sie dachte, wenn Rocco ihre Black Handers getötet hätte, wäre die Angelegenheit erledigt gewesen. Zumindest bis die nächsten Erpresser kamen.

»Behalten Sie Inzerillos Café im Auge, Signora. Der Wolf ist verschwunden«, erklärte Petrosino hustend.

»Was? Lupo ist weg? Und was ist mit seinem Laden?«

»Er hat Konkurs angemeldet, alles Geld an sich gerafft und ist vor seinen Gläubigern geflohen.«

»Aber das sind doch gute Neuigkeiten, Lieutenant, oder nicht? Zumindest ist er weg.«

»Nein, Signora. Es bedeutet nur, dass ich nicht weiß, wo er ist.« Petrosino unterstrich diesen Satz mit einem nicht enden wollenden Husten, der ihn regelrecht durchschüttelte.

»Es hat keinen Zweck, länger zu warten, Lieutenant«, sagte Giovanna und stand auf. »Sie sollten jetzt zum Arzt.« Sie reichte ihm seinen Hut.

Da Petrosino nicht mehr die Kraft hatte, ihr zu widersprechen, nahm er den Hut und ging.

Zwei Wochen später erreichte Giovanna die Nachricht, dass Petrosino mit Lungenentzündung im Bett lag. Daraufhin bat sie Lucrezia, mit ihr zusammen zu ihm zu gehen. Mit selbstgekochter Hühnerbrühe und einer Auswahl Heilkräuter marschierten sie durch die Julihitze bis zu seiner Wohnung an der Ecke Lafayette und Sullivan. Vor der Tür seiner Wohnung stand Fiaschetti, der junge, kräftige Detective, der Petrosino nach der Explosion ins Krankenhaus begleitet hatte, und hielt Wache.

»Signora! Was machen Sie denn hier?«

»Ich bringe Suppe.«

»Moment, ich bin gleich wieder da.«

Lucrezia warf Giovanna einen Blick zu, der besagte: *Wo*

sind wir denn hier gelandet? Sie war es nicht gewohnt, dass man sie in einem Flur warten ließ.

»Signora Petrosino lässt Sie hereinbitten«, verkündete Fiaschetti bei seiner Rückkehr.

An der Tür begrüßte sie die schwangere Adelina Petrosino. »Wie freundlich von Ihnen, zu kommen.«

»Tut mir leid, dass der Lieutenant so krank ist. Dies ist meine Freundin Signora LaManna, sie ist Ärztin.«

Adelina bedachte Lucrezia mit einem Blick von der Seite und sagte: »Vielen Dank, aber der Arzt war schon bei ihm. Mein Mann wird wieder gesund, er muss sich nur ausruhen.«

Im darauf einsetzenden verlegenen Schweigen blickten sich Giovanna und Lucrezia verstohlen in der Wohnung um. Sie war zwar groß, aber bescheiden.

»Adelina, wer ist denn da?«, rief Petrosino aus dem Schlafzimmer.

»Verzeihung, ich habe Ihren Namen nicht verstanden.«

»Signora Siena.«

Adelina ging ins Schlafzimmer und sprach mit ihrem Mann. Als sie zurückkehrte, sagte sie: »Er würde Sie gerne kurz sehen.«

Giovanna schubste Lucrezia an, damit sie ihr folgte, und ging ins Schlafzimmer.

Lieutenant Petrosino lag halb aufrecht auf einem Berg Kissen. Er wirkte ausgezehrt, doch nach einem kurzen, prüfenden Blick entschied Giovanna, dass er sich wieder erholen würde.

»Dies ist *Dottore* LaManna, meine Freundin.«

»Ist mir eine Ehre, *Dottore*.«

»Signora LaManna, Lieutenant.«

»Signora Siena hat mir alles über Sie erzählt, *Dottore*. Ich nehme an, sie hat Sie hierhergebracht, um zu sehen, ob ich's überleben werde.«

Giovanna lachte. »Oh, überleben werden Sie es schon, aber nur, wenn Sie im Bett bleiben.«

»Ich sag Ihnen mal etwas im Vertrauen: Das einzig Gute an dieser Krankheit ist, dass man jetzt wohl aus lauter schlechtem Gewissen dem Commissioner erlauben wird, den *Italian Squad* zu vergrößern.«

»Herzlichen Glückwunsch, Lieutenant.«

»Ich weiß nicht, ob sich während meiner Abwesenheit so viel tut.«

»Sie ruhen sich erst mal aus, Lieutenant. Sogar ich nehme mir Urlaub, denn ich werde in einer Woche mit meiner Tochter nach Scilla reisen. Es ist schon lange her, dass ich meine Familie gesehen habe.«

»Wie schön für Sie, Signora! Ich nehme an, dies war eine ärztliche Anordnung«, bemerkte er und zwinkerte Lucrezia zu.

»Ich sehe, was für ein scharfsinniger Detective Sie sind«, erwiderte Lucrezia lächelnd.

Als Giovanna sich an der Tür von Adelina verabschiedete, entging es nicht ihrem geschulten Blick, dass es ihr offenbar gutging und die Schwangerschaft unproblematisch verlief.

Cedar Grove, New Jersey, 1973

»Versteck das Geld in einem Laib Brot und liefere es an Rossi. Mach dieses Brot dunkler als die anderen. Mama! Wie viel Geld haben wir?«

»Fünf oder sechs Dollar.«

»Ich meine, wie viel insgesamt?«

»Aber Pop, ich hab doch nur noch ein Jahr, dann kann ich unterrichten.«

»Was sollen wir denn machen? Du weißt doch, was mit der kleinen Marisa passiert ist.«

»Ich könnte mit Lieutenant Petrosino reden.«

»Aber dies ist eine Privatangelegenheit. Ein Privatgeschäft.«

»Wir sind hier nicht in Sizilien, Papa. Hier ist die Polizei auf unserer Seite. Der Lieutenant ist Italiener, genau wie wir.«

»Nein! Ich sagte bereits Nein!«

Das Klicken der Stricknadeln meiner Großmutter störte mich, daher drehte ich den Fernseher lauter. Es war Sonntagnachmittag, und ich sah mir einen alten Schwarzweißfilm an. In dem Film hatte ein Bäcker nach einer Auseinandersetzung mit seiner Tochter beschlossen, kein Schutzgeld zu zahlen, und jetzt brachen die Erpresser in seinen Laden ein. Ich zuckte zusammen. Es war eine schreckliche Szene. Der Mann wurde an einen Stuhl gefesselt und bekam Eier über seinem Kopf zerschlagen. Dann wurde er in einen Backofen geschoben.

»Soll es so herum oder anders herum?«, fragte meine Großmutter und drehte ein Blatt Papier, auf das ich ein Peace-Zeichen gemalt hatte.

Ohne den Blick vom Bildschirm zu nehmen, drehte ich das Peace-Zeichen richtig herum. »So.«

»Gefällt dir das Orange?«

»Ja, es ist schön.« Meine Großmutter strickte mir einen Flicken für meine Jeans, daher versuchte ich, meinen Ärger zu unterdrücken, dass ich schon wieder unterbrochen wurde.

So höflich wie möglich wandte ich meine Aufmerksamkeit wieder dem Schauspieler von McHale's Navy zu, der jetzt einen italienischen Cop spielte.

»Es ist so laut«, jammerte Nanny.

»Du redest auch die ganze Zeit.«

»Mach's leiser. Was guckst du dir da überhaupt an?«

»Einen alten Mafiafilm.«

»Du solltest dir solchen Schund nicht angucken.«

»Ich weiß, ich weiß …« Großmutters Einstellung zu allem, was mit der Mafia zu tun hatte, war mir wohlbekannt.

Ich war erleichtert. Der Gute im Backofen wurde gerettet, und als er rauskam, befragte ihn der italienische Cop.

»Wer hat Ihnen das angetan?«
»Lupo und zwei andere.«
»Sind Sie sicher, dass es Lupo war?«

Nannys Stricknadeln mit dem halb fertigen Peace-Zeichen fielen zu Boden. Meine Großmutter erhob sich zögerlich von dem veloursbezogenen Fernsehsessel und ging zum Fernseher, hielt aber auf halber Strecke inne. Sie beugte sich vor, um einen Blick auf den Bildschirm zu werfen, verhielt sich aber so, als könnte es ihr schaden, dem Fernseher zu nahe zu kommen. Eine Weile hörte sie zu, dann holte sie plötzlich erschrocken Luft und schlug sich die Hand vor den Mund. Für eine Sekunde stand sie wie angewurzelt auf dem Linoleum mit dem Schachbrettmuster.

»Mach das aus!«, rief sie, dann stürmte sie die Treppe zur Küche hinauf. Ich hörte, wie sie sogar in den zweiten Stock zu den Schlafzimmern ging.

Meine Großmutter bekam öfter mal einen Wutanfall, aber dieser hier kam mir seltsam vor. Ich war hin- und hergerissen zwischen dem Wunsch, den Film weiterzusehen – jetzt wurde die Tochter des Bäckers in einem dunklen Hausflur überfallen –, und der Neugier wegen des seltsamen Benehmens meiner Großmutter. Sorgen machte ich mir nicht; Nanny war kein Mensch, der Sorge oder Mitgefühl erweckte. Selbst in schlimmsten Zeiten war sie stark und merkwürdig distanziert. Schließlich siegten Neugier und schlechtes Gewissen.

Nanny war in meinem Zimmer und saß auf der Bettkante.

»Hast du das ausgemacht?«, fragte sie, ohne mich anzusehen.

»Ja«, log ich. »Was ist denn los? Tut mir leid, wenn es zu laut war.«

»Ich hab dir doch gesagt, du sollst dir nicht diesen Schund ansehen.«

»Nanny, nicht alles über die Mafia ist Schund. Du tust gerade so, als hätte es die Mafia gar nicht gegeben.«

»Sprich nicht so mit mir! Ich weiß genau, was real ist und was nicht.«

»Warum schreist du denn so?«

»Weil du keine Ahnung hast, worüber du sprichst. Geh und mach deine Hausaufgaben.«

»Hab ich schon gemacht. Was soll denn das Theater? Es ist doch nur ein blöder, alter Film über die Mafia.«

»Nicht die Mafia, die Black Hand!«

»Ist doch dasselbe.«

»Siehst du! Du hast keine Ahnung.«

»Aber sie haben's gerade gesagt. Der Film basiert auf einer wahren Geschichte und handelt von einem Cop namens Petrosino, der gegen die Mafia gekämpft hat.«

»Sie haben ihn umgebracht.«

»Wen?«

»Den Polizisten. Petrosino.«

»Hast du den Film schon gesehen?«

»Nein.«

»Woher weißt du dann, dass er umgebracht wird?«

Sie antwortete nicht.

»Woher weißt du, dass er umgebracht wird, Nanny?«

Am selben Abend ließ ich Nanny bei meiner Schwester zurück und ging zum Parkplatz der örtlichen Pizzeria, um mich mit meinen Freunden zu treffen. Ich hatte zwar beschlossen, es niemandem zu erzählen, aber das hielt ich nur eine Viertelstunde durch.

»Wenn ich's doch sage, Thea, meine Großmutter wurde gekidnappt.«

»Das ist ja cool«, staunte Thea.

»Ich glaub, sie fand es nicht so cool. Sie war damals erst vier.«

»Wie haben sie sie zurückgekriegt?«

»Das weiß ich nicht genau. Ich glaube, sie haben Lösegeld bezahlt oder so. Sie hat mir nicht viel davon erzählt.«

»War es wie bei Al Capone?«

»Nein, es war die Black Hand. Die kam vor der Mafia.«

»Du musst sie dazu bringen, dir mehr zu erzählen.«

»Ich glaube, das geht nicht.«

*

Ein paar Monate später staunte meine Mutter, weil ich so versessen auf das Familienpicknick war. Ständig sah sie mich aus dem Augenwinkel an. Ich wunderte mich, dass meine Mutter so wenig von der Entführung wusste. »Das ist doch schon so lange her. Was interessiert dich das denn?«

Im Gegensatz zu meiner Großmutter, die nichts erzählen wollte, hatte meine Mutter kaum Informationen darüber und schien auch nicht besonders interessiert. Aber für mich wurde es zur fixen Idee. Auf der Suche nach Hinweisen ließ ich immer wieder Szenen aus der Vergangenheit Revue passieren. Es gab Offensichtliches – Nanny, die Fremde lautstark aus dem Haus vertrieb, auch wenn es nur meine Freunde waren –, aber ich musste unbedingt mehr wissen, um mir das Ganze erklären zu können. Zum ersten Mal versuchte ich ernsthaft, die komplizierten Verwandtschaftsbeziehungen in meiner Familie zu erfassen. Nanny und *Nonno* waren Cousin und Cousine gewesen, doch da waren sie nicht die Einzigen. Unser Familienstammbaum hatte so viele diagonale Linien, dass er aussah, als wäre er mit einem Netz bedeckt. Ich vermisste Großvater jeden Tag, aber jetzt sehnte ich ihn verzweifelt herbei.

Auf dem Familienpicknick gab es weder Hamburger noch Hotdogs. Die Picknicktische bogen sich unter Tabletts mit Lasagne, Auberginen mit Parmesan, Schwertfisch, Klaff- und Miesmuscheln, Calamarisalaten, Kalbsrouladen, gefüllten Artischocken und anderem. Der Thunfischauflauf und der Nudelsalat von ein paar Cousins, die Nicht-Italienerinnen geheiratet hatten, wurden höflich auf einen separaten Tisch gestellt und nicht angerührt.

Ich entschied, dass Onkel Cakey, Nannys jüngerer Bruder, meine beste Quelle sein würde. Nannys ältere Geschwister Clement und Frances waren tot, Tante Mary lebte in Wildwood und würde nicht kommen, und Tante Etta war so viel jünger als Nanny, dass sie wahrscheinlich nicht viel wusste.

Onkel Cakey wurde sofort zu einem Boccia-Spiel verpflichtet, daher musste ich erst mal warten. Als das Spiel und der unvermeidliche Streit darüber, welche Kugel am nächsten gewesen war, endete, brachte ich Onkel Cakey ein Glas Wein und lotste ihn von meiner Großmutter fort.

»Onkel Cakey, sag mal, warst du schon geboren, als Nanny entführt wurde?«

»Du weißt davon?«

Ich versuchte, unbekümmert zu wirken. »Klar, natürlich.«

Er sah mich skeptisch an, antwortete aber: »Ich wurde geboren, als sie deine Großmutter geschnappt hatten.«

Einer der älteren Cousins kam vorbei. »Dominick, meine Großnichte hier möchte wissen, wann sie Lina entführt haben.«

Dominick wirkte zwar älter als Onkel Cakey, war aber größer. Er zog einen Klappstuhl heran.

»Ja? Wer ist denn deine Mutter?«

»Josie. Ich bin Angelinas Enkelin Anna.«

»Du siehst aus wie sie.«

Cousin Dominick drückte mein Gesicht und gab mir einen Kuss. »Wie alt bist du?«

»Sechzehn … Und ich hab diesen alten Film mit einem Cop namens Petrosino gesehen.«

»Ah ja, Petrosino. Ich hab ihn gekannt. Ich wollte auch Polizist werden.«

»Hat er geholfen, als meine Großmutter entführt wurde?«

»Nein, da war er schon tot. Ich erinnere mich noch an seine Beerdigung. Es war ganz gleich, dass er Italiener war – alle Welt kam. Ich hatte einen Freund, der für ihn arbeitete. Detective Forseti – Facchetti – oder so ähnlich.«

»Was genau war denn jetzt die Black Hand?«

»Das waren Gauner. Miese Verbrecher. Ich weiß, dass sie sogar Geld von Caruso erpressen wollten, als der nach New York kam. Aber bei der Gelegenheit hat mein Freund, der Detective, sie geschnappt.«

»Also hat er auch Nanny zurückgeholt?«

»Nein, das war deine Urgroßmutter. Ich hab ihr geholfen, weißt du. Deine Urgroßmutter war klug. Und stark. Ich hab Tante Giovanna geliebt. Mein Vater Lorenzo lebte nicht so lange wie sie, aber meine Mutter Teresa, Gott sei ihrer Seele gnädig, hatte elf Kinder und starb erst mit zweiundneunzig.«

»Wie hat Big Nanny sie zurückgeholt?«

»Weiß deine Großmutter, dass du all diese Fragen stellst?«

Ich log. »Klar. Aber warum ist das denn wichtig?«

»Weil du nicht darüber sprechen solltest, deswegen. Cakey, hast du ihr schon erzählt, wie die Leute in Hoboken wegen unserer Eiscreme Schlange standen? Wenn du alte Geschichten erfahren willst, dann solltest du dir das anhören.«

»Siehst du diese Muskeln?« Onkel Cakey schaltete sich ein und spannte seinen Bizeps an. »Selbst die Schauermänner hatten nicht solche Muskeln wie ich. Wir mussten Fässer mit Eis und Salz heben. Sogar deine Großmutter hatte Muskeln, weil sie Sahne und Kondensmilch schleppen musste.«

»Lina!« Cousin Dominick rief nach Nanny. »Erzähl deiner Enkelin von unserem Eis.«

Nanny kam zu uns und unterband endgültig meine Nachforschungen. Minuten später erzählte uns Onkel Cakey bis ins letzte Detail, wie sie Zitroneneis gemacht hatten.

»Du schneidest die Spitzen der Zitronen ab … der Rest wurde in Salz eingelegt …«

»Weißt du noch, wie Mama sagte: ›Lass nicht Lorenzo die Zitronen kaufen. Er ist ein Künstler und nimmt nur die schönen Zitronen, nicht die mit der dünnen Haut, die wir brauchen.‹«

Nanny schwelgte in Erinnerungen und gluckste sogar, doch ich blendete mich langsam aus. Ich plante schon meinen nächsten Zug, denn ich hatte nun zwar ein paar Antworten, aber noch mehr neue Fragen.

Teil Sieben

SCILLA, ITALIEN

AUGUST – DEZEMBER, 1908

Dreiundzwanzig

Als sie von den Bergen über Scilla zurück waren, sprang Angelina von den Schultern ihres Großvaters und rannte ins Haus ihrer Großeltern.

»Domenico, bald meckert sie wie eine Ziege«, sagte Concetta tadelnd.

»Meine amerikanische Enkelin braucht frische Milch«, erwiderte er stolz und stellte Milch und Käse auf den Tisch. Domenico war von Angelina wie verzaubert. Ihr Teint und ihr Haar waren viel dunkler als bei den anderen in der Familie, und er behandelte sie wie einen exotischen Schatz.

Giovanna und Angelina waren drei Wochen zuvor in Scilla angekommen. Für das letzte Stück der Reise hatte Cousin Pasquale sie mit dem Boot von Reggio abgeholt. Als sie am Strand von Marina Grande vorbei weiter nordwärts segelten und die Burg Richtung Chianalea umrundeten, musste Giovanna sich beherrschen, um nicht ins Wasser zu springen und zu ihren Eltern zu schwimmen, die schon am Kai auf sie warteten.

Auf die erste Euphorie, wieder in Scilla zu sein, folgten wahre Tränenfluten. In Gegenwart ihrer Mutter wurde Giovanna wieder zum verletzlichen Kind und wich ihr nicht von der Seite. Als nach Tagen ihre Tränen versiegten, meldete sich die Melancholie. Erinnerungen strömten auf sie ein, wohin sie auch blickte, und Nunzio war immer Teil dieser Erinnerungen. In ihre Trauer mischten sich Gewissensbisse, weil sie nur an Nunzio dachte. Es dauerte Tage, bis ihr aufging, dass auch Rocco aus Scilla stammte. Sie zwang sich, das Haus aufzusuchen, in dem er aufgewachsen war. Die winzige Steinhütte erschien ihr genauso fremd und unzugänglich wie ihr Mann.

Nunzios Familie, darunter seine Mutter, Tante Marianna, lebte nur wenige Meter von ihrem Elternhaus entfernt und besuchte sie jeden Tag. Vor allem Angelina liebte es, mit den Kindern von Nunzios Schwester Fortunata zu spielen. Die Mädchen behandelten sie wie ein Porzellanpüppchen und kicherten, wenn Angelina ihr mit englischen Wörtern durchsetztes Italienisch sprach. Fortunatas zwölfjähriger Sohn Antonio nahm sie mit zum Fischen und brachte ihr das Schwimmen bei. Die große Ähnlichkeit zwischen Antonio und seinem Onkel Nunzio war für Giovanna zunächst ein Schock; Antonio hatte zwar nicht Nunzios rote Haare, aber sein gut geschnittenes Gesicht und die hochgewachsene, schmale Gestalt. Außerdem besaß er die gleiche Neugier wie sein Onkel. Nach einer Weile jedoch fand Giovanna die Gegenwart des Jungen nicht nur tröstlich, sondern erging sich in der Vorstellung, dass Antonio und Angelina heiraten und ihre Kinder damit Nunzios Blut erben würden.

»Wie schön, *nonna*!«, quietschte Angelina und fuhr mit den Fingern über die gestickten Blumen auf dem weißen Kleid.

»Probier's doch mal an«, sagte Concetta und streifte ihrer Enkelin das Kleid über den Kopf. »Da. Du wirst beim Fest die Allerschönste sein.«

»Wird es wirklich Feuer am Himmel geben, *nonna*? *Nonno* hat's gesagt.«

»Dieses eine Mal hat dein Großvater keine Geschichten erzählt.«

»Danke, Mama«, flüsterte Giovanna ihrer Mutter zu. In New York hatte Giovanna manchmal gedacht, sie würde nie wieder ein richtiges Fest zu Ehren von San Rocco, dem Schutzpatron von Scilla, erleben. Aber an diesem Abend würde sie mit ihrer Tochter in der Prozession mitgehen, und ihr Vater würde zusammen mit anderen Männern die Statue des heiligen Rocco durch die Straßen tragen.

»Schaut mal *nonno* an!«, kicherte Angelina. Ihr Großvater kam mit seinem blauen Hemd und einem roten Halstuch die Treppe herunter.

»Du wirst langsam zu alt, um die Statue zu tragen, Domenico«, schalt Concetta.

»Zu alt? Wer trägt denn jeden Tag unsere Enkelin auf den Schultern?«, erwiderte er und kitzelte Angelina.

In der Kirche ging Domenico mit den anderen die drei Meter hohe Statue für die Prozession holen. Wie schon seit über hundert Jahren sollte sie von zwanzig Männern auf einer reich verzierten Sänfte von der Kirche aus durch die Straßen von Scilla getragen werden. Hinter der Statue und allen Männern der San-Rocco-Gesellschaft folgte die Ortskapelle von Scilla, angetan mit Uniform und Schärpe über der Brust. Danach kam die restliche Bevölkerung.

»Antonio, warum zeigt San Rocco auf sein Knie?«, fragte Angelina ihren Cousin, der neben ihr ging.

»Schsch, Angelina.«

»Wo hast du die Kappe her?«, fragte sie unbeeindruckt weiter.

»Von deiner Mutter. Aber jetzt sei still«, erwiderte Antonio tadelnd.

»Ist gut, aber wie lange noch?«

»Bald sind wir an der *chiazza*, dann siehst du das Feuerwerk«, versicherte Antonio ihr.

Als sie jedoch endlich die *chiazza* erreichten, war Angelina auf der Schulter ihrer Mutter schon fast eingeschlafen. Doch beim ersten Knall des Feuerwerks wurde sie schlagartig wieder wach. Giovanna betrachtete in Angelinas Augen den Widerschein des Feuerwerks und das Staunen ihrer Tochter. Zum ersten Mal während ihrer Reise beschwor sie nicht alte Erinnerungen herauf, sondern schuf eine neue.

*

»Das Boot kommt, Angelina. Sehen wir mal, ob sie den letzten Schwertfisch gefangen haben«, sagte Domenico zu seiner Enkelin.

Domenico fiel es schwer, nicht mehr zum Fischen hinauszufahren. Er hoffte immer noch, die Schmerzen in Armen und Beinen würden wieder vergehen, doch als die zweite Schwertfischsaison kam und wieder verging, wurde ihm klar, dass es der Fluch des Alters war, gegen den er nichts ausrichten konnte.

Von der Haustür der Costas bis zur Anlegestelle der Boote waren es nicht mal sieben Meter. Angelina beobachtete, wie das Fischerboot, das wie ein seltsames Insekt aussah, zum Ufer gerudert wurde.

»*Nonno*, was macht der Mann da oben?«

»Er hält nach dem Schwertfisch Ausschau. Wenn er einen sieht, ruft er es den anderen zu. Schwertfische sind schlau, sie spüren, wenn du kommst. Du musst dich anschleichen. Der Mann am Bug wirft die Harpune in die Richtung, die der Ausguck angibt.«

Als das Boot sich der Anlegestelle näherte, winkte der Mann auf dem Pfahl. Angelina merkte, dass es kein Fremder war, sondern Antonio. Der Mann mit der Harpune war Giuseppe, Antonios Vater, und an den Rudern saßen seine beiden anderen Söhne, Salvatore und Franco. Angelina hüpfte aufgeregt und winkte.

Giovanna beobachtete sie lächelnd vom Haus aus und freute sich, dass Angelina und Antonio sich so gut verstanden.

Zehn Meter vom Ufer entfernt, beantwortete Giuseppe bereits Domenicos stumme Frage. »Nichts, Domenico. Wir haben ein paar Sardinen im Netz, mehr nicht.«

Domenico nahm die Kette, half ihnen beim Anlegen und zog das Boot ans Ufer.

»Was kannst du da oben sehen?«, fragte Angelina Antonio.

»Alles. Delfine, Fische mit leuchtenden Streifen, die Meerjungfrauen …«

»Meerjungfrauen? Zeig mir die Meerjungfrauen, ich will auch welche sehen!«, rief Angelina aus.

»Die Meerjungfrauen zeigen sich nicht, wenn sie wissen, dass du nach ihnen Ausschau hältst.«

»Antonio! Hör auf, dem Kind solchen Unsinn zu erzählen, und hilf mir mit dem Netz«, mahnte Giuseppe.

»Antonio sieht alles Mögliche, nur keinen Schwertfisch«, scherzte sein älterer Bruder Salvatore.

*

Im Oktober hing die Frage in der Luft, ob und wann Giovanna nach New York zurückkehren würde. Ihre Eltern wollten zwar fragen, wagten es aber nicht, weil sie es zu schön fanden, ihre Tochter und ihre Enkelin bei sich zu haben. Angelina schließlich brachte das Thema eines Tages beim Abendessen zur Sprache. »Mama, wann sehen wir Papa wieder?«

Darauf trat Schweigen ein. Und nach einer Weile sagte Concetta: »Hör mal, Giovanna, mit ein bisschen Arbeit könnten wir alle hier unterbringen.«

»Er würde niemals zurückkommen. Er gehört nach Amerika.«

Das Schweigen dauerte die gesamte Mahlzeit und den restlichen Abend an. Giovanna wusste, dass sie eine Entscheidung treffen musste. Sie hatte gerade einen Brief von Rocco bekommen, von Frances geschrieben. Im Brief stand, dass Mary sie vermisste und Giovanna ihre neue Lehrerin vorstellen wollte. Giovanna wusste, das war Roccos Art, sie um ihre Rückkehr zu bitten.

Sie hatte ihren Eltern nicht von der Zerstörung ihres Ladens erzählt. Sie spürte, im tiefsten Inneren waren sie überzeugt, dass sie nach New York zurückmusste, so gerne sie sie auch dabehalten hätten. Hätte sie ihnen von den Schwierigkeiten erzählt, dann hätten sie sich mit Sorgen gequält und wären in einen inneren Konflikt geraten. Giovanna wurde klar, dass ihr nun, nach Nunzios Tod, nur noch die Pflicht geblieben war. Wenn sie in Scilla blieb, würde sie ihre Liebe nicht zurückbekommen – aber ihre Ehre verlieren.

Also schrieb sie Rocco noch am selben Abend und teilte ihm mit, sie würde im nächsten Monat mit Angelina nach New York zurückkehren. Doch sie fügte hinzu, sie sei entschlossen, mit der nächsten Entschädigung für Nunzios Unfall die Elizabeth Street zu verlassen.

Vierundzwanzig

Nach dem langen Weihnachtswochenende kletterte Antonio ins Bett. Weihnachten war diesmal auf einen Freitag gefallen, so dass er drei lange Tage nicht fischen gegangen war.

Auch das Weihnachtsessen war diesmal größer als sonst ausgefallen. Zu seiner Familie hatten sich Tante Concetta und Onkel Domenico gesellt und dazu ihre Nachbarn, die Cubellis, die gerade aus *L'America* zurückgekehrt waren. Giuseppe, sein Vater, hatte Signore Cubellis Erzählungen von den Schrecknissen in Amerika immer wieder mit *Hast du das gehört* unterstrichen. Denn sehr zu seinem Verdruss ließ der zwölfjährige Antonio, seit seine Tante und seine Cousine zwei Monate zuvor nach New York zurückgekehrt waren, keine Gelegenheit aus, seinen Entschluss zu bekunden, auch nach *L'America* zu gehen.

»Haben Sie meine Tante Giovanna in *L'America* gesehen?«, fragte Antonio Signore Cubelli.

»*L'America* ist groß, Antonio«, erwiderte der Signore in zurechtweisendem Ton. »Wir waren an einem Ort namens Pennsylvania. Ich hab von morgens bis abends in einer Fabrik gearbeitet und nie die Sonne gesehen. Der *padrone* hat unseren Lohn einbehalten und auf eine Bank gegeben. Er meinte, dann würde das Geld wachsen. Ich hätte es besser wissen müssen und nicht an solchen Blödsinn glauben sollen. Gemüse wächst!

Pilze wachsen! Als die Fabrik zumachte, schloss auch die Bank – und unser ganzes Geld war weg!«

»Hast du das gehört, Antonio?«, rief Giuseppe.

»Lass den Jungen essen, Giuseppe«, sagte Fortunata tadelnd und nahm ihren Sohn in Schutz. Sie wusste, dass die Warnungen ihres Mannes vor Amerika sinnlos waren. Ihnen war es vom Schicksal bestimmt, eine geteilte Familie zu sein. Nur noch wenige Männer waren in Scilla, die ihre Töchter heiraten konnten, und es war lediglich eine Frage der Zeit, bis sie Heiratsanträge von Freunden und Verwandten aus Amerika bekommen würden. Was ihre Söhne betraf, so wusste sie, dass die Älteren – Orazio und Raffaele – in Scilla bleiben würden; sie hatten bereits ihre eigenen Familien und Boote. Doch ging sie davon aus, dass ihre jüngeren Söhne Salvatore, Franco und vor allem Antonio von der fackelschwenkenden Sirene an die Gestade von *L'America* gelockt würden.

Antonio warf sich unruhig auf der Strohmatratze hin und her, die er mit Salvatore und Franco teilte, und griff schließlich nach der Kappe, die ihm Tante Giovanna geschenkt hatte. Sie war aus feiner Wolle, aber am wunderbarsten war das seidige Futter. Mit Gedanken an seine Zukunft in Amerika und an die feinen Kleider, die er dort tragen würde, schlief er schließlich ein.

Jemand rüttelte ihn an der Schulter. Selbst ohne Licht wusste er, dass seine Eltern früher auf waren als sonst. Das bedeutete, sie würden die Frauen zur Arbeit nach Messina rudern, bevor sie zum Fischen hinausfuhren, und es drängte seinen Vater, nach drei Tagen Nichtstun die Netze auszuwerfen. Er hörte seinen kleinen Neffen brüllen, weil er Hunger hatte, und sah zu, wie seine Mutter und seine Schwägerin ihn zu beruhigen suchten. Sie wollten das Baby erst auf dem Boot füttern, weil die Kombination aus Milch und sanft wiegenden Wellen ihn wieder zum Einschlafen bringen würde.

Nachdem Antonio sich rasch angezogen hatte, ging er nach draußen, um seinem Vater zu helfen. Seine älteren Brüder Orazio und Raffaele bereiteten schon ihr gemeinsames Boot vor, das neben dem etwas größeren ihres Vaters lag. Ihre Frauen kletterten, mit den Babys an der Brust, an Bord.

Die Männer arbeiteten schweigend. Nur das Rasseln der Ketten, die von den großen Spulen gekurbelt wurden und das Boot ins Meer senkten, unterbrach die Stille des frühen Morgens. Die Dezemberkälte bewegte sie zu noch größerem Tempo, so dass sie schon kurz vor fünf mit ihren beiden Booten in eine außergewöhnlich stille See stachen.

Giuseppes Boot war voll. Seit ihrem sechsten Lebensjahr hatten Antonio, sein älterer Bruder Salvatore und sein jüngerer Bruder Franco ihren Vater beim Fischen begleitet. An diesem Tag waren sogar die älteren Schwestern der Jungen an Bord. Fortunata war der Meinung, dass die reichen Frauen in Messina nach den Weihnachtsferien noch mehr Arbeit zu vergeben hätten.

»Ich rudere«, sagte Giuseppe überraschenderweise. Antonio bemerkte, dass sich sein Vater wiederholt umblickte, als nahe ein Sturm, doch der Himmel war klar und das Meer ruhig. Seine Brüder schienen auch die Klippen und das Meer zu studieren.

»*Papà, che cosa fa?*«

»*Niente,* Antonio.« Der seltsame Unterton in Giuseppes Stimme ließ Fortunata aufblicken.

»Es ist nichts. Nur sind die Vögel und Fische heute unruhig.« Giuseppe hob die Ruder an und wandte sich von seiner Frau ab. Er blickte hinüber zu seinen älteren Söhnen, die als Reaktion auf seine fragende Miene schweigend mit den Schultern zuckten. Sie waren zweihundert Meter vom Ufer entfernt und fuhren südwärts in die Straße von Messina.

Giuseppe tauchte die Ruder wieder ins Wasser. Ein dumpfes Grollen veranlasste ihn, erneut prüfend zum Himmel zu blicken. Dort war immer noch nichts zu sehen, doch noch bevor er seiner Verwirrung Ausdruck verleihen konnte, schwoll das Grollen an, bis es lauter und durchdringender war als der Donner des größten Unwetters.

Daraufhin zog er die Ruder ein und befahl seiner Familie, sich auf den Boden des Boots zu legen. Eine Sekunde später stieg ihr Boot in die Höhe, als hätte es ein mächtiges Seeungeheuer in die Luft gehoben. Sie befanden sich auf dem Gipfel eines Wasserbergs, und für den Bruchteil einer Sekunde war sich Giuseppe sicher, unter ihnen sogar den Grund des Meeres zu sehen. Das Boot blieb auf der Welle, als diese zusammenbrach. Das anfängliche Grollen verwandelte sich in den Klang tausender explodierender Bomben, rasch gefolgt von einer wahren Sturzflut vom Himmel.

Das Meer um sie herum wogte und kochte, und Giuseppe gelang es, seine Ruder wieder ins Wasser zu bringen. Er schrie seinen Söhnen zu, sie sollten es ihm nachmachen, obwohl er Mühe hatte, ihr Boot durch den herunterprasselnden Regen hindurch zu sehen. Auf die explosionsartigen Geräusche folgte ohrenbetäubendes Krachen. Giuseppe erhaschte einen Blick auf Scilla. Es sah aus, als treibe Gott wie ein Steinmetz seinen Meißel in die Klippen. Es krachte, es zischte merkwürdig, und dann zerbarst der Fels. In dem Bemühen, etwas zu sehen, drückte sich Antonio vom Boden hoch, blickte mit zusammengekniffenen Augen über den Rand des Boots und erkannte zu seinem Entsetzen, dass Großteile von Scilla in sich zusammenfielen.

Nachdem die ersten Häuser in Chianalea wie Sand zerbröselt waren, verdunkelten Staub und Rauch das wenige, was noch durch den prasselnden Regen und Hagel auszumachen war. Das Boot wurde heftig umhergewirbelt, doch davor sah

Antonio, wie Teile des Castello Ruffo ins Meer stürzten. Weiter entfernt, in der Straße von Messina, sahen sie nur noch Flammen.

Während sie über eine Woge stürzten, stand Giuseppe auf, um etwas durch den Regen und den schwarzen Rauch in der Meerenge erkennen zu können. Als Antonio aufblickte, sah er Entsetzen auf dem Gesicht seines Vaters. Giuseppe brüllte zu Orazio und Raffaele, sie sollten das Seil fangen, das er in Richtung ihres Boots werfen wolle. Unter leisen Gebeten versuchte Fortunata immer wieder, den Kopf zu heben, wurde aber jedes Mal von ihrem Mann zurückgedrückt. Giuseppe packte ein Ruder und befahl Antonio und Salvatore brüllend, sich das andere zu schnappen. »Haltet die Ruder dicht, Söhne!«, schrie er zum anderen Boot. Antonio kämpfte sich gegen Regen und Wind auf die Sitzbank des Boots. Als er aufrecht saß und das Ruder nahm, bemerkte er, was sein Vater bereits gesehen hatte. Eine zwanzig Meter hohe Welle, die die nun in Staub gehüllten Klippen überragte, rollte westwärts in die Straße von Messina.

Giuseppe hatte sein Boot an das seiner Söhne gebunden. Antonio wusste, dass dies keine Sicherheit bot, und er wusste auch, dass sein Vater meinte, sie hätten keine Chance, im Boot zu bleiben. Es war nur ein verzweifelter Versuch, die Familie in Reichweite zu halten. Sie befanden sich nördlich der Meerenge und würden nicht in den Tsunami geraten, doch wenn dieser gegen Messina schlug, würden sie seine Nachwirkungen überleben müssen.

»Hört mir zu!«, brüllte Giuseppe seinen Jungen zu. »Haltet die Ruder dicht und drückt sie auf den Dünungen zurück. Haltet das Ruder in der Welle, wenn sie sich verlagert, verlagert ihr euch auch.«

»*Si*, Papa«, schrie Antonio und zog das Ruder zu sich. Franco wurde auf den Boden des Boots gedrückt, und Salvatore war vor Angst erstarrt. »Verstehst du, Salvatore? Salvatore?« Kurz flackerte Erkenntnis auf.

»Fortunata, halt die Kinder unten, ganz gleich, was passiert.«

Als die Flutwelle über Messina hereinbrach, kollidierten die verschiedensten Geräusche und der Rauch verzog sich kurzzeitig. Der ganze Hafen von Messina verschwand. Dann zog sich die Welle zurück, und das Meer rauschte durch die Straßen und Gebäude, als wären sie Kieselsteine am Strand. Giuseppe und seine Söhne strafften sich und sahen entsetzt zu, wie die zerstörerische Flutwelle über tausend Jahre Zivilisation hinwegspülte.

Da die Flammen kurzzeitig verloschen, wurde der Himmel pechschwarz, und sie sahen die erste Welle über sich nicht. Die beiden Boote wurden gegeneinander geschleudert. Antonio tauchte hustend aus dem Wasser auf, und innerhalb einer Sekunde drückte ihm sein Vater sein eigenes Ruder in die Hand. Durch die Wassermassen konnte Antonio undeutlich den angespannten Arm seines Vaters sehen, der seine Schwägerinnen und ihre Babys in ihr Boot zerrte. Das Boot seiner Brüder war fast in der Mitte durchgebrochen und zog langsam ihr eigenes in die Tiefe. Als ihre Frauen sicher an Bord waren, zogen sich Orazio und Raffaele mit dem Seil durch die brodelnde See. Kaum hatten sie das intakte Boot erreicht, schnitt Giuseppe das Seil durch und die Trümmer des anderen Boots verschwanden in der Gischt.

Raffaele und Orazio nahmen sich je ein Ruder und setzten sich zu Antonio und Salvatore auf die Bank. Giuseppe schrie seinen Ruderern Anweisungen zu und manövrierte so am Bug.

»Nicht gegen die Welle, sondern mit ihr!«, rief er mit krächzender Stimme. »Hier kommt eine von links. Stabilisiert mit den Rudern das Boot. Haltet euch fest!« Das Boot fuhr auf dem Wellenkamm und wurde mehrere hundert Meter nordwestwärts katapultiert. Giuseppe sprach ein rasches Dankgebet, weil es sein Ziel war, die Meerenge so weit wie möglich hinter sich zu lassen. Doch seine Erleichterung war nur von kurzer Dauer. Dann traf sie eine andere Welle, warf sie zurück und kippte sie dabei fast um. Giuseppe befehligte weiterhin brüllend seine Söhne, die mit aller Kraft die Ruder hielten.

Als sie erneut aus einem Wellental auftauchten, versuchte Giuseppe sich zu orientieren. Sie waren im Norden gewesen, doch jetzt waren sie weiter westlich, vor Siziliens Küste. Südlich von ihm konnte er in der Meerenge das brennende Messina sehen und zum ersten Mal auch das zerstörte Reggio. Es war, als hätte man auf den gegenüberliegenden Küstenstreifen zwei Freudenfeuer entzündet. Eine Rauchwolke hing über Scilla, aber er konnte nur vereinzelt Feuer ausmachen.

Zwei Wellen näherten sich gleichzeitig aus Ost und West, und er befahl den Jungen brüllend, zum Ende der westlichen Welle zu rudern, weil er hoffte, wenn sie die Dünung hinaufgetragen würden, könnten sie die Kollision vermeiden. Gerade rechtzeitig fuhren sie die Dünung wieder hinunter und bekamen nur noch den Rückstoß der zwei gegeneinander prallenden Wellen ab.

Antonio wusste nicht, ob er weinte. Der Anblick seiner Mutter und seiner Schwestern, die durchnässt und kreischend am Boden saßen, jagte ihm mehr Angst ein als die Wellen. Sie klammerten sich an die Planken des Boots und holten zwischen den Wellen keuchend Luft. Antonio betete zu seinem Schutzpatron. Zum ersten Mal dachte er auch an seine Großeltern, Cousins und Cousinen und die vielen Onkel und Tanten in Scilla. Waren sie noch am Leben? Der Gedanke, zu ihnen zu kommen, gab ihm neue Kraft, und er hörte noch aufmerksamer auf die Befehle seines Vaters.

Seine Schwägerinnen hatten sich ihre Babys zwischen die Brüste geklemmt, damit sie Luft bekamen, wenn die Wellen übers Boot schwappten. Nach der Kollision der letzten beiden Wogen sah Fortunata, wie ihr kleiner Enkel neben seiner bewusstlosen Mutter weinte und an der Bootsseite hochgedrückt wurde. Sie wusste nicht, ob Raffaeles Frau ohnmächtig geworden war oder zu viel Wasser geschluckt hatte. Sie holte tief Luft und blies ihr in den Mund, ohne die anderen zu alarmieren, weil sie Angst hatte, Raffaele würde dann sein Ruder loslassen. Sie beatmete sie immer weiter und betete, dass die Wellen sich lange genug vom Boot fernhalten würden. Quälend lange Zeit später fing ihre Schwiegertochter an zu husten und Wasser zu spucken, und Fortunata konnte sie in eine sitzende Position bringen. Sie lehnte sie gegen eine Bootsseite und legte ihrer Tochter ihren Enkel in die Arme.

Nachdem die Flutwelle über Messina hereingebrochen war, strömte sie über die Meerenge zurück und überflutete Reggio. Dann strömte sie wieder und wieder zwischen den beiden Orten hin und her und verlor jedes Mal ein wenig an Höhe und Kraft.

Die Familie konnte nun auf der Dünung fahren, ohne von jeder Woge überflutet zu werden. Zum ersten Mal gelang es Giuseppe nachzudenken, anstatt nur zu reagieren. Wo war die Familie besser aufgehoben: an Land oder im Wasser? Was war, wenn es noch ein Beben gab? Zum ersten Mal wandte er seinen Blick vom Meer zu den anderen und sah, dass seine jüngere Schwiegertochter fast bewusstlos war und viele seiner Kinder vom ständigen Anbranden des Meeres blass und schwach wirkten. Er befand, dass sie weiterem Ansturm nicht standhalten würden, und plante, das Boot zur östlichen Seite der Meerenge zu steuern, zum nördlichsten Punkt von Scilla.

Im ständigen Kampf gegen tückische Strömungen und gefährliche Wellen näherten sie sich unerträglich langsam Scilla. Stunden später brannten Antonios Arme von der unaufhörlichen Anstrengung. Doch der Schmerz in seinen Muskeln war nicht annähernd so quälend wie die Aussichten und die Geräusche von der Küste, die mit jedem Ruderschlag deutlicher wurden. Sie hörten es schon, bevor sie etwas sahen: fallende Steine, einstürzende Mauern und zusammenbrechende Gebäude. Explodierende Gas- und Wasserleitungen. Je näher sie kamen, desto grauenhafter wurde der Lärm, da mittlerweile auch Hilferufe und Schmerzensschreie zu vernehmen waren. Nachdem sie nur knapp mit dem Leben davongekommen waren, konnten sie langsam, durch den Rauch hindurch, an der Zerstörung sehen, an der Qual hören und am Geruch des Todes wahrnehmen, dass sie an Land ein noch viel schrecklicheres Schicksal erwartete.

Teil Acht

NEW YORK, NEW YORK
29. DEZEMBER 1908 BIS
8. SEPTEMBER 1909

Fünfundzwanzig

29. Dezember 1908

»Terremoto! Terremoto in Sicilia e Calabria!« Die italienischen Zeitungsjungen hatten ihre üblichen Ecken verlassen und rannten die Mulberry und die Elizabeth Street hinunter.

»Messina zerstört!«

»Keine Nachrichten aus Reggio!«

»Erdbeben nach Flutwelle!«

»Tausende tot!«

Noch bevor die Zeitungsjungen ihre Schlagzeilen überall verkündet hatten, begannen auch schon die Kirchenglocken zu läuten. Wenn die Bewohner des italienischen Viertels nicht durch das Fußgetrappel ihrer Nachbarn aufwachten, die eine Zeitung holen wollten, dann weckte sie der Chor der Glocken. Die Taschen der Zeitungsjungen leerten sich rasch, und die Leute scharten sich um den Nächststehenden mit einer Zeitung. »Erzähl, erzähl!« Diese Bitten mischten sich mit den Rufen um Ruhe, während die Leser, die Hände zitternd, die Titelseiten überflogen.

Oft genug brachen sie zusammen, wenn sie zu Ende gelesen oder auch nur einen unheilverkündenden Satz gesehen hatten, und konnten Verwandten und Nachbarn nicht mehr von der Katastrophe erzählen. Tränenreiche Zusammenfassungen reduzierten sich immer häufiger zu einem: »Tot, sie sind alle tot!« Daraufhin brachen auch die Umstehenden zusammen, bis alle Eingänge von Menschentrauben besetzt waren, die wehklagten und laut zu den Heiligen beteten.

Frances war nach unten gerannt, um die Zeitung zu holen, und überflog sie auf dem Weg hinauf, bevor sie sie ihrer Stiefmutter gab. Sie wusste, ihr Vater hatte keine Familie mehr in Italien, aber sie hatte genug erfahren, um zu wissen, dass es für ihre Stiefmutter schreckliche Neuigkeiten gab.

Giovanna breitete die Zeitung auf dem Küchentisch aus. Dann beugte sie sich darüber, weil sie zu unruhig war, um sich hinzusetzen, und fasste sie mit beiden Händen. Ihre Tochter, ihr Mann und ihre Stiefkinder sahen schweigend zu, wie sie mit bebender Brust und hektischen roten Flecken im Gesicht vorlas und dabei um Fassung rang. Sie wurden Zeugen eines emotionalen Erdbebens. Ihr Körper zeigte nur schwache Anzeichen, aber es war deutlich sichtbar, welcher Druck sich unter der Oberfläche aufbaute. Frances war sicher, dass es ihre Stiefmutter jeden Moment zerreißen würde. Stattdessen zerriss die Zeitung, so heftig hatte Giovanna sich an sie geklammert. Sie ließ sie auf dem Tisch liegen und stürzte ins Schlafzimmer.

»Giovanna! Was ist los?«, fragte Rocco.

»Messina ist vollkommen zerstört. Reggio wahrscheinlich auch. Ein Erdbeben und eine Flutwelle. Sie könnten alle verschüttet sein. Ich werde sie suchen«, antwortete sie und warf alles Mögliche, einschließlich des Geldes, das sie hatte sparen können, in einen Seesack.

»Hör auf! Du kannst da nicht hin. Selbst wenn es möglich wäre, würde es Wochen dauern, und bis dahin …«

Giovanna sah Rocco blitzend vor Entschlossenheit an, schnappte sich den Seesack und marschierte zur Tür. Als sie sie aufriss, sah sie sich Lorenzo gegenüber, der sie mit schreckensstarrer Miene anblickte.

30. Dezember 1908

Nach einem Tag der Trauer wusste Lorenzo, dass ihm nichts anderes übrig blieb, als mit Giovanna zur Schifffahrtsgesellschaft zu gehen. Die Schalterhallen waren überfüllt mit Hunderten Italienern, denen alle dasselbe beschieden wurde. Es gab keine Passagen mehr, und selbst wenn sie nach Neapel gelangen konnten, gab es doch keine Möglichkeit, in die erdbebengeschüttelte Region zu kommen. Für die *Lucania* waren nur noch Fahrkarten erster Klasse übrig. Vor lauter Verzweiflung bestürmten die Immigranten die reichen Italiener, die an Bord der *Lucania* gingen, gaben ihnen Geld und Zettel mit den Adressen ihrer Familien, damit sie sich nach ihnen erkundigen konnten.

»Giovanna, ich kenne den Mann da!«, rief Lorenzo und zeigte auf jemanden, der gerade an Bord gehen wollte. »Ich hab in seiner Importfirma eine Wand bemalt.«

Er bahnte sich einen Weg durch die Menge und rief den Namen des Mannes. Der gut gekleidete Signore hörte ihn und drehte sich nach ihm um.

»Signore, ich bin's, Lorenzo Costa. Können Sie uns helfen?« Der Mann hatte ein rotes, geschwollenes Gesicht und sah Lorenzo benommen an.

»Wissen Sie nicht mehr, Signore, ich habe ein Gemälde auf Ihre Wand gemalt. Von der Straße von Messina.«

»Oh, *si, si*.« Der Mann starrte Lorenzo weiterhin an.

»Signore, könnten Sie mir wohl Nachrichten von meiner Familie übermitteln? Sie sind in Scilla, in Kalabrien.«

»Aber ich hoffe, nach Messina zu kommen. Meine Frau, meine Kinder, meine Eltern, sie alle sind da. Ich«, sagte er und schlug sich gegen die Brust, »ich hab sie dorthin geschickt. Ich habe sie zu Weihnachten nach Hause geschickt. In den Tod.

Mögen die Heiligen mit eurer Familie sein, Signore *Artista*.« Der Herr drehte sich um und verschwand.

Die Situation am Telegrafenamt, wo sie als Nächstes haltmachten, war ähnlich. Trauben von Sizilianern und Kalabriern bevölkerten das kleine Büro und die Straße davor. Der Angestellte versuchte von seinem Schreibtisch aus, die Menge zu übertönen. »Sie können ein Telegramm aufgeben, aber es wird nicht ankommen. Es gibt in der Gegend weder Telegrafen noch Telefone. Versuchen Sie es in ein paar Tagen noch mal.«

Dennoch blieben die meisten, darunter auch Giovanna und Lorenzo, und warteten geduldig, um ihre Telegramme ins Nichts abzusenden. Sie bezahlten sogar für eine Antwort, die sie nicht bekommen würden. Die Schlange war lang, und während man wartete, tauschte man untereinander Zeitungen aus. An diesem Tag waren die Artikel länger, manchmal mehrere Seiten, und sie enthielten Karten und Fotos, die Messina und Reggio vor der Katastrophe zeigten. Giovanna bekam eine *New York Herald* in die Hand gedrückt und wollte sie schon weitergeben, als sie sah, dass ein Großteil der Artikel auf Italienisch verfasst war. Sie ließ Lorenzo in der Schlange und trat ein Stück beiseite, um zu lesen:

100 000 Tote in Messina. Reggios Verluste in der schweren Naturkatastrophe liegen bei 45 000.

Versorgungsschiffe mit Nahrungsmitteln und Zelten auf dem Weg ins Krisengebiet.

Ohnmacht und Verzweiflung. Entsetzliche Szenen: Überlebende der Katastrophe verlieren den Verstand beim Anblick toter Angehöriger und begehen Selbstmord.

Giovanna schickte Stoßgebet um Stoßgebiet zum Himmel und kämpfte gegen Visionen von ihren Eltern, die zwischen Trümmern und Leichen verschüttet oder – noch schlimmer – lebendig und unerreichbar begraben waren. Ihre schlimmsten

Befürchtungen schwarz auf weiß vor sich zu sehen, war kaum zu ertragen. Sie zwang sich, den Artikel zu überfliegen, um etwas über Scilla zu finden, entdeckte jedoch nichts. Auch die Karte zeigte Scilla nicht, nur die Nachbarorte Bagnara und Palmi, über die es hieß, dass man Hunderte von Leichen gefunden habe. Sie erschauerte bei dem Gedanken daran, dass Scilla noch näher an Reggio und Messina lag als diese beiden Dörfer.

»Ich hab's abgeschickt.« Lorenzo zog seine Schwester an der Hand von ihrer Kiste. »Hast du noch was gefunden?« Schweigend zeigte sie ihm die Karte und wies auf die umliegenden Orte, die alle zerstört worden waren. Er blickte auf die Zeitung, sagte aber nichts.

»Ich hab jemanden sagen hören, dass viele zum Generalkonsulat gehen«, murmelte er dann. »Lass uns das auch mal versuchen.«

Als sie vor dem Amtssitz des Generalkonsuls Massiglia auf der Lafayette Street ankamen, empfing sie Tumult. Menschenmassen drängten sich am Eingang und brüllten: »Geben Sie uns Schiffspassagen! Nennen Sie die Namen der Toten!« Angestellte des Konsulats bahnten sich einen Weg durch die Menge, verlautbarten das wenige, was sie wussten, und versuchten vergeblich, den Aufruhr zu dämpfen und den Menschen zu versichern, dass jedwede Information sofort veröffentlicht würde. Lorenzo zuckte resigniert mit den Schultern. Nun gab es nur noch einen Ort, der ihnen Trost spenden konnte.

Kurz darauf betraten sie die Jesuitenkirche *Unserer Lieben Frau von Loreto* in der Elizabeth Street. Überall brannten Kerzen und weinten Frauen – und sogar Männer, die diese Umgebung nicht gewohnt waren, denn italienische Männer kamen meist nur zur Taufe und zur Beerdigung in die Kirche.

Giovanna sah sich um und verspürte einen Anflug von schlechtem Gewissen, weil sie nicht zuerst hierhergekommen war. Es überraschte sie selbst, wie pragmatisch sie manchmal sein konnte. Dann kniete sie vor dem Altar nieder, nahm ein Stöckchen vom Tablett und hielt es in eine brennende Kerze. In allen Kirchen New Yorks zusammen gab es nicht genügend Kerzen für die Opfer, daher musste jede Kerze die Last vieler Seelen tragen. Über fünfzigmal hielt sie das Stöckchen in die Flamme und sagte den Namen der Menschen, für die sie betete, angefangen bei ihrer Mutter und ihrem Vater. Danach betete sie für Nunzios Mutter, Tante Marianna, Nunzios Schwester Fortunata, ihren Mann, Giuseppe Arena, und ihre Kinder. Da sie vor Verwirrung und Trauer nicht mehr klar denken konnte, stellte sie sich bei der Auflistung geliebter Angehöriger vor, wie sie bei der Hochzeit mit Nunzio den Gang hinuntergeschritten war und jeden Einzelnen angesehen hatte. Für alle zündete sie symbolisch eine Kerze an und bat Nunzio, sie zu retten oder im Himmel zu empfangen.

Lorenzo betete ebenfalls. Er befand sich nicht weit von Pater Longa entfernt, der versuchte, die vielen Menschen um ihn herum zu trösten. Giovanna wusste, dass Pater Longa aus Messina kam, und fragte sich, woher er die Kraft nahm, andere zu trösten, während das Schicksal seiner eigenen Familie ungewiss war. Sie schloss, dass er sein Heil entweder in Ablenkung suchte oder einer höheren Berufung folgte.

31. Dezember 1908

Angelina brauchte einen ganzen Tag, um sich zusammenzureimen, was geschehen war, doch als es ihr gelang, war sie untröstlich. Ihre *nonna* und ihr *nonno*, die sie in Scilla so verwöhnt hatten, waren vielleicht unter Trümmern begraben, in einer riesigen Welle ertrunken oder in einem Feuer umgekommen. Wohin sie auch ging, sprachen die Leute miteinander oder lasen Zeitungen. Und auch wenn sie nicht verstand, was sie sagten, sah sie die Trauer der Frauen, die mit verhülltem Kopf auf der Türschwelle saßen und sich wehklagend hin und her wiegten.

Wenn Angelina nicht gerade an ihre Großeltern dachte, dann dachte sie an Antonio und seine Geschwister. Wie konnte das schöne, ruhige Meer, in dem ihr Antonio das Schwimmen beigebracht hatte, plötzlich Menschen verschlingen? Sie hörte eine Dame aus der Zeitung vorlesen, dass die Überlebenden den Verstand verloren hatten und nackt umherliefen. Frances erklärte ihr, so sei das, wenn man verrückt werde. War Antonio auch verrückt und lief nackt umher?

Als sie am Morgen aufwachte, kniete ihre Mutter bereits an ihrem Bett und betete. Angelina fing wieder an zu weinen, drückte sich aber in ihr Kissen, um es zu verbergen. Denn ihre Mutter weinte nur, wenn Angelina weinte – und das sollte nie wieder geschehen. Ihre Mutter weinen zu sehen, war schlimmer, als sich all das Schreckliche vorzustellen.

Als Rocco früher als sonst von der Arbeit nach Hause kam, sah er in die traurigen Gesichter seiner Kinder und auf seine auf den Knien betende Frau und sagte: »Kommt, Kinder, wir kaufen uns heiße Maronen und gehen eure Cousins besuchen. Es ist Silvester.«

Aber Mary, an deren Hand sich Angelina klammerte, flüsterte: »Ich will Giovanna nicht allein lassen.«

»Onkel Lorenzo kommt und leistet ihr Gesellschaft.«

Rocco spürte, dass seine Frau ihn nicht bei sich haben wollte und sich nur von ihrem Bruder trösten lassen konnte. Ihre Trauer und ihr Leid waren so groß, dass er es ihr nicht übelnahm und nur versuchte, ihr aus dem Weg zu gehen.

Die Tür fiel ins Schloss und Giovanna war allein. Vor lauter

Erleichterung ließ sie die Schultern sinken und legte den Kopf aufs Bett. Ihre Gedanken wanderten zu dem Silvesterabend, den sie als stumme Witwe im Bauch eines Schiffs auf dem Weg in ein fremdes Land verbracht hatte. Sechs Jahre später verließ sie nicht nur das Land und die Leute, die sie liebte, sondern drohte, sie für immer verloren zu haben. Die Erinnerung an die rosafarbene Kuchenglasur auf dem Finger des kleinen Mädchens schnürte ihr die Kehle zu.

1. Januar 1909

Am ersten Tag des neuen Jahres sollten sich Giovannas schlimmste Befürchtungen bewahrheiten. In der *New York Herald* war eine Schlagzeile schrecklicher als die nächste.

Von einer Sekunde auf die andere riss die Erde auf und stieß aus einer über dreißig Meter breiten Kluft kochendes Wasser hervor, in dem Tausende verbrühten.

Magisch vom Krisengebiet angezogene Menschenmassen sorgen für neue Katastrophen.

Menschen kämpfen mit Hunden um Nahrungsmittel.

Sie überflog die erste Seite, ignorierte alle Einzelheiten und suchte nur nach dem Wort *Scilla*. Als sie die Seite umblätterte, war ihre Suche beendet, denn der Name *Scilla* starrte ihr entgegen. In einem Kasten waren alle betroffenen Orte mit Anzahl der Einwohner und Anzahl der Toten aufgelistet. Scilla stand an sechster Stelle. Doch während bei den anderen Orten eine genaue oder auch vage Angabe der Toten stand, hieß es bei Scilla nur *in Trümmern*.

Giovanna starrte blicklos auf den Tisch. Rocco sah ihr über die Schulter; die Liste war selbst für jemanden, der nicht lesen und schreiben konnte, leicht zu deuten. Mit seinem knotigen Zeigefinger wies er auf das *in Trümmern* bei Scilla.

»Was heißt das?«

»In Trümmern.«

»Lass uns einen Spaziergang machen.«

»Nein.«

»Dann gehe ich mit den Kindern. Soll ich Lorenzo holen?«

Giovanna antwortete nicht. Die Kinder, die gerade erst aufgewacht waren, scharten sich um Giovanna und ihre Zeitung. Ihr Vater versuchte, sie zu verscheuchen.

»Los, zieht euch an. Wir machen einen Spaziergang.« Rocco weckte auch Clement, der noch schlief.

Rocco und die Kinder wollten gerade gehen, als Lucrezia an die Tür klopfte. Sie brachte Neujahrsgebäck, eine *New York Times* und ihre Arzttasche mit. Rocco winkte sie herein, wies dann auf seine Frau und schüttelte leicht den Kopf. Dann tippte er sich zum Abschied an seine Kappe.

»Giovanna, ich bin's, Lucrezia.« Sie setzte sich neben Giovanna, worauf diese ihre Hand nahm und sie festhielt.

Mit der anderen Hand kramte Lucrezia in ihrer Tasche. Sie holte Humphries Pills No. 17 hervor, die zwar als Mittel gegen Depressionen angepriesen wurden, aber nach Lucrezias Erfahrungen auch ein gutes Beruhigungsmittel waren.

»Hier, nimm dies«, sagte sie, steckte Giovanna eine Tablette in den Mund und stand auf, um ihr ein Glas Wasser zu holen. »Vor allem anderen solltest du wissen, dass mein Mann gesagt hat, man würde in Italien das Ausmaß der Zerstörung dramatisieren, um mehr Hilfe zu bekommen. Aber es gibt heute noch weitere Neuigkeiten aus Scilla.«

Giovanna nickte und zeigte auf die Liste in der Zeitung vor ihr. Lucrezia sah sie sich an. »Ja, die steht auch in der *New York Times*. Aber es gibt noch etwas. Es heißt, zwei Priester aus Scilla überlebten, weil sie sich in der Gruft einer Kirche befanden, die nicht zusammengestürzt ist.«

Giovannas Blick flackerte. Dies war die erste wirklich greifbare Neuigkeit aus Scilla. Sie versuchte sich zu erinnern, welche Kirche eine Gruft hatte.

»Außerdem steht dort, dass Scilla vollkommen zerstört wurde. Selbst Scyllas Felsen ist vollkommen verschwunden.« Lucrezia sprach nun leiser. »Die Priester glauben, sie seien die einzigen Überlebenden.«

Giovanna wurde ohnmächtig, zum ersten Mal im Leben. Lucrezia konnte sie nur unter Mühen ins Bett bringen. Als Giovanna ihr Bewusstsein wiedererlangte, war sie benommen, denn das Beruhigungsmittel hatte zu wirken begonnen. Dennoch wollte sie unbedingt aufstehen.

»Ich muss es Lorenzo erzählen.«

Sanft drückte Lucrezia sie wieder in die Kissen. »Er weiß es schon. Ich hab ihn getroffen, bevor ich hierherkam. Er hat mich gebeten, mich um dich zu kümmern. Du brauchst jetzt Schlaf.« Lucrezia legte sich neben Giovanna und hielt sie fest, bis sie sich ausgeweint hatte und in tiefen Schlaf gesunken war.

Als sie Stunden später aufwachte, stand Lucrezia am Herd und kochte Suppe. »Ich hab dir Hühnerbrühe gemacht. Wenn du dich gut genug fühlst, könntest du auch zu einer Trauermesse in der Heilig-Blut-Kirche in der Baxter Street gehen.«

Zum ersten Mal in ihrem Leben wollte Giovanna nicht mit ihrem Kummer allein sein. Diese Tragödie betraf nicht nur ihre Familie, und sie empfand Sehnsucht nach einer Gemeinde. »Ja, da gehe ich hin.«

Auf wundersame Weise bewirkte Lucrezia, dass Giovannas Familie rechtzeitig auftauchte und sich ebenfalls zur Messe bereit machte.

Die von Pater Bernardino Polizzo geleitete Messe war voller

Menschen, die Trauer trugen. Giovanna umklammerte Angelinas Hand. Zumindest hatte sie noch ihre Tochter und ihre Stiefkinder. Aus der Anzahl alleinstehender Männer in der Kirche schloss sie, dass viele ihre Frauen und Kinder im Vorjahr nach Hause geschickt hatten, weil die Zeiten in New York noch schwieriger geworden waren. Wahrscheinlich waren diese Männer jetzt die einzigen Überlebenden ihrer Familien. Sie bemerkte auch, dass Italiener aller Schichten sich in den Kirchenbänken drängten. Zwar waren die unteren Schichten zahlreicher vertreten, aber die Tragödie hatte auch die oberen getroffen.

Angelina ruckte an der Hand ihrer Mutter. Erschöpft und gereizt fragte Giovanna: »Was ist denn?«

»Mama – *nonno* und *nonna* leben noch.«

Giovanna drückte die Hand ihrer Tochter ein klein wenig zu heftig und flüsterte: »Angelina, ich hab dir doch erklärt, was wir heute in der Zeitung gelesen haben.«

»Aber er hat's mir gesagt!«

»Wer denn?«

»San Rocco.« Angelina zeigte zu seiner Statue auf dem Altar. »Ich habe zu ihm gebetet, und er hat gesagt, dass sie in Sicherheit sind.«

Obwohl Giovanna an Wunder glaubte, konnte sie dies nicht akzeptieren. Stattdessen nahm sie ihr Kind in den Arm und sagte traurig: »Bete weiter.«

2. Januar 1909

Mittlerweile war das morgendliche Zeitunglesen zum Ritual geworden. Zum ersten Mal gab es eine Liste, auf der Stadt für Stadt die Anzahl der Toten aufgeführt war. Und dort stand: Scilla, 2800.

Aber das heißt doch, 2200 leben noch!, dachte Giovanna. Plötzlich überkam sie Hochstimmung. In der Mathematik der Katastrophen war jede Zahl losgelöst vom Schmerz und Schock derjenigen, für die sie stand. Giovanna ertappte sich bei makabren Berechnungen: Wenn meine Eltern noch leben, sind drei meiner Nachbarn tot. Komplizierter wurde es jedoch durch den Zusatz am Ende der Liste: *Ausgenommen die Todesfälle in Krankenhäusern*. Da war es plötzlich keine einfache Mathematik mehr.

Sie fing an, die Zahlen für jeden Ort zu addieren, bis sie merkte, dass die Gesamtzahl schon am Ende der Liste stand. 164 850 bestätigte Tote. Aber was war mit den unbestätigten? War das das Gleiche wie mit ungetauften Seelen?

Der Klang von Trommeln und Trompeten riss sie aus ihren Gedanken. Clement stürzte zum Fenster und berichtete: »Da ist eine Musikkapelle und viele Menschen und Wagen dahinter.« Daraufhin ging die ganze Familie zum Fenster, um sich die Wagen anzusehen, die italienische und amerikanische Flaggen trugen und mit Schildern versehen waren, auf denen um Spenden für die Erdbebenopfer gebeten wurde. Der erste Wagen war eingehüllt von Fahnen mit der Aufschrift *Il Progresso*, und dahinter gingen Männer mit dicken Mänteln und Schärpen.

Giovanna kniff die Augen zusammen, um die Menschen in den Wagen besser erkennen zu können. Sie sahen aus wie bedeutende Italiener – sie trugen nicht nur Schärpen, sondern auch Orden an ihrer Brust. Sie war sich sicher, dass eine Frau unter ihnen eine Opernsängerin war, denn sie hatte ein Bild von ihr in der Zeitung gesehen. Junge Mädchen mit Blechbüchsen gingen neben der Prozession her und sausten immer wieder in Läden und Hauseingänge, um Spenden einzusammeln. Die Wagen waren bereits dicht bepackt mit Kisten voller Nahrungsmittel, Medikamente und Kleider.

Angelina sah, wie ein Mann an einem Fischstand sein Hemd aufknöpfte, es auszog und auf den Wagen warf. Mit nacktem Oberkörper stand er nun im kalten Januarwind. Frauen und Kinder bekreuzigten sich, als die Prozession vorbeizog, und rannten darauf in ihre Wohnungen, um zu holen, was sie entbehren konnten.

Giovanna stöberte rasch durch ihre Wohnung, nahm so viel sie konnte und stopfte es in einen Korb. Dann gab sie ihrem Stiefsohn den Korb und ein paar Münzen und rief: »Hier, Clement, bring das schnell runter.« Doch sie war kaum zu hören in der Musik und den Wehklagen unter ihrem Fenster, als die Prozession vorbeizog.

3. Januar 1909

»Rocco!«, rief Giovanna und stürzte mit der Zeitung in ihre Wohnung. »Rocco, hier, sieh mal.« Ihr Mann lag noch im Bett. Sie setzte sich auf die Bettkante und las ihm vor: »›*Arzt erhält keine Neuigkeiten aus Italien. Dr. Bellantoni sendet Geld und Nachrichten, ohne Antwort zu bekommen.*‹ Und der Arzt ist aus Scilla! Ist dieser Bellantoni mit deiner Angela verwandt?«

»Und wenn es so wäre? Was kann er schon tun?«, fragte Rocco zurück.

»Er hat überall hingeschrieben. Hör dir das mal an: ›*Um an Informationen aus dem Krisengebiet zu gelangen, hat der Arzt Briefe an die italienische Regierung geschickt und sich an den italienischen Konsul dieser Stadt gewandt, doch bis jetzt blieben all seine Bemühungen ergebnislos.*‹«

»Er ist ein Cousin meiner Frau. Aber ich wüsste nicht, wie er uns helfen könnte. Er konnte ja nicht mal sich selber helfen!«

»Kann ich ihn besuchen?«

»Ich komme mit.«

Der Weg war lang bis zum Haus von Dr. Bellantoni, das im Norden auf der Amsterdam Avenue lag. Es war ein imposantes Backsteingebäude mit einer Eingangstür aus Messing und Mattglas.

»Gehört das ganze Haus ihm?«, fragte Giovanna und betrachtete es staunend.

»Ich glaube schon«, antwortete Rocco, nahm seine Mütze ab und betätigte den Türklopfer.

Ein Hausmädchen öffnete.

»Ich komme aus Scilla und möchte Dr. Bellantoni besuchen.«

Als das Hausmädchen *Scilla* hörte, drängte es sie in die Eingangshalle und eilte davon, um den Arzt zu holen.

Sie hörten seine raschen Schritte schon von weitem. Dann stürzte ein kleiner, rundlicher Mann in die Halle, um sie zu begrüßen. Er sah Rocco fragend an.

»Ich bin Rocco Siena – Angelas Mann. Dies ist meine zweite Frau Giovanna.«

»Ja, ja, natürlich. Ich wusste doch, dass ich Sie kenne. Haben Sie Neuigkeiten für mich?«, fragte er aufgeregt.

Giovanna sank das Herz. Sie hatte nur an sich selbst gedacht und nicht vorausgesehen, dass sie mit ihrem Besuch bei ihm falsche Hoffnungen wecken würde. Sanft sagte sie: »Tut mir leid, *Dottore*, aber wir wissen gar nichts. Eigentlich hofften wir, Sie könnten uns etwas Neues berichten.«

Dr. Bellantoni war die Enttäuschung anzusehen, doch er erwiderte freundlich: »Bitte, kommen Sie doch herein.« Daraufhin führte er sie ins Wohnzimmer.

Unter anderen Umständen hätte sich Giovanna die Brokatvorhänge, die Goldrahmen und den Emailleglobus ganz genau angesehen. Doch jetzt ließ sie sich steif auf einem Sofa nieder, und Rocco tat es ihr nach.

»Wenn ich mich recht erinnere, Signore Siena, dann haben Sie keine Familie mehr in Scilla.«

»Das stimmt. Aber die ganze Familie meiner Frau Giovanna ist noch in Scilla, und wir haben nichts von ihr erfahren.«

»Wie heißt die Familie?«

»Ich bin eine geborene Costa. Aber ich habe auch Verwandte, die Pontillo und Arena heißen.«

»Ja, ich erinnere mich. Sie wohnen in Chianalea, nicht wahr?«

»*Si.*«

Dr. Bellantoni wirkte gequält. »Ich habe keinerlei Nachrichten von Einzelpersonen. Aber ich weiß, dass die Zerstörung in Scilla große Ausmaße hatte. Vor allem in Chianalea.«

»Ja. Das haben wir auch schon gehört.« Giovanna versuchte, ihren Schmerz zu unterdrücken, als sie hörte, das Chianalea besonders hervorgehoben wurde. »Wir dachten, *Dottore*, wenn Sie Ihre Briefe schreiben, könnten Sie vielleicht auch die Namen meiner Familie hinzufügen. Ich weiß nur, wie man ein Telegramm schickt, und in der Zeitung stand, Sie wären in Kontakt mit der Regierung.«

Ein Ausdruck des Verstehens huschte über Dr. Bellantonis Gesicht. Jetzt wusste er, wie sie hierhergekommen waren, und er schien auch zum ersten Mal wahrzunehmen, dass sie in ihren – alles andere als prunkvollen – Sonntagskleidern vor ihm saßen. »O ja, die Zeitung. Ja, natürlich. Ich werde tun, was ich kann.«

Weiter blieb nichts zu sagen. Nach einem kurzen, unbehaglichen Schweigen bemerkte der Arzt: »Darf ich Sie zu unserem Sonntagsessen einladen?«

Rocco erhob sich und antwortete, bevor Giovanna etwas sagen konnte. »Vielen Dank, *Dottore*. Aber unsere Kinder warten zu Hause und wollen auch etwas essen.«

Giovanna stand ebenfalls auf. »Entschuldigen Sie, dass wir Sie belästigt haben, *Dottore*.«

»Nein, nein, Sie haben mich nicht belästigt. In Zeiten der Not müssen wir einander helfen. Bitte warten Sie einen Moment, dann besorge ich Ihnen eine Kutsche.«

»Das ist nicht nötig.«

»Es ist meine eigene Kutsche, und ich bestehe darauf.«

Als Giovanna und Rocco auf der Elizabeth Street aus einer Privatkutsche stiegen, drehten sich alle Köpfe nach ihnen um. Auf der Fahrt nach Hause war Giovanna durch den Kopf gegangen, wie gastfreundlich New York doch sein konnte, wenn man die entsprechenden Mittel hatte.

11. Januar 1909

Lucrezia hatte zwar behauptet, sie brauche unbedingt Giovannas Hilfe, doch Giovanna wusste, dass sie sie damit nur aus dem Haus locken wollte. In der letzten Woche hatte sie ihre enge Wohnung nur verlassen, um beim Telegrafenamt nachzufragen, eine Aufgabe, der sie sich mit dem gleichen religiösen Eifer widmete wie dem Anzünden der Kerzen in der Kirche.

Sie dachte, Lucrezia wolle ihr auch von dem Konzert erzählen, in das sie am Vorabend in der Metropolitan Opera gegangen war. Zahlreiche Opernstars, darunter auch der große Enrico Caruso, hatten gesungen, um Geld für die Opfer des Erdbebens zu sammeln. Als Giovanna sich jetzt ihren Weg die Straße hinunter bahnte, sah sie bereits von weitem die Schlagzeile: *Über 15 000 Dollar ersungen.* Mit leichtem Groll stellte sie sich vor, wie Lucrezias Mann ebenfalls in der Oper erschienen war, weil er dadurch die Gelegenheit hatte, seine Wohltätigkeit zu zeigen und gleichzeitig weiße Handschuhe zu tragen. Doch dann tadelte sie sich selbst; es war unchristlich, das Mitgefühl anderer infrage zu stellen.

Sie beschloss, zuerst am Telegrafenamt vorbeizuschauen und dann zu Lucrezia zu gehen. Der Angestellte schloss gerade die Tür auf.

»Sie sind heute aber schon früh da, Signora.« Er ging zu den Eingangsfächern und sah rasch die eingetroffenen Telegramme durch. Er war es schon gewohnt, dass auf die vielen hundert Telegramme, die er nach Italien aufgab, kaum Antworten eintrafen.

Giovanna sah nicht, dass der Angestellte bei der Durchsicht innehielt.

»Giovanna Costa Siena, nicht wahr?«

Ihr Kopf fuhr herum.

»Ja. Sie haben eine Antwort.«

Nach all dem langen Warten brachte Giovanna es nicht über sich, den Umschlag in Empfang zu nehmen.

»Öffnen Sie für mich.«

»Signora, ich darf es Ihnen nur vorlesen, wenn Sie selbst nicht lesen können.«

»Ich kann es auch nicht lesen.« Das war in diesem Moment keine Lüge.

»*Va bene*«, sagte er mit gehobenen Augenbrauen und schlitzte den Umschlag mit einem silbernen Messer auf. Er brauchte eine Ewigkeit, um das Papier aufzufalten.

Concetta und Domenico Costa. Marianna Pontillo und die Familie Arena. Wir leben.

Mitten im tiefsten Winter rann Giovanna der Schweiß herunter, als sie von Little Italy zum Arbeitsplatz ihres Bruders rannte. Als sie dort ankam, schwenkte sie das Telegramm. Lorenzo ließ sofort die Schaufel fallen und rannte zu ihr, weil er wusste, dass sie so niemals den Tod ihrer Eltern angekündigt hätte. Lachend und weinend zugleich fielen sie sich in die Arme. Dann knieten sie sich auf den gefrorenen Boden und beteten.

Sechsundzwanzig

27. Januar 1909

Im letzten Licht der Wintersonne packte Rocco seinen Karren. Es schneite, und er wollte unbedingt mit dem Karren nach Hause, bevor der Schnee auf den Straßen liegen blieb. Giovanna stand am Fenster ihrer Wohnung und blickte auf den Schnee, der für sie trotz ihrer sieben Jahre in New York immer noch etwas Neues war. Ihr Mann schimpfte darauf, aber sie freute sich immer auf den ersten Schnee, der den Schmutz von New York mit makellos weißen Kristallen bedeckte.

Von ihrem Fenster aus hatte sie Rocco bereits erspäht. Er war mit seinem Karren um die Ecke gebogen und steuerte nun auf die Garage zu. Da sie wusste, dass er gleich zu Hause sein würde, ging sie zum Herd, gab Pasta in das kochende Wasser und verrührte Bohnen, Knoblauch und Olivenöl mit einem Holzlöffel. Die Wärme des Ofens war wohltuend. Es war bitterkalt, und ihren wärmsten Pullover hatte sie abgegeben, als ein zweites Mal für die Erdbebenopfer gesammelt wurde.

Die Mädchen machten Hausaufgaben und der Tisch war gedeckt, daher ging sie zum Fenster zurück und zog das Schultertuch enger um den Körper. Rocco war gerade beiseitegetreten, um eine Kutsche vorbeizulassen, doch diese blieb direkt vor ihrem Haus stehen. Sie sah, wie Rocco darauf zueilte, und erkannte, dass es die Kutsche von Dr. Bellantoni war. Die Tür ging auf und ein Mann stieg aus, doch selbst aus dem dritten Stockwerk konnte sie sehen, dass es nicht Dr. Bellantoni war. Dieser Mann war dünn und trug ähnliche Kleidung wie sie. Rocco gab dem Mann die Hand und ging mit ihm ins Haus. Giovanna blickte sich kurz in der Wohnung um, um zu sehen, ob es noch etwas aufzuräumen gab, entschied sich dann aber, noch einen Teller mehr aufzudecken.

»Giovanna! Hier ist jemand mit Neuigkeiten!«, verkündete Rocco, als er durch die Tür trat.

In den wenigen Wochen seit Erhalt des Telegramms hatte Giovanna die meiste Zeit damit verbracht, darüber nachzudenken, was wohl passiert war. Nach der ersten Freude darüber, dass ihre geliebten Angehörigen überlebt hatten, quälte sie sich mit Fragen, die trotz ihrer zahlreichen Briefe und Telegramme unbeantwortet blieben. Auch jetzt fiel es ihr schwer, den Mann zu begrüßen, ohne ihn gleich mit Fragen zu bestürmen.

»Guten Abend, Signora. Ich bin Enrico Bellantoni, ein Cousin von Dr. Bellantoni. Ich habe bis letzten Monat in Scilla gelebt.«

Giovanna starrte den Mann an, weil sie hoffte, ihn wiederzuerkennen, doch vergeblich. Der Mann bemerkte ihre Nervosität und fuhr fort: »Zum Zeitpunkt des Erdbebens war ich wegen meiner Arbeit gerade in Neapel. Ich brauchte zwar eine Woche, um nach Hause zu kommen, doch als es mir gelang, sah ich, dass ich kein Zuhause mehr hatte. Ich fand die vielen Telegramme von Dr. Bellantoni und beschloss, mich mit ihm in Verbindung zu setzen. Seine wie meine Familie ist nicht mehr da.« Der Mann bekreuzigte sich. Da erst bemerkte Giovanna, dass sie die Wohnungstür blockiert und den Mann nicht hereingebeten hatte.

»Signore Bellantoni, bitte kommen Sie doch herein. Setzen Sie sich und essen Sie mit uns.«

Seit der Tragödie hatten die Kinder gelernt, mucksmäuschenstill zu sein. Jetzt scharten sie sich um den Tisch, begierig, die Neuigkeiten aus erster Hand zu hören.

»Es ist nur eine einfache Mahlzeit, Signore Bellantoni.«

»Sie ist warm, Signora, und mehr zählt bei diesem Wetter nicht. Und bitte nennen Sie mich Enrico. Es gibt jetzt nur noch wenige, die mich so nennen.«

»Dr. Bellantoni hat Sie also zu uns geschickt?«

»Ja. Ich konnte mich noch in Italien mit ihm in Verbindung setzen und die schrecklichen Neuigkeiten übermitteln. Er hat mir Geld für eine Schiffspassage nach New York geschickt und mir die Namen Ihrer Familienmitglieder genannt, damit ich mich vor meiner Abreise nach ihnen erkundigen konnte.«

Der Mann aß gierig schlürfend seine Suppe.

»Ihr Mann hat mir erzählt, Sie hätten bereits die wunderbare Nachricht bekommen, dass Ihre Familie überlebt hat.« Obwohl Enrico Bellantoni sich um einen gelassenen Tonfall bemühte, merkte man doch, dass er im Stillen dachte: Im Gegensatz zu meiner. »Ich habe Ihre Familie vor meiner Abreise aufgesucht und kann jetzt viel erzählen.«

Die Pasta auf Giovannas Teller wurde kalt, während Enrico das tat, was keine Zeitung, kein Telegramm und kein Gerücht hatte vollbringen können. Er erzählte ihr, was ihrer Familie widerfahren war. Enrico war kein guter Erzähler, doch manche Geschichten erzählen sich selbst. Bei jeder neuen Einzelheit rissen die Kinder die Augen auf, und in der Wohnung war außer Enricos Stimme und den Schneeschaufeln vor dem Haus nichts zu hören.

»Ihre Eltern haben überlebt, weil sie unter der Kirche Santa Maria di Porto Salvo wohnten. Die Kirche ist zwar zerstört worden, hat aber Ihre Eltern gerettet. Außer den Fundamenten ist nichts mehr erhalten.«

»Die Wandgemälde sind weg?«, rief Giovanna aus.

Enrico schnaubte fast. »Signora, nicht nur die Bevölkerung von Scilla ist ausgelöscht, sondern auch ihre Geschichte. Wissen Sie nichts über das Ausmaß der Zerstörung? Teile des Castello Ruffo sind ins Meer gestürzt. Scyllas Felsen, der einst Homer inspirierte, ist verschwunden! Meinen Sie, bloß weil Ihre Familie überlebt hat, könne es mit dem Rest von Scilla nicht so schlimm sein?«

Giovanna fühlte sich schrecklich. »Tut mir leid, Enrico, ich wollte nicht ...«

»Nein, nein, mir sollte es leidtun. Ich entschuldige mich. Manchmal denke ich, ich verliere noch den Verstand, und das wäre ein Segen.«

Rocco erhob sich vom Tisch, um mehr Wein zu holen. Er schenkte Enrico ein und ermunterte ihn: »Trinken Sie, trinken Sie nur.«

»Ja, die Wandgemälde sind weg, aber das Haus Ihrer Eltern ist fast vollständig intakt geblieben. Zum Zeitpunkt des Erdbebens waren sie glücklicherweise im Haus und schliefen, denn ansonsten wären sie in viel größerer Gefahr gewesen, weil alles um sie herum einstürzte.«

Giovanna dachte an Nunzios Haus, das nur wenige Meter von ihrem entfernt stand, und fragte: »Und meine Tante, Marianna Pontillo?«

»Sie war zwei Tage zwischen den Trümmern gefangen.«

Giovanna unterdrückte einen Aufschrei.

»Ihr Vater und ein paar andere Männer hörten ihre Rufe und gruben sie aus.«

»Geht es ihr gut?«

»Ich habe sie nicht gesehen. Sie war in dem Lazarett, das die Franzosen errichtet hatten. Aber Ihre Mutter ist überzeugt, dass sie sich wieder erholen wird. Allerdings ist ihr Haus zerstört.«

»Und Mariannas Tochter Fortunata und ihr Mann Giuseppe?«

»Deren Geschichte hörte ich schon, noch bevor ich wusste, dass es um Ihre Familie ging. Sie waren alle in einem Boot, auf dem Weg nach Messina, und schafften es, im Sturm zu überleben.«

Mary ließ ihren Löffel fallen. »Wie das denn?« Sie sah im Geiste ein Boot auf einer riesigen Woge schweben, als wäre es ein fliegender Teppich.

»Das kann ich dir nicht sagen, Kleine. Niemand von den Überlebenden will sprechen.« Er wandte sich zu Giovanna. »Sie wohnen bei Ihrer Mutter. Ihr Haus wurde zwar nicht vollkommen zerstört, aber das obere Stockwerk ist eingebrochen. Als ich bei Ihrer Mutter vorbeischaute, gruben Giuseppe Arena und seine Jungen gerade in den Trümmern der Nachbarhäuser, um die Leichen zu finden und beerdigen zu können. Ihre Cousine wollte nicht über die Ereignisse sprechen. Ihre Schwiegertöchter waren da, und sie hatten ihre gesamte Familie verloren.«

Giovanna trug ihren Teller mit dem unberührten, kalt gewordenen Essen zur Spüle. Es hielt sie nicht auf ihrem Stuhl. Sie kämpfte gegen den Drang an, sofort zum Hafen zu rennen, nach Italien zu fahren und bei den Bergungsarbeiten zu helfen – wenn es sein musste, mit bloßen Händen.

»Mein Bruder wird nach Scilla fahren. Ich muss ihn begleiten.«

»Signora, Ihre Mutter hat mir diesbezüglich ganz klare Anweisungen gegeben. Sie sagte, sie verbiete es Ihnen zu kommen. In der Gegend herrscht Seuchengefahr, und sie sagte, Sie und Ihr Bruder würden ihnen mehr helfen, wenn Sie hierblieben. Mittlerweile ist auch schon das Militär für die Bergungs- und Wiederaufbauarbeiten eingesetzt.«

Giovanna barg ihren Kopf in beiden Händen und weinte vor Ohnmacht. Mary und Angelina gingen zu ihr.

»Tante, du darfst nicht fahren, ich möchte nicht, dass du krank wirst«, wisperte Mary.

»Wein doch nicht, Mama«, flehte Angelina.

»Enrico«, sagte Giovanna und wischte sich die Tränen fort, »ich muss Sie noch nach vielen anderen fragen. Vielleicht kennen Sie ja einige davon. Zum Beispiel die Hebamme, Signora Scalici?«

»Signora Scalici hat mir auf die Welt geholfen. Sie wurde nicht gefunden.«

Giovanna wrang die Serviette in ihrer Hand. »Pater Clemente?«

»Er hat erst überlebt, ist dann aber im Krankenhaus gestorben.«

»Mein Cousin Pasquale Costa?«

»Wo hat er gewohnt?«

»In Chianalea, südlich von meinen Eltern.«

»Im Abschnitt unter der Burg?«

»Ja.«

»Signora, das gesamte Viertel von Chianalea ist mit allen Einwohnern fortgerissen worden. Alle sind spurlos verschwunden. Der ganze Teil ist im Meer versunken.«

Giovanna rechnete rasch nach, wer betroffen war. *Zia* Antoinette war also tot, genauso wie Pablo Caruso. Sie holte mehrfach tief Luft und zwang sich, daran zu denken, dass ihr Gast viel größere Verluste zu verschmerzen hatte als sie selbst. Trauern konnte sie später. »Was werden Sie jetzt tun, Enrico?«

»Der Doktor war so freundlich, mich in sein Haus einzuladen. Mir ist nichts mehr in Scilla geblieben. Genauso wie ihm.«

Als er Giovannas Miene sah, wurde ihm klar, dass er erneut Schuldgefühle in ihr geweckt hatte. »Signora, es war mir eine

Freude, Ihnen diese guten Nachrichten überbringen zu können. Ich freue mich aufrichtig, dass Ihre Familie überlebt hat. Ich weiß, unter diesen Umständen ist es nicht so leicht, zu den Überlebenden zu gehören. Ich werde für Ihre Familie genauso beten wie für meine.«

Da meldete sich Clement zum ersten Mal zu Wort. »Signore, sind Sie mit meiner Mutter Angela Bellantoni verwandt?«

»Ja, ich bin ein Cousin dritten Grades.«

»Ist noch jemand aus der Familie meiner Mutter im *terremoto* gestorben?«

»Fast alle.«

Es handelte sich um entfernte Verwandte, die die Kinder kaum kannten, dennoch bekamen sie durch diese Nachricht noch mehr Bezug zur Tragödie, obwohl sie nie in Scilla gewesen waren. Giovanna wurde bewusst, wie Tragödien sich in der Seele verankerten, wenn es nur die kleinste persönliche Verbindung dazu gab. Wenn man eine Straße entlangging, auf der jemand ermordet worden war, wenn man ein Land kennenlernte, in dem eine Hungersnot herrschte, dann wurde die fremde Tragödie zur eigenen. Jetzt sah sie, wie das Erdbeben seinen Schatten über die Gesichter der Kinder warf.

Giovanna ging ins Schlafzimmer und nahm zwei zu Kreuzen geflochtene Palmwedel von der Wand. »Diese sind vom Fest zu Ehren des heiligen Rocco, das letzten August in Scilla gefeiert wurde. Bitte nehmen Sie eines und bringen Sie das andere Doktor Bellantoni.«

Siebenundzwanzig

1. Februar 1909

Die zweite Entschädigungszahlung für Nunzios Unfall kam nicht am ersten Januar. Im Gegenteil, Signore DeCegli musste den gegnerischen Anwalt erst daran erinnern. Den ersten Scheck hatten sie nie zu Gesicht bekommen, weil er für die Bezahlung des Ladens direkt an die Bank gegangen war. Jetzt starrte Giovanna auf die Ziffer mit den drei Nullen und überlegte, wie sie den Scheck am sichersten nach Scilla bringen konnte. Mit Lieutenant Petrosinos Warnungen im Hinterkopf beschloss sie, Signore DeCegli um Rat zu fragen. Der versicherte ihr, er kenne eine Bank, die die Summe sicher überweisen würde. Dann begleitete er sie dorthin. Sie war nicht die erste Italienerin, die Geld nach Hause schickte, aber Giovanna fiel die Miene des Bankangestellten auf, als er die Summe sah.

»Ich möchte es nur überweisen, wenn Sie mir garantieren, dass es direkt zu meiner Familie kommt«, verkündete sie.

»Ich versichere Ihnen, Signora, dass wir das tun können. Wir haben bereits erhebliche Geldsummen nach Messina und Reggio geschickt.«

»Aber dieses Geld geht nicht nach Messina oder Reggio, sondern in ein kleines Dorf.«

»Ich verstehe, Signora, aber wir werden es sicher dorthin bringen.«

Signore DeCegli schaltete sich ein. »Ich schlage vor, dass wir jetzt schon für eine Empfangsbestätigung der Familie bezahlen. Dies ist meine Karte. Wenn das Geld nicht in einer angemessenen Zeit dort ankommt, könnten Sie mich anrufen, vielleicht könnte ich dann helfen.«

Der Bankangestellte nahm die Karte und versicherte in einem gekränkten Tonfall: »Mein Herr, wir sind ein renommiertes Geldinstitut.«

Am Ausgang dankte Giovanna Signore DeCegli.

»Ich nehme an, Sie werden jetzt erst mal nicht umziehen, Signora.«

»Nein, das wird noch warten müssen«, sagte Giovanna mit fester Stimme. Als sie das schwertfischförmige *mustasole* an Nunzios Grab vergraben hatte, hatte sie versprochen, über alle in Scilla zu wachen, die Nunzio liebte. Durch das Erdbeben hatten Nunzios Mutter und die Familie seiner Schwester alles verloren, außerdem brauchten sie Medikamente. Jetzt konnte Nunzio für sie sorgen. Obwohl ihre Pläne, mit ihrer eigenen Familie in eine sicherere Gegend zu ziehen, aufgeschoben waren, würde sie heute Abend in dem Bewusstsein schlafen gehen können, dass ihre Familie in Italien Obdach und Nahrung hatte.

Sie ging nach Hause und fühlte sich zum ersten Mal seit langer Zeit innerlich ruhig. Als sie jedoch von der Prince Street in die Elizabeth Street einbog, wäre sie fast mit Lieutenant Petrosino zusammengestoßen.

»Lieutenant!«

»Guten Tag, Signora. Welch ein Glück, Sie zu treffen. Ich wollte mit Ihnen sprechen. Aber nicht hier. Können Sie mich in mein Büro begleiten?«

Als sie kurz darauf an seinem Schreibtisch Platz nahmen, sagte Petrosino: »Ich habe die guten Nachrichten von Ihrer Familie gehört.«

»Woher wissen Sie denn das nun schon wieder?«

»Ist doch mein Job, alles zu wissen«, entgegnete Petrosino freundlich tadelnd. »Aber ganz im Ernst, Signora, ich freue mich sehr, dass Ihre Familie überlebt hat.«

»Vielen Dank, Lieutenant. Aber deshalb haben Sie mich doch nicht hergebeten?«

»Nein. Ich habe eine Frage. Kennen Sie Manzellas Laden, zwei Häuser von Ihnen entfernt?«

»Natürlich. Er ist gerade geschlossen worden.«

»Er hat Konkurs angemeldet. Da mir ein Verdacht kam, habe ich Manzella befragt. Und es stellte sich heraus, dass Lupo drei Jahre Schutzgeld von ihm erpresst hat.«

»Aber Lupo ist doch verschwunden! Glauben Sie Manzella?«

»Ich glaube ihm, weil er eigentlich nicht die Absicht hatte, es mir zu sagen. Was heißt, dass Lupo mit einer Menge Geld die Stadt verlassen hat – mit Manzellas Bargeld und dem Geld seiner Gläubiger.«

»Glauben Sie jetzt doch, dass Lupo hinter der Bombe in unserem Laden steckte?«

»Nein, nein. Das wollte ich damit nicht sagen. Es wäre möglich, aber sicher ist es nicht. Doch da es sich um Ihren Wohnblock handelt, wollte ich Sie bitten, Signora, nach dem Wolf mit dem Bulldoggengesicht Ausschau zu halten und Inzerillo zu beobachten.«

»Was ist mit Manzella?«

»Er sucht Arbeit. Wenn wir Lupo jemals aufspüren, werden wir ihn vor Gericht bringen.«

Petrosino hatte offensichtlich noch viel zu tun und wollte das Gespräch nicht in die Länge ziehen. Als er Giovanna die Treppe hinunter begleitete, fragte sie: »Und was macht Ihr kleines Mädchen?«

»Oh, Signora, sie ist hinreißend. Heute ist sie zwei Monate geworden. Und wenn sie ihren Papa sieht, fängt sie an zu strahlen.«

»Und Ihrer Frau geht es gut?«

»*Si*, danke der Nachfrage.«

Als sie am Eingang waren, sagte Giovanna: »Ich habe in der Zeitung gelesen, Sie hätten jetzt eine Geheime Einheit, um die Black Hand zu bekämpfen.«

»Ja, Signora. Zwar wollte der Stadtrat sie nicht finanzieren, aber Commissioner Bingham hat das übernommen. Außerdem kooperiert die italienische Regierung mit uns. Wir können jetzt alle Kriminellen deportieren, die hier Zuflucht gesucht haben.«

»Sollte ich wieder anfangen, bei Ihrem Fall mitzuarbeiten, Lieutenant?«

»Nun ... ja, ja natürlich, Signora. Suchen Sie mich auf. Wenn ich nicht da bin, wenden Sie sich getrost an Lieutenant Vachris. Es gibt neue Fotos, die Sie sich ansehen können.«

»Das werde ich, Lieutenant. *Arrivederci.*«

Dann sah Giovanna zu, wie der kleine Mann die Treppe des Polizeipräsidiums in der Elizabeth Street 19 hinaufstieg.

7. Februar 1909

Da Clement gerade keine Arbeit hatte, half er seinem Vater. Im Winter war es schwierig, einen Job auf einer Baustelle zu finden.

Rocco nutzte die Zeit mit seinem Sohn, um ihm endlose Vorträge zu halten. »Wenn du mal in meinem Alter bist, musst du keinen Karren schieben oder für andere Häuser bauen. Dann hast du dein eigenes Haus. Dein eigenes Geschäft. Du darfst nicht zulassen, dass ein anderer über dich verfügen kann. Arbeite jeden Tag und spare all dein Geld dafür. Hast du gehört, Clement?«

»Ja, Pop.«

»Pop? Was soll das heißen?«

Clement lächelte. »Papa.« Clements Italienisch wurde immer amerikanischer.

»Na siehst du, wie gut Englisch du sprichst. Du musst Englisch sprechen. Weißt du was, von jetzt an sprichst du nur noch Englisch mit mir.«

»Aber du sprichst doch kein Englisch, Papa.«

»Mach dir mal darum keine Sorgen, ich verstehe dich schon.«

»Okay, wie du willst. Dann spreche ich Englisch.«

»*Che?*«

Clement lächelte und wechselte wieder ins Italienische. »Papa, mach dir mal keine Sorgen. Ich werde ein reicher Amerikaner.«

»*Va bene.* Siehst du den *stronzo* mit dem braunen Mantel auf der anderen Straßenseite? Nein, guck nicht so offensichtlich hin!«

Clement wandte seinen Blick zum Karren zurück und murmelte: »Ja, den sehe ich.«

»Er beobachtet uns. Das ist auch so ein Black Hander.«

»Was wollen die denn von uns? Wir haben doch nichts mehr.«

»Ich hab gehört, jetzt belästigen sie sogar Straßenhändler.«

»Lass mich mal machen!«, fuhr Clement auf.

»Nein! Clement, ich möchte diese Ratten auch ausrotten, aber du oder deine Schwestern dürfen dabei auf keinen Fall zu Schaden kommen. Ich habe von deiner Stiefmutter zu viele Geschichten über ihre Vergeltungsmethoden gehört. Wir werden ihn beobachten, so wie er uns beobachtet.«

»Aber was machen wir dann?«

»Deine Stiefmutter hat gesagt, der Lieutenant hätte eine Geheime Einheit, die alle schon bald nach Italien zurückschicken würde. Bis dahin versuchen wir, uns unsichtbar zu machen.«

Lieutenant Petrosino saß ungewöhnlich zusammengesunken und mit finsterer Miene auf einem Stuhl vor Commissioner Binghams Schreibtisch.

»Joe, es tut mir wirklich leid, dass ich Sie auswählen muss, aber es gibt einfach keinen Geeigneteren für diesen Job. Wer sonst kennt das System und die Informanten so gut, um die Akten zu bekommen?«, erklärte Commissioner Bingham in einem schmeichlerischen Tonfall.

»Das verstehe ich ja, Commissioner, aber in den drei Monaten meiner Abwesenheit wird mein kleines Mädchen sich unglaublich verändern.« Lieutenant Petrosino senkte den Blick, um seine Gefühle zu verbergen.

»Sie sind ein guter Mann, Joe, und ein guter Vater. Das kleine Mädchen wird mit Fug und Recht stolz auf Sie sein. Lassen Sie uns jetzt die Einzelheiten besprechen.«

Bingham lehnte sich in seinem Sessel zurück. »Wir haben die Zusage der italienischen Regierung, dass wir die Akten der Kriminellen bekommen. Und wir haben die Zusage unserer eigenen Regierung, die Verbrecher zu deportieren, sobald wir die Akten in unseren Händen haben.« Aus einer Ledermappe auf seinem Schreibtisch nahm er eine Schiffspassage. »Übermorgen fahren Sie mit der *Duca di Genova* los – erster Klasse, wie ich anfügen möchte. Sie werden als jüdischer Geschäftsmann namens Simone Velletri reisen. In dieser Mappe habe ich Empfehlungsschreiben für den italienischen Innenminister und den Chef der italienischen Polizei, einen Mann namens Francesco Leonardi.«

Als Petrosino sich die Schreiben ansah, meinte Bingham scherzend: »Joe, ich weiß, wie sehr Sie Ihre Uhr mögen.« Er wies auf die goldene Kette an Petrosinos Hosentasche. »Aber ich denke, es wäre nicht gerade ratsam, ein Geschenk der italienischen Regierung für die Festnahme gefährlicher Verbrecher zu tragen.«

Petrosino lachte kurz auf. »Ja, ich glaube, die lasse ich lieber zu Hause.«

»Ich möchte, dass Sie morgen bei Adelina und dem Baby bleiben. Wir werden das Gerücht verbreiten, Sie hätten einen Rückfall erlitten und müssten auf Anweisung des Arztes die Stadt verlassen, um die Lungenentzündung vollständig auszukurieren. Nur Mitglieder des *Italian Squad* werden wissen, wo Sie sind.«

»Und meine Adelina natürlich.«

»Natürlich. Wir werden uns gut um sie kümmern, Joe. Haben Sie Ihre Liste fertig?«

»Ja, Commissioner. Und Lupo steht ganz oben.«

»Lupo ist schon über drei Jahre hier, Joe.«

»Ich weiß, Commissioner, aber mein Bruder arbeitet auf Ellis Island, und wir haben Beweise dafür, dass er im letzten Jahr unter falschem Namen nach Italien gereist ist.«

»Sehr clever von Ihnen! Wie viele Namen stehen denn auf Ihrer Liste?«

»Etwa siebenhundert, Sir.«

»Joe, Sie werden eine ganze Armee brauchen, um die Akten dafür auszugraben.«

»Aber stellen Sie sich doch mal vor, wir könnten sie alle deportieren, Commissioner!«

Commissioner Bingham erhob sich. »Ja, wenn man sich das mal vorstellt! Wir werden Helden sein, Joe.«

12. Februar 1909

Giovanna starrte auf den Umschlag mit der Handschrift ihrer Mutter. Endlich hatte sie den ersehnten Beweis. Als sie den Brief aufschlitzte, kamen ihr die Tränen.

Meine liebste Giovanna,
wir haben Deine großzügige Anweisung von 1000 US-Dollar erhalten.

Vor lauter Erleichterung seufzte Giovanna laut auf. Dann las sie weiter:

Ich hoffe nur, Du hast nicht alles geopfert, um uns dies schicken zu können. Ein solches Vermögen! Tante Marianna wird Dir auch noch schreiben, aber ich kann mit Gewissheit behaupten, dass das Geld ihr das Leben gerettet hat. Ihre gesundheitliche Verfassung war so heikel und ihre Verzweiflung so groß, dass Dein Vater und ich schon das Schlimmste befürchteten. Doch jetzt hat sie wieder Hoffnung auf ein neues Zuhause. Das Gleiche gilt für Deine Cousine Fortunata und ihre Familie. Alles, was Du in Deinem Brief von Enrico Bellantonis Erzählungen berichtet hast, ist wahr. Viele unserer Freunde und Verwandten sind fort, aber wir leben noch. Ich weiß nicht, warum, doch stelle ich mir die Frage jeden Tag. Wir Überlebenden wohnen alle in unserem Haus. Wahrscheinlich wirst Du es kaum glauben können, aber momentan leben vierzehn Personen hier. Tante Marianna ist noch im französischen Lazarett. Jeden Tag arbeiten wir am Wiederaufbau unserer Häuser. Fortunatas Familie kann schon bald wieder in ihres einziehen. Die Armee hat die Leichen geborgen und einen Großteil der Trümmer weggeräumt. Aber die Leichen von

Signora Scalici und Deiner Tante Antoinette wurden nicht gefunden. Pasquales Leiche wurde erst letzte Woche geborgen. Er konnte nur durch seine Ringe identifiziert werden. Du weißt doch, wie sehr er seine Ringe liebte! Die Menschen arbeiten Tag und Nacht, um alles aufzuräumen und wieder aufzubauen, doch ich befürchte, wenn die Arbeit getan ist, werden wir uns umsehen und feststellen, dass Scilla menschenleer ist. Bitte komm nicht her! Das Geld, das Du uns geschickt hast, hilft uns mehr, als Du je wirst ermessen können. Sag Deinem Bruder und all meinen Enkeln, dass ich sie liebe. Mama

28. Februar 1909

Bingham wanderte mit großen Schritten durch sein Büro. Während der ganzen vergangenen Woche hatte er sich mit der Frage gequält, ob es wirklich so klug gewesen war, der Presse von Petrosinos Mission zu erzählen. Aber die Stutzer vom Stadtrat saßen ihm im Nacken und er musste nachweisen, dass er entscheidende Schritte eingeleitet hatte. Allerdings hatte er nicht erwartet, dass der *International Herald* die Sache aufgreifen würde.

»Herein«, rief er, als es an seiner Tür klopfte.

Lieutenant Vachris trat ein, und Bingham sah sofort, dass er wütend war.

»Setzen Sie sich, Lieutenant. Ich hörte, Sie wollten mich sprechen?«

»Ja, Commissioner. Warum haben Sie das getan? Die Mission war doch …«

»Ehrlich gesagt, nicht so geheim wie geplant, Lieutenant. Mir wurde zugetragen, dass mehr als einer auf dem Schiff Joe erkannt hat, und diese Black Hander sind auch nicht dumm.«

»Trotzdem …«

»Leider kann man Polizeiarbeit und Politik nicht trennen, Lieutenant, und in diesem Fall war es, politisch gesehen, das Richtige, an die Presse zu gehen.«

Vachris verbiss sich buchstäblich eine Antwort.

»Commissioner«, sagte er dann. »Petrosino ist jetzt, da seine Tarnung aufgeflogen ist, eine wandelnde Zielscheibe. Schicken Sie mich rüber, damit ich ihn unterstützen kann.«

»Sie können unmöglich beide das Land verlassen, Lieutenant. Außerdem ist seine Mission schon in wenigen Wochen beendet. In seinem letzten Telegramm hat Joe angekündigt, er hätte jede Menge Polizeiakten, um diese skrupellosen Erpresser zu deportieren. Bereiten Sie Ihre Männer auf Petrosinos Rückkehr vor, denn wenn es so weit ist, gibt es eine schöne altmodische Verhaftungswelle.«

Achtundzwanzig

13. März 1909

Louis Saulino, Lieutenant Petrosinos Schwager, rannte an der Mulberry Street 300 die Stufen zur Polizeiwache hoch und schnappte sich den ersten Polizisten, den er sah.

»Beruhigen Sie sich, Sir«, sagte der Beamte. »Da hat nur wieder mal ein Reporter eine blühende Phantasie gehabt. Schließlich ist das nicht das erste Gerücht vom Tod Ihres Schwagers.«

»Aber warum sollte er um zwei Uhr morgens zur Wohnung meiner Schwester kommen?«

»Weil er ein sensationslüsterner Reporter ist, Mr Saulino. Wir hätten doch davon gehört, wenn Lieutenant Petrosino etwas zugestoßen wäre. Bitte gehen Sie zu Ihrer Schwester zurück und sagen Sie ihr, es sei nur ein grausamer Scherz gewesen.«

Nachdem ihm der diensthabende Sergeant dasselbe geraten hatte, verließ Saulino die Polizeiwache. Es wurde gerade erst hell, und die Zeitungsjungen strömten auf die Straße. Er war noch nicht mal einen Block weit gegangen, da hörte er schon den ersten rufen: »Berühmter Detective ermordet!« Er schnappte sich eine Zeitung und eilte zur Polizeiwache zurück.

»Glauben Sie jetzt immer noch, es sei ein Scherz!«, schrie er und hielt dem diensthabenden Sergeant die Zeitung vors Gesicht. »Ein schöner Scherz, Sergeant!«

Bingham war in Washington, daher ging der Anruf an den Stellvertretenden Polizeipräsidenten Woods, der noch im Bett lag. Ob es nun in der Zeitung stand oder nicht, die Männer im Polizeipräsidium und auf Petrosinos Wache in der Elizabeth Street weigerten sich, an die Nachricht zu glauben, bis es eine Bestätigung von offizieller Seite gab. Aber am gleichen Tag noch erreichte sie um zehn Uhr ein Telegramm:

Palermo, Italien, 12. März 1909 Stop Petrosino starb Märtyrertod durch unbekannten Mörder Stop Erschossen auf offener Straße Stop
Konsul Bishop

12. April 1909

Giovanna machte sich für Lieutenant Petrosinos Beerdigung zurecht. Ihre Trauer hatte sich in dem Moment in etwas Persönliches verwandelt, als ein Detective des *Italian Squad* mit zwei Einladungen zur Beerdigung an ihre Tür klopfte. Bis dahin hatte sie das Ganze erfolgreich als den Tod einer Figur des öffentlichen Lebens betrachtet, von dem man in der Zeitung liest.

»Die sind für Sie, Signora«, sagte der junge Detective Fiaschetti. »Ich glaube, der Lieutenant hätte Sie gern dabeigehabt.«

Als Giovanna die Einladungen entgegennahm, schnürte es ihr die Kehle zu. Nach all den Tragödien in ihrem Leben hätte sie doch einfach den Kopf schütteln und ein Gebet für den ermordeten Polizisten sprechen müssen. Sie war mit sechsunddreißig Witwe geworden, hatte ihr Geschäft verloren und musste ihre Heimat verlassen, die jetzt in Trümmern lag und als Grab für tote Freunde und Verwandte diente. Aber irgendwie hatte sie sich ihren Glauben erhalten, dass das Gute überwog. Doch seit dem Tod von Lieutenant Petrosino war ihr klar, dass sie das, was ihr von ihrem Optimismus geblieben war, zusammen mit dem kleinen Ermittler begraben musste.

Es dauerte eine Weile, bevor Giovanna Detective Fiaschetti in die Augen blicken konnte. »*Grazie*«, murmelte sie. »Sehr freundlich von Ihnen. Ich komme gerne.«

Als sie die Tür hinter ihm schloss, gab Rocco, der am Tisch gesessen hatte, genau den Kommentar ab, den sie erwartet hatte: »Das geht dich nichts an.«

»Der Tod geht jeden etwas an«, fauchte sie, beherrschte sich jedoch rasch. »Tausende werden kommen, Rocco, du musst dir keine Sorgen machen.«

»Ich komme nicht mit!«

»Dann wird mich mein Neffe begleiten.«

Denn es war Domenico gewesen, der einen Monat zuvor, den Tränen nahe, Giovanna die schreckliche Nachricht überbracht hatte. In den darauffolgenden Tagen hatte sie sich kaum von den Zeitungen lösen können. Domenico kam noch vor der Schule zu ihr, um ihr aus englischen Zeitungen vorzulesen, während sie ihm erzählte, was *Il Progresso* zu dem Fall schrieb. Aus dem jungen Mädchen in Scilla, das aufgeregt die Ankunft einer Zeitung erwartete, war eine Frau in New York geworden, die von Nachrichten geradezu überschwemmt wurde. Solange Rocco noch nicht zu seinem Obst- und Gemüsekarren gegangen war, mussten sie warten, denn er hatte ihnen jegliches Gespräch über Petrosino oder die Black Hand verboten. Giovanna fand, dass Rocco sich wie ein kleines Kind benahm, das seinen Kopf unter einem Kissen versteckt und sich für unsichtbar hält, weil es selbst nichts sehen kann. Aber sie musste auch zugeben, dass ihr und Lieutenant Petrosinos Weg keine Gerechtigkeit bewirkt hatte, sondern nur eine neue Tragödie.

Erst als Giovanna sah, dass die amerikanischen Zeitungen Seite um Seite Lieutenant Petrosino widmeten, erkannte sie, wie wichtig er wirklich gewesen war. Plötzlich gewannen auch ihre Treffen mit ihm an Bedeutung. Natürlich gab es Spekulationen darüber, wer für den Mord an Petrosino verantwortlich war, und sie durchforstete ihr Gedächtnis und suchte in ihren vielen Gesprächen nach Hinweisen. Voller Zorn dachte sie an den Artikel, der seine »geheime« Mission hinausposaunt hatte, und musste sich bezwingen, nicht persönlich zum Büro des Commissioners zu laufen und ihm die ganze Schuld zu geben. Ihr Zorn legte sich ein wenig, als sie las, dass Petrosinos Mörder durchaus auf demselben Schiff wie er nach Italien gereist sein konnte, weil seine Mission in der Unterwelt ohnehin schon ein offenes Geheimnis gewesen war. In dem Monat nach dem Mord hatte man auf beiden Seiten des Ozeans etliche Verdächtige verhaftet, musste sie aus Mangel an Beweisen aber wieder freilassen.

Immer wieder dachte Giovanna an Petrosinos Witwe und seine kleine Tochter. Wie würde sich Adelina heute fühlen, wenn sie den Pomp und die Menschenmassen sah und ihren Mann nicht im engsten Familienkreis beerdigen konnte? Nach dem schrecklichen Artikel im *Herald* verbot sie Domenico, die Zeitung weiterhin zu kaufen. Diese rühmte sich, als Erste von Petrosinos Tod erfahren zu haben, und beschrieb, wie ihr Reporter mitten in der Nacht bei Mrs Petrosinos Haus erschienen war, um ihr die Nachricht zu überbringen. Nicht mal der Geist ihres Mannes hatte Zeit gehabt, sie vorher aufzusuchen.

Giovanna rückte ihren Hut gerade und betrachtete ihr Gesicht so gut es ging in dem winzigen Spiegel neben ihrem Bett. Kurz darauf betrat Domenico mit den unverzichtbaren Zeitungen die Wohnung. »Heute sind alle Bombenanschläge der Black Hand aufgelistet. Dein Laden steht auch hier.«

»Lass mal sehen.«

Domenico zeigte auf den Wortlaut *Elizabeth Street 242*.

Giovannas Miene verdüsterte sich. »Gehen wir.«

Sie konnten von Glück sagen, dass sie Einladungen hatten, trotzdem fanden sie nur ganz hinten in der Saint Patrick's Cathedral auf der Mott Street einen Platz. Die Predigt war auf Englisch, bis auf ein kurzes Stück, das Pastor Lavelle auf Italienisch sprach. Daher konzentrierte sich Giovanna auf ihren Rosenkranz, während Domenico die vielen Uniformen und die einflussreichen Leute in der Kirche betrachtete. Links vom Mittelgang saßen Bürgermeister McClellan, Commissioner Bingham und verschiedene andere Männer, deren Auftreten von ihrer hohen Position zeugte. Einhundert Schulkinder sangen von der Empore des Kirchenchors, doch wurden ihre engelsgleichen Stimmen von den schluchzenden Frauen und den Männern übertönt, die sich räusperten, um nicht ebenfalls weinen zu müssen.

Der Osterschmuck war bis auf die Lilien, die die Auferstehung symbolisierten, entfernt worden. Die Messe war sehr schön, aber das konnte Giovanna nicht trösten. Es war eine desillusionierte Frau, die dort in der höhlenartigen Kathedrale stand. Sie hatte ihre ganze Hoffnung auf diesen Mann gerichtet, und nun war er tot. Sie glaubte nicht, dass sein Tod zu Gottes Plan gehörte oder dass es ein Märtyrertod gewesen war. Sie glaubte, dass sie jetzt nur noch eine einzige Aufgabe hatte: ihre Familie zu schützen. Alles andere war unwichtig geworden.

Petrosinos Sarg wurde aus der Kirche getragen und auf den Leichenwagen gestellt. Delegationen von sechzig italienischen Gesellschaften hatten Aufstellung genommen, durchsetzt von mehreren Kapellen. Die berittene Polizei führte den Trauerzug an, gefolgt von der Feuerwehr und der Straßenreinigung, wo

Lieutenant Petrosino seine Laufbahn begonnen hatte. Mindestens tausend Polizisten folgten zu Fuß. Dazu kamen fünf offene Kutschen mit Blumen, dann der Leichenwagen und schwarze Kutschen mit der Familie. Chopins Trauermarsch und der italienische Trauermarsch erfüllten abwechselnd die klare Luft. Als sich die letzte Polizeitruppe dem Zug angeschlossen hatte, folgten Giovanna und Domenico mit anderen aus der Zivilbevölkerung.

Die Straßen des Viertels, die Fenster und Feuertreppen wimmelten von Trauernden, die den Zug mit Segenswünschen und Blumen bedachten. Als der Zug das italienische Viertel verließ, rechnete Giovanna damit, dass die Zuschauerzahl abnehmen würde und sie leichter vorankommen würden, doch das war ein Irrtum. Auf der Fifth Avenue war jeder Zentimeter des Bürgersteigs von Trauernden besetzt, und selbst die Flaggen der Luxushotels waren auf halbmast. Wegen der vielen Menschen dauerte es vier Stunden, bis der Trauerzug die 57th Street und die Second Avenue erreichte. Dort verabschiedeten sich alle, die zu Fuß unterwegs waren, während die Kutschen und der Leichenwagen über die Brücke zum Calvary Cemetery weiterfuhren.

»Domenico, hier ist Geld für die Bahn. Fahr zu Vito's. Es ist schon spät, und deine Mutter wird ärgerlich auf mich sein.«

»Gehst du denn noch weiter?«

Giovanna nickte.

»Das hab ich mir schon gedacht.« Domenico gab ihr einen Kuss auf die Wange und ging.

Als Giovanna beim Friedhof ankam, war Petrosinos Sarg schon in die Erde gelassen worden. Es war niemand mehr da außer einem Polizisten, der Wache stand, und die Totengräber, die das Grab zuschaufelten.

In der Stille lehnte sich Giovanna an einen Baum und fragte sich, was sie denken sollte. Hier war ein Italiener, der ein Staatsbegräbnis bekommen hatte, aber jetzt wurde er tatsächlich begraben. Wenn der Lieutenant so geliebt und geachtet gewesen war, warum hatte er dann nicht die Unterstützung bekommen, um die er gebeten hatte? Sie erinnerte sich noch, dass der Lieutenant ihr einmal gesagt hatte, dass in einem Jahr von 285 Verhafteten nur 45 verurteilt worden waren, obwohl die Beweise eindeutig gegen sie sprachen. Er hatte versucht, ihr das amerikanische Rechtssystem zu erklären, hatte aber schließlich frustriert mit den Schultern gezuckt und gesagt: »Ist auch egal. Diese Verbrecher haben Freunde im Rathaus, die für sie einspringen.« Aber war nicht das Rathaus jetzt für dieses Staatsbegräbnis aufgekommen? Sie jedenfalls wusste nur noch, dass sie in ihr Viertel zurückmusste, wo italienische Verbrecher ungehemmt ihre Landsmänner ausrauben durften.

Sie war erschöpft – und wahrscheinlich auch schwanger. Ihre Periode hatte sich verzögert, und jetzt sah Giovanna, dass ihre Knöchel nach dem langen Fußmarsch angeschwollen waren. Da sie wusste, dass es nur noch wenige Stunden hell sein würde, ließ sie die halb verwelkte Blume, die in ihrer Hand klebte, los und ging, um an Nunzios Grab zu beten.

Neunundzwanzig

20. April 1909

Domenico Costa stand hinter dem Pfahl einer Gaslaterne und beobachtete die Bar *Star of Italy*. Er wusste, wenn ihn jemand, und sei es nur sein Cousin Clement, hierbei erwischte, würde er Prügel beziehen. Der ganzen Familie war es verboten worden, sich bei den Stammkneipen der Black Hand herumzutreiben oder auch nur über sie zu sprechen. Aber Domenico hatte einfach nicht anders gekonnt, als er sah, wie fünf Polizisten mit gezückten Schlagstöcken die Bar betreten hatten. Obwohl es erst April war, schien die Sonne schon heiß, und sie trugen ihre Sommeruniformen mit den schimmernden Messingknöpfen.

Niemand wusste mehr, wer Feind und wer Freund war. Seit Lieutenant Petrosinos Tod war die Polizei in Aufruhr, und zwar nicht nur der *Italian Squad*. Auch Angehörige anderer Polizeieinheiten kamen ins Viertel und veranstalteten grundlos Razzien. Selbst die Ladeninhaber, die Opfer der Erpresser, wurden jetzt von der Polizei befragt und auch oft schikaniert.

Domenico hatte gelernt, die Polizei nicht zu verteidigen. Denn neuerdings liefen viele Selbstgerechte, darunter auch sein Onkel, herum und verkündeten: »Seht ihr? Sie tun gar nichts für uns! Sie haben zugelassen, dass der Lieutenant ermordet wurde, und lassen es jetzt an uns aus.« Aber in Domenicos Augen rächten sie den Tod des Lieutenants, und er war stolz, dass sogar irische Polizisten wütend über die Ermordung des kleinen italienischen Detectives waren.

Jetzt zogen die Polizisten zwei magere Männer am Kragen aus der Bar. Sie machten ein großes Spektakel daraus, sie die Straße hinunter bis zur Polizeiwache abzuführen. Domenico kamen die beiden Männer vage bekannt vor, und er war sich ziemlich sicher, dass sie nicht zur Black Hand gehörten. Er holte einen Bleistiftstummel und sein kleines schwarzes Notizbuch aus der Tasche und notierte sich die Verhaftung. Das Buch war nur knapp fünf Quadratzentimeter groß, was ihm ermöglichte, es überallhin mitzunehmen, ohne dass seine Familie etwas davon mitbekam. Er hatte gesehen, wie Lieutenant Petrosino genau so ein Buch für seine Notizen benutzt hatte, und Tante Giovanna angefleht, ihm eins zu schenken. Seit er es im Vorjahr zu Weihnachten bekommen hatte, war er damit beschäftigt gewesen, es mit Beobachtungen über Verdächtige zu füllen, unter anderem auf Lieutenant Petrosinos Beerdigung, so dass ihm nur noch wenige kostbare Seiten blieben. Giovanna hatte ihm von den Karten auf der Polizeiwache erzählt. Zwar konnte er die Verdächtigen weder wiegen noch messen, aber er beschrieb sie unter der Angabe von Zeit und Ort ihrer Überwachung.

»Wonach hältst du denn Ausschau, du kleiner Tunichtgut?« Eine Hand riss Domenico in die Höhe, dass seine Füße fast den Bodenkontakt verloren, und plötzlich sah er sich Auge in Auge mit einem rotgesichtigen Polizisten wieder.

»Nach nichts, Officer. Ich hab hier nur so rumgestanden.«

»Das werden wir ja sehen. Komm mit.«

Als Domenico mit festem Griff abgeführt wurde, erspähte er etwas weiter die Straße hinunter Frances, die fast ein Brot fallen ließ, als er ihr auf Italienisch zurief: »Sag *zia* Giovanna, sie soll zur Polizeiwache kommen.«

»Sprich Englisch, Junge.«

»Ja, Sir.«

Domenico bekreuzigte sich im Stillen, weil nun die Chance bestand, dass seine Tante noch vor seiner Mutter die Polizeiwache erreichen würde; und noch erleichterter war er, als er bemerkte, dass sie die Wache des *Italian Squad* auf der Elizabeth Street ansteuerten. Kaum hatten sie sie erreicht, sah er sich nach vertrauten Gesichtern um.

»Wen hast du denn da, Rafter?«, fragte der diensthabende Sergeant.

»Der Junge hat die Verhaftung im *Star of Italy* beobachtet. Vermutlich ein Kundschafter.«

»Aber nein, Officer.«

Officer Rafter riss ihn am Kragen und fuhr ihn an: »Mit dir spreche ich nicht!«

»Was hast du denn gesehen, Junge?«, wollte der Sergeant am Empfang wissen.

»Zwei schwarze Ratten bei ihrem Abtransport.« Domenico hatte diesen Ausdruck für Black Hander schon von Lieutenant Petrosino gehört.

Ein Polizist in Zivil, der Domenico kannte, lächelte.

»Im Ernst? Weißt du denn, was das ist?«

»Nun, ich …«

Da kam Giovanna atemlos durch die Tür gestürzt. »*Cos'è successo?*«

»Gehört der zu Ihnen, Signora?«, fragte der Zivilbeamte auf Italienisch. Es war Fiaschetti, der breitschultrige Detective, der Giovanna die Einladungen überbracht hatte.

»*Si*. Das ist mein Neffe. Ein guter Junge.«

»Ich dachte mir schon, dass ich ihn kenne. Aber er hat sich so verdächtig verhalten, dass dieser Officer ihn für einen Kundschafter hielt.«

»Nein, nein, Detective, mein Neffe möchte Polizist werden.«

»Dann können wir ihn gehen lassen, Officer Rafter. Er ist nur ein Junge, der zu unserer Truppe will.«

»Ich will wie Lieutenant Petrosino werden«, ließ Domenico sich jetzt vernehmen.

»Halt dich aus unseren Angelegenheiten raus, sonst *endest* du noch wie Lieutenant Petrosino«, knurrte Rafter.

»Was hat er gesagt?«, fragte Giovanna Fiaschetti.

»Nichts, Signora. Nehmen Sie den Jungen mit nach Hause.«

27. Mai 1909

Rocco fand das Geräusch des Rasiermessers auf dem Schleifriemen des Barbiers beruhigend. Er lehnte den Kopf zurück und schloss die Augen.

Als der Barbier den Stuhl hochkurbelte, beugte er sich zu Roccos Ohr und flüsterte: »Wirst du schon wieder belästigt?«

Rocco machte eine abwehrende Handbewegung.

»In letzter Zeit sind sie überall. Und nicht nur eine Bande, sondern gleich fünf. Sie kommen jetzt fast täglich. Ich kann nicht mal ein Schild rausstellen, sonst denken sie, ich hätte Geld zu viel. Francesco, der Damenfriseur, sagt, er hätte Angst, eine Registrierkasse zu kaufen, weil sie dann denken könnten, sie sei voller Geld.«

Rocco wartete, bis der Barbier seine Oberlippe rasiert hatte, und sagte dann: »Sei still, Luigi. Ich möchte nichts davon hören. Es ist alles in Ordnung.«

»Hast du Angst, dass man dir die Ohren abschneidet wie dem armen Knoblauchhändler letzte Woche?«

»*Smettila!*«

»Nach dem Tod des italienischen Detectives ist die Polizei gekommen, hat alles aufgemischt und ist wieder verschwunden.«

»Ich sagte *basta!*«

»*Va bene*. Aber dadurch wird es auch nicht gut.« Der Barbier warf Rocco ein heißes Handtuch übers Gesicht.

11. Juni 1909

Mary und Frances hörten die Schulglocke und nahmen eilig ihre Schulbücher. Der Hintereingang der Primary School 21 lag schräg gegenüber auf der anderen Straßenseite.

»Ich muss etwas einkaufen, also begleite ich euch nach unten«, erklärte Giovanna und nahm ihren Einkaufskorb. Dann folgte sie mit Angelina an der Hand ihren Stieftöchtern die Treppe hinunter.

Vor der Schule winkten Giovanna und Angelina den beiden nach, als sie ins Gebäude hüpften. Neben ihnen stand der Schuldirektor und sprach mit einer Frau, deren Tochter den Kopf in den Rockfalten ihrer Mutter versteckte.

»Ma'am, sie wird niemals Englisch lernen, wenn sie nicht jeden Tag zur Schule kommt.«

Die Frau lächelte und zuckte mit den Schultern.

Frustriert wandte sich der Direktor an Giovanna. »Könnten Sie für mich übersetzen?«

»Mein Englisch nicht gut«, stammelte Giovanna, schob dann aber ihre Dreijährige vor. »Angelina, hilf mal.«

»In Ordnung«, sagte der Direktor und blickte halb belustigt, halb gereizt auf Angelina hinunter. »Kleine, könntest du dieser Frau bitte sagen, es sei wichtig, dass ihre Tochter jeden Tag zur Schule kommt?«

Angelina, die für ihre drei Jahre schon sehr reif war, wandte sich selbstbewusst an die Frau. »Signora, *è importante che vostra figlia venga a scuola giornalmente.*«

»*Si, ho capito.*«

Angelina, die sich in ihrer Rolle sehr wohl fühlte, wandte sich an den Direktor und übersetzte: »Die Dame sagt, sie hätte verstanden.«

»Dann frag sie, warum ihre Tochter so oft abwesend ist.«

»Was ist *abwesend*?«

»Nicht in der Schule.«

»*Perché spesso vostra figlia non è a scuola?*«

»*Ha solamente un vestito.*«

»Weil sie nur ein Kleid hat.«

»Das verstehe ich nicht.«

»*Non capisce.*«

»*Devo lavare il vestito ed a volte non è asciutto di mattina.*«

»Oh«, rief Angelina in plötzlichem Verstehen aus und wandte sich wieder an den Direktor. »Sie muss das Kleid waschen, und manchmal ist es morgens noch nicht trocken.«

Der Schuldirektor stemmte die Hände in die Hüften und stieß einen lauten Seufzer aus. »Sag ihr, ich werde ihrer Tochter vor Beginn des nächsten Schuljahrs ein neues Kleid kaufen – aber dafür muss sie jeden Tag in der Schule erscheinen.«

Als Angelina das übersetzte, lächelte die Frau.

»Sie bedankt sich bei Ihnen.«

»Du bist ein schlaues, kleines Mädchen«, sagte der Direktor und tätschelte Angelina den Kopf. »Vielen Dank.«

»Darf ich auch in die Schule? Ich bin schon fast vier.«

»Bald …«

Eine laute Explosion riss sie fast von den Füßen. Darauf folgte eine Serie weiterer, leiserer Explosionen. Aus den offenen Fenstern drangen die Schreie der Kinder: »*La Mano Nera!*«

Innerhalb von Sekunden hörte man die typischen Geräusche von ausbrechendem Chaos: Schreie, Scharren von Stühlen, Fußgetrappel. Der Direktor sah sich rasch um, entdeckte nichts, rannte in die Schule und brüllte: »Bleibt in den Klassen. Es ist alles in Ordnung!« Aber er wurde übertönt von den kreischenden Kindern und den Lehrern, die versuchten, sie zur Ordnung zu rufen.

Giovanna sah durch die offene Tür, wie die Kinder die Treppe hinunterrannten und praktisch übereinanderfielen. Das Beste war jetzt, ihnen möglichst ungehindert die Flucht ins Freie zu ermöglichen. Sie hob Angelina auf ihren Rücken, hielt die Tür weit auf und rief den Kindern zu, weiterzugehen, aber nicht zu rennen.

Als die Kinder weder schwarzen Rauch noch bröckelnde Wände sahen, beruhigten sie sich langsam. Die Panik ließ nach, so dass die Lehrer ihre Schüler in Reihen aufstellen und auf Verletzungen untersuchen konnten. Als Giovanna Mary und Frances entdeckte, seufzte sie erleichtert auf.

Weiter die Straße hinauf sprachen zwei Polizisten mit Pater Salevini und einem kleinen Mann mit rußgeschwärztem Gesicht. Der Pater gestikulierte wild mit den Händen. Giovanna schob sich näher zum Direktor, weil sie wusste, die Polizisten würden mit ihm sprechen. Als diese sich mit großen Schritten näherten, befahl sie Angelina, genau zuzuhören.

»Was haben sie gesagt?«, fragte sie dann ihre Tochter.

»Sie sagten, der Mann hätte die Knallkörper und Raketen für das Fest zu Ehren des heiligen Antonius am Sonntag bekommen und einige davon seien versehentlich losgegangen.«

Giovanna seufzte und schüttelte leicht den Kopf.

Angelina zupfte ihre Mutter am Rock. »Mama, gehen wir auch zu dem Fest?«

21. Juli 1909

Rocco beugte sich zur Kiste, um noch mehr Obst auf den Karren zu laden. Dann fuhr er mit der Hand zum Rücken und seufzte. Montage waren immer eine Qual, vor allem wenn er am Sonntag zu viel gegessen und auch etwas zu viel getrunken hatte. Er wischte sich die Stirn mit dem Taschentuch ab und blinzelte zur Sonne hinauf, um abzuschätzen, wie spät es war. Doch da blickte er in das Gesicht eines Mannes mit einem Quadratschädel, der ihn, wie er bemerkt hatte, seit Wochen beobachtete.

»Aha, ist die Ratte endlich gekommen, um sich den Käse zu holen?«, rief Rocco aus.

»Also stimmt es! Ich hab schon gehört, du seist nicht ganz richtig im Kopf.«

»Dann solltest du auch gehört haben, dass ich kein Geld mehr habe, seit deine Kumpane meinen Laden in die Luft gejagt haben.«

»Von deinem Laden weiß ich nichts. Ich weiß nur, dass du einen anständigen Obststand zu haben scheinst, der beschützt werden muss.«

»Vor Leuten wie euch?«

»So ist das Geschäft.«

»Dann jage ich lieber auch noch meinen Stand in die Luft und sehe zu, wie die Melonen auf dich niederprasseln, du Riesenrindvieh.«

»*Vaffanculo*, du armer Irrer. Du hast deine Chance gehabt.« Der Mann wandte sich ab und trat im Weggehen so heftig gegen Roccos Karren, dass das Obst auf die Straße purzelte.

Dreißig

15. August 1909

Angelina klammerte sich an Marys Hand, als sie die Treppe zur Hochbahn hinaufstiegen. Als sie die aufgeregten Mienen ihrer Geschwister sah, verdoppelte sie ihre Anstrengungen. Es war schwer, Clement zum Lächeln zu bringen, aber jetzt strahlte selbst er.

Giovanna trug einen großen Picknickkorb, der mit dem Umfang ihres anschwellenden Bauchs wetteiferte. Rocco, dessen Geburtstag als Anlass für diesen extravaganten Ausflug diente, schleppte eine Tasche mit ihrem Badezeug und Flaschen mit Wein und Wasser.

»Wie viel kostet es?«, fragte Angelina Mary, als ihr Vater sich vom Fahrkartenschalter abwandte.

»Zehn Cent für jeden. Aber ich glaube, du fährst umsonst mit, also wird es wohl insgesamt fünfzig Cent kosten.«

»Ich hoffe, dann haben wir noch genug Geld für den Vergnügungspark.«

»Keine Angst, Angelina. Dies wird der schönste Tag in unserem Leben«, schaltete Frances sich ein.

Die Bahn fuhr über die Brooklyn Bridge, was für Angelina schon allein zehn Cent wert war. Als sie die Brücke hinter sich gelassen hatten, spähte sie mit diebischem Vergnügen in Schlafzimmer im zweiten Stock und erhaschte einen Blick auf

Männer, die halb angezogen Zeitung lasen. Schon bald fuhren sie aufs offene Land, wo einzelne Häuser neben riesigen Schildern standen, die für Häuser von morgen warben. Aus den Wiesen wurden Marschen, die sich bis zum Meer erstreckten. Und dann sah man in der Ferne die eigentümliche Silhouette von Coney Island.

Obwohl es noch sehr früh war, war die Bahn voll mit Ausflüglern, und Angelina klammerte sich fest an Giovanna, als die Menschenmassen hinausdrängten. »Zuerst gehen wir schwimmen«, verkündete Giovanna und steuerte mit ihrer Familie zum Strand und den Umkleidehäuschen.

Angelina bemerkte, dass auch ihre Mutter aufgeregt war. Von ihrer Reise nach Italien wusste sie noch, wie sehr sie das Meer liebte. Die Farbe des Wassers hier war eher grau als blau, und die Wellen waren größer und lauter, aber es erinnerte sie doch an Scilla. Wenn sie allerdings den Blick vom Strand wandte, sah sie nicht Klippen und Limonenhaine, sondern blinkende Lichter, wehende Fahnen und große, phantastische Häuser.

Für zwanzig Cent bekamen sie ein kleines Zelt zugewiesen, in dem sie sich umziehen und ihre Kleider lassen konnten. Giovanna hatte sich überall Badezeug zusammengeliehen. Am schwersten hatte sie etwas für sich selbst gefunden. Rocco hatte ihr wegen ihres Zustands zwar verboten zu schwimmen, aber sie war fest entschlossen, zumindest in der Brandung zu waten. Clement stürzte als Erster durch die Zeltöffnung zum Meer und ließ die Warnrufe seines Vaters hinter sich. Wenige Minuten später folgten Frances und Mary, und dann Angelina, die sich an Giovannas Hand klammerte.

Als die erste Welle über ihre Füße spülte, zog sie die Schultern bis zu den Ohren. Das Wasser war kalt. Ihre Geschwister hüpften schon quietschend vor Vergnügen durch die Brandung.

Zentimeter für Zentimeter wagte sich Angelina weiter ins Meer vor, ohne jedoch die Hand ihrer Mutter loszulassen. Sie sah ihren Vater so weit hinausschwimmen, bis er nur noch ein Punkt am Horizont war. »Mama! Papa wird verschwinden!«

»Nein, er muss heute nur ein bisschen angeben, weil er dreiundfünfzig geworden ist«, erwiderte Giovanna lächelnd.

Minute für Minute wurde es voller am Strand. Bei ihrer Ankunft war er noch ziemlich leer gewesen, doch jetzt sahen sie nur Menschen, wohin sie auch blickten.

Keuchend, aber munter entstieg Rocco den Fluten.

»Papa, du schwimmst ja wie ein Fisch«, rief Angelina.

Ihr Vater lächelte, warf dann aber einen Blick zum Himmel, um am Sonnenstand die Zeit abzulesen, und verkündete: »Lasst uns essen!«

Giovanna breitete eine Tischdecke auf dem Sand aus und packte den Picknickkorb aus. Kurz darauf schwelgten sie in Oliven, Obst und gebratenen Auberginen auf Brot.

»Mama, jetzt macht es nichts, wenn ich kleckere. Ich kann ja danach einfach schwimmen gehen!«, meinte Angelina, während ihr Saft von einem Pfirsich über das Kinn lief.

Um vier Uhr nachmittags war der Lockruf der Promenade zu groß geworden. Rocco und Giovanna hielten das Quengeln der Kinder einfach nicht länger aus. »*Va bene*«, sagte Rocco, »wir gehen. Aber passt auf, jeder darf nur eine von den Attraktionen ausprobieren. Ihr könnt den anderen dann ja davon erzählen.«

»Ich weiß schon, was ich mache«, rief Frances. »Die Rutsche im *Dreamland*.«

Im Zelt trockneten sie sich ab und befreiten sich vom Sand, bevor sie in ihre Sonntagskleider schlüpften. Dann spazierten sie die Promenade hinunter, drängten sich an New Yorkern aller Couleur vorbei und fühlten sich ausnahmsweise einmal nicht fehl am Platz. Alle waren so damit beschäftigt, die Eindrücke um sich herum aufzunehmen, dass ihnen keine Zeit blieb, verächtliche Blicke auf die Armen und die Immigranten zu werfen. Beim Klang der Musik aus aller Herren Länder und der Aussicht auf Sensationen wurden alle gleich.

Da Frances bislang die Einzige war, die sicher wusste, was sie machen wollte, wanderte man zuerst die Bowery hinunter zum *Dreamland*. »Diese Bowery ist aber ganz anders als unsere«, bemerkte Clement, als er die Schilder sah, auf denen für Kuriositäten, Restaurants und Varietés geworben wurde.

»Erleben Sie es aus nächster Nähe! Die große Flut von Johnstown!«, rief ein Schausteller und wandte sich dann direkt an sie. Nachdem er sie genauer betrachtet hatte, brüllte er: »Italiener! Herbei, herbei für den Untergang Pompejis. Nur zehn Cent!«

Giovanna fragte, was der Mann sagte. »Ich habe keine Ahnung«, antwortete Clement wahrheitsgemäß.

»Sieh mal, Tante, da ist es!«, rief Frances.

Den Eingang zum *Dreamland* bildete ein riesiger Engel, dessen Flügel sich zu einem Bogen formten. Dahinter erwartete sie eine Stadt voller fantastischer Bauwerke. Über einer Lagune ragte ein riesiger Turm empor. Auf der gegenüberliegenden Seite des Gewässers sah man einen Berg mit Rutschen, die die kreischenden Besucher über Huckel und durch Kurven katapultierte, bis sie atemlos und aufgelöst, aber vollkommen begeistert unten ankamen. Am anderen Ende ragte ein weiterer künstlicher Berg mit gezacktem Gipfel empor, den eine Bahn umfuhr und durchschnitt.

Die Kinder waren außer sich vor Begeisterung. Sie blickten wild in alle Richtungen, sprachen gleichzeitig italienisch und englisch oder kreischten vor Freude. Angelina hing wie benommen an ihrer Mutter. Da Rocco ebenfalls überwältigt oder einfach nur fassungslos wirkte, übernahm Giovanna das Kommando.

»Zuerst gehen wir für Frances zu den Rutschen.«

Als sie die langen Treppen und die vielen, vielen Leute sahen, die sich davor drängten, wollten sie Frances nicht allein gehen lassen. Daher kamen sie nach einigen Verhandlungen überein, dass Clement sie begleiten würde, ohne dass damit sein eigener Wunsch verfiel.

Die Wartezeit war nicht annähernd so lang wie Frances' und Clements anschließende Schilderung, wie sie die Treppe hinaufgestiegen waren, wie sie ganz oben ein flaues Gefühl im Magen bekommen hatten, wie sie sich abgestoßen und dann jede Biegung, jedes Hindernis, jeden Huckel und jede Kurve genommen hatten, bevor sie kopfüber am Ende landeten. Giovanna zuckte zusammen, als sie Frances mit bis zu den Ohren hochgerutschtem Kleid sah, doch gab es auch Frauen, die den gleichen Anblick boten, ohne dass sich auch nur einer darum kümmerte oder es bemerkte.

»Auf dem Weg nach oben habe ich ein paar Jungs über die Reise zum Mars im *Luna Park* reden hören. Da will ich hin«, rief Clement.

»*Va bene*. Aber zuerst spazieren wir hier noch ein bisschen herum«, entgegnete Rocco.

»Guck mal, Mama.« Angelina hatte einen kleinen Zug erspäht, der eine Rundfahrt um das *Dreamland* machte. Kinder und Erwachsene zwängten sich in die kleinen Waggons und wirkten lächerlich riesenhaft. Die keuchende Dampflok begeisterte Angelina, aber keins ihrer Geschwister wollte sie begleiten, und ihre Mutter hätte mit dem Babybauch nicht hineingepasst. Den Tränen nahe, wandte sie sich an ihren Vater: »Papa, es ist doch dein Geburtstag. Möchtest nicht du mit mir fahren?«

Rocco, der normalerweise auch gegenüber seinen Töchtern nicht besonders nachgiebig war, sah Angelina an und sagte nur: »Fahren wir.«

Giovanna und die Kinder verkniffen sich das Lachen, als der Zug seine Bahn zog. Rocco saß hinter Angelina und musste seine Knie fast bis zur Brust ziehen. Allerdings verflog seine Verlegenheit, als Angelina am Ende der Fahrt in lauten Jubel ausbrach und ihn küsste.

»Zum *Luna Park*«, kommandierte Clement dann.

Der Eingang zum *Luna Park* war mit leuchtenden Monden und Halbmonden geschmückt. Hier war alles noch grandioser als im *Dreamland*. Sie spazierten durch ein Miniaturvenedig komplett mit Gondeln, das allerdings von pagodenähnlichen Gebäuden flankiert wurde. Frances stieß einen lauten Seufzer aus, als sie die spiralförmige Rutschbahn des *Luna Park* sah, weil sie befürchtete, mit *Dreamland* die falsche Wahl getroffen zu haben. Sie bahnten sich ihren Weg durch die Menge, bis sie vor einer Bude standen, die die »Reise zum Mond per Flugzeug« versprach. Clement stellte sich in die Schlange, und der Rest der Familie nahm auf einer Bank in der Nähe Platz. Giovanna war dankbar für die Rast, aber viel zu schnell tauchte Clement wieder auf.

»Da standen ein paar Jungen in der Schlange, die schon überall hier waren. Ich hab sie gefragt, was das Beste wäre, und sie meinten, die Musical-Achterbahn im *Dreamland*.«

»Clement, die wollen dich nur auf den Arm nehmen! Eine Musical-Achterbahn? Das ist doch was für Angelina«, sagte Rocco barsch.

»Papa, ich hab doch nur eine Wahl, bitte lass mich mal gucken. Die Jungen haben gesagt, die Reise zum Mars wäre nur Kinderkram.«

»In Ordnung, aber wenn dir die Achterbahn nicht gefällt, gehen wir nicht hierher zurück.«

Giovanna sah, wie aufgeregt Clement war. Schon seit Jahren musste er sich verhalten wie ein Erwachsener. Es freute sie, dass er sich jetzt wie ein Kind benahm. Also erhob sie sich von der Bank, und alle strebten zum *Dreamland* zurück. Ausgehend von der Größe der Schlange, die sie an der Musical-Achterbahn erwartete, schienen die Jungen wohl recht zu haben. Mary beschloss, ebenfalls ihren Wunsch dafür zu opfern, und ging mit ihrem Bruder los. Das warme Sonnenlicht kündete vom nahenden Abend. Sie fanden eine freie Bank, wo Angelina sich auf Frances' Schoß niederließ und Giovanna sich neben sie setzte. Rocco wartete am Ausgang der Achterbahn auf Clement und Mary. Eine knappe Stunde später kam das Trio zur Bank geschlendert. Doch als Mary Giovanna sah, riss sie sich von der Hand ihres Vaters los und warf sich in ihre Arme.

»Wir waren in einem Zugwaggon, und es war stockdunkel, und dann fiel der Wagen geradewegs in die Dunkelheit. Ich dachte, wir würden sterben!«

Rocco und Clement erreichten nun auch die Bank. »Ach, Mary, du bist doch kein Baby mehr!«

»Du hast auch geschrien, Clement, direkt bevor uns der Balken fast den Kopf abgerissen hätte.«

»Es war umwerfend, Tante. Hör nicht auf sie.«

Mary klammerte sich immer noch an Giovanna, die ihr über den Kopf strich. »Wisst ihr was? Da wir noch nie ein Dessert nach dem Abendessen hatten, möchte ich etwas probieren, das ich eben gesehen habe. Kommt mal mit.«

Giovanna führte sie zu einem Stand, wo Eiscreme in Waffelhörnchen verkauft wurde, so dass man gleichzeitig laufen und essen konnte. Rocco zählte sechs Fünfcentstücke ab. Dann lehnten sie sich an das Promenadengeländer und lachten, weil der Anblick, wie sie das Eis leckten, so komisch war. »*Guarda*, Mary. Leck nicht so heftig, sonst fällt die Kugel runter«, warnte Giovanna. Clement schaffte es als Erster bis zur Waffel und biss ein Stück davon ab. »Mhmh, lecker«, sagte er, während ihm das Eis am Kinn heruntertropfte. Aber am meisten schien Giovanna diese neue Leckerei zu genießen.

Während sie ihr Eis aßen, beobachteten sie die Menschen und Vorgänge auf der Promenade. Ein Ausrufer vor einer angeblich lustigen Show stand auf einem Podest und lachte nur. Daneben ahmte ein Mann vor einer Menagerie die Laute verschiedener wilder Tiere nach, um die Aufmerksamkeit der Passanten auf sich zu ziehen. In der einen Minute brüllte er wie ein Löwe, in der nächsten kreischte er wie ein Papagei.

Als Giovanna vor einer Attraktion das Bild eines Heiligen sah, bat sie Frances, für sie das Schild zu übersetzen. »Die Versuchung des heiligen Antonius«, erklärte Frances prompt. »Der Mann ruft immer wieder: ›Seht, wie der heilige Antonius der Versuchung widersteht!‹«

»Wenn du willst, gehe ich mit dir dorthin.«

Giovanna war von Roccos Angebot überrascht, doch als sie mitbekam, dass sich hauptsächlich Männer für die »Show« anstellten, begriff sie. Ihre Neugier siegte jedoch, und nachdem sie den Kindern unter Androhung der Todesstrafe verboten hatte, sich vom Fleck zu rühren, gesellte sie sich zu den zahlreichen anderen, die zehn Cent pro Person dafür zahlten, die Versuchungen zu sehen.

Sie betraten einen kleinen Raum, wo ein großes Gemälde hinter einem zurückgezogenen Vorhang den heiligen Antonius im Gebet zeigte. Der Mann, der die Eintrittskarten verkauft hatte, verschwand hinter dem Gemälde und begann mit sensationsheischender Stimme, die Lebensgeschichte des Heiligen abzuspulen. Nach einigen Minuten begannen die Männer im Publikum leise zu murren, worauf ein zweites Gemälde mit einer spärlich bekleideten Blondine erschien. Als ein paar Minuten später das Murren erneut einsetzte, wurde die Blondine von einer Brünetten ersetzt, die noch etwas weniger anhatte.

Die Lebensgeschichte des heiligen Antonius endete passenderweise, nachdem ein drittes Bild mit einer fast nackten Rothaarigen enthüllt worden war. Giovanna war viel zu belustigt, um sich in ihrem Schamgefühl verletzt zu fühlen, und schüttelte nur den Kopf. Zumindest wissen sie jetzt etwas mehr über den heiligen Antonius, dachte sie.

Die Kinder, die wie gehorsame Soldaten gewartet hatten, befragten sie nachher nach ihrem Abenteuer. »In einer Kirche hätte man so etwas nicht zeigen dürfen«, sagte Giovanna nur und unterband damit alle weiteren Fragen.

Die Sonne sank, und nach und nach gingen die Laternen an. Natürliches und künstliches Licht ließen den Himmel wie marmoriert wirken. Musik aus allen Richtungen vermischte sich mit dem Rauschen der Brandung. Rocco zählte noch einmal sein Geld. »Ich habe eine Idee«, meinte er dann. »Bevor wir nach Hause fahren, gehen wir alle noch aufs Riesenrad.« Die Mädchen umarmten ihn, und Giovanna lächelte, weil ihr ernster Mann so viel Spaß hatte.

Als sie das Ende der langen Schlange vor dem Riesenrad erreicht hatten, war die Sonne im Meer versunken, doch der Himmel glühte. Ihnen schien es unglaublich, dass es trotz der Dunkelheit noch so hell sein konnte. Man öffnete ihnen die Tür zu einer Kabine, in die leicht zwanzig Personen gepasst hätten, doch nachdem sie alle Platz genommen hatten, wurde sie wieder geschlossen. Während eine Kabine nach der anderen geleert und wieder gefüllt wurde, wurden sie langsam himmelwärts gehoben, und dann begann sich das Riesenrad im Zeitlupentempo zu drehen.

Als sie die unzähligen tanzenden Lichter der Vergnügungsparks und der Scheinwerfer auf dem Meer sahen, stockte ihnen der Atem. Angelina wäre am liebsten nie wieder ausgestiegen und kniff die Augen zusammen, um die Erinnerung für immer in sich einzuschließen. Als sie sie wieder öffnete, sah sie, wie ihre Mutter sie anlächelte und ihr Vater mit stolzgeschwellter Brust dasaß und auf den New Yorker Nachthimmel blickte.

»Zum Geburtstag viel Glück, zum Geburtstag viel Glück«, sang sie, doch ihre Stimme verhallte in der salzigen Abendluft.

Einunddreißig

27. August 1909

Rocco beschloss, seinen Karren eine Stunde früher als sonst zurückzufahren, damit er noch Zeit hatte, sich für die Prozession zu Ehren des heiligen Rocco umzuziehen. Normalerweise war sein Namenstag der einzige Tag im Jahr, an dem er freinahm, aber angesichts ihrer Schwierigkeiten hatte er dieses Jahr beschlossen, doch zu arbeiten.

Er konnte nur mühsam den Karren durch die Massen an Menschen und Tieren schieben. Schafe wurden durch die Straßen getrieben, um später am Abend bei einer der vielen Hinterhoftombolas verlost zu werden. Da Sizilianer und Kalabrier nicht zusammen feierten, gab es in Little Italy viele verschiedene Feste am gleichen Tag. Fast jede Gasse führte zu einem Hinterhof, dessen Feuertreppen mit Girlanden und einem Schrein geschmückt waren. Dort thronte dann auf einem selbst gebauten, mit Bettlaken umhüllten Altar zwischen Kerzen und Blumen eine Statue des heiligen Rocco, die von der nächsten Taverne ausgeliehen worden war.

Rocco hatte fast alles von seinem Karren verkauft, denn an Feiertagen kauften die Menschen für ein großes Festessen ein. Daher fiel ihm beim Aufräumen ein Zettel in die Hände. Als er ihn auseinanderfaltete, sah er die Abbildung eines Messers und einer schwarzen Hand, aber zusätzlich noch etwas anderes: die unbeholfene Zeichnung eines Riesenrads, bei dem eine Kabine ins Meer stürzte.

Rocco war wie gelähmt von der Erkenntnis, dass man ihm und seiner Familie bis außerhalb des Viertels gefolgt war. Vor lauter Angst zerriss er zum ersten Mal einen Drohbrief der Black Hand nicht sofort, sondern wollte auch wissen, was darin stand.

»Bring fünfhundert Dollar am Dienstag, dem Achtundzwanzigsten, zur Garibaldi-Statue in den Washington Square Park«, las Clement ihm vor.

»Fünfhundert Dollar? Die sind wohl verrückt!«

»Papa, woher wissen die, dass wir in Coney Island waren?«

»Woher? Keine Ahnung«, stieß Rocco hervor. »Man darf niemandem trauen.«

»Vielleicht sollten wir zahlen.«

»Wovon denn? Wir haben keine fünfhundert Dollar!«

»Wenn sie sich sogar die Mühe machen, uns bis nach Coney Island zu folgen, werden sie nicht einfach aufhören.«

»Deshalb bringe ich sie ja auch um.«

»Papa, du bist zu alt ...«

»Sieh dir diese Muskeln an ...«

Clement unterbrach ihn. »Papa! Das sind Schläger!«

»Was schlägst du denn vor, Clement?«

»Gib ihnen etwas, bis wir herausgefunden haben, wer dahintersteckt.«

»Nein! Ich will dich nicht da mit reinziehen! Ich wusste, ich hätte dir das nicht zeigen sollen! Ich will, dass du von hier verschwindest. Ganz weit weg. Und wenn du nach Pennsylvania fährst, um in den Minen zu arbeiten.«

»Aber damit ist immer noch nicht entschieden, was du tun willst, Pop.«

»Ich werde ihnen etwas geben. Aber wenn du dich da einmischst, bringe ich dich eigenhändig um.«

29. August 1909, Highland, New York

»Wie lange willst du dich noch hier im Wald herumtreiben, Lupo?«, wollte Tomasso wissen.

»Das ist kein Wald, sondern eine Milchfarm. Siehst du das nicht, du Schwachkopf?«

»Du bist doch kein Mann vom Land, Lupo.«

»Gib mir die Druckfarbe und halt den Mund.«

Tomasso holte eine große Flasche aus seiner Schultertasche. »Wie läuft's da drinnen?«, fragte er und zeigte zur Scheune, wo zwei Männer falsche Zwei-Dollar-Scheine druckten.

»Mit dieser Farbe werden sie fertig, und wir können alles losschlagen.«

»Und wenn weitere Bestellungen kommen?«

»Wir nehmen keine Bestellungen mehr entgegen. Die Cops, und zwar welche, die wir nicht bestochen haben, schnüffeln schon herum. Geheimpolizei aus Washington. Hast du das Geld von dem Obsthändler Siena?«

Tomasso der Bulle legte zwanzig Dollar auf den Tisch.

»Zwanzig Dollar? Wir haben doch fünfhundert gesagt!«

»Lupo, die beiden Straßenräuber haben ihr Geld gekriegt und dann ihren Laden in die Luft gejagt. Jetzt hat er nur noch einen Handkarren.«

»Du Schwachkopf! Seit wann glaubst du, du könntest mitdenken! Hör mir gut zu. Meinst du vielleicht, ich würde fünfhundert Dollar von einem Mann mit einem Handkarren verlangen, wenn ich es nicht besser wüsste? Wie? Seine Frau hat nach dem Erdbeben tausend Dollar an ihre Familie nach Italien geschickt. Das habe ich aus erster Hand. Und wieso wussten die beiden Idioten vor uns, dass sie Geld haben? Besorg die fünfhundert Dollar! Und lass sie dann regelmäßig zahlen!«

»Ich brauche Geld, um zurückzukommen.«

»Geh zu Fuß, Schwachkopf.«

»Komm schon, Lupo, du kannst mir doch ein paar von denen da geben«, forderte Tomasso und zeigte auf ein Bündel Falschgeld.

»Du bist wirklich ein Schwachkopf. Hier«, sagte Lupo und knallte fünf Dollar auf den Tisch. »Du schuldest mir das Wechselgeld.«

1. September 1909

Giovannas Bauch wurde immer größer, wuchs aber nur nach vorne. *Ein Junge*, dachte sie und rieb sich über die gespannte Haut. *Klein Nunzio.* Sie kochte gerade einen starken Espresso für Rocco, während dieser sich anzog. In der frühmorgendlichen Stille dachte sie darüber nach, was ihren Mann wohl bedrückte. Er war noch stiller als sonst und mied ihren Blick. Im Bett drehte er sich sofort zur Wand. Er tat so, als würde er ihre Nähe nicht ertragen, genauso wenig wie die der Kinder.

»Kein Brot. Nur Espresso«, bellte Rocco, als er zum Tisch kam. Er nahm sich nicht mal die Zeit, sich hinzusetzen, sondern kippte das schwarze Gebräu im Stehen herunter. Dann murmelte er »*Ciao*« und verschwand.

Rocco verließ immer früher das Haus und kehrte immer später zurück. Er war erschöpft, aber Wut und Sturheit ließen ihn immer weitermachen. Nachdem er ihnen Geld gegeben hatte, waren weitere Drohbriefe gefolgt. Diesmal jedoch hatte er Clement nicht um eine Übersetzung gebeten, sondern die Zettel wie sonst auch in kleine Fetzen zerrissen. Er zahlte den Erpressern zwanzig Dollar und sagte zu Clement, es wäre alles in Ordnung.

Als Giovanna die zweite Entschädigungszahlung nach Scilla geschickt hatte, war er erleichtert gewesen, dass sie nicht wie geplant wegziehen würden. Das Leben auf der Elizabeth Street war gefährlich – aber anderswo konnte es noch schlimmer kommen. Jetzt rechnete er oft, wenn er Zeit hatte, nach, wie lange sie noch bis zur dritten und letzten Zahlung warten mussten, und hörte genauer zu, wenn er andere über Orte wie Newark oder Hoboken sprechen hörte.

Rocco fuhr mit dem Karren zu seinem Stammplatz. Er beäugte misstrauisch jeden, der sich verdächtig benahm, und klopfte sich immer wieder auf die Hosentasche, um zu prüfen, ob sein Messer noch da war. Es war ein trüber Tag, die tiefhängenden Wolken ließen es nicht richtig hell werden. Nur wenige Straßenhändler fingen genauso früh an wie er. Rocco schichtete sein Obst zu kleinen Pyramiden auf dem Karren. Auf der gegenüberliegenden Straßenseite vermischte der Verkäufer die roten und grünen Paprikaschoten, obwohl es praktischer war, sie getrennt zu halten. Die Händler stellten mit Ehrgeiz und Stolz ihre Waren aus, doch da Rocco in letzter Zeit anderes im Kopf hatte, waren seine Pyramiden nicht so ästhetisch und stabil wie sonst.

Die Pyramide aus Birnen, die er gerade errichtet hatte, fiel auf einmal in sich zusammen. Rocco stürzte vor, um zu verhindern, dass die Birnen auf die Straße kullerten, da spürte er plötzlich, wie etwas hinter ihm auf dem Boden aufschlug. Den Bruchteil einer Sekunde später gab es einen so lauten Knall, dass Rocco über seinen Karren fiel.

Als die anderen Straßenhändler den Knall hörten und Rocco und seinen Karren zusammenbrechen sahen, bekamen sie Angst und suchten das Weite. Eine Frau kreischte: »*La Mano Nera!*« und bekreuzigte sich. Rocco sprang mit gezücktem Messer wieder auf und hielt Ausschau nach dem Angreifer. Stattdessen sah er, dass an der Stelle, wo er kurz zuvor noch gestanden hatte, ein riesiger Steinbrocken lag.

4. September 1909, Highland, New York

»Diese Schwachköpfe! Die können von Glück sagen, dass er sich bewegt hat. Ich sagte: ›Besorgt euch das Geld!‹ und nicht ›Bringt ihn um!‹«, schäumte Lupo.

Pietro Inzerillo schlug nach den Fliegen, die seinen Kopf umschwirrten. »Tomasso meint, er ist ein kalabrischer Hartschädel.«

»Der Obsthändler ist vielleicht stur, aber Tomasso ist einfach nur dämlich. Du bist doch sicher, dass sie Geld haben, oder?«

»Sie hat zweimal große Zahlungen erhalten und erwartet eine dritte. Das ist die Entschädigung des Gasunternehmens Brooklyn Union«, erklärte Inzerillo und wehrte sich weiter gegen die Fliegen.

»Von denen hat sie Geld gekriegt? Dann ist sie schlauer als wir. Wir waten hier bis zu den Knien in Kuhscheiße, während sie zu Hause sitzt und für nichts und wieder nichts fette Schecks von den Amerikanern einkassiert.«

Lupo wanderte wütend in der Scheune umher, während Inzerillo sich mit einem Bündel Heu Luft zufächerte. Plötzlich zeichnete sich Entschlossenheit auf Lupos Mopsgesicht ab. »Für die werde ich Leo anheuern.«

8. September 1909

»Commissioner Baker, der Auftrag ist äußerst erfolgreich verlaufen«, meldeten Lieutenant Vachris und Sergeant Crowley. Sie standen in Habtachtstellung im Büro des neuen Police Commissioners.

Sie waren gerade von einer dreimonatigen Reise nach Italien

zurückgekehrt. In Zugzwang gesetzt durch Petrosinos Tod, hatte die italienische Regierung mehr als bereitwillig kooperiert und die Strafregister derer zusammengestellt, die Petrosino ausfindig gemacht hatte. Jetzt sah Lieutenant Vachris sich im Büro um. Nichts verriet mehr, dass es bis vor kurzem noch von einem anderen besetzt worden war. Commissioner Bingham war während ihrer Reise ersetzt worden, und der neue Commissioner bot ihnen keinen Platz an.

»Ich freue mich, dass Sie beide unversehrt zurückgekommen sind. Eine weitere Pleite hätten wir uns nicht leisten können.«

Vachris war sich ziemlich sicher, dass er den Mann nicht mochte. »Uns wurde geraten, nicht nach Sizilien zu fahren, zu groß waren die Befürchtungen, wir könnten ebenfalls umgebracht werden. Aber mit Hilfe der italienischen Kollegen konnten wir die Strafakten von siebenhundert Kriminellen sicherstellen. Siebenhundert! Alle von Lieutenant Petrosinos Liste und noch mehr.«

Nun meldete sich Crowley zu Wort. »Commissioner, wenn wir beim *Italian Squad* Verstärkung bekämen, könnten wir noch dieses Jahr die meisten dieser Straftäter deportieren. Dann wäre das italienische Viertel so gut wie verbrechensfrei.«

»Das wäre auch die beste Methode, Lieutenant Petrosino zu rächen«, fügte Vachris hinzu.

»Ich glaube, wir sind noch nicht bereit, so schnell zuzuschlagen, Männer.«

»Aber Sir, wenn diese Ganoven länger als drei Jahre hier sind, können wir sie nicht mehr abschieben. Und ein paar von ihnen haben diese Frist bereits in ein paar Monaten erreicht.« Da Lieutenant Vachris angesichts des Schweigens seines Vorgesetzten annahm, dass sein Argument überzeugend gewesen war, fuhr er fort: »Detective Crowley und ich haben einen Plan erstellt, um sie ...«

»Ich glaube, Sie haben mir nicht zugehört, Lieutenant. Ich sagte, wir sind noch nicht bereit.«

»Aber, Commissioner, sehen Sie doch mal!«, rief Vachris und blätterte in den Unterlagen in seiner Hand. »Innerhalb von zwei Monaten sind all diese Männer drei Jahre hier: Vincenzo Sapio, Tomasso der Bulle, Alfonso ...«

»Wir könnten sie uns jetzt direkt schnappen«, sagte Detective Crowley, bevor der Commissioner etwas erwidern konnte.

»Es gibt in dieser Stadt noch mehr als den *Italian Squad*, wo Verstärkung unbedingt erforderlich ist. Schließlich geht es hier nur um ein einzelnes Viertel, Männer. Tatsächlich brauche ich Sie beide woanders, und ich habe bereits für Ihre Versetzung in andere Abteilungen gesorgt.«

»Das können Sie nicht ...«

»Ich bin der Polizeipräsident und kann natürlich. Und ich schlage vor, Sie bedanken sich für Ihre Versetzung. Außerdem untersage ich Ihnen, auch nur ein Wort über Ihren Auftrag oder diese Unterlagen zu verlieren, die ich in meine Obhut nehme. Wenn wir bereit sind, werden wir uns darum kümmern.«

»Werden wir nach der Wahl bereit sein, Commissioner?«, fragte Vachris höhnisch. Er blätterte erneut durch die Akten und hakte nach: »Braucht der Stadtrat deren Stimmen oder deren Fäuste?«

»Vachris, ich verwarne Sie und suspendiere Sie diesmal nur für zwei Wochen vom Dienst, weil ich davon ausgehe, dass Sie erschöpft von der Reise sind. Aber sollte ich erfahren, dass Sie irgendetwas über den Auftrag oder die Ergebnisse haben verlautbaren lassen, werden Sie fristlos entlassen. Haben wir uns verstanden?«

Scilla, Italien, August 1978

Ich war bereits seit einem Monat in Italien und frustriert. Ganz gleich, wie viele Fresken, Statuen und Kathedralen ich sah, es konnte mich nicht zufriedenstellen. Erst nach einer Weile merkte ich, dass ich etwas suchte, was ich in den prachtvollen Städten des Nordens nicht finden konnte: Ich versuchte, *Nonnos* Italien zu finden. Ich musste sehen, wo er gefischt hatte. Ich wollte all die Geschichten, die er mir in meiner Kindheit erzählt hatte, mit echten Orten verbinden.

»Nanny, ich bin in Italien.« Ein Telefonat nach Übersee war für eine Rucksacktouristin ziemlich extravagant, aber ich war verwirrt.

»Was? Ich dachte, du würdest noch in London studieren?«

»Das Semester ist zu Ende. Ich reise herum. Aber ich finde Scilla nicht auf der Landkarte, Nanny.«

»Willst du etwa da hin?«

»Wenn ich es finde.«

»Such ganz unten, an der Spitze des Stiefels. Es wird S-C-I-L-L-A geschrieben.«

»Kein Wunder, dass ich es nicht gefunden habe. Ich hab nach S-H-E-I-L-A-H gesucht.«

»Das ist irisch.«

»Haben wir noch Verwandte da?«

»Nein, es gab keine Arbeit mehr. Mittlerweile sind alle ausgewandert.«

»Bist du jemals hingefahren?«

»1970, nach Großvaters Tod, mit den Cousins. Es ist sehr schön da. Und als kleines Mädchen war ich auch schon da. Ich bin mit meiner Mutter hingereist, ganz allein. Da habe ich auch zum ersten Mal deinen Großvater gesehen …«

Ich musste neunmal umsteigen, bis ich die Stiefelspitze erreicht hatte. Im Licht des frühen Abends leuchtete das Meer in einem dunklen Türkis. Am Horizont war Land zu sehen, und vom Studium der Landkarten wusste ich, dass dies Sizilien war. So wie meine Familie von Sizilianern sprach, konnte man nur schwer glauben, dass sie aus demselben Land und sogar aus derselben Gegend kamen. Auf der anderen Seite der Meerenge war auch ein Berg zu sehen, der rauchte. Der Unterschied zwischen dem zivilisierten Norden und dem von Naturgewalten geschüttelten Süden hätte nicht deutlicher sein können.

Im Ort gab es nur eine Pension. Sie hieß *Le Sirene* – die Meerjungfrauen, die in diesem Fall an einem wunderschönen weißen Sandstrand saßen. Das Zimmer war einfach. Fliesenboden, weiß getünchte Wände. Über dem Bett ein Bild vom heiligen Antonius. Ich versuchte, mich aus meiner Sonntagsschule zu erinnern, wofür er der Schutzheilige gewesen war. Sein Anspruch auf Ruhm war nicht so offensichtlich wie bei der heiligen Lucia, die immer mit einem Tablett mit ihren Augäpfeln abgebildet wurde. Ich musste es nachschlagen: Antonius, Schutzheiliger derer, die etwas suchen.

Als ich Hunger bekam, suchte ich ein Restaurant mit einem Schwertfisch auf dem Schild aus. Drinnen waren die Wände mit alten Fotos vom Fischen geschmückt. Ich war verblüfft, wie sehr die abgebildeten Fischer meinen Verwandten ähnelten, und sah genauer hin, weil ich hoffte, wirklich meinen Großvater zu erkennen.

»Wonach suchen Sie denn?«

Der Mann neben mir sprach englisch.

»Nun, meine Familie stammt aus Scilla.«

»Viele tausend amerikanische Familien stammen ursprünglich aus Scilla.« Der Mann klang gelangweilt, als hätte er die Geschichte schon unzählige Male gehört. Da er innehielt, um mit den Kellnern zu sprechen, schloss ich, dass es sich um den Besitzer des Lokals handelte.

»Wie ist denn der Name Ihrer Familie?«, fragte er dann entgegenkommend.

»Arena.«

»Ah, Arena. Wissen Sie, was Arena auf Italienisch bedeutet? Sand. Es gibt fast so viele Arenas aus Scilla wie Sand an diesem Strand.«

»Aber der Ort wirkt gar nicht so groß.«

»Ihr Amerikaner müsst immer alles gleich wörtlich nehmen.« Doch als er merkte, dass ich nicht lockerlassen würde, fragte er aus purer Höflichkeit: »Gibt es denn jemanden, den ich gekannt haben könnte?«

»Der Name meines Großvaters war Anthony, das heißt Antonio.«

»Hier heißt die Hälfte der Jungen Rocco und die andere Hälfte Antonio. Ich heiße Antonio.«

»Tja, ich hatte einen Onkel Sal, der immer wieder nach Italien gereist ist.«

»Salvatore Arena?«

»Ja.«

»Erzählen Sie mir mehr über diesen Salvatore.« Jetzt schaute Antonio mich erwartungsvoll an.

»Nun, er war ziemlich berüchtigt.«

»Was meinen Sie mit ›berüchtigt‹?«

»Er war das schwarze Schaf unserer Familie. Er spielte, er trank …«

»Salvatore Arena! Er war der beste Freund meines Vaters! Salvatore«, wiederholte er kopfschüttelnd. »Setzen Sie sich. Setzen Sie sich doch.«

Antonio führte mich zu meinem Tisch zurück und rief nach Wein.

»Wissen Sie, dass Sie doch noch Familie hier haben?«, erklärte er dann. »Die beiden Kinder von Salvatore leben immer noch hier. Cosmo ist Fischer und wohnt bei seiner Schwester Rosa und ihrer Familie.«

»Wo genau wohnen sie denn?«, fragte ich und stand schon fast wieder.

»In Chianalea, wo alle Fischer wohnen. Aber für heute ist es zu spät, sie aufzusuchen. Wenn Sie morgen wiederkommen, bringe ich Sie hin.«

Am nächsten Morgen wartete Antonio draußen vor dem Restaurant in seinem Wagen. Wir brauchten weniger als eine Minute, bevor er rechts heranfuhr und parkte.

»Von hier an müssen wir laufen, weil Autos in Chianalea nicht durchkommen.«

Wir bahnten uns unseren Weg durch enge Gassen und über steil abfallende Treppen. Hier und da musste ich mich an eine Mauer pressen, um einen Motorroller durchzulassen. Zwischen den Häusern konnte ich das Meer sehen. In einer großen Öffnung, wo fünf, sechs Boote am Ufer lagen, saß ein Mann und flickte ein Netz.

»Cosmo! Cosmo! Dies ist deine Cousine aus Amerika«, rief Antonio auf Italienisch.

»*Che?*«

»*Questa è tua cugina.*«

Cosmo kam mit verwirrter Miene zu uns. Antonio erklärte ihm, dass Cosmos Vater und mein Großvater Brüder gewesen seien. Daraufhin nickte Cosmo, und ich lächelte. Dann sah ich eine ältere Frau mit einem Netz voller Lebensmittel auf uns zukommen. Sie starrte mich einen Moment lang an, ließ das Netz fallen und rannte zu uns.

»Du gehörst zur Familie, du gehörst zur Familie«, sagte sie wiederholt auf Italienisch und streichelte dabei meine Hand. Als Antonio dies bestätigte, schrie Rosa, meine Cousine, auf und küsste mich auf die Wangen.

»*Ciao*, ich muss ins Restaurant zurück«, rief Antonio und verschwand.

Ich geriet in Panik. »Aber du kannst nicht gehen, Antonio. Ich spreche nicht so gut italienisch.«

»Du wirst es schon schaffen, schließlich ist das deine Familie«, rief er vom Ende der Gasse zurück.

Ich blickte zu meinen strahlenden Verwandten und begriff, dass sie mich füttern mussten.

Fünf Tage lang wurde ich gefüttert und gefeiert. Es gab noch mehr Cousins und Cousinen, die zwar entfernter mit mir verwandt waren, aber darauf bestanden, dass ich bei ihnen aß. Bei all diesen Mahlzeiten erfuhr ich mit meinen spärlichen Italienischkenntnissen und einer Menge Zeichnungen alles über das Leben meines Großvaters in Scilla. Sie zeigten mir, wo mein Großvater seinen größten Schwertfisch gefangen hatte und wo meine Urgroßmutter Fortunata ihr Wasser aus dem öffentlichen Brunnen geholt hatte. Außerdem sah ich Fotos von allen Arena-Brüdern und -Schwestern und alte Postkarten aus Amerika.

Am zweiten Tag nahm Rosa einen Schlüssel von der Wand und verkündete, wir würden Großvaters Haus besuchen. Ein paar Türen weiter blieb sie vor einem kleinen Gebäude stehen.

»Hier wurden mein Vater Salvatore und dein Großvater Antonio geboren«, erklärte Rosa. »Hier lebten sie.«

Ich zitterte fast, als ich das leerstehende Haus betrat. Drinnen gab es wenig zu sehen, aber man konnte sich leicht vorstellen, dass sich seit *Nonnos* Geburt vor dreiundachtzig Jahren kaum etwas verändert hatte. Als ich fragte, warum niemand mehr in diesem Haus wohne, erklärte Cosmo, mit dem ich mich am leichtesten verständigen konnte, dass es weder Wasser noch Strom gebe. Er sagte auch, er habe nach einem Erdbeben versucht, das Haus zu reparieren, aber die Reparaturen hätten nicht lange gehalten.

An meinem letzten Tag in Scilla kam ich an einem Steinhaus vorbei, das aussah, als sei es ins Fundament der Kirche darüber gebaut worden. Wir waren schon oft an diesem Haus vorbeigegangen, und es war mir aufgefallen, dass es älter wirkte als alle anderen Gebäude.

»Dies war das Haus deiner Urgroßmutter Giovanna«, sagte Rosa.

Ich hatte mich so auf das Leben meines Großvaters in Scilla konzentriert, dass ich ganz vergessen hatte, nach dem Haus und der Familie meiner Urgroßmutter zu fragen. Dieses Haus stand ebenfalls leer, aber niemand wusste, wer den Schlüssel hatte. Cosmo erzählte mir, Big Nannys Haus sei eines der ältesten Gebäude des Orts, weil es in dem Erdbeben, das Großvaters Elternhaus zerstört hatte, nahezu unversehrt geblieben war.

»Die Fischerkirche darüber wurde zerstört, die heutige Kirche ist neu und wurde 1910 erbaut. Aber das Haus deiner Urgroßmutter stand immer hier, weil es in den Felsen hineingebaut wurde. Ihre Eltern lebten hier allein, nachdem all ihre Kinder nach Amerika gegangen waren. Seit ihrem Tod hat niemand mehr darin gewohnt.«

»Was weißt du über meine Urgroßmutter?«, fragte ich und dachte unwillkürlich an das blaue Glitzerkleid im Sarg.

»Deine Urgroßmutter war meine Cousine zweiten Grades«, antwortete Cosmo. Diese Verwandtschaftsbeziehungen waren schon allein auf Englisch schwer, auf Italienisch aber nahezu unmöglich nachzuvollziehen. Doch als Cosmo mir einen Stammbaum aufzeichnete, begriff ich. Ich wusste, dass Großvater mit Big Nanny verwandt gewesen war, aber als ich es jetzt in Kästchen und Linien vor mir sah, wurde es mir wirklich klar.

»In Scilla kursieren immer noch Geschichten über deine Urgroßmutter. Sie wanderte noch vor meiner Geburt aus, aber da sie Hebamme war, wurden die Geschichten weitergegeben.«

»Wer war noch ihr erster Mann?«

»Mein Großonkel Nunzio. Er kam bei einem Unfall auf einer Baustelle in New York um.«

Die Familie in Italien schien die Familiengeschichte viel sorgfältiger zu überliefern als die Verwandten in Amerika und auch viel besser damit vertraut zu sein.

Als ich abreisen wollte, beschied man mir, dass dies unmöglich sei. »In zwei Tagen findet das San-Rocco-Fest statt! Cosmo trägt den Heiligen«, rief Rosa aus.

Da wusste ich, dass es keinerlei Verhandlungsspielraum gab. Also ließ ich mein Notebook und all meine Fragen zum ersten Mal bei den Meerjungfrauen und dem heiligen Antonio und schwamm hinaus in die Straße von Messina.

Teil Neun

NEW YORK, NEW YORK

11. SEPTEMBER 1909 BIS

8. DEZEMBER 1909

Zweiunddreißig

Samstag, 11. September 1909

Angelina wand sich hin und her, als Giovanna ihr die Stoffstreifen aus dem Haar entfernte. Giovanna hatte ihr am Abend zuvor die nassen Haare aufgedreht, damit sie Locken hatte, die ihr jetzt über den Rücken hüpften.

»Herzlichen Glückwunsch zum Geburtstag, mein wunderschönes, großes, vierjähriges Mädchen!«, rief sie, umarmte Angelina und gab ihr einen Kuss. »Wenn deine Großeltern das Foto von dir sehen, werden sie gar nicht glauben, wie sehr du in diesem Jahr gewachsen bist.«

»Wird es meinen Augen weh tun?«, wollte Angelina wissen.

»Aber nein. Und wenn wir fertig sind, gehen wir zu Lombardi und essen Pizza, nur wir zwei.«

»Du bist die tollste Mama der Welt«, jubelte Angelina.

»Und morgen kommen deine Cousins zum Sonntagsessen, und dann feiern wir.«

Angelina legte den ganzen Weg zum Fotostudio auf der Grand Street praktisch tanzend zurück. Ihr weißes Kleid wippte, doch sobald es Gefahr lief, ein Gebäude oder einen vorbeigehenden Passanten zu streifen, drückte Angelina es schützend an sich, damit es nicht schmutzig wurde. Die Locken waren mittlerweile schon fast wieder verschwunden, aber ihr Haar glänzte.

Im Fotostudio stellte ein freundlicher Mann mit gewachstem Schnurrbart Angelina auf einen schön geschnitzten Eichenstuhl. Eine Leinwand mit einer Landschaft gab den Hintergrund. Angelina zupfte die ganze Zeit an ihrem Kleid herum und brachte damit den Fotografen zur Verzweiflung, weil sie die Hände nicht still hielt.

»Ich glaube, sie sollte etwas festhalten«, meinte er leise zu Giovanna.

Er sah sich im Fotostudio um und griff nach einer Fahne, die er auf einer Parade bekommen hatte. Er fügte Porträtaufnahmen gern amerikanische Wahrzeichen hinzu, weil er wusste, dass es die Verwandten der Abgelichteten in Italien beeindrucken würde.

»Hier, Angelina, ich möchte, dass du diese Fahne hältst.«

Es funktionierte. Angelina saß reglos wie eine Statue da und hielt die kleine weiße Fahne mit der Aufschrift *Erin Go Bragh*. Giovanna stahl sich hinter den Schirm des Fotografen, als dieser unter einem schwarzen Tuch verschwand. Dann drang seine Stimme gedämpft durch den Stoff hervor.

»Angelina, jetzt nicht bewegen, nicht mal dein Gesicht. Tu so, als wärst du eine Puppe, und sieh direkt in die Kamera. Du hörst jetzt gleich ein Plop und siehst Rauch, aber rühr dich nicht.«

»*Cosí bella*, Angelina«, rief Giovanna aus.

»*Uno, due, tre …*«

Dreiunddreißig

Sonntag, 12. September 1909

Die Sonne des frühen Morgens schien durch das Buntglas und warf farbige Muster auf die Kirchenbank, die Angelina als Trittsteine für ihre Finger benutzte. Da ihre Mutter kniete, wanderten Angelinas Finger hinter ihrem Rücken bis zu Mary, die auf der anderen Seite saß. Mary warf ihr einen strengen Blick zu, als sie sie kitzelte. So getadelt, lehnte Angelina sich an die Bank und faltete die Hände zum Gebet. Sie kniff die Augen zu und flüsterte: »Lieber Gott, bitte mach, dass die Messe schnell vorbeigeht, und segne Mama, Papa, Mary, Frances, Clement und alle, die mich heute besuchen. Gestern war mein Geburtstag, aber ich glaube, das weißt du. *Grazie*. Amen.«

Giovanna rührte in einem Topf auf dem Herd und rief: »Angelina, du machst mich verrückt. Du hast mich erst vor fünf Minuten gefragt, wie viel Uhr es ist.«

»Das war vor mehr als fünf Minuten, Mama.«

»Mary, guck doch mal, ob du für sie etwas zum Spielen findest.« Giovanna brauchte Mary und Frances zur Vorbereitung des Essens; sonst hätte sie eine von ihnen zum Spielen mit der unruhigen Angelina nach draußen geschickt.

»Darf ich mein Kleid anziehen, Mama?«, bettelte Angelina.

»Nein, es ist noch zu früh. Es dauert noch mindestens zwei Stunden, bis die Gäste kommen.«

»Komm schon, Angelina. Guck dir das mal an«, sagte Mary und zeigte ihr eins der Schulbücher. Da Mary Angelina nicht oft an ihre Bücher ließ, ergriff sie sofort die Gelegenheit.

Giovanna blickte über ihren Bauch hinweg auf ihre geschwollenen Füße. Sie durfte nicht vergessen, sich so oft wie möglich hinzusetzen. Dann bestäubte sie den Tisch mit mehr Mehl und stützte sich auf den Teig, der ihr fast bis zu den Ellbogen reichte. Es klopfte.

»Frances, bitte.«

Frances öffnete. Ihre Nachbarin Limonata und deren Tochter standen vor der Tür.

»*Ciao*, Giovanna. Ich habe gehört, du bist schon fleißig. Ich wollte mit Carmela spazieren gehen. Soll ich Angelina mitnehmen?«

Giovanna blickte Limonata überrascht an. Ihr sah es gar nicht ähnlich, spazieren zu gehen oder ein solches Angebot zu machen. Sie trug sogar Sonntagskleidung und einen Hut. Vielleicht ging es für sie bergauf.

Da Giovanna nicht gleich antwortete, stotterte Limonata: »Wir wollten eine Banane kaufen. Du magst doch Bananen, nicht wahr, Angelina?«

»Ja! Ja! Darf ich bitte mit, Mama?«

Giovanna fiel auf, dass Carmela weder die Hand ihrer Mutter losgelassen noch aufgeblickt hatte.

»Carmela, geht's dir gut?«, fragte Giovanna.

»Ach, der geht's gut«, erwiderte Limonata, noch bevor Carmela den Mund aufmachen konnte.

»Bitte, Mama, darf ich?«

Giovanna sah in Angelinas aufgeregtes Gesicht und tadelte sich im Stillen. Warum sträubte sie sich so? Noch Minuten zuvor wollte sie Angelina aus dem Weg haben, und jetzt bot ihre Nachbarin ihr an, sie zu einem Spaziergang mitzunehmen.

»Wir sind nur eine Stunde weg«, meinte Limonata.

»Sollte ich mein Kleid anziehen, Mama?«

Giovanna zögerte und sagte dann: »Nein, zieh dich jetzt nicht um. Erst, wenn ihr zurückkommt.«

»Dann gehen wir«, murmelte Limonata und nahm Angelina bei der Hand.

»Moment«, sagte Giovanna. »Gib deiner Mama einen Abschiedskuss, Angelina.« Sie beugte sich zu ihr, und Angelina hüpfte hoch. »Aber bitte nur eine Stunde, Limonata. Unsere ganze Familie kommt, um zu feiern, und Angelina muss sich noch umziehen.«

Limonata ging mit den Mädchen zur Treppe. »Kein Problem, nur ein kurzer Spaziergang und eine Banane.«

Als Giovanna Limonatas Lächeln sah, bekam sie ein schlechtes Gewissen, weil sie so zögerlich gewesen war. Sie rief ihnen durchs Treppenhaus nach: »Limonata, wenn ihr auch zum Essen kommen wollt, seid ihr herzlich eingeladen.«

Limonata drehte sich zwar nicht um, sagte aber: »*Grazie, si, si.*«

»Wir gehen aber weit, Signora!«

»Wir besuchen meinen Bruder. Er hat immer Bananen.«

»Aber Bananen bekommt man auch auf der Mott Street.«

»Heute ist doch Sonntag.«

»Ach so.« Zum ersten Mal bemerkte Angelina, wie viele Kleider die stille Carmela trug. »Carmela, du bist so dick angezogen, ist dir nicht heiß?«

Limonata antwortete für ihre Tochter: »Sie hat Husten, deshalb muss sie sich warm anziehen. Sieh mal, da sind wir schon.«

Vor einem Metzgerladen auf der Delancey Street stand ein großer, dünner Mann. Eins seiner Augen wurde fast von einem herabhängenden Lid verdeckt. »Das ist mein Bruder, Angelina.« Da Angelina keine Banane sah, spähte sie um ihn herum, ob er sie irgendwo versteckt hatte. Als Limonata das mitbekam, sagte sie: »Er geht jetzt mit dir die Banane holen.«

»Aber ich muss doch nach Hause zu meiner Geburtstagsfeier!«

»Ach, es ist nicht weit«, murmelte Limonata.

Der Mann nahm Angelinas Hand, doch sie entzog sie ihm und klammerte sich an Limonata.

»Nein, nein, Angelina, du gehst mit meinem Bruder.«

»Kommst du denn nicht mit?«

»Ich muss jetzt zum Zahnarzt, mein Zahn muss gezogen werden. Mein Bruder begleitet dich.«

»Ich will keine Banane mehr. Ich will nach Hause.«

»Komm schon, ich bring dich nach Hause«, sagte der Bruder.

Limonata war schon so weit die Straße hinuntergegangen, dass Carmela rennen musste, um sie einzuholen, daher nahm Angelina widerstrebend die Hand, die der Mann ihr hinstreckte.

»Kann Carmela denn nicht mit uns kommen?«, rief sie Limonata hinterher.

Aber Limonata gab keine Antwort, sie drehte sich nicht mal um, sondern riss Carmela mit sich, als die zu ihr zurückblickte.

»Komm jetzt, Kind. Ich kauf dir die Banane und bring dich mit der Bahn nach Hause.«

»Mit der Bahn?« Das war verlockend. Angelina wollte nicht weiter zu Fuß gehen, sondern so schnell wie möglich nach Hause kommen.

»*Forza*«, befahl der Mann.

»Wo ist denn das Geburtstagskind?«, wollte Teresa wissen, als sie mit ihren drei kleineren Kindern in die Wohnung platzte, weil sich die älteren, Domenico eingeschlossen, an ihr vorbeidrängen wollten.

»Limonata, unsere Nachbarin, hat sie auf einen Spaziergang mitgenommen, aber sie sind spät dran. Unserer Abmachung gemäß hätten sie eigentlich längst wieder zu Hause sein müssen.«

»Wahrscheinlich konnte sie die Kinder nicht aus dem Park loseisen«, erwiderte Teresa und stellte ein Päckchen und ein Tablett mit ihrer Spezialität – gefüllte Calamari – auf den Tisch.

Endlich hatte es auch Lorenzo die Treppe herauf geschafft. »*Ciao, sorella mia!*« Er warf nur einen Blick auf Giovanna und fragte sofort: »Was ist los?«

»Was los ist? Sie ist im siebten Monat und muss in der Hitze kochen«, antwortete Teresa.

Lorenzo sah Giovanna mit zusammengekniffenen Augen an. »Nein, es ist nichts. Ich ärgere mich nur, dass Angelina noch nicht zurück ist«, erwiderte Giovanna.

»Keine Sorge. Sie kommt bestimmt jeden Moment.«

Angelina blickte zu dem großen, mageren, dunkelhäutigen Mann auf, der gerade die Fahrkarten für die Hochbahn kaufte. Er sah der kleinen, blassen Limonata überhaupt nicht ähnlich. Als er sich vom Fahrkartenschalter abwandte, rief er mit starkem sizilianischem Akzent über das Donnern der heranfahrenden Hochbahn hinweg: »Los, Kind.«

Die Bahn war fast leer. Nachdem sie sich hingesetzt hatten, rutschte Angelina noch einen Platz weiter von Limonatas Bruder weg. »Diese Bahn fährt zur Elizabeth Street?«, fragte sie.

»Genau.«

Angelina starrte aus dem Fenster. Ein paar Minuten später fuhren sie über die Brooklyn Bridge.

»Aber hier geht's nicht nach Hause. Hier geht's nach Coney Island.« Angelina sprang von ihrem Sitz auf. »Wir fahren in die falsche Richtung!«

Die einzigen anderen beiden Passagiere blickten auf und sahen zu dem kleinen Mädchen hinüber. Der Mann zog sie auf ihren Platz zurück.

»Das ist ein anderer Weg. Den kennst du noch nicht. Setz dich.« Er sah zu den beiden anderen und lächelte erleichtert, als er hörte, dass sie sich auf Englisch unterhielten. Sie lächelten zurück. Als der Zug an einer Haltestelle langsamer fuhr, sprang Angelina wieder auf.

Der Mann packte sie am Arm und zog sie mit einem gezwungenen Lächeln auf ihren Sitz zurück. Dann sagte er mit zusammengebissenen Zähnen: »Bleib sitzen.« Seine Stimme war hart, sein Griff fest, und sein eines Auge sah von unten noch furchterregender aus.

Angelina fing an zu weinen, und als die Türen der Bahn sich wieder schlossen, heulte sie laut auf.

Wieder starrten die beiden anderen Passagiere zu ihnen herüber. Der Mann lächelte und zuckte mit den Schultern, als wollte er sagen: *Als Vater hat man es manchmal schwer.* Dieses Mal jedoch lächelten die beiden nicht zurück, sondern wandten sich von ihm ab.

»Hör mal, hör auf zu weinen. Wir steigen bald aus, und dann kriegst du deine verdammte Banane.«

»Ich will keine Banane. Ich will nach Hause!«

Da der Mann die Blicke der anderen auf sich spürte, beugte er sich zu Angelina und erklärte mit gespielt freundlicher Stimme: »Wenn du noch ein Wort sagst oder weiterheulst, kommst du gar nicht mehr nach Hause.«

Der Tisch bog sich unter Fleischbällchen, Lasagne, gefüllten Calamari, Auberginen mit Parmesan, Oliven und Artischocken. Eine große Vier aus Papier hing von der Decke. Die Erwachsenen saßen schweigend am Tisch. Plötzlich stürzte Giovanna aus der Wohnung, rannte nach oben und hämmerte an Limonatas Tür. Rocco rief ihr nach: »Giovanna, du hast schon vor zehn Minuten geklopft! Wir hören es doch, wenn sie nach Hause kommen!« Giovanna kam in die Wohnung zurück und knetete mechanisch den Stoff ihrer Schürze. Rocco sah seine Frau an und sagte: »Gut, lasst uns essen. Ruft die Kinder. Angelina isst später, wenn sie nach Hause kommt.«

Lorenzo gehorchte schweigend, nahm sich einen Teller und füllte ihn mit Speisen. Als die Kinder die Treppe hinaufgestürmt kamen und sich hungrig um den Tisch versammelten, war die Wohnung wieder voller Leben. Teresa half ihnen mit den Tellern, aber Giovanna blieb im Flur und beobachtete die Haustür.

»Wir steigen aus«, knurrte der Mann und packte Angelinas Hand. Jetzt gab er sich nicht mehr freundlich – die beiden anderen Passagiere waren ausgestiegen, so dass sie allein waren. Angelina bemerkte, dass sie den Zug verließen, bevor sie Coney Island sehen konnte, aber bereits an den meisten Häusern vorbei waren. Sie biss sich auf die Lippe und versuchte, unter keinen Umständen zu weinen. Schließlich wollte sie wieder nach Hause.

»Wohin gehen wir?«

Der Mann machte sich nicht mal mehr die Mühe, ihr zu antworten.

»Ich kann nicht so schnell«, jammerte sie und wischte sich die Augen an der Schulter ab, damit er die Tränen nicht sah.

»Sind die Signora und Carmela auch hier?«

»Ja. Los, geh weiter.«

Am Fuß der Treppe zur Hochbahn sah man in alle Richtungen nur offenes Land. Nur alle paar hundert Meter stand ein Haus oder ein Laden an der Straße. Die Straße führte zu einer weiteren, an der sich noch weniger Gebäude befanden. An einer Stelle, wo ein baufälliges Holzhaus und ein kleines Backsteingebäude mit einem Schild im Fenster einander gegenüberstanden, hielt der Mann und klopfte an die Tür des Holzhauses. Ein nicht besonders großer Mann öffnete und drängte sie in ein kleines Zimmer mit einem schwarzen Ofen mitten im Raum. Zwei Frauen und vier Kinder, die alle kleiner waren als Angelina, starrten sie an.

»Was wollen wir hier? Wer sind diese Leute?«, fragte Angelina und spürte, wie ihr trotz aller Bemühungen die Tränen über die Wangen liefen.

Der kleine Mann ignorierte sie und sagte zu Limonatas Bruder: »Bravo. Gab's irgendwelche Probleme, Leo?«

»Du Idiot!«, stieß Leo hervor und schlug dem Mann ins Gesicht. »Was hab ich dir gesagt? Keine Namen.«

Jetzt bekam Angelina noch mehr Angst. »Ich will nach Hause. Bringen Sie mich nach Hause«, flehte sie laut und an die eine Frau gewandt.

Der große Mann namens Leo packte sie am Arm. »Was ich dir im Zug gesagt habe, gilt auch hier. Wenn du heulst oder schreist oder nicht gehorchst, wirst du dein Zuhause nie wiedersehen. Du kommst nur nach Hause, wenn du still bist und alles vergisst, was du hier siehst und hörst.«

»Bring sie ins Zimmer«, knurrte der kleine Mann der Frau zu. Er war sichtlich wütend und verlegen wegen Leos Ohrfeige.

Die Männer und die älteren Jungen suchten die Straße ab. Bevor sie aufbrachen, forderte Rocco: »Ihr sprecht mit niemandem, und wenn sich einer von euch an die Polizei wendet, bringe ich ihn eigenhändig um.«

Giovanna hatte bereits versucht, über die Feuertreppe in Limonatas Wohnung zu gelangen, aber das Fenster war versperrt und so schmutzig, dass sie nicht hindurchschauen konnte. Endlich hörte sie, wie der Hausverwalter seine Wohnungstür aufschloss, und rannte die Treppe hinunter.

»Limonata hat sich meinen Bierkrug geliehen. Sie ist nicht zu Hause, könnten Sie mir vielleicht aufschließen?«

»Sie wissen doch, dass ich das nicht gern mache. Hat das nicht noch Zeit?«

»Wie soll ich dann Bier für meine Gäste holen?«

»Ist gut, ich bin in einer Minute oben.«

Giovanna lief mit großen Schritten vor Limonatas Wohnungstür hin und her, bis sie im Treppenhaus die schweren Schritte des Verwalters und das Klimpern seiner Schlüssel hörte.

»Ich warte hier«, murmelte er auf der Türschwelle.

Giovanna musste sich sehr beherrschen, um sich nichts anmerken zu lassen, als sie Limonatas Wohnung betrat. Doch selbst im Licht des späten Nachmittags spürte sie, dass etwas nicht stimmte. Limonata hatte kaum etwas in ihren zwei Zimmerchen, aber jetzt war es noch weniger geworden. Giovanna sah sich in der Küche um. Die Regale waren leer, es war keine Decke auf dem Tisch, und der Topf fehlte. Doch im Schlafzimmer bestätigten sich ihre schlimmsten Befürchtungen – die Kleiderstange war leer. Sie holte tief Luft, um sich zu beruhigen, doch es klang wie ein eingeatmeter Schrei.

Daraufhin kam der Verwalter herein und sah sich ebenfalls um. »*Puttana!*«, schrie er sofort, trat gegen den Tisch und wandte sich an Giovanna. »Sie regen sich auf, weil sie Ihren Bierkrug mitgenommen hat. Aber ich muss dem Boss beibringen, dass sie abgehauen ist, ohne ihre Miete zu bezahlen.«

Die Frau brachte Angelina in ein Zimmerchen mit einem kleinen Fenster. Rasch zog sie ein dickes dunkles Tuch aus Musselin davor, so dass man nicht mehr auf das Backsteingebäude auf der gegenüberliegenden Straßenseite blicken konnte.

»Warum hat er mich hierhergebracht?«, fragte Angelina schluchzend. Jetzt, da die Männer außer Sichtweite waren, tat sie sich keinen Zwang mehr an.

»Ich weiß nichts. Aber du musst auf sie hören und aufhören zu weinen. Ich bring dir was zu essen.«

»Ich kann zu Hause essen. Hier, sehen Sie, ich weine nicht mehr. Er hat gesagt, wenn ich nicht weine, kann ich nach Hause«, verkündete Angelina und schob sich an der Frau vorbei zur Tür. Die Frau aber packte Angelina am Arm, schleuderte sie ins Zimmer zurück und schloss die Tür hinter sich. Angelina hörte das Schloss klicken, als sie zum Türknauf stürzte.

Giovanna saß in der Küche und hörte schon von weitem, dass Rocco und die Männer zurückkamen. Sie hatten Angelina nicht gefunden, das merkte sie nicht nur an ihren schleppenden Schritten.

»Sie ist weg. Limonata ist weg, Rocco!« Die Tür war noch nicht mal vollständig geöffnet, da fing Giovanna schon an zu schreien. »Die ganze Wohnung ist leer. Ich weiß, was das heißt. Sind sie wiedergekommen, Rocco? Waren sie bei dir? Und du hast es mir nicht gesagt? Hast du sie nicht bezahlt?«

»Hör auf, Giovanna. Sonst hören dich die Leute.«

»Welche Leute denn, Rocco? Mein Bruder? Deine Kinder? Du bist ein Narr, Rocco! Ein dummer, sturer Narr! Du hättest ihnen das Geld geben sollen!«

»Sei still!«

»Ich werde nicht still sein! Sie haben sich meine Tochter geschnappt!«, schrie Giovanna, ließ sich auf einen Stuhl fallen und versuchte verzweifelt, normal zu atmen.

»Schick einen der Jungen zu Lucrezia«, befahl Teresa.

»Nein, holt sie nicht. Holt niemanden. Wir kümmern uns allein darum!«, brüllte Rocco. »Hört mir zu, ich will, dass jeder hier in dieses Zimmer kommt«, befahl Rocco mit einer Wut, die selbst seine Kinder noch nie an ihm gesehen hatten. Die anderen Kinder drängten sich in die Küche. »Angelina geht es gut. Sie besucht jemanden. Habt ihr mich verstanden? Sie besucht jemanden. Mehr wisst ihr nicht. Und sollte irgendjemand«, sagte er und blickte Teresa direkt an, »irgendetwas anderes außerhalb dieses Zimmers sagen, dann hat er Blut an den Händen kleben. Und jetzt geht nach Hause und vergesst nicht: Angelina ist auf Besuch bei Verwandten!«

Vierunddreißig

Montag, 13. September 1909

Hohläugig und stumm saßen Giovanna und Rocco am Küchentisch. Sie hatten sich weder umgezogen noch zum Schlafen hingelegt. Rocco hatte den Großteil der Nacht auf der Straße verbracht und den Mann mit dem Quadratschädel gesucht, der zu seinem Karren gekommen war. Die Kinder waren gerade aufgewacht und sahen sie aus trüben Augen an. Mary füllte die Kaffeekanne, und Frances zündete den Herd an, um Brot zu rösten.

Clement ließ sich auf einen Stuhl neben seinem Vater sinken. »Was machen wir jetzt, Papa?«

»Du ziehst dich an und gehst zur Arbeit. Du auch, Frances. Frag mal bei der Signora am Ende der Straße, ob sie was zum Nähen für dich hat. Oder frag Tante Teresa nach einem Job in der Fabrik.«

Mary stand da und wartete auf ihre Anweisung. Als ihr Vater sie nicht ansprach, fragte sie: »Papa?«

»Du gehst zur Schule. Die Leute werden es komisch finden, wenn wir dich aus der Schule nehmen, aber Frances müsste schon seit langem arbeiten.«

Rocco hatte von Teresa gehört, dass Giovanna nach dem Tod ihres Mannes monatelang nicht gesprochen hatte. Er fragte sich, ob sich das jetzt wiederholte. Denn Giovanna hatte seit dem Vorabend nichts mehr gesagt und protestierte auch jetzt nicht, als Rocco Frances befahl, sich eine Arbeit zu suchen. Er dachte gerade, dass es vielleicht nicht das Schlechteste wäre, wenn sie ihre Sprache verloren hätte – aber da fing sie an zu sprechen.

»Mary, ich hab nach der Schule für dich Arbeit.«

Rocco nahm an, Giovanna wollte ihm damit zu verstehen geben, dass sie sein Vorgehen billigte. Er war dankbar für dieses kleine Zeichen der Anerkennung.

Er stand auf. »Also los. Ich bringe Mary über die Straße und sag dem Direktor, dass es für Frances Zeit ist zu arbeiten.«

Giovanna rührte sich nicht, während sich die Familie um sie herum zu schaffen machte. Ihr Körper und ihr Gesicht blieben reglos, doch ihr Verstand arbeitete umso hektischer. Ihr Mann hatte für alles ein Allheilmittel, und das hieß: Arbeit. Zwar war sie ihm dankbar, dass er die Initiative ergriff, doch glaubte er tatsächlich, das Geld, das die Kinder erarbeiteten, würde die Lösung bringen? Sie wollte ihn und die anderen so schnell wie möglich aus der Wohnung haben, damit sie selbst verschwinden konnte, bevor Teresa auftauchte.

In der Nacht zuvor hatte Rocco den großen Mann beschrieben, der zu seinem Karren gekommen war. Daraufhin hatte Clement behauptet, genau diesen Mann habe er im *Star of Italy* gesehen und sein Name sei Tomasso. Jetzt wollte Giovanna unbedingt in der Nachbarschaft herumfragen. Sie musste etwas herausfinden, auch wenn es Rocco nicht gelungen war.

Kaum waren alle gegangen, wusch sie sich das Gesicht und wechselte die Kleider vom Vortag gegen neue. Sie hörte im Treppenhaus die Rufe und die schweren Schritte des Eismanns. Im zweiten Stock öffnete und schloss sich eine Tür. Als sie gerade eine Schnur durch die Knopflöcher ihres Rocks fädelte, um Platz für ihren Bauch zu schaffen, rief jemand vor ihrer Tür: »Eissemanne!«

»Ich brauche kein Eis«, antwortete Giovanna, öffnete jedoch die Tür einen Spaltbreit. Aber der Mann vor der Tür trug keinen Eisblock auf seiner Schulter, sondern streckte ihr einen Umschlag entgegen.

»Signora, mich hat unten ein Mann gebeten, dies auf meinem Weg nach oben für Sie mitzunehmen.«

Giovanna nahm den Umschlag nicht entgegen, sondern starrte nur auf die ausgestreckte Hand des Eismanns.

»Wer hat Ihnen den gegeben?«

»Das sagte ich doch schon, ein Mann vor der Haustür.«

»Was für ein Mann? Zeigen Sie ihn mir«, bat Giovanna, riss die Tür auf und rannte zum Fenster.

Der Eismann folgte ihr zögernd und blickte hinaus. »Ich kann ihn nicht mehr sehen. Ich hab zwei Lieferungen zugestellt, bevor ich zu Ihnen kam. Wollen Sie das bitte jetzt nehmen, Signora?«, fragte er und streckte erneut seine Hand aus.

»Si, si.« Giovanna warf einen Blick auf den Umschlag. »Wie sah er aus? Breite Schultern und eckiger Kopf?«

»Nein, klein, mit Schnurrbart.« Langsam verlor der Mann die Geduld. »Ich weiß es nicht, Signora. Wenn man zweihundert Pfund auf der Schulter hat, kriegt man nur mit, dass der Rücken weh tut.«

Doch auf einmal fiel dem Eismann Giovannas aufgelöste Miene auf. »Was ist denn los, Signora?«

Diese Frage riss Giovanna aus ihren verzweifelten Überlegungen, und sie versuchte, die Fassung wiederzugewinnen: »Nichts, nichts.« Sie brachte ihn zur Tür und sagte: »Ich hoffte nur, es wäre die Nachricht einer Frau, deren Kind ich holen soll. Vielen Dank.« Sie schloss die Tür. Dann blickte sie auf den Umschlag, der bereits Flecken von ihrer schweißnassen Hand hatte. Sie öffnete ihn und holte ein raues braunes Blatt Papier hervor.

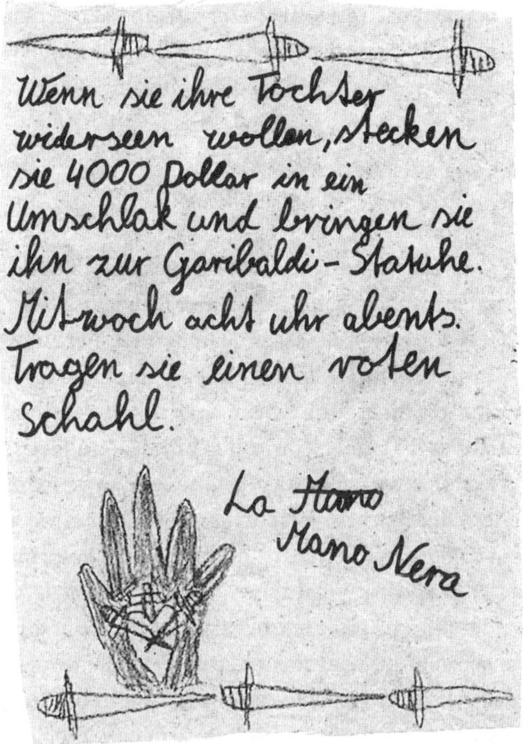

Wenn sie ihre Tochter widerseen wollen, stecken sie 4000 Dollar in ein Umschlak und bringen sie ihn zur Garibaldi-Statuhe. Mitwoch acht uhr abents. Tragen sie einen roten Schahl.

La ~~Mano~~
Mano Nera

Giovanna musste sich gegen die Wand lehnen, als sie ihre schlimmsten Befürchtungen bestätigt sah. Dann lief sie ziellos im Zimmer umher. Als sie in der Zeitung vom Erdbeben gelesen hatte, hatte sie sich ohnmächtig gefühlt, aber dies hier war noch qualvoller. Ihr Kind hatte Angst, war vielleicht verletzt oder Schlimmeres. Und es gab niemanden, der sie retten konnte. Es war genau wie in einem Alptraum, in dem man sich trotz aller Anstrengungen nicht bewegen konnte. Sowohl Angelina als auch sie selbst waren gefangen.

Als sie wieder ruhiger atmen konnte, erfasste sie den Inhalt des Briefs. Viertausend Dollar! *Disgraziati!* Wie kamen diese Diebe darauf, sie hätten so viel Geld? Was konnte sie nur in den Umschlag tun, um sie zufriedenzustellen?

Dienstag, 14. September 1909

Angelina wachte nach ihrer zweiten Nacht auf dem Fußboden auf. Sie hatte mittlerweile herausgefunden, dass sich zwei Frauen, zwei Männer und zwei Gruppen Kinder in dem kleinen Haus aufhielten. Die jüngere der Frauen hatte ihr Stroh und Lumpen gebracht, mit denen sie den kalten Fliesenboden bedecken konnte. Das Stroh war das Einzige, mit dem sie spielen konnte, als sie wieder in das Zimmer gesperrt wurde, bevor die Männer zum Abendessen nach Hause kamen. Sie hatte am Abend zuvor daraus Püppchen geflochten und geformt und sie dann an der Wand aufgereiht.

Jetzt hörte sie die anderen frühstücken. Sie verstand nicht alles, was sie sagten, weil sie in dem breiten Dialekt sprachen wie die Sizilianer in ihrem Wohnblock. Sie nahm noch mehr Stroh, fing an, es zu flechten, und hatte die anderen schon fast ausgeblendet, da hörte sie plötzlich einen der Männer brüllen: »Was soll das heißen: ihr seid zusammen zum Markt gegangen!«

»Es war so viel zu tragen.«

»*Merda!*« Angelina hörte einen Schlag.

»Und wenn sie geschrien hätte und jemand hätte sie gehört?«

»Sie hat aber nicht geschrien.«

»Woher weißt du das, du warst ja nicht hier. Nur eine von euch geht einkaufen, die andere bleibt mit den Kindern hier. *Capisci?*«

Angelina liefen wieder die Tränen übers Gesicht, doch dieses Mal nicht aus Angst, sondern weil sie wütend auf sich selbst war. Sie hatte gar nicht daran gedacht zu schreien. Warum hatte sie nicht geschrien? Sie war ja so dumm! Sie war gar nicht so schlau, wie der Direktor gesagt hatte. Hätte sie geschrien, dann hätte sie vielleicht jemand in dem Haus gegenüber mit der blauen Jalousie hören können. Vor lauter Wut und Frustration kniff sie sich selbst. Sie hatte ihre Chance auf Flucht verspielt.

»Und lass nicht die *bambini* mit ihr spielen! Sie könnten es jemandem erzählen.«

»Wem denn? Du lässt uns ja nicht raus!«

Angelina hörte noch einen Schlag und dann ein Wimmern. Sie zog die Knie an die Brust und drückte sich so weit wie möglich in eine Ecke.

Als Giovanna aus dem Fenster blickte, sah sie unten drei Frauen aus dem Haus vor der Tür miteinander reden. Da ihr Gebäude keinen überdachten Eingangsbereich hatte, war es schwierig, sich zu mehreren zu treffen, und die Gespräche blieben meist kurz. Sie nahm sich schnell ihren Korb und ging nach unten.

»*Buon giorno*«, sagte sie, als sie vor die Tür trat.

»*Buon giorno*«, erwiderten die Frauen, die sie mit besonderem Respekt behandelten, weil sie Hebamme war.

Da Giovanna sonst nicht dazu neigte, auf ein Schwätzchen haltzumachen, nutzte sie jetzt ihre Schwangerschaft als Vorwand. »Die Treppen werden langsam mühsam«, klagte sie und strich sich über den Bauch.

»Kann nicht eins der Kinder den Einkauf übernehmen?«, fragte eine Nachbarin.

»Sie haben keine Zeit, weil sie erst zur Schule und dann zur Arbeit gehen müssen. Ich wollte eigentlich Limonata bitten, mir zu helfen«, improvisierte Giovanna.

»Wissen Sie, dass sie auf und davon ist, ohne die Miete zu bezahlen?«, rief eine andere.

»Ich hab gehört, dass sie nicht mehr da ist. Weiß eine von Ihnen, wohin sie gegangen ist?«, fragte Giovanna so gleichgültig wie nur möglich.

»Wer weiß? Ich hab sie nie gemocht. Ihr Kind hat keinen Vater. Sie hat zwar gesagt, er sei tot, aber wer weiß, bei all ihren Männerbekanntschaften?«

»Vielleicht ist sie mit einem Freund verschwunden?«, mutmaßte Giovanna. »Hat sie sich nicht mit einem Rothaarigen getroffen?«

»Nein, das ist doch schon eine Ewigkeit her, Signora. Ihr Letzter war dunkelhaarig und hatte ein Triefauge. Er sah aus wie ein toter Fisch.«

»Ah ja, ich glaube, den hab ich mal gesehen. Er war dick, nicht wahr?«

»Nein, das muss ein anderer gewesen sein. Der hier war groß und mager. Wie eine Makrele! Ich hab gehört, dass sie ihn Leo nannte.«

»Nun, wenn Sie Limonata oder diesen Leo sehen, könnten Sie mir dann Bescheid sagen? Sie hat nämlich meinen Bierkrug mitgenommen.«

»Diese *puttana*!«, rief eine der Frauen. »Ich hab gesehen, dass Sie ihr was zu essen gegeben haben, Signora, und da bestiehlt sie Sie?«

Giovanna spürte, wie ihr die Tränen kamen und sie anfing zu zittern. »*Si*, nun, wenn Sie etwas hören ... *buon giorno*«, stammelte sie und stürzte eilends davon.

Giovanna sah, dass Inzerillo aufmerkte, als sie sein Café *Pasticceria* betrat. Sie tat so, als betrachtete sie die Teigwaren, bis niemand mehr in der Nähe der Verkaufstheke war.

»Signore, ich hab mich gefragt, ob Sie mir wohl einen Rat geben könnten.«

»Aber natürlich, Signora.« Inzerillo winkte jemandem im Hinterzimmer, worauf eilends vier Männer mit Karten in der Hand verschwanden.

Er schloss die Tür hinter ihnen und fragte: »Was kann ich für Sie tun, Signora?«

»Ich muss mit ein paar Männern in Verbindung treten, die ich nicht kenne, Signore. Diese Männer müssen ein paar wichtige Tatsachen begreifen.« Giovanna hielt inne und versuchte abzuschätzen, ob sich auf Inzerillos Miene ein Anzeichen des Erkennens zeigte. Doch entweder war er ahnungslos oder ein guter Schauspieler.

»Fahren Sie fort, Signora.«

»Es ist notwendig, dass diese Männer drei Dinge begreifen. Erstens müssen sie wissen, dass ich nicht glaube, man könnte mit der Polizei zusammenarbeiten. Zweitens sollten sie wissen, dass ich kein Geld unter meiner Matratze habe, aber versuche, so viel wie möglich aufzutreiben. Und drittens, Signore, sollte ihnen unmissverständlich klar sein, dass ich sie, wenn irgendjemandem aus meiner Familie auch nur das Geringste zustoßen sollte, aufspüren und ihnen die Kehle durchschneiden werde.«

»Signora, ich versichere Ihnen, dass ich keinerlei Kenntnis der Vorgänge habe, die Sie zu einer solchen Nachricht veranlassen. Doch ich werde versuchen, diese Männer zu finden und die Nachricht zu übermitteln, ohne jemanden in Gefahr zu bringen.«

»Einer dieser Männer könnte groß sein und einen kantigen Kopf haben. Ein anderer könnte klein sein und einen Schnurrbart tragen. Vielleicht ist da noch ein Dritter, groß, mager, mit einem hängenden Augenlid.«

»Keine Sorge, Signora, ich finde sie«, versicherte Inzerillo.

Giovanna hatte all ihre Kraft zusammennehmen müssen, um ihr Anliegen vorzubringen, ohne zusammenzubrechen. Jetzt spürte sie, wie ihre Fassade bröckelte. Am liebsten hätte sie sich in die Arme dieses Mannes fallen lassen, obwohl sie wusste, dass er ein Mörder war. Mit letzter Kraft brachte sie hervor: »*Grazie*, Signore«, erhob sich rasch und ging.

»Signora«, rief Inzerillo ihr nach. Giovanna hielt zwar inne, drehte sich aber nicht um, aus Angst, in Tränen auszubrechen. »Signora, es war gut, dass Sie zu mir gekommen sind. Ich sorge dafür, dass Ihre Nachricht überbracht wird.«

Mittwoch, 15. September 1909

Giovanna startete ihren Tag mit dem Kauf einer Zeitung. Wenn für Rocco die Arbeit Waffe und Trost war, so waren es für Giovanna Informationen.

Nachdem sie jede Schlagzeile auf irgendetwas Relevantes geprüft hatte, schlug sie noch einmal die Titelseite auf. »Peary am Nordpol«. Giovanna lächelte bitter angesichts der Ironie des Schicksals. Ein Mann hatte das Ende der Welt gefunden, aber sie konnte noch nicht mal ihre Tochter finden. Dann nahm sie einen Stift und schrieb zum fünften Mal ihren Brief an die Kidnapper ab, um sicherzustellen, dass er perfekt war.

In diesem Umschlag befinden sich 507 Dollar. Mehr Geld haben wir nicht und können wir auch nicht auftreiben. Es ist ein Irrtum zu glauben, wir hätten mehr. Bitte nehmen Sie es, und geben Sie uns unsere Tochter zurück, dann sprechen wir nie wieder darüber. Sie ist doch noch ein kleines Mädchen. Bitte.

Sie würde den Brief an diesem Abend abgeben. Mit Angelinas Geburtstagskleid auf dem Schoß betete sie, dass alles gut ausgehen und dann endlich vorbei sein würde. Sie hatte das Kleid am Vortag an sich genommen und seitdem nicht mehr aus den Händen gegeben. Am Anfang hatte sie es an ihr Gesicht gedrückt, weil sie sich nach dem Geruch ihrer Tochter sehnte – dem süßen Duft ihrer Haut nach dem Bad, dem sanften Hauch ihres Atems. Denn sie hatten nicht die geringste Spur von Angelina gefunden.

Beim Abendessen aß sie nichts und räumte ab, bevor die anderen fertig waren. Rocco und Clement standen auf, um sich ihre Stiefel anzuziehen.

»Warum zieht ihr euch denn an?«, fragte Giovanna und kniff ihre blauen Augen zusammen.

»Das ist doch wohl nicht dein Ernst. Du kannst nicht allein gehen.«

»Das haben wir doch schon besprochen! Wir dürfen ihnen keine Angst einjagen.«

»Sie werden nur dich sehen. Aber falls du uns brauchst, sind Clement und ich in der Nähe.«

»Warum habt ihr mir nicht früher gesagt, dass ihr das vorhabt? Was ist, wenn sie uns beobachten? Wenn sie euch weggehen sehen, denken sie, ihr geht zur Polizei.«

Rocco fragte sich, wo seine Frau gelernt hatte, so zu denken. »In Ordnung, Clement und ich gehen aufs Dach und verschwinden durch ein anderes Haus«, sagte er und zog seine Stiefel an.

»Wenn ich die Eingangstür eines Gebäudes beobachten wollte, würde ich es vom Dach aus tun.«

»Was willst du denn?«, fragte Rocco gereizt.

»Ich will, dass wir es so machen, wie wir es geplant haben. Ich bin nicht in Gefahr. Ohne mich gibt es kein Geld für sie.«

Rocco wusste, dass sie recht hatte, konnte sie aber nicht

ohne Schutz gehen lassen. Er ging ins Schlafzimmer, rief Giovanna zu sich und schloss die Tür hinter ihr. Dann ging er zu ihrer einzigen Kommode, wo seine zwei Wechselhemden aufbewahrt wurden, zog die Schublade auf und holte unter den Hemden eine Pistole hervor.

Giovanna unterdrückte einen Aufschrei.

»Nachdem sie den Steinklotz auf mich haben fallen lassen, habe ich mir die hier von Clements Freund besorgt. Sie hat fast nichts gekostet.«

Ungläubig und verstört starrte Giovanna auf die Waffe, doch ihr Pragmatismus siegte. »Wie funktioniert sie?«

»Du spannst sie hier und betätigst dann den Abzug. Drei Kugeln sind drin.«

»Ich brauche sie zwar nicht, Rocco, aber trotzdem danke.« Giovanna nahm die Waffe und zögerte dann, weil sie nicht wusste, wo sie sie lassen sollte. Rocco hob ihre Bluse und steckte ihr die Pistole in den Rockbund. »Da sieht man sie nicht; das Baby versteckt sie.«

»Du hast recht«, erwiderte Giovanna und blickte an sich herunter. »Ich sollte jetzt gehen.«

»Giovanna, ich liebe dich.« Diese Worte hingen zwischen ihnen im Raum. So etwas hatte Rocco noch nie gesagt. Giovanna war erstaunt. Sie glaubte, dass er es so meinte, auch wenn der Augenblick emotionsgeladen war.

So zärtlich wie möglich streichelte sie sein Gesicht. »Danke, Rocco.«

Als sie die Tür öffneten, sprangen die Kinder, die gelauscht hatten, zurück. Alle drei starrten ehrfürchtig auf Giovannas Taille.

Giovanna nahm ihren roten Schal, schlang ihn sich um die Schultern und erklärte: »Folgt mir nicht. Wenn ich bis zehn Uhr nicht zu Hause bin, könnt ihr mich suchen.«

Mary weinte. Giovanna umarmte sie an der Tür. »Mir wird nichts passieren, und wir bekommen eure Schwester unversehrt zurück.«

Nachdem sie drei Blocks nordwärts gegangen war, hatte die Waffe ihre Körpertemperatur angenommen und der Umschlag eine bequeme Position in ihrem Korsett gefunden. Sie strebte zum Washington Square, mied aber die Gegend um Lucrezias Wohnung. Seit der Entführung hatten sie sich nicht mehr gesehen, und sie wusste: Wenn sie sie träfe, würde sie nichts vor ihr geheim halten können.

Als sie die Zeit prüfte, merkte sie, dass ihr noch eine halbe Stunde blieb und sie nur noch wenige Blocks vor sich hatte. Sie befand sich östlich vom Park am Broadway Ecke Bond Street. Jetzt wurde sie langsamer, weil sie erst kurz vor dem vereinbarten Zeitpunkt ankommen wollte, und dankte Gott im Stillen, weil fast Vollmond war. Sie hoffte, dadurch einen Blick auf den Mann erhaschen und ihn später aufspüren zu können.

Als sie sich dem Park näherte, sah sie Garibaldis Rückseite. Er hatte die Hand am Heft seines Schwerts, bereit, die Waffe zu ziehen. Sie gestattete sich einen Moment die Phantasie, Garibaldi würde zum Leben erwachen und den Kidnapper bedrohen, bis er so viel Angst hatte, dass er sie zu Angelina brachte. Da fuhr es ihr durch den Sinn, dass sie auch selbst Roccos Waffe ziehen und dem Mann an den Kopf halten konnte, damit er sie zu ihrer Tochter führte. Beim Gedanken daran jagte ihr das Adrenalin durch den Körper, doch als sie das Szenario durchspielte, wurde ihre anfängliche Euphorie durch die Furcht gedämpft, der Erpresser hätte Komplizen hinter den Bäumen versteckt oder wüsste nicht mal, wo Angelina war. Die Regeln der Kidnapper mussten vorgehen.

Als sie die Statue erreicht hatte, lehnte sie sich an den Sockel. Sie sah niemanden warten oder verdächtig herumlungern. Sie blickte nach unten, tat so, als kümmere sie sich um ihre geschwollenen Füße, da rollte ein Bettler ohne Beine auf sie zu.

»*Scusi*, Signora, haben Sie etwas für mich?«

»*Vai*, weg, weg.« Giovanna wedelte mit der Hand, um ihn zu verscheuchen.

»Ich glaube, Sie haben etwas für mich. Einen Umschlag.«

Giovanna war so verblüfft, dass sie auf den Krüppel hinunterstarrte, der auf einem Brett mit Rollen saß.

»Signora, ich bin in zwei Sekunden weg.«

Giovanna beugte sich zu dem Mann und holte rasch den Brief aus ihrer Bluse. Kaum hatte sie dem Krüppel den Umschlag gegeben, drückte er seine Hände aufs Pflaster und stieß sich fort.

»Warten Sie! Ich muss mit Ihnen reden!«, rief Giovanna ihm nach, doch vergeblich. Er raste um eine Gruppe Spaziergänger und war Sekunden später nicht mehr zu sehen. Giovanna wanderte ziellos durch den Park, suchte hinter Büschen und Bäumen und hoffte wider besseres Wissen, Angelina zu finden. Doch sie fand nichts. Keine Spur von ihrer Tochter, keinen, dem sie folgen konnte. Und kein Geld mehr, an das sie sich klammern konnte. Sie spürte, wie ihre Angst und der Gedanke, wie naiv sie gewesen war, sie überwältigten.

Donnerstag, 16. September 1909

Die Haustür knallte. Angelina wartete ängstlich darauf, dass ihre eigene Tür aufging. Als dies auf sich warten ließ, flehte sie durch die Tür: »Bitte, bitte, bitte, Signora, die Männer sind doch weg. Ich bin ganz brav.«

»Hör mit dem Gejammer auf.« Plötzlich ging die Tür auf. »Ist gut, raus mit dir.« Angelina huschte um den Rock der älteren Frau herum. Sie war schon fast aus der Tür, da wurde sie festgehalten. »Hol deinen Nachttopf. Den kannst du selber leeren. Ich bin doch nicht deine Sklavin.«

»*Si*, Signora.« Angelina ging zurück ins Zimmer, um den Eimer zu holen, der ihr als Toilette diente. »Wo soll ich ihn ausleeren, Signora?«

»Ach, hat die *principessa* etwa noch nie einen Nachttopf ausgeleert?«

»Nein, Signora. Wir haben ein Wasserklosett.«

»Na klar, du bist eben doch eine *principessa*. Schütt es zur Hintertür raus, ist nur Pipi.«

Als Angelina die rückwärtige Tür öffnete, musste sie die Augen zusammenkneifen, weil das unerwartete Sonnenlicht sie so blendete, dass sie nichts sehen konnte. Noch bevor ihre Augen sich daran gewöhnen konnten, riss die andere Frau sie an der Schulter zurück und warf die Tür zu. »Was machst du da!«

»Die Signora hat gesagt, ich soll den Topf leeren.«

»Bist du verrückt?«, fragte die Frau die andere. »Wenn sie rausgeht, kriegst du wieder Prügel.«

»Ja, von den großen Mackern! Aber wer muss ihr Essen machen und sich um die da kümmern? Und wo ist das viele Geld? Wo?«

Angelina kauerte sich an die Wand. Sie hatte Angst, dass sich die Wut der Frau gegen sie richten könnte. Die schreiende Frau wirkte älter, ansonsten sahen beide fast gleich aus.

Die vier Kinder sagten nur wenig. Oft saßen sie einfach nur da und starrten ins Leere, oder sie lachten über die nichtigsten Dinge. Während der ersten Tage hatten sie sie angestupst und waren dann kichernd weggerannt. Ihre Gesellschaft war zwar enttäuschend, aber alles war besser, als allein in einem Zimmer eingesperrt zu sein, daher tat Angelina alles, um den Frauen zu gefallen. Sie weinte nicht, sie gab kaum einen Laut von sich, und sie half ihnen mit den beiden Kleinsten.

Nach ihrem Ausbruch beruhigte sich die Frau wieder und machte sich erneut an ihre Haushaltspflichten. Das älteste Kind, ein Junge in Angelinas Alter, malte mit einem Stück Holzkohle an die Küchenwand. Als Angelina ihn am ersten Tag nach seinem Namen gefragt hatte, hatte die jüngere Frau ihr eine Ohrfeige gegeben, daher zupfte sie ihn seitdem nur am Ärmel, um seine Aufmerksamkeit zu erlangen. Der Junge wollte sein Holzkohlestück nicht teilen, sondern wies auf ein anderes Stück, also setzte Angelina sich neben ihn und fing an, die Buchstaben ihres Namens zu schreiben. Schließlich siegte seine Neugier und er fragte sie, was das sei. Vor lauter Begeisterung darüber, Lehrerin zu spielen, vergaß Angelina in der nächsten Stunde Angst, Hunger und Trauer.

Fünfunddreißig

Freitag, 17. September 1909

Giovanna war den ganzen Donnerstag unruhig in ihrer kleinen Wohnung umhergewandert, weil sie auf eine Reaktion wartete. Jedes Mal, wenn sie ein Geräusch im Treppenhaus hörte, riss sie die Tür auf und erschrak damit einen Nachbarn. Als der Ruf des Eismanns ertönte, rannte sie zum Fenster und fragte, ob er etwas für sie hätte.

»Einen großen Block Eis.«

»Nein, ich meine einen Umschlag.«

»Ich bin der Eismann, Signora, nicht der Postbote.«

Am Freitag war Rocco schon im Morgengrauen verschwunden und ein paar Minuten später wiedergekommen. Er reichte Giovanna einen Brief und sagte: »Der lag in meinem leeren Karren.«

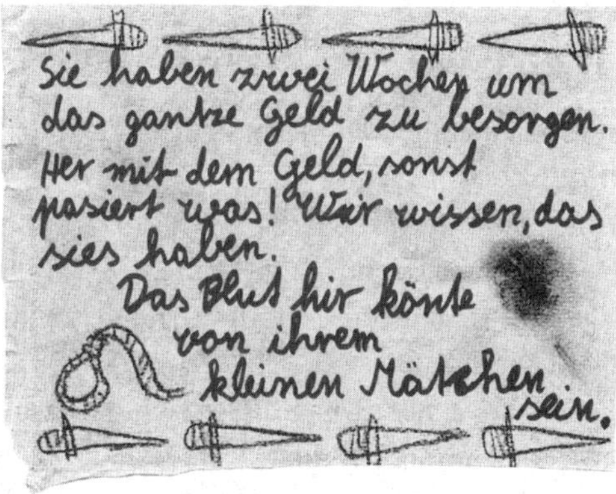

Sie haben zwei Wochen um
das gantze Geld zu besorgen.
Her mit dem Geld, sonst
pasiert was! Wir wissen, das
sies haben.
Das Blut hir könte
von ihrem
kleinen Mätchen
sein.

Giovanna erschauerte und fing an zu schluchzen. Rocco versuchte sie zu trösten und tätschelte ihr mit seinen großen Händen die Schultern.

»Sollen wir zum Anwalt gehen und versuchen, den Rest des Geldes zu bekommen?«, fragte Rocco.

»Das habe ich gestern schon versucht. Aber Signore De-Cegli hat Verdacht geschöpft. Er zeigte mir den Vertrag, wo steht, dass das Geld nur zum vereinbarten Zeitpunkt ausgezahlt werden kann.«

Mittwoch, 22. September 1909

Kaum war Pater Luongo aus der Kirche getreten, wurde er von einer Schar Kinder umringt, die an seiner Soutane zupften. Mary bemerkte die Gruppe schon von weitem und beobachtete, wie sie auf sie zukam. Ein kleiner Junge schrie: »Padre, Padre, ich hab Geburtstag!« Der Priester blieb stehen, griff in seine Soutane und holte ein glänzendes Fünfcentstück hervor, das er dem Jungen in die Hand drückte. Die Kinder umringten den Jungen und rannten dann in entgegengesetzter Richtung davon.

Der Priester ging, nun allein, an Mary vorbei. Sie rannte hinter ihm her.

»Padre, geben Sie allen Kindern an ihrem Geburtstag fünf Cent?«

»Wenn sie mich fragen.«

»Ich hab heute auch Geburtstag, Padre.«

»Nun, dann sind hier fünf Cent für dich. Herzlichen Glückwunsch, mein Kind.«

Mary bekreuzigte sich. Der Pfarrer lächelte, weil er es für ein Zeichen der Frömmigkeit hielt.

»Bitte, lieber Gott, vergib mir, aber ich weiß, du wirst es verstehen«, murmelte Mary.

Samstag, 25. September 1909

Giovanna räumte das Abendessen ab und zog sich ins Schlafzimmer zurück. Dann kniete sie sich vor ihren kleinen Altar, den sie mit der Statue der Heiligen Jungfrau, der des heiligen Rocco und zwei Kerzen bestückt hatte. Auf der größten Kerze balancierte ein Bildchen des heiligen Antonius, des Schutzpatrons der Vermissten. Seit dem Augenblick, da Giovanna wusste, dass Angelina entführt worden war, war nicht eine Stunde vergangen, in der sie ihn nicht um die glückliche Rückkehr ihrer Tochter angefleht hatte.

Ein Klopfen an der Tür riss sie aus ihren Gebeten. Sie hörte, wie Rocco ihrer Nachbarin von oben sagte, sie ruhe sich aus. Giovanna erinnerte sich, dass dies eine der Frauen von ihrem Gespräch vor dem Haus war.

»Nein, nein, ich komme schon«, rief Giovanna und trat aus dem Schlafzimmer.

Sie drängte an Rocco vorbei und eilte in den Flur zu ihrer Nachbarin. »Verzeihen Sie, Signora, wir haben grade gegessen, deshalb ist die Küche so unordentlich«, entschuldigte sich Giovanna und zog die Wohnungstür hinter sich zu.

»Hören Sie, Sie sind eine anständige Frau, die etwas auf sich hält, nicht so eine *puttana* wie Limonata. Deshalb bin ich gekommen. Ich hab ihren Freund gesehen, diesen Leo!«

»Haben Sie auch Limonata gesehen?«, stieß Giovanna hervor.

Bei Giovannas Ausbruch änderten sich Miene und Tonfall der geschwätzigen Nachbarin. »Nein, Signora *levatrice* …«

»Tut mir leid, wenn ich Sie erschreckt habe. Es ist nur … wir haben entdeckt, dass sie nicht nur unseren Bierkrug mitgenommen hat.«

»Ach wirklich! Nun, er behauptet, er wüsste nicht, wo sie ist. Er hat sogar getan, als würde er sie gar nicht kennen. Er ist in ein Wohnhaus gegangen, daher hab ich gewartet und jemanden gefragt, ob er hier mit einer Frau und einem kleinen Mädchen wohnen würde. Aber man sagte mir, er würde nur vorübergehend dort wohnen.«

»Wo war das Wohnhaus?«

»Hester Street 66. Aber bemühen Sie sich nicht, Signora: Limonata ist nicht da, und dieser Leo ist ein ganz gemeiner Kerl. Er hat mir Angst gemacht. Ich bin nur geblieben und hab nachgefragt, weil der Verwalter ein paar Dollar springen lässt, wenn wir Limonatas Adresse rauskriegen.«

Sonntag, 26. September 1909

Giovanna wartete auf der Mulberry Street am östlichen Ende der Hester Street und Rocco am westlichen Ende, auf der Baxter Street. Sie waren noch vor Sonnenaufgang da, und als der Tag anbrach, fing es an zu regnen.

Nach einer Stunde rannte Rocco, der sich den Mantel zum Schutz vor dem Regen über den Kopf gezogen hatte, zu Giovanna hinüber. Kaum war er bei ihr angekommen, stieß er hervor: »Wir wissen noch nicht mal, ob er was mit der Sache zu tun hat. Ich sollte einfach zu ihm gehen und an seine Tür klopfen. Wenn er den Mund nicht aufmacht, verprügle ich ihn.«

Giovanna antwortete leicht ungeduldig: »Wenn er was damit zu tun hat, sagt er vielleicht nichts, und dann werden wir nie erfahren, wo sie ist! Wenn wir ihm aber folgen, könnte er uns zu ihr führen, Rocco. Halt dich also einfach an unseren Plan!«

Als Rocco frustriert an seinen Posten zurückging, wischte Giovanna sich über die Augen. Es würde äußerst schwierig werden, Leo in dem Regen zu bemerken. Eine weitere Stunde verging. Giovanna sah, dass Rocco unruhig hin und her lief.

Der erste Mann, der das Wohnhaus verließ, war klein und gedrungen. Erst der vierte entsprach der Beschreibung. Er benutzte ein Stück Pappe als Regenschutz, daher konnte Giovanna sein Auge nicht sehen, aber er war groß, mager und dunkelhäutig. Rocco bemerkte ihn ebenfalls und nahm die Verfolgung auf. Giovanna hingegen eilte ins Wohnhaus und versuchte, sich in der Eingangshalle so gut es ging zu trocknen.

Dann lauschte sie an der Tür der Wohnung zur Rechten. Es hörte sich an, als würde eine Familie frühstücken. In der Wohnung zur Linken hörte sie nichts, doch sie klopfte und rief: »Limonata!« Dasselbe wiederholte sie im zweiten Stock. Da ging eine Tür auf.

»Kann ich Ihnen helfen, Signora?«, fragte eine Frau.

Giovanna war verwirrt, fasste sich aber schnell. »O ja. Ich bin Hebamme.«

Verblüfft starrte die Frau auf ihren Bauch.

Giovanna zwang sich zu lachen. »Tja, manchmal bekommen sogar Hebammen ein Kind!«

Die Frau lächelte.

»Aber ich scheine durch die Schwangerschaft etwas vergesslich geworden zu sein, denn ich habe die Adresse einer Frau hier aus dem Wohnblock verloren, um die ich mich kümmern soll. Ich dachte, sie wohnt hier in diesem Haus.«

»Nein, Signora, hier gibt es keine Limonata. Es kann also nicht dieses Haus sein.«

»Ach, *grazie*. Ich hab eben nur einen Mann aus dem Haus gehen sehen, der aussah wie der Kindsvater. Groß, mit einem hängenden Augenlid?«

»Aber das muss Leo sein. Er wohnt vorübergehend im vierten Stock.«

»Ach, dann bin ich wohl nicht nur vergesslich, sondern kann auch nicht mehr so gut sehen!«

»Sie sind ja ganz nass! Möchten Sie eine Tasse Tee?«, bot die Frau ihr an.

»Vielen Dank, Signora. Aber ich muss sie wirklich finden.«

Giovanna saß in ihrer Wohnung am Fenster und hielt nach Rocco Ausschau. Da entdeckte sie in der Ferne einen Mann, der durch den Regen rannte. Als er die Mitte der Straße erreicht hatte, überquerte er sie und hielt direkt auf ihr Haus zu. Giovannas Herz fing heftig an zu pochen. Das bedeutete Neuigkeiten! Hatte Rocco Angelina gefunden? Oder war Rocco tot? Unruhig ging sie vor der Wohnungstür hin und her und riss sie dann auf, noch bevor der Mann ihr Stockwerk erreicht hatte. Sie atmete tief ein, um sich nicht ihre Angst anmerken zu lassen. Sie kannte den Mann, doch woher? Und als er den Kopf hob und sie sein Gesicht sah, erkannte sie den effektvollen Schnurrbart und die haselnussbraunen Augen.

»Signora! Die Fotos sind schon lange fertig, aber Sie haben sie nicht abgeholt!«, rief der Fotograf, holte ein Päckchen aus der Innentasche seiner Jacke und reichte es Giovanna. »Sie haben doch dafür bezahlt, da sollen Sie sie auch bekommen!«

Giovanna starrte auf das Päckchen.

»Wollen Sie sie denn nicht nehmen, Signora?« Der Mann streckte ihr immer noch das Päckchen entgegen.

Vorsichtig nahm Giovanna die Fotos, die in Packpapier gewickelt und mit einer Kordel verschnürt waren.

»Sie möchten sie doch gewiss ansehen!«, rief der Mann mit einem Anflug von Stolz.

Giovanna aber hatte Mühe, ihre Tränen zurückzuhalten, und stammelte: »Ich … ich will sie mit meiner Tochter zusammen ansehen. Sie ist gerade mit ihrem Vater unterwegs. Vielen Dank. Danke, dass Sie sie mir persönlich gebracht haben.« Dann schloss sie die Tür und ließ den Fotografen auf dem Gang stehen.

Zwei Stunden später kam Rocco nach Hause. Ohne seiner Frau ins angstverzerrte Gesicht zu blicken, murmelte er: »Ich habe ihn verloren.«

Sechsunddreißig

Dienstag, 28. September 1909

Da Giovanna sonst nichts mehr zu tun hatte, beobachtete sie Leos Wohnung Tag und Nacht von ihrem Posten an der Ecke Mulberry und Hester Street. Sie hatte sich so daran gewöhnt, ihn nicht zu sehen, dass sie ihn fast übersehen hätte, als er eines Tages tatsächlich aus der Tür trat. Er warf einen Blick nach links und rechts und strebte westwärts, von Giovanna fort.

Nach drei Blocks war er auf der Lafayette und wandte sich dann nach links zur U-Bahn-Haltestelle auf der Canal Street. Giovanna hielt zwar Abstand, sah ihn aber die Treppe zur Untergrundbahn hinuntergehen. Als sie entdeckte, dass sich unzählige Menschen auf dem Bahnsteig zusammendrängten, fiel ihr wieder ein, dass die große Hudson-Fulton-Feier um ein Uhr mittags auf der Fifth Avenue beginnen sollte.

Sie kramte nach Kleingeld, kaufte eine Fahrkarte und wartete am anderen Ende des Bahnsteigs. Zwar ging sie nicht davon aus, dass der Mann sie bemerkt hatte, doch eingedenk ihrer Körpergröße bedeckte sie ihren Kopf mit ihrem grauen Schultertuch und wickelte es fest um sich, um nicht aufzufallen.

Sekunden später kam die Bahn herangedonnert. Giovanna erstarrte. Sie hatte sich so auf die Verfolgung des Mannes konzentriert, dass sie ganz vergessen hatte, wie sie sich bei ihrer ersten Fahrt mit der Untergrundbahn geschworen hatte, es würde auch ihre letzte sein. Jetzt stieg sie in den Waggon neben Leos und stellte sich dorthin, wo sie ihn durch das Fenster sehen konnte. Die Bahn raste bis zur Rector Street, bevor er ausstieg. Oben auf der Straße sah er auf seine Taschenuhr und eilte dann zur Trinity Church.

Dort ging er auf den Friedhof und setzte sich auf eine Bank unter einer Eiche. Giovanna verweilte am Rand des Friedhofs und tat so, als betrachtete sie die Kirche. Es war ein warmer Tag mit blauem Himmel. Als sie das nächste Mal zur Bank schaute, bemerkte sie, dass sich ein anderer, auffallend gut gekleideter Mann neben Leo setzte. Seine gepflegten Hände breiteten eine Zeitung vor seinem von einem Backenbart gezierten Gesicht aus. Gleichzeitig ließ er einen Umschlag zwischen sich und Leo fallen. Leo nahm unauffällig den Umschlag an sich und entfernte sich.

Allerdings nicht weit. Er sprang die Stufen zu einem Gebäude direkt neben dem Friedhof hinauf. Durch die Glastüren konnte Giovanna einen langen, schmalen Gang mit Marmorboden und Stuck an der Decke ausmachen. Leo wartete vor den Aufzügen am hinteren Ende. Kaum hatte er einen Aufzug betreten, eilte Giovanna in das Gebäude. Als sich die Türen hinter ihm schlossen, beobachtete sie die Ziffern, die aufleuchtend den Weg des Aufzugs markierten.

»Kann ich Ihnen helfen, Ma'am?«, fragte ein Portier und musterte sie argwöhnisch.

Giovanna konnte ihn zwar nicht verstehen, begriff aber, dass er wissen wollte, was sie hier suchte. An der Wand gegenüber vom Aufzug hing ein Schild mit Namen und Zahlen. Giovanna entschied sich für einen Namen mit einem Esq. am Ende, so wie bei Signore DeCegli, und wies lächelnd darauf.

Der Portier kniff die Augen zusammen. »Zu Mr Schmidt, dem Anwalt? Neunzehnter Stock.«

Giovanna lächelte und sah weiterhin auf die aufleuchtenden Ziffern. Der Aufzug hielt im elften Stock. Dann wartete sie ungeduldig darauf, dass er wieder herunterkam. Als sich die Türen öffneten, strömten etliche Leute heraus. Giovanna wollte schon einsteigen, da entdeckte sie Leo ganz hinten im Aufzug. Er stieg nicht aus, daher stieg sie nicht ein. Die Türen schlossen sich wieder. Dieses Mal fuhr der Aufzug nach unten zu einem Stockwerk, das als TP bezeichnet war. Ein anderer Aufzug kam. Giovanna trat ein und bedeutete dem Liftboy, dass sie nach unten wollte. Innerhalb weniger Sekunden öffnete sich wieder die Tür, und sie sah gerade noch, wie Leo durch die Hintertüren des Gebäudes auf den Trinity Place trat.

Sie folgte ihm nicht sofort, denn sie hatte beim Öffnen der Aufzugtüren den Eindruck gehabt, Leo hätte sie gesehen. Schließlich folgte sie ihm über den Trinity Place zur U-Bahn-Haltestelle am Rector Place, wahrte aber noch größeren Abstand. Als Leo einen Zug Richtung Uptown bestieg, nahm sie wieder das Abteil neben seinem.

Wollte er sie abhängen? Oder wollte er ganz allgemein verhindern, dass ihm jemand folgte? Wenn ihn jemand beobachtete, dann musste er auch sie sehen. Zum ersten Mal fürchtete sich Giovanna genauso vor dem, was hinter ihr war, wie vor dem, was vor ihr war.

Im Zug konnte sie Leos Schulter durch das Abteilfenster erkennen. Mittlerweile waren ihre Fußknöchel angeschwollen und die Venen in ihren Beinen schmerzten. Glücklicherweise stieg Leo nicht sofort wieder aus, sondern erst am Bryant Park, wo er nach oben ging und in die Hochbahn an der Sixth Avenue stieg.

Die Parade hatte bereits angefangen. Menschenmassen verstopften die Bürgersteige. Giovanna hatte weder in Scilla noch in New York so viele Menschen auf einmal gesehen – es waren hundertmal mehr als bei einer Prozession. Als sie die letzte Haltestelle auf der 58th Street erreichten, sah sie die Festwagen, die sich einen Block weit die Fifth Avenue hinunterdrängten.

Giovanna versuchte, sich nicht von dem prunkvollen Treiben ablenken zu lassen, und folgte Leo ostwärts zur Fifth Avenue. Die Straßen wimmelten von Feiernden, da musste Giovanna sich keine Gedanken mehr um den nötigen Abstand machen, sondern eher darum, Leo nicht in der Menge zu verlieren.

»Hier gibt's Programme!«, schrie ein Mann, der eine Tasche wie ein Zeitungsjunge hatte. Leo schnippte ihm ein Fünfcentstück zu, klemmte sich das Programm aufgerollt unter den Arm und eilte mit der Parade die Fifth Avenue Richtung Downtown.

Um durch die Menge zu kommen, ging Giovanna auf der Häuserseite des Bürgersteigs, doch wegen ihrer Größe und der ungeheuren Höhe der Festwagen sah sie ein altes Schiff, das mit verkleideten Passagieren die Straße hinuntersegelte. Es trug die Aufschrift *Half Moon*. Die Festwagen wurden jeweils von mehreren Pferden gezogen, die rote, mit einem H und einem F bestickte Decken trugen.

»Wir haben die Aufstellung. Erfahren Sie alles über die Festwagen!«, brüllte ein Ausrufer und stellte sich Giovanna in den Weg.

Als sie sich um ihn herumschob, geriet sie in eine Gruppe Kinder, die an einer Ecke Kisten in die Höhe hielten und riefen: »Ihr eigenes Podest, nur fünfzehn Cent! Damit stehen Sie einen Meter über dem Bürgersteig!«

Zwischen den Festwagen marschierten Musikkapellen aus aller Herren Länder, und Männer mit stolz geschwellter und schärpenverzierter Brust folgten in geordneter Aufstellung ihren Fahnen. Manchmal verschmolz die Musik der einen Kapelle mit der einer anderen, so dass die Menge sich wegen der Kakophonie die Ohren zuhielt.

Leo warf wieder einen Blick auf seine Taschenuhr, verlangsamte seine Schritte und schaute sich die Parade an. Daraufhin blieb Giovanna abrupt stehen und wurde von jemandem angestoßen, der sie mit unfreundlichen Worten bedachte. Sie verstand sie zwar nicht, doch ihr Inhalt war klar. Sie murmelte mit starkem Akzent auf Englisch: »Verzeihen Sie«, drängte sich in die Menge und behielt gleichzeitig die Parade und Leo im Auge.

Da sie nun langsamer ging, bemerkte sie, dass ihre Schuhe feucht waren. Weil ihre Füße so weh taten, ging sie davon aus, dass sie bluteten.

Die Menge jubelte und schwenkte Hüte, als ein Festwagen vorbeifuhr. Giovanna kannte die Figur aus Marys Schulbuch – der weißhaarige Mann war Amerikas erster Präsident. Er stand auf dem Balkon eines Gebäudes, und darunter schwenkten auf dem Nachbau einer alten Straße Menschen ihre Fahnen.

Leo ging weiter die Fifth Avenue hinunter und beschleunigte seine Schritte so, dass Giovanna Mühe hatte, ihm zu folgen. Als sie sich der 42nd Street näherten, wurde die Menschenmenge so dicht, dass sie kaum noch durchkommen konnte. Große Säulen säumten die Straßen, und eine riesige Tribüne blickte der Parade entgegen. Leo schob sich rücksichtslos durch die Massen, und Giovanna folgte ihm in seinem Windschatten bis zur Tribüne. Als er dort ankam, hielt er unschlüssig inne. Giovanna blieb in sicherem Abstand stehen und hörte sofort von allen Seiten Beschwerden. Sie stellte sich dumm, lächelte und entschuldigte sich auf Italienisch.

»Seht mal. Wahrscheinlich hat sie sich deshalb nach vorne gedrängt. Da ist ein *eye-talian* Wagen.«

Als Giovanna das unverkennbare *eye-talian* hörte, warf sie

einen zweiten Blick auf den herannahenden Wagen, vor dem eine italienische Kapelle marschierte. Ein als Garibaldi kostümierter Mann stand vor einem kleinen Haus und einem Schild mit der Aufschrift *Staten Island*.

Auf der Tribüne brach der ganze Abschnitt in Leos Nähe in Jubel aus. Wenn die Begeisterungsstürme angesichts dieses Festwagens noch nicht Beweis genug für die Nationalität der Jubelnden war, so bestätigten die rot-weiß-grünen Schärpen, dass es sich um Italiener handelte. Hinter dem Wagen marschierten Männer aller italienischen Vereinigungen mit gekreuzten italienischen und amerikanischen Flaggen und lösten damit auf der Tribüne noch mehr Jubel aus. Ein älterer, pockennarbiger Mann mit grauem Haar und einer Schärpe über der Brust ging mit großen Schritten an Leo vorbei. Den Bruchteil einer Sekunde später sah Giovanna, dass der Mann mit der Schärpe den Umschlag von der Friedhofsbank hielt. Leo verschwand bereits in der Menge.

Sie drängte sich durch die Massen, um ihn einzuholen, geriet aber in eine Gruppe Italiener, die von der Tribüne strömte. Sie wurde immer wieder zurückgedrängt und spürte, wie er ihr entwischte. Als sie versuchte, den Weg abzukürzen und unter der Tribüne hindurchzugehen, versperrte ihr ein Polizist den Durchgang, bis eine Gruppe Honoratioren vorbeigegangen war. Fast wäre sie freigekommen, als der Polizist seinen Arm hob, doch da der Fußgängerverkehr ein einziges Durcheinander war und die Passanten quer und in alle Richtungen über Straßen und Bürgersteige strömten, verlor sie Leo nach sechs Stunden Verfolgung aus den Augen.

Mittwoch, 29. September 1909

Giovanna streifte mit Kamillensud getränkte Socken über ihre wunden, geschwollenen Füße und stieg dann in ein altes Paar Stiefel von Rocco, weil ihr andere Schuhe nicht mehr passten. Dann steckte sie sich erneut die Waffe in ihren Rockbund.

Vor dem Gebäude am Broadway 111 kaufte sie sich eine Zeitung, denn genau dort war Leo am vorigen Tag hineingegangen, um durch die Hintertür wieder hinauszugehen. Der Händler hatte keine italienischen Zeitungen, daher entschied sie sich für die mit den meisten Bildern vom Festumzug, um sie für Angelina aufzuheben. Etwa zum selben Zeitpunkt, an dem am Vortag die Übergabe des Umschlags stattgefunden hatte, ließ sie sich auf einer Bank nieder, die schräg gegenüber der Bank unter der Eiche stand, wo der Mann gewartet hatte. Als ein Blatt auf Giovannas Schulter flatterte, wäre sie fast vor Schreck aufgesprungen. Sie blickte nach oben und sah, dass die Blätter bereits die Farbe gewechselt hatten – und sie hatte es nicht mitbekommen, weil sie zu sehr mit Suchen beschäftigt war.

Pünktlich wie ein Uhrwerk betrat der Geschäftsmann mit einer Zeitung unter dem Arm den Friedhof. Giovanna merkte auf. Er ging direkt auf die Bank zu, doch die war besetzt. Daraufhin schritt er ohne zu stocken weiter bis zur nächsten, die genau gegenüber der von Giovanna stand.

Überrascht und verlegen riss sich Giovanna die Zeitung vors Gesicht. Doch war das ganz überflüssig, denn sie bemerkte kurz darauf, dass der Mann im Gegensatz zum Vortag niemanden suchte und auch Leo mit dem Triefauge nirgends in Sicht war.

Zumindest fiel Giovanna nicht besonders auf, denn es waren noch etliche andere Frauen im Park. Giovanna wusste, dass Damen ohne Begleitung nicht in Restaurants essen durften, daher machten viele Büroangestellte ihre Mittagspause auf dem Friedhof. Überall auf dem Rasen saßen Grüppchen von Frauen, lehnten sich gegen die Grabsteine und plauderten.

Der Mann mit dem Backenbart konzentrierte sich auf seine Lektüre und blätterte die Seiten seiner Zeitung gemächlich um. Giovanna fiel auf, dass viele Besucher des Friedhofs zu einem Grab strebten, das mit Blumen überhäuft war. Sie beugte sich vor und kniff die Augen zusammen in dem Versuch, den Namen auf dem Grabstein zu entziffern. Als sich jemand zur Seite bewegte, sah sie die Inschrift: *Robert Fulton*. Offenbar traf man überall auf diesen Fulton. Wenn Angelina doch auch nur so einfach zu finden gewesen wäre.

Genau fünfundzwanzig Minuten später erhob sich der Mann von seiner Bank. Giovanna stopfte sich ihre Zeitung in das Einkaufsnetz, das sie mitgenommen hatte, und folgte ihm. Der Mann schien sie nicht bemerkt zu haben, ganz im Gegensatz zu den Angestellten, die auf dem Broadway einen kleinen Mittagspausenspaziergang machten und bei ihrem Anblick die Augenbrauen hoben. Roccos Stiefel taten ein Übriges. Während Giovanna vom Broadway nordwärts zur Chambers Street ging, bemühte sie sich, jeglichen Blickkontakt zu meiden. Der Mann wandte sich nach links, ließ die City Hall hinter sich und betrat einen Laden mit rot, weiß und blau gestrichener Front. Giovanna überquerte die Straße, nahm Domenicos Stift und Buch aus ihrer Tasche und notierte die Aufschrift der Schilder: *Wählt Gaynor zum Bürgermeister* und *Tammany-Zentrale*.

Obwohl Giovanna nicht wusste, was das bedeutete, vermutete sie wegen der Schilder, der fröhlichen Farben und der fehlenden Waren, dass der Laden irgendetwas mit den Wahlen zu tun hatte. Sie lebte lange genug im Land, um zu wissen, dass die Amerikaner die Wahl zu einem Feiertag, einer Party machten, zu der selbst die *eye-talians* eingeladen waren. Im italienischen Viertel wurden sie immer in ähnliche Läden gebeten. Giovanna steckte sich die Haarsträhnen fest, die sich aus ihrer Frisur gelöst hatten, zupfte an ihrem Rock, zog ihn etwas herunter, um Roccos Stiefel zu verbergen, und überquerte dann die Straße, um den Laden zu betreten.

»Kann ich Ihnen helfen?«, fragte ein junger Mann mit Hosenträgern hinter der Ladentheke.

Der Mann vom Friedhof saß an einem Schreibtisch in einem der Büros hinter der Theke. An der Tür war ein Schild mit seinem Namen befestigt.

»*Voto*«, murmelte Giovanna. Sie blickte an dem jungen Mann vorbei und versuchte, sich den Namen auf dem handgeschriebenen Schild einzuprägen.

»Sie sind eine Frau. Sie können nicht wählen. Möchten Sie, dass Ihr Mann wählt?«

Giovanna zuckte mit den Schultern.

»Spricht hier irgendjemand *eye-talian?*«, rief der Mann über seine Schulter hinweg.

»Nein, schick sie zum Bezirk Mulberry Street.«

»Hier, meine Dame«, sagte der junge Mann und nahm eine Broschüre mit dem Porträt eines stolz wirkenden William Gaynor. »Gehen Sie dahin. Dort wird man Ihnen helfen.« Er schrieb eine Adresse in der Mulberry Street auf.

Doch kaum war Giovanna wieder auf der Straße, notierte sie den Namen an der Tür des Mannes: *Edwin Reese*.

In Richtung Battery sah sie eine dichte Menschenmenge und eine Blaskapelle vor den Wellenbrechern. Alle starrten Richtung Meer und schwenkten amerikanische Fähnchen. Um besser sehen zu können, ging sie unter der Hochbahn hindurch. Jetzt bemerkte sie, dass die Menge mit freudiger Erregung in die Luft starrte. Sie folgte der Richtung, in die alle Finger wiesen, bis sie am Himmel einen Punkt entdeckte, der immer größer wurde. Als sie Flügel ausmachen konnte, hörte sie auch das Brummen und erkannte, was es war. Ein Flugzeug näherte sich der Scylla im Hafen, wo es mit lautem Gejubel begrüßt wurde. Überall hielten Leute Schilder mit den Gesichtern zweier Männer und der Aufschrift *Wright* oder *Curtiss* in die Höhe.

Das Flugzeug, das die Freiheitsstatue umkreiste, sah aus wie eine Fliege, die die Statue mit ihrem ausgestreckten Arm erwischen würde, wenn sie ihrem Gesicht zu nahe käme. In der Menge stand vielen Menschen der Mund offen, Kinder hüpften aufgeregt herum, und etliche konnten ihre Tränen nicht zurückhalten. Vor lauter Begeisterung fingen die Schaulustigen an, mit der Kapelle zu singen: »America, America, God shed his grace on thee, and …«

Giovanna kamen ebenfalls die Tränen. »Du amerikanische Madonna! Die Menschen bauen Maschinen, um um deinen Kopf zu fliegen. Finde sie! Bitte, ich flehe dich an, finde sie …«

Donnerstag, 30. September 1909

»Pietro, du hast gesagt, diese Frau würde sich benehmen. Aber jetzt folgt diese Verrückte mir. Ich musste gestern umziehen!«

»Leo, ich sagte nur, sie würde nicht zur Polizei gehen.« Pietro Inzerillo spielte mit der Krempe seines Huts. Er hasste es, nach Brooklyn zu müssen. Er hasste Leo. Und er hasste es, in diese Angelegenheit verwickelt zu sein, wo es woanders doch dringendere und wahrscheinlich auch lukrativere Geschäfte gab.

»Sag Lupo, wir sollten das Kind beseitigen und die ganze Sache vergessen«, erklärte Leo.

»Lupo meinte, wenn wir weiterhin Geld kriegen, sollten wir sie am Leben lassen.«

»Seit wann interessiert sich Lupo denn für ein paar hundert Kröten?«

»Manchmal braucht man Geld, um Geld zu verdienen«, erwiderte Inzerillo kryptisch.

»Was meinst du damit?«, fragte Leo beunruhigt.

»Nichts, Leo. Beruhige dich.«

»Diese *strega* muss einfach nur das Geld rausrücken.«

»Aber vielleicht hat sie es nicht«, bemerkte Inzerillo, der Giovanna langsam glaubte.

»Soll das ein Witz sein? Lupo sagt, sie hätte eine Mille nach Italien geschickt. Außerdem weiß jeder, wie stur und geizig ihr Mann ist. Die anderen mussten erst seinen Laden in die Luft jagen. Glaub mir, sie haben es.«

»Tja dann, Leo, wirst du es sicher bekommen«, meinte Inzerillo und stand auf.

»Sorg dafür, dass die verrückte *strega* erfährt, wenn sie mir noch einmal folgt, bringe ich sie und das Kind um.«

Samstag, 2. Oktober 1909

Die Veranstaltungen der Hudson-Fulton-Feier hatten mittlerweile die Lower East Side erreicht.

»Tante, ich brauche hier noch eine Nadel«, verlangte Mary.

»Lass mich erst Frances' Kostüm fertigmachen, Mary«, erklärte Giovanna und wickelte den Rock um die Taille ihrer Stieftochter. »So.«

Frances drehte sich so schnell um sich selbst, dass ihr Rock herumwirbelte. »Ziehen so etwas die italienischen Mädchen an?«

»Ja, ich selbst habe solche Röcke und Blusen getragen, aber nur zu besonderen Feiertagen.«

»Ich brauche eine Nadel.«

»Noch ein bisschen Geduld, Mary.«

»Der Lehrer hat gesagt, wir müssten uns um Mittag vor der Schule auf der Mott Street versammeln.«

»Dann haben wir fast noch eine Stunde Zeit. Nur Geduld.«

Giovanna hatte den ganzen Morgen damit verbracht, die Kostüme der Mädchen fertigzustellen, und war dabei im Stillen immer wieder ihr Gespräch mit Inzerillo durchgegangen. Denn Inzerillo hatte ihr Vorwürfe gemacht, weil sie Leo beschattet hatte, und damit bestätigt, dass dieser einer der Täter war.

»Wäre Clement noch in der Schule, dann hätte er Posaune spielen können«, maulte Mary.

»Kommt Papa auch?«, wollte Frances wissen.

»Du hast doch gehört, wie er gesagt hat, er käme auch.«

»Ich weiß, es ist zu früh, aber können wir trotzdem schon gehen?«

Giovanna nickte, sah den Mädchen hinterher, als sie die Treppe hinuntergingen, und bemühte sich, ihren inneren Aufruhr zu verbergen. Wie seltsam zu sehen, dass ihre Stieftöchter zu einem Festumzug gingen! Ganz New York einschließlich ihrer Familie feierte, als wäre nichts passiert, als wäre Angelina nicht in dieser geschmückten Stadt von Kriminellen entführt worden.

Um ein Uhr strebte Giovanna zum Mulberry Bend Park. Die Straßen waren bereits voller Menschen, und in der Ferne hörte sie Musik. In der Mitte des Parks befand sich eine kleine mit Flaggen geschmückte Bühne, um die leere, abgeriegelte Bänke standen.

Dann strömten Heerscharen von Schulkindern herbei, bis alle Bänke und der gesamte Park voll waren. Jedes Kind hielt eine kleine eingerollte Fahne in der Hand. Ein Horn ertönte. Die Kinder wurden still. Beim zweiten Signal des Horns schwenkte jedes Kind sein amerikanisches Fähnchen über dem Kopf, so dass sich der gesamte Park in ein wogendes Meer der Landesfarben verwandelte, dem Jubel und Beifall entgegenschallte. Beim dritten Signal sprachen alle gemeinsam das *Pledge of Allegiance* genannte Treuegelöbnis gegenüber der Nation und sangen, begleitet von den Schulkapellen, »The Star Spangled Banner«.

Nach der Hommage an ihre zweite Heimat fingen die Vorstellungen an. Zuerst kam ein als Indianerin verkleidetes Mädchen, das einen Tanz vorführte, um die Aufmerksamkeit eines Indianers zu gewinnen, den ein italienisch aussehender Junge spielte. Als das Mädchen mitten in der Vorstellung innehielt, um den Kapellmeister auf Jiddisch zu beschimpfen, erfuhr Giovanna, welcher Abstammung es war.

Nach den Indianern kamen die Holländer. Jedes Mal, wenn eine Schule etwas aufgeführt hatte, wurden die vor Stolz platzenden Kinder von einer Polizeieskorte zurückgebracht.

Als Letzte kamen italienische Mädchen in Kostümen aus Süditalien auf die Bühne. Da die Zuschauermenge schon merklich ausgedünnt war, schaffte es Giovanna, sich einen Platz auf einer Bank zu verschaffen, von wo aus sie ausgezeichnete Sicht auf Mary und Frances hatte. Die Jungen an der Posaune stimmten ein Lied an, und der Tanz begann.

Giovanna klatschte mit, als plötzlich eine Frau ihr einen Brief gab. »Signora, Ihr Mann hat mich gebeten, Ihnen das zu geben. Er musste fort.«

Giovanna erkannte den Brief sofort und wusste, dass Rocco ihn niemals einem anderen überlassen hätte.

»Wo war er denn?«, fragte Giovanna die Frau.

»Da drüben«, antwortete diese und zeigte in eine Richtung. »Aber ich sehe ihn jetzt nicht mehr.«

»Wie sah er denn aus?«

»Signora, wissen Sie etwa nicht, wie Ihr Mann aussieht?«, meinte die Frau mit tadelnder Stimme.

»Es war nicht mein ...«, setzte Giovanna an, verstummte dann aber. »Doch, natürlich«, fuhr sie fort, sprang auf und überblickte hastig die Menge.

Zwar kamen ihr alle Gesichter vertraut vor, aber nicht vertraut genug.

»Haben Sie jemanden verloren, Signora?«, wollte ein Mann wissen, den Giovanna kurz zuvor noch bei den Honoratioren gesehen hatte.

Jetzt erst bemerkte Giovanna, wie besorgt sie wirken musste.

»Ach, ich versuche, meine Tochter zu finden.«

»Hat sie im Programm mitgewirkt?«

»*Si.*«

»Dann brauchen Sie sich keine Sorgen zu machen, Signora. Sie wurde zur Schule zurück begleitet.«

»Stimmt was nicht?«, fragte Rocco, der plötzlich neben ihr auftauchte.

Giovanna ließ den Brief in ihre Rocktasche gleiten.

»Nein, nein, dieser freundliche Herr hier hat mir nur erklärt, dass die Kinder zur Schule zurückgebracht werden.«

Später, in ihrem Schlafzimmer, las Giovanna Rocco den Brief vor.

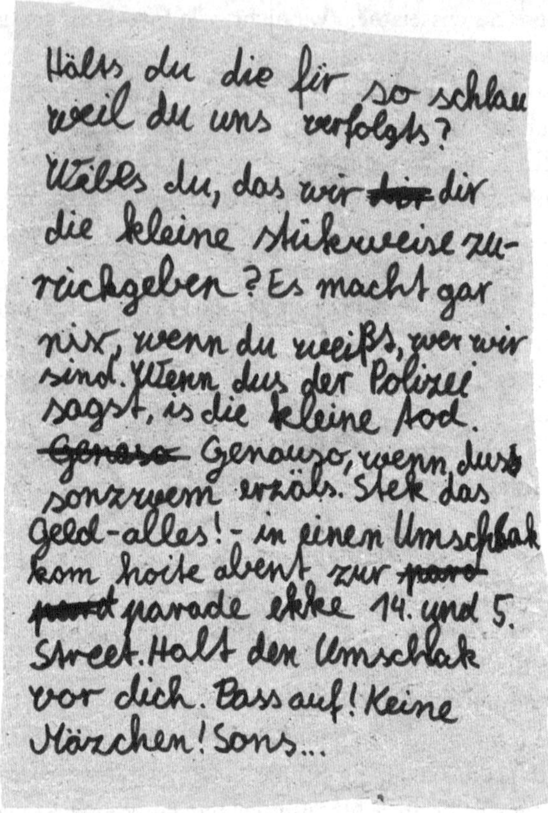
Hälts du die für so schlau
weil du uns verfolgts?
Wälles du, das wir ~~dir~~ dir
die kleine stükweise zu-
rückgeben? Es macht gar
nix, wenn du weißs, wer wir
sind. Wenn dus der Polizei
sagst, is die kleine tod.
~~Genauso~~ Genauso, wenn dus
sonzwem erzäls. Stek das
Geld-alles!- in einen Umschlak
kom hoite abent zur ~~pard~~
~~pard~~ parade ekke 14. und 5.
Street. Halt den Umschlak
vor dich. Bass auf! Keine
Märchen! Sons...

Rocco ging zu Lorenzo, um zu erfragen, was er erübrigen konnte. Er kam mit 40 Dollar zurück. Mit dem, was sie in den letzten zwei Wochen verdient hatten, hatten sie insgesamt 159 Dollar. Da Giovanna wusste, dass sie die Kidnapper damit nicht zufriedenstellen konnten, nahm sie ihr Schultertuch und verließ die Wohnung.

Sie wanderte durchs Viertel und betrachtete alles aus einer neuen Perspektive – der eines Diebs! Sie überlegte sich, wie man in Registrierkassen, Geldkassetten oder Taschen greifen konnte, ohne gesehen und verhaftet zu werden – vergeblich. Als ihre Verzweiflung schon fast so groß war, dass sie zu Lucrezia gehen wollte, erinnerte sie sich an Pretty Boys Versprechen, ihrer Familie zu helfen, wann immer es nötig wäre. Zwar brauchte sie zwei Stunden, um Nunzios ehemaligen Mitarbeiter zu finden, doch dann überreichte ihr Mariano, ohne ihr weitere Fragen zu stellen, 130 Dollar.

Giovanna stand am verabredeten Treffpunkt und drückte sich den Umschlag mit 289 Dollar an die Brust.

Rocco und die Kinder hatten zwar unbedingt mitkommen wollen, doch sie hatte sie überzeugen können, dass es sicherer war, in einiger Entfernung unauffällig zu warten. Jetzt standen sie an der östlichen Seite der Fifth Avenue, in der Nähe der 13th Street.

»Ich glaube, sie kommen«, sagte Mary und sprang auf die Straße.

»Mach das nicht noch mal, Mary!«, schimpfte ihr Vater. »Du bleibst hier in der Zuschauermenge.«

Clement versuchte, einen Blick auf seine Stiefmutter zu erhaschen, die an der südwestlichen Ecke der 14th Street wartete. »Sie ist immer noch da, Papa«, meldete er dann.

Der erste der Festwagen fuhr vorbei. Man sah raffinierte Heldenszenen und Phantasiewesen darauf. Neben den Festwagen liefen Menschen mit bunten Fackeln.

»Ich weiß nicht, was das bedeutet«, bemerkte Clement, der zwischen den Festwagen und seiner Stiefmutter hin und her blickte.

»Ein Mädchen bei der Arbeit hat erzählt, es wäre eine deutsche Parade über Mythen und Legenden«, erklärte Frances.

Passenderweise marschierte nun eine Kapelle vorbei, die etwas spielte, was Rocco als »Umpta-Musik« bezeichnete. Sie wurde gefolgt von einem weiteren Festwagen, der mit tausend bunten Lämpchen bedeckt war, die den Rauch aus den Fackeln beleuchteten. Es war fast unmöglich, Giovanna durch die bunten Rauchwolken zu sehen. Clement bemühte sich, durch den Nebel hindurchzuspähen. Er wollte nicht nur nach seiner Stiefmutter sehen, sondern eine Beschreibung von der Person liefern können, die den Umschlag übernahm. Das hatte Domenico ihm aufgetragen. Denn Lorenzo hatte seinem Sohn verboten, zur Parade zu gehen, als Rocco ein paar Stunden zuvor noch mal zu ihnen gegangen war, um sie um Geld zu bitten. Lorenzo hatte es das Herz gebrochen, dass sie nichts mehr hatten, was sie erübrigen konnten.

Eine Lücke zwischen den Festwagen klärte die Luft. Clowns hüpften und stolperten die Straße entlang. Einer umklammerte einen »Nordpol«, auf dem stand »Ich hab ihn!«. Ein anderer spielte auf einer saitenlosen Violine, während ein dritter auf einem Fahrrad ohne Reifen fuhr. Begleitet wurden sie von einer Reihe Clowns auf jeder Seite, die die Zuschauer anschubsten, Hüte abzogen und auf ihren Nasen hupten. Erst versperrten sie ihnen die Sicht auf Giovanna, doch schon kurz darauf waren sie bei ihnen. Einer von ihnen zog an Clements Hosenträgern. Gelächter ertönte in der Menge, als einzelne Personen von den Clowns auf die Schippe genommen wurden. Als sie weitergezogen waren, hielt Rocco nach Giovanna Ausschau. Aber Clement bemerkte es als Erster.

»Sie ist nicht mehr da. Sie ist weg.«

Ein Polizist hinderte sie daran, die Straße zu überqueren. Sie rannten auf dem Bürgersteig hinter der Menge her, die nach Süden strebte, weil sie annahmen, Giovanna wäre der Parade gefolgt. An der 10th Street sah Clement sie auf der gegenüberliegenden Seite genau wie sie durch die Menge rennen. An jedem Block versuchten sie, die Straße zu überqueren, wurden aber jedes Mal von einem Polizisten gesehen und zurückgeschickt.

Erst am Washington Square Park, wo die Parade endete, konnten sie sich zu Giovanna gesellen.

»Es war einer der Clowns. Er hat den Umschlag genommen«, stieß sie atemlos hervor.

»Komm, wir suchen uns einen Platz, wo wir uns hinsetzen können«, sagte Frances, weil das Keuchen ihrer Stiefmutter sie beunruhigte.

Rocco und Clement brachten Giovanna zu einer Bank. Sie sagten nichts, bis Giovannas Atmung sich wieder normalisiert hatte.

»Alle Clowns hatten das Gleiche an. Wie bist du nur darauf gekommen, du könntest ihnen nachrennen und den einen entdecken?«, schimpfte Rocco wütend und besorgt zugleich. »Außerdem hast du damit Angelinas Leben aufs Spiel gesetzt.«

»Es war nicht Leo. Dazu war der Clown zu klein. Aber er hätte uns zu ihr führen können ...«

Lange saßen sie schweigend da. Schließlich sagte Rocco: »Lass uns nach Hause gehen« und half Giovanna auf die Beine.

Siebenunddreißig

Montag, 4. Oktober 1909

Es reicht! Wenn du deine
Tochter widersehn willst,
muss du mer Geld
zalen. Noch 2 Wochen.
Aber das wars dan. Besorg
das Geld, sons is sie tot!

Giovanna hatte gewusst, dass sie mit dem, was sie ihnen geben konnten, nicht zufrieden sein würden. Sie hatte mit einem erneuten Drohbrief gerechnet, doch das schmälerte nicht seine furchtbare Wirkung. Das einzig Positive war, dass sie noch mal zwei Wochen zur Beschaffung des Geldes hatten, doch das hieß auch, dass Angelina weitere zwei Wochen in ihren schmutzigen Händen war.

Ihr schlug das Herz so heftig, dass ihr Baby anfing zu treten. Alles war außer Kontrolle geraten, selbst die Bewegungen in ihrem Bauch. Panik schnürte ihr die Brust ab, und sie schoss von ihrem Stuhl auf, ohne zu wissen, wohin sie wollte. Die Wände ihrer Wohnung rückten immer enger zusammen, und sie hatte den unerklärlichen Drang, aufs Dach hinaufzugehen. Sie brauchte frische Luft; sie brauchte die Freiheit, die ihre Tochter und das ungeborene Baby nicht hatten.

Als sie die Wohnungstür öffnete, wäre sie fast gegen Lucrezia geprallt.

»Giovanna! Warum hast du dich so lange nicht blicken lassen? Ich wollte nach dir sehen.«

Giovanna starrte in das Gesicht ihrer Freundin. Sie sehnte sich mit jeder Faser ihres Körpers danach, sich in Lucrezias Armen ausweinen und zur Ruhe kommen zu können. Sie wollte, dass Lucrezia ihr über den Kopf strich und ihr sagte, was sie tun sollte.

»Giovanna? Stimmt irgendwas nicht?«

Giovanna erstarrte.

»Gehen wir erst mal rein. Komm schon, Liebes.«

Als sie in die Wohnung gingen und dabei den Blickkontakt verloren, gewann Giovanna ihre Fassung wieder.

»Mir geht's gut, Lucrezia. Mir ist nur ein bisschen schwindelig.«

»Leg dich hin. Ich frage mich, ob du Diabetes hast.« Lucrezia griff nach ihrer Tasche und holte alle möglichen Instrumente und Fläschchen hervor. Während sie Giovannas Herz abhorchte, sah sie sich um und fragte: »Wo ist Angelina?«

Derart kalt erwischt, erwiderte Giovanna: »Ich hab sie zu ihren Großeltern geschickt.« Als sie Lucrezias verblüffte Miene sah, fügte sie hinzu: »Die Schwangerschaft kostet mich zu viel Kraft.«

»Aber so kurz nach dem Erdbeben, Giovanna? Es besteht doch Seuchengefahr.«

»Nein, nein. Es ist ja schon fast ein Jahr her. Mir wurde versichert, es sei alles in Ordnung.«

Giovanna wusste nicht, ob Lucrezia ihre Entscheidung oder ihre Aufrichtigkeit anzweifelte.

»Dein Blutdruck ist ziemlich hoch, Giovanna. Warum hast du mich denn nicht gerufen? Dir geht's nicht gut.«

»Ich habe nur einen schlechten Tag, Lucrezia. Wirklich. Ich hab mir diese amerikanischen Festivitäten angesehen und es wohl übertrieben.«

»Leg dich wieder hin.«

Als Giovanna gehorchte, schob Lucrezia ihr mehrere Kissen unter den Kopf. Dann machte sie sich daran, ihr die Schuhe auszuziehen.

»Nein ...«, protestierte Giovanna, doch es war zu spät. Lucrezia hatte bereits ihre wunden Füße gesehen.

»Bist du etwa in den Paraden mitmarschiert? Was in aller Welt hast du gemacht? Im Ernst, Giovanna, du solltest es doch besser wissen! Ich begreife das nicht.«

»Es ist nichts. Hör auf, dir Sorgen zu machen.«

»Mich überrascht es, dass dich dieses Theater derart interessiert.«

Giovanna schwieg.

»Mein Mann behauptet, diese Hudson-Fulton-Feier sei ein

Trick, um vor den Wahlen alle neuen Immigranten zur Stimmabgabe zu bringen.«

»Das bezweifle ich. Es wäre billiger, jedem für seine Stimme das Doppelte des Üblichen zu bezahlen. Schließlich sind ja sogar die Pferde kostümiert.«

Lucrezia lachte, als sie sah, dass ihre Freundin ihren Humor nicht verloren hatte. »Ich habe mir nichts davon angesehen, aber in der Zeitung stand, dass während der Wasserparade Hudsons *Half Moon* Fultons *Clermont* gerammt hat.«

»Absichtlich?«

»Es hieß, es wäre ein Unfall gewesen, aber wenn du mich fragst, steckten die Geisteregos dieser Männer dahinter. Und da sagt man immer, Frauen seien missgünstig!«

Da Giovannas Lachen jetzt echt wirkte, fuhr Lucrezia, derart ermutigt, fort: »Hast du denn gehört, was in Brooklyn passiert ist?«

»Nein«, antwortete Giovanna, nicht im Geringsten uberrascht, dass Lucrezia all diese Informationen hatte.

»Fünfunddreißig der fünfundvierzig Festwagen, die in der Parade fahren sollten, gingen verloren.«

»Nicht möglich!«

»Das ist doch, als würde man die Elefanten im Zirkus verlieren! Wenn du möchtest, kannst du jetzt aufstehen. Dein Puls ist fast wieder normal.«

Giovanna schwang die Beine übers Bett. »Mir geht's gut, Lucrezia, wirklich.«

»Giovanna, nach all den Jahren, die wir gemeinsam erlebt haben, hatte ich eigentlich gehofft, du würdest mir vertrauen.«

»*Si, si* ...« Giovanna konnte Lucrezia nicht ins Gesicht schauen. »Ich bring dich hinunter. Ich wollte ohnehin noch fürs Abendessen einkaufen.«

Als sie sich trennten, fühlte Giovanna sich noch elender als vorher. Zwar hatte sie nicht mehr so viel Angst, aber das Herz war ihr schwer und tat weh.

Donnerstag, 7. Oktober 1909

Angelina hielt sich die Hände vors Gesicht und versuchte, sich die Eindrücke im Riesenrad in Erinnerung zu rufen. »*Zum Geburtstag viel Glück, zum Geburtstag viel Glück …*« Es war stockdunkel im Zimmer, und sie hatte die Augen fest zugekniffen, doch obwohl sie sich alle Mühe gab, gelang es ihr nicht. Irgendetwas krabbelte ihr über die Haut. Zitternd und bebend versuchte sie es noch einmal: »*Happy Birthday to you. Happy Birthday to you …*«

Samstag, 9. Oktober 1909

»Ich hab was gehört!«, rief Teresa atemlos, als sie ins Zimmer stürmte, und übergab Mary und Frances je ein Baby.

Giovanna sprang auf und schloss die Wohnungstür. »Setz dich, Teresa.«

»Aber reg dich nicht auf …«

»Erzähl's einfach!«, flehte Giovanna.

»Ich hab ein paar Betrunkene darüber reden hören, dass Il Lupo die ganzen Greenhorns beschäftigt. Sie meinten, die hätten auch die Pati-Bank in die Luft gejagt, wobei der Angestellte ums Leben gekommen ist.«

»Und?«, fragte Rocco.

»Das war's. Das habe ich gehört«, sagte Teresa.

»Bist du verrückt geworden? Erst weckst du unsere Erwartungen, und dann kommt gar nichts?«, schrie Rocco.

»Rocco! Hör auf. Meinst du vielleicht, wir schnappen irgendwo zufällig auf, wo sie ist? Es war richtig von Teresa zu kommen. Es könnte sich als nützlich erweisen«, sagte Giovanna.

Samstag, 16. Oktober 1909

Es fiel leichter Schnee, der erste im Jahr. Giovanna merkte es kaum, da sie vom Fenster aus Ausschau nach irgendwelchen Hinweisen hielt. Alle anderen waren zur Arbeit gegangen, selbst Mary, die Frances unbedingt hatte begleiten wollen.

Zwei Wochen waren jetzt vergangen, und sie hatten noch keine Instruktionen bekommen. Keine schlimmen Zeichnungen, keine falsch geschriebenen Drohungen. Keine Spur von Leo oder dem falschen Krüppel. Jeden Tag schaute sie bei Inzerillos Café vorbei und flehte ihn an, die Entführer davon abzuhalten, Angelina weh zu tun, und ihnen mitzuteilen, dass sie ihr Bestes gaben, um das Geld zusammenzubringen. Sie nahm an, dass wieder einmal eine Nachricht über Rocco kommen würde, da es ziemlich einfach war, ungesehen einen Brief in seinen Karren zu werfen. Daher hoffte sie, ja erwartete sie fast, ihn nach Hause eilen zu sehen.

Stattdessen sah sie einen Augenblick später Lieutenant Petrosino, und ihr Herz machte einen Satz. Sie fasste sich an die Brust und ließ ihn nicht aus den Augen. Dabei rang sie mit sich, ob sie ihrem alten Freund alles erzählen sollte. Fast zehn Sekunden lang war sie sich sicher, dass Petrosino noch am Leben und sein Tod nur inszeniert gewesen war. Doch als der Mann näher kam, erkannte sie, dass er mit Petrosino nur den Körperbau und die Melone gemeinsam hatte. Sein Gesicht hingegen war bei weitem nicht so entschieden wie das des kleinen Lieutenants.

Als Giovanna sich beruhigt hatte, schenkte sie sich ein Glas Wein ein und ging wieder zu ihrem Posten am Fenster. Sie dachte daran zurück, wie sie Petrosino das erste Mal in Saulinos Restaurant gesehen hatte. Damals hatte er sehr niedergedrückt gewirkt, und ihr Anwalt DeCegli hatte erklärt, das läge daran, dass ein kleiner entführter Junge tot aufgefunden worden war.

Vielleicht wollte ihr toter Freund ihr etwas mitteilen, denn mit dieser Erinnerung hatte sie plötzlich eine Eingebung. Sie sprang auf, wickelte sich in ihr dickes Schultertuch und eilte aus der Wohnung. Die Entführer hatten recht. Es reichte nicht, zu wissen, wer sie waren. Sie musste auch ihre Geheimnisse kennen.

Giovanna ging zur Bibliothek, wo dieselbe Bibliothekarin, die ihr und Domenico schon beim Suchen der Artikel über Nunzios Tod geholfen hatte, sie zu den italienischen Zeitungen mit Artikeln über Entführungen brachte. Einige Zeit später verließ Giovanna die Bibliothek mit einem Namen und einer Adresse in Brooklyn.

Es war ein Kleidergeschäft. Giovanna zögerte vor der Tür, doch als sie bemerkte, dass jemand im Laden sie misstrauisch ansah, wischte sie sich den Schnee von ihrem Schultertuch und trat ein.

»Ist Signora Palermo hier?«

»Wieso? Ich kann Ihnen auch helfen«, sagte eine kleine, gebeugte Frau hinter der Ladentheke.

»Ich möchte mit der Signora sprechen.«

»Worüber?«

»Das würde ich ihr lieber selbst erklären.«

»Ich muss wissen, wieso.«

Giovanna bekam den besorgten Blick der Frau mit und beschloss, ganz offen zu sprechen.

»Es ist eine Privatangelegenheit. Aber ich glaube, die Tragödie der Signora könnte mir helfen, einem ähnlichen Schicksal zu entgehen.«

Daraufhin wandte sich die Frau wortlos zum Hinterzimmer. Die Tür ging auf, eine junge Frau kam heraus, und die gebeugte Frau winkte Giovanna und sagte: »Folgen Sie mir.«

Giovanna betrat einen Lagerraum mit Kleiderstangen und wurde gebeten, an einem kleinen Tisch Platz zu nehmen. Die Frau setzte sich ebenfalls und schob ein Kleid aus dem Weg. »Ich bin Signora Palermo.«

»Ja, das dachte ich mir schon. Danke, dass Sie bereit sind, mit mir zu sprechen.«

»Bis jetzt habe ich noch gar nichts gesagt, Signora.«

»Nein, aber ich hoffe, Sie werden es noch. Niemand weiß, was ich Ihnen erzählen werde, aber Sie müssen nichts sagen, bis Sie die Wahrheit gehört haben, und selbst dann kann ich nur an Ihr Mitgefühl appellieren.«

Für die Ladeninhaberin war es offensichtlich, dass dieser Ausbruch unverhüllter Gefühle für diese Fremde ganz untypisch war. Sie bemerkte jetzt auch, dass diese Frau schwanger war. Sie blickte auf Giovannas Füße und schob ihr eine Kiste darunter. »Erzählen Sie, Signora.«

»Meine Tochter ist entführt worden.«

Die Frau schloss kurz die Augen und atmete tief ein. »Weiß die Polizei davon?«

»Nein!«, rief Giovanna, als handelte es sich um einen Vorschlag. Sie entspannte sich erst, als die Frau sagte: »Gott sei Dank!«

»Ich weiß nicht, warum Sie zu mir kommen. Mein Mario ist tot. Wir werden ihn niemals wiederbekommen.« Tränen stiegen der Frau in die Augen, noch bevor sie den Namen ihres Sohns aussprach, und kurz darauf schluchzte sie stumm. Giovanna nahm ihre Hand. Die Trauer der anderen bewirkte, dass auch ihre angestauten Gefühle sich Bahn brachen, so dass sich die beiden fremden Frauen kurz darauf weinend in den Armen lagen.

Lange Zeit konnte Giovanna nichts sagen. Doch schließlich fragte sie: »Signora, wissen Sie, wer Ihren Sohn entführt hat?« Als sie die Furcht im Gesicht der anderen bemerkte, fügte sie hinzu: »Ich schwöre beim Leben meiner Tochter, dass niemand, wirklich niemand erfahren wird, was Sie mir erzählen.«

»Warum wollen Sie es dann wissen?«

»Weil die einzige Hoffnung, meine Tochter wiederzufinden, darin besteht, die Verbrechen der Erpresser zu kennen. Ich muss mehr als nur das Lösegeld in der Hand haben, um für die sichere Rückkehr meiner Tochter zu sorgen.«

Eine ganze Weile starrte Signora Palermo Giovanna nur an, doch dann begann sie: »Nicht mal mein Mann weiß von meinem Verdacht, denn sonst würde er losgehen und versuchen, sie umzubringen. Und dann hätte ich nicht nur meinen Sohn verloren, sondern auch meinen Mann.«

»Das verstehe ich, Signora. Bitte, ich verspreche Ihnen, niemand wird erfahren, dass wir miteinander gesprochen haben, nicht mal Ihr Mann.«

»Da war ein Mann, der ständig zu uns kam und Geld von uns verlangte. Mein Mann war stolz und schickte ihn Woche für Woche fort. Dann aber kam ein anderer – ein Großer, Brutaler. Ich meine gehört zu haben, wie ihn mal einer *Bulle* nannte. Aber mein Mann schickte auch ihn weg, obwohl er so einschüchternd aussah. Beim nächsten Mal kam er mit einem großen, dünnen Mann wieder, der ein Triefauge hatte. Ich sah, wie dieser *cafone* meinen Mario ansah, und flehte meinen Mann an, dieses Mal zu zahlen, aber er weigerte sich. Zwei Tage nach ihrem Besuch war Mario verschwunden.«

Jetzt weinte die Frau so heftig, dass sie kaum noch Luft bekam. Giovanna war wie gelähmt von der Erkenntnis, dass es sich um dieselben Entführer handelte und dass sie tatsächlich bereit waren, ihre Opfer zu töten.

»Dann bekamen wir Drohbriefe, in denen wir aufgefordert wurden, viel Geld zu bezahlen. Aber wir hatten das Geld nicht. Wir sollten nach einem Mann mit einem roten Taschentuch Ausschau halten, aber wir gingen erst gar nicht hin, weil wir nur ein paar Dollar hatten. Stattdessen ging mein Mann zur Polizei; es blieb uns nichts anderes übrig, Signora! Zwei Tage später wurde Marios Leiche gefunden.«

Die Panik drohte Giovanna zu überwältigen, doch sie nahm die Frau in die Arme, wiegte sie beruhigend und wischte ihr mit dem Ärmel die Tränen ab. »Haben Sie diese Männer je wiedergesehen?«

»Nein, aber zur Beerdigung kam ein anderer Mann. Er sagte zu meinem Mann, wenn wir noch mal mit der Polizei sprechen würden, wären auch wir tot.« Sie verstummte, sah Giovanna an und fügte dann schluchzend hinzu: »Mario war mein einziger Sohn, Signora. Also beschloss ich, der Polizei von dem Mann zu erzählen, der die Totenwache für meinen Sohn besudelt hatte. Wir sprachen mit dem Polizisten, der inzwischen verstorben ist, Sie wissen schon, dem berühmten, und der meinte, nur ein Wolf ohne jede Furcht wäre zur Beerdigung meines Jungen gekommen.«

Der Rückweg von Brooklyn kam Giovanna endlos vor. Genau wie auf dem Schiff nach Amerika schien sich die Zeit unendlich hinzuziehen. Sie war jetzt sicher, dass Il Lupo hinter der Entführung ihrer Tochter steckte und dass sein Komplize Leo mindestens ein entführtes Kind ermordet hatte. Nun, da sie wusste, dass all ihre Botschaften direkt den richtigen Empfänger erreichten, ging sie jedes ihrer Gespräche mit Inzerillo noch einmal durch.

Ihr wirbelten wilde Gedanken durch den Kopf. Inzerillo hatte doch auch Kinder! Ja, das war es! Sie würde eins seiner Kinder entführen und es gegen Angelina austauschen. Doch es bedurfte nur wenige Haltestellen der Hochbahn, bis Giovanna die Schwächen dieses Plans erkannte. Sie wusste, dass eine Entführung eine Art Strategiespiel war. Wenn sie wirklich Inzerillos Kind kidnappte, war es unabdingbar, dass man sie für fähig hielt, es auch zu töten. Außerdem würde dieser Schritt Vergeltungsmaßnahmen auslösen, und keins der Kinder aus ihrer Familie wäre mehr sicher.

Ohne zu wissen, was sie als Nächstes tun sollte, stieg sie die Treppen zu ihrer Wohnung hinauf. Zu ihrer Erleichterung bereiteten Mary und Frances bereits das Abendessen vor. Sie sprach ein stilles Dankgebet für ihre Stieftöchter, obwohl sie sich gerade etwas merkwürdig verhielten. Rocco war ebenfalls zu Hause und lief unruhig durch die Zimmer, was ihre Wohnung noch beengter wirken ließ. Giovanna spürte ihre Füße und beschloss, sich ein paar Minuten hinzulegen und über ihre Unterhaltung mit Signora Palermo nachzudenken. Außerdem ging ihr Teresas Erzählung über die Gang von Il Lupo und die Bombe in der Bank im Kopf herum.

»Wo ist Angelinas Kleid?«, rief sie aus dem Schlafzimmer. Es lag nicht mehr unter ihrem Kissen, wo sie es aufbewahrte.

In der Küche wechselten Frances und Mary einen Blick.

»Was interessiert dich das? Sie kann es doch sowieso nicht tragen«, antwortete Rocco verteidigend.

»Was soll das heißen!«, schrie Giovanna lauter als je zuvor in ihrem Leben.

Rocco zog sich bereits seine Jacke an. »Es gab noch mal

eine Sammlung für die Opfer des Erdbebens. Wir hatten sonst nichts mehr abzugeben.«

»Du hättest doch gar nichts zu geben brauchen! Schließlich haben wir schon genug verschenkt! Wie konntest du nur!«, heulte Giovanna vor Schmerz. »Hätten wir kein Geld nach Scilla geschickt, dann hätten wir umziehen können! Dann wären wir weit weg von diesen *schifosi!* Nur wegen des Erdbebens haben sie meine Tochter.«

Rocco knallte die Wohnungstür hinter sich zu und überließ es seinen Töchtern, Giovanna zu trösten. Mary und Frances hatten zwar schon damit gerechnet, dass ihre Stiefmutter sich aufregen würde, doch ein solcher Ausbruch kam unerwartet. Sie wussten nicht, dass Giovannas Wut von Angst befeuert wurde. Giovanna kannte jetzt die Entführer und wusste, wozu sie in der Lage waren. Sie geriet in Panik. Sie legte sich aufs Bett und malträtierte ihr Kopfkissen. Es dauerte Stunden, bis sie nicht mehr sich, das *terremoto*, ihren Mann und Lieutenant Petrosino für Angelinas Entführung verantwortlich machte. Frances und Mary hatten es längst aufgegeben, sie trösten zu wollen, und waren zu Teresa geschickt worden.

Teresa betrat die Wohnung allein und ließ sofort ihre Magie wirken. Wäre sie eine geborene Costa gewesen, hätte man gesagt, dass sie nach Tante Antoinette geriet. Doch es war ihre eigene Mutter gewesen, die Teresa in die Flüche, Rituale und Gebete eingeweiht hatte, die sie nun meisterhaft beherrschte.

Um ihre Schwägerin von ihren Dämonen zu befreien, erhitzte sie Gläser. Sie befeuchtete die Ränder und stellte sie auf Giovannas Rücken, damit die Dämonen durch das Vakuum herausgesogen wurden. Nach dieser innerlichen Reinigung nahm Teresa Olivenöl und zeichnete damit unter leise gesprochenen Gebeten wieder und wieder das Kreuzzeichen auf Giovannas Stirn. Als sie damit aufhörte, spuckte sie zweimal auf Giovannas Kopf.

»Das nimmt dir den Schmerz«, verkündete sie. »Und du kannst schon bald schlafen.«

Giovanna war von ihrem Ausbruch so erschöpft, dass sie widerstandslos all diese Rituale über sich ergehen ließ. Teresa setzte sich zu ihr ans Bett, tätschelte ihr ab und zu die Hand und befahl ihr zu schlafen, während sie weiter betete.

Ob es nun an Teresas Bemühungen lag oder an der Erschöpfung: jedenfalls schlief Giovanna den gesamten folgenden Tag durch.

Achtunddreißig

Montag, 18. Oktober 1909

Als Giovanna aufwachte, hatte sie einen Plan. Wenn sie kein Kind von Inzerillo entführen konnte, dann würde sie die Kidnapper mit Informationen erpressen und somit die Rückgabe ihrer Tochter erzwingen. Lupo war ein erfahrener Gauner. Er würde eine Entscheidung treffen, die für sein Metier am vorteilhaftesten war.

Teresas Rituale hatten ihr die Idee zum zweiten Teil ihres Plans eingegeben. Obwohl diese *schifosi* in New York lebten, waren sie immer noch Bauern aus Italien und fürchteten den bösen Blick mehr als jede Waffe. Allein ihre Größe und Erscheinung und die Tatsache, dass sie Hebamme war, ließen Giovanna verdächtig erscheinen. Es würde ein Leichtes sein, sich als Hexe auszugeben.

Als Giovanna in die Bayard Street einbog, betrat sie eine andere Welt. Die Schilder waren auf Chinesisch, die Gerüche durchdringend, und man sah kaum Frauen. Auf dem Weg zum Laden ihres Freundes traf es sie fast wie ein Schock, als sie ein Grüppchen extrem gut gekleideter weißer Männer und Frauen sah, die von einem älteren Chinesen geführt wurden. Sie betrachteten lachend die chinesischen Schilder. Nur wenige Schritte von ihr entfernt betraten sie dann einen Laden, der

Giovanna von ihren zahlreichen Besuchen in diesem Viertel als Opiumhöhle bekannt war. Hätte sie nicht ihre Mission gehabt, wäre sie ihnen aus reiner Neugier gefolgt. Ihr kam es nicht in den Sinn, dass auch sie fehl am Platz wirkte.

Der Besitzer des Kräuterladens winkte sie aufrichtig erfreut herein. Drinnen schien es voller als sonst, überall waren Kisten, Fässer, getrocknete Pflanzen und geheimnisvolle Gläser zu sehen. So viele Gerüche überlagerten sich, dass sie sich gegenseitig nivellierten und eine Atmosphäre schufen, die tausend Möglichkeiten zu verheißen schien. Als der Kräuterhändler Giovannas Bauch sah, nahm er an, sie wolle wehenfördernde Mittel, und holte Himbeerblätter und eine blaue Tinktur aus Frauenwurzel.

»Nein, nein«, wehrte Giovanna ab und hielt nach Stift und Papier Ausschau. Das würde schwierig werden. Der Ladenbesitzer gab ihr ein Stück Packpapier und einen Bleistiftstummel. Giovanna zeichnete eine Hand, versah sie mit Pickeln und tat dann so, als müsste sie sich kratzen.

»Kein Problem«, sagte er sofort und eilte davon. Giovanna hatte so eine Ahnung, dass er genau das Gegenteil von dem bringen würde, was sie brauchte: etwas, das Juckreiz nicht heilte, sondern auslöste.

»Gut, gut?«, fragte er, als er mit Aloe und Pfeilwurzpulver zurückkehrte.

Daraufhin nahm Giovanna erneut den Bleistift zur Hand und zeichnete Giftsumach. Vielleicht war ihre Zeichnung zu schlecht oder vielleicht kannte man in China keinen Giftsumach, jedenfalls war der Kräuterhändler ratlos. Giovanna erkannte, dass sie zu spezifisch vorgegangen war. Sie zeichnete einen Totenkopf mit gekreuzten Knochen und kratzte sich noch einmal.

»Ja, ja!« Seine Begeisterung, endlich begriffen zu haben, wich rasch erneuter Ratlosigkeit. Normalerweise kaufte die italienische Dame immer etwas zum Heilen. Seine Zweifel wichen erst ein wenig, als er eine ölige Tinktur herbeigebracht hatte, die Giovanna nach eingehender Prüfung mit einem triumphierenden Nicken absegnete.

Dennoch blieb er skeptisch und mahnte pantomimisch zur Vorsicht, worauf Giovanna mit beruhigendem Nicken und Lächeln reagierte. Als sie sich zum Gehen anschickte, warf er noch mal einen Blick auf ihren Bauch und rief sie zurück. Giovanna dachte, er wolle sie noch einmal warnen, doch stattdessen drückte er ihr den Himbeerblättertee in die Hand.

Mittwoch, 20. Oktober 1909

Giovanna saß an ihrem Posten am Fenster und kratzte sich abwesend die Hand. Als sie einen Blick darauf warf, sah sie zu ihrer Genugtuung kleine rote Blasen. Nach ihrer Rückkehr aus Chinatown hatte sie einen kleinen Tropfen der Tinktur auf einen Zettel gegeben. Am Morgen darauf hatte sie den Zettel angefasst, der aussah, als wäre er mit Fischöl befleckt. Nicht mal einen Tag später hatte sie kleine Bläschen. Wenn sie mit nur einem kleinen Tropfen solche Ergebnisse erzielte, würden die Hände der Erpresser sicher mit Ausschlag bedeckt sein.

Da stieß Mary die Wohnungstür mit einem Schubs ihrer Hüfte auf. Auf dem Arm trug sie zwei Fibeln und einen Schreibblock von der Schule, damit sie an den Abenden lernen konnte. Froh über die Gesellschaft und die Ablenkung stützte Giovanna sich aufs Fensterbrett und hievte sich aus dem Stuhl.

»Nicht aufstehen. Wenn du was brauchst, hole ich es dir.«

»Nein, ich brauche Bewegung. Was willst du mit den Büchern?«

»Mein Lehrer hat sie mir geschickt, damit ich Schreiben üben kann. Sie waren in der Eingangshalle.«

»Zeig mal, Mary.« Giovanna kam zum Küchentisch, wo Mary ihre Bücher abgelegt hatte, und öffnete das obere. Ein selbstgemachter Umschlag fiel heraus.

Mary räumte gerade ihren Mantel und ihre Stiefel weg, daher wandte Giovanna ihr den Rücken zu und sagte: »Ich muss mich doch hinlegen, Mary.« Die Briefe allein waren schon furchterregend genug; sie wollte Mary nicht noch mehr Angst machen, weil sie sah, dass der Drohbrief in ihrem Schulbuch gesteckt hatte.

»Siehst du, ich hab's dir doch gesagt. Ich koche dir einen Tee.«

»Nein, nein. Ich möchte ein Nickerchen machen. Mach du mal deine Hausaufgaben.«

Als sie mit dem Rücken zur Küche auf dem Bett saß, öffnete sie heimlich den Umschlag.

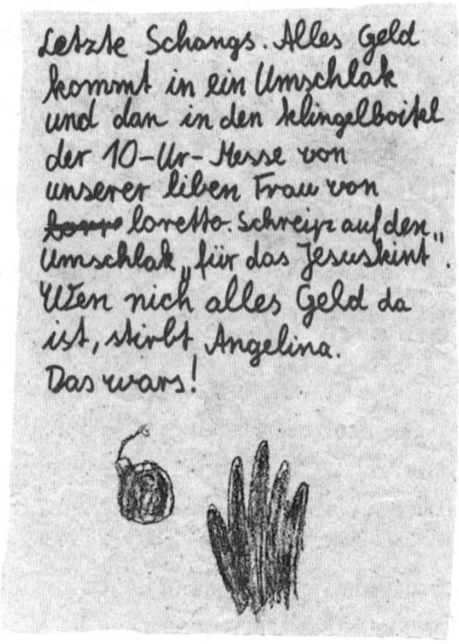
Letzte Schangs. Alles Geld
kommt in ein Umschlak
und dan in den klingelboitel
der 10-Ur-Messe von
unserer liben Frau von
~~[illegible]~~ loretto. Schreip auf den
Umschlak „für das Jesuskint".
Wen nich alles Geld da
ist, stirbt Angelina.
Das wars!

Erst als sie den Brief zurück in den Umschlag schob, sah sie, dass darin eine Locke von Angelinas dunkelbraunem Haar steckte.

Sonntag, 24. Oktober 1909

»Tante, ich finde meinen Hut nicht!«

»Sieh mal unter deinem Mantel nach, Mary.«

Rocco trank schon irgendwo seinen Morgenkaffee, und Clement schlief noch. Daher hatte Giovanna die nötige Privatsphäre, um sich vorzubereiten. Sie zog die unterste Schublade auf und holte nicht nur die Pistole heraus, sondern auch ein Messer – ein Küchenmesser, das sie den halben Samstag geschliffen hatte. Zwar hatte sie gedacht, dass es wahrscheinlich dumm von ihr war, ein Messer zu schärfen, das sie eigentlich nicht benutzen wollte, doch sie legte Wert darauf, dass es blinkte.

Sie steckte das Messer in eine selbstgefertigte Scheide und befestigte diese neben der Pistole an ihrer Taille. »*Scusa, bambino.*« Eine Sekunde lang fragte sich Giovanna, was wohl Tante Antoinette über die Zukunft eines Babys gesagt hätte, das seine letzten Monate im Mutterbauch zwischen Messer und Pistole geschmiegt verbrachte. Sie schickte ein Stoßgebet zu Tante Antoinette, um die Wirkung umzukehren, und eilte zur Tür.

Früher am Morgen hatte sie Lorenzo mitgeteilt, dass sie Domenico zum Transport des Klaviers brauchte. Das entsprach auch eigentlich der Wahrheit – sie hatte das Klavier verkauft, doch sollte es erst an diesem Abend weggeschafft werden. Giovanna hatte Domenico bereits bei einem Kaffee ihren Plan erläutert. Er hatte die Augen aufgerissen und sich aufrechter hingesetzt, als sie es je bei ihm gesehen hatte. Sie hatte sich von ihm das Versprechen geben lassen, nicht von ihrem Plan abzuweichen, denn dadurch wurde jeglicher Kontakt mit den Entführern vermieden. Dennoch hielt sie es eigentlich für Wahnsinn, ihren Neffen mit hineinzuziehen, und fügte es zu ihrer Sündenliste hinzu.

»Gehen wir, Mädchen.« Giovanna nahm eine Tasche und ließ den Umschlag mit der Aufschrift »Für das Jesuskind« hineingleiten. Mit dem Erlös aus dem Verkauf des Klaviers enthielt er 224 Dollar.

Frances und Mary bemerkten die Nervosität ihrer Stiefmutter, doch das war mittlerweile nichts Besonderes mehr. Sie versuchten mit ihr Schritt zu halten, als sie die Elizabeth Street in nördlicher Richtung zur Kirche Unserer Lieben Frau von Loreto gingen. Da sie zu früh waren, hielten sie sich etwas abseits und sahen zu, wie die Besucher der Neun-Uhr-Messe aus der Kirche strömten. Mary tat es ihrer Stiefmutter nach und blickte jedem prüfend ins Gesicht. Als sie dann die Kirche betraten, ging Giovanna erst drei Reihen entlang und schob die Mädchen dann in eine Bank.

»Aber wir sitzen doch sonst immer vorne«, rief Mary und zog an ihrer Hand.

»Ich möchte nicht so weit laufen. Setz dich, Mary.«

In der Kirche war es kühl, doch Giovanna schwitzte bereits und fächerte sich mit dem Gebetbuch kühle Luft zu.

»Ist alles in Ordnung mit dir?«, fragte Frances und sah sie an. »Möchtest du nicht doch lieber nach Hause gehen?«

»Nein, nein. Betet nur. Betet zum heiligen Antonius.« Frances wusste, was das bedeutete.

Von der Predigt über den heidnischen amerikanischen Halloweenbrauch bekam Giovanna nur wenig mit. Laut warnte der Priester alle Eltern davor, ihre Kinder am nächsten Sonntag in Kostümen herumlaufen zu lassen. Seine Ermahnungen rissen Giovanna aus ihrer Überlegung, wie lange es wohl noch bis zur Kollekte dauern würde.

Schließlich gingen vier Kirchendiener – zwei an den Seitenschiffen und zwei im Mittelgang – vom hinteren Teil der Kirche zum Altar. Dort warteten sie mit den Bastkörben in der Hand, dass der Priester um die erste Spende bat. Giovanna betrachtete ihre Gesichter. Es waren alles anständige Familienväter, die sie aus dem Viertel kannte. Doch dann erinnerte sie sich an Limonatas Verrat, und plötzlich wurden sie wieder Verdächtige.

Die Ministranten gaben die Körbchen durch die Reihen. An der letzten Kirchenbank würden sie sie wieder in Empfang nehmen, zur Sakristei bringen, sie dort ausleeren und dann wieder zum Altar schaffen, damit eine zweite Kollekte eingesammelt werden konnte.

Jetzt waren sie nur noch fünf Reihen vor ihr; ein Choral übertönte das Hämmern ihres Herzens. Sie war hochrot und merkte, dass Frances sie anstarrte – das würde von Vorteil sein.

Als die Ministranten ihre Reihe erreicht hatten, hob Giovanna deutlich sichtbar den Arm und ließ den Umschlag in das Körbchen fallen. Aus dem Augenwinkel beobachtete sie die Bewegungen der Ministranten. Jetzt waren sie drei Reihen hinter ihr – das Körbchen wurde hin und her gereicht. Dann sechs Schritte zur Sakristei. Tür auf. Körbchen ausleeren. Sie hörte, wie die Münzen klimpernd in eine Geldkassette fielen. Jetzt wurde die Tür wieder geschlossen. Sechs Schritte zurück in die Kirche, Schritte auf dem Marmor. Anfangen zu keuchen.

»Was ist denn, Tante?«, fragte Frances besorgt.

»Mir geht's gut. Ich brauche nur frische Luft. Ihr bleibt hier.« Sie fächelte sich ihren Weg aus der Kirche.

An der offenen Tür stand Domenico und wies mit dem

Kopf zur Sakristei. Das bedeutete, der Erpresser war schon drin und holte das Lösegeld ab. Giovanna ging hinaus zum Hintereingang, während Domenico auf seinem Posten blieb. Mindestens zwei Minuten verstrichen. Gab es noch einen weiteren Ausgang? Langsam überkam sie Panik, da sah sie Domenico nicken, was hieß, der Mann kam heraus. Auf jeder Seite der Kirche war ein schmaler Gang. Wenn der Black Hander zu ihr kam, würde sie ihn leicht hineinziehen können. Wenn er aber in die andere Richtung ging, würde sie rennen müssen, um ihn zu erwischen, bevor er an dem Gang vorbeikam. Domenico nickte wieder mit dem Kopf, diesmal nach links, was bedeutete, dass der Mann zur falschen Seite herauskam. Dadurch bekam sie den nötigen Vorsprung.

Kurz vor dem Ausgang schoss sie mit ihrem Arm vor, packte den Mann am Kragen und zerrte ihn in den Gang. Sie hielt ihn so fest umklammert, dass er nach Luft schnappte. Er versuchte, sich ihr zu entwinden, bis sie ihm das Messer an die Kehle hielt. Da ließ er die Hände sinken. Einen Moment lang verlor Giovanna die Fassung, als sie dem Gauner ins Gesicht blickte und erkannte, dass es der »Krüppel« vom Washington Square war.

»Ganz ruhig. Nur ein Wort und ich schneid dir deinen dürren Hals durch«, zischte Giovanna.

Alles an dem Mann wurde reglos, bis auf seine Augen, die er in dem verzweifelten Versuch nach hinten rollte, seinen Angreifer zu sehen. Giovannas riesiger Bauch presste sich so heftig gegen seinen Rücken, dass er die Tritte des Babys spüren musste. Er war so klein, dass sein Kopf gegen ihre Brust gezogen wurde.

»Hör zu, du Clown, ich weiß, wer du bist, und ich weiß, wer dein Boss ist. Sag ihm das. Sag ihm, ich hätte drei versiegelte Umschläge, die nur darauf warten, zur Polizei, zum Bürgermeister und zur Presse geschickt zu werden. Darin befinden sich Einzelheiten über den Mord an Mario Palermo und die Bombe von der Pati-Bank. Wenn meiner Tochter etwas passiert – IRGENDETWAS – oder jemandem aus meiner Familie, dann werden diese Briefe zugestellt. Mit den Beweisen werdet ihr alle hängen. Hast du verstanden, *cafone*?«

Der Mann versuchte zu nicken, konnte seinen Kopf in Giovannas festem Griff aber nicht bewegen. »Wenn du verstanden hast, stampf mit dem Fuß.«

Er stampfte mit dem Fuß.

Langsam ließ Giovanna ihn los, doch als er herumfuhr, um sie anzusehen, zielte sie bereits mit der Pistole auf ihn. »Verschwinde. Nimm das Geld. Und überbring die Nachricht.«

Der Mann war wie erstarrt.

»Los, du falscher Krüppel, verschwinde!«, befahl Giovanna und schlug ihm mit der Pistole gegen den Kopf, bevor er die Flucht ergriff. *»Va al diavolo!«*

Dann steckte sie sich Messer und Pistole wieder in den Rockbund, ordnete ihr Haar, holte ein paarmal tief Luft und trat aus dem Gang, wobei sie fast die Stufen zur Kirche hinauffiel. Einen Augenblick später merkte sie, dass Domenico verschwunden war. *Ich wusste es! Ich hätte ihm nicht vertrauen sollen*, schrie es in ihr.

Auf der Orgel ertönte die Schlusshymne, der Pfarrer verließ als Erster die Kirche. »Signora! Ist alles in Ordnung?«, rief er und eilte zu Giovanna, die auf den Stufen saß.

»*Si*, Pater. Es ist nur etwas schwierig mit dem Baby.«

»Tante!« Jetzt kamen auch Frances und Mary herbeigeeilt.

»Ihr hättet eure Mutter nicht allein lassen sollen, Mädchen.«

»Nein, nein, Pater«, verteidigte Giovanna sie. »Ich wollte nicht, dass sie die Messe verpassen.«

»Das hätte Gott ihnen vergeben. Bringt eure Mutter nach Hause ins Bett, Kinder.«

»Clement ist nicht da. Er ist mit Papa ins Café gegangen«, verkündete Frances vom Herd aus, wo sie Fleischbällchen briet, als Domenico die Wohnung betrat.

Vor lauter Erleichterung sackte Giovanna zusammen. Das Warten auf Domenico war ihr endlos vorgekommen.

»*Zia* ist in der Kirche fast ohnmächtig geworden, Domenico«, erzählte Mary.

»Mädchen, geht doch mal zu Tante Teresa und fragt sie, ob wir nicht alle zusammen bei ihr essen können. Ich bin zu erschöpft, um das Sonntagsessen hier abzuhalten.«

»Mary kann doch allein gehen. Ich möchte die hier erst fertig machen.«

»Nein, ich möchte nicht, dass sie allein geht. Los.«

»*Va bene.*« Widerstrebend packte Frances ihre Schwester an der Hand, und dann gingen sie.

Giovanna sagte erst einmal nichts, weil sie wollte, dass ihr Neffe anfing.

»Ich bin ihm gefolgt.«

»Das hatte ich dir doch verboten.«

»Du hast mir einiges verboten, Tante. Und an das meiste habe ich mich gehalten.«

Giovanna seufzte. Tante, nicht Mutter. Niemand nannte sie mehr *Mama*. Nicht mal ihre Stiefkinder. Mit einem Gefühl des Verlusts sah sie Domenico an und sagte: »Du hättest umkommen können.«

»Der Mann hätte sich vor lauter Angst nicht mal den Arsch abwischen können, geschweige denn jemanden umbringen! Wo hast du denn so sprechen gelernt? Mir wurde ja schon allein vom Mithören angst und bange!«

Giovanna lächelte, wurde jedoch rasch wieder ernst. »Wo warst du, Domenico?«

»Als Detektiv bin ich echt eine Niete«, antwortete Domenico, und seine Stimme brach. »Ich war so nahe dran! Fast hätte er mich zu ihr geführt. Aber dann habe ich ihn verloren. Ich habe ihn verloren.«

»Solche Leute sind darin geübt, Verfolger abzuhängen. Das kannst du dir nicht zum Vorwurf machen.«

Domenico hörte trotz der freundlichen Worte die Enttäuschung in Giovannas Stimme. »Ich weiß nur, dass er nach Brooklyn gegangen ist. Wo genau da, das weiß ich nicht, weil ich ihn in Brooklyn verloren habe.«

»Damit wissen wir schon mehr als gestern.«

Niedergeschlagen senkte Domenico den Kopf. Er sah aus wie ein kleiner Junge.

»Hat er dich bemerkt?«, wollte Giovanna wissen.

»Nein, ich glaube nicht. Und ich glaube, er wusste nicht, dass er verfolgt wurde, was es noch schlimmer macht, dass ich ihn verloren habe.«

»Nein, Domenico, heute haben wir es gut gemacht. Ich glaube, heute Abend ist Angelina sicherer als zuvor.«

Nachdem sie ein paar Minuten geschwiegen hatten, fragte Giovanna: »Domenico, wie ist der *schifoso* eigentlich in die Sakristei gekommen? Hat er das Schloss aufgebrochen?«

»Nein, die Tür stand offen.«

»Offen? Wer war denn der Ministrant, der als Letzter rausgegangen ist? Beschreib ihn mal.«

»Dick mit glänzendem schwarzem Haar. Der Fischhändler.«

»Molfetti?«

»Ja, ich glaube, so heißt er.«

Neununddreißig

Mittwoch, 27. Oktober 1909

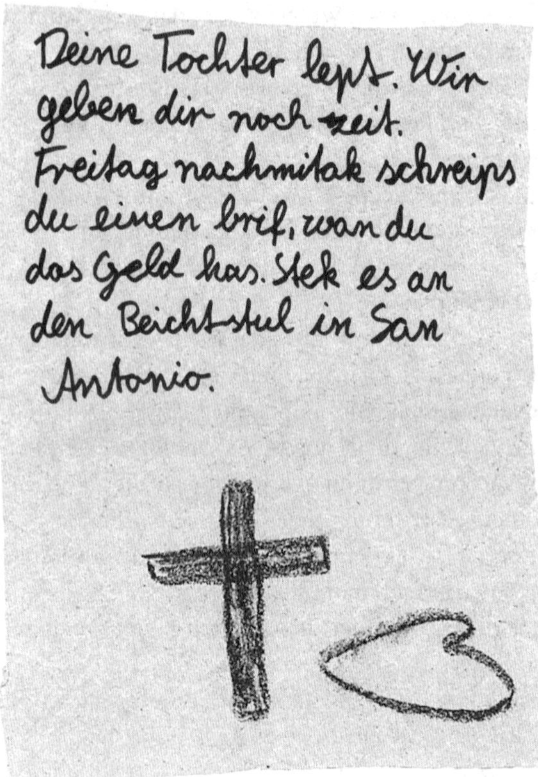

Deine Tochter lept. Wir
geben dir noch zeit.
Freitag nachmitak schreips
du einen brif, wan du
das Geld has. Stek es an
den Beichtstul in San
Antonio.

Innerlich frohlockend bemerkte Giovanna, dass der Brief keinerlei Zeichnungen von blutbefleckten Messern oder hässlichen Pistolen mehr enthielt.

Freitag, 29. Oktober 1909

Wie kann ich wissen, dass meine Tochter noch am Leben ist? Fragt sie, was sie an ihrem Geburtstag gemacht hat, und übermittelt mir die Antwort. Wenn ich die Information bekomme, bekommt ihr das Geld.

Giovanna nahm die giftige Tinktur und träufelte sie vorsichtig mit Hilfe einer Pipette auf den Brief und den Umschlag. Stunden später, als alles getrocknet war, zog sie ihre Handschuhe an, legte sich ihr Schultertuch um und ging zur Saint-Anthony-Kirche.

Samstag, 30. Oktober 1909

In Molfettis Fischladen wimmelte es von Menschen. Giovanna bahnte sich einen Weg zur Theke und betrachtete die Hände von Molfetti, der gerade eine Flunder filetierte. Sie sahen rot aus.

»Was machen Sie denn hier, Signora?«, fragte eine Frau neben ihr.

Giovanna wusste zwar, dass sie der Frau bei der Geburt geholfen hatte, konnte sich aber nicht mehr an ihren Namen erinnern. Es erstaunte sie immer wieder, dass es nicht unbemerkt blieb, wenn man ein paar Blocks weiter als üblich einkaufte.

»Mein Stiefsohn hat Geburtstag. Ich möchte einen schönen Fisch kaufen.«

»Hier gibt es wirklich guten Fisch«, bestätigte die Frau und klang, als wäre sie stolz, hier einzukaufen.

Molfetti steckte seine Hände in ein Becken mit Eiswasser, als wollte er die Rötung erklären. Als Giovanna genauer hinsah, bemerkte sie, dass sie keine Blasen hatten.

»Viel Glück, Signora«, sagte die Frau zum Abschied.

»Viel Glück?«, wiederholte Giovanna besorgt.

»*Si*, mit dem Baby«, erwiderte die Frau lächelnd und wies nickend auf ihren Bauch.

»Signore Molfetti«, begrüßte Giovanna dann den Fischhändler.

»Tut mir leid, Signora. Ich habe wohl Ihren Namen vergessen«, sagte Molfetti.

»Ach, wahrscheinlich kennen Sie ihn gar nicht«, entgegnete Giovanna munter. »Ich bekomme dieses Flunderfilet«, sagte sie und zeigte darauf.

Als Molfetti den Fisch einwickelte, fuhr sie fort: »Ich kenne Sie doch von der Kirche. Waren Sie nicht einer der Ministranten?«

»Ja, natürlich, da habe ich Sie auch gesehen«, antwortete Molfetti und gab ihr das Wechselgeld.

»Signore, Sie sollten besser darauf achten, die Tür zur Sakristei zu schließen«, flüsterte Giovanna mit Nachdruck. Dann wandte sie sich um und ging.

Sonntag, 31. Oktober 1909

»Darf ich mich heute Abend verkleiden?«, fragte Mary.

Giovanna kochte gerade den Morgenespresso. »Mal sehen.«

»Manchmal bekommt man statt Süßigkeiten einen Penny.«

»Dann würde dein Vater es wohl als Arbeit betrachten.«

Doch sie musste an die Predigt des Pfarrers denken. »Und Gott wird uns vergeben.«

Mary hatte sich während der Hudson-Fulton-Feier als Indianerin verkleiden wollen, und durch Halloween bekam sie eine zweite Chance. Sie lieh sich ein Kostüm, und Giovanna flocht ihr, bevor sie aufbrach, das Haar und versah ihr Gesicht mit Hilfe von Tante Teresas Lippenstift mit roten Streifen.

Auf der Prince Street steuerte Mary nach Westen.

»Wo willst du hin?«, fragte Giovanna. »In der anderen Richtung kennen wir mehr Leute.«

»Aber in diesen Vierteln haben die Leute mehr Geld.«

Giovanna lächelte ihre Stieftochter an.

»Bleib du auf der Straße, wenn ich in den Laden gehe, Tante.«

Erst nach ein paar Stationen begriff Giovanna, was Mary vorhatte. Sie hörte sie laut *Trick or treat* rufen, und wenn ihr dann jemand ein Bonbon anbot, schüttelte sie höflich den Kopf und zeigte auf ihre imaginären schlechten Zähne. Danach sah Giovanna Marys Federschmuck wippen, wenn sie stattdessen einen Penny bekam und sich bedankte.

Eine Stunde später ließ Mary ihre Leinenbörse klingeln. »Nicht schlecht, und wir haben noch einige Wohnblöcke vor uns.«

»Aber nächstes Mal nimmst du das Bonbon. Du hast es dir verdient.« Giovanna beugte sich zu Mary, umarmte sie und bekam dabei Lippenstift auf ihre Schulter. Bislang hatte es sie nur beschäftigt, wie Angelina wohl mit diesem Trauma zurechtkommen würde, doch jetzt wurde ihr klar, dass auch die anderen Familienmitglieder Narben davontragen würden, wenn auch nicht so tiefe.

Um halb zehn musste Giovanna Mary überzeugen, dass es Zeit für den Heimweg war. Auf der Türschwelle trafen sie

Rocco und Clement, die den durchgefrorenen Kostümierten Süßkartoffeln verkauft hatten.

»Papa! Ich habe ganz viele Pennys.« Mary hielt ihre Börse in die Höhe.

»Ich glaube, du hast mehr als wir verdient, Mary«, erwiderte Rocco mit einem Augenzwinkern.

Als sie die Tür öffneten, sahen sie, dass Frances mit einem Brief in der Hand in der Küche herumlief.

»Angelina ist am Leben!«

Giovanna entriss Frances den Umschlag.

Sie wurde fotegrafirt
und hatte eine Fane. Bring
das Geld am waltag um 3.00
zur P.S. 130. Las den Umschlak
hinter der walkarte in
der Halle.

»Frances! Wo kommt der her?«, schrie Rocco.

»Ich war an der Tür. Jemand mit einer Maske kam hoch zu mir, gab mir den Umschlag und sagte: *Trick or treat.* Ich wusste es doch nicht. Ich wusste es nicht!« Frances brach in Tränen aus.

»Frances«, sagte Giovanna und umarmte sie. »Du hättest gar nichts anderes tun können.«

»Die Kinder dürfen nicht mehr allein gelassen werden. Niemals«, befahl Rocco.

Montag, 1. November 1909

»Du bist verrückt, Lupo. Warum wolltest du dich hier mit mir treffen?«

»Weil ich will, dass alle mich sehen, Pietro«, erklärte Lupo mit Nachdruck.

Lupo und Inzerillo aßen im Delmonico's auf der Beaver Street zu Abend. Im Restaurant saßen etliche Politiker, die in letzter Minute Pläne für den folgenden Tag schmiedeten.

»Das verstehe ich immer noch nicht.«

»Sie müssen glauben, dass ich mehr mit der Wahl morgen zu tun habe, als es tatsächlich der Fall ist. Die Bundespolizei ist wegen des Falschgelds hinter uns her. Wir brauchen den Schutz der Lokalpolitiker.«

»Aber es gibt einen Haftbefehl gegen dich, Lupo.«

»Würdest du mich denn heute Abend verhaften, Pietro?«

»Nein, natürlich nicht, aber nächste Woche? Dann werden sie dazu gezwungen sein.«

»Daran habe ich schon gedacht. Sie wollen mich wegen Konkursbetrug rankriegen, aber ich werde das Opfer spielen. Ich geh zur Polizei und behaupte, ich wäre von der Black Hand bedroht worden. Bis die Untersuchung abgeschlossen ist, bin ich weg.«

Inzerillo musste lachen. »Sehr clever. Aber was ist mit dem Manzella-Fall? Auch da gibt es einen Haftbefehl gegen dich.«

»Das mit Manzella regle ich, ich habe ja noch ein paar Tage.«

»Na gut«, meinte Inzerillo grinsend. »Dann ein Hoch auf deine Rückkehr.«

»Und auf Allerheiligen!« Sie stießen miteinander an, dann fragte Lupo: »Wie läuft die Geschichte mit dem Obsthändler?«

»Alle paar Wochen kommt der mit neuem Geld.«

»Gut. Sag Leo, er soll keine Dummheiten machen. Wir brauchen das Geld.«

»Er meinte, die Gallucci-Brüder wären neulich hysterisch geworden und hätten behauptet, die Mutter des Kindes wäre eine Hexe und wüsste zu viel.«

»Die Galluccis sind erbärmliche Anfänger. Was meinst du denn? Du hast doch mit ihr geredet.«

»Sie ist schlau. Aber sie wird nichts unternehmen. Sie will nur unbedingt das Kind zurück.«

»Dann sag Leo, er soll diese Anfänger zur Vernunft bringen.«

»Hab ich schon. Aber ich werde's noch mal sagen.«

»Sie sollten morgen bei der Wahl mitarbeiten. Alle von uns sollten das.«

»Alle werden auf ihrem Posten sein. Was ist mit dir?«

»Ich werde ein Auge auf Leo halten, um sicherzustellen, dass er keine Vorteile aus meiner Abwesenheit zieht.«

Dienstag, 2. November 1909

Giovanna holte die Pipette hervor, um ihrem Brief noch etwas schwarze Magie beizufügen.

Nehmt die 155 Dollar und gebt mir meine Tochter zurück, sonst sage ich Edwin Reese, dass ihr nicht nur an der Wahl beteiligt, sondern auch noch Kidnapper seid. Oder ich drohe Edwin Reese, mit seinem Geheimnis zur Zeitung zu gehen. Findet ihr, dass eure Haut brennt? Wenn ihr Angelina nicht zurückgebt, wird eure Haut in Fetzen abfallen!

Giovanna hatte nicht viel vom Trubel der Wahlen mitbekommen. Das Wesentliche wusste sie: Es gab eine Partei namens Tammany mit einem Kandidaten namens William Gaynor und eine Partei namens Fusion, deren Kandidat Otto Bannard hieß. Anfänglich hatte ein Zeitungsmogul namens Hearst auch noch kandidieren wollen, es aber dann doch nicht getan. Außerdem hieß es allgemein, die Wahlen seien unwichtig für die Lower East Side, da dort die Sullivans alles kontrollierten.

Aber Giovanna wusste auch, dass ein Mann namens Edwin Reese, der in einem Wahlbüro arbeitete, einen Umschlag, vermutlich mit Geld, an einen von Angelinas Entführern gegeben hatte. Und jetzt wollten die Black Hander, dass das nächste Lösegeld während der Abstimmung gezahlt würde.

Es goss in Strömen. Vor der Primary School 130 hing eine amerikanische Fahne schlaff im Regen. Etliche Männer mit Ansteckern auf ihren Mänteln standen davor. An einer anderen Ecke drängten sich drei gut gekleidete Damen unter einem Schirm zusammen. Sie trugen Schärpen mit der Aufschrift *Wahlrecht für Frauen*.

Giovanna konnte kaum noch laufen, so geschwollen waren

ihre Beine. Sie betrat die Schule, schüttelte den Regen von ihrem Schultertuch und ging schwerfällig zur Turnhalle. Sie überblickte die Szenerie und die Gesichter der Anwesenden, insbesondere derjenigen, die Schleifchen an ihrer Brust trugen, dann steuerte sie die Karte mit den einzelnen Wahlbezirken an der Wand an.

»Kann ich Ihnen helfen, Signora?«, fragte ein Mann auf Italienisch, der von einem Polizisten begleitet wurde.

»Mein Mann möchte wählen, kann aber nicht lesen. Ich wollte herausfinden, welches sein Wahllokal ist«, antwortete Giovanna.

Der Tonfall des Mannes änderte sich. »Ich helfe Ihnen gerne, Signora. Wo wohnen Sie?«

»Elizabeth Street zwei... 236.«

»Dann sind Sie hier nicht richtig. Sie müssen zur Primary School 21.«

»*Grazie*, Signore, aber ich glaube, ich schaue auch noch mal nach, wo mein Bruder wählen muss.« Glücklicherweise verabschiedete sich der Mann, so dass Giovanna genug Zeit hatte, den Umschlag hinter die Karte zu stecken.

Vierzig

Donnerstag, 4. November 1909

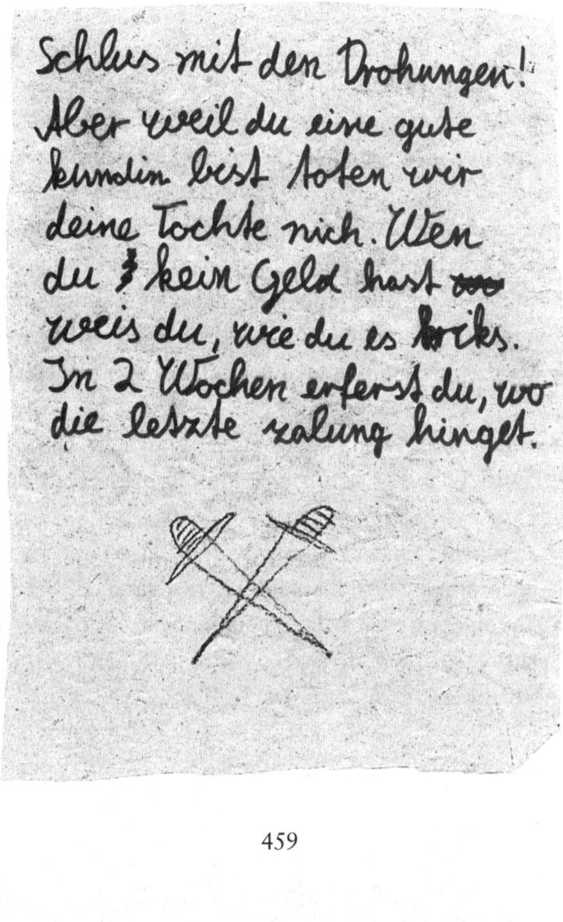
Schluss mit den Drohungen!
Aber weil du eine gute
kundin bist toten wir
deine Tochte nich. Wen
du kein Geld hast ~~wo~~
weis du, wie du es kriks.
In 2 Wochen erferst du, wo
die letzte zalung hinget.

Freitag, 5. November 1909

»Ganz viele Leute stehen vor der Polizeiwache auf der Elizabeth Street«, verkündete Mary, als sie nach der Arbeit nach Hause kam. Giovanna lag gezwungenermaßen im Bett. Lucrezia hatte sie eigentlich ins Krankenhaus schicken wollen, aber Giovanna hatte sich geweigert.

»Geh zu Onkel Lorenzo, hol Domenico und finde gemeinsam mit ihm heraus, was los ist.«

Nach knapp einer Stunde kehrten Domenico und Mary zurück.

»Es geht um die Chinesen. Ich hab Detective Fiaschetti getroffen und er hat mir erklärt, dass es um etwas namens *tong war* geht. Das sind Bandenkriege. Jemand ist im August umgebracht worden, und jetzt hat die andere Gang zurückgeschlagen.«

Giovanna hatte sich mit den Ellbogen aufgestützt, ließ sich jetzt aber aufs Bett zurückfallen. Domenico trat ins Schlafzimmer und schloss halb die Tür hinter sich. »Aber es gibt noch etwas.«

Giovanna sah Domenico an, dass es etwas Ernstes war. Mit großer Mühe stützte sie sich wieder auf. »Los, erzähl«, forderte sie.

»Du wirst es für einen Witz halten.«

»Ein Witz wäre jetzt grausam, und du bist nicht grausam, Domenico.«

»Detective Fiaschetti hat mir erzählt, dass Lupo heute zur Wache gekommen ist, um Anzeige zu erstatten. Er behauptet, er wäre in seinem Laden auf der Mulberry Street von der Black Hand erpresst worden, deshalb wäre er geflohen.«

»Lupo ist hier?«

»Ja.«

»Ist er denn nicht verhaftet worden?«

»Nein. Der Detective sagte so etwas wie, die Anzeige müsse ordnungsgemäß untersucht werden.«

»Lupo ist auf der Elizabeth Street? Und sie lassen ihn laufen!«

»Vielleicht hat er ja gar nichts gemacht.«

»Vielleicht.«

»Aber stell dir das vor: Er behauptet, er wurde erpresst!«

»Domenico, spielt die Polizei immer noch mit Jungen aus dem Viertel Ballspiele in der Bezirksturnhalle?«

»Ich glaube ja.«

»Dann möchte ich, dass du dahingehst, Domenico. Wir brauchen Informationen über Lupo, aber ich will nicht, dass dich jemand auf der Polizeiwache sieht.«

»Ich versuch's, aber ich glaube, außer Detective Fiaschetti wird keiner mit mir reden.« Insgeheim war Domenico begeistert. Jetzt hatte er die Erlaubnis bekommen, etwas herumzuschnüffeln.

Sonntag, 7. November 1909

Es musste Sonntag sein – sonntags waren die Männer den ganzen Tag zu Hause, da wurde sie nie rausgelassen. Aber sie konnte sich nicht mehr beherrschen. Die Wanzen hatten sie schlimm gebissen, ihr tat der Bauch weh. Und sie hatte Angst, weil es so dunkel im Zimmer war. Als es Winter wurde, hatten sie das Fenster zugenagelt. Jetzt konnte sie nicht mal mehr die blaue Jalousie auf der gegenüberliegenden Straßenseite sehen. Das einzige Licht im Zimmer kam von einem kleinen Fenster ganz oben in der Tür. Sie versuchte, ihr Schluchzen zu unterdrücken. Wenn sie weinte, brüllten sie sie an und beschimpften sie. Aber heute konnte sie nicht damit aufhören. Je mehr sie sich bemühte, die Tränen zurückzudrängen, desto heftiger musste sie weinen. Sie hörte, wie Stuhlbeine über den Boden scharrten, und drückte sich an die hintere Wand, aber selbst die Drohung der Männer, ihr weh zu tun, stoppte ihre Tränen nicht. In letzter Zeit, seit sie den Ausschlag hatten und sich ständig kratzen mussten, waren sie gemeiner geworden.

Das Fenster in der Tür wurde dunkel, dann sah sie den Kopf eines Tiers.

»Hör auf, oder *il lupo* holt dich!«, brüllten sie mit dumpfer Stimme. Dann ließen sie den Stoffbär auf und ab tanzen und riefen noch einmal: »Hör mit dem gottverdammten Weinen auf, sonst holt dich *il lupo*, verlass dich drauf!«

Sind die dumm, dachte Angelina. Das ist doch ein Bär, kein Wolf.

Montag, 8. November 1909

Rocco ließ Lucrezia rufen. Es war das zweite Mal in zwei Tagen, dass er befürchtete, seine Frau würde sterben. Sie wollte immer noch nicht ins Krankenhaus. Aus medizinischer Sicht konnte Lucrezia sich nicht erklären, warum Giovanna im Delirium lag, aber sie nahm an, wenn Giovanna endlich ihrem Herzen Luft machte, würde der Grund offenkundig werden. Jetzt blieb Lucrezia nichts anderes übrig, als Giovanna – und ihre Geheimnisse – zu sedieren.

Freitag, 12. November 1909

»Sie ist eine Hexe, Leo. Schaffen wir uns das Kind vom Hals!«, zischte der jüngere der Gallucci-Brüder.

»Hör auf zu jammern«, befahl Leo, der sich mit ihnen an einer Straßenecke getroffen hatte.

»*Deine* Haut hat ja keinen Ausschlag! Von den ganzen Blasen werde ich Narben bekommen«, sagte der ältere der Gallucci-Brüder.

»Du hast nur ganz normale Krätze«, erwiderte Leo abschätzig.

»Woher weiß sie das dann?«

»Weil sie euch wahrscheinlich folgt, ihr Idioten. Ich hab euch doch gesagt, dass ihr aufpassen müsst.«

»Leo«, sagte der Jüngere in dem Versuch, sich vernünftig zu geben, »wir müssen Lupo alles sagen, was diese Verrückte weiß.«

»Willst du, dass er uns umbringt? Meinst du, Lupo wäre erfreut, wenn er hört, dass wir verfolgt wurden?«

Der ältere Gallucci sah Leo skeptisch an. »Was geht hier eigentlich vor, Leo? Und wer ist dieser Edwin Reese?«

»Woher soll ich das wissen? Sie ist durchgedreht. Lupo hat gesagt, solange wir Geld kriegen, rühren wir das Kind nicht an. Und genau daran haltet ihr euch.«

Sonntag, 14. November 1909

»Komm schon, Mädchen, sieh dir den Schnee an.«

Die Frau hielt die Tür zum Zimmer auf. Angelinas Augen mussten sich erst an die Helligkeit gewöhnen, denn der grellweiße Schnee blendete sie.

Sie schirmte ihre Augen mit der Hand ab und starrte mit den anderen Kindern auf den Schnee. Die makellos weiße Decke war bereits einen knappen Meter dick, und es schneite immer noch.

»Amerika ist *brutta*«, sagte eine der Frauen verächtlich.

»Mir gefällt der Schnee«, gab die andere zurück.

»Aber du kannst nicht raus. Wir dürfen uns nicht von der Stelle rühren.«

»Wohin sollten wir auch mit diesem Kind?«

»Wird ja nicht mehr lange dauern.«

Angelina versuchte immer, so viel wie möglich mitzubekommen, aber es fiel ihr wegen des starken Akzents schwer, vor allem, wenn sie schnell sprachen, so wie jetzt. Aber sie glaubte, dass sich das Gespräch um sie drehte, daher versuchte sie sich so unsichtbar wie möglich zu machen.

»Mama, können wir raus?«, bettelte eins der Kinder.

»Lass sie doch«, sagte die Jüngere.

»Ich zünde ein Feuer an. Sie bleiben nur ein paar Minuten draußen.«

Sie öffnete die Tür und scheuchte die Kinder hinaus, hielt Angelina aber zurück.

»Kann ich nicht auch gehen, Signora? Bitte.«

Ohne Angelina zu antworten, wandte sich die Angesprochene zur anderen und sagte achselzuckend: »Sie kann doch nicht weglaufen, sie würde im Schnee versinken.«

»*Va bene*. Los, raus mit dir«, befahl sie, schob Angelina aus der Tür und schloss sie hinter sich.

Die anderen Kinder versuchten kichernd, im Schnee zu laufen. Angelina aber warf sich in eine Schneeverwehung. Ihre Haut fühlte sich immer so an, als würde sie brennen. Der Schnee kühlte sie und beendete auch den Juckreiz von den Wanzenbissen. Im Schnee wurde sie sauber; es war ihr ganz egal, dass ihr kalt wurde und sie zitterte. Dann öffnete sie den Mund und aß den Schnee mit großen Bissen. Sie rieb sich über die Kopfhaut, die in der eisigen Kälte ebenfalls brannte. Sie rollte sich hin und her, hin und her und kühlte und reinigte damit ihren Körper, bis starke Hände ihre Taille umfassten.

Eine feuchte Hand klatschte ihr ins Gesicht. »Bist du *ver-*

rückt geworden? Du darfst doch nicht krank werden! Schließlich haben wir dich die ganzen Monate nicht umsonst durchgefüttert.«

»Rein mit ihr!«, schrie die andere von der Tür her.

Drinnen rissen die beiden Frauen ihr vor dem Kamin die Kleider vom Leib. Es war das erste Mal, und ihr Unterrock hing fast in Fetzen herunter. Dann hängten sie die Kleider vors Feuer, scheuchten sie nackt in ihr Zimmer und knallten die Tür hinter ihr zu.

Montag, 15. November 1909

Ein scharfer Wind fegte durch die Fenster in der Elizabeth Street 202. Nach zwei Tagen verwandelte sich der Schnee in Regen, doch dadurch schmolz die Schneedecke nicht, sondern wurde mit einer Eiskruste überzogen.

Das Baby kam. Giovanna wollte so lange wie möglich aushalten, bevor sie Lucrezia rief. Sie befürchtete, je länger Lucrezia in der Wohnung war, desto größer wäre das Risiko, dass irgendjemand sich verplapperte. Schließlich hielt sie es nicht mehr aus, und Rocco ging los, die Hebamme zu holen.

Das Wetter war zu schlecht, um die Kinder einen Block weiter zu Lorenzo zu schicken. Also hockten sich Rocco und die Kinder im winzigen Kinderzimmer zusammen und überließen Giovanna und Lucrezia das Schlafzimmer und die Küche.

Lucrezia sah, dass Giovanna viel weniger Entschiedenheit bei den Wehen zeigte als bei ihrer ersten Geburt. Natürlich hätte man das mit den Beruhigungsmitteln und der zweiwöchigen Bettruhe erklären können, doch Lucrezia dachte sich, dass es eher mit ihrem unausgesprochenen Kummer zu tun hatte, der sie auch veranlasst hatte, im Schlafzimmer einen merkwürdigen Schrein für den heiligen Antonius aufzubauen. Sie hatte ihre Zweifel an der Geschichte, dass Angelina nach Italien geschickt worden war. Aber auf die Idee, dass sie entführt worden war, kam sie nicht – sie war einfach zu schrecklich.

Weil unter Schmerzen die Wahrheit schwerer zurückzuhalten ist, wollte Giovanna unter den Wehen mehr als einmal ihrer Freundin gestehen, dass ihre Qual nichts mit der Mühe zu tun hatte, das Kind aus ihrem Leib zu pressen. Am liebsten hätte sie mit dem Baby auch ihre Geheimnisse herausgebracht. Sie hatte ein so schmerzhaftes Bedürfnis nach einer Freundin, der sie sich anvertrauen durfte, dass sie den Schmerz nicht von dem der Wehen unterscheiden konnte. Doch zwischen den Wehen war alles wieder verflogen. Lucrezia gehörte nicht zur Familie. Sie konnte niemandem mehr trauen, der nicht ihr Fleisch und Blut war.

Als ihr Sohn das Licht der Welt erblickte, dämmerte bereits der Morgen. Ihre langen, heftigen Wehen waren wie eine Entsprechung des Unwetters, das draußen wütete. Giovanna war sich so sicher gewesen, dass das Kind ein Junge war, dass sie Roccos Überraschung und Entzücken erstaunte. Nachdem Lucrezia das Kind und das Bett gesäubert hatte, scharten sich die anderen Kinder um sie. Von dem Moment an, da Lucrezia ihr den hellhäutigen Jungen in die Arme legte, spürte sie, wie sie neuen Mut bekam. Niemand wollte Angelina ersetzen. Die Kerzen auf dem selbst errichteten Altar am Fuß ihres Bettes flackerten. Sie waren in der Nacht mindestens zweimal ausgegangen und mussten auf Giovannas Betteln hin wieder angezündet werden.

»So, Kinder, das ist Nunzio«, verkündete Rocco.

Giovanna warf ihm ein Lächeln zu, weil er sich an ihr Versprechen erinnerte, doch sie hatte die ganze Nacht zu Nunzio und den Engeln gebetet und wusste jetzt, was zu tun war.

»Nein, das Kind wird Anthony heißen«, flüsterte sie.

Dienstag, 16. November 1909

»Domenico, komm und sieh dir unseren neuen Bruder an«, sagte Mary, als Domenico die Wohnung betrat.

Domenico war so begierig, mit seiner Tante zu sprechen, dass er kaum einen Blick auf das Kind warf.

»Lupo ist heute verhaftet worden. Er ist jetzt im Stadtgefängnis.«

Wieder einmal musste Giovanna sich fragen, was das für ihre Tochter bedeutete.

»Weißt du, wie die Anklage lautet?«

»Erpressung eines Ladeninhabers namens Manzella.«

Mittwoch, 17. November 1909

»Lupo hat das alles geplant. Es gibt nichts, um das du dir Sorgen machen müsstest, Leo«, versicherte Inzerillo.

»Du hättest es mir erzählen sollen. Ich wurde total überrumpelt«, beschwerte sich Leo.

»Apropos erzählen: Molfetti ist gestern bei mir vorbeigekommen und hat mir erzählt, die Frau des Obsthändlers wüsste, dass er die Tür zur Sakristei offen gelassen hat. Woher weiß sie das denn, Leo?«

»Wieso fragst du mich das?«

»Du hast doch gesagt, die Gallucci-Brüder wären nervös, weil sie zu viel wüsste. Was genau weiß diese Frau denn noch, Leo?«

»Ich hab dir doch schon gesagt, dass sie meinen Namen kennt und weiß, wie diese Idioten aussehen. Das ist alles. Mann, wir kriegen doch das Geld, oder nicht? Genau wie ich dir gesagt habe.«

»Das ist richtig, Leo, du kriegst das Geld und wirst noch mehr kriegen müssen. Denn jetzt, da Lupo im Gefängnis ist, brauchen wir Geld.« Inzerillo wandte sich zum Gehen, fügte aber dann noch hinzu: »Und Leo, es kann nichts schiefgehen.«

Einundvierzig

Donnerstag, 18. November 1909

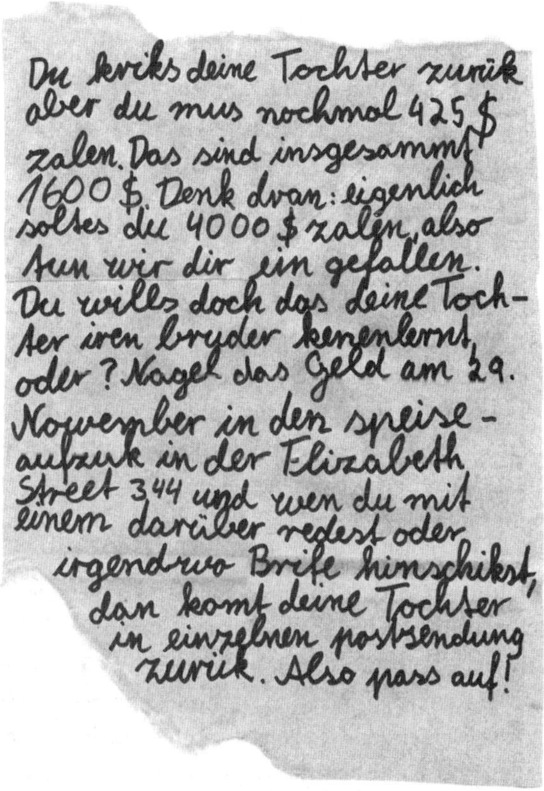
Du kriks deine Tochter zurük
aber du mus nochmol 425 $
zalen. Das sind insgesammt
1600 $. Denk dran: eigenlich
soltes du 4000 $ zalen, also
tun wir dir ein gefallen.
Du wills doch das deine Toch-
ter iren bryder kenenlernt,
oder? Nagel das Geld am 29.
Nowember in den speise-
aufzuk in der Elizabeth
Street 344 und wen du mit
einem darüber redest oder
irgendwo Brife hinschikst,
dan komt deine Tochter
in einzelnen postsendung
zurük. Also pass auf!

»Herzlichen Glückwunsch, Signora. Ich habe gehört, Sie haben einen Sohn bekommen«, sagte Inzerillo und drängte sie ins Hinterzimmer.

Wie seltsam diese Treffen doch waren, dachte Giovanna. Sie verhielten sich wie zwei angeleinte Hunde, die sich, einmal losgelassen, zerfleischen würden.

»Danke, Signore. Sein Name ist Anthony.« Giovanna fragte sich, ob dieser gottlose Mann die Bedeutung dieses Namens verstehen würde.

»Setzen Sie sich doch bitte, Signora«, forderte Inzerillo sie auf.

»Ich habe gehört, Lupo sei im Gefängnis. Ich muss gestehen, dass ich dachte, er stünde hinter meinen Problemen, aber nun, da er im Gefängnis ist, scheint sich dies als unwahr herausgestellt zu haben«, sagte Giovanna, um aus Inzerillo etwas herauszulocken.

Inzerillo jedoch versuchte, seine Überraschung und sein Interesse an Giovannas Äußerung zu verbergen. »Sie nehmen ganz richtig an, Signora, dass ich Lupo kenne. Außerdem stimmt es, dass er nicht das Geringste mit Ihren Problemen zu tun hat. Er ist ein anständiger Mann.«

»In gewisser Hinsicht wünschte ich mir, dass er doch damit zu tun hätte, Signore. Denn ich habe das Gefühl, er ist ein vernünftiger Mann und würde begreifen, dass ich einfach kein Geld mehr habe.«

»Signora, mir wurde mitgeteilt, dass diese Männer eine letzte Zahlung gefordert haben. Sicherlich können Sie vor diesem Hintergrund noch irgendetwas auftreiben.«

»Hören Sie, Signore. Wir haben dieses Geld einfach nicht. Aber ich finde einen Weg, es zu besorgen, wenn Sie mir versprechen können, dass es keine weiteren Forderungen geben wird und meine ganze Familie von nun an in Sicherheit ist.«

»Sie vergessen anscheinend, Signora, dass ich nur der Überbringer der Nachrichten bin, aber ich verspreche, all meinen Einfluss geltend zu machen. Sie haben sich ehrenhaft verhalten, also kann man von diesen Dieben das Gleiche erwarten.«

Freitag, 19. November 1909

Zum ersten Mal seit langer Zeit setzte sich Giovanna mit Rocco zusammen und erzählte ihm, was vor sich ging. Sie ließ alle Details aus und konzentrierte sich nur auf den Inhalt des letzten Schreibens.

»Woher sollen wir wissen, dass es wirklich die letzte Zahlung ist?«, fragte Rocco.

»Das können wir nicht wissen.«

Als Rocco aus dem Augenwinkel einen Blick auf seine Frau warf, merkte er, dass sie etwas vor ihm zurückhielt, aber er war zu geschwächt von dem Ganzen, um nachzuhaken. »Aber wir haben das Geld nicht. Lorenzo hat uns schon alles gegeben, was er hat«, erklärte Rocco frustriert. »Und wir können es nicht verdienen, ganz gleich, wie viel wir bis zum angegebenen Zeitpunkt arbeiten.«

»Vielleicht haben meine Eltern noch etwas von dem Geld, das ich ihnen geschickt habe«, wandte Giovanna ein.

»Selbst wenn, dann wäre es niemals rechtzeitig hier.«

»Ich könnte Lucrezia fragen.« Giovanna konnte kaum glauben, dass sie das vorgeschlagen hatte, aber es war ihr ernst.

»Bist du verrückt? Wenn sie jetzt zur Polizei ginge, wäre alles umsonst gewesen. Und wenn wir jemanden außerhalb der Familie bitten, muss es jemand sein, der keinen Verdacht schöpft und sich fragt, wofür wir es brauchen.«

Beeindruckt von Roccos Gedankengang bemerkte Giovanna: »Damit wäre Signore DeCegli ebenfalls ausgeschlossen.« Sie ging im Kopf die Möglichkeiten durch. Wenn sie noch mal Mariano bitten musste, würde das ebenfalls Verdacht erregen oder Fragen aufwerfen.

»Ich besorg das Geld«, schloss Rocco. »Ich krieg's schon irgendwie.«

Rocco sah am Blick seiner Frau, wie dankbar sie war, doch zum ersten Mal meinte er auch Liebe darin zu entdecken.

Samstag, 20. November 1909

»Ein paar Kollegen auf der Wache haben gesagt, du würdest ständig nach mir fragen«, sagte Detective Fiaschetti und warf Domenico einen Ball zu.

»Detective! Sie sind gekommen!« Domenico hatte seit seiner Kindheit nicht mehr so viel Ball gespielt.

»Warum wolltest du mich sprechen? Hier sind doch noch andere«, meinte Fiaschetti und zeigte auf ein paar Polizisten, die mit den Kindern Ball spielten.

»Nun, Sie sind Italiener. Hier gibt es nicht viele Italiener, außerdem haben Sie den großen Petrosino gekannt.«

»Du heißt Domenico, stimmt's?«

»Stimmt, Detective. Ich habe gehofft, Sie könnten mir etwas über *Il Lupo* erzählen.«

»Warum willst du denn etwas über ihn wissen?«, hakte Fiaschetti misstrauisch nach.

»Er ist ein berühmter Verbrecher. Und wollte Petrosino ihn nicht schnappen, und jetzt haben Sie ihn ins Kittchen gesteckt?«

Fiaschetti sah Domenico prüfend an. »Du bist doch der Junge, der Detective werden wollte, oder?«

»Genau«, antwortete Domenico.

»Dann komm, setzen wir uns dorthin«, forderte Fiaschetti ihn auf. Sie lehnten sich an die Wand der Turnhalle. »Lupo kommt am Montag vor Gericht, weil er einen Ladenbesitzer namens Manzella erpresst haben soll. Warum gehst du nicht selbst hin, wenn es dich so interessiert?«

»Das werd ich auch!«

»Aber ich hab auch ein paar Fragen, Domenico.«

»Okay.« Domenico setzte seine Unschuldsmiene auf.

»Ein paar der Detectives haben bemerkt, dass im Haus deiner Tante nicht alles so ist, wie es sein sollte.«

»Wie meinen Sie das, Detective?«

»Eine deiner Cousinen ist weg, die anderen gehen nicht mehr zur Schule – und deine Tante scheint in der ganzen Stadt umherzuwandern.«

»Ach, das hat nichts zu bedeuten, Detective. Angelina ist bei ihren Großeltern in Italien. Meine Tante hatte Probleme mit dem neuen Baby, deshalb hat sie sie dahin geschickt. Und mein Onkel ist der Meinung, dass jeder arbeiten sollte«, erklärte Domenico abschätzig.

»Sehr schön, Domenico. Du könntest wirklich mal Detective werden.«

Domenico senkte den Blick, um sein Lächeln zu verbergen.

»Hör mal, mein Sohn, sag deiner Tante, wenn sie mich braucht, bin ich für sie da.«

Montag, 22. November 1909

Domenico kam Stunden früher als erwartet durch die Tür gestürmt. »*Zia!* Manzella ist nicht aufgetaucht! Der Prozess wurde wegen Verfahrensfehlern eingestellt.«

Giovanna schüttelte den Kopf, weil ihr klar war, dass Angst

ihn vom Gerichtssaal ferngehalten hatte – zumindest hoffte sie, dass es nur Angst gewesen war.

»In dem Augenblick, da der Richter sagte: ›Sie sind frei und können gehen‹, stand Lupo mit einem breiten Grinsen von der Anklagebank auf. Dann wurde er von Polizisten umringt, darunter auch Detective Fiaschetti, die ihn in Handschellen abführten. Reporter haben mir erzählt, er sei noch wegen Falschgeldverbreitung verhaftet.«

Jetzt änderte sich Domenicos Tonfall. »Aber die Reporter haben auch angefangen, Fragen über Angelina zu stellen. Einer meinte: ›Ich hab gehört, deine Cousine ist verschwunden.‹«

»Woher weiß er das?«, keuchte Giovanna und packte Domenico am Arm.

Domenico schrie auf und rieb sich seinen Arm. »Als ich erklärte, das sei nicht wahr, meinte er, eine Bibliothekarin habe ihm erzählt, du hättest dir Zeitungsartikel über Entführungen angesehen.«

Donnerstag, 25. November 1909

»Komm, Giovanna. Teresa macht einen amerikanischen Truthahn. Du musst doch mal raus«, bettelte Lorenzo.

»Nein danke, Lorenzo. Ich bleibe hier.«

»Giovanna, ich wollte, ich könnte dir irgendwie helfen.«

»Du hast schon getan, was du konntest.«

Lorenzo rieb sich übers Gesicht, wie immer, wenn er nervös war. »Manchmal denke ich, ich hätte eine Möglichkeit finden sollen, dich zurückzuschicken.« Er wanderte durch die kleine Küche. »Wir haben dich doch gezwungen, hier bei Rocco zu bleiben.«

»Ich sollte zurück? Dann hätte ich doch beim Erdbeben

umkommen können! Oder ich müsste Kalk von der Wand kratzen, um es unter das Mehl zu mischen! Nein, es ist nicht deine Schuld, Lorenzo. Außerdem hätte ich sonst nie Angelina und Anthony bekommen.«

Lorenzo drückte sich unbehaglich herum. Giovanna versuchte, ihm sein Schuldgefühl zu nehmen.

»Es lag am Geld, das ich nach Scilla geschickt habe. Irgendjemand hat ihnen davon erzählt. Außerdem werden auch Leute ohne Geld erpresst. Das Böse ist unergründlich.«

»Bist du sicher, dass du nicht doch kommen willst? Bitte.«

»Nein, nein. Wie schwer ist denn der Truthahn, Lorenzo?«

»Ich weiß nicht, vielleicht fünfzehn Pfund«, antwortete Lorenzo verwirrt.

Giovanna rechnete nach. Truthahn war in diesem Jahr teuer, kostete zweiunddreißig Cent das Pfund. Das ergab insgesamt fast fünf Dollar, die man als Lösegeld hätte verwenden können.

»Ich schicke euch Rocco und die Kinder«, sagte sie dann, weil sie dachte, dann würden sie wenigstens bei ihrem eigenen Abendessen sparen und die Familie käme mal zu etwas Fleisch.

»*Va bene*, aber ich wünschte, du kämst mit«, erwiderte Lorenzo und verabschiedete sich von seiner Schwester und ihrem Baby mit einem Kuss.

Freitag, 26. November 1909

»Lass Lupo frei«, befahl der Lieutenant.

Fiaschetti rollte mit den Augen. »Wieso denn?«

»Wir haben nicht genügend Beweise. Die Anklage stand von Anfang an auf wackligen Füßen.«

»Warum haben wir ihn dann überhaupt verhaftet?«

»Verstehst du nicht? Wir wissen, dass Lupo etwas mit dem Falschgeld zu tun hat, daher wollte der Polizeipräsident zeigen, dass wir etwas unternehmen, um die Bundespolizei zu beeindrucken. Aber seine Freunde im Rathaus wollen, dass wir ihn freilassen.«

»Er mag zwar ein Wolf sein, aber er ist auch so schlüpfrig wie ein Aal. Wir werden ihn nie länger als ein paar Wochen einbuchten können«, stöhnte Fiaschetti.

»Das weiß ich nicht«, widersprach der Lieutenant. »Es scheint sich was geändert zu haben. Der Chief hat heute verkündet, dass jeder Polizist, der Beweise für Lupos Beteiligung an der Falschgeldgeschichte findet, befördert wird.«

Fiaschetti pfiff durch die Zähne. »Erpressung und Mord sind eine Sache, aber wenn's um Geld geht, verstehen sie keinen Spaß mehr.«

»Komm schon, lass Lupo raus.«

Samstag, 27. November 1909

»Ich hab das Geld«, verkündete Rocco, kaum hatte er die Wohnung betreten.

Als Rocco eine Woche zuvor geäußert hatte, er würde das Geld besorgen, hatte Giovanna ihm geglaubt, und von da an hatte sich ihre Beziehung verändert. Er war endlich ihr Partner geworden, und sie bemerkte, dass sie ihn in einem ganz neuen Licht sah. Sie wäre am Boden zerstört gewesen, wenn er versagt hätte, denn dann hätten sie nicht nur kein Geld für die letzte Lösegeldzahlung gehabt, sondern sie hätte auch das neue Gefühl für ihn verloren.

»Woher denn, Rocco? Aber du musst es mir nicht sagen, wenn du nicht kannst.«

Rocco setzte sich neben sie. »Von Dr. Bellantoni.«

Giovanna gab Rocco einen zärtlichen Kuss. Sie wusste, dass es für ihn ein großes Opfer bedeutete, einen anderen Mann um Geld zu bitten.

Sonntag, 28. November 1909

»Was für ein kräftiger Junge, Giovanna!«, rief Lucrezia, als sie Anthony untersuchte. »Aber ich bin überrascht, dass du ihn nicht Nunzio genannt hast.«

»Du musst doch bestimmt gehen, um rechtzeitig zum Sonntagsessen zurück zu sein«, erwiderte Giovanna, um das Thema zu wechseln.

»Nein, ich hab noch Zeit. Ich wollte auch einen Blick auf dich werfen, außerdem ist mein Mann wieder mal zu einer Konferenz.«

Giovanna hörte an Lucrezias Stimme, dass mehr dahintersteckte, fragte aber nicht nach, weil sie befürchtete, ein Geständnis würde zum anderen führen. Sie legte den kleinen Anthony, der heftig mit Armen und Beinen strampelte, auf eine Seite des Ehebetts und streckte sich dann auf der anderen aus, damit Lucrezia sie untersuchen konnte.

»Hast du heute schon die Zeitungen gesehen?«, fragte Lucrezia, um das unbehagliche Schweigen zu beenden.

»Nein.« Giovanna wünschte, sie hätte schon eine gelesen, um nicht so einsilbig sein zu müssen, aber Lucrezia redete bereits gutmütig weiter, während Giovanna ein stilles Dankgebet sprach, weil Lucrezia nicht neugierig nachhakte.

»Gestern Abend hat Caruso in der Metropolitan ›La Traviata‹ gesungen. Toscanini hat dirigiert. Zwei Italiener hatten sich über die Feuertreppe in eine Loge geschlichen, um das

Konzert zu hören. Ich nehme an, das kommt öfter vor. Aber das eigentlich Komische ist, dass ein irischer Polizist sie entdeckt hat und sie nicht gleich verhaftete, sondern in einen Schrank sperrte, damit er selbst den Rest des Konzerts hören konnte!«

»Ich hoffe, die beiden haben es auch dort hören können«, sagte Giovanna mit einem gezwungenen Lachen. »Bist du hingegangen?«

»Nein, mein Mann ist Freitag weggefahren.«

»Und warum bist du nicht allein gegangen?«

»Ach«, machte Lucrezia schulterzuckend. Eine Sekunde lang wollte Giovanna dem nachgehen und sie trösten, doch dann bremste sie sich erneut.

»Ich gehe jetzt. Alles in Ordnung mit dir.«

»Vielen Dank, Lucrezia. Wenn das Wetter besser ist, komme ich dich mal besuchen.«

»Tu das«, antwortete Lucrezia resigniert, weil sie genau wusste, dass sie ihre Freundin so bald nicht wiedersehen würde.

Zweiundvierzig

Montag, 29. November 1909

Hier ist die letzte Zahlung. Ich will meine Tochter unverzüglich zurück. Wenn nicht, sind als Nächstes Ihre coglioni *dran. Erst jucken sie, dann kommen die Blasen, und dann fallen sie ab.*

Giovanna überließ es Rocco, die letzte Lösegeldzahlung wie verabredet im Speiseaufzug in der Elizabeth Street 344 zu deponieren.

Dienstag, 30. November 1909

Ein lautes Klopfen ließ Giovanna aufschrecken. Das waren sie. Sie mussten es sein. Sie riss die Tür auf. Doch dann blickte sie in die Gesichter zweier gleichermaßen erschrockener Bezirksangestellter.

»*Buon giorno,* Signora. In diesem Bezirk grassiert die Schwindsucht. Wir sind gekommen, um Ihnen zu zeigen, wie Sie sich gegen diese Krankheit schützen können …«

Mittwoch, 1. Dezember 1909

Als Giovanna vom Einkaufen nach Hause kam, lag eine weitere Broschüre über Schwindsucht vor der Tür. Mühsam hob sie sie auf, denn Anthony hing im Tragetuch an ihrer Brust. Als sie sie in der Wohnung in kleine Fetzen reißen wollte, um sie ins Feuer zu werfen, fiel ein Zettel heraus.

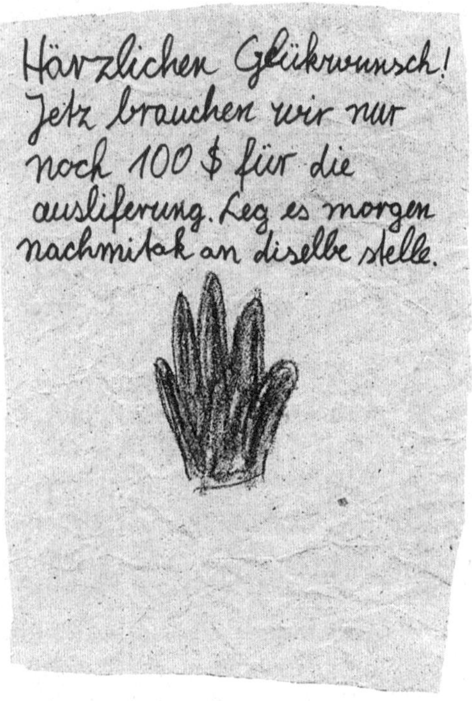
Härzlichen Glükwunsch!
Jetz brauchen wir nur
noch 100 $ für die
ausliferung. Leg es morgen
nachmitak an diselbe stelle.

Im Nu war Giovanna mit der Pistole am Rockbund in Inzerillos Café.

»Wir müssen reden!«, befahl sie und ging an ihm vorbei ins Hinterzimmer.

Als Inzerillo die Tür hinter ihr schloss, zischte er: »Was denken Sie sich dabei, einfach so hier hereinzuplatzen! Es kann Sie doch jeder sehen!«

Giovanna nahm die Pistole und hielt sie an Inzerillos Kopf. »Wäre es besser, wenn sie Sie tot sähen?«

»Signora! Stecken Sie die weg!«

»Erst setzen Sie sich und hören mir genau zu«, sagte Giovanna und verschloss die Tür.

»Ist gut, ich höre zu.«

»Lesen Sie das«, befahl Giovanna und drückte ihm den Zettel in die Hand.

Inzerillo las ihn und sagte: »Zugegeben, das ist höchst unangenehm.«

»Das ist mehr als unangenehm, Sie Gauner. Es ist Selbstmord. Jetzt weiß ich, dass sie nur mit mir spielen, und ich habe dieses Spielchen satt. Jetzt hören Sie sich mal *meine* Nachricht an, *disgraziato.*« Es war für Giovanna eine echte Befreiung, jegliche Verstellung vor Inzerillo aufzugeben. »Meine Tochter wird mir auf der Stelle und unversehrt ausgeliefert. Wenn nicht, schicke ich Briefe an die Polizei und die Presse. Diese Briefe enthalten Beweise, dass Lupo und seine Bande beim Bombenanschlag auf die Pati-Bank und bei der Entführung und Ermordung von Mario Palermo beteiligt waren. Weiterhin steht darin, dass Leo für die Wahlen Geld von Edwin Reese bekommen hat, und außerdem enthalten sie den Beweis, dass Lupo in die Falschgeldaffäre verwickelt ist. Wenn meiner Tochter oder irgendjemandem aus meiner Familie etwas zustößt, werden mehrere Ihnen unbekannte Personen die Briefe zustellen.«

Inzerillo saß reglos da und schwieg. Nichts war zu hören außer Giovannas mühsames Atmen. Schließlich sagte Inzerillo: »Diese Nachricht hat es in sich, Signora.«

»Und das war nur die Hälfte. Sie alle werden im Gefängnis den Mond anheulen, weil ich sie mit dem *malocchio* verfluche. Wenn Lupo meint, er könne den bösen Blick verteilen, dann wird er sehen, was eine Hebamme vermag!«

»Weil Sie so aufgeregt sind, Signora, überhöre ich jetzt mal, dass Sie Lupo und mich für dieses Verbrechen mitverantwortlich machen. Wir haben Ihre Tochter nicht angerührt. Aber da ich ein Ehrenmann bin, werde ich Ihre Nachricht überbringen und all meinen Einfluss geltend machen, damit Ihre Tochter auf der Stelle zurückkommt.«

»Ich will bis morgen eine Antwort. Sonst kommen die Briefe und die Flüche zum Einsatz.«

*

»Wie lange müssen wir sie noch hierbehalten?«, nörgelte die Frau des älteren Gallucci-Bruders.

»Hier ist doch gar nichts. Wir werden noch verrückt!«, pflichtete die Jüngere ihr bei.

»Klappe halten!«, brüllte der Ältere der beiden Entführer.

»Schsch, da ist jemand an der Tür«, flüsterte sein Bruder.

Der Ältere zog seine Waffe und scheuchte die Frauen und Kinder ins Schlafzimmer. Der Jüngere zog ebenfalls seine Waffe und öffnete die Tür.

»Lupo! Pietro!« Der Jüngere steckte die Waffe weg und meinte: »Wir wussten gar nicht, dass ihr kommen wolltet.«

Der Ältere senkte zwar die Waffe, behielt sie aber in der Hand und sagte misstrauisch: »Für euch ist es doch gefährlich, hier gesehen zu werden.«

»Gefährlich? Gefährlich ist es, euch zu trauen«, knurrte Lupo und drängte sich durch die Tür.

»Wovon redest du, Lupo?«, fragte der jüngere Bruder in Panik.

Doch als Lupo und Inzerillo sich am Tisch niederließen, beruhigten sich die Brüder.

»Was ist los?«, fragte der Ältere.

»Das wollen wir von euch wissen«, antwortete Inzerillo. »Es sieht so aus, als wüsste die Frau des Obsthändlers mehr, als sie sollte.«

»Das haben wir Leo schon erzählt! Als sie mich in der Kirche erwischt hat, haben wir Leo gesagt, er sollte dir alles erzählen, was sie gesagt hat, aber Leo meinte, du würdest dann wütend, weil uns gefolgt worden ist«, jammerte der Jüngere.

»In der Kirche erwischt?«, wiederholte Inzerillo.

»Außerdem ist sie eine Hexe, Lupo. Sie hat mir den Ausschlag verpasst, von dem ich lauter Narben habe. Meinem Bruder auch!«

Als sie Lupos angewiderte Miene sahen, holte der Ältere Giovannas Briefe. »Jedes Mal, wenn sie Geld geschickt hat, war auch ein Brief dabei. Wir haben sie aufbewahrt.« Er gab sie Lupo, der sie ohne einen Blick an Inzerillo weiterreichte.

Als Inzerillo die Briefe las, befragte Lupo die Männer und schloss mit: »Und was habt ihr mit Edwin Reese zu tun?«

»Wir kennen keinen Edwin Reese. Den Namen haben wir zum ersten Mal im Brief der Hexe gelesen. Wir haben auch Leo gefragt, aber der meinte nur, sie wäre verrückt.«

»Nur Scheiße im Hirn«, murmelte Lupo.

»Was sollen wir jetzt machen, Lupo?«, fragte der Jüngere. »Wenn sie so viel weiß, bringen wir dann beide um?«

»Dann müsstest du die ganze Familie und noch mehr umbringen.«

»Willst du das?«

»Nein, ihr Schwachköpfe, das will ich nicht. Ich bin grade erst aus dem Knast raus. Die Bullen haben mich im Visier. Ich hab vier Stunden gebraucht, um hierherzukommen. Ich brauche jetzt keine Leichen und Briefe, die mich belasten könnten.«

»Lupo, das geht schon eine ganze Weile so«, meldete Inzerillo und gab Lupo Giovannas Briefe.

Lupo stand auf und sah die Brüder an. »Das Kind geht zurück. Rasiert euch nicht mehr und wartet auf neue Befehle.«

Als Angelina hörte, dass die Männer jemanden Lupo nannten, war sie überzeugt, dass der böse Wolf sie holen kam. Sie war zu müde, um Angst zu haben. Stattdessen kratzte sie unbewusst so lange ein L auf ihr Bein, bis es zu bluten anfing. Als sie das blutrote L sah, wünschte sie, sie könnte schreiben, denn wenn man sie tot auffände, wüsste man, wer sie umgebracht hatte.

»Leo, ich hab dir diesen Job gegeben, und jetzt hast du ihn nicht nur vermasselt, sondern auch noch anderweitig Mist gebaut: Wer ist Edwin Reese, Leo?«

»Ich hab deinen Anteil hier, Lupo«, stammelte Leo und versuchte sich aus dem Griff von Tomasso dem Bullen zu befreien.

»Leo, du hast ein paar Entführungen über die Bühne gebracht und hältst dich für einen großen Macker. Du streichst Wahlgeld ein.«

»Ich hab doch schon gesagt, Lupo, dass das Geld für dich ist.«

»Mir gefällt es ganz und gar nicht, wenn man mir etwas verschweigt, Leo.«

»Ich hab dir doch einen Gefallen getan, Lupo …«

»Du arbeitest in meinem Namen, Leo. Glaubst du, diese Politiker würden sich mit dir abgeben, wenn du nicht für Lupo arbeiten würdest?«

»Natürlich nicht, Lupo. Sag Tomasso, er soll mich loslassen, dann zeige ich dir das Geld.«

Lupo wies Tomasso nickend an, ihn loszulassen. Doch der behielt Leo im Auge, als er zu seiner Jacke ging.

Er holte einen Umschlag heraus und gab ihn Lupo. »Hier. Das sind die 1600 Dollar Lösegeld. Außerdem hat die Familie nirgendwo Geld versteckt, Lupo. Ich hab erfahren, dass sie auf noch eine Zahlung warten. Wir haben nur wegen mir so viel bekommen«, prahlte Leo. »Und hier«, fuhr er fort und holte noch einen Umschlag aus seiner Jacke, »siebenhundert Dollar für die richtigen Stimmen.«

Lupo nahm das Geld aus den Umschlägen und fächerte es vor sich auf. »Weißt du, Leo, das ist ein ziemliches Risiko für zweitausend und ein paar Zerquetschte. Schlappe Leistung, sehr schlapp.«

»Ich weiß, dass nicht alles so lief, wie es sollte, Lupo. Aber du hast mir auch zwei bescheuerte Anfänger an die Seite gestellt.«

»Ich will, dass du das Kind zurückbringst. Gib sofort einen Brief ab, in dem steht, das Mädchen käme innerhalb einer Woche zurück. Wenn es ausgeliefert ist, sollen die Gallucci-Brüder das Versteck räumen und keinerlei Spuren hinterlassen. Gib ihnen das«, Lupo zählte dreihundert Dollar ab, »und sag ihnen, sie sollen nach Chicago gehen. Ich will sie nie wiedersehen.«

»Mit Vergnügen«, erwiderte Leo grinsend.

»Unsere Rechnung begleichen wir, wenn das Kind zurückgebracht ist. Und jetzt raus hier.«

Als Leo gegangen war, erteilte Lupo Tomasso weitere Anweisungen. »Wenn das Kind sicher zurück ist, verbreite, dass es Leo war, und sorg dafür, dass er für immer verschwindet.«

Donnerstag, 2. Dezember 1909

Der Brief war unter der Tür hindurchgeschoben worden, als alle schliefen.

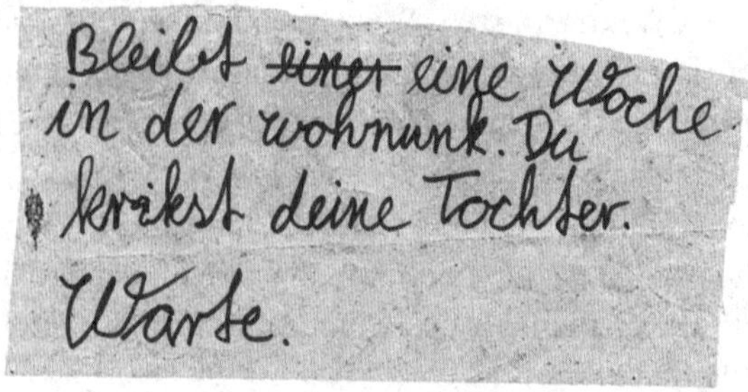
Bleibt ~~einer~~ eine Woche
in der wohnunk. Du
krikst deine Tochter.
Warte.

Freitag, 3. Dezember 1909

»Eine Woche! Wieso eine Woche?«, fragte Giovanna Inzerillo, der mit ihr im Hinterzimmer seines Cafés war.

»Weil Sie ein ehrfurchtgebietender Feind sind, Signora. Sie müssen sichergehen, dass sie nicht in einen Hinterhalt der Polizei geraten oder mit einem Ihrer Flüche bedacht werden.«

»Wenn sie wieder ihr Spielchen spielen, Signore, dann ist auch Ihre Familie nicht sicher.«

»Es reicht mit den Drohungen, Signora. Ich gebe Ihnen mein Wort, dass Ihre Tochter innerhalb einer Woche zurück ist.«

»Ihr Wort!« Giovanna bezwang sich, um nicht auszuspucken.

Samstag, 4. Dezember 1909

Angelina kratzte sich den Schorf ab und sah, wie das Blut von dem L ihr Bein herunterlief. Dann kratzte sie sich noch eine Kruste ab und sah zu, wie das Rinnsal mit dem der anderen Wunde zusammenfloss. Sie streckte die Beine aus, kratzte sich den Schorf von ihren Oberschenkeln und veranstaltete eine Art Wettkampf, welches Rinnsal zuerst den Boden erreichen würde.

Sonntag, 5. Dezember 1909

Zwei Tage Warten, die sich anfühlten wie zwei Jahre. Giovanna drückte den kleinen Anthony so fest an sich, dass ihm fast die Luft wegblieb. Langsam glaubte sie, dass der heilige Antonius ihr dieses Kind geschickt hatte, damit sie nicht Inzerillo erschoss.

Die Enttäuschung überwältigte sie fast, als noch ein Brief kam, aber zumindest enthielt er konkrete Anweisungen.

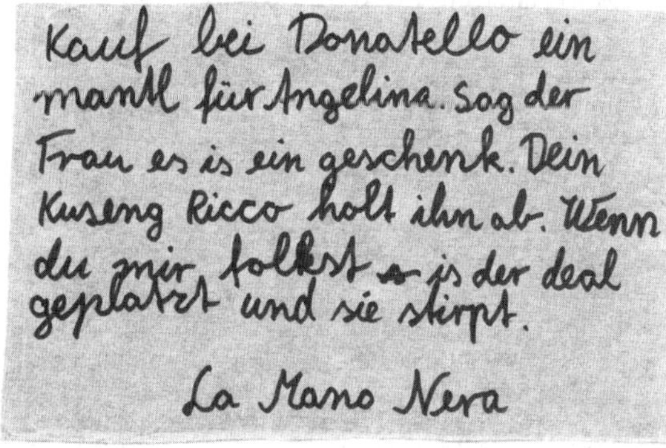

Kauf bei Donatello ein mantl für Angelina. Sag der Frau es is ein geschenk. Dein Kuseng Ricco holt ihn ab. Wenn du mir folkst is der deal geplatzt und sie stirpt.

La Mano Nera

Montag, 6. Dezember 1909

Die Türklingel ertönte, als sie kurz nach Ladenöffnungszeit in Donatellos Geschäft trat.

»Kann ich Ihnen helfen?«, fragte die Angestellte.

»Ja, ich brauche einen Mantel für ein vierjähriges Mädchen.«

»Diese hier dürften passen, und es ist noch ein bisschen Luft zum Reinwachsen.«

Giovanna überflog die Reihe der kleinen Wollmäntel und blieb in Gedanken an ihr rotes Schultertuch, das sie bei der ersten Lösegeldübergabe getragen hatte, bei einem leuchtend roten Mantel hängen.

»Dürfte ich diesen bitte mal sehen?«, fragte sie und zeigte darauf. Mit dieser Farbe würde es leichter sein, Angelina auf der Straße zu entdecken – oder den kleinen Hochstapler in ihrem Mantel.

»Ja, den nehme ich«, sagte sie dann zur Angestellten. »Ich werde ihn jetzt bezahlen, aber er ist als Geschenk für die Tochter meines Cousins gedacht. Er wird ihn abholen. Sein Name ist Ricco.«

»Kein Problem, Signora. Wir bewahren ihn für ihn auf.«

Dienstag, 7. Dezember 1909

Den ganzen Tag suchte Giovanna die Straßen ab, für den Fall, dass die Gauner Angelina einfach im Viertel abgesetzt hatten. Als die Kinder und Rocco von der Arbeit nach Hause kamen, schlossen sie sich ihr an.

Viel später aßen sie schweigend zu Abend. Es gab Brühe und Brot. Seit Angelinas Entführung hatten sie kein Geld mehr für Fleisch, und die Kinder waren nur noch Haut und Knochen.

Mittwoch, 8. Dezember 1909

»Hol das Kind«, befahl der ältere der Brüder seiner Frau. Sie ging in Angelinas Kämmerchen, zog sie vom Strohlager hoch und brachte sie ihm.

»Kannst du sie nicht ein bisschen herrichten?«, fragte der Ältere.

»Wieso denn?«, gab seine Frau zurück.

»Wasch ihr zumindest das Blut von den Armen und Beinen.«

Daraufhin schrubbte die Frau Angelinas Gliedmaßen mit einem kalten Waschlappen ab. »Heute sind wir dich endlich los«, sagte sie.

Angelina war erleichtert. Würden sie sie auf die Müllkippe schmeißen? Oder in den Fluss an der Brücke? Mittlerweile war es ihr fast egal.

»Wer bringt sie zurück?«

»Die beiden.« Leo nickte zu den Brüdern hinüber, die mittlerweile Bärte trugen.

Angelina dachte, der Mann mit dem Triefauge würde ihr vorher noch weh tun, und fragte sich, ob die anderen ihn davon abhalten würden.

»Wo ist der Mantel?«, fragte Leo.

»Hier«, sagte der jüngere Bruder und warf ihm das Paket zu. »Sieh dir mal diese Farbe an.«

»Nicht besonders *calabrese*. So protzig«, bemerkte die jüngere Frau.

Angelina freute sich sehr, dass ihr warm werden würde, bevor sie starb. Sie schlang den Mantel um sich und spielte mit der schwarzen Borte an der Taille.

»Los«, sagte Leo. »Ich warte hier auf euch.«

Angelina drehte sich zu den Kindern um und winkte. Die Kinder winkten schweigend zurück.

Sie mussten lange laufen. Angelina war so schwach, dass sie sich zwischendurch hinsetzen wollte, aber die Männer rissen sie immer wieder hoch. Nachdem sie ein paarmal hingefallen war, hob der Ältere sie ungeduldig auf seine Arme. Angelina ertrug es kaum, so nah seinen Atem zu spüren, der nach Rauch und Wein roch.

»Ich kann selbst laufen. Lass mich runter«, befahl sie. Sie hatte keine Angst mehr vor ihnen. Selbst der *Lupo*bär erschrak sie nicht mehr.

»Aber fall nicht mehr hin«, herrschte der Ältere sie an.

An der Hochbahnhaltestelle kletterten sie die Stufen hoch und warteten am Gleis. Vielleicht bringen sie mich nicht zum Fluss, sondern zum Meer, dachte Angelina.

Im Zug wurde es ihr so warm, dass sie nicht mehr im kalten Wasser enden wollte. Ich könnte schreien, dann hindert sie jemand, mich zum Meer zu bringen, ging es ihr durch den Kopf. Doch gerade als sie den Mund aufmachen wollte, sah sie, dass sie über die Brooklyn Bridge fuhren, Richtung Stadt.

»Wohin gehen wir?«

»Du gehst nach Hause«, knurrte der jüngere Bruder.

Er lügt, dachte Angelina. Außerdem wollen meine Eltern mich gar nicht. Als sie aus dem Fenster schaute, erkannte sie die Bowery, wo die Zuggleise direkt an der Straße verliefen und die Ladenfronten verdunkelten. Sie fuhren an dem großen Hotel vorbei, dessen Namen sie nicht aussprechen konnte. Dann blickte sie an ihrem neuen Mantel herunter, und etwas Neues fiel ihr ein. Bei einem Sonntagsessen hatte sie die Erwachsenen über Leute reden hören, die Kinder verkauften. Also wollten sie sie nicht umbringen, sondern verkaufen, und deshalb sollte sie hübsch aussehen.

An der nächsten Haltestelle zerrte der ältere Bruder sie wieder am Arm aus dem Zug. »Mach schnell, sonst trage ich dich.«

Angelina versuchte, mit ihnen Schritt zu halten, als sie sie die Bowery hinunterzogen. Vor sich sah sie die schwarzen Marmorsäulen der Germania Bank gegenüber dem Backsteingebäude, das an eine Eiswaffel erinnerte. Dies hier war ihr altes Viertel.

»Wo gehen wir hin?«, fragte Angelina noch einmal, jedoch diesmal zaghafter.

»Das hab ich doch gesagt. Du gehst nach Hause«, murmelte der jüngere Bruder.

»Aber meine Eltern haben mich doch aufgegeben«, flüsterte sie fast.

Sie befanden sich auf der Spring Street, einen Block von der Elizabeth Street entfernt.

»Weißt du, wie du von hier aus nach Hause kommst?«, fragte der Ältere.

Angelina nickte, wusste aber nicht, was sie machen sollte.

»Dann los, geh!«, befahl der jüngere Bruder.

Sie hatten ihre Hand losgelassen. Sie konnte wegrennen.

»Los!«, schrien sie sie an.

Da rannte Angelina so schnell sie konnte – was nicht besonders schnell war – die Prince Street hinunter. Sie sah sich um, doch die beiden waren weg. Sie konnte nach Hause! Aber was, wenn ihre Eltern sie nicht reinließen? Wo sollte sie dann hin? Sie bog in die Elizabeth Street ein, weil sie ihre Mutter zumindest fragen wollte, warum sie sie weggegeben hatten. Als sie ihr altes Haus in der Ferne sah, rannte sie schneller, dann fasste sie an den Messinggriff der Haustür, sauste über die kleinen Mosaikfliesen und schließlich die Schieferstufen hinauf.

Giovanna hörte, wie ein Kind die Treppe heraufgerannt kam. Sie legte das Baby rasch in die Schreibtischschublade, die ihm als Wiege diente, stürzte zur Wohnungstür und riss sie auf.

»Mama! Mama!« Angelina hatte die halbe Treppe zurückgelegt, als sie sie sah. Sekunden später hob Giovanna Angelina hoch und vergrub ihr Gesicht an ihrem Hals. »Du tust mir weh, Mama!«, rief Angelina.

»*Scusa, scusa,* lass dich anschauen!« Giovanna umfasste mit beiden Händen das Gesicht ihrer Tochter und schluchzte.

Angelina war verwirrt und zornig. Sie schlug nach ihrer Mutter und schrie: »*Brutta Mamma! Brutta Mamma! Brutta! Brutta!* Warum bist du nicht gekommen und hast mich geholt? Warum hast du mich abgegeben?«

Angelinas Verwirrung wurde nur noch größer, als sie bemerkte, dass ihre Mutter jetzt gleichzeitig lachte und weinte. »Du sprichst ja wie eine kleine Sizilianerin!«

Da stürmten Rocco und die Mädchen durch die Tür.

»Angelina! Meine Angelina!« Rocco nahm sie Giovanna aus dem Arm und verteilte Küsse auf ihrem Gesicht. Jetzt war das Kind vollkommen verstört. Ihr Vater hatte sie noch nie geküsst. Und dann küsste er sogar ihre Mutter!

Mary und Frances zupften an ihr und riefen: »Du bist wieder da!«

Aber Angelina schlug auch nach ihrem Vater und ihren Schwestern. Ihre kleinen Fäuste hagelten auf sie herab. »Warum habt ihr mich nicht geholt! *Brutti! Brutti!*« Sie schrie immer lauter, als die anderen auch vor Freude lachten.

»Mein Baby, mein Baby, schrei doch nicht. Wir freuen uns so, dich wiederzuhaben.« Giovanna streichelte ihr das Gesicht. »Hätten wir gewusst, wo du bist, dann wären wir sofort gekommen und hätten dich zurückgeholt.«

»Ihr wusstet nicht, wo ich war?«

»Nein, *bambina*.«

»Aber ihr habt mich doch mit Limonata weggeschickt.«

»Limonata ist eine böse Frau.« Giovanna wandte sich an Frances und befahl: »Geh zu Onkel Lorenzo und sag ihnen, Angelina ist zurück.«

Aber es hatte sich schon herumgesprochen, dass ein kleines Mädchen im roten Mantel durch die Straßen gerannt war. Noch bevor Frances die Treppe hinuntergelaufen war, trafen Teresa und ihre Kinder ein.

Angelina konnte gar nicht begreifen, warum alle so viel lachten und weinten. Die ganze Zeit wurde sie geküsst und in die Luft geworfen. Überall streckten sich ihr Arme entgegen, und ständig drückte jemand ihren Kopf an die Brust oder umfasste ihn mit beiden Händen. Je glücklicher alle waren, desto zorniger wurde Angelina. Wenn sie mich alle so mögen, dachte sie, warum haben sie mich dann nicht gefunden?

Ihre Mutter löste sich von der Gruppe, und dann sah Angelina, wie sie und Tante Teresa Wasser erhitzten und in eine große Wanne am Ofen gaben. In all dem Trubel hatte Angelina gar nicht bemerkt, dass Frances verschwunden war. Aber jetzt kam sie mit etlichen Flaschen im Arm vom Apotheker zurück. Irgendwann wurde Angelina ins Schlafzimmer geführt. »Schau, Angelina«, sagte ihre Mutter dann, »dies ist dein kleiner Bruder Anthony.«

»Da bin ich aber froh, dass du den nicht auch noch weggegeben hast.«

Giovanna drückte sie noch fester an sich.

»Jetzt mal runter mit diesen Kleidern«, befahl Teresa. Sie schnitt sie Angelina vom Körper und reichte sie zusammen mit dem roten Mantel ihrer ältesten Tochter Concetta. »Verbrenn die, sie sind voller Ungeziefer.«

Dann wurde Angelina in die heiße Wanne getaucht. Zum ersten Mal seit drei Monaten kam ihr Körper in Kontakt mit Wasser. Sie erschauerte wegen der Wärme. Und in ihrem Innern schmolz etwas.

»Mein Baby, mein Baby«, schluchzte Giovanna, aber diesmal lachte sie nicht, sondern wusch behutsam den ausgezehrten Körper ihrer Tochter, der mit Ungeziefer, Schorf und offenen Wunden bedeckt war.

»Ich fang mal mit ihrem Haar an«, schlug Teresa vor. Sie nahm einen feinzahnigen Kamm, kämmte jede einzelne Strähne aus und tötete dabei Läuse und Nissen. Aber dann waren auf einmal all ihre Cousins auch in der Wohnung. Alle lachten, doch jedes Mal, wenn einer ihrer Cousins, allen voran Domenico, etwas fragen wollte, brachte ihre Mutter sie zum Schweigen. »Nicht jetzt, nicht jetzt.«

Concetta, die gegangen war, um Angelinas Kleider zu verbrennen, kam eine Stunde später mit Essen zurück. Bald aßen alle, auch Angelina, die aber in der Wanne sitzen blieb, weil ihre Mutter und ihre Tante sich weiterhin um ihren Körper kümmerten. Frances leerte und füllte die Wanne fast zehnmal, und Mary gab ihr heißen Tee und kleine Fleischbällchen.

Als Angelina Stunden später aus dem Wasser gehoben wurde, wickelte ihre Mutter sie in ein Handtuch und ihr Vater schenkte Wein aus. Alle tranken, auch Angelina wurde ein kleines Glas an die Lippen gehalten.

Dann legte Giovanna ihre Tochter aufs Bett, entfernte das Handtuch und küsste jeden Zentimeter ihres Körpers. Mit dem Handtuch wischte sie die Tränen ab, die auf Angelinas sauber geschrubbte Haut tropften. Dann tupfte sie Cremes und Salben auf die Schnitte, Bisse und Risse, wobei sie die ganze Zeit Gebete murmelte.

»Ich habe dir ein neues Nachthemd gekauft«, sagte sie und streifte Angelina ein weiches Flanellhemd über den Kopf. Sie hob Angelina vom Bett und kniete mit ihr vor ihrem selbst errichteten Altar nieder. »Ich habe die ganze Zeit zum heiligen Antonius gebetet, damit du wieder nach Hause kommst. Er hat meine Gebete erhört.«

Dann holte sie ein mit Packpapier und Kordel verpacktes

Päckchen unter ihrem Kopfkissen hervor. »Guck mal, wir können gemeinsam etwas auspacken. Ich habe auf dich gewartet«, flüsterte sie, während ihr die Tränen übers Gesicht liefen. Behutsam riss sie das Papier auf, um ein Foto mit drei verschiedenen Ansichten zu enthüllen. »Sieh mal, wie schön du bist«, schluchzte Giovanna. »Ich möchte, dass du alles zwischen dem Tag dieser Aufnahme und dem heutigen Tag vergisst«, fügte sie hinzu und stellte das Foto auf den Altar.

Angelina fielen schon die Augen zu, und ihr Kopf kippte zur Seite. Giovanna schlang einen Arm um sie, als wollte sie sie nie wieder loslassen, und legte sie aufs Bett. Dann streichelte sie Angelinas Haar und flüsterte: »Schlaf, mein Kind, du bist jetzt in Sicherheit. Du bist zu Hause.«

Teil Zehn

HOBOKEN,

NEW JERSEY, 1918

Dreiundvierzig

Als sie nach Hoboken zogen, wusste Giovanna ganz genau, womit sie in Zukunft ihren Lebensunterhalt verdienen würden. Seit dem Tag auf Coney Island waren Eiscreme und Eiscremehörnchen ihre Leidenschaft geworden. Das zahlte sich aus. Sie wurden Meister in der Herstellung von Speiseeis.

Jetzt befanden sich Giovanna und Teresa im Raum hinter der Eisdiele. An den Wänden standen Säcke voller Zucker, und die Mitte des Raums nahmen Holzfässer ein. In den Fässern befanden sich Metallbehälter, die siebenunddreißig Liter fassen konnten. Gekühlt wurden sie in den Zwischenräumen von Eis und oben von Salz.

Trotz ihrer schwierigen Anfangsphase hatten Giovanna und Teresa im Laufe der Jahre gelernt, miteinander auszukommen. Zwar hätte sich Giovanna ihre Schwägerin nicht als Vertraute gewählt, doch sie mochte sie und konnte gut mit ihr zusammenarbeiten. Sie konnte auch ihre Stimmungen erspüren. Heute merkte sie bei der Zubereitung der Eiscreme, dass Teresa etwas im Kopf herumspukte, von dem sie nicht wusste, wie sie es äußern sollte. Da Giovanna aber wusste, dass Teresa nichts lange für sich behalten konnte, wartete sie geduldig.

»Könntest du mir noch einen Liter Sahne bringen, Teresa?«

Dann sprach sie weiter, um das Schweigen zu überbrücken.

»Die Nächte werden jetzt langsam kalt. Bald müssen wir nicht mehr so viel machen. Rocco hat schon gesagt, wir sollten bald Maronen verkaufen.«

Als Teresa Giovanna die Sahne brachte, trafen sich ihre Blicke. Von Neugier überwältigt, fragte Giovanna: »Was ist denn?«

»Du weißt doch, dass ich mich immer noch mit Freunden von der Elizabeth Street treffe.«

»Ja. Letztes Wochenende warst du da, nicht wahr?«

»Sie haben mir erzählt, dass Lucrezia im Sterben liegt.«

Giovanna schloss die Augen, stellte die Sahne weg und wandte sich von Teresa ab.

»Ich wusste nicht, wie ich es dir sagen sollte, Giovanna. Ich weiß, ihr seht euch nicht mehr, aber ich dachte, du solltest es wissen.«

Giovanna hatte es Teresa nie erklären können. Als sie Lucrezia während Angelinas Entführung immer wieder angelogen hatte, war in ihr das Gefühl aufgekommen, dass sie ihre Beziehung unrettbar zerstört hatte. Es war, als wäre Lucrezia ihre Geliebte, die sie betrogen hätte. Sie liebte Lucrezia immer noch, das wusste sie genau, doch sie hatte aus lauter Angst ihre Freundschaft verraten. Nach Angelinas Rückkehr hatte sie sich zu sehr geschämt, ihr zu beichten, dass sie ihr nicht vertraut hatte.

»Warum gehst du nicht einfach zu ihr, Giovanna?«, sagte Teresa sanft.

»Ich muss mal an die Luft. Könntest du hier allein fertig werden?«

»Natürlich.«

Giovanna umarmte Teresa und ging in die Eisdiele, wo Mary auf den Knien lag und den Fliesenboden mit dem Schachbrettmuster schrubbte. Ihre kleine Schwester Concetta schlief in einer Trage, die auf einem der schmiedeeisernen Stühle stand.

»Das ist sauber genug, Mary!«

»Es soll aber glänzen.«

Die Eisdiele war Marys ganzer Stolz. Sie war eine wahre Künstlerin in der Kreation von Eishörnchen. Sie entwickelte ein solches Talent dafür, dass Giovanna ihr einen Hörnchenapparat im Fenster aufgestellt hatte, mit dem sie zahllose Kunden anlockte.

»Ich muss mal weg. Concetta ist gefüttert. Bitte sorg dafür, dass Angelina und Anthony nach der Schule ihre Pflichten erledigen.«

Giovanna wanderte einmal durch ganz Hoboken. Sie ging die First Street hinauf, vorbei am Fischmarkt, der sie wegen des Schwertfischs auf dem Schild immer an ihre Heimat erinnerte. Dann strebte sie nordwärts am Ufer entlang, vorbei an Schiffen, die von unzähligen Dockarbeitern be- und entladen wurden. Beim Anblick des großen deutschen Schiffs am Pier, das gerade von den Amerikanern beschlagnahmt worden war, erschauerte sie. Denn ihr Neffe Antonio kämpfte bereits im Krieg für Italien. Sie betete jeden Tag für sein Überleben, denn sie wusste, dass es Antonio entweder durch das Schicksal oder ihren eisernen Willen nach Amerika verschlagen würde, damit er Angelina heiraten konnte.

Am nördlichen Ende, wo die Schiffe auf dem Trockendock repariert wurden, bog sie nach Süden auf die Willow Avenue ein, um dem Betrieb auf der Washington Street auszuweichen. Sie kam an der Bibliothek mit dem Kupferdach und der neuen High School vorbei, die Mary gerade erfolgreich abgeschlossen hatte. Als sie wieder ostwärts zum Fluss zurückwanderte, strebte sie geradewegs zur Fähre.

Sie zitterte. Teilweise, weil sie zum ersten Mal seit fünf Jahren nach New York City zurückkehrte, teilweise, weil sie nicht im Geringsten wusste, was sie Lucrezia sagen sollte oder ob sie

sie überhaupt sehen würde. Sie wusste nicht mal, ob Lucrezia in einem Krankenhaus lag.

Giovanna hatte die Madonna im Hafen viermal gesehen. Beim letzten Mal waren sie nach Hoboken gezogen. Sie wusste noch, dass sie sich gefragt hatte, ob der Fluss zwischen New York City und ihrer neuen Heimat ihnen Sicherheit gewähren würde. Es war, als würde man von Scilla aus über die Straße von Messina auf einen rauchenden Vulkan blicken. An der Küste von Hoboken war New York eine ferne, aber sichtbare Bedrohung.

Sie hatte nie nach New York City gewollt. Möglicherweise hatte sie deshalb auch nie Vertrauen in diese Stadt gelegt. Wie konnte eine Insel so viel Gewicht tragen? Wie war es möglich, dass so viele Tunnel gebohrt wurden, ohne dass die Straßen einbrachen? Wie lange würde es dauern, bevor die Züge von der Hochbahn entgleisten? Auf ihrer Suche nach Angelina hatte sie die ganze Stadt durchquert, ohne sie wirklich wahrzunehmen. Durch die Entführung ihrer Tochter war ihr jeder Quadratzentimeter von New York feindselig erschienen. Selbst nach Angelinas Rückkehr hatte sie sich oft durch die Metropole überwältigt gefühlt, und die dicht bevölkerten Straßen waren ihr auch kein Trost mehr, weil sie wusste, wie viele Menschen sie wirklich beobachteten. Sie hatte New York City als Fremde betreten und wieder verlassen. Nun war Hoboken ihr Zuhause, ihre Wahlheimat.

Als sie unruhig an der Reling der Fähre entlangschritt, versuchte sie, ihre widerstrebenden Gefühle zu klären. Schuldgefühle drängten sich ihr auf, aber dahinter lag echte, tief empfundene Sorge. Schließlich kam ihr die herzzerreißende Erkenntnis, dass sie Lucrezia möglicherweise ein zweites Mal verlieren würde.

Als sie die Fähre verließ, bemerkte sie, wie sehr sie sich an das Leben in Hoboken gewöhnt hatte. Alles in New York City kam ihr so voll und so schnell vor – viel mehr, als sie in Erinnerung hatte, was wahrscheinlich daran lag, dass weitaus mehr Automobile auf den Straßen fuhren und mit den Pferdewagen um Platz kämpften. Weil sie erschöpft von ihrer Wanderung durch Hoboken war und den Menschenmassen entkommen wollte, die durch Downtown strömten, nahm sie die Bahn.

Als sie Lucrezias Wohnblock erreichte, kam es ihr vor, als hätte sich nichts verändert. Sie hätte genauso gut nach einer Geburt oder mit einer Zeitung in der Hand hierhergekommen sein können, um ihre Freundin aufzusuchen. Sogar die alte Frau saß noch an der Haustür des Nachbargebäudes.

»Wollen Sie die Signora besuchen?«, sagte sie zur Begrüßung und wirkte kein bisschen überrascht.

»Ja. Ist sie oben?«

»So ist es.«

Giovanna wollte schon die Stufen hinaufgehen, wandte sich aber noch einmal um. »Ist ihr Mann auch da?«

»Nein, ich hab gesehen, wie er gegangen ist. Aber ihre Tochter ist da.«

Als sie die Haustür aufzog, wurde ihr klar, dass sie mit leeren Händen kam. Sie hatte sich so kurz entschlossen auf den Weg zu Lucrezia gemacht, war aber gleichzeitig so unsicher gewesen, ob sie sie überhaupt sehen würde, dass sie gar nicht daran gedacht hatte, ihr etwas mitzubringen. Jetzt zögerte sie, doch sie wusste, wenn sie jetzt ginge, würde sie nie mehr zurückkehren. Also holte sie tief Luft, stieg die Treppe hoch und klopfte an Lucrezias Tür.

»Ja?«, fragte Lucrezias Tochter und öffnete die Tür einen Spaltbreit.

»*Buon giorno.* Sie müssen Claudia sein. Ich bin Giovanna, eine alte Freundin Ihrer Mutter. Ich wollte sie besuchen.«

Claudia sah genauso aus wie ihre Mutter und war ebenso stattlich.

»Kommen Sie doch herein, Signora«, erwiderte Claudia, öffnete die Tür und warf einen Blick auf Giovannas Arbeitskleider. »Setzen Sie sich doch.«

Giovanna bemerkte Claudias Blick und sagte: »Ihre Mutter und ich haben gemeinsam als Hebammen gearbeitet.«

»Ach ja. Ich erinnere mich, Ihren Namen gehört zu haben.«

»Wie geht es ihr?«

»Nicht gut. Die Ärzte meinen, es könne sich nur noch um Tage handeln.«

»Das tut mir sehr leid, Claudia. Darf ich sie sehen?«

»Sie ruht sich gerade aus. Sie schläft so wenig, dass es mir lieber wäre, Sie würden ein andermal wiederkommen.«

Sofort erhob sich Giovanna, um zur Tür zu eilen. Sie war peinlich berührt, dass sie überhaupt gekommen war. »Ich verstehe. Tut mir leid ...«

»Mit wem sprichst du da, Claudia?« Lucrezias Stimme drang kraftlos zu ihnen herüber.

»Mit einer alten Freundin von dir, Mama.« Claudia wandte sich wieder zu Giovanna und sagte: »Sie ist jetzt wach. Möchten Sie zu ihr?«

Giovanna machte eine abwehrende Handbewegung, doch Lucrezias Tochter nahm sie beim Arm und führte sie zur Schlafzimmertür.

Als Lucrezia den Kopf zu ihnen wandte, wurden Giovanna die Knie weich. Ihre Freundin war nur noch Haut und Knochen. Sie war so abgemagert, dass ihr Körper kaum die Matratze eindrückte.

Lucrezia starrte zu Giovanna und lächelte. »Setz dich zu mir.«

Giovanna sah Lucrezias Tochter fragend an, und als diese

nickte und das Zimmer verließ, tat Giovanna wie ihr geheißen. Unbeholfen und wortlos nahm sie Lucrezias Hand, die auf der Bettdecke lag, und barg sie in ihren Händen.

»Ich wette, du hast es von Teresa erfahren«, scherzte Lucrezia mit so schwacher Stimme, als habe nur ein leiser Lufthauch ihre Stimmbänder berührt.

Im Bruchteil einer Sekunde hatte Lucrezia die Atmosphäre gereinigt. Giovanna lachte auf und wusste auf einmal wieder, warum man diese Frau einfach nur lieben konnte. »Ja, du hast recht. Sie hat es mir heute Morgen erzählt.«

»Ich bin froh, dass du gekommen bist, Giovanna.«

Eine Flutwelle aufgestauter Gefühle löste sich, als Giovanna ihren Namen aus Lucrezias Mund hörte. Während ihr die Tränen übers Gesicht liefen, sagte sie wieder und wieder: »Es tut mir so leid. Es tut mir ja so leid, Lucrezia.«

»Giovanna«, erwiderte Lucrezia, hob ihre knochige Hand und wischte Giovanna eine Träne aus dem Gesicht. »Ich hab es gewusst«, sagte sie dann.

Das überraschte Giovanna nicht im Geringsten. Jetzt weinte sie noch heftiger. »Ich konnte es dir nicht sagen.«

»Ich wollte dir helfen.«

»Ich hatte Angst.«

»Angst vor mir?«

»Angst vor allem und jedem. Ich hatte Angst vor mir selbst.«

Giovanna ließ ihren Kopf auf Lucrezias Brust sinken. Lucrezia fuhr ihr mit den Fingern durchs Haar.

»Ich will dich nicht noch mal verlieren, Lucrezia«, schluchzte Giovanna.

»Du hast mich nie verloren. Und so wie du betest, wirst du mich auch nicht verlieren.«

Wieder musste Giovanna lachen, aber es klang wie ein tränenersticktes Schnauben. Sie lockte damit Lucrezias Tochter ins Zimmer, die sie überrascht und besorgt ansah. »Vielleicht solltest du dich lieber ein bisschen ausruhen, Mama?«

»Ja. Legst du dich ein Weilchen zu mir, Giovanna?«, fragte Lucrezia.

Giovanna stand auf, packte ihre Freundin warm in ihre Decken ein, ging dann zur anderen Seite des Betts und legte sich neben sie. Lucrezia fasste nach ihrer Hand, und Giovanna drückte sie fester, als sie eigentlich sollte.

Als Giovanna am Abend aufbrach, war Lucrezia eingeschlafen. Am nächsten Tag kehrte sie wie versprochen zurück, doch Lucrezia war am Morgen im Beisein ihres Mannes und ihrer Tochter gestorben.

»Sie hat mich gebeten, Ihnen das zu geben«, sagte Lucrezias Tochter und streckte weinend die Hand aus. Giovanna nahm den kleinen Anhänger, auf dem ein Bild des heiligen Antonius zu sehen war. »Es ist seltsam, weil meine Mutter gar nicht religiös war. Aber sie sagte, für Sie werde es eine Bedeutung haben. Sie bat mich außerdem, Ihnen zu sagen, dass man sich am Ende immer wiedersieht, wenn man sich liebt.«

An diesem Abend schloss Giovanna die Eisdiele kurz vor neun, ging aber erst nach zehn nach oben. Da sie noch nicht schlafen mochte, lehnte sie sich aus dem Fenster im ersten Stock und blickte in die heiße Spätsommernacht.

Die Eisdiele wirkte so still und verlassen. Dabei hatte sich ein paar Stunden zuvor die Schlange der Kunden bis um den Block gewunden. Lorenzo sprach schon davon, nach Newark zu gehen und dort seine eigene Eisdiele zu eröffnen, was auch gut war, denn mittlerweile hatte Clement geheiratet und es arbeiteten so viele Erwachsene im Geschäft, dass man sich gegenseitig auf die Füße trat. Domenico half immer noch im Laden, arbeitete neuerdings aber auch bei einem Unternehmen mit deutschem Namen auf der Third and Grand, das im Keller Spinnen züchtete, mit denen man Fadenkreuze für U-Boot-Periskope herstellte. Außerdem war er ein bekanntes Gesicht in vielen italienischen Gesellschaften hier in Hoboken.

Rocco trat von hinten an Giovanna heran und legte ihr den Arm um die Taille. »Ich kann auch nicht schlafen. Gehen wir runter und spielen Karten.«

Giovanna lächelte. »Mach du schon mal alles fertig. Ich komme gleich nach.«

Kurz darauf betrat Angelina das Zimmer. »Mama, ich kann nicht schlafen. Es ist zu heiß.«

»Komm zu mir ans Fenster.«

Angelina setzte sich auf ihren Schoß, obwohl sie eigentlich schon zu groß dafür war. Giovanna fuhr ihr durchs Haar.

Unten konnten sie Rocco sehen, der auf dem Bürgersteig den Kartentisch aufstellte und zwei Gläser Wein einschenkte.

»Mama, reibst du mir den Rücken wie damals, wenn ich Alpträume hatte?«

»Gleich. Aber erst möchte ich dir etwas geben.«

»Was denn?«

»Ich weiß, man kann sich auf dich verlassen, daher möchte ich dich um etwas Wichtiges bitten. Ich möchte, dass du mir versprichst, dieses in meinen Sarg zu legen, wenn ich sterbe.« Giovanna langte in ihre Rocktasche und gab Angelina den Antonius-Anhänger, den Lucrezia ihr hinterlassen hatte.

Angelina sah erst den Anhänger an und dann ihre Mutter. »Mama, du machst mir Angst. Warum sagst du das?«

»Ich werde noch nicht sterben, Angelina. Du wirst das erst in vielen, vielen Jahren für mich tun müssen.«

Angelina sah ihre Mutter mit tränenfeuchten Augen an. »Versprich mir, dass du niemals sterben wirst.«

»Ich verspreche dir, dass ich dich niemals verlassen werde. Deshalb sollst du diesen heiligen Antonius mit mir zusammen beerdigen.« Giovanna legte ihre Hand über Angelinas, die den Anhänger umklammert hielt. »Wenn ich nicht mehr bin, wirst du wissen, dass ich da bin – wann immer du mich brauchst, oder deine Kinder oder auch ihre Kinder. Denn weißt du, Angelina, wenn man sich liebt, findet man immer irgendwie einen Weg zueinander.«

Epilog

Hoboken, New Jersey, 1985

»Nanny, warum wird Onkel Anthony Cakey genannt?«

»Weil er als Kind so gerne Kuchen gegessen hast. Bist du gar nicht hungrig?«

Kaum hatte ich das College abgeschlossen, ignorierte ich die Fassungslosigkeit meiner Mutter darüber, dass ich ins Ghetto zurück wollte, und mietete mir eine Wohnung in Hoboken. Onkel Cakey hatte mir nicht nur bei der Wohnungssuche geholfen, sondern zeigte mir auch die besten Läden im Viertel. Nach fünf Jahren hatte ich eine Festanstellung und besuchte jeden einzelnen Laden, um das Festessen vorzubereiten, das in der Küche wartete.

»Ich habe Scampi gemacht.« Ich legte eine neue Kassette in die Kamera.

»Wieso kannst du das? Du kochst doch nicht.«

»Ich habe ein Rezept benutzt.«

»Dafür gibt es Rezepte?«

»Nanny, weißt du noch, dass wir diesen Film guckten, als ich ungefähr zwölf war, und du dich fürchterlich aufgeregt hast? An dem Tag hast du mir von deiner Entführung erzählt.«

»Nimm das nicht auf. Sonst mache ich nicht weiter.«

Obwohl Nanny langsam angefangen hatte, aus ihrem Leben zu erzählen, war dies immer noch ein Tabu. Jetzt endlich wurde mir klar, dass sie immer noch Angst hatte. Ich legte meine Kamera beiseite und setzte mich zu ihr auf die Couch. »Sie können uns nichts mehr anhaben, Nanny.«

»Nein, nein, ich erzähle es niemandem. Nicht mal meinen Freunden. Du solltest das auch nicht. Das macht man nicht.«

»Nanny, ich filme nicht mehr. Ich muss es nur wissen.«

»Sie waren faul und so gemein. Was sie getan haben, war Unrecht. Sie hätten es nicht tun dürfen. Ich war doch noch ganz klein.«

Ich sah, wie sich meine Großmutter vor meinen Augen veränderte. Die herrische Achtzigjährige schrumpfte in ihrer Bluse zusammen. Ihre riesigen Hände flatterten nicht mehr aufgeregt umher, sondern ballten sich zu Fäusten oder bedeckten ihren Mund, während sie sprach. Ich wagte kaum zu atmen, als meine Großmutter mir zum ersten Mal in allen Einzelheiten von ihrer Entführung erzählte. Wenn sie in ihrem Erzählfluss stockte, fragte ich behutsam nach, vermied es jedoch, sie anzusehen, weil ich befürchtete, sie würde dadurch aus einer Art Trance erwachen.

»... Unsere Nachbarin Limonata hat mich zu ihrem Bruder gebracht; er hatte eine Metzgerei. Vielleicht war es auch nicht ihr Bruder, ich weiß es nicht. Dann sagte sie, sie müsse zum Zahnarzt, und der Bruder brachte mich zu den Entführern.«

»Wie hat er dich denn hingebracht?«

»Ich war ein schlaues kleines Mädchen. Ich sagte zu ihm: ›Wir sind aber ganz anders hierhergekommen.‹ Da fuhren wir gerade über die Brooklyn Bridge ...«

»Wenn ich zu viel weinte, hielten sie den Teddybär vor das Türfenster und drohten: ›Sei still, sonst holt dich Il Lupo.‹ Ich fand sie unheimlich dumm, weil Lupo auf Italienisch Wolf heißt und nicht Bär ...«

Eine Stunde später hatte sie die Tragödie in allen Einzelheiten erzählt und nicht mal die Farbe der Jalousie auf der gegenüberliegenden Straßenseite ausgelassen.

»Als ich die Treppe hinaufrannte, waren alle so außer sich vor

Freude, dass sie weinten, vor allem meine Mutter. Den ganzen Abend wurde ich in einer Wanne gebadet, desinfiziert und entlaust. Und danach bekam ich wochenlang Geschenke: eine Puppe, ein Auto, ein kleines Klavier ...«

»Nanny, hat man die Typen jemals gefasst?«

»Nein! Ich hab dir doch gesagt, dass man niemandem davon erzählen durfte. Nach meiner Rückkehr waren die Zeitungen hinter uns her. Manchmal, wenn ich mit meiner Mutter unterwegs war, stellte sich uns ein Reporter in den Weg und sagte: ›Wir haben gehört, Ihre Tochter sei von der Black Hand entführt worden.‹ Meine Mutter riss mich dann von ihm fort, und wir eilten davon. Aber sie rannten hinter uns her und stellten mir Fragen: ›He, Kleine, haben dich böse Männer mitgenommen?‹ Meine Mutter war so wütend, dass sie sie auf offener Straße anschrie, sie sollten uns in Ruhe lassen. Wenn wir zu Hause waren, zwang sie mich, ihr zu versprechen, niemals irgendwelche Fragen zu beantworten. Niemals mit Fremden zu sprechen. Niemals irgendjemandem davon zu erzählen.«

»Das war es dann? Ihr habt nie erfahren, was aus den Entführern wurde?«

»Nein, nicht aus den Leuten, die mich gefangen hielten. Aber meine Mutter hat Limonata in Brooklyn gefunden.«

»Und?«

»Ja, was meinst du wohl? Sie hat sie fast umgebracht. Sie hat sie getreten und eine Treppe mit vier Absätzen hinuntergestoßen.«

»Hat Big Nanny dir das erzählt?«

»Nein, ich sagte doch schon, dass wir nie darüber geredet haben. Mein Cousin Dominick hat es mir erzählt. Dominick, Friede seiner Seele, war ein schlauer, zäher Bursche. Als sie uns in Hoboken fanden, hat er sie verjagt.«

»Wer fand euch – von wem sprichst du?«

»Ach, das waren böse Menschen. Sie haben uns nicht mal

nach meiner Rückkehr in Ruhe gelassen. Mein Bruder Clement fand mal eine Bombe vor unserer Wohnung in der Elizabeth Street. Bevor sie losging. Dann zogen wir nach Hoboken um. Meine Eltern, mein Onkel und meine Tante eröffneten eine Eisdiele dort: Sienas French Ice Cream.«

»French?«

»Das klang schicker. Dort versuchten sie uns wieder zu erpressen, aber Dominick stöberte den Kerl auf und schnappte ihn sich. Ich glaube, er hat ihn auch mit dem Messer attackiert. Dominick hatte damals schon Freunde in Hoboken, und deren Namen schreckten die Erpresser wohl ab, denn danach war es vorbei. Von der Black Hand keine Spur mehr. Komm jetzt, essen wir. Es ist nicht gut, wenn man die Scampi so lange ziehen lässt.«

Ich verteilte die Pasta und brachte die warme Pfanne Scampi zum Tisch. Als ich sie abstellte, verzog Nanny das Gesicht.

»Das sieht aber gar nicht gut aus«, tadelte sie und brachte sie wieder in die Küche.

Ich ließ sie in meiner Küche nach einer Servierschüssel suchen. Mir schwirrte der Kopf von den Bildern, wie meine Urgroßmutter die Kidnapper stellte, Limonata verprügelte und Reportern davonrannte.

Nanny stellte die Schüssel auf den Tisch und kostete mit einem Finger die Sauce. »Garnelen mögen aber mehr Knoblauch.«

Als sie sich endlich setzte, sagte ich: »Nanny, ich wünschte, ich hätte Big Nanny besser gekannt.«

»Meine Mutter war eine wunderbare Frau. Stark und klug.«

»Ich kann mich vage an sie erinnern. Ich weiß noch, dass ihre Haut wie Seide war. Und sie hatte so kräftige Hände wie du. Aber vor allem erinnere ich mich an ihre Augen. Ihre Augen erzählten eine ganze Geschichte.«

Nanny reichte mir den geriebenen Parmesan. »Hier, nimm etwas, dann sagen wir Dank.«

Dank

Zehn Jahre lang forschte und schrieb ich abends und an den Wochenenden an diesem Roman. Es war ein Werk der Liebe, aber ich hatte auch das Gefühl, ihn schreiben zu müssen. Manche Geschichten müssen einfach ans Licht der Öffentlichkeit. Diese gehört dazu.

Unsere Familiengeschichte und insbesondere die Geschichte von der Entführung meiner Großmutter wurde mir über die Jahre nur in Bruchstücken zugetragen. Ein vollständigeres Bild ergab sich erst, als ich meine Großmutter schließlich überreden konnte, sie mir in allen Einzelheiten zu erzählen. Doch auch da blieben noch Lücken und Fragen. Meine Nachforschungen begannen in der genealogischen Bibliothek der Church of Latter Day Saints. Ich verbrachte unzählige Stunden damit, die auf Mikrofilm festgehaltenen Daten zu sichten, um unseren Familienstammbaum zeichnen zu können. Mittlerweile sind ein Großteil dieser Daten dank der Hilfe von etwa hunderttausend Freiwilligen im Internet unter www.familysearch.org zu finden. Ich lernte auch rasch, dass Nachforschungen zu weiteren Nachforschungen führen. Auf das Erdbeben von 1908 wurde ich zum ersten Mal aufmerksam, als ich die Geburts- und Todesurkunden im Rathaus von Scilla einsah. Es war ziemlich erschütternd, Tausende von Namen unter einem einzigen

Todesdatum zu finden. Dies brachte die Geschichte vom Überleben meiner Familie in Scilla und den Auswirkungen des Erdbebens auf die italienische Kolonie in New York hervor. Schon zu Anfang meiner Nachforschungen wurden die Passagierlisten, die auf Ellis Island angelegt wurden, im Internet zugänglich. Diese Listen waren von unschätzbarem Wert, nicht nur für Daten über Immigranten, sondern für unzählige andere Details, die wiederum zu neuen Informationen führten. www.ellisisland.org

In der New York Public Library und den Universitätsbibliotheken von New York las ich jede Zeitung von 1909, denn dies war ein ganz außerordentliches Jahr in der Geschichte von New York City. Meine Großmutter sagte einmal: »Während meiner Entführung war meine Schwester Mary auf einer großen Parade.« Ich schenkte dem wenig Beachtung, bis ich den ersten von Hunderten von Artikeln über die Hudson-Fulton-Feier las. Dieselben Zeitungen brachten auch fast jeden Tag Artikel über die Black Hand und Lieutenant Giuseppe Petrosino. Weitere Informationen über Lieutenant Petrosino bekam ich von Beamten des New York City's Police Museum und der Polizeiwache Nr. 5 in der Elizabeth Street 19, wo Giuseppe Petrosino arbeitete. Es war mir ein großes Vergnügen, Petrosinos Urgroßneffen Joseph Petrosino kennenzulernen, der als Bezirksanwalt arbeitet und mir dankenswerterweise ein vergriffenes Buch über Lieutenant Petrosino überließ und schon früh für mein eigenes Buch warb.

Zwar las ich buchstäblich Hunderte von Büchern, Artikeln und Zeitungsgeschichten über die in diesem Buch behandelte Zeitspanne, doch die wichtigsten Informationen erhielt ich von meiner Familie auf beiden Seiten des Ozeans. Durch dieses Buch hatte ich das große Glück, meine Familie in Scilla kennenzulernen. Ich schulde den Arenas – Cesare, Fortunata, Raffaele, Nunzia und Christina – genauso wie Rocco Giordano größten Dank dafür, dass sie mich so herzlich aufgenommen, mir so viele köstliche Mahlzeiten bereitet und geduldig alle Fragen beantwortet haben, die ich ihnen in schlechtem Italienisch stellte. Jedem Familienmitglied, das wie Onkel Joe mit Geschichten oder Fotos seinen Beitrag zu diesem Roman geleistet hat, möchte ich aus tiefstem Herzen danken. Ich hoffe, dass dieses Buch auch das eure wird.

Wenn man viele Jahre damit verbracht hat, Memos, Präsentationen und Reden zu verfassen, braucht man ziemlich viel Ermutigung, um einen Roman zu schreiben. Meine Freunde, insbesondere meine Kollegen bei Robin Hood, waren die besten Cheerleader und geduldigsten Zuhörer, die man sich wünschen kann. Für ihre Unterstützung danke ich auch: Sharon Guynup, Donatella Sirtari und Joan Rafter, die detailgenau redigiert haben; John Fuery, weil er mir geholfen hat, den Bau der Brooklyn-Union-Gastanks nachvollziehbar zu beschreiben; und Nancy Green, Azania Andrews, Mark Bezos, Stephanie Adler, Debbie Fife und Molly Laub für ihren Rat.

Als das Buch fertig war, bekam ich Hilfe und Zuspruch von einer Reihe Agenten, angefangen bei Mort Janklow und Rebecca Gradinger, die meine frühen Helden dieses Buchs sind. David Kuhn und Billy Kingsland waren mir eine riesige Hilfe bei der Redaktion der Erstfassung dieses Buchs. Für die Mühe und die Zeit, die sie mir gewidmet haben, werde ich ihnen ewig dankbar sein.

Das Buch war zunächst nur online erhältlich, bevor es über AmazonEncore vertrieben wurde. Eine Anzahl sehr lieber Freunde half mir, für das Buch zu werben, vor allem die höchst hilfreiche und großzügige Perri Peltz sowie Eric Ruttenberg, Rebecca Prowda, Danile Lurie und Jennifer Pitts. Die Buchhändler in Little Italy ließen sich rasch von meinem Buch überzeugen. Mein Dank geht an John Fratta, Mort Berkowitz, Lou DiPalo und Dr. Joseph Scelsa. Karen Hsu schuf den brillanten Entwurf für das erste Cover.

Bei AmazonEncore war es mir ein großes Vergnügen, mit Terry Goodman, Sarah Tomashek und Jeff Belle zusammenzuarbeiten. Ohne sie könnten Sie die jetzige Fassung des Buchs nicht lesen. Ihr Glaube an *Mein italienisches Herz* ermöglichte, die Geschichte einem breiteren Publikum zugänglich zu machen, und dafür werde ich ihnen ewig dankbar sein. Mein Dank gilt ebenfalls Melcher Media und meinen Lektorinnen Camille McDuffie, Suzanne Bronski und Kate Linker.

Dank auch an meinen Freund Steve Winter, einen Fotografen von *National Geographic*, der mich fotografierte. (Ich dachte mir, wenn er in der Lage ist, ein heranstürmendes Rhinozeros gut ins Bild zu setzen, dann kann er das auch mit einer Autorin, die viel zu viel sitzt.)

Meine Familie war der Grund, dieses Buch zu schreiben – ich wollte unsere Familiengeschichte aufschreiben und dadurch loslassen können –, doch war sie auch die Quelle meiner Inspiration. Die Liebe meiner Mutter zu Kunst und Literatur hat mich von meiner Geburt an bis heute beeinflusst. Sie ist auch der größte Fan dieses Buchs und lässt keine Gelegenheit aus, darüber zu sprechen. Mein Vater war mir vor allem Vorbild und Lehrer dessen, was eine Familie bedeutet. Ich vermisse ihn jeden Tag. Und während ich dieses Buch schrieb, inspirierten mich meine Schwester Annie, die ihre eigene lange Schlacht um das Leben ihrer vierjährigen Tochter schlug, und die Durchhaltekraft meiner Nichte Adriana.

Meine Großmutter war sehr stolz, dass meine Tochter Siena ihren Namen bekam. Genauso stolz bin ich auf meine Tochter. Sie ist eine bemerkenswerte und für ihr Alter sehr weise junge Frau. (Ihre Bemerkungen zum Buch waren höchst verständig, obwohl sie noch ein Kind war.) Als ich beschloss, die Erpresserbriefe mit aufzunehmen, konnte Siena auch konkret mitarbeiten. Denn mein Großvater verbrannte die echten Erpresserbriefe Jahre nach dem Verbrechen. Als ich mir aber ähnliche Erpresserbriefe ansah, fiel mir auf, wie kindlich sie wirkten, daher bat ich die damals elfjährige Siena, selbst welche zu schreiben. Zwar dachte sie, sie müsse eines Tages in Therapie gehen, weil sie Erpresserbriefe für ihre Urgroßmutter geschrieben hatte, und es widerstrebte ihr auch, Wörter falsch zu schreiben, dennoch hat sie großartige Arbeit geleistet. *Für die deutsche Ausgabe dankt der List Taschenbuchverlag dem neunjährigen Wilhelm Auge, der es ebenfalls auf sich genommen hat, richtig falsch zu schreiben, was ihm auch ganz hervorragend gelungen ist.*

Wenn man in gestohlenen Momenten ein Buch schreibt, gibt es immer Opfer. In diesem Fall war das Opfer mein Mann Joseph Della Fave. Ohne ihn hätte ich dieses Buch auf keinen Fall schreiben können. Er ermöglichte es mir, endlose Stunden auf die Recherche und das Schreiben zu verwenden. Wesentlicher als seine praktische Hilfe jedoch war seine emotionale Unterstützung. Er hat immer und rückhaltlos an mich geglaubt, auch, wenn ich selbst den Glauben an mich verlor. Er hat mich nach Italien begleitet und folgte so begeistert wie ich den Spuren meiner Familie. Er lobte jedes einzelne Kapitel, weinte an den richtigen Stellen und machte sich nicht über meine Rechtschreib- und Grammatikfehler lustig. Es ist auch sein Buch.

Zu guter Letzt will ich meiner Urgroßmutter Giovanna danken, obwohl meine Zeit mit ihr nur kurz war. Sie wird immer meine Heldin sein. Außerdem schulde ich meiner Großmutter Angelina Siena Arena großen Dank, weil sie mit ihren Erfahrungen und Erinnerungen dieses Buch gefüllt hat. Sie hatte ein außerordentlich gutes Gedächtnis. Und selbst wenn sie immer behauptete, dass man über manches besser schweigen sollte, glaube ich, sie wäre auch stolz gewesen, ihre Geschichte gedruckt zu sehen. Genau wie Maya Angelou glaube ich, es ist eine Qual, eine Geschichte in sich zu begraben. Angelina Siena Arena starb am 31. März 2001 mit 96 Jahren. Am Tag, als sie starb, war ich bei ihr. Ich fütterte sie, während sie mich wieder mal wegen meiner Frisur tadelte. Später am Abend starb sie in den Armen ihres Sohnes. Ihre letzten Worte waren: »Ich möchte nach Hause.« Jetzt bist du zu Hause, Nanny, und wir lieben dich.

List Lese List
JEDEN MONAT
NEU DAS LESEN
GENIESSEN
Entdecken Sie die schönen
Seiten des Lesens mit unseren
List-Taschenbüchern!
List

An: LSTONE@dotnet.com
Von: VRUDMAN@webworld.com
Datum: 6. April 2000
Betreff: Lebenszeichen

Liebe Lilly,

schon unzählige Male habe ich einen Brief wie diesen begonnen und »Liebe Lilly« geschrieben, als wüsste ich ganz genau, was ich sagen wollte. Weiter bin ich jedoch nie gekommen. Ich wusste weder, was ich sagen, noch wie ich es formulieren sollte. Außerdem war ich mir nicht sicher, ob du überhaupt je wieder von mir hören willst.

Doch heute weiß ich genau, was ich dir sagen muss, und ich weiß, dass ich dir diese Nachricht schuldig bin. Meine Mutter ist letzten Monat an Krebs gestorben. Vielleicht hat es dir dein Vater schon erzählt; ich kann mich nicht mehr erinnern, was er auf der Beerdigung zu mir gesagt hat. Es war ein schwerer Tag. Die letzten beiden Jahre waren schwer. Und nun, da es vorbei ist, fühle ich mich wie eine Schlafwandlerin in einem dichten Nebel aus Trauer. Und Erleichterung. Und Schuldgefühlen wegen der Erleichterung.

Oh, Lilly. Ich wünschte, es gäbe einen anderen Anlass, dir zu schreiben. Aber vielleicht ist das der einzige Weg. Der Tod lässt mich stets nach dem Sinn in allem suchen. Ich möchte das Leben meiner Mutter verstehen. Und mein eigenes.

Vielleicht erscheint dir dies alles zu grob, zu real, zu intim. Wenn das so ist, tut es mir leid. Doch ich musste einfach den Versuch wagen herauszufinden, ob du immer noch für mich da bist. Wie früher. Ich kann dir gar nicht sagen, was es für mich bedeuten würde, wieder Kontakt zu dir zu haben. Sogar nach – vielmehr vor allem nach – so vielen Jahren.

Valerie

An: VRUDMAN@webworld.com
Von: LSTONE@dotnet.com
Datum: 7. April 2000
Betreff: RE: Lebenszeichen

Liebe Val,

ich weiß ehrlich nicht, was ich sagen soll …

Das mit deiner Mutter tut mir sehr leid. Ich hoffe, du findest etwas Trost in dem Wissen, dass sie dich geliebt hat und stolz auf dich war. Ich hoffe, du kannst dir dieses Gefühl bewahren, genau wie die Erinnerung an ihr Lächeln und jenes wunderbare, raue Lachen, mit dem sie stets alle überraschte.

Alles Gute für dich und deine Familie.
Lilly

An: VRUDMAN@webworld.com
Von: LSTONE@dotnet.com
Datum: 7. April 2000
Betreff: Tausendmal Entschuldigung!

Verzeih mir diese schreckliche, so nüchterne Beileidsbekundung und erlaube mir, noch mal von vorne anzufangen. Val, von dir zu hören hat mich zutiefst berührt. Ich musste an all das denken, was wir einst zusammen hatten und verloren haben. Sechsundzwanzig Jahre Schweigen – und dann tauchst du plötzlich wieder auf!

Als ich deine E-Mail bekommen habe, habe ich laut geweint. Da warst du plötzlich wieder und das, was dich ausmacht, in deinen knappen Worten. So unmittelbar, ich meine, du lieber Himmel. Dank des Cyberspace war es, als seist du beinah hier bei mir in diesen geliebten Bergen.

Ach verdammt. Ich bin nicht sehr gut in so was. Was ich auf diese unbeholfene Art sagen will, ist, dass ich eine Menge Zeit und Energie investiert habe (nicht zu vergessen das viele Geld, das ich in Therapiesitzungen gesteckt habe), um mich selbst davon zu überzeugen, dass unser Zerwürfnis nur eine der vielen schmerzlichen Lektionen im Leben war. Menschen ändern sich und gehen getrennte Wege. Selbst die besten Freunde. Ich habe mir gesagt, so ist das halt. »Move on …«, um Sondheim zu zitieren (das Lied, mit dem ich früher immer meine Show begonnen habe).

Doch die Wahrheit sieht anders aus. Wie oft habe ich abends ins Publikum geblickt und gehofft, dich dort zu sehen. Ich kann dir gar nicht sagen, wie oft ich mir eingeredet habe, dass du irgendwie einfach auftauchen würdest. Dass wir einen Weg finden würden, wieder Freunde zu sein. Also, das alles ist nur eine sehr umständliche Art zu sagen: ja, Val. Ich bin immer noch für dich da. Wirklich und ehrlich, du kannst dich darauf verlassen.

Ich weiß, dass die Probleme zwischen uns – und ich meine zwischen uns *allen* – damals, als wir zuletzt miteinander gesprochen haben, unüberwindbar waren (zumindest erschien es mir so). Deswegen wird es dich vermutlich überraschen, vielleicht erscheint es dir sogar unglaublich, dass mein Vater und ich uns nach all dieser Zeit langsam näherkommen. Vor kurzem bin ich wieder zu Hause eingezogen, um bei ihm zu leben. Wenn auch nur vorübergehend. Und auch wenn es uns beiden sehr gut getan hat, kannst du dir vermutlich vorstellen, dass es alles andere als einfach war. In der Tat nehme ich mir momentan gerade eine Auszeit in der Hütte. (Ja, die Familie besitzt sie immer noch, komplett mit Klohäuschen und OHNE TELEFON! Kannst du das glauben? Deshalb muss ich, um meine Mails abzurufen, den ganzen Weg bis Lake Placid wandern, also etwa fünfundvierzig Minuten entfernt, wo es den Göttern der Technik sei Dank ein Internetcafé gibt.)

Egal, vielleicht ist dir bei der Beerdigung deiner Mutter aufgefallen, dass mein Vater ein anderer Mensch geworden ist. Der als im wahrsten Sinne des Wortes *steinhart* berüchtigte Isaac Stone ist viel verletzlicher geworden. Der Tod deiner Mutter hat ihn überraschend hart getroffen. Ich habe ihn zum ersten Mal weinen gesehen. Vielleicht werden die Verluste in letzter Zeit etwas zu häufig: seine kürzliche Pensionierung, seine schlechter werdenden Augen, ein gebrochenes Herz – er ist nicht in der Lage, meine Mutter loszulassen, die nicht mehr bei uns ist.

Was mich zu der eigentlichen Frage zurückbringt: Warum habe ich nicht die Hand nach dir ausgestreckt, als ich das von deiner Mutter gehört habe? Die ehrliche Antwort ist, dass ich Angst hatte. Ich habe von ganzem Herzen gehofft, dass du so tapfer sein würdest, das eisige Schweigen zwischen uns zu brechen. Und ich danke dir, dass du es getan hast.

Ich war ein Feigling. Und ich kann gar nicht in Worte fassen, was es mir bedeuten würde, wieder Kontakt zu dir zu haben.

Ich werde dich jetzt nicht mit den Einzelheiten meines Lebens belasten. Zusammengefasst nur so viel: große Liebe, Verzweiflung, größere Liebe, tiefere Verzweiflung und jetzt … nun, so eine Art Schwebezustand dank eines Liebhabers, der mir seine Liebe nicht gestehen kann, und meiner eigenen Unsicherheit im Umgang mit Nähe. Ich versuche das alles auf die Reihe zu kriegen, auch wenn es ein bisschen so ist, als wolle man mit einem Lasso den Mond einfangen.

Mein Herz sehnt sich nach dir. Meine Gedanken sind bei dir und deiner Familie. Abgesehen von dem traurigen Anlass deiner E-Mail habe ich mich unheimlich gefreut, von dir zu hören. (Weißt du noch, was für treue Brieffreundinnen wir als Mädchen waren?)

Antworte mir, wenn du Zeit und Lust dazu hast.

Viele liebe Grüße
Lilly

PS: Wie geht es dem »Golden Boy« Ben?
Bitte grüße ihn von mir.

An: LSTONE@dotnet.com
Von: VRUDMAN@webworld.com
Datum: 10. April 2000
Betreff: Wo sollen wir anfangen?

Liebe Lilly,

ich fühle mich am Boden zerstört, ziellos und gebrochen. Meine Mutter zu verlieren, empfinde ich wie eine Amputation. Der Raum, den sie immer noch in mir einnimmt – und immer einnehmen wird? –, ist zu einem Phantomschmerz geworden. Quälend und unerbittlich. Und jedes Mal, wenn ich realisiere, dass sie für immer fortgegangen ist – immer wieder aufs Neue, als käme die Erkenntnis zum ersten Mal –, fühle ich mich benommen und ohnmächtig. Mein Herz schmerzt, während ich zwanghaft immer wieder all die Jahre zähle, in denen ich sie zurückgewiesen habe, stets in dem verzweifelten Versuch, der Mensch zu werden, der ich eigentlich immer schon war.

Merkwürdigerweise bemerke ich durch diese Erfahrung, wie sehr ich dich vermisst habe. Ich sehne mich nach unserer Freundschaft. O Gott, Lilly. Wir sind so dumm gewesen. Vielleicht *brauchten* wir diesen schrecklichen Streit, vielleicht ist das aber auch nur eine Ausrede, um irgendwie einen Sinn in all dem zu sehen, was zwischen uns passiert ist. Vielleicht waren wir als Kinder einfach zu eng miteinander und mussten uns trennen, um uns als Erwachsene neu erfinden zu können.

Und vielleicht brauchten wir beide diese langen, öden Jahre, um die tiefe Wunde dieser Trennung heilen zu lassen?

Was auch immer der Sinn und der Grund gewesen sein mag, mir jedenfalls tut meine Rolle bei dem Ganzen unendlich leid. Mehr, als ich es auszudrücken vermag.

Kannst du glauben, wie alt wir sind? Oh, liebste Lilly, lass uns wieder Freunde sein! Wie geht es dir *wirklich*? Bitte schreib mir.

Erzähl mir alles, und dann erzähl mir noch mehr. Egal was als Nächstes zwischen uns passiert, mit dir zu reden erscheint mir als ein Segen. Vielleicht würde uns beiden die Wiederaufnahme des Briefwechsels guttun. Möchtest du es versuchen?

Deine dir stets verbundene Freundin
Val

An: LSTONE@dotnet.com
Von: VRUDMAN@webworld.com
Datum: 10. April 2000
Betreff: Was ist nur mit mir los?

Lilly, ich schäme mich so. Ich habe gerade erst deinen Brief und dann meinen noch einmal gelesen und bemerkt, dass ich in meiner herrlichen Gedankenlosigkeit und meiner Ichbezogenheit überhaupt nicht auf das geantwortet habe, was du über deine Mutter geschrieben hast.

Was meinst du mit »sie ist nicht mehr bei uns«? Was ist los? Der Gedanke an noch mehr Kummer zerreißt mich fast. Und ich entschuldige mich für meinen selbstsüchtigen Brief. Bitte vergib mir.

Val